〔法〕奥诺雷·德·巴尔扎克/著 傅雷/译

巴尔扎克作品

夏倍上校 ｜ 奥诺丽纳

亚尔培·萨伐龙 ｜ 于絮尔·弥罗埃

巴蜀书社

图书在版编目(CIP)数据

巴尔扎克作品《夏倍上校》《奥诺丽纳》《亚尔培·萨伐龙》《于絮尔·弥罗埃》/(法)奥诺雷·德·巴尔扎克著;傅雷译. —成都:巴蜀书社,2018.6
(傅雷译作全编:注释版)
ISBN 978-7-5531-1002-8

Ⅰ.①巴… Ⅱ.①奥… ②傅… Ⅲ.①小说集—法国—近代 Ⅳ.①I565.44

中国版本图书馆CIP数据核字(2018)第126973号

《夏倍上校》《奥诺丽纳》《亚尔培·萨伐龙》《于絮尔·弥罗埃》

(法)奥诺雷·德·巴尔扎克著 傅雷译

策划组稿	施 维
责任编辑	施 维 廖丹丹
出 版	巴蜀书社
	成都市槐树街2号 邮编610031
	总编室电话:(028)86259397
网 址	www.bsbook.com
发 行	巴蜀书社
	发行科电话:(028)86259422 86259423
经 销	新华书店
内文排版	四川泽雨文化有限公司
印 刷	四川省南方印务有限公司
版 次	2018年8月第1版
印 次	2018年8月第1次印刷
成品尺寸	170mm×240mm
印 张	27
字 数	540千
书 号	ISBN 978-7-5531-1002-8
定 价	69.00元

本书若有印装质量问题,请与本社发行科联系调换

目　　录

夏倍上校 / 1

- 一　诉讼代理人的事务所 …………………………………… 3
- 二　谈判 …………………………………………………… 25
- 三　养老院 ………………………………………………… 52

奥诺丽纳 / 59

- 一　法国人怎样的不喜欢旅行 ……………………………… 61
- 二　一幅兼有意大利与法国风味的画 ……………………… 62
- 三　一个总领事的谜 ………………………………………… 65
- 四　伯爵夫人 ………………………………………………… 67
- 五　社会的解剖 ……………………………………………… 69
- 六　神甫的主意 ……………………………………………… 70

七	一个青年人的画像	72
八	一所老屋子	74
九	一幅肖像	76
一〇	年轻的老人	78
一一	无人知道的内心的斗争	80
一二	坚固的友谊	83
一三	幕启以前的讯号	85
一四	枢密会议中的一场辩论	88
一五	泄露秘密	91
一六	一位国务部长的自白	93
一七	门当户对而又情投意合的亲事	94
一八	一股可怕而正当的痴情	96
一九	一个异想天开的丈夫	99
二〇	尝试失败了	101
二一	一个古怪的提议	103
二二	开始行动	106
二三	一幅速写	108
二四	第一次的会面是怎么结束的	111
二五	奥诺丽纳的樊笼	113
二六	论女性的工作	114
二七	奥诺丽纳的一段自白	117
二八	一语伤人	119
二九	挑战	121
三〇	揭晓	124
三一	一封信	128
三二	青年人的感想与已婚的人的感想	132
三三	教会的告诫	134

三四	复信	136
三五	可怜的莫利斯	138
三六	徒有其名的团圆	139
三七	奥诺丽纳最后的叹息	142
三八	两个结局	145
三九	一个问题	147
四〇	最后一句话	148

亚尔培·萨伐龙 / 149

于絮尔·弥罗埃 / 231

一	惊慌的继承人	233
二	有遗产的叔父	245
三	医生的几位朋友	253
四	才莉	263
五	于絮尔	272
六	催眠术概要	279
七	信了这项，也就信了那项	290
八	这边商量，那边也商量	298
九	初次泄露	309
一〇	包当丢埃母子	316
一一	萨维尼昂得救了	325
一二	情人之间的障碍	336
一三	两心相许	345
一四	于絮尔又做了孤儿	352

一五	医生的遗嘱 ···	363
一六	两个敌人 ···	370
一七	内地人的恶毒 ···	379
一八	两方面的报复 ···	393
一九	托梦 ··	401
二〇	决斗 ··	413
二一	最容易偷的东西原来是最难偷的 ······················	419

夏倍上校

一 诉讼代理人的事务所

"哎唷！咱们的老卡列克_{卡列克为18世纪末至19世纪初叶流行的一种大氅，相传为英人约翰·卡列克所创：上半身披肩部分长至手腕，共有两三叠之多}又来了！"

这样大惊小怪嚷着的是一个小职员，在一般事务所中被称为跳沟的_{19世纪时巴黎街道尚极污秽，道旁阴沟污水淤积，行人常有失足之事：故吾人俗称为跑腿的，当时巴黎人称为跳沟的}。他把身子靠着窗口，狼吞虎咽的啃着一块面包，挖出些瓤搓成一个丸子，有心开玩笑，从撑开了一半的窗里摔出去，摔得那么准，面包丸不但打中了一个陌生人的帽子，还跳起来，跳到差不多和窗子一般高。陌生人刚在楼下穿过天井。天井的所在地是维维安纳街上诉讼代理人_{法国司法制度，律师只负责庭上辩护：凡拟写状子，准备一切诉讼手续及代表当事人出庭等均由诉讼代理人负责，代理人的资格须经司法当局核准，且全面诉讼代理人的总数有一定限额}但尔维先生住的屋子。

首席帮办正在那里核一笔账①，停下来说："喂，西蒙宁，别跟人捣乱，要不然我把你赶出去了。不管当事人怎么穷，到底也是个人！"

凡是当跳沟的，通常都和西蒙宁那样是个十三四岁的男孩子，在事务所里特别受首席帮办管辖。除了上书记官那儿送公文②，向法院递状子以外，还得替首席帮办当差，带送情书什么的。他的习气跟巴黎的顽童一样，将来又是靠打官司这一行吃饭的：永远不哀怜人，一味的撒野，不守规矩，常常编些小调，喜欢挖苦人，又贪心，又懒惰。可是这一类的小职员大半都有一个住在六层楼上的老母，一家两口就靠他每月挣的三四十法郎度日。

"他要是个人，干么你们叫他做老卡列克呢？"西蒙宁的神气活像个

---

① 帮办：主管人员的助手，协助主管人员办理公务。
② 书记官：各级法院设置的主管记录的工作人员。主要为检察官、推事的辅助人员，协助审判、检察工作，担任总务工作。

小学生抓住了老师的错儿。

说完他又吃着面包跟乳饼,把半边肩头靠在窗框上,因为他像街车上的马似的站着歇息,提着一条腿,把靴尖抵着另一条腿。

叫作高特夏的第三帮办正在随念随写,拟一份状子的底稿,由第四帮办正写着正本,两个新来的内地人写着副本。这时高特夏恰好在状子里发挥议论,忽然停下来轻轻的说道:"这怪物,咱们怎么样耍他一下才好呢?"

然后又把他的腹稿念下去:

"……但以路易十八陛下之仁德睿智……(喂,写正本的台洛希学士,十八两字不能用阿拉伯数字!)……自重掌大政以后,即深知……(深知什么呢,这大滑头?)……深知天帝所赋予之使命!……(加惊叹号,后面加六点。法院里还有相当的宗教信仰,大概天帝二字还看得下去吧)……故圣虑所及,欲对于为祸惨烈的大革命时期之牺牲者首先予以补偿——此点鉴于颁布诏书之日期即可证明——将不少忠实臣下(不少两字一定使法院里的人看了得意的)被充公而未曾标卖之产业,不论其是否归入公产,抑归入王上之普通产业或特殊产业,或拨归公共机关,一律发还,吾人不揣冒昧,敢断言此乃颁布于一八××年之圣谕之真意所在……"

念到这里,高特夏对三个职员说:"等会儿,这要命的句子把我的纸填满了。"他用舌头舐了舐纸角预备把厚厚的公文纸翻过来,"喂,你们要开玩笑的话,只消告诉他,说咱们的东家要半夜里二三点钟才接见当事人,看这老坏蛋来不来。"

然后高特夏把那没结束的句子念下去:"颁布于一八……(你们赶上没有?)"

"赶上了。"三个书记一齐回答。

谈话、起稿、捉弄人的计划,都在那里同时进行。

"颁布于一八……(喂,蒲加老头,诏书是哪年颁布的?那可含糊不得。真要命!纸张倒消耗不少了。)"

首席帮办蒲加还没回答,一个书记接应了一句:"真要命!"

高特夏带着又严厉又挖苦的神气瞧着新来的抄写员,嚷道:"怎么!你把真要命这几个字也写上了吗?"

第四帮办台洛希把抄写员的副本瞅了一眼,说道:"一点不错;他写的是:那可含糊不得。真要命!……"

所有的职员听了都哈哈大笑。

西蒙宁嚷道："怎么，于莱先生，你把真要命当做法律名词吗？亏你还说是莫太涅地方出身！"

"快点儿抹掉！"首席帮办说，"给核算诉讼费的推事看了，不要说我们荒谬绝伦吗？你要给东家惹是招非了。于莱先生，以后别这样乱搅！一个诺曼地人写状子不应该糊里糊涂诺曼地一带（包括莫太涅在内）素来是出讼师的地方，故诺曼地人不谙公文程式，特别显得荒谬！这是吃法律饭的第一件要紧事儿。"

高特夏还在问："颁布于……颁布于……（蒲加，告诉我到底是哪一年呀？）"

"1814年6月。"首席帮办回答的时候照旧做着他的工作。

事务所的门上有人敲了一下，把冗长累赘的状子里的文句打断了。五个胃口极好、目光炯炯、眼神含讥带讽、小脑袋、卷头发的职员，像唱圣诗一般同时叫了声"进来"便一齐抬起头来。

蒲加把头埋在公文堆里（法院的俗语叫作废纸），继续写他的账单。

那事务所是一个大房间，装着一般的事务所通用的那种炉子。管子从斜里穿过房间，通到一个底下给堵死了的壁炉烟囱。壁炉架的大理石面上，可以看到大大小小的面包、三角形的勃里乳饼、新鲜的猪排、玻璃杯、酒瓶，和首席帮办喝巧克力用的杯子。这些食物的腥味、烧得太热的炉子的秽气，和办公室与纸张文件特有的霉味混合之下，便是有只狐狸在那儿，你也不会闻出它的臊臭。地板上已经被职员们带进许多泥巴和雪。靠窗摆着首席帮办用的，盖子可以上下推动的书桌，背靠这书桌的是第二帮办的小桌子。他那时正在跑法院。时间大概在早上八点与九点之间。室内的装饰只有那些黄色的大招贴①，无非是不动产扣押的公告，拍卖的公告，成年人与未成年人共有财产拍卖的公告，预备公断或正式公断的公告②，这都算是替一般事务所增光的！首席帮办的位置后面，靠壁放着一口其大无比的文件柜，把墙壁从上到下都占满了，每一格里塞满了卷宗③，挂着无数的签条与红线，使诉讼案卷在一切案卷中另有一副面目。底下几格装着旧的发黄的蓝镶边的纸夹，标着大主顾的姓名，他们那些油

---

① 招贴：公共场所的告示。
② 公断：指由非当事人居中裁断或官府判决（的行为或实例）。仲裁又称公断。
③ 卷宗：即案卷。经过整理和排列的文件或卡片，反映一项工作、一个案件的情况和处理过程。

水充足的案子正在烹调的过程中。乌七八糟的玻璃窗只透进一点儿亮光。并且，二月里巴黎很少事务所在上午十点以前能不点灯写字，因为这种地方的邋遢是我们想象得到的：大家在这儿进出，谁也不在这儿逗留，没有一个人会觉得这么平凡的景象对自己有什么关系。在主人眼里，事务所是一个实验室，在当事人是一个过路的地方，在职员是一个教室：他们都不在乎它的漂亮不漂亮。满是油垢的家具，从一个又一个的代理人手里郑重其事的传下来，某些事务所甚至还有古老的字纸篓，切羊皮纸条的模子，和从夏德莱衙门出来的公文夹；这衙门在前朝的司法机构中等于今日的初级法院。所以这个尘埃遍地，光线不足的事务所，跟别的事务所一样，在当事人看来颇有些不可向迩的成分①，使它成为巴黎最可怕的魔窟之一。固然，魔窟还不限于此：潮湿的祭衣室是把人们的祷告当做油盐酱醋一般称斤掂量，计算价钱的；卖旧货的人堆放破衣服的铺子，是令人看到灯红酒绿，歌衫舞袖的下场，使人生的迷梦为之惊醒的。要没有这两种富有诗意的丑地方，法律事务所便是最可怖的社会工场了。但赌场、法院、娼寮②、奖券发行所，全是污秽凌乱，不堪入目的。为什么？也许因为在这等场所，内心的话剧使一个人不在乎演剧的道具，大思想家与野心家的生活所以特别朴素，也不外乎这个原因。

"我的刀子在哪儿？"

"我吃早饭呢！"

"该死！状子上怎么能放肉包子！"

"诸位，别闹啊！"

大家这样同时叫嚷的当口，年老的当事人进了事务所，正在关门。可怜虫战战兢兢，动作很不自然。他想对众人笑脸相迎，但在六个漠不关心的职员脸上找不到一点儿善意的表示，他面部的肌肉也就跟着松了下来。大概他看人颇有经验，所以很客气的找跳沟的说话，希望这个当出气筒的角色不至于粗声大气的对待他。

"先生，贵东家能不能接见我呢？"

狡猾的跳沟的再三用左手轻轻拍着耳朵，仿佛说："我是聋子。"

"先生，你有什么事啊？"高特夏一边问一边吞下一口面包，那分量足够做一颗两公斤重的炮弹；他手里晃着刀子，交叉着腿，把翘在空中的

---

① 不可向迩（ěr）：迩，近。不可接近。

② 娼寮（liáo）：即妓院。

可怜虫战战兢兢,动作很不自然

一只脚举得跟眼睛一般高。

那倒霉蛋回答:"我到这儿来已经是第五次了,希望见一见但尔维先生。"

"可是为了什么案子吗?"

"是的,但我只能告诉但尔维先生……"

"东家还睡着呢,倘若你有什么难题和他商量,他要到半夜里才正式办公。你不妨把案情告诉我们,我们同样能替你解决……"

陌生人听了声色不动,只怯生生的向四下里瞅着,像一条狗溜进了别人家的厨房,唯恐挨打似的。由于职业关系,事务所的职员从来不怕窃贼,所以对这个穿卡列克的家伙并不怀疑,让他在屋子里东张西望。他显然是很累了,但办公室里找不到一张凳子好让他休息一下,诉讼代理人的事务所照例不多椅子。普通的主顾站得不耐烦了,只得叽哩咕噜的走掉,可是绝没办法占据代理人的时间。

他回答说:"先生,我已经向你声明过了,我的事只能跟但尔维先生谈,我可以等他起床。"

蒲加把账结好了,闻到他的巧克力香,便从草垫子的椅上站起来走向壁炉架,把老人打量了一番,瞧着那件卡列克,扮了个无法形容的鬼脸。大概他认为随你怎么挤,这当事人也挤不出一个铜子来的,便说了几句斩钉截铁的话,存心要打发一个坏主顾。

"先生,他们说的是实话。敝东家只在夜里办公。倘若你案情严重,我劝你早上一点钟再来罢。"

当事人像发呆似的瞧着首席帮办,一动不动的站了一会。一般健讼的家伙因为迟疑不决或是胡思乱想,脸上往往变化多端,有些意想不到的表情;事务所的职员见得多了,便不再理会那老人,只管吃他们的早点,和牲口吃草一样的大声咀嚼。

临了,老人说道:"好罢,先生,我今天晚上再来。"他跟遭遇不幸的人同样有那种固执脾气,有心到那个时候来揭穿人家缺德的玩艺儿。

一般可怜虫是不能用言语来讽刺社会的,只能以行动来暴露法院与慈善机关的偏枉不公,使他们显露原形。一朝看出了人间的虚伪,他们就更急切的把自己交给上帝。

西蒙宁没等老头儿关上门,就说:"喝!这不是吹牛吗?"接着又道,"他的神气像从坟墓里爬出来的。"

"大概是一个向公家讨欠薪的上校吧。"首席帮办说。

"不,他从前一定是看门的。"高特夏说。

蒲加嚷道:"谁敢说他不是个贵族呢?"

"我打赌他是门房出身,"高特夏回答,"只有门房才会穿那种下摆七零八落,全是油迹的破卡列克。他的靴子后跟都开了裂,灌着水,领带下面根本没有衬衣,难道你们没留意吗?他这种人是睡在桥洞底下的。"

台洛希道:"他可能又是贵族,又是当过看门的,那也有的是。"

蒲加在众人哄笑声中说道:"我断定他1789年上是个卖啤酒的,共和政府时代当过上校。"

高特夏回答:"我可以赌东道,他要是当过兵,大家想瞧什么玩艺儿就归我请客。"

"好极了。"蒲加说。

"喂,先生!先生!"西蒙宁打开窗子叫起来。

"你干什么,西蒙宁?"蒲加问。

"我把他叫回来问问他到底是上校还是门房;他一定知道的。"

所有的职员都哈哈大笑。老头儿已经回头上楼来了。

"咱们跟他说什么好呢?"高特夏嚷道。

"让我来对付罢。"蒲加回答。

可怜的人回进屋子,怯生生的低着眼睛,也许是怕过分贪馋的看着食物会露出自己的饥饿。

蒲加和他说:"先生,能不能留个姓名,让敝东家知道……"

"敝姓夏倍。"

至此为止还没开过口的于莱,急于要在众人的刻薄话中加上一句:

"可是在埃洛阵亡的夏倍上校①?"

"一点不错。"老头儿回答的神气非常朴实,说完就走了。

办公室内却是一片声嚷起来:

"哎哟!"

"妙啊!"

"嘿嘿!"

"噢!"

"啊!"

"这老滑头!"

---

① 埃洛:普鲁士的一个镇,1807年在此发生了法俄埃洛战役。

"真有意思!"

于莱在第四帮办的肩上重重的拍了一下,力气之大可以打死一条犀牛:"台洛希先生,你看白戏看定了。"

大家又是叫又是笑,夹着一大堆惊叹词,和许多没有意义的声音。

"咱们上哪个戏院呢?"

"歌剧院!"首席帮办说。

"且慢且慢,"高特夏抢着回答,"我没说请大家看戏。只要我高兴,可以带上你们上萨基太太_{萨基太太为当时的舞蹈大家,开着一家专演杂技的剧院}那儿。"

"萨基太太那一套不算数。"

"怎么不算数?"高特夏回答,"咱们先把事实给确定一下。诸位,请问我赌的是什么东道?请大家看点玩艺儿?什么叫作看玩艺儿?无非是看些可看的东西……"

西蒙宁插嘴道:"这么说来,带我们去看看塞纳河的流水也算请客吗?"

台洛希道:"花了钱看的不一定都是好看的玩艺儿;你这个定义不准确。"

"听我说呀。"

"朋友,"蒲加道,"你明明是不讲理嘛。"

"那么居尔丢斯_{居尔丢斯为18世纪末期巴黎蜡人馆的创办人,当时社会上多以居尔丢斯之姓氏称呼蜡人馆}算不算玩艺儿?"高特夏问。

"不算,"首席帮办回答道,"居尔丢斯只是人像陈列所。"

高特夏说:"我可以赌一百法郎的东道,居尔丢斯的的确确是一种玩艺儿。他那里的门票就有几等价钱,看你参观的时候占的什么位置。"

"胡说八道!"西蒙宁插了一句。

高特夏骂道:"仔细我打你嘴巴,小鬼!"

所有的职员都耸了耸肩膀。

高特夏尽管申说理由,却被众人的笑声盖住了,便转换话题:"而且,谁敢说这老滑头不是跟我们开玩笑呢?夏倍上校明明死了,他的女人早已再嫁给参议官法洛伯爵。法洛太太现在还是本事务所的主顾呢。"

蒲加道:"这件公案搁到明天再说罢。诸位,工作要紧!该死!我们这儿简直一事不做。先把你们的状子写完,赶着第四民庭没开庭以前递进去。案子今天要开审的。来,快点儿!"

"倘若他果真是夏倍上校,西蒙宁假装聋子的时候,还不赏他一脚吗?"台洛希这么说着,认为这个理由比高特夏的更充分。

蒲加接着说:"既然事情还没分晓,不妨马马虎虎,到喜剧院去瞧泰玛演尼罗罢。咱们定一个二等包厢,给西蒙宁买张正厅票。"

首席帮办说完便在书桌前面坐下,大家也跟着坐下了。

高特夏重新念他的稿子:"颁布于一千八百一十四年六月——(要写全文,不能用阿拉伯数字。你们赶上没有?)"

两个抄副本的和一个抄正本的一齐回答:"赶上了。"他们的笔尖在公文纸上格吱格吱的响着,办公室内的声音活像小学生捉了上百只黄金虫关在纸匣里。

起稿员嘴里又念着:"恳请钧院诸位大人……(慢点儿!我得把句子再看一遍,连我自己都搅不清了。)"

蒲加也在那里自言自语:"四十六……(嗯,不错,一人常常会搅不清的!……)加三等于四十九……"

高特夏把底稿重新看过了,一口气念道:"恳请钧院诸位大人仰体圣谕意旨,对荣誉团秘书处之行政措施迅予纠正,采用吾人以上申说之广义的观点制成判决……"

小职员插嘴道:"高特夏先生,要不要喝一口水?"

"西蒙宁真淘气!"蒲加说,"喂,小家伙,赶快把这包东西送到安伐里特宫去。"

高特夏继续念他的文件:"……以保障葛朗里欧子爵夫人之权益……"

首席帮办听了叫起来:"怎么!你胆敢为葛朗里欧子爵夫人告荣誉团的官司作状子吗?事务所对这案子的公费是讲的包办制。啊!你真是个大傻瓜!赶快把你的状子,连正本副本一齐丢开,等将来办拿伐兰告救济院案子的时候再用罢。时间不早了,我要办一份等因奉此的申请状①,还得亲自往法院走一遭……"

上面那一幕可以说是人生趣事之一,将来谁回想起青春时代,都不由得要说一声:"啊,那个时候才有意思哇!"

半夜一点光景,自称为夏倍上校的老人跑来敲但尔维先生的门了,但尔维是塞纳州初级法院治下的诉讼代理人,虽然年纪很轻,在法院中已经

---

① 等因奉此:旧时公文用语。等因:用以结束表示理由说明原因的上文;奉此:用以引起重心所在的下文。比喻例行公事,官样文章。

被认为最精明强干的一个。门房说但尔维先生还没回来，老人说是有约在先，便上楼走向法学大家的屋子。将信将疑的当事人打过了铃，看见首席帮办在东家饭厅里的桌子上整理一大堆案卷，预备第二天依次办理，不由得大为诧异。帮办见了他也同样吃了一惊，向上校点点头，让他坐下了。

"先生，你把约会定在这个时间，我还以为是说笑话呢。"老头儿说着，像一个潦倒的人勉强堆着笑容一样，特意装作很高兴。

首席帮办一边工作一边回答："帮办们说的话虚虚实实，不一定都是假的。但尔维先生有心挑这个时间来研究案子，筹划对策，确定步骤，布置防线。他的过人的智慧这时候特别活跃，因为他一天之中只有这个时间才得清静，想得出好主意。他开业到现在，约在半夜里商量案子的，你是第三个。东家晚上回来，把每桩案子都考虑过，每宗文件都看过，忙上四五个钟点，然后打铃叫我进去，把他的用意解释给我听。上午十点到下午两点，他接见当事人，余下的时间都有约会；晚上出去应酬，保持他的社会关系。因此他只有夜里才能研究案情，在法典中找武器，决定作战计划。他一桩官司都不肯打输，对他的艺术爱好到极点，不像一般代理人那样无论什么案子都接，你看他多忙，所以钱也挣得很多。"

老人听着这番解释，一声不出，古怪的脸上表现一副痴呆的神气；帮办看了一眼，不理他了。一会儿但尔维穿着跳舞服装回来了；帮办替他开了门，仍旧去整理案卷。年轻的代理人在半明半暗中瞥见那个等着他的怪当事人，不由得愣了一会。夏倍上校一动不动，跟高特夏想请同事们去瞧的居尔丢斯陈列馆中的蜡人像一个样。呆着不动的姿势，倘不是对幽灵似的整个外表有陪衬作用，还不至于教人惊奇。但这老军人又瘦又干，脑门故意用光滑的假发遮着，带点儿神秘意味。眼睛里头似乎有一层透明的翳，可以说是一块肮脏的螺钿①，在烛光底下发出似蓝非蓝的闪光。惨白而发青的脸又长又瘦，正是俗语所说的刀锋脸，像死人的一样。脖子里绕着一条品质恶劣的黑绸领带，在他上半身成为一条棕色的线，线以下的身体被黑影遮掉了。一个富有幻想的人大可把这个老人的头看做什么物象的影子，或是没有装框子的伦勃朗笔下的肖像②。帽子的边盖在老人额上，

---

① 螺钿：一种手工艺品。用螺壳、海贝磨制成人物、花鸟嵌在漆器、硬木器物的表面。

② 伦勃朗：欧洲17世纪最伟大的画家之一，荷兰人。擅长肖像画、历史画、风俗画等领域。

夏倍上校

把上半个脸罩着一个黑圈。这个天然而又古怪的效果成为一个强烈的对比，使白的皱纹、生硬的曲线、像死尸般阴沉的气息，格外显著。僵着不动的身体，没有一点儿暖意的眼神，跟忧郁痴呆的表情，以及白痴所特有的丧失灵性的征象，非常调和：他的脸也就特别显得凄惨，非言语所能形容。但一个善于观察的人，尤其是诉讼代理人，在这个衰败的老头儿身上很能看出深刻的痛苦的痕迹，看出毁伤这个面貌的灾难的标记，好比成年累月的滴水把一座美丽的大理石像破坏了。当医生的，当作家的，当法官的，一看见这副神奇的丑相，就体会到整个的惨剧。这面目至少还有一点妙处，便是很像艺术家一边跟朋友们谈天，一边在镂刻用的石板上画的想入非非的图形。

生客看到诉讼代理人，不禁浑身一震，仿佛诗人在静寂的夜里被出其不意的声音把诗意盎然的幻想打断了。老人赶紧脱下帽子，站起来行礼；不料衬在帽子里面的那圈皮，油腻很重，把假头发粘住了，揭落了，露出一个赤裸裸的脑壳：一条可怕的伤痕从后脑起斜里穿过头顶，直到右眼为止，到处都是鼓得很高的伤疤。原来可怜的人戴这副肮脏的假头发，就是为遮盖伤痕的；两个吃法律饭的眼看假头发突然揭落，没有半点儿好笑的心思，因为破裂的脑壳简直惨不忍睹，你一瞥之下，立刻会想到："啊，他的聪明都打这里溜掉了。"

蒲加心里想："他要不是夏倍上校，至少也是个了不起的军人！"

"先生，"但尔维招呼他，"请教贵姓？"

"鄙人是夏倍上校。"

"哪一位夏倍上校？"

"在埃洛阵亡的那个。"老人回答。

听了这句奇怪的话，帮办与代理人彼此瞅了一眼，意思是说："嘿，简直是个疯子！"

上校又道："先生，我想把自己的情形只告诉你一个人。"

值得注意的是，凡是诉讼代理人天生都胆子很大。或许因为平时接触的人太多了，或许因为知道自己有法律保护，或许因为对本身的职务抱着极大的信心，所以他们像教士与医生一样，无论到什么地方都不会害怕。但尔维向蒲加递了个眼色，蒲加便走开去了。

"先生，"代理人说道，"白天我倒并不怎么吝啬时间；可是夜里的每一分钟对我都是宝贵的。因此请你说话要简洁、明白。只讲事实，不涉闲文。需要说明的地方，我会问你的。现在你说罢。"

年轻的代理人让古怪的当事人坐了,自己也坐在桌子前面,一边听着那阵亡上校的话,一边翻阅案卷。

上校开言道:"先生,也许你是知道的,我在埃洛带领一个骑兵联队。缪拉那次有名的冲锋是决定胜利的关键;而我对于缪拉袭击的成功又颇有功劳①1806 年 2 月 7、8 两日,拿破仑在普鲁士埃洛地方大破普俄联军。缪拉将军于该战役中担任后备。不幸我的阵亡变了一桩史实,在《胜利与武功》《胜利与武功》为一部记载法国征略史的书,包括拿破仑各战役在内。全书系根据政府公报及各处报告编撰而成,自 1817 年起,至 1829 年方始出齐,共有三十四册上报告得非常详细。当时我们把俄罗斯的三支大军截成两段,但他们立刻合拢,我们不得不回头杀出去。击退了一批俄军,正向着皇帝统率的主力冲回去的时候,忽然遇到一大队敌人的骑兵。我向那些顽敌直扑过去,不料两个巨人般的俄国军官同时来攻击我:一个拿大刀往我头上直劈下来,把头盔什么都砍破了,直砍进我贴肉的黑绸小帽,劈开了脑壳。我从马上翻下来。缪拉赶来救应,带着一千五百人马像潮水般在我身上卷过,那真是非同小可!他们报告皇帝,说我阵亡了。皇帝平时待我不错,那一次猛烈的冲锋我又是有功的,他为谨慎起见,想知道是否还有希望把我救过来,派了两名军医来找我,预备用担架抬回去;他吩咐他们:'去瞧瞧可怜的夏倍是不是还活着。'也许当时的口气太随便了些,因为他真忙。那些可恶的医生早先眼看我被两个联队踏过了,大概不再按我的脉搏,便说我死了。于是人家按照军中的法律程序,把我的阵亡做成了定案。"

年轻的代理人听见当事人说话非常清楚,故事虽然离奇,却很像真的;便放下案卷,把左肘撑在桌子上,手托着头,目不转睛的看着上校。

他打断了对方的话,说道:"先生,你可知道我的主顾里头就有夏倍上校的寡妇——法洛伯爵夫人吗?"

"你是说我的太太!是的,先生,我知道。就为这个缘故,我向多少诉讼代理人奔走了上百次,毫无结果,被他们当做疯子以后,决意来找你的。我的苦难等会儿再谈,先让我把事实讲清楚,但我的解释多半是根据推想,不一定是实际发生的。只有上帝知道的某些情况,使我只能把好几桩事当做假定。我受的伤大概促发了一种强直症,或是跟所谓止动症相仿

---

① 缪拉:法兰西第一帝国元帅,以杰出的骑兵指挥官和勇武绝伦的战士著称。

的病①。要不然,我怎么会被掩埋队按照军中的习惯,剥光了衣服丢在阵亡将士的大坑里呢?说到这里,我要插叙一桩所谓阵亡的过程中的小事,那是事后才知道的。1814年,我在斯图加特遇到我联队里的一个下士②,关于他的情形以后再谈。那个唯一肯承认我是夏倍上校的好人和我解释,说我受伤的当口,我骑的马也中了一枪。牲口和人都像小孩子折的纸玩艺儿一般被打倒了。它或是往左或是往右倒下去的时节,一定把我压在下面,使我不至于被别的马践踏,也不至于受到流弹。他认为这是我能保全性命的原因。可是先生,当时一醒过来,我所处的地位和四周的空气,便是和你讲到明儿早上也不能使你有个概念。我闻到的气味臭得要命,想转动一下又没有地位;睁开眼睛,又看不见一点东西。空气的稀薄是最大的威胁,也极显著的使我感觉到自己的处境。我知道在那个场合不会再有新鲜空气了,也知道我快死了。这个念头使我本来为之痛醒的、无法形容的苦楚,对我不生作用。耳朵轰轰的响着。我听见,或者自以为听见,因为我什么都不敢说得肯定,周围的死尸都在那里哼哼唧唧。虽然关于那个时间的回忆很模糊,虽然痛苦的印象远过于我真正的感觉而扰乱了我的思想,但至今有些夜里我还似乎听到那种哽咽和叹息。比这些哀号更可怕的,是别的地方从来没体验过的静默,真正的坟墓中的静默。最后,我举起手来在死人堆中摸索了一会,发觉在我的脑袋和上一层的死尸之间留有一个空隙。我把这个不知怎么会留下的空间估量了一下。似乎掩埋队把我们横七竖八丢下坑的时候,因为粗心或是匆忙的缘故,有两个尸体在我头上凑成一个三角形,好比小孩子用两张纸牌搭的屋子,上面斜靠在一起,底下分开着。那时一分钟都不能耽搁,我赶紧在空隙中摸索,居然很运气,碰到一条手臂,像赫格利斯一般的手臂_{希腊神话载,大力士赫格利斯为丘比特之子,幼年时即膂力过人,扼杀二目蛇},救了我的命。要没有这意想不到的援助,我早就完了。你不难想象,当下我发狠从死尸堆里往上顶,想爬出掩埋队盖在我们身上的泥土,我说我们,仿佛我身边还有什么活人似的。我毫不放松的顶上去,居然达到了目的:因为你瞧,我不是活着吗?可是怎么能越过那生死的界线,从人肉堆中翻上来,我到现在也弄不明。当时仿佛有了三头六臂。被我当做支点一般利用的那条胳膊,使我在竭力挪开的许多

---

① 强直症:一种肌肉疾病,多指身体某部肌肉收缩后不易放松,引起全身肌肉的强直性收缩,无法动弹。寒冷环境和突然受惊容易使症状加重。

② 斯图加特:德国西南部城市。

死尸之间找到一些空气，维持我的呼吸。临了，先生，我终于见了天日，冰天雪地中的天日！那时我才发觉自己的头裂开了。幸而我的血，那些同伴的血，或是我的马的烂肉，也说不清究竟是什么，凝结之下，好像给我贴了一个天然的大膏药。虽则脑壳上盖着这层硬东西，我一碰到雪也不由得晕过去了。可是我身上仅有的一点儿热气把周围的雪化掉了一些，等到苏醒过来，发觉自己在一个小窟窿的中央，我便大声叫救命，直叫到声嘶力竭为止。太阳出来了，很少希望再使人听到我了。田里是不是已经有人出来呢？幸亏地底下有几个身体结实的尸首，让我的脚能借一把力，把身子往上挣扎。你知道那当然不是跟他们说'可怜的好汉，我向你们致敬！'相传拿破仑某日看到一队奥国俘虏的时候，不禁脱下帽子，说道："可怜的好汉，我向你们致敬！"的时候。总而言之，先生，那些该死的德国人听见叫喊而不见一个人影，吓得只有逃命的份儿，叫我看了又急又气，我这么说，可还不足以形容我心中的痛苦。过了不知多久，才有一个或是胆子很大，或是很好奇的女人走近来，当时我的头好似长在地面上的一颗菌。那女的跑去叫了丈夫来，两口儿把我抬进他们简陋的木屋。大概我又发了一次止动症，请你原谅我用这个名词来形容我的昏迷状态，听两位主人说来，想必是那种病。我死去活来，拖了半年，要就是一声不出，要就是胡言乱语。后来他们把我送进埃斯堡城里的医院①。先生，你该明白，我从死人坑里爬出来，跟从娘胎里出世一样的精赤条条，因此过了六个月，忽然有一天我神志清醒了，想起自己是夏倍上校的时候，便要求看护女人对我客气一些，别把我当做穷光蛋看待：不料病房里的同伴听了哈哈大笑。幸而，主治的外科医生为了好胜心立意要把我救活，当然很关切我。那好人叫作斯巴区曼，听我有头有尾的把过去的身世讲了一遍，就按照当地的法律手续，托人把我从死人坑里爬出来的奇迹，救我性命的夫妻俩发现我的日子与钟点，统统调查明白：又把我受伤的性质、部位，详细记录下来；姓名状貌也给写得清清楚楚。可是这些重要文件，还有我为了要确定身份而在埃斯堡一个公证人面前亲口叙述的笔录，都不在我身边。后来因为战争关系，我被赶出埃斯堡，从此过着流浪生活，讨些面包度日：一提到历险的事，还被人当做疯子。所以我没有一个钱，也挣不到一个钱去领取那些证件；而没有证件，我的社会生活就没法恢复。为了伤口作痛，我往往在德国某些小城里待上一年半载，居民对我这个害病的法国人很热心照顾，但我要

---

① 埃斯堡：埃斯比约又译"埃斯堡"。丹麦日德兰半岛西南部城市。

自称为夏倍上校就得被讪笑了。这些讪笑,这种怀疑,把我气得不但伤了身体,还在斯图加特城里被人当做疯子,关在牢里。的确,照我讲给你听的情形,你也不难看出人家有理由把我关起来了。两年之间,狱卒不知对人说了多少遍:'这可怜的家伙还自以为夏倍上校呢!'听的人总是回答一句:'唉,可怜!'关了两年之后,我自己也相信那些奇怪的遭遇是不可能的了,就变得性情忧郁、隐忍、安静,不再自称夏倍上校:唯有这样才有希望放出监狱回法国去。噢!先生,我对巴黎简直想念得如醉如痴……"

夏倍把这句话说了一半,就呆着出神了,但尔维耐着性子等着,不忍打扰他。

然后他又往下说:"后来有一天,正好是春天,他们把我释放了,给我十个泰勒泰勒为一种德国货币,价值高于马克,认为我各方面说话都很有理性,也不自命为夏倍上校了。的确,那时我觉得自己的姓名可厌透了,便是现在,偶尔还有这感觉。我但求不成其为我。一想到自己在社会上有多少应得的权利,我就痛苦得要死。倘若我的病使我把过去的身世忘了,那就幸福了!我可以随便用一个姓名再去投军,而且谁敢说我此刻不在奥国或俄国当上了将军呢?"

"先生,"代理人说,"你把我的思想都搅乱了。听着你的话,我觉得像做梦。咱们歇一会儿好不好?"

"至此为止,肯这样耐着性子听我的只有你,"上校的神气挺悲伤,"没有一个法律界的人愿意借我十个拿破仑拿破仑为镌有拿破仑头像的金币,值二十法郎让我把证件从德国寄回来,做打官司的根据……"

"什么官司?"诉讼代理人听着他过去的灾难,竟忘了他眼前的痛苦的处境。

"先生,法洛伯爵夫人不是我的妻子吗?她每年三万法郎的收入都是我的财产,可是她连两个子儿都不愿意给我。我把这些话讲给一般诉讼代理人或是明理的人听,像我这样一个叫花子说要控告一个伯爵和一个伯爵夫人,我这个公认为早已死了的人说要和死亡证、结婚、出生证对抗的时候,他们就把我撵走,撵走的方式看各人性格而定:有的是冷冷的,有礼的,像你们用来拒绝一个可怜虫的那一套;有的用着粗暴蛮横的态度,以为遇到了坏蛋或是疯子。当初我被埋在死人底下,如今我被埋在活人底下,埋在各种文书、各种事实底下,埋在整个社会底下,他们都要我重新钻下地去!"

"先生，请你把故事讲下去罢。"代理人说。

"请！"可怜的老头儿抓着年轻人的手叫起来，"请这个字儿从我受伤到现在还是第一次听到……"

上校说着，哭了。他感激之下，连声音都没有了。他的眼神，动作，甚至于静默，所表现的深刻的意义，非言语所能形容，终于使但尔维完全相信，并且大为感动：

"听我说，先生，今天晚上我打牌赢了三百法郎，很可以拿出半数来促成一个人的幸福。我马上办手续，叫人把你所说的文件寄来；没寄到以前，我每天借给你五法郎。你要真是夏倍上校的话，一定能原谅我只帮你这么一点儿款子，因为我是个年轻人，还得挣我的家业。好了，请你往下说罢。"

自称为的上校一动不动的呆了好一会：虽然，他所遭遇的千灾百难把他的信心完全毁灭了。他现在还追求军人的荣誉，追求他的家产，丢不开自己，大概只因为受着一种无法解释的心情支配，那是在任何人心中都有根芽的：炼丹家的苦功，求名的人的热情，天文学家物理学家的发现，凡是一个人用事实用思想来化身为千万人而使自己伟大的，都是由于那一点心理作用。在上校心目中，所谓自我倒居于次要地位，正如在赌徒看来，得胜的虚荣和快感，比所赌的目的物更宝贵。这个人见弃于妻子，见弃于一切社会成规，前后有十年之久，一朝听到诉讼代理人的话当然认为是奇迹。多少年来被多少人用多少方式拒绝的十块金洋，居然在一个诉讼代理人手中得到了！相传有位太太害了十五年的寒热，一旦寒热停止，竟以为害了另外一种病：上校的情形就是这样。世界上有些幸福，你早已不信会实现的了；真实现的时候，简直像霹雳一般会伤害你的身心。因此那可怜虫感激的情绪太强烈了，没法用言语来表现。肤浅的人或许会觉得他冷淡，可是但尔维看他发愣，完全体会到他的忠厚老实。换了一个狡黠之徒，在那个情形之下一定会天花乱坠的说一套的。

"我讲到哪里了？"上校问话的态度天真得像小孩子或者军人，因为真正的军人往往有赤子之心，而小孩子也往往有军人气息，尤其在法国。

"你说到斯图加特，刚从监狱里出来。"代理人回答。

"你认识我的女人吗？"上校问。

"认识的。"但尔维点点头。

"现在她怎么样？"

"还是那么娇滴滴的。"

老人做了个手势，似乎把心中的隐痛哽咽下去：在战场上经过炮火，浴过血的人，都有这种克制力功夫，使你觉得他庄严严肃。他显得快活了些，因为呼吸舒畅了，等于第二次从坟墓里爬出来，把一层比当年盖在他头上的雪更难融化的雪融化了；他像走出地牢似的拼命吸着空气，说道：

"先生，倘若我是个美男子，绝不至于受那些苦难。女人相信的是三句不离爱情的男人。一朝喜欢了你，她们就百依百顺，替你出力，替你玩手段，帮你肯定事实，为你翻江倒海，无所不为。可是我，我怎么能打动女人的心？我的脸像个鬼，身上穿得像破靴党①，不像法国人而像一个爱斯基摩人②，但是1799年上我明明是个最漂亮的哥儿，我夏倍明明是个帝政时代的伯爵！……且说我被人家当做狗一般赶到街上的那一天，碰到刚才跟你提过的下士。那弟兄名叫蒲打。可怜他当时的模样和我半斤八两，我散步的时候瞧见了他，认得是他，可是他休想猜到我是谁。我们一块儿上酒店，到了那里，我一报姓名，蒲打就咧着嘴大笑，像一尊开了裂的臼炮③。先生，他这一笑使我伤心到极点，它老实不客气让我感觉到自己面目全非，便是最感激最敬重我的朋友也认不得我了。我救过蒲打的性命，其实那是我还他的情分。他当初怎样帮我忙，也不用细表了。只要告诉你事情发生在意大利的拉凡纳④。在一个不怎么上等的屋子里，我差点儿被人扎死，亏得蒲打救了我。那时我不是上校，只是个普通的骑兵，和蒲打一样。幸而那件事有些细节只有我们两人知道，经我一提，他对我的疑心就减少了。我又把奇奇怪怪的经历讲给他听。他说，我的眼睛我的声音都变了；头发、牙齿、眉毛，都没有了，惨白的脸色像害着白皮症。虽是这样，他捏出许多问话，听我回答得一点不错之后，终于承认这个叫花子原来真是他的上校。他把他的遭遇跟我说了，其离奇也不下于我的，他逃出西伯利亚想到中国去，遇到我的时候便是从中国边境回来。他告诉我俄罗斯战役的惨败，和拿破仑的第一次退位。这个消息给了我极大的打击。我们俩都是劫后余生的怪物，在地球上滚来滚去，像小石子般被大风浪在海洋中卷到东，卷到西，卷过了一阵。把两个人到过的地方合起来，

---

① 破靴党：原指地方上家境破落、品行不端而声气相通、恃众闹事的士子。亦指破落无赖的团伙。

② 爱斯基摩人：又称因纽特人，生活在北极地区，属蒙古人种北极类型，靠在海上捕鱼和雪地里打猎为生。

③ 臼炮：一种短炮身的滑膛火炮，形似石臼。

④ 拉凡纳：又译"拉韦纳""拉温拿"。意大利北部城市。古罗马的海港。

有埃及，有叙利亚，有西班牙，有俄罗斯，有荷兰，有德意志，有意大利，有达尔美西亚，有英国，有中国，有鞑靼，有西伯利亚，只差印度和美洲没去！蒲打比我脚腿轻健，决意日夜兼程的赶往巴黎，把我的情形通知我太太。我给她写了一封极详细的信，那已经是第四封了，先生！倘若我有亲属的话，也许不会到这个田地；可是老实告诉你，我的出身是育婴堂①，我的履历是军人；没有遗产，只有勇气；没有家族，只有社会；没有故乡，只有祖国；没有保护人，只有上帝。噢，我说错了！我还有一个父亲，就是皇帝！啊，倘若那亲爱的人还在台上，看到他的夏倍——他老是那么称呼我的——像现在这幅模样，他要不大发雷霆才怪。有什么办法！我们的太阳下山了②，此刻我们都觉得冷了。归根结蒂，我妻子的杳无信息多半可以用政局的变动来解释。

"蒲打动身了。他才运气哇！他有两只训练好的白熊一路替他挣钱。我不能和他做伴，身上带着病，走不了长路，只能在我体力范围之内把蒲打和他的熊送了一程；分手的时候，先生，我哭了。在卡尔斯鲁埃③，我头里闹神经痛，在小客店里潦倒不堪的躺了六星期，睡在干草堆里。唉，先生，我过的叫花子生活所遭遇的苦难，说也说不完。有了精神上的痛苦，肉体的痛苦变得不足道了；但因为精神的痛苦是肉眼看不见的，倒反不容易得到人家同情。我记得在斯特拉斯堡一家大旅馆前面哭了一场④：从前我在那边大开筵席，请过客，如今连一块面包都要不到。我的路由是跟蒲打商量好的，所以到一个地方就上邮局去问，可有寄给我的信和钱。直到巴黎，什么都没收到。那期间我饮泣吞声，多少的悲痛只能往肚里咽！我心里想：'大概蒲打死了罢？'果然，可怜的家伙在滑铁卢送了命。他的死讯是我以后无意之中听到的。他和我太太办的交涉一定是毫无结果。最后我到了巴黎，和哥萨克兵同时进城1815年6月滑铁卢战役以后，惠灵吞部下之英军，与亚历山大部下之哥萨克军，同时进占巴黎。那对我真是痛上加痛。看见俄国兵到了法国，我就忘了自己脚上没有鞋，袋里没有一个钱。真的，我身上的衣服全变成破布条了。进巴黎的上一天，我在格莱森林中露宿了一夜。晚上的凉气使我害了一种不知什么病，第二天进圣·马丁城关的时候

---

① 育婴堂：由政府、教会等举办的收养社会遗弃婴儿的慈善机构。
② 此处指拿破仑被迫退位下台，法兰西第一帝国结束。
③ 卡尔斯鲁埃：即卡尔斯鲁厄，德国西南部城市。
④ 斯特拉斯堡：法国东北部城市。

只能……把蒲打和他的熊送了一程

发作起来，差不多晕倒在一家铁匠铺门口。醒来发觉自己躺在天主医院里的病床上。在那儿待了一个月，日子还算过得快活。不久我被打发出来，一文不名，但身体很好，脚也踏到了巴黎的街道。我多么高兴的，急不及待地赶到白峰街，那是我太太住的地方，屋子还是我的产业呢！谁知白峰街变成旭塞·唐大街。我的屋子不见了，原来给卖掉了，拆掉了。地产商在我从前的花园里盖了好几幢屋子。因为不知道妻子嫁了法洛，我什么消息都打听不出。后来去找一个从前代我经手事情的老律师。不料老律师死了，没死以前就把事务所盘给一个年轻人。这位后任把我的遗产如何清算，继承手续如何办理，我的妻子如何再嫁，又生了两个孩子等等全部告诉了我，使我大吃一惊。他一听见我自称为夏倍上校就哈哈大笑，而且笑得那么不客气，我一句话不说就走了。斯图加特监狱的经验使我想起了夏朗东夏朗东为巴黎近郊的城市，有著名的疯人院，一般人均以夏朗东三字代表疯人院，决意小心行事。我既然知道了太太的住处，便存着希望到她的公馆去了。"上校说到这里做了一个手势，表示他压着一肚子的怨气，"唉，哪知道我用一个假姓名通报的时候，里头回说不在；下回我用了真姓名的时候根本被拦在大门口。为了要看到伯爵夫人半夜里跳舞回来或是看戏回来，我整夜站在大门外界石旁边。车子像闪电一般的过去，我拼命把眼睛盯着车厢朝里望：那个明明是我的而又不再属于我的女人，我只能在眼梢里瞥见一点儿影子。"老人说着，冷不防在但尔维面前站了起来，嘎着嗓子叫道①："从那天起，我一心一意只想报复了。她明知道我活着，我回来以后，她还收到我两封亲笔信。原来她不爱我了！我说不上来对她是爱还是恨！一会儿想她，一会儿咒她。她的财产，她的幸福，哪一样不是靠了我？可是她连一点儿小小的帮助都不给我！有时我气得简直不知道怎么办！"

讲完这几句，老军人又往椅子里坐下，呆着不动；但尔维默默无声，只管打量着当事人。终于他像出神一般的说道：

"事情很严重。即使存在埃斯堡的文件真实可靠，也不能担保我们一开场就胜利。这桩官司前后必须经过三审，对这样一件没有前例的案子，非用极冷静的头脑考虑不可。"

"噢！"上校很高傲的抬起头来，冷冷的回答，"万一失败了，我是知道怎么死的，可是要人陪我的。"

那时他全无老态，变了一个刚毅果敢的人，眼中燃着悲愤与报复的

---

① 嘎（shà）：嗓音嘶哑。

火焰。

代理人说:"或许咱们应当想法和解。"

"和解!"夏倍上校嚷道,"请问我到底是死的还是活的?"

代理人说:"先生,希望你听从我的劝告。我一定把你的案子当做我自己的事。不久你就可以发觉我怎样关切你的处境——那在司法界中几乎从无先例的。目前我先给你一个字条,你拿去见我的公证人,凭你的收据每十天向他支五十法郎。到这儿来拿钱对你不大得体。如果你真是夏倍上校,就根本用不着依靠谁。我给你的垫款是一种借贷的方式。你有产业可以收回,你是有钱的人。"

这最后一番体贴使老人眼泪都冒上来了。但尔维突然站起身子,因为当诉讼代理人的照例不应当流露感情;他进入办公室,出来拿着一个开口的封套交给夏倍伯爵。可怜的人用手指一捻,觉得里头有两块金洋。

代理人说:"请你把文件的名称,存放在城与邦_{该时德国尚未统一,日耳曼各地均系诸侯分治,故称"邦"}的名称,统统告诉我。"

上校逐一说明了,又把代理人写的地名校对一遍;然后一手拿起帽子,望着但尔维,伸出另外一只生满肉茧的手,声音很自然的说道:

"真的,先生,除了皇帝,你是我最大的恩人了!你真是一条好汉_{"好汉"二字是拿破仑夸奖部下的口头语。}。"

代理人按了按上校的手,掌着灯把他直送到楼梯口。

"蒲加,"但尔维对他的首席帮办说,"我听到一桩故事,也许要我破费五百法郎。但即使上了当,赔了钱,我也不后悔,至少是看到了当代最了不得的戏子。"

上校走到街上一盏路灯底下,掏出代理人给的两枚二十法郎的钱瞧了一会。九年以来,这是他第一回看到金洋。

"这一下我可以抽雪茄了!"他心里想。

二　谈　判

从夏倍上校半夜里找但尔维谈话以后，大约过了三个月，负责代但尔维给怪主顾透支生活费的公证人，为了一件重要的事去和代理人商议，一开始就向他索取付给老军人的六百法郎垫款。

"你有心养着帝国军队玩玩吗？"公证人取笑但尔维。这公证人叫作格劳太，年纪很轻，原来在一个公证人事务所里当首席帮办，后来东家破产，逃掉了，格劳太便盘下了事务所。

但尔维回答："谢谢你提醒我这件事。我的慈善事业不预备超过六百法郎，说不定我为了爱国已经受骗了。"

他言犹未了，看到自己的书桌上放着首席帮办拿来的几包文件。有封信贴着许多块长的、方形的、三角形的、红的、蓝的奥国邮票、普鲁士邮票、巴伐利亚邮票、法国邮票，他不由得眼睛一亮。

"啊！"他笑着说，"戏文的结果来了，咱们来瞧瞧我是不是上了当。"

他拿起信来拆了，不料写的是德文，一个字都念不上来，便打开办公室的门把信递给首席帮办：

"蒲加，你亲自跑一趟，教人把这信翻译一下，速去速来。"

柏林的公证人复称，全部文件几天之内就可送到。据说那些公事都合格，做过必要的法定手续，足以取信于法院。当初为笔录所举的事实作证的人，几乎都还在普鲁齐赫-埃洛邦内；救夏倍伯爵的女人至今还活着，住在埃斯堡近郊的一个镇上。

蒲加把信念完了，但尔维嚷道："啊，事情当真起来了——可是，朋友，"他回头向着公证人，"我还需要一些材料，大概就在你事务所里。当初不是那骗子罗更……"

"噢，咱们不说骗子，只说不幸的、可怜的罗更。"亚历山大·格劳太笑着打断了但尔维的话。

"随你说吧。夏倍的遗产案子，不是那可怜的罗更，最近带走了当事人的八十万法郎,使好几个人家急得没办法的罗更,经手的吗?我们的法律案卷中好像提到这一点。"

"是的,"格劳太回答,"那时我还当着第三帮办;清算遗产的案卷是我誊写的,也仔细研究过。罗士·夏波丹女士是伊阿桑德的寡妇,伊阿桑德一名夏倍,帝政时代封的伯爵,荣誉团勋二级。他们结婚的时候没有订婚约,所以双方的财产是共有制。我记得资产总额一共有六十万法郎。结婚以前,夏倍上校立过一份遗嘱,把四分之一的遗产捐给巴黎的慈善机关,另捐四分之一给公家。他死后办过共有财产拍卖、一般性拍卖、遗产分析等等手续,因为各方面的诉讼代理人都很活跃,在清算期间,统治法国的那个魔王下了一道上谕,把国库应得的一份遗产退还给上校的寡妇。"

"那么夏倍伯爵私人名下的财产只剩三十万了。"

"对啦,朋友!"格劳太回答,"你们这批诉讼代理人有时理路倒还清楚①,虽然人家责备你们不论是辩护还是攻击,常常颠倒事实。"

夏倍伯爵在交给公证人的第一张收据上写的地址是圣·玛梭区小银行街,房东是一个在帝国禁卫军中当过上士的老头儿,叫作凡尼奥,现在做着鲜货买卖。到了街口上,但尔维不得不下车步行:因为马夫不肯把轻便两轮车赶进一条不铺石子的街,地下的车辙也的确太深了。诉讼代理人向四下里望了一会,终于在紧靠大街的小巷子的某一段,在两堵用兽骨和泥土砌的围墙中间,瞧见两根粗糙的石柱,被来往的车辆撞得剥落了,虽然前面放着两块代替界石的木头也保护不了。石柱顶上有个盖着瓦片的门楣,底下有根横梁,梁上用红字写着"凡尼奥鲜货行"。字的右首用白漆画着几个鸡子,左首画一条母牛。大门打开着,看样子是整天不关的。进门便是一个相当宽敞的院子,院子的尽里头,朝着大门有所屋子,倘若巴黎各城关的一些破房还能称作屋子的话;它们跟无论什么建筑物都不能比,甚至还比不上乡下最单薄的住屋;因为它们只有乡下破房的贫窭而没有它的诗意②。田野里有的是新鲜的空气、碧绿的草原、阡陌纵横的景致、起伏的岗峦、一望无际的葡萄藤、曲折的小路、杂树围成的篱垣、茅屋顶上的青苔、农家的用具:所以便是草房木屋也另有一番风味,不像巴黎的贫民窟因为丑恶而只显出无边的苦难。

这所屋子虽是新盖的,已经有随时可以倒塌的样子。材料没有一样是

---

① 理路:理论,道理;思路,条理。
② 贫窭(jù):贫穷。

真正合用的，全是旧货，因为巴黎每天都在拆房子。但尔维看见一扇用木板钉成的护窗上还有时装商店几个字。所有的窗子式样都不一律，装的方式也怪得很。似乎可以居住的底层，一边高一边低；低的一边，房间都在地面之下。大门与屋子中间有一个坑，堆满垃圾，其中有雨水，也有屋子里泼出来的脏水。单薄的屋子所依靠的墙要算是最坚固的一堵了；墙根搭着几个稀格的棚子，让一些兔子在里面尽量繁殖。大门右边是个牛棚，顶上是堆干草的阁楼，紧接着一间和正屋通连的牛奶房。左边有一个养鸡鸭的小院子、一个马棚、一个猪栏，猪栏的顶和正屋一样用破板钉成，上面的灯芯草也盖得很马虎。

但尔维插足的院子，和每天供应巴黎食物的场所一样，因为大家要赶早市，到处留下匆忙的痕迹。这儿鼓起来、那儿瘪下去的白铁壶，装乳酪用的瓦罐，塞瓶口用的布条，都乱七八糟丢在牛奶房前面。抹这些用具的破布挂在两头用木柱撑着的绳上，在太阳底下飘飘荡荡。一匹只有在牛奶房里才看得见的那种驯良的马，拖着车走了几步，站在大门紧闭的马棚外面。开裂而发黄的墙上，爬着盖满尘土的瘦小的葡萄藤，一只山羊正在啃藤上的嫩叶。一只猫蹲在乳酪罐上舔乳酪。好些母鸡看到但尔维走近，吓得一边叫一边飞，看家的狗也跟着叫起来。

但尔维对这幕丑恶的景象一瞥之下，心上想："噢！决定埃洛一仗胜败的人原来住在这里！"

看屋子的只有三个男孩子。一个爬在一辆满载青草的车上，向邻屋的烟囱摔石子，希望石子从烟囱里掉进人家的锅子。另外一个想把一只猪赶到车身碰着地面的木板上，第三个拿手攀着车身的另一头，预备猪上了木板，叫它一上一下的颠簸。但尔维问他们夏倍先生是不是住在这儿，他们都一声不出，只管望着他，神气又痴骏又机灵——假如这两个字可以放在一起的话①。但尔维又问了一遍，得不到回音。他看到三个顽童的狡猾的样子心中有气，便拿出年轻人对付儿童的办法，半真半假的骂了一声，不料他们反倒很粗野的大笑起来。这一下但尔维可恼了。上校听到声音，从牛奶房旁边一间又矮又小的屋内走出来，站在房门口声色不动，完全是一副军人气派；嘴里咬着一根烟膏极重（抽烟的人的术语），质地粗劣，俗称为烫嘴的白泥烟斗。他把满是油腻的鸭舌帽的遮阳掀了掀，看见了但尔维，因为急于要赶到恩人面前，马上从垃圾堆中跨过来，同时声音很和善

---

① 痴骏（ái）：痴呆，愚蠢。

的向孩子们喊着：

"弟兄们，别闹！"

三个孩子立刻肃然静下来，足见老军人平日的威严。

他招呼但尔维："啊，干嘛不写信给我呢？"接着他看见客人迟疑不决，怕垃圾弄脏靴子，便又说，"你沿着牛棚走罢，那儿地下是铺着石板的。"

但尔维东窜一下，西跳一下，终于到了上校的屋门口。夏倍因为不得不在卧房里接待客人，脸上很难堪。的确，但尔维在屋内只看到一张椅子。床上只有几束干草，由女主人铺着两三条不知从哪儿弄来的破烂地毯，平常是送牛奶女人垫在大车的木凳上的。脚下是泥地。发霉的墙壁长着绿毛，到处开裂，散布的潮气那么重，只能用草席把紧靠卧床的那片墙遮起来。一只钉上挂着那件可笑的卡列克。墙角里东倒西歪的躺着两双破靴子。至于内衣被服，连一点儿影踪都没有。虫蛀的桌上有一本北朗希翻印的《帝国军报》打开在那里，好像是上校的经常读物。他在这清苦的环境中神态安闲，非常镇静，从那次访问但尔维以后，他面貌似乎改变了：代理人看出他脸上有些心情愉快的影子和由希望反映出来的一道淡淡的光。

他把草垫只剩一半的椅子端给代理人，问道："我抽烟会使你觉得不舒服吗？"

"嗳，上校，你住的地方太糟了！"

但尔维说这句话是因为第一，代理人都天生的多疑，第二，他涉世不久便看到一些幕后的惨剧，得了许多可叹的经验，所以心上想：

"哼，这家伙拿了我的钱一定去满足他当兵的三大嗜好了：赌钱、喝酒、玩女人！"

"是的，先生，我们这儿谈不到享受，只等于一个营帐，全靠友情给它一些温暖，可是……"说到这儿，老军人用深沉的目光瞅着法学家，"可是我从来没害过人，没做过使人难堪的事，不会睡不着觉的。"

代理人觉得盘问他怎么使用那笔预支的钱未免太不客气，结果只说：

"为什么不搬到城里去呢？你不用花更多的钱，可是住得舒服多了。"

上校回答："这里的房东给我白吃白住了一年，难道我现在有了些钱就离开吗？何况这三个孩子的父亲还是个老埃及人……"

"怎么！是个埃及人？"

"参加过出征埃及的兵，我们都叫作埃及人。我也是其中之一。不但从那里回来的彼此跟弟兄差不多,并且凡尼奥还是我部队里的,在沙漠中和我一块儿喝过水。再说,我教他的几个娃娃认字还没教完呢!"

"既然你付了钱,他应该让你住得好一些。"

"嘿!他的几个孩子还不是和我一样睡在草堆里!他夫妻俩的床也不见得更舒服;他们穷得很,又不自量力,盘了一个铺子。倘若我能收回财产……得啦,别提了!"

"上校,我明后天就能收到你埃斯堡的文件。你的恩人还活着呢!"

"该死的钱!难道我没有钱吗?"他嚷着把土烟斗摔在了地下。一支烟膏厚重的烟斗对一个抽烟的人是很宝贵的,但他的摔破烟斗是激于义愤,自然而然流露出来的举动,大概烟草专卖局也会加以原谅 法国是烟草专卖的国家,故而抽烟的人的烟斗也为专卖局所重视,少一烟斗即少一抽烟的人,专卖局即少一份收入,而烟斗的碎片也许会由天使给捡起来罢。

但尔维跨出房间,想沿着屋子在太阳底下走走。

他说:"上校,你的案子真是复杂极了。"

上校回答:"我觉得简单得很。人家以为我死了,我可是活着!应当还我妻子,还我财产;政府也得给我将官的军阶,因为埃洛战役以前,我已经是帝国禁卫军的上校了。"

"在司法界里,事情就不这么简单啦。我可以承认你是夏倍伯爵;但对于那些为了本身利益而只想把你否认的人,是要用法律手续来证明的。你的文件必然会引起争辩,而这个争辩又得引起十几个先决问题,发生许多矛盾,直要告到大理院①,中间不知要打多少官司,拖多少时间;那是我无论如何努力也阻止不了的。你的敌人会请求当局做一个详细的调查,我们不能拒绝,或许还需要委托普鲁士邦组织委员会就地查勘。即使一切顺利,司法当局很快的承认你是夏倍上校了,但法洛伯爵夫人那件无心的重婚案,谁知道他们怎么判决呢?在这种情形之下,你和法洛伯爵究竟谁对伯爵夫人更有权利,不在法典规定的范围之内,只能由法官凭良心裁判,正如社会上有些特殊的刑事案只能由陪审官用自己良心裁判一样。你和你太太并没生男育女,法洛先生和他太太却生有两个儿子;法官的裁定,可能把婚姻关系比较浅的一方面牺牲,只要另一方面的结合是出于善意。以你这个年龄,这个处境,坚决要求把一个已经不爱你的女人判还给你,你精神上会舒服吗?你的太太和她现在的丈夫势必和你对抗,而这两

---

① 大理院:官署名,法国最高司法机构。

位又是极有势力,可能左右法院的。所以官司非拖不可。那期间你却是悲愤交加,很快的衰老了。"

"那么我的财产呢?"

"你以为你真有天大的家私吗?"

"我当初不是有三万法郎收入吗?"

"上校,你在1799年上还没结婚的时候,立了一份遗嘱,注明把四分之一的遗产捐给救济机关。"

"不错。"

"那么既然人家认为你死了,不是要把你的财产登记、清算,才能把那四分之一拨给救济机关吗?你的太太只顾着自身的利益,不惜损害穷人的利益。清点遗产的时候,她的现款和首饰一定是隐匿不报的,便是银器也只拿出小小的一部分;家具的估价只等于实际价值的三分之一,或是为她自己留地步,或是为了少付一笔税,同时也是因为那是由估价的负责的,所以她尽可以胆大妄为;登记的结果,你的财产只值六十万法郎。你的寡妇照理应当得到一半。拍卖的遗产都由她出钱买回来,沾了不少便宜,救济机关把应得的七万五拿去了六十万遗产,妻子分去半数,只剩三十万,三十万的四分之一为七万五。你遗嘱上既没提到妻子,没有受主的那份遗产应当归入公家,但皇帝下了一道上谕,把那一份给了你的寡妇。由此看来,你现在名正言顺可以争回来的财产还有多少呢?仅仅是三十万法郎,还得除去一切费用。"

上校大吃一惊,问道:"你们把这个叫作大公无私的法律吗?"

"当然啰……"

"那真是太妙了!"

"上校,法律就是这么回事。现在你该明白了吧,你认为容易的事并不容易。可能法洛太太还想把皇帝给她的那一份抓着不放呢。"

"事实上她又不是寡妇,那道上谕应当做废。"

"对。可是世界上没有一件事不可以争辩。告诉你,在这种情形之下,我觉得对你,对她,和解是最好的办法。你和解以后所能到手的财产,可以比你在法律上有权收回的更可观。"

"那不等于把我的妻子卖掉吗?"

"一年有了两万四的收入,再加你的地位,尽可找一个比你原来的太太更合适,使你更幸福的女人。我预备今天就去拜访法洛伯爵夫人,探探风色,但我没通知你以前,不愿意就去。"

"咱们一块儿去罢……"

"凭你这种装束去吗?"代理人说,"不行,不行,上校。那你的官司是输定了……"

"我这官司有没有希望打赢呢?"

"从无论哪一点上看都没问题。可是亲爱的上校,你忘了一件事。我不是富翁,我为了受盘事务所借的债还没还清。倘若法院答应预支你一笔钱,就是说让你在应得的财产里头先拿一部分,也得等到你夏倍伯爵,荣誉团勋二级的身份确定以后。"

"啊!我还是荣誉团勋二级呢,我竟忘了。"他很天真的说。

但尔维接着又道:"而你的身份没确定以前,不是先得叫人辩护吗?律师,要钱;送状子,抄判决书,要钱;执达吏①,要钱;你自己还得有笔生活费。几次预审的费用,约估一下就得一万二到一万五以上。我没有这笔款子;借钱给我盘这个事务所的债主要的利息很高,把我压得喘不过气来。而你,你又从哪儿去张罗?"

可怜的军人黯淡无光的眼中滚出两颗很大的泪珠,淌在全是皱痕的面颊上。看到这些困难,他灰心了。社会与司法界像一个恶梦似的压着他的胸部。

他嚷道:"好吧,我去站在王杜姆广场的华表下面,大声的叫:我是夏倍上校,我是在埃洛冲破俄罗斯大军的方阵的人!——那铜像 巴黎王杜姆广场上的华表,用以记载大革命及帝政时代的武功,顶上置有拿破仑铜像 一定认得我的。"

"这样,人家就把你送夏朗东。"一听到这可怕的名字,老军人可泄气了。

"难道陆军部也不会有人替我做主吗?"

"那些衙门!"但尔维说,"要去先把宣告你的死亡无效的公事端整好了再去。他们正恨不得把所有帝政时代的人物一齐消灭呢。"

上校呆若木鸡,一动不动的愣了好一会,眼睛视而不见的朝前望着。军事法庭办起事来是干脆、迅速、粗暴的,判的案子几乎永远是公道的,夏倍所知道的法律只有这一种。如今看到所要遭遇的难关像迷魂阵一样,要花多少钱才能进去游历一周,可怜的军人的意志不禁受到严重的打击,而意志原是男人特有的一种力量。他觉得受不了打官司的生活,还不如熬着穷苦,做个叫花子,或者有什么部队肯收留,再去投军当个骑兵,倒反

---

① 执达吏:类似司法警察,维持法庭秩序或传唤当事人等。

简单多了。肉体与精神的痛苦，因为损害了几个最重要的器官，已经使他健康大受影响。他害的病在医药上没有名字，病灶像我们身上受伤最强烈的神经系统一般①，没有一定的地方，只能称之为痛苦的忧郁症。这种无形而实在的病不论怎样严重，只要生活愉快，还是能痊愈的。但要完全摧毁他结实的身体，只消一个新的阻碍或是什么意外的事，把已经衰落的生机斩断，使他处处犹豫，做事有头无尾，没人了解——那都是生理学家在受伤过度的人身上常常看到的症状。

但尔维发觉当事人有了失魂落魄的现象，便说：

"别灰心，结果只会对你有利的。但你得想一想是否能完全信托我，对我认为最好的办法能不能闭着眼睛接受？"

"你爱怎么办就怎么办罢。"夏倍说。

"不错，但你听我摆布的程度，是不是能够把生死置之度外？"

"难道我从此只能无名无姓、没有身份的混下去吗？这怎么受得了？"

"我的意思不是这样，"代理人说，"我们可以用友好的方式得到法院的判决，把你的死亡登记和婚约撤销，把你的公民权回复。靠了法洛伯爵的力量，你一定还能得到将官的军阶和一笔恩俸。"

"好，你放手做去罢！我完全信托你。"

"那么我等会把委托书寄给你签字。再见了，别灰心！要用钱，尽管问我。"

夏倍很热烈的握了握但尔维的手，背靠着墙，除了目送一程以外没有气力再送客。正如一般不大了解司法界内情的人，他看到这场意想不到的斗争吓坏了。他们俩谈话期间，街上有个人掩在大门口一根柱子旁边，伸头探颈的等着。但尔维一出门，他就走过来。那是个老头儿，穿着蓝色上衣，跟卖啤酒的商人一样束一条叠裥的白围裙，头上戴一顶獭皮小帽。凹陷的脸是棕色的，皱纹密布，但因为工作辛苦，老在外边跑，颧骨倒晒得通红。

他伸出手臂拦住了但尔维，说道："先生，我很冒昧的跟你说话，请你原谅。我一看到你，就疑心是我们将军的朋友。"

但尔维回答："你关切他什么事？"又不大放心的追问一句：

"你是谁呀？"

"我叫作路易·凡尼奥，有几句话要跟你说。"

---

① 病灶：机体上发生病变的部分。

他伸出手臂拦住了但尔维

"原来是你把夏倍伯爵安顿在这种地方的。"

"对不起,先生,请你原谅,他住的已经是最好的屋子了。倘若我自己有个房间,一定让给他,我可以睡在马房里。呵,他遭了多少难,还教我几个小的认字;他是一个将军,一个埃及人,我在部队里遇到的第一个排长就是他!……真的,一家之中他住得最好了。我有什么,他也有什么。可怜我拿不出多少东西,只有面包、牛奶、鸽子,穷人只能过穷日子,至少是一片好心。可是他叫我们下不了台啊。"

"他?"

"是的,先生,一点不假,他伤透了我们的心……我不自量力盘了一个铺子,他看得清清楚楚。他替我们刷马,那叫人怎么受得了!我说:'哎哟!我的将军,你怎么的?'他说:'嗳,我不愿意闲着,刷兔子什么的,我早学会了。'为了盘牛奶棚,我签了一些约期票给葛拉杜……你认得葛拉杜吗,先生?"

"朋友,我没时间听你呀。快点告诉我,上校怎么样使你下不了台?"

"先生,他使我下不了台是千真万确的事,正如我叫作凡尼奥一样的千真万确,我的女人还为此哭了呢。他从邻居那儿知道我们的债票到期了,一个子儿都没着落。老军人一句话不说,候着债主上门,拿你给他的钱一股脑儿把约期票付清了。你看他多厉害!我跟我老婆眼看可怜的老人连烟草都没有了,他硬压着自己,省掉了。本来吗,他每天早上已经有了雪茄!真的,我宁可把自己卖掉的……我们受不了!他说你是个好人,所以我想拿铺子做抵押,向你借三百法郎,让我们替他缝些衣服,买些家具,他以为替我们还了债!唉,谁知他倒反叫我们欠了新债……还叫我们心里受不了!他不应该丢我们的脸,伤我们的心;那还成为朋友吗?你放心,我路易·凡尼奥宁可再去当兵,绝不赖你的钱……"

但尔维看了看鲜货商,往后退了几步,把屋子、院子、垃圾、马房、兔子、孩子,重新瞧了一眼,心里想:"据我看,一个人要有德行,主要是占有产业的欲望不能太强。"

"好罢,你要三百法郎,给你就是了,再多一些也行。但这不是我给的。上校有的是钱,很有力量帮助你,我不愿意抢掉他这点儿乐趣。"

"他是不是不久就有钱了?"

"当然。"

"啊,天哪,我女人知道了才高兴呢!"

鲜货商说着,棕色的脸似乎舒坦了些。

但尔维一边踏上两轮车，一边想："现在让我到敌人那儿走一遭。别泄露我们手里的牌，要想法看到她的，先下手为强。第一得吓她一吓。她是个女人，女人最怕的是什么呢？对啦，女人只怕……"

他把伯爵夫人的处境推敲之下，像大政治家设计划策，猜度敌国的内情一样出神了。诉讼代理人不就是处理私事的政治家吗？现在我们必须对法洛伯爵夫妇的情形有所了解，才能领会但尔维的天才。

法洛伯爵是从前巴黎高等法院一个法官的儿子，恐怖时期流亡在国外，逃了命，却丢了财产。他在执政时期回国，守着父亲在大革命以前来往的小圈子，始终拥护路易十八的利益。所以在圣·日耳曼区的贵族中①，法洛属于很清高的不受拿破仑引诱的一派。他那时还没有头衔，但才能出众的名气已经使他成为拿破仑勾引的对象。拿破仑笼络贵族阶级的成功往往不下于战场上的成功。人家告诉法洛，说他的头衔可以恢复，没有标卖的财产可以发还，将来还有入阁和进参议院的希望。可是皇帝的努力终于白费。在夏倍伯爵阵亡的时期，法洛先生是一个二十六岁的青年，没有财产，身段很好，在圣·日耳曼区很走红，被认为后起之秀。另一方面，夏倍伯爵夫人在清算亡夫遗产的过程中得了不少利益，孀居十八个月以后，每年的进款有四万法郎之多。她和青年伯爵的结合，也在圣·日耳曼区的各党派意料之中。拿破仑素来希望自己的部下与贵族阶级通婚，对夏倍太太的再醮自然很满意，便把上校遗产中应当归公的一份退还给她。但拿破仑借此拉拢的心思仍旧落了一个空。法洛太太不但热爱她年轻的情人，而且想到能踏进那个虽然受了委屈，但始终控制着帝国宫廷的高傲的社会，也很得意。这门亲事既满足了她的热情，也满足了她各方面的虚荣心。她快要一变而为大家闺秀了。等到圣·日耳曼区的人知道青年伯爵的婚姻并非对贵族阶级的叛变，所有的沙龙立刻对他的太太表示欢迎。然后是王政复辟时期。法洛伯爵的政治前程，发展并不太快。他很明白路易十八的政治环境受着许多限制，也深知内幕情形，等着"大革命造成的缺口慢慢的合拢"。路易十八说的这句话虽然被自由分子嘲笑，的确有它的政治意义。这个故事开场的时候帮办所引用的那一段诏书，把法洛伯爵的两片森林，一块田产，都发还了。那些产业在公家代管期间价值大为提高。如今他虽则身为参议官兼某一个部的署长，自认为还不过是政治生涯的开端。

---

① 圣·日耳曼区：巴黎上流人物聚居的一个区。

因为雄心勃勃而忙得不得了,他雇着一个秘书,把一切私人事物都交给他办。那秘书叫作台倍克,是个破产的诉讼代理人,精明透顶,凡是司法界的门道,无一不知,无一不晓。狡猾的诉讼很明白自己在伯爵家的地位,为了前途不敢不老实。他照顾东家的财产简直无微不至,希望日后靠他的势力谋个缺份。他的行事和过去截然不同,以至大家认为他从前的坏名声是受人阴损。伯爵夫人天生聪明机警,那是所有妇女都有的长处,只是程度不同而已;她猜透了总管的心,暗中把他监视着,又调度得很巧妙,使他甘心情愿的卖力,增加她那份私产。她教台倍克相信法洛先生是抓在她手里的,只要他一心一意的忠于她的利益,将来准可以到第一等大城市去当个初级法院的庭长。一朝有了一个终身职的差事,他就能结一门好亲事;以后当选了议员,更可以觊觎政治上的高位;这样的诺言当然使台倍克成为伯爵夫人的死党了。王政复辟的最初三年,一般手段高明的人利用房产的涨价与交易所的波动赚了不少钱;这种机会,伯爵夫人靠了台倍克的力量,一个都没错过,轻而易举把财产增加了三倍,尤其因为在伯爵夫人眼里,只要能赶快发财,什么手段都是好的。她拿伯爵在各衙门领的薪水派作家用,把产业的收入存在一边生利;台倍克只帮她在这方面出主意,决不推敲她的动机。像他那一类的人,直要一件事攸关自己的利益,才肯费心去推究内幕。先是他对于大多数巴黎女子都有的黄金饥渴病觉得很容易找出理由,其次,伯爵的野心需要极大的家私作后盾,因此总管有时候以为伯爵夫人贪得无厌,是表示她对一个始终热爱的男子的忠诚。其实她把真正的用意深藏在心坎里。那是她生死攸关的秘密,也是这个故事的关键。1818年初,王政复辟的基础表面很稳固,它的大政方针,据一般优秀的人士所了解的,应当替法国开创一个繁荣的新时代;于是巴黎社会的面目跟着改变了。法洛伯爵夫人的婚姻无意中使爱情、金钱、野心三者都得到了满足。年纪还轻,风韵犹存,她变成了一位时髦太太,经常出入宫廷。本身有钱,丈夫有钱,她既是贵族阶级的一分子,自然分享到贵族的光华。而且丈夫是王上的亲信,被誉为保王党中最有才干的人物之一,早晚有当部长的希望。在这个万事如意的局面中,她精神上却长着一个癌。男人的某些心思不管掩藏得如何周密,总是瞒不过女人的。路易十八第一次回来的时候_{1814年拿破仑逊位时,路易十八即回国;一度又于拿破仑百日时期内逃亡},法洛伯爵就有些后悔自己的婚姻。先是夏倍上校的寡妇没有替他拉上豪门贵戚的关系,使他在到处都是暗礁与敌人的生涯中孤立无助。其次,在他能够用冷静的头脑观察妻子的时间,或许还发现她有些教育方面的缺陷，不宜于做他事业上的帮手。他批评泰勒朗婚姻的一句话，使伯爵夫人看透了他的心，就是说如果他现在要结婚的话，对象绝不会是法洛太太。丈夫心里有这种遗憾，世界上哪个妻子肯加以原谅呢？侮辱、背叛、遗弃，不是都有了根苗吗？假定她看到前夫回来，那么后夫的那句话岂非更犯了她的心病？她早知道夏倍活着而置之不理；后来没再听见他的名字以为他和蒲打两人跟着帝国的鹰旗在滑铁卢同归于尽了。虽然如此，她还是决意用最有力量的锁链，黄金的锁链，把伯爵拴在手里，希望凭着巨大的资财，使她第二次的婚约无法解除，万一夏倍上校再出现的话。而他居然出现了。她倒是弄不明白，她所担心的那场斗争怎么还没爆发。或许是痛苦、疾病，替她把整个人解决了。或许他发了疯，由夏朗东收管去了。她不愿意把心事告诉台倍克或警察局，免得授他人把柄或者触发那件祸事。巴黎不少妇女都像法洛太太一样，不是天天跟恶魔做伴，便是走在深渊的边上；她们尽量把创口磨成一个肉茧，所以还能嬉笑玩乐。

两轮车到了华兰纳街法洛公馆门口，但尔维从沉思默想中醒来，对自己说着："法洛伯爵的情形真有点儿古怪。有这么多钱，又受到王上的宠幸，怎么至今还没进贵族院？固然，像葛朗里欧太太和我说的，这可能表示他有心配合王上的政策，以爱惜伯爵位的方式抬高贵族院的声价。并且一个高等法院法官的儿子，也没资格与克里翁和罗昂等等那些勋贵后裔相提并论。法洛伯爵要进贵族院绝不能大张旗鼓，惹人注目。但若他能离婚，再娶一个没有儿子的老参议员的女儿，不是就能以继承人的地位一跃而为贵族议员，免得王上为难了吗？"但尔维一边走上台阶一边想，"哼，不错，这一点倒可以拿来恐吓伯爵夫人。"

但尔维无意之间击中了法洛太太的要害，摸到了她那个刻骨铭心的毒瘤。她接见他的屋子是一间精雅的冬季餐厅，她正在用早点，旁边有一根钉着铁档的柱子拴着一只猴子，让她逗着玩儿。伯爵夫人穿着一件很漂亮的梳妆衣，便帽底下拖出几个随便束着的头发卷，显得很精神。她容光焕发，笑容可掬。金器、银器、嵌螺钿的杯盘，在餐桌上发光，周围摆着几个精美的瓷盆，种着名贵的花草。夏倍伯爵的女人靠了夏倍的遗产，生活豪华，站在社会的峰尖上；可怜的老头儿却在鲜货商家里和牲口家禽住在一块，代理人看了不由得私下想道：

"由此可以得到一个结论：一个俊俏的女人，绝不肯把一个穿旧卡列克，戴着野草般的假头发，脚上套着破靴子的老头儿，再认作丈夫，哪怕过去是她的情人也不相干。"

大半的巴黎人家尽管用多多少少的谎话遮掩自己的生活，也瞒不过一个以地位关系而能看到事实的人；所以但尔维当下堆着一副狡猾而尖刻的笑容，表示半感慨半嘲弄的心情。

"但尔维先生，你好！"伯爵夫人说着，继续拿咖啡喂她的猴子。

但尔维听她招呼的口气那么轻浮，觉得很刺耳，便直截了当地和她说："太太，我是来跟你谈一件相当严重的事的。"

"啊，遗憾得很。伯爵不在家呢……"

"我觉得幸运得很，太太。他要是参加我们的谈话，那才是遗憾呢。并且我从台倍克那儿知道，你喜欢自己的事自己了，不愿意打搅伯爵的。"

"那么我叫人把台倍克找来吧。"

"他虽然能干，这一回也帮不了你的忙。太太，你只要听我一句话就不会再嘻嘻哈哈了。夏倍伯爵的的确确没有死。"

"难道这种荒唐话就能使我不再嘻嘻哈哈了吗？"她说着，大声的笑了。

可是但尔维目不转睛的瞪着她，明亮的眼神仿佛看透了她的心事，伯爵夫人的态度便突然软化了。

"太太，"他冷冷的用着又严肃又尖锐的口气说，"你还不知道你冒的危险有多大呢。不消说，全部文书都是真实的，确定夏倍伯爵没有死的证件都是可靠的。你一向知道我不是接受无根无据的案子的人。我们申请撤销死亡登记的时候，倘若你出来反对，这第一场官司你就非输不可，而我们赢了第一审，以后的几审也就赢定了。"

"那么你还预备跟我谈些什么呢？"

"既不谈上校，也不谈你。有些风雅的律师，拿这件案子里奇奇怪怪的事实，加上你再醮以前收到前夫的几封信，很可能做成一些有趣的节略①；可是我也不预备和你谈这种问题。"

"这简直是胡扯！"她装腔作势，尽量拿出恶狠狠的神气，"我从来没收到夏倍伯爵的信；并且谁要自称为上校，他准是个骗子，苦役监里放出来的囚犯，像高阿涅之类比哀·高阿涅为19世纪初叶法国大冒险家，自称为圣·埃兰伯爵，拐骗盗窃，无所不为，数次入狱越狱，化名投军，居于高位，暗中仍为盗党领袖，卒被识破，判处终身苦役。单是想到这种事就叫人恶心。先生，你以为上校会复活

---

① 节略：概要，摘要。

吗？他阵亡以后，波拿巴正式派副官来慰问我①，国会批准三千法郎抚恤金，我至今还在支领。自称为夏倍上校的人，不管过去有多少，将来还有多少，我都有一千一万个理由不睬他们。"

"太太，幸亏今天只有咱们两人，尽可以由着你扯谎。"但尔维冷冷的说着，有心刺激伯爵夫人，认为她一怒之下可能露出些破绽来；这是诉讼代理人的惯伎，敌人或当事人尽管发脾气，他们总是不动声色。他临时又想出一个圈套，叫她明白自己弱点很多，不堪一击，便私忖道："好，咱们来见个高低吧。"接着他高声说："太太，送达第一封信的证据，是其中还附有证券……"

"噢！证券吗？信里可没有什么证券。"

但尔维微微一笑："原来这第一封信你是收到的。你瞧，一个诉讼代理人随便唬你一下，你就中了计，还自以为能跟司法当局斗吗？……"

伯爵夫人的脸一会儿红一会儿白，用手遮住了。然后她把羞愧的情绪压了下去，恢复了像她那等女人的天生的镇静。

"既然你做了自称为夏倍的那个人的代理人，那么请你……"

"太太，"但尔维打断了她的话，"我现在除了当上校的代理人之外，同时仍旧是你的代理人。像你这样的大主顾，我肯放弃吗？可是你不愿意听我的话呀……"

"那么先生，你说罢。"她态度变得很殷勤了。

"你得了夏倍伯爵的财产，却给他一个不理不睬。你有了百万家私，却让他在外边要饭。太太，案情本身既然这样动人，律师的话自然动人了：这件案子里头，有些情节可能引起社会公愤的。"

伯爵夫人被但尔维放在火上一再烧烤，不由得心烦意躁。她说："可是先生，即使你的夏倍真的没死，法院为了我的孩子也会维持我跟法洛伯爵的婚姻，我只要还夏倍二十二万五千法郎就完了。"

"太太，关于感情的问题，我们不知道将来法院怎么看法。一方面固然有母亲与孩子的问题；另一方面，一个受尽苦难的男人，被你一再拒绝而折磨得这样衰老的男人，同样成为问题，叫他哪儿再去找个妻子呢？那些法官能够做违法的判决吗？你和上校的婚姻使他对你有优先权。不但如此，一朝人家用丑恶的面貌来形容你的时候，你还会碰到一个意想不到的敌人。太太，这就是我想替你防止的危险。"

---

① 波拿巴：即拿破仑·波拿巴。

"'一个意想不到的敌人'！谁？"

"就是法洛伯爵，太太。"

"法洛先生太爱我了，对他儿子的母亲太敬重了……"

但尔维打断了她的话："诉讼代理人是把人家的心事看得雪亮的，你这些废话甭提啦。此刻法洛先生绝没意思跟你离婚，我也相信他非常爱你；但要是有人跟他说，他的婚姻可能宣告无效，他的太太要在公众眼里成为罪大恶极的女人……"

"那他会保护我的。"

"不会的，太太。"

"请问他有什么理由把我放弃呢，先生？"

"因为他可以娶一个贵族院议员的独养女儿，那时只要王上一道诏书，就好把贵族院的职位移转给他……"

伯爵夫人听着脸也变了。

但尔维心上想："行啦，被我抓住了！可怜的上校，你的官司赢定啦。"然后他高声说道："并且法洛先生那么办，心里也没什么过不去，因为一个光荣的男人，又是将军，又是伯爵，又是荣誉团勋二级，绝非等闲之辈；倘使这个人向他要回太太的话……"

"得了，得了，先生！"她说，"你永远是我的代理人。请你告诉我应当怎么办？"

"想法和解呀！"

"他是不是还爱我呢？"她问。

"我不信他不爱你。"

听到这句话，伯爵夫人马上把头抬了起来，眼中闪出一道表示希望的光；或许她想用一些女人的诡计，利用前夫的爱情来赢她的官司。

"太太，究竟要我们把公事送给你呢，还是你愿意到我事务所来商订和解的原则，我等候你的盼咐。"但尔维说着，向伯爵夫人告辞了。

但尔维访问上校和法洛太太以后一星期，六月里一个晴朗的早上，被命运拆散的一对夫妇，从巴黎的两极出发，到他们共同的代理人那儿相会。

但尔维预支给夏倍上校的大量金钱，使他能够把衣衫穿得跟身份相称。阵亡军人居然坐着一辆挺干净的两轮车，戴着一副与面貌相配的假头发，穿着蓝呢衣服，白衬衫，领下挂着荣誉团勋二级的大红绶带。生活优裕的习惯一恢复，当年那种威武的气概也跟着恢复了。他身子笔直，容貌庄严而神秘，活现出愉快和满怀希望的心情，脸不但变得年轻，而且用画家的术语来说，更丰满了。在他身上，你再也找不出穿破卡列克的夏倍的影子，正如一枚新铸的四十法郎的金洋绝不会跟一个铜子儿相像。路上的人看到了，很容易认出他是我们帝国军中的遗老，是那些英雄之中的一个；国家的光荣照着他们，他们也代表国家的光荣，好比阳光底下的镜子把太阳的每一道光芒都反射出来。这般老军人每个都等于一幅画，同时也等于一部书。

伯爵从车上跳下来走进但尔维家的时候，动作的轻灵不下青年人。他的两轮车刚掉过车身，一辆漆着爵徽的华丽的轿车也跟着赶到了。车中走下法洛伯爵夫人，装束非常朴素，但很巧妙的衬托出年轻的身腰。她戴着一顶漂亮的小帽子，周围缀着蔷薇花，像捧云托月似的使她脸蛋的轮廓不太清楚，而神态更生动。两个当事人都变得年轻了，事务所却还是老样子，和这个故事开场的时候所描写的没有分别。西蒙吃着早点，肩膀靠在打开的窗上，从四周都是黑沉沉的房屋而只给院子留出的空隙中，眺望着蓝天。

他忽然嚷道："啊！夏倍上校变了将军，挂着红带了；谁愿意赌东道请看戏吗？"

"咱们的老板真会变戏法。"

"这一回大家不跟他开玩笑了吗？"台洛希问。

"放心，他的太太，法洛伯爵夫人，会要他的！"蒲加回答。

高特夏又道："那么伯爵夫人要服侍两个丈夫了，可不是？"

"噢，她也来了！"西蒙嚷着。

这时上校走进事务所，说要见但尔维先生。

"他在里头呢，伯爵。"西蒙告诉他。

"原来你耳朵并不聋，小鬼！"夏倍扯着跳沟的耳朵拧了一把，叫那些帮办看着乐死了，哈哈大笑，同时也打量着上校，表示对这个怪人好奇到了极点。

法洛太太进事务所的时候，夏倍伯爵正在但尔维的办公室里。

"喂，蒲加，这一下老板办公室里可要来一幕经常的戏文啦！那位太太不妨双日陪法洛伯爵，单日陪夏倍伯爵。"

"逢到闰年，这笔帐就可以轧平了。"高特夏接着说。

"诸位，别胡扯了，人家听得见的，"蒲加很严厉的喝阻，"像你们这样拿当事人打哈哈的事务所，从来没见过。"

她戴着一顶漂亮的小帽子

伯爵夫人一到，但尔维就把上校请到卧房去坐。

他说："太太，因为不知道你愿不愿意和夏倍伯爵见面，我把你们俩分开了。倘若你喜欢……"

"先生，多谢你这么体谅。"

"我拟了一份和解书的稿子，其中的条款，你和夏倍先生可以当场磋商；两方面的意思由我居间传达。"

"好吧，先生。"伯爵夫人做了一个不耐烦的手势。

但尔维念道：

"立协议书人甲方：伊阿桑德，别号夏倍，现封伯爵，陆军少将荣誉团勋二级，住巴黎小银街；

"乙方：罗士·夏波丹，为甲方夏倍伯爵之妻……"

伯爵夫人插言道："开场的套头不用念了，单听条文罢。"

"太太，"代理人回答，"开场的套头很简短的说明你们双方的地位，然后是正文。第一条，当着三个见证——其中两位是公证人，一位是你丈夫的房东，做鲜货买卖的，我已经关照他严守秘密——你承认甲方是你的前夫夏倍伯爵：确定他身份的文书，由你的公证人格劳太另行办理。

"第二条，甲方为顾全乙方幸福起见，除非在本和解书规定的情形之下，自愿不再实行丈夫的权利。"但尔维念到这儿又插进两句，"所谓本和解书规定的情形，就是乙方不履行这个秘密文件中的条款。其次，甲方同意与乙方以友好方式，共同申请法院撤销甲方之死亡登记，及甲方与乙方之婚约。"

伯爵夫人听了很诧异，说道："这一点对我完全不合适，我不愿意惊动法院。你知道为什么。"

代理人声色不动，照旧往下念：

"第三条，乙方自愿每年以二万四千法郎交与甲方夏倍伯爵，此项终身年金由乙方以购买政府公债所生之利息支付，但甲方死亡时，本金仍归乙方所有……"

"那太贵了！"伯爵夫人说。

"你能花更低的代价成立和解吗？"

"也许。"

"太太，那么你要怎么办呢？"

"我要……我不要经过法院，我要……"

"要他永远做死人吗？"但尔维顶了一句。

"先生，倘若要花二万四的年金，我宁可打官司……"

"好，咱们打官司吧。"上校用他那种调门很低的声音嚷道。他突然之间打开房门站在他女人面前，一手插在背心袋里，一手指着地板。因为想起了痛苦的往事，他这姿势格外显得悲壮。

"真的是他！"伯爵夫人私下想。

老军人接着又道："哼，太贵了！我给了你近一百万，你却眼看我穷途潦倒，跟我讨价还价。好吧，现在我非要你不可，既要你的财产，也要你的人。咱们的财产是共有的，咱们的婚约还没终止……"

伯爵夫人装作惊讶的神气，嚷道："这一位又不是夏倍上校喽。"

"啊！"老人带着挖苦得很厉害的口吻，"你要证据吗？我当初是在王宫市场把你找来的 自大革命起至王政复辟初期，巴黎的王宫市场为娼寮赌场集中地……"

伯爵夫人马上变了脸色。老军人看到自己从前热爱的女人那么痛苦，连胭脂也遮不了惨白的脸色，不由得心中一动，把话咽住了。但她睁着恶毒的眼睛瞪着他，于是他一气之下，又往下说道：

"你原来在……"

"先生，我受不了，"伯爵夫人对代理人说，"让我走吧。我不是到这儿来听这种下流话的。"

她站起身子走了。但尔维跟着冲出去。伯爵夫人像长了翅膀似的，一眨眼就飞掉了。代理人回到办公室，看见上校气坏了，在屋子里大踏步踱着。

他说："那个时候一个人讨老婆是不管出身的；我可是拣错了人，被她的外表骗过去了，谁知她这样的没心没肺。"

"唉，上校，我不是早告诉你今天别来吗？现在我相信你真是夏倍伯爵了。你一出现，伯爵夫人浑身一震：我把她的思想看得清清楚楚。可是你的官司输定了，你太太知道你面目全非，认不得了。"

"那我就杀了她……"

"发疯！这不是把你自己送上断头台吗？说不定你还杀不了她！一个人想杀老婆而没杀死，才是大笑话呢 杀妻不成，就足说一个人犯了重罪而仍不能摆脱妻子，当然是很可笑的。让我来补救吧，你先回去，诸事小心；她很可能安排一些圈套，送你上夏朗东的。我要立刻把公事送给她，以防万一。"

可怜的上校听从了恩人的吩咐，结结巴巴说了几句抱歉的话，出门了。他慢吞吞的走下黑暗的楼梯，憋着一肚子郁闷，被刚才那一下最残酷、把他的心伤得最厉害的打击压倒了。走到最后一个楼梯台，他听见衣衫悉索的声音，忽然太太出现了。

"跟我来，先生。"她上来挽着他的手臂，那种姿势他从前是非常熟悉的。

伯爵夫人的举动和一下子又变得温柔的口吻，尽够消释上校的怒意，把他带到车子旁边。

跟班的放下踏级，伯爵夫人招呼上校道："喂，上车吧！"于是他像着了魔似的，挨着妻子坐在轿车里。

"太太上哪儿去？"跟班的问。

"上葛罗斯莱。"

驾车的马开始奔驰，穿过整个的巴黎城。

"先生……"伯爵夫人叫出这两个字的声音是泄露人生最少有的情绪的声音，表示身心都在震颤。

在这种时候，一个人的心、纤维、神经、面貌、肉体、灵魂，甚至每个毛孔都在那里抖动。我们的生命似乎不在自己身上了，它跑在身外跳个不停，好像有瘟疫一般的传染性，能借着目光、音调、手势，去感应别人，把我们的意志去强制别人。老军人仅仅听她叫出可怕的"先生"二字，就打了一个寒噤。那两字同时包含责备、央求、原谅、希望、绝望、询问、回答的意味，简直包括一切。能在一言半语之间放进那么多意思那么多感情的，必然是高明的戏子。一个人所能表达的真情实意往往是不完全的，真情绝不整个儿显露在外面，只让你揣摩到内在的意义。上校对于自己刚才的猜疑、要求、发怒，觉得非常惭愧，便低着头，不愿意露出心中的慌乱。

伯爵夫人略微歇了一会，又道："先生，我一看见你就认出来了！"

"罗西纳，"老军人回答，"你这句话才是唯一的止痛膏，能够使我把过去的苦难忘了的。"

他像父亲对女儿一般抓着妻子的手握了握，让两颗热泪掉在她手上。

"先生，你怎么没想到，以我这样为难的处境，在外人面前怎么受得了！即使我的地位使我脸红，至少让我只对自己人脸红。这一段秘密不是应当埋在我们心里的吗？希望你原谅我对夏倍上校的苦难表面上不理不睬。我觉得我不应该相信他还活着的。"她看到丈夫脸上有点儿质问的表情，便赶紧声明，"你的信是收到的，但收到的时候和埃洛战役已经相隔十三个月，又是被拆开了的，脏得要命，字也不容易认。既然拿破仑已经批准我再嫁的婚约，我就认为一定是什么坏蛋来要弄我。为了避免扰乱法洛伯爵的心绪，破坏家庭关系，我不得不提防有人假冒夏倍。你说我这么办对不对？"

"不错，你是对的，我却是个傻子、畜生、笨伯，没把这种局面的后果细细想一想。"上校说着，看见车子经过夏班尔关卡，便问，"咱们到哪儿去呢？"

"到我的乡下别墅去，靠近葛罗斯莱，在蒙莫朗西盆地上。先生，咱们在那儿可以一同考虑怎么办。我知道我的责任，我在法律上固然是你的人，但事实上不属于你了。难道你愿意咱们俩成为巴黎的话柄吗？这个局面对我简直是桩大笑话，还是别让大众知道，保持咱们的尊严为妙。"她对上校又温柔又凄凉的瞟了一眼，接着说，"你还爱着我，可是我，我不是得到了法律的准许才另外结婚的吗？处着这个微妙的地位，我冥冥中听到一个声音，叫我把希望寄托在你的慷慨豪侠上面，那是我素来知道的。我把自己的命运交在你一个人手里，只听凭你一个人处理：这算不算我错了呢？原告和法官，请你一个人兼了吧。我完全信托你高尚的心胸。你一定能宽宏大量，原谅我无心的过失所促成的后果。因此我敢向你承认，我是爱法洛先生的，也自认为有爱他的权利。我在你面前说这个话并不脸红；即使你听了不舒服，可并不降低我们的人格。我不能把事实瞒你。当初命运弄人，使我做了寡妇的时候，我并没有身孕。"

上校对妻子做了个手势，意思要她别往下说了。车子走了一里多路，两人没交换一句话。夏倍仿佛看到两个孩子就在面前。

"罗西纳！"

"怎么呢？"

"死人不应该复活，是不是？"

"噢！先生，哪里，哪里！别以为我忘恩负义。可是你离开的时候留下的妻子，你回来的时候她不但再嫁了，而且做了母亲。虽然我不能再爱你，但我知道受你多少恩惠，同时我还有像女儿对父亲那样的感情奉献给你。"

"罗西纳，"老人用着温柔的声调回答，"现在我一点不恨你了。咱们把一切都忘了吧。"说到这里，他微微笑了笑，那种仁慈的气息永远是一个人心灵高尚的标记，"我不至于那么糊涂，硬要一个已经不爱我的女人假装爱我。"

伯爵夫人瞅了他一眼，不胜感激的表情使可怜的夏倍几乎愿意回进埃洛的死人坑。世界上真有些人抱着那么伟大的牺牲精神，以为能使所爱的人快乐便是自己得了酬报。

"朋友,这些事等咱们以后心情安定的时候再谈吧。"伯爵夫人说。

于是两人的谈话换了一个方向,因为这问题是不能长久谈下去的。虽然夫妻俩或是正式的,或是非正式的,常常提到他们古怪的局面,一路上倒也觉得相当愉快,谈着过去的夫妇生活和帝政时代的旧事。伯爵夫人使这些回忆显得甜蜜可爱,同时在谈话中加进一点必不可少的惆怅的情调,维持他们之间的庄严。她只引起对方旧日的爱情,而并不刺激他的欲念;一方面尽量让前夫看到她内心的境界给培养得多么丰富,一方面使他对于幸福的希冀只限于像父亲见着爱女一般的快慰。当年上校只认识一个帝政时代的伯爵夫人,如今却见到一个王政复辟时代的伯爵夫人。最后,夫妇俩穿过一条横路到一个大花园;花园的所在地是玛扬西高岗与美丽的葛罗斯莱村子之间的一个小山谷。伯爵夫人在这儿有一所精雅的别庄;上校到的时候,发现一切布置都是预备他夫妇俩小住几天的。苦难好比一道神奇的符箓①,能加强我们的天性,使猜忌与凶恶的人愈加猜忌愈加凶恶,慈悲的人愈加慈悲。

以上校而论,不幸的遭遇反倒使他心肠更好,更愿意帮助人。女性的痛苦,多半的男子是不知道它的真相的,这一下上校可是体会到了。但他虽则胸无城府,也不由得和妻子说:

"你把我带到这儿来觉得放心吗?"

"放心的,倘若在跟我打官司的人身上,我还能找到夏倍上校的话。"

她回答的神气装得很真诚,不但祛除了上校心里那个小小的疑团,甚至还使他暗中惭愧,觉得不应该起疑。一连三天,伯爵夫人对待前夫的态度好得无以复加。她老是那么温柔,那么体贴,仿佛要他忘掉过去所受的磨折,原谅她无意中(照她自己的说法)给他的痛苦。她一边表现一种凄凉抑郁的情绪,一边把他素来欣赏的风度尽量拿出来,因为有些姿态,有些感情的或精神的表现是我们特别喜欢而抵抗不了的。她要使他关切她的处境,惹动他的柔情,以便控制他的思想而称心如意的支配他。

她决意要不顾一切的达到目的,只是还没想出处置这男人的方法,但要他在社会上不能立足是毫无问题的。

第三天傍晚,她因为不知道自己的战略结果如何,觉得心乱如麻,无

---

① 符箓(lù):道教中一种法术,也称"符字""丹书"。由许多繁复的圈、点、线条构成的图形。能召神劾鬼,治病除灾。

论如何努力，面上总是遮盖不了。为了松动一下，她上楼到自己屋里，对书桌坐着，把在上校面前装作心情安定的面具拿了下来，好比一个戏子演完了最辛苦的第五幕，半死不活的回到化装室，把截然不同的面目留在舞台上。她续完了一封写给台倍克的信，要他上但尔维那边把有关夏倍上校的文件抄来，然后立刻赶到葛罗斯莱看她。刚写完，她听见走廊里有上校的脚声，原来他是不放心而特意来找她的。

她故意高声自言自语："唉！我要死了才好呢！这局面真受不了……"

"啊，怎么回事呀？"老人问。

"没有什么，没有什么。"

她站起来，离开上校下楼去，偷偷把信交给贴身女仆送往巴黎，面交台倍克，等他看过了还得把原信带回。然后伯爵夫人到一个并不怎么偏僻的地方拣一张凳子坐下，使上校随时能找到她。果然上校已经在找她了，便过来坐在她身边。

"罗西纳，你怎么啦？"

她不作声。傍晚的风光幽美恬静，那种说不出的和谐使六月里的夕照格外韵味深长。空气清新，万籁俱寂，只听见花园深处有儿童笑语的声音，给清幽的景色添上几段悦耳的歌曲。

"你不回答我吗？"上校又问了一声。

"我的丈夫……"伯爵夫人忽然停下，做了一个手势，红着脸问：

"我提到法洛伯爵该怎么称呼呢？"

"就说你的丈夫吧，可怜的孩子，他不是你两个孩子的父亲吗？"上校用着慈祥的口吻回答。

她说："倘若法洛先生问我到这儿来干什么，倘若他知道我跟一个陌生人躲在这里，我对他怎么交代？"然后又拿出非常庄严的态度，"先生，请你决定吧，我准备听天由命了……"

上校抓着她的手："亲爱的，为了你的幸福，我已经决定牺牲自己……"

她浑身抽搐了一下，嚷道："那不行。你想，你所谓牺牲是要把你自己否定，而且要用切实的方式……"

"怎么，我的话还不足为凭吗？"

切实二字直刺到老人心里，使他不由自主的起了疑心。他对妻子瞅了一眼，她脸一红，把头低下了；而他也生怕自己会瞧她不起。伯爵夫人素来知道上校慷慨豪爽，毫无虚假，唯恐这一下把这血性男子的严格的道德观念伤害了。双方这些感想不免在他们额上堆起一些乌云，但由于下面一段插曲，两人之间的关系马上又变得和谐了。事情是这样的：伯爵夫人听到远远有一声儿童的叫喊，便嚷道："于勒，别跟妹妹淘气！"

"怎么！你的孩子在这里吗？"上校问。

"是的，可是我不许他们来打扰你。"

老军人对这种殷勤的措置咂摸出女性的体贴和用心的细腻，便握着伯爵夫人的手亲了一下。

"让他们到这儿来吧。"他说。

小女孩子跑来告状，说她哥哥捣乱：

"妈妈！"

"妈妈！"

"他把我……"

"她把我……"

两个孩子一齐向母亲伸着手，喊喊喳喳的闹成一片，等于突然展开了一幅美妙动人的图画。

伯爵夫人的眼泪再也忍不住了："可怜的孩子！唉，要离开他们了！法院将来判给谁呢？母亲的心是分割不开的，叫我怎么放得下呢？"

"是您怄妈妈哭的吗？"于勒怒气冲冲的问上校。

"别多嘴，于勒！"母亲很威严的把他喝住了。

两个孩子不声不响的站在那里，一会儿瞧瞧母亲，一会儿瞧瞧客人，好奇的神色非言语所能形容。

"噢！"她又说，"倘若要我离开伯爵而让我保留孩子，那我不管什么也就忍受了……"

这句攸关大局的话使她全部的希望都实现了。

"对！"上校好像是把心里想了一半的话接下去，"我早说过了；我应该重新钻下地去。"

"我怎么能接受这样的牺牲呢？"伯爵夫人回答，"固然有些男人为了挽救情妇的名誉不惜一死，但他们只死一次。你却是每天都受着死刑！那断断使不得！倘若只牵扯到你的生命倒还罢了；可是要你签字声明不是夏倍上校，承认你是个冒名的骗子，牺牲你的名誉，从早到晚的向人说谎……噢，一个人无论怎么牺牲也不能到这个地步。你想想吧！那怎么行！要没有这两个可怜的孩子，我早跟你逃到天涯地角去了……"

"嗳，"夏倍说，"难道我不能在这儿待下去，装作你的亲戚，住在你那个小楼里吗？我已经老朽无用，像一尊废炮，只要一些烟草和一份《立宪报》就行了。"

伯爵夫人哭得像泪人儿一般。两人你推我让，争着要牺牲自己，结果是军人得胜了。一天傍晚，在暮色苍茫，万籁俱寂的乡间，眼看孩子们绕在母亲膝下，宛然是一幅融融泄泄的天伦图的时候，老军人感动得忍不住了，决意回到坟墓中去，也不怕签署文件，切切实实的否定自己了。他问伯爵夫人应当怎么办才能一劳永逸的保障她家庭的幸福。

她回答说："随你怎么办吧！我声明决不参加这件事。那是不应该的。"

台倍克已经到了几天，依照伯爵夫人的吩咐，居然和老军人混得很好，得到了他的信任。第二天早上，夏倍伯爵和他两人一同出发到圣勒-泰凡尼去。台倍克已经委托那边的公证人替夏倍拟好一份声明书，可是措辞那么露骨，老军人听完条文马上跑出事务所，嚷道：

"该死！该死！那我不成了个小丑吗？不是变了个骗子吗？"

"先生，"台倍克和他说，"我也不劝你立刻签字。换了我，至少要伯爵夫人拿出三万法郎年金，那她一定给的。"

上校像正人君子受了污辱一般，睁着明亮的眼睛把老奸巨猾的坏蛋瞪了一眼，赶紧溜了，胸中被无数矛盾的情绪搅得七上八下。他又变得猜疑了，一会儿愤慨，一会儿冷静。

他终于从围墙的缺口中进入葛罗斯莱的花园，慢吞吞的走到一个可以望见圣勒大路的小亭子里歇息，预备在那儿仔细想一想。园子里的走道铺的不是细石子，而是一种红土。伯爵夫人坐在高头一个小阁的客厅内，没听见上校回来；她专心一意想着事情的成功，完全没留意到丈夫那些轻微的声响。老人也没发觉妻子坐在小阁上。

伯爵夫人从隔着土沟的篱垣上面，望见总管一个人在路上走回来，便问："喂，台倍克先生，他签字了没有？"

"没有，太太。他不知跑哪儿去了。老马居然发起性子来了。"

她说："那么就得送他上夏朗东，既然我们把他抓在手里。"

上校忽然像年轻人一样的矫捷，纵过土沟，一霎眼站在总管面前，狠狠的打了他两个嘴巴，那是台倍克一生挨到的最精彩的巴掌。同时夏倍又补上一句：

"要知道老马还会踢人呢！"

胸中的怒气发泄过了，上校觉得再没气力跳过土沟。赤裸裸的事实已经摆在眼前：伯爵夫人的话和台倍克的回答，暴露了他们的阴谋。所有的体贴，照顾，原来都是钓他上钩的饵。夏朗东这个字好比一种烈性的毒药，使老军人精神与肉体的痛苦一刹儿那间都恢复了。他从园子的大门里走向小亭子，步履蹒跚，像一个快倒下来的人。可见他是永远不得安宁的了！从此就得跟这女人开始一场丑恶的斗争；正如但尔维所说的，成年累月的打着官司，在悲痛中煎熬，每天早上都得喝一杯苦水。而可怕的是：最初几审的诉讼费去哪儿张罗呢？他对人生厌恶透了：当时旁边要有水的话，他一定跳下去的了，有手枪的话一定把自己打死的了。然后他变得游移不定，毫无主意，这种心情，从但尔维在鲜货商家里和他谈过话以后，就已经动摇了他的信念。到了亭子前面，他走上高头的小阁，发现妻子坐在一张椅子里。阁上装着玫瑰花形的玻璃窗，山谷中幽美的景物可以一览无余：伯爵夫人在那里很镇静的眺望风景，莫测高深的表情正像那般不顾一切的女人一样。她仿佛才掉过眼泪，抹了抹眼睛，心不在焉的拈弄着腰里一根很长的粉红丝带。可是尽管面上装得泰然自若，一看见肃然可敬的恩人站在面前，伸着手臂，惨白的脸那么严正，她也不由得打了个寒噤。

他向她瞪着眼睛，看得她脸都红了，然后说："太太，我不来咒你，只是瞧不起你。谢天谢地，幸亏命运把咱们分开了。我连报复的念头都没有，我不爱你了。我什么都不问你要。凭我这句话，你安心活下去吧，哼，我的话才比巴黎所有公证人的字纸都更可靠呢。我不再要求那个也许被我显扬过的名字。我只是一个叫作伊阿桑德的穷光蛋，只求在太阳底下有个地方活着就行了。再见吧……"

伯爵夫人扑在上校脚下，抓着他的手想挽留他；但他不胜厌恶的把她推开了，说道：

"别碰我。"

伯爵夫人听见丈夫的脚声走远去，做了一个没法形容的手势。然后凭着阴险卑鄙的或是自私狠毒的人的聪明，她觉得这个光明磊落的军人的诺言与轻视，的确可以保证她太平无事的过一辈子的。

夏倍果然销声匿迹了。鲜货商破了产，当了马夫。或许上校有个时期也干过相仿的行业，或许像一颗石子掉在窟窿里，骨碌碌的往下直滚，埋没在巴黎那个衣衫褴褛的人海中去了。

三 养老院

事后六个月，但尔维既没有夏倍上校的消息，也没有伯爵夫人的消息，以为他们和解了，大概伯爵夫人怀恨在心，故意托别的事务所办了手续。于是有一天，他把借给夏倍的钱结算清楚，加上应有的费用，写信给法洛伯爵夫人请她通知夏倍伯爵料理，但尔维断定她是准知道前夫的住址的。

法洛伯爵的总管刚好发表为某个重要城市的初级法院院长①：他第二天就复了但尔维一封信，教人看了非常丧气：

法洛伯爵夫人嘱代声明：贵当事人对先生完全用了欺骗手段，自称为夏倍伯爵的人已明白承认假冒身份。此致……

台倍克

但尔维嚷道："呦！竟有这种混账东西！他们居然会盗窃出生证。你热心吧，慷慨吧，慈悲吧，你可上当了！哪怕你是诉讼代理人也没用！这件事平空白地破费了我两千多法郎。"

又过了一些时候，但尔维有一天到法院去找一个正在轻罪法庭出庭的律师说话。他偶然闯进第六庭，庭上刚好把一个叫作伊阿桑德的无业游民判处二个月徒刑，刑满移送圣·特尼乞丐收容所。照警察厅的惯例，这种判决等于终身监禁。

听到伊阿桑德的名字，但尔维对坐在被告席上，夹在两名警察中间的犯人瞧了一眼，原来便是冒充夏倍伯爵的那个家伙。

老军人态度安详，一动不动，几乎是心不在焉的神气。虽则衣服破烂，面上也有饥寒之色，但仍保持着高傲庄严的气概。他的眼神有种坚忍

---

① 发表：宣布、公布之意。

卓绝的表情，绝对逃不过法官的眼睛，但一个人落入法网以后，就变了一个抽象的东西，一个法理的问题，好比他在统计学家心目中只成为一个数字。

他被带往书记室，预备等会儿和同案判决的游民一齐送往监狱。凭着代理人在法院里可以到处通行的特权，但尔维跟他到书记室，把他和别的几个奇形怪状的乞丐打量了一番。书记室的穿堂另有一番景象，可惜立法大员、慈善家、画家、作家，都没有研究过。

像一切诉讼实验室一样，这穿堂是一间又暗又臭的屋子，四壁摆着长凳，被那些川流不息的可怜虫坐得发黑了。他们都到这儿来跟社会上各式各样的受难者相会，从来没有一个人失约。倘若你是个诗人，一定会说，在这么许多灾难汇集的阴沟里，阳光是羞于露面的。那儿没有一个位置不坐过未来的或过去的罪犯，很多是受了第一次轻微的惩罚，便横了心变成积犯，终于上了断头台，或者是把自己打一枪送了性命。所有倒在巴黎街上的人，都在这些暗黄的壁上留着痕迹。凡是真正的慈善家，大可以在壁上把那么多自杀案的理由研究出来，不至于再像一般虚伪的作家只会慨叹而没能力加以阻止；因为自杀的原因明明写在这间穿堂里，而穿堂又是一个苗圃，制造验尸所与葛兰佛广场_{葛兰佛广场（1806年后改称为市政厅广场），为巴黎执行死刑的地方，亦为举行重大庆典的地方}的惨剧的。

那时，一批精神抖擞而浑身都是苦难的疮疤的人挤在那里，一会儿静默，一会儿低声谈话，因为有三个警察在屋子里踱来踱去，腰刀拖在地板上发出铿锵的声音。夏倍上校就坐在这些人堆里。

"你还认得我吗？"但尔维站在老军人面前问。

"认得的，先生。"夏倍站起身子回答。

但尔维轻轻的说道："倘若你是个规矩人，怎么会欠了我的钱不还呢？"

老军人满面通红，好像一个姑娘被母亲揭破了私情。

他高声嚷道："怎么！法洛太太没跟你算账吗？"

"算账？……她写信给我说你是个骗子。"

上校抬起眼睛，表示深恶痛绝与诅咒的意思，仿佛在祈求上帝惩罚她这桩新的卑鄙行为。

"先生，"他因为感情冲动，声音变了腔，倒反显得安静了，"请你向警察说一声，让我到书记室去写个字条，那一定发生效力。"

但尔维向警察打了个招呼，把他的当事人带进书记室；伊阿桑德写了一个字条给伯爵夫人，交给但尔维，说道：

"把这个送去，你的公费和借给我的款子保证能收回。先生，虽则我对于你的帮助没有把我的感激表示出来，但我的情意始终在这里，"说着他拿手指着心口，"是的，整个儿在这里。可是穷人有什么力量呢？他们除了感情以外，什么都谈不到。"

"怎么！"但尔维问他，"你没要求她给你一笔年金吗？"

"甭提啦！"老军人回答，"你真想不到，一般人看得多重的表面生活，我才瞧不起呢。我突然之间害了一种病，厌世病。一想到拿破仑关在圣·埃兰纳，我觉得世界上一切都无所谓了。倒楣的是我不能再去当兵。"他做了一个小孩子般的手势，补充道："归根结蒂，与其衣服穿得华丽，不如有感情可以浪费。我至少不用怕人家瞧不起。"

说完他又回去坐在他的凳子上。

但尔维出了法院，回到事务所，派那个时期的第二帮办高特夏上法洛太太家。伯爵夫人一看字条，立刻把夏倍上校欠代理人的钱付清了。

1840年6月底，高特夏当了诉讼代理人，陪着他的前任但尔维上里斯去。走到一处和通往皮赛德皮赛德为法国塞纳州的一个小镇，有建筑宏伟的救济院，收容老人及精神病者的林荫道交叉的地方，看见路旁一株橡树底下，有个已经成为叫花头的、病病歪歪的白发老人。他住在皮赛德救济院，像穷苦的老婆子住在萨班德里埃萨班德里埃为巴黎妇女救济院的别名，除老年妇女外，亦兼收精神病女子一样。他是院内收容的二千个人中的一个，当时坐在一块界石上，聚精会神的干着残废军人搅惯的玩艺儿：在太阳底下晒粘在手帕上的烟末，大概是为了爱惜烟末，不愿把手帕拿去洗的缘故此处所谓烟末系指鼻烟，烟末常与涕沫同时粘在手帕上，故欲连同手帕晒干以便取下烟末。老人的脸非常动人，穿的是救济院发的丑恶之极的号衣——一件土红色的长袍。

高特夏和同伴说："但尔维，你瞧，那老头儿不是像从德国来的那些丑八怪吗？他居然活着，说不定还活得挺有趣呢！"

但尔维用望远镜瞧了一下，不禁做了一个惊讶的动作，说道：

"嗳，朋友，这老头儿倒是一首诗，或者像浪漫派作家说的，是一出悲惨的戏。你有时还碰到法洛太太吗？"

"碰到的，她很有风趣，很可爱；也许对宗教太热心了一些。"高特夏回答。

"这老头儿便是她的结发丈夫，当过陆军上校的夏倍伯爵；他被送到这儿来准是她玩的花样。夏倍上校住着这个救济院而没住高堂大厦，只因为当面揭穿了美丽的伯爵夫人的出身,说他像雇马车一般把她从街上捡来的。她当时瞅着他的虎视眈眈的眼睛,我至今记得清清楚楚。"

这几句开场白引起了高特夏的好奇心,但尔维便把上面的故事讲了一遍。两天以后,正是一个星期一的早上,两位朋友回巴黎的时候远远向皮赛德望了一眼。但尔维提议去看看夏倍上校。林荫道的半路上有株倒下的树,老人坐在树根上,手里拿着一根棒在沙土上画来画去。他们把他细看了一下,发觉他那天的早点不是在养老院里吃的<u>养老院中的人行动自由,有钱的时候可以在外吃喝一顿,享受一下,此处暗指夏倍喝过酒。</u>

但尔维招呼他:"你好,夏倍上校。"

"不是夏倍!不是夏倍!我叫作伊阿桑德。"老人回答。他又像儿童和老人那样带着害怕的神气,很不放心的瞧着但尔维:"我不是人呀,我是第七室第一百六十四号。"歇了一会又说,"你们可是去看那个死犯的?他没娶老婆,那是他的运气!"

"可怜的人!"高特夏说,"你要不要钱买烟草?"

上校赶紧向两个陌生人伸出手去,神气和巴黎的顽童一样天真,从各人手里接了一枚二十法郎的钱,傻头傻脑的对他们望了一眼,表示感谢,嘴里还说:

"倒是两个好汉!"

他做着举枪致敬和瞄准的姿势,微微笑着,嚷道:

"把两尊炮一齐放呀!拿破仑万岁!"

接着他又拿着手杖在空中莫名其妙的乱画一阵。

但尔维说:"大概他受的伤影响到他的头脑,使他变得跟小孩子一样了。"

救济院中的另外一个老人在旁边望着他们,听了这话叫起来:"他跟小孩子一样!哼!有些日子简直一点儿触犯不得。这老奸巨猾把什么都看透了,想像力丰富得很呢。可是今天他是在休息。先生,1820年的时候,他已经在这里了。那一回,有个普鲁士军官因为马车要爬上维勒于伊甫山坡,只得下来走一段。我正好跟伊阿桑德住一起。那军官一边走一边和一个俄国人谈话,看到咱们的老总,便嘻嘻哈哈的说道:'这一定是个到过洛斯巴哈的轻骑兵。'老总回答:'我太年轻了,来不及到洛斯巴哈;可是赶上了伊哀那<u>洛斯巴哈为1757年普鲁士击败法军之地。伊哀那为1806年拿破仑大败普军之处</u>!'普鲁士人听着马上溜了,一句话也不敢多讲。"

但尔维嚷道:"他这个命运多奇怪!生在育婴院,死在养老院;那期

不是贾倍！不是贾倍！我叫作伊阿桑德。

间帮着拿破仑征略埃及,征略欧洲。"歇了一会又说,"朋友,你知道吗?我们的社会上有三等人,教士、医生、司法人员,都是看破人间的。他们穿着黑衣服,或许就是哀悼所有的德行和所有的幻象。三等人中最不幸的莫如诉讼代理人。一个人去找教士,总由于悔恨的督促,良心的责备,信仰的驱使,这就使他变得伟大,变得有意思,让那个听他忏悔的人精神上感到安慰;所以教士的职业并非毫无乐趣:他做的是净化的工作、补救的工作、劝人重新皈依上帝的工作。可是我们当诉讼代理人的,只看见同样的卑鄙心理翻来覆去的重演,什么都不能使他们洗心革面;我们的事务所等于一个没法清除的阴沟。哼,我执行业务的期间,什么事都见过了!我亲眼看到一个父亲给了两个女儿每年四万法郎进款,结果自己死在一个阁楼上,不名一文,那些女儿理都没理他!我也看到烧毁遗嘱;看到做母亲的剥削儿女,做丈夫的偷盗妻子,做老婆的利用丈夫对她的爱情来杀死丈夫,使他们发疯或者变成白痴,为的要跟情人消消停停过一辈子。我也看到一些女人有心教儿子吃喝嫖赌,促短寿命,好让她的私生子多得一份家私。我看到的简直说不尽,因为我看到很多为法律治不了的万恶的事。总而言之,凡是小说家自以为凭空造出来的丑史,和事实相比之下真是差得太远了。你啊,你慢慢要领教到这些有趣的玩艺儿,我可是要带着太太住到乡下去了,巴黎使我恶心。"

高特夏回答说:"我在台洛希那儿也见得不少了。"

　　　　　　　　　　　　　　1832年3月　巴黎

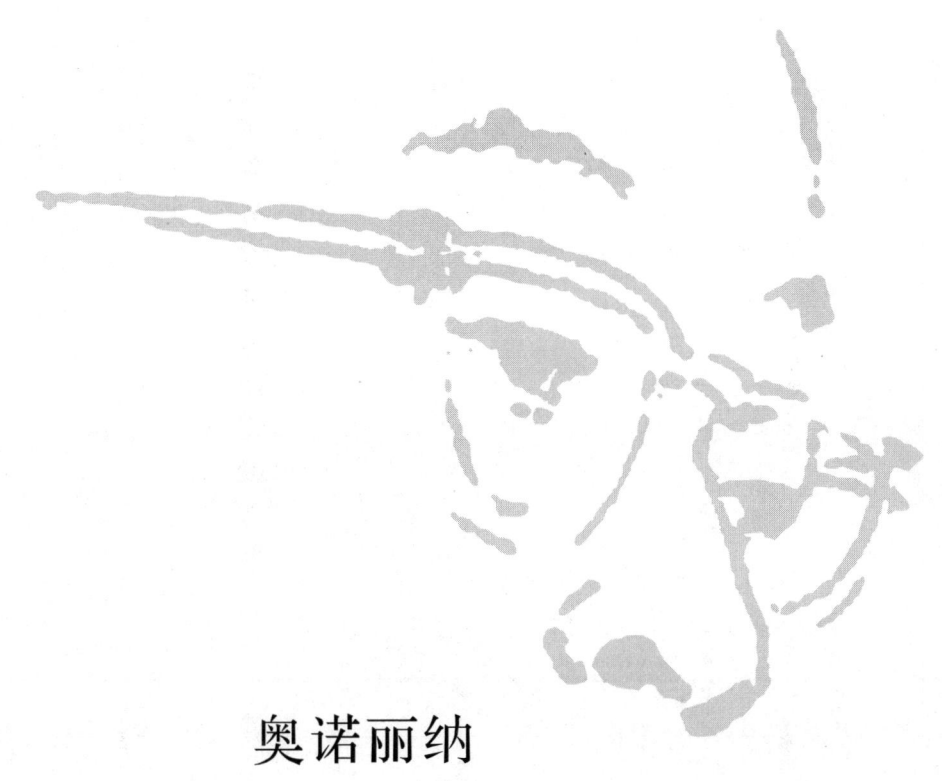

奥诺丽纳

一　法国人怎样的不喜欢旅行

　　法国人怕出门的心理和英国人爱出门的心理可以说不相上下，两个极端也许都有理由。走出英国，随处都能发现胜过英国的东西，但要在法国以外找到法国的韵味就极不容易了。别国有的是优美的风景，比法国舒服得多的设备，我们在这方面是进步最慢的。别国有时还让你看到富丽伟大、动人心魄的豪华场面；它们既不缺少风采，也不缺少高雅，可是精神生活，思想活动，在巴黎不足为奇的辩才与隽永的谈吐，那种心有所思而不形之于口的默契，那种成为法国语言精华的意在言外的辞令，却是无论什么地方都找不到的。法国人的诙谐已经很少人了解，他在国外自不免像一株移植的树木一般很快就枯萎了。殖民海外这件事，法国民族的看法完全和别国的人相反。许多法国人，例如我们在这里提到的那些，承认只要看到本国的官吏就觉得高兴，这恐怕是把爱国心夸张得最厉害的说法了。
　　这段小引，目的是要让一般旅行过的法国人，把流寓国外的时期偶尔在外交家的客厅里找到一片水草，找到整个祖国的那种喜悦回想一下；这心情，在从来没离开意大利大街的沥青马路，认为河滨大道与塞纳河左岸已经不算巴黎的人，是不容易了解的。喂，巴黎人！你们可知道什么叫作不在巴黎而仿佛身在巴黎吗？那并非吃到仙岩饭店的厨子鲍兰尔替老饕预备的、只能在蒙多尔葛伊街烹调的名菜；而是看到令人想起仙岩饭店的席面！而是尝到在外国近于神话的，像本文所提到的女子同样少有的法国酒！所谓重睹巴黎，也并非听到从巴黎传至边境就变味的、风行一时的妙语；而是置身于风雅的、心心相印的、识见卓越的环境，为所有的法国人，从诗人到工匠，从公爵夫人到街头的孩子，都耳濡目染，熏陶惯的。

二　一幅兼有意大利与法国风味的画

1836年，正当萨尔台涅_{萨尔台涅在十七八世纪时为意大利北部的一个王国，为近代意大利统一的核心，犹普鲁士之于近代德意志}国王驻跸热那亚的时候①，两个多少有点名气的法国人，在法国领事租的一所别庄中间，还能有置身于巴黎的感觉。庄子坐落在一个高岗上。在圣·多玛城门与有名的灯塔之间，那高岗是亚平宁山脉的最后一块高地②；至于有名的灯塔，随便哪本纪念册只要有热那亚的风景，没有不把它画上的。当初热那亚城邦全盛的时期，王侯勋贵花到几百万金钱盖造华丽的别墅；本文所说的府第便是其中之一。世界上倘若有什么地方晚景特别幽美的话，那一定是热那亚了：上半天先来一场当地特有的倾盆大雨；然后海水的明净争着与天色的明净比赛；一片静寂笼罩着海滨的大道，笼罩着别庄上的树林，和张着大嘴莫测高深的吐着流泉的石像；明星闪闪，地中海的波浪一个接着一个，仿佛一个女人的自白，被你一句一句逼出来的。那时，芬芳的空气充塞你的肺部，笼罩你的梦境，令人陶醉的韵味仿佛肉眼看得见似的，像大气一样在空中浮动，直扑到你的椅子里，你拿羹匙调着冰或果子汁，脚下躺着城市，面前站着美女；像这种薄伽丘情调的良辰美景_{薄伽丘在《十日谈·第一日》的前言中，假托有一小群人于1348年黑死疫最猖獗的时候避于翡冷翠城外的一个别庄上，利用良辰美景，或歌或舞，或讲故事，借以忘却当前的浩劫}，的确是意大利和地中海滨所独有的。

座上有喜欢招待四方才士的豪客第·奈葛罗侯爵，有大马索·巴莱多侯爵，那是两位在气质上极像法国人的热那亚人_{此两侯爵均系19世纪实有的人物，作者用的亦是真名实姓}；还有一个法国总领事，由一位美若圣母的太太和因为瞌睡而默不出声的孩子陪着；此外是法国大使、大使夫人、自以为衰老

---

① 热那亚：意大利热那亚省的首府，著名商港。
② 亚平宁山脉：贯穿意大利半岛的大山脉，半岛因之又称亚平宁半岛，是南欧三大半岛之一。

世界上倘若有什么地方晚景特别幽美的话,那一定是热那亚了

但很狡猾的一等秘书,和两位专程来向领事太太辞行的巴黎人。庄子的阳台上摆着一桌精美的晚餐,时间是5月中旬。把这些人物和这个场面想象一下,你就能对那幅图画有个概念了:画上的中心人物是一位大名鼎鼎的女子,那个晚会中的上宾,常常引起座客注目的。

余下两个法国人,一个是出名的风景画家雷翁·特·洛拉,一个是出名的批评家格劳特·维浓。他们俩是陪着那女客一起来的;女客是当代妇女界中最知名的一个人物,本姓台·多希,文坛上的名字叫作加米叶·莫班_{加米叶·莫班影射乔治·桑},巴尔扎克常常于小说中提及。台·多希小姐有事上翡冷翠①,以她素来殷勤的脾气,把雷翁·特·洛拉顺便带来游历意大利,还特意赶往罗马,让他见识一下罗马郊外的风光。来的时候取道桑普隆山隘,回去是走高尼希到马赛的路。那次在热那亚停留,仍是为了画家的缘故。

不消说,总领事很愿意趁王上的乘舆未到以前②,陪一位不但以天才见称,并且以财富、声名、地位而论也应当重视的人物,去参观热那亚。加米叶·莫班对城中最偏僻的小教堂都了如指掌,偏偏吝惜光阴,把画家交给外交官和当地的两位侯爵了。虽然大使也是个优秀的作家,莫班可不接受他殷勤的情意,怕英国人所谓的招摇,直到总领事为她饯行,她方始不再推辞。雷翁·特·洛拉告诉加米叶,说唯有她这次肯赏光,他才能向大使夫妇、领事夫妇以及两位热那亚侯爵表示他的谢意。于是台·多希小姐只能把那些完全空闲的日子,一个受人注目的人物在巴黎难得遇到的日子,牺牲一天。

---

① 翡冷翠:即佛罗伦萨,意大利中部的一个城市,托斯卡纳区首府,位于亚平宁山脉中段西麓盆地中。15—16世纪时是欧洲最著名的艺术中心、文化旅游胜地。

② 乘舆:帝王所乘坐的车子。

三　一个总领事的谜

在座的人物介绍过了，我们就不难想象他们之间绝没有客套，也不难想象有许多女人，连上层阶级的在内，都不曾被邀请，因为她们都很好奇的想知道，加米叶·莫班那种富于男性气息的才具是否和漂亮女子的妩媚的风度冲突①，是否犯了牝鸡司晨的毛病②。从晚餐开始到九点，就是说直到端上小点心的时间，虽则谈话忽而轻松，忽而严肃，虽则以说话俏皮闻名巴黎的雷翁·特·洛拉常常插进几句妙语，逗大家发笑，而在座诸人的雅趣也替谈话生色不少，却始终不大提到文学。可是一来二去，谈锋早晚会碰到这个纯粹法国式的题目的，哪怕只是略微接触一下。趁话题还没改变方向而轮到总领事发言的时候，我们不妨把他这个人物和家庭先提一提。

这外交家年纪大约有三十四岁，结婚才六年，活脱是拜伦勋爵的肖像，既然拜伦的相貌遐迩闻名，我也不必再为领事写照。但他做梦一般的神气全无做作的意味。拜伦勋爵是诗人，那外交家也很有诗意；这点儿区别，一般女性都能分辨，同时也足以说明她们一部分感情的根源，虽不能证明那些感情的合理。他这种潇洒的风度，加上可爱的性格，孤独与用功的生活所养成的习惯，使一个有钱的热那亚少女入迷了，有钱的热那亚少女！这句话可能使当地人听了发笑，因为女子被剥夺承继权以后，难得会有钱的了。但奥诺列娜·班特罗蒂是一个银行家的独养女儿，并无弟兄，所以是例外，虽然女子的痴情是一般男人引为得意的事，总领事却似乎并不愿意结婚。直过了两年，法国大使趁王室驻在热那亚的期间奔走了几次，这门亲事方始成功。但年轻的外交官所以回心转意，还不是为了奥诺列娜·班特罗蒂的动人的感情，而是因为出了一桩没人知道的事，因为他

---

① 才具：才能。
② 牝（pìn）鸡司晨：指母鸡报晓。比喻妇女窃权乱政，颠倒阴阳。

的私生活有了一次剧烈的波动；那种波动大半立刻被日常生活的巨潮压在底下，使一个人以后的行为，即便是最自然的，也显得不可解。这一类隐蔽的原因往往也影响到历史上重大的事件。

　　以上所述，至少是热那亚城里一般人的意见：某些妇女认为法国领事的沉默寡言与悒郁不欢的态度，一定是心中别有所恋的缘故。在此不妨顺便提一句，女人从来不因为男人更喜欢别的女人而抱怨，她们很乐意为女性共同的利益牺牲。奥诺列娜·班特罗蒂倘使受到没有理由的轻视，是很可能怀恨的；但知道那轻视是由于别有所恋，她便照旧，也许更爱她的丈夫了。在感情问题上，女人承认有优先权。只要对方心中有个女人，就不算女性失面子了。一个男人当外交官不是白当的：这丈夫嘴巴紧得很，简直像坟墓一样，甚至热那亚的商界中人以为青年领事的态度是出于预谋：要不是他装作对另一个女人害着相思病的话，那独养女儿不可能给他抓住的。假如真有这样的事，一般妇女也觉得太卑鄙了，绝不肯相信。班特罗蒂的女儿把自己的爱情改作了安慰，用意大利式的柔情蜜意去苏解他的无人知道的痛苦。此外，班特罗蒂先生对于爱女强迫他选择的女婿，也没什么可抱怨的。有势力的大佬在巴黎照顾着青年外交官的前程。法国大使对银行家许下的诺言果然兑现了：总领事封了男爵，得了荣誉团三等勋章。便是班特罗蒂本人也被萨尔台涅国王封为伯爵。陪嫁是一百万。班特罗蒂银号的资产，因为在麦子生意上赚了钱，估计有二百万之多，在新夫妇结婚以后六个月便落到他们手里；因为第一个同时也是最后一个班特罗蒂伯爵，到1831年1月就故世了。

四　伯爵夫人

奥诺列娜·班特罗蒂是那种美丽的热那亚女子。热那亚女子长得好看的时候，简直是全意大利最有气派的美女。为了于里安·梅迭西斯墓上的雕塑，米开朗琪罗是到热那亚来挑选模特儿的①。因为这个缘故，《日》与《夜》那几个女像的胸部特别膨大；许多批评家认为夸张，其实是里瞿里省_{里瞿里省即热那亚隶属的省份}女人的特征。今日之下，热那亚的美人只有在戴美纱罗面纱的妇女中寻访，正如在威尼斯只能在戴法齐奥里包头布的妇女中发现。这是衰老的民族共同的现象。高雅的典型只出现在平民阶级，好像城市遭了大火，名贵的徽章都给埋在灰烬底下了。但奥诺列娜在财产方面已经是一个例外，以贵族气派的美貌而论又是一个例外。读者不妨想象一下：假定米开朗琪罗放在《思想家》下面的《夜》_{米开朗琪罗为于里安·梅迭西斯及洛朗查·梅迭西斯的坟墓所作的雕像，上面居中各为一巨型的男像；一个象征于里安，一个象征洛朗查，象征洛朗查的即美术史上盛称的《思想家》，每一巨像之下各有雕像二座（男女各二），题作：《晨》《暮》《日》《夜》，身体均为斜倚半睡的姿势，但《思想家》像下之女像乃代表《晨》，于里安下面之女像方代表《夜》，巴尔扎克误记，致谓"《思想家》下面的《夜》"}，披上了现代的衣衫，秀美的长发盘在皮肤略带棕色的、庄严的头上，惘然出神的眼中燃着火焰，丰满的胸部裹着披肩，身上穿着白底绣花的长袍，假定这雕像撑起身子坐着，交叉着手臂，像有名的女演员乔治小姐一样的姿态，那么你对于领事太太的形象就如在目前了。站在她身旁的是一个六岁的男孩子，长相的漂亮正符合做母亲的愿望；坐在她膝上的是一个四岁的女儿，其美丽正好和雕塑家达维特为装饰一个坟墓而竭力寻访的儿童典型一模一样②。

---

① 米开朗琪罗：今译"米开朗基罗"，意大利文艺复兴时期的绘画家、雕塑家和诗人，代表作品有《大卫》《创世纪》《摩西》等。他曾为美第奇家族的陵墓作过大理石雕像：《昼》《夜》《晨》《暮》。

② 达维特：法国著名画家，拿破仑一世的御用画师，新古典主义画派的奠基人。

加米叶·莫班暗中注意着这一对夫妇。她觉得领事有了美满的幸福，不应该再有那种心不在焉的神气。

　　虽然夫妻俩那天叫人看到的是十全十美的快乐家庭的景象，加米叶却始终不了解：这男人明明是她认识的人中最优秀的一个，出入于巴黎的沙龙，有每年十万法郎收入的家产，为什么只在热那亚当一个总领事？另一方面，凭着女人像《查第格》故事中那个明哲的阿拉伯人_{服尔德在所著寓言体小说《查第格》中提到一阿拉伯人①，叫作赛多克，在市场上买到查第格做奴隶，不久发觉查见识卓越，即与之为友，事事咨询，故经营之商业获利甚丰}一样的聪明，加米叶在许多小地方看出丈夫对妻子的感情的确很忠实。没有问题，这两个出众的人物可以白头偕老，相爱无间。但看着总领事莫测高深的态度，和不下于英国人、野蛮人、东方人和老外交家的镇静，加米叶不由得在肚里左思右想："怎么回事呢？"——"噢，没有什么！"

---

① 服尔德：今译伏尔泰（1694—1778），法国启蒙思想家、文学家、哲学家。

五　社会的解剖

一牵涉文学，大家就谈到文坛上的老题目：女人的失节。他们的意见不久归结到两点：女人的失节究竟错在女人还是错在男人？在座的大使夫人、领事夫人、台·多希小姐，这三位公认为白璧无瑕的太太把女人批判得很严。几个男的却竭力向三位优秀的女性证明，说女人失足以后还可能有她的德性。

雷翁·特·洛拉说道："咱们这种捉迷藏式的游戏，玩到什么时候为止呢？"

领事对他的太太说："你打发孩子去睡觉吧；教奥娜把我放在蒲勒家具上的小公事包给拿来。"

领事太太一言不发，站了起来，这证明她很爱丈夫，因为她的法文程度已经能懂得他的意思等于要她走开。

然后领事说道："让我给大家讲一个我自己还在里头当一个角色的故事，你们听完了再讨论吧。拿着解剖刀空划一阵是没意思的。要解剖，就得有个尸首。"

于是在场的人坐下来预备听了，尤其因为各人的话已经说得相当多，快要兴尽，正是讲故事的人应当挑选的时间。以下便是总领事口述的话——

六　神甫的主意

我二十二岁上得了法学博士学位以后，我的七十二岁的舅舅洛罗神甫，认为需要替我找个后台，安排一个前程了。这位好人即使不是圣者，至少把每个新年都看做上帝的恩赏。不必说，太子的忏悔师要安插一个亲手培植的年轻人，他妹妹的独生子，真是太容易了。因此1824年年底，这位年高德劭的老人有天特意到我房间里来找我①。那时他在巴黎勃朗-芒多教堂已经当了五年本堂神甫，我住的就是他教士私宅中的一间屋子。他和我说：

"孩子，你穿起衣服来，我要带你去见一个人；他找你到家里去当秘书。要是我没看错，将来上帝召我回去的时候，那位先生可以代我照顾你。我的弥撒祭到九点完场②，还有三刻钟的时间，尽够你收拾了。"

"啊！舅舅，我在这个房里过了四年多愉快的日子，难道要我离开了吗？……"

"我身后没什么东西传给你呀。"他回答。

"你的名字和你的功德永久留在人们的记忆中，我还不沾光吗？"

他微微一笑，说道："别提这种遗产。你对人生还阅历不够，不知道这种性质的遗产是最难兑现的，不比我今天要带你去见的……（说到这里，领事停下来加两句说明：我只能用我保护人受洗的名字称呼他，把他叫作奥太佛伯爵）……不比我今天要带你去见的奥太佛伯爵，只要你能讨这位廉洁的政治家喜欢（那我相信你一定办得到的），倒真正能庇护你，等于我给你一份家私。本来嘛，要不是你父亲的破产和你妈妈的故事像晴天霹雳一般把我搅昏了，我也很可能替你积一笔钱的。"

"你是伯爵的忏悔师吗？"

---

① 劭（shào）：美好，高尚。
② 弥撒：天主教纪念耶稣牺牲的宗教仪式。

"嘿！要是这样，我还能把你荐去吗？在忏悔室里听来的秘密，世界上有哪个教士敢利用？不，你是由司法部长保举的。亲爱的莫利斯，你住在他家里等于住在一个父亲家里。伯爵给你两千四百法郎年薪，供给住宿，外加一千二的伙食津贴，他既不能和你一桌吃饭，也不愿意为你另开一桌，把你交给仆人照管。我知道了奥太佛伯爵的秘书绝不是高等佣人的性质，才代你接受下来。你工作一定很忙，因为伯爵自己便是工作极紧张的；但经过了那番训练，你将来无论什么高级的职务都能胜任了。谨慎机密一类的话，我想也用不着再嘱咐你，那是预备进政界的人最重要的条件。"

你们想，我当时心里多么好奇。奥太佛伯爵是最高的司法大员之一，又得到太子的王妃信任，那时刚好由于她的力量，发表为国务部长。他的生活，和诸位大概都认识的赛里齐伯爵的差不多，可是更深藏，因为他住在玛莱区巴伊安纳街，几乎从来不招待宾客。由于持续不断的工作，日子过得像僧侣一般朴素，他的私生活是外边不知道的。现在我先把我的地位简单的描写一下。

七 一个青年人的画像

我是十八岁念完中学的；道貌岸然的圣·路易中学校长，受着我舅舅的嘱托，等于做了我的监护人。离开中学的时候，我的纯洁不下于一个从圣·舒尔比斯神学院出来的信心极坚的学生。母亲临终要舅舅答应绝不让我当教士，但我好像准备进教会的青年一样虔诚。我一出中学，洛罗神甫就把我安置在他的私宅内，叫我念法律。为了要得所有的学位，必须念满四年大学；那四年我非常用功，特别在枯索的法学园地之外。住在校长家里的中学时代不大能接触文学，这时便急于苏解一下我的饥渴：一朝念了几本近代的名著，跟着把前几个世纪的代表作都念了。我对戏剧入了迷，有个很长的时期天天上戏院，虽则舅舅每月只给一百法郎零用。老人家手头这么紧，多半是由于怜惜穷人，大量施舍的缘故；结果正好限制青年人的欲望，使它适可而止。我到伯爵家去就职的时候，固然不是什么未经人事的青年，但逢场作戏的荒唐事儿，我自己还看做天大的罪过。舅舅为人好得像天使一样，我真怕使他伤心，所以那四年从来没有在外边过夜。他老人家直要等我回去了才睡觉。这种慈母一般的关切，比着青年人在严格的家庭中受到的教训与责备，倒反更能够约束我。

当时我还没见识过组成巴黎社会的不同的阶级，所知道的良家妇女与布尔乔亚女子，只限于散步的时候或是戏院里见到的，并且还是从正厅里远望的。倘若有人对我说："等会你可以见到加拿利_{加拿利为巴尔扎克小说中常提到的诗人，有时影射拉马丁，有时影射雨果，}或是加米叶·莫班。"我头里肚子里都会像火烧一样的发热。在我心目中，名人的说话、走路、吃饭，都跟平常人两样。青年人的脑子里不知装着多少《天方夜谭》式的神话①！……他先要虚构了多少神灯_{神灯为《天方夜谭》中最有名的故事之一，阿拉登靠了神灯获致巨}

---

① 《天方夜谭》：又名《一千零一夜》，是阿拉伯民间故事集，内有丰富多彩的各种故事，赞扬勇敢、机敏的精神。

富以后，才明白真正的神灯不是靠偶然，便是靠苦功，或是靠天才。这种由于精神兴奋而来的梦想，在某些人是时间很短的，但我始终保存着。那个时代我夜里入睡的当口不是做了多斯加大公爵，便是成了百万富翁，不是有个公主爱我，就是自己享了大名。

  所以在奥太佛伯爵那儿有个职位，一年有二千多法郎进款，对于我就是开始过独立生活。我觉得从此有希望踏进社会，追求我最急切的梦想——找一个女子做后台，不让我走入危险的路，那种危险的路是一般二十二岁左右的青年，无论怎么安分，怎么有教养，在巴黎都是容易走上的。我开始惴惴不安，对自己害怕了。便是我下过苦功的法律知识，也不一定每次都能把那些可怕的妄想压下去。是的，有时我胡思乱想，假定过着舞台生活，自命为可能成为一个大演员，做着声名盖世、艳福无穷的美梦，完全不知道令人失望的内幕——那当然是到处一样的，人生每一个舞台都有它的内幕。有几次我跑到外边去，中心如沸，恨不得到巴黎城中去探奇猎艳，碰上一个美女，跟她到门口，刺探她，写信给她，把自己整个儿交给她，用爱情的力量征服她。

  我的舅舅——这个心肠极慈悲的人，这个七十岁的老孩子，和上帝一样聪明，和天才一样幼稚，大概也猜到了我心中的骚动，因为他每次觉得把我束缚太紧，快要爆裂的时候，一定会对我说："得了吧，莫利斯，你也是个穷人！给你二十法郎去玩儿吧，你又不是教士！"倘若你们看到使他的灰色眼睛发亮的那种磷火，把可爱的嘴唇往两边扯开去的那副笑容，挂在他像使徒一般丑陋而庄严的脸上的、那种令人疼爱的表情，你们就会了解我当时的心情，使我只能把勃朗-芒多的本堂神甫当做母亲一般的拥抱，来代替我的回答。

八　一所老屋子

　　到巴伊安纳街去的路上，舅舅和我说："奥太佛只会把你当做朋友，绝不当做下属；但他是多疑的，或者更准确的说，是很谨慎的。必须日子久了，才能赢得这位政治家的友谊，因为他虽则眼光犀利，看人看得很多，也受了你前任的骗，险些儿吃亏。你听了这话就知道在他手下应当怎么行事了。"

　　到了一所前有院子，后有花园，规模和加那华莱府第加那华莱为巴黎有名的府第，建于16世纪，现为巴黎市公产，改为博物馆一样大的屋子前面，我们在一扇其大无比的门上敲了几下，敲出来的声音好像散在旷野里。舅舅向一个穿号衣的老门丁说明来意，我却望了望院子，一眼之间把什么都瞧见了：地下的石板被野草遮掉了，极有格局的建筑物装饰很多，黝黑的墙高头长着草木，赛似小小的花坛，屋顶的高度跟蒂勒黎宫的相仿①。楼上的游廊、柱子已经剥落。从一个巍峨的拱门中，我瞥见侧里另外有个院子；那是连门都在腐烂的下房。一个老马夫在里头抹一辆旧车。看他懒洋洋的神气，可以断定当年牲口众多，极有气派的马房，如今至多只剩一二匹马了。正对院子的门面，建筑十分壮丽，但气象萧索，好似派作机关用的政府的公产或是王上的私产。正当我跟舅舅俩从门房（门房高头还留着"请向门丁接洽"几个字）走向台阶的时候，听见一声铃响，阶沿上跑出一个当差，穿的号衣很像法兰西喜剧院中的拉勃朗希穿的18世纪初勒萨日戏剧中的人物。由于平日宾客稀少，当差的一边打开一扇嵌着小玻璃的门，一边还在披上褂子。门的两旁各有一盏露天的灯，把墙壁熏了许多像星一样的黑点。列柱成行的走廊，富丽不亚于凡尔赛宫中的②，它让你看到一座将来

---

①　蒂勒黎宫：法国主要王宫，比卢浮宫更富丽堂皇。毁于战火。
②　凡尔赛宫：位于法国巴黎西南郊外凡尔赛镇，巴黎著名宫殿之一。1624年，法国国王路易十三建的行宫，作为法兰西宫庭长达107年（1682—1789）。

不会再造的那种楼梯，占的地位跟现在新盖的整幢屋子一样大，宽度可以让八个人并列着走；石级冷冰冰的，像坟墓里的阶梯，高大的穹隆传出我们脚步的回声，似乎进了一所大教堂。铁栏杆是亨利三世时代的镂刻艺术家匠心独运的结晶品，大可饱人眼福。我们仿佛肩上披了一件冰冷的大氅，走过穿堂，走过一连串不铺地毯的客厅，里头摆着精雅的、有资格搬到骨董店去的古式家具。最后我们到了与正屋成直角的楼厅部分，走进一间宽敞的书房，窗子都朝着大花园。

九 一幅肖像

进入第一间穿堂的时候，带我们上楼的当差已经把我们交给另外一个仆人。一到书房门口，仆人就通报道：

"勃朗－芒多的本堂神甫，和他的外甥特·洛斯太先生！"

奥太佛伯爵穿着长裤，灰色法兰绒上衣，从一张其大无比的书桌后面站起来，走向壁炉架，一边向我做手势让座，一边去跟我舅舅握手，嘴里说着：

"我虽然属于圣·保罗教区，也常常听人提起勃朗－芒多的本堂神甫。今天真是幸会了。"

我舅舅回答："阁下真是太好了。我把我独一无二的亲属带了来。倘若我自以为给阁下送一件礼物，同时却也替我外甥找了一个像父亲一般的保护人。"

"神甫，这一点绝无问题，只要令甥和我经过相当时间，双方都觉得能相处的话。"接着他问我：

"你的名字是？……"

"莫利斯。"

"他是法学博士。"舅舅补上一句。

"好极了，好极了。"伯爵说着，把我从头看到脚，"神甫，先是为了令甥，其次为了我，希望你赏光每星期一到这儿来吃晚饭。没有外客，等于咱们的家庭晚会。"

舅舅和伯爵开始用政治观点谈论宗教问题、慈善事业、消弭罪案的问题，我趁此机会把有关我终身出处的人物从从容容的打量了一番。

伯爵是中等身材，穿的衣服使我看不出他的肥瘦，但我觉得是偏于清瘦干枯的。陷下去的脸，皮肤很粗。五官清秀，微嫌太大的嘴巴兼有慈爱与嘲弄的表情。脑门或许太宽了些，长得像疯子一般使人害怕，尤其因为它和下半个脸成为强烈的对比。下巴很小，和下嘴唇离得很近。一双青绿色的眼睛又聪明又精神，跟我以后见到而很欣赏的泰勒郎亲王的一般无二，并且和亲王一样能把眼神收敛，变得无精打采；这双眼使他那张不是苍白而是发黄的脸更显得奇怪。这皮色似乎暗示他性子暴躁，心中藏着剧烈的感情。已经带些银色的头发，梳理得很细致，把头顶盖满了一道白一道黑的颜色。英国小说家莱维斯曾经模仿腊克里夫太太的手法，描写一个修道士腊克里夫太太（1764—1823）与莱维斯（1755—1818）都是专写恐怖小说的英国作家，但事实上腊克里夫太太的小说《意大利人》较莱维斯的《修道士》为晚出，故巴尔扎克谓莱维斯模仿腊克里太太之说并不可靠；要不是伯爵的头发梳得那么有模有样，他就跟那个骇人听闻的修道士完全相像了。因为清早就得上法院办公，伯爵已经剃好胡子。一对有罩子的四根插头的烛台，分摆在书桌两头，蜡烛还点着，说明那位司法大员天没亮就起床了。他打铃叫仆人的时候，我看到他一双手又白又好看，像女人的一样……

（领事说到这里又插了几句话）

诸位，我讲这故事，不得不把这个人物的职务与头衔改动一下，但仍相当于他实际上的地位。身份、官阶、财产、享用、生活方式，全部真实；可是我既不愿意对不住我的恩主，也不愿意违反我代人保守秘密的习惯。

一〇 年轻的老人

（领事歇了一会儿，又往下说）

以社会关系而论，我在伯爵前面好比虫蚁之于老鹰；但我并没有那个心理，只觉得一看见他另有一种说不出的感觉，现在我可弄明白了。天才的艺术家……（领事向大使、女作家和两位巴黎人很殷勤的弯了弯腰），名副其实的政治家，诗人，统率队伍的将军，一切真正伟大的人物都是很本色的，而他们的本色就是你觉得和他们平等。诸位在思想上都高人一等（领事特意对着在座的宾客说），也许已经注意到，社会所造成的心理方面的距离，往往能够由感情来缩短。倘若我们在思想上不如你们，我们可以在忠诚不二的友谊方面和你们并肩。以心的温度来说——原谅我用这种名词——我觉得跟我的保护人离得这么近，正如我和他身份离得那么远。总之，我们的心明亮得很，能预感到别人的痛苦、悲伤、快乐、责备、仇恨。等到发现伯爵的脸也有我早已在舅舅脸上注意到的表情，我就隐隐然觉得那是胸中藏着一团神秘的征象。道德的实践、良心的平安、思想的纯洁，把我舅舅的相貌从极丑的变为极美。在伯爵脸上，我却看到相反的变化：一眼之间，我以为他有五十五岁；后来经过仔细观察，才觉得在那副因悲戚而冷若冰霜的面容之下，在呕尽心血的疲劳之下，在失意的感情所表现的郁闷的气色之下，还藏着青年人的朝气。听我舅舅说到某句话，伯爵的眼睛一下子又变得雁来红一般的鲜明①，堆起一副表示叹赏的笑容，于是我看出他的真实年龄不过四十岁。这些念头，我并非当时就有，而是以后把那次会面的经过回想之下，分析出来的。

当差拖着盘，端着主人的早餐进来了。

伯爵说："我不是要早点，也罢，放在这儿；你先陪特·洛斯太先生

---

① 雁来红：一种叶子鲜红色的草本植物，亚洲广泛分布。又名小天蓝绣球、三色苋、老来少。

去瞧瞧他的房间。"

我跟着当差出去；他带我去看几间精雅的屋子：正房套房，一应俱全，顶上是个平台，侧里一边是正屋的院子，一边是下房，底下是从厨房通往大楼梯的走廊。回到伯爵书房，刚要开门进去，我听见舅舅正在对我下这样的评语：

"他可能犯错误，因为他很重感情；无伤大雅的过失，我们都免不了；但他没有一点劣根性。"

伯爵很亲热的把我瞅了一眼，问："怎么样，你喜欢那地方吗？这里空房间很多，你觉得不舒服，我可以另外拨几间屋子。"

我回答说："在舅舅那儿，我只住一间屋呢。"

"那么你今晚就可以安顿下来，你们学生的行李，一辆街车就能对付了吧？今晚上咱们三人一块儿吃饭。"

他说着，望了望我的舅舅。

和伯爵的书房相连的，有一间规模宏丽的藏书室。他带我们进去，又给我看到另外一个小巧玲珑的套房，挂满了画，从前大概是个静修的地方。

他说："这便是你的小书房了，你需要和我一同工作的时候就待在这里，放心，我绝不用链子把你拴着的。"

于是他详细告诉我做的工作是什么性质，要占据多少时间。我一边听一边觉得他真是个伟大的政治导师。

一一　无人知道的内心的斗争

我大约花了一个月功夫去摸熟我新环境中的人物,把我的职务研究清楚,对伯爵的态度举动觉得习惯。一个当秘书的必然留神观察他的东家。他的口味、嗜好、性情、怪癖,都成为你不由自主的研究对象。这样两个人精神上的结合,比着夫妇的结合可以说又过之,又不及。三个月中间,我跟奥太佛伯爵彼此都在暗中刺探。我很奇怪的发现伯爵只有三十七岁。他那种生活的表面上的安静,洁身自好的操守,并不完全出于严肃的责任感和自甘淡泊的思想;和这个被一般熟悉的人认为了不起的人经常接触的结果,我觉得在他繁忙的工作之下,彬彬有礼的举动之下,和蔼可亲的面具之下,极像心绪安定而很容易瞒过人的隐忍的态度之下,大有深不可测的奥妙。平时我们走在森林里,可以从脚步的声音上猜到某些地面底下是窟窿还是大块的石头;同样,用礼貌遮盖的自私和被灾难挖成的地下隧道,也会在朝夕相处的生活中发出空洞的声音。盘踞这个伟大的心灵的不是灰心,而是痛苦。伯爵懂得一个在社会上负有责任的人,最重要的是有行动,有事实。因此他虽然抱着隐痛,仍旧走着他的路,用清明的目光望着前途,像一个信仰坚定的殉道者。秘不示人的哀伤、惨痛的失望,并没把他引入看破一切、不复信仰的荒土;这勇敢的政治家是虔诚的,但毫无炫耀的意思,他到圣·保罗教堂参加的弥撒,是为一般诚心的工匠与仆役们举行的清早第一场弥撒。朋友之中,宫廷之中,谁也不知道他奉行宗教仪式如此诚心。他的崇拜上帝,像某些规矩人满足什么嗜好一样讳莫如深。所以我后来发现,伯爵所遭遇的不幸远过于一般自以为受尽劫难的人;他们因为渡过了情欲与信仰的难关,便用讥讽与轻蔑的口吻嘲笑别人的情欲与信仰。伯爵却既不讪笑被希望拖入泥沼而仍在那里希望的人,也不讪笑攀登高峰以求孤独的人,或是热血奔腾的继续奋斗、用幻想作兴奋剂的人;他是从全面看社会的,不受信仰的束缚,肯听别人的怨叹,不轻信感情,尤其不轻信忠诚;但这个伟大的严厉的法官,对人间一切都能同情，都能赏识，不是逗一时的热情，而是出之以默默无声的态度，深思的态度，还有是用自己的柔情与人交流的方式。这可以说是一个加特力教中的没有血案的曼弗莱特_{拜伦所作诗剧《曼弗莱特》中的主人翁曼弗莱特，是一个性格强悍的人物，于绝望中犯有血案，丧失爱人，精神痛苦达于极点，但至死无宗教信仰}①，抱着信仰而仍不失好奇心，用一股像没有出口的火山一般的热度融化人间的冰雪，跟一颗只有他自己看到的明星絮语！

我认定他的内心生活有很多暗晦不明的地方。他往往在我眼前隐掉，但并非像旅客一般随着地形低陷而失去影踪，而是像被人追捕的狙击兵，故意避人眼目，想找个藏身之处。我弄不明白，为什么他常常在工作最紧张的时候跑到外边去，也不瞒着我，因为他一边把工作交给我，一边说："替我接下去吧。"这位忙着政治家、大法官、演说家三重职务的人，酷爱鲜花，我看了很喜欢；那是心胸高洁的表现，也差不多是一切风雅人士都有的嗜好。园子和书房里摆满了珍奇的花草，但他永远拣枯萎的买来，也许是有心象征自己的命运！……他本身便像那些快要谢落的花，而那些花的近乎变质的香味，又能给他一股异样的醉意。伯爵非常爱国，献身于公共事业的狂热很像一个人要借此忘掉另外一股热情；可是他浑身浸在里头的研究工作和公务，对他还嫌不够；他心中常有一些剧烈的斗争，爆发的时候不免迸出些火花射到我身上。此外，他常常流露出渴求幸福的意愿，我也觉得他还是能够幸福的。那么究竟有什么阻碍呢？是不是害着相思病呢？这是我想到的一个问题。但在归结到一个这么简单而又这么可怕的问题以前，我左思右想，把痛苦的境界到处摸索过了。可见他无论如何努力，仍遮盖不了内心的波动。在他严肃的姿态底下，在法官那种沉默的态度底下，明明有股热情激荡，但被他用那么大的威力镇压着，所以除了我这个与他共同生活的人，谁也没疑心到这桩秘密。他的座右铭仿佛是"痛苦就痛苦吧，绝不开一句口"，随处受到的敬重与钦佩，和他同样勤劳王事的葛朗维与赛里齐两位院长的友谊，对伯爵都毫无作用；或者是他对他们讳莫如深，或者是他们早已明白底蕴。在众人前而，他始终昂着头，不动声色，只有极少的时间才会露出真面目，例如独自呆在书房里、花园里，以为四下无人的时候；那他就像孩子一样，不再以法官的身份遏止他的眼泪，而有非常冲动的表现了；那种情形倘若用恶意去解释，很可能损害他识见卓越的政治家声名的。

---

① 加特力教：即天主教的音译。

等到我把这些情形肯定以后，奥太佛伯爵在我心中便成了个问题，而且像所有的问题一样有那种强烈的吸引力，同时我对他的关切也像关切我自己的父亲一般了。为了尊敬而不敢表示出来的好奇心，你们能了解吗？……他没有野心，但像庇德 此系指英国有名的威廉·庇德（1759—1806），幼有神童之目，七岁即注意国家大事，十四岁即智力成熟 一样从十八岁起就致力于经世治国之学，成为渊博的学者，他是法官，深通国际法、参政法、民法、刑法，既不用怕受人欺侮，也不用担心自己犯错误；他又是思想深刻的立法大员，态度严肃的作家，热心宗教的独身者，他的生活就足以证明他没有一点可批评的地方；这样一个人物究竟是被什么灾难压倒的呢？便是一个罪大恶极的人受到上帝的惩罚，也不及他所受的那么严酷：悲伤把他睡眠的时间剥夺了一半，一天只睡四小时！其余的时间，他表面上很安静，用功，没有声音，没有怨叹，但我常常撞见他搁着笔，把手支着头，眼睛像两颗固定的星似的，或者有泪湿的痕迹！他心里到底有什么斗争呢？这股活泼的泉水流在晶莹的砂土上，为什么没有被地下的火烘干呢 泉水象征眼泪，火象征爱情，为法国文学上传统的比喻，但作者在这里引用此譬，是说热情如火的人，一旦遇到不幸，大抵是要发狠报复的，怎么会流泪呢？……难道泉水与地球的洪炉之间，像海洋与地壳一样隔着一层花岗石吗？换句话说，这座火山还会有爆发的一天吗？

有时候，伯爵用好奇的、锐利的目光，很快的把我瞧上一眼，等于一个人想物色同党而打量对方似的，然后一接触我的眼睛，看到它们像张开的嘴巴一般等候答复，似乎说着："你先开口呀！"他的眼睛便躲开去了。有时他郁闷不堪，脾气很坏；遇到这种情形而伤害了我，他过后自有办法来迁就我：不说一句道歉的话，可是态度温柔，像基督徒一样的谦卑。

一二　坚固的友谊

等到我对这个我觉得极神秘，但大众认为极容易了解（因为他们只要用怪癖二字就能把所有内心的谜都解释了）的人物，有了父子般的感情以后，他的家务被我大事改革，面目一新。伯爵不事生产，甚至把家里的事搅得很糟。除掉本兼各职的薪水，其中三个差事是不受兼职不兼薪的限制的，他一年还有十六万左右收入，支出是六万法郎，内中至少有三万落在仆役的腰包里。第一年年终，我把那些坏东西统统打发了，请伯爵运用他的威望帮我找了一批老实人。第二年年终，伯爵受到的侍候比以前好得多，饮食也精致了，现代设备也享受到了，他有了两匹好马，是我替他向马夫论月包租的，请客的日子，饭菜由希佛饭店承包，事先讲好价钱，弄得很体面；平日的伙食归我舅舅荐来的一个手段高明的厨娘负责，再加两名下手帮忙；特别开支不计，经常费用一年只花三万法郎，仆人反多了两名；有了他们收拾打扫，这所老公馆就显出它古色古香的诗意，不似先前那么荒凉芜秽了。

伯爵知道了这个结果，便说：“怪不得我那些下人会发财了。七年之间，我两个厨子都开了挺阔气的饭店。”

我回答说：“你七年之中损失了三十万法郎。你在法院里向罪犯提起公诉，却在自己家里鼓励人家盗窃。”

1826年年初，大概伯爵把我的为人看清楚了：我们的关系也到了上司与下属不能再亲密的程度。他对于我的前程并没说过一句话，只是像老师与父亲一般的教导我：常常要我为他最繁重的工作搜集材料，起草报告；他一边修改一边指出他和我的观点有哪些地方不同，对法律条文的解释有什么分别。等到后来我办的一件稿能当做他亲自办的一样送出去时，他那种高兴的表示等于我最大的报酬，而他也体会到我这种心情。这个小小的插曲，对一个表面上这么严峻的人居然发生很大的作用。伯爵对我，用法律的术语说，已经下了最后一审的判决；他捧着我的头，亲着我的额角，说道：

"莫利斯，你已经不是我的同伴了，我还说不上来将来你跟我究竟是什么关系；倘若我的生活不变，也许会把你当做儿子看待！"

伯爵把我带引到巴黎最高级的人家，让我坐着他的车，带着他的跟班去做他的代表；那种机会真是太多了，因为他往往在正要出发的时候，突然改变主意，叫了一辆街车走了，上哪儿去呢？……简直是一个谜。我从人家招待我的态度上猜到伯爵对我的心意，知道他事先把介绍的话说得多么郑重。他像做父亲一般的体贴，非常豪爽的满足我的需要，而我的知情识趣更使他时时刻刻想到我。1827年元月将尽的时候，我在塞里齐伯爵夫人家赌运极坏，输了两千法郎，可不愿意在我经管的账上支付。第二天我心里想："这件事还是告诉舅舅呢还是告诉伯爵？"结果我采取了第二个办法。他正在用早餐，我对他说：

"昨天我手气坏极了，心里一火，便继续赌下去，输了两千法郎。你能答应我在本年的薪水中预支吗？"

"不，"他很可爱的笑了笑，"在交际场中赌钱，应当有笔赌本。你先拿六千法郎，把赌债还掉；从今天起，咱们各半负担，既然你常常出去作我代表，至少不能让你的自尊心受到委屈。"

我听了并不向伯爵道谢。我跟他之间，道谢的话似乎是多余的。这点儿微妙的地方，足以说明我们的关系是什么性质。

一三　幕启以前的讯号

虽然如此，我们还没到推心置腹的地步；他没有把我在他私生活中摸索出来的隧道打开给我看，我也没对他说："你怎么啦？有什么痛苦呢？"他深更半夜的跑在外面干什么？我做他的秘书坐着自备马车回家，他却常常雇着街车，或竟一步一步的走回来！一个这么虔诚的人难道受着什么不正当的嗜好腐蚀，而假仁假义的瞒着人吗？还是胸中存着某种嫉妒的心理，比奥赛罗还藏得紧①，而他花尽心力想满足那个心理吗？还是私下养着什么低三下四的女人？有天早上，我记不起在哪个铺子里付了账回来，在圣·保罗教堂与市政厅之间，撞见奥太佛伯爵和一个老婆子讲话讲得那么紧张，甚至没看到我。那老婆子的相貌使我有种说不出的疑心；尤其因为看不见伯爵把积蓄花到哪儿去了，我的疑心更有了根据。你们想，要我来监视主人的行动，岂不可怕？那时我知道他有六十万法郎以上可以存放，倘若存了定期储蓄，以他对我在金钱方面的信任而论，我不会不知情的。有时伯爵早上在花园里散步，到处乱转，仿佛一个人抱着凄凉抑郁的幻想，骑在一匹神话中的飞马上。他尽走，尽走，拼命搓着手，把表皮都快搓破了！倘若我去找他而在一条小路拐弯的地方撞见了，会发觉他眉飞色舞，眼睛不再像一块青玉那样干枯，而变得像雁来红一般有层绒毛了；我初次见到他的时候，就为了这两种不同的眼神的强烈的对比大为惊奇的：一种是幸福的目光，一种是苦恼的目光。在那种情形之下，有两三次他抓着我的手臂走了几步，我满以为他要把他的快乐倾倒在我心里了；可是结果只问我："啊，你找我有什么事呢？"更多的时候，特别从我能代他办理公事、起草报告以后，可怜的人站在一口美丽的白石水池旁边，几小时的看着金鱼；水池在园子中央，周围是个圆形的花坛，种着最鲜艳的

---

① 奥塞罗：莎士比亚创作的四大悲剧之一《奥塞罗》的主人公。他受部下的挑拨，疑心妻子不贞，经过反复起伏的思绪和情感的冲击，最终杀死了自己无辜的妻子。

可怜的人站在一口美丽的白石水池旁边

花。这位政治家扯着面包屑喂鱼,居然为了这种简单的乐趣出神了。

以上是这个内心的悲剧暴露的经过:他不但创痛巨深,骚动不已,而且在但丁的《地狱》没有描写到的范围中间①,还有些惨不忍睹的快乐的表现……

(说到这里,总领事又歇了一会)

---

① 但丁:13世纪末意大利诗人,文艺复兴的代表人物之一。《地狱》为长诗《神曲》的第一段,详细描述了多层地狱的情况与形状。

一四　枢密会议中的一场辩论

某星期一，特·葛朗维院长和参事院副院长特·赛里齐先生在奥太佛伯爵家里开会。他们三个组成一个委员会，我是其中的秘书。由于伯爵的保举，那时我已经是参事院的候补审计了。当局嘱咐三人小组暗中研究的政治问题，需要不少材料，当下都摆在我们藏书室内一张长桌子上。特·葛朗维和特·赛里齐二位把初步准备工作交给奥太佛伯爵负责，并且决定先在巴伊安纳街集会，免得拿文件再带往委员会主席特·赛里齐家。内阁对这件事非常重视，临了，大部分工作都落在我身上，同时也替我在那一年上挣得了审计官的职位。特·葛朗维和特·赛里齐两位伯爵的生活习惯跟我主人的很相像，从来不在外边吃饭；但等到当差的叫我出去，说"圣·保罗和勃朗-芒多的两位本堂神甫在客厅里等了两小时了"的时候，我们也想不到会议拖得这么晚。

那时已经到了九点了。

奥太佛笑着和他的同僚说："诸位，你们今天少不得要跟两位神甫一起吃饭了；葛朗维一向讨厌教士，不知道受得了受不了。"

"那要看怎么样的教士。"

我回答："噢！一个是我的舅舅，一个是高特龙神甫。放心，冯太依神甫已经不在圣·保罗当助理了……"

"好，咱们吃饭吧。"特·葛朗维院长接着说，"我怕的是那些宗教狂，一个真正虔诚的人倒是最痛快的。"

于是大家进了客厅。饭桌上空气很愉快。真有学问的人，饱经世故而能说善道的政治家，都是讲故事的能手，只要他们肯讲。他们绝不受什么环境牵掣，要就是态度沉闷，要就是妙语横生。对这种风雅的玩艺，梅特涅克亲王的本领不亚于查理·诺第哀 梅特涅克为19世纪初期的奥国首相。诺第哀为19世纪法国文人，其沙龙广纳当时浪漫派的文学青年。政治家的诙谐像钻石一般雕琢得玲珑剔透，每句话都清楚明白，光芒四射，同时又富于人情味。我舅舅很有把握在这三个优秀人物之间保持体统,便尽量发挥他的才智,那么细腻,那么温厚,又像以职业关系而惯于把自己的思想隐藏的人一样机灵。当然,那次的谈话没有一点儿无聊与庸俗的气息,对听众的精神作用好比罗西尼的音乐①。

高特龙神甫,有如特·葛朗维先生说的,不像一个圣·保罗而像一个圣·比哀②,是个信仰坚定的乡下人,颟顸臃肿③,从头到脚都是方方正正的一块;对于上流社会,对于文学,简直一无所知,老是大惊小怪,问些出其不意的话,使谈话生色不少。最后,大家提到社会永远割不掉的一个疮疤——奸淫问题,也正是我们在饭前研究的。我舅舅指出当初制定法典的立法家始终受着大革命的影响,使民间的法律与宗教的法律完全抵触:他认为一切弊病都是从这个矛盾来的。

他说:"在教会看来,奸淫是罪大恶极的行为,在你们法院看来不过是轻罪。犯人不押上重罪法庭而是用马车送往违警庭的。拿破仑手下的参事院对奸夫淫妇极心软,简直是无能。民间的法律不是应当与宗教的法律态度一致,把不安于室的妻子像从前一样送往修道院去过一辈子吗?"

"修道院!"特·赛里齐先生接口道,"第一先得办起修道院来;从前大家还把修道院改作军营呢。并且,神甫,你想把社会不愿意容忍的人送给上帝吗?……"

"噢!"特·葛朗维伯爵说,"你真是不认识法国了。出头起诉的权在于丈夫;但丈夫告发妻子犯奸的案子,一年不到十件。"

奥太佛伯爵接着说:"这是神甫替教会说话,因为奸淫的罪名是耶稣基督定出来的。在人类发源的东方,女人只是供男人娱乐的一件东西,大家除了要她服从、长得俊俏以外,没要求她具备其他的德性。现代的欧洲家庭是承继耶稣精神的产物,把灵魂放在肉体之上,所以规定婚姻关系不可解除,当做一件神圣的行为。"

"噢!"特·葛朗维道,"婚姻中一切无法解决的困难,教会也的确感觉到的。"

---

① 洛西尼:即罗西尼,18—19世纪意大利作曲家,代表作:《塞维利亚的理发师》《奥塞罗》等,他和意大利派都以歌唱为主。

② 圣·保罗:早期基督教领袖之一。曾经参加过对基督教徒的迫害活动,后来改变了信仰,成为基督教的支持者。

③ 颟顸(mān hān):粗笨糊涂。

奥太佛微笑着说："教会造成了一个新社会，但我们这个社会的风俗，和因气候关系而女人七岁就成熟、二十五岁就衰老干枯的那种风俗，永远不会相同。加特力教会把半个地球的人的需要都给忘了。所以我们只能讨论欧洲社会。女人究竟比我们高，还是低？这是男女关系的真正的问题。倘若女人比我们低，那么教会把她抬得那么高以后，她犯奸淫应当受惩罚。过去便是这么办的。不是处死，就是送进修道院，古时的立法就是这么回事。但以后，风俗照例把法律改变了。国王的宝座做了奸淫的床席，而风流案子的增加也表示加特力教条的衰落。现在教会只要求不贞的妇女能真正忏悔，社会也只给她一个黥印而不再叫她受毒刑。固然，法律照旧把犯人判罪，但不再加以威吓。并且道德也有两种：社会的道德与法典的道德。凡是法典处罚不严的，社会就越大胆越不在乎：这一点我同意洛罗神甫的意见。在判决书的主文前面写着义正辞严的理由而心里不羡慕风流罪犯的法官，恐怕很少吧。社会在节会、习惯、娱乐方面表示根本否定法律，但对付事情的态度比法典和教会更严：它先鼓励人作假，然后再责罚人家手段笨拙。我觉得有关婚姻的法律应当彻底改革。或许把女子的承继权撤销以后，法国的法律可以变得完满了。"

一五　泄露秘密

特·葛朗维伯爵笑着说:"这个问题,我们三个人是彻底了解的。我不愿意跟我那位太太一起生活。赛里齐的太太不愿意跟赛里齐一起生活。至于你,奥太佛,太太又把你丢下了。我们三人合起来可以包括夫妇之间所有的难题;将来要研究离婚问题的话,我们就是个现成的委员会。"

奥太佛的叉掉在玻璃杯上,把玻璃杯打破了,盘子也打破了。他脸白得像死人一样,向葛朗维狠狠的瞪了一眼,又在眼梢里对我瞟了一眼,被我发觉了。

特·葛朗维接着说:"对不起,朋友,我没注意到莫利斯。我跟赛里齐两个先做了你的证人,后来又做了你的同党。我以为让两位年高德勋的教士听到是没关系的。"

特·赛里齐先生把谈话转了方向,讲他怎样的想讨太太喜欢而终于没成功。根据这位老人的结论,人的好感恶感是不可能定出规律来的;社会的法律只有和自然界的规律接近的时候才能说最完满。但自然界从来不管心灵的结合,人类能够传种,自然界的目的就算达到了。所以现在的法典把极大的伸缩性付诸偶然是很聪明的办法。只要有男性的承继人,取消女儿的承继权的确是好的修正:一则免得种族退化,二则减少不合理的婚姻,使男人找对象的时候只着眼于德性与容貌,而夫妇生活可以幸福一点。

然后他做了一个表示厌恶的手势,说道:"可是一个国家把七八百名议员集在一起,还有什么办法改善法律!……至于我,虽然我自己牺牲了,至少还有个儿子将来能承继我……"

我舅舅接着说:"一切宗教问题丢开不谈,我要向阁下提出一点,就是自然界只管叫我们活着,社会却应当给我们幸福。伯爵,你有没有孩子呢?"

"我,我有孩子吗?"奥太佛伯爵的声音口吻变得那么厉害,使大家不敢再谈女人与婚姻问题了。

喝过咖啡,两位伯爵和两位神甫看到可怜的奥太佛郁闷之极,便悄悄的溜走了;他连客人陆续走掉都没发觉,坐在壁炉旁边一张靠椅里,怅然若失。

等到他发现只剩我们两个人的时候,他说:"现在你知道我生活中的秘密了。我结婚以后三年,一天晚上回到家里,从仆人手中拿到太太一封信,声明离开我了。信写得相当有骨气,因为女人的天性使她一方面犯这种可怕的过失,一方面还能保持某些品德……现在大家只知道伯爵夫人在船上遇险,以为她死了。我只身独处,已经过了七年!……好了,莫利斯,今晚上不谈了。等我不怕和你谈这问题的时候再谈吧。一个人害了多年的病,一朝有了转机倒反受不了。好转的现象往往像害了另外一种病。"

一六　一位国务部长的自白

　　我心里乱糟糟的去睡觉，因为疑团非但没廓清，倒反越来越重了。一个像伯爵那样性格的人和一个由伯爵挑选的女人之间，绝不会闹些琐碎无谓的纠纷，所以我预感到必有些古怪的内幕。伯爵既是一个如此高尚，如此可爱，如此完满，如此多情，如此值得人家爱的男人，那么促成伯爵夫人离开的事故至少也是很特殊的。我在隧道上面走了多年，特·葛朗维先生的一句话仿佛在隧道中丢进了一个火把，虽然没照清楚，但已经足够使我注意到隧道的深广。尽管不知道伯爵痛苦的深度与惨酷的程度，我可明白了他痛苦的性质。细细推敲之下，我不禁堕入一切有情人都可能有的朦胧半睡的境界：伯爵的发黄的脸，干瘪的太阳穴，大规模的研究工作，常有的出神状态，结了婚的单身汉一切生活上的细节，登时变得通明雪亮，突出来了。噢！可怜的主人，我多么喜欢他啊！他在我心目中显得崇高伟大。我仿佛读到一首伤心的诗，看出我一向认为麻痹的心其实永远在那里活动。极度的痛苦不是常常会变成静止的吗？这位大权在握的法官有没有采取报复行动呢？是不是在那里咀嚼他长期的苦难呢？沸腾不已，达十年之久的怒潮，在巴黎不是一件大事吗？从那次惨变以后，奥太佛一向是怎么应付的？我们这时代和过去大不相同，私生活已经变成了一个社会问题，所以夫妇的仳离更其不幸①。我们两人考虑了几天，因为深刻的痛苦也有它的羞恶之心；可是有天晚上，伯爵终于音调很严肃的和我说道："你别走！"

　　以下大致都是他口述的话——

---

　　①　仳（pǐ）离：夫妻离散，特指妇女被遗弃。

一七　门当户对而又情投意合的亲事

"我离开中学,回到这所老屋子的时候,有个受我父亲监护的、漂亮而有钱的十六岁的姑娘,由我母亲一手教养起来的奥诺丽纳,那时刚好童年梦醒,看到人生。她妩媚可爱,稚气十足,想着将来的幸福像想着什么首饰一样,而幸福对她也许就是灵魂的首饰。奉教的虔诚使她体味到一些幼稚的乐趣,因为这颗纯朴的心觉得世界上一切都有诗意,连宗教在内。她远远的把自己的前途看做永远不散的筵席。无邪、纯洁,从来不曾因为精神骚动而有睡眠不安的现象,从来不曾因为有什么羞耻与悲伤而脸上变色或者掉过眼泪。她甚至也不追究为什么春光明媚的日子心头有些不由自主的冲动。她只觉得自己软弱,天生是听命于人的,她等着出嫁而并没急于出嫁的欲望。凡是文学作品用描写情欲的方式灌输给人的,也许是必不可少的毒素,她的轻松快乐的幻想是完全不知道的;她对于人生毫无认识,对社会上的危险茫无所知。亲爱的孩子受的痛苦太少了,从来没机会试验她的勇气。总之,她的天真可以使她毫不畏惧的踏到毒蛇堆里去,像某些画家为'无邪'这个题目所拟想的画面一样。世界上再没一张脸比她的更开朗更快乐的了。明明是意义很清楚的不大得体的问句,她会莫名其妙脱口而出。我和她在一起跟兄妹一样。一年终了,就在这所屋子的花园里,站在池子前面扔着面包屑喂鱼,我和她说:

"'你可愿意咱们俩结婚吗?嫁了我,你可以爱怎么就怎么;换了别个男人,你可能受罪的。'

"我母亲正好走来,奥诺丽纳便说:'妈妈,我跟奥太佛说定了,将来我和他结婚……'

"我母亲回答:'十七岁就结婚吗?……不,再等一年半,倘若这期间你们俩情投意合,那么你们的出身、财产都相等,这门亲事可以说把门第与感情兼顾到了。'

"等到我二十六岁,奥诺丽纳十九岁的时候,我们结婚了。我的父母都是前朝的老人，为了尊重他们，我们保存这所屋子的本来面目，连家具都没换新，而我们住在这儿也和过去一样像两个孩子。可是我出去应酬，带太太去见世面，认为教导她是我的责任之一。到后来我才发觉，在我们那种情形之下结合的婚姻原来藏着一个暗礁；多少的感情、谨慎、生活，都是被这暗礁砸得粉碎的。丈夫变了教育家，成了老师；而老师的戒尺迟早会伤人，把爱情给摧残了的，因为一个年轻、美貌、安分、快乐的妻子，决不答应她天生的长处被别的长处压倒。也许我有许多地方做错了。也许在夫妇生活最难处理的初期，我说话老气横秋。也许是相反，我犯了另外一种错误，太信任那个纯朴的天性，没监督伯爵夫人，以为她决不会反抗的。唉，不论在政治方面，在夫妇生活方面，我们还不知道世界上那些帝国的崩溃与个人的苦难到底是由于太信任呢，还是由于太严厉。说不定在奥诺丽纳心中，她的丈夫还没有符合她少女的梦想。一个人幸福的时候，怎么能知道自己违反了人生哪几条规则呢？……"

　　伯爵像一个认真的解剖学家，对于同事们找不出原因的一种病竭力想找出原因来；他责备自己的话，我只记得一个大概；但那种宽大的精神，我觉得和耶稣基督救渡犯奸妇人的精神不相上下。

一八 一股可怕而正当的痴情

伯爵停了一会又说:"我母亲死了几个月,父亲也跟着去世;又过了一年半,终于临到那可怕的一晚,我出其不意的拿到奥诺丽纳的告别信。她受了什么幻想诱惑呢?是肉欲吗?是同情人家的患难呢,还是被天才催眠了?这两种力量究竟是哪一种把她突然之间勾摄去的,或是把她逐渐拖下去的?当时我不愿意追究。那一下的打击真是太残酷了,一个月之间我像发呆了一样。后来仔细想了想,觉得还是不知道原因为妙;而且奥诺丽纳所遭受的不幸,使我对这些事情只嫌懂得太多。至此为止,莫利斯,一切都很平淡;可是我再加上一句话,情形就不同了:就是说我爱着奥诺丽纳,始终疼着她!自从被遗弃的那一天起,我就靠回忆过活,把昔日的欢娱一桩一桩的回想起来,而那些欢娱在奥诺丽纳是一定不感兴趣的。"

他看我眼睛里有些诧异的表情,便接着说:"噢!别把我当做英雄,也别把我看做那么傻,像帝政时代的一个上校说的,不去找点儿消遣。可是,莫利斯,也许那时我太年轻,或者是太痴情了,全世界我竟找不到第二个女人。经过了内心剧烈的斗争,我终于想让自己麻醉一下了;身边揣着钱,已经到了对妻子不忠实的门口;不料我心中的奥诺丽纳,好比一座雪白的雕像一般突然站在我面前。那种细腻滑润的皮肤,连血的流动和神经的震颤都看得出来,那张纯朴的脸,在出事的前一天,和我对她说'你可愿意我们俩结婚吗?'的时候同样的天真,那股跟德行一样芬芳的天国的香味,还有她眼睛的光彩,举动的妩媚:这些都回到我脑海中来,使我马上溜了,仿佛一个盗墓的人,看到死者的灵魂从坟墓中活生生的走了出来。

"在内阁会议上,在法院里,在夜里,我无时无刻不想着奥诺丽纳,甚至要拿出全部的毅力才能集中精神,注意我所做的事,所说的话。你瞧,我的工作骨子里是这么回事。我对她,并不比一个父亲看到心疼的儿子因为粗心大意而陷入危险的时候更气恼。我明白我把太太当做一首诗,因为自己欣赏到如醉若狂的程度,便以为对方也有同样的快感。啊!莫利斯,盲目的爱情是丈夫的过失,可能促成妻子犯各式各种罪恶!我把这孩子就当做孩子一般的疼着,让她的精力闲着不用;也许她心中的爱还没觉醒,我已经用我的爱情惹她厌倦了。她太年轻,没看出妻子对丈夫的忠诚是发挥母性的第一步,却把婚后第一关就当做整个的人生,于是这倔强的孩子私下诅咒人生,也许为了矜持而不敢在我面前诉苦。在这样一个残酷的局面之下,遇到一个使她大为激动的男人,她便无法抵抗了。而我这个被认为极有眼光的法官,心肠好而头脑老是不得空闲的人,对于无人了解的女子心理的规律,领会得太迟了,直到自己的屋子着了火才在火光底下看出来。那时我按照法律,把我的良心作为法庭,因为以法律来说,丈夫在家里等于一个法官:结果我赦免了妻子,判决我自己有罪。但这样以后,我的爱情竟变成了一种痴情,正如在某些老年人身上发作的,那种没骨气的、死而无怨的痴情。现在我对于不在眼前的奥诺丽纳,仿佛一个人在六十岁上爱了一个非到手不可的女子,任何代价在所不惜,而且我觉得自己的精力并不亚于青年人。老头儿的大胆,青年人的谨慎,我兼而有之。朋友,要知道社会对于夫妇之间这种可怕的局面,只有冷嘲热讽的份儿。情人被遗弃,社会是可怜他的;丈夫被遗弃,社会只认为他无用。凡是经过教堂与市政府的仪式得来的女人,丈夫要保持不了,就非受人讪笑不可。所以我决不能声张。赛里齐是幸福的。他因为宽宏大量,还能见到太太,加以庇护,加以保卫,又因为他是疼爱她的,所以能体会到极度的快乐,像一个对什么都不在乎,甚至不怕给人笑话的大施主,他越受人家取笑,越像父亲溺爱儿女一般的得意。

"'我为了顾全太太,才顶着丈夫的名义!'赛里齐有一天从内阁会议出来和我这样说。

"可是我啊,我什么都没有,连给人讪笑而我表示不怕的机会都没有!我只靠着没有养料的爱情支撑!对一个上流社会的女子,我没有一句话可说。看到娼妓,我又避之唯恐不及!我是被法术禁锢而不得不守贞的!要没有宗教信仰,我早自杀了。我向工作挑战,没头没脑的埋入里头,可是工作压不倒我,结果只是浑身滚热,心里火辣辣的,再也睡不着觉⋯⋯"

这个口才那么高明的人说的话,我也不能尽记;但他的热情使他的口才比着法庭上的雄辩更高一级,我听了竟像他一样脸上淌满着眼泪。他歇了一会,我们俩都抹了抹眼睛,然后他又揭穿另外一些秘密。那时我是怎么样的感觉,请你们想想吧。

"以上说的是我内心的活剧,可不是此刻在巴黎演出的看得见的活剧。内心的悲剧,谁也不会感到兴趣。我知道这一点,像你这样和我一同流泪的人,将来也能体会到一个人没法把别人的痛苦移在自己心中,或是移在自己的皮肤上。我们的痛苦只有自己能衡量。便是你,你所了解的我的痛苦,也不过凭一种极渺茫的推断。我把无可奈何的相思的苦闷发泄一下的举动,你怎么能看到呢?例如我常常端相着一幅小型画像,觉得她的脑门,她的嘴角的笑容,脸的轮廓,白皙的皮肤,都跟真人一样。我把它们亲着吻着,卷曲的黑头发,几乎能让我在鼻子里闻到它的香味,拿在手里拈弄。有时候我忽然觉得有了希望,纵身跳起来;有时候失望的痛苦对我好比万箭攒心;有时候我在巴黎踩着泥浆乱跑,想用疲劳来镇压心中的烦躁。这种种情形,你可曾撞见过吗?我的急躁可以和肺痨病人相比,狂欢可以和疯子相比,惊慌可以和遇到了警察的杀人犯相比。总之,我的生活是连续不断的高潮,恐惧的高潮,快乐的高潮,绝望的高潮。以下我再把看得见的戏剧讲给你听——"

一九　一个异想天开的丈夫

"你以为我成天忙着参事院、议会、法院、政治……唉，天哪！我过的那种生活把我头脑刺激得太灵敏了，只要夜里花上七个钟点就可以把这些事打发完了。奥诺丽纳才是我心上的一件大事。怎样把太太重新收服，才是我独一无二的研究工作。在她所住的笼子里监护她而不让她知道在我的掌握之中；供给她生活，让她所喜欢的很少的一些娱乐能够满足，永远待在她周围，但像天使似的既不叫她看见，也不叫她猜到，要不然我整个的前途就完了，这才是我的生活，我真正的生活！七年以来，没有一晚睡觉之前，我不是先去看一眼她床头的灯光，或是她照在窗帘上的影子的。她离开我家里的时候，除了身上穿的以外，什么都不愿意拿。这孩子把傲气推到极端，近于荒谬的地步。所以她出走了十八个月就被情人遗弃；因为他一看见贫穷那副粗糙、冰冷、阴沉、发臭的面貌便吓坏了。那男人当初一定以为能够过快乐美妙的生活，不是上意大利，便是上瑞士，像一般阔太太们抛弃丈夫以后的情形。奥诺丽纳本身每年有六万法郎收入。那该死东西丢下她的时候让她一文不名，还怀着身孕！1820年11月，我央求巴黎最高明的产科医生冒充城关区域的一个无名的外科医生。我托区里的本堂神甫张罗她的生活费，假装是行好事。一方面要让我太太隐姓埋名，绝对不给外人知道；一方面要替她找一个既要对我忠心，又要做我聪明解事的心腹的女管家……这种工作真要费加罗此系指博马舍有名的喜剧《赛维尔的理发师》中的角色①，为狡黠多智，极有风趣的人物那样的本领才行。你当然知道要找出太太的住址，在我是一件很容易的事。

"经过了三个月的失望而不是绝望以后，我决意为奥诺丽纳的幸福尽心竭力，同时也只让上帝知道我所扮的角色：这是唯有一厢情愿的情人才

---

① 博马舍：1732—1799年法国作家，作品《赛维尔的理发师》又译《赛维利亚的理发师》。

能体会到的诗意。既然一切死心塌地的爱情都需要养料，那么我对于这个孩子，因为我的疏忽才犯了错误的孩子，不是更应当加以保护，由我来做她的守护天使，不让她遭受新的祸害吗？她的孩子养了七个月，死了：这对她对我都是运气。她死去活来挣扎了九个月，在最需要有个男人帮助的时期被遗弃了；但是我，"他说着像天使般伸出手臂，"我始终在暗里做着她的后援。奥诺丽纳得到的照顾，和她住在自己的府第里一样。她身体养好了，问起是谁帮助她的，怎么帮助她的；人家回答说：那是区里做善事的女修士，产妇救济会，还有是特别关切她的本堂神甫。

"这女人的傲气竟发展成一种恶癖，她在受难期间表现的顽强，使我有些夜晚把它叫作骡子脾气。她要自己谋生！啊，我太太竟然做工！……最近五年，我把她羁留在圣·莫街，住着一幢精雅的小楼，做着纸花和女人的装饰用品。她以为她的高雅的出品是卖给一个商人的，得到相当高的代价，每天足足有二十法郎收入：六年以来她在这方面没有起过疑心。买的日用品差不多只出三分之一的价钱，所以她一年六千法郎的开销可以有一万五千的享用。她喜欢花草，拿三百法郎雇一个园丁，实际我却出了一千五的工资，还得每三个月付二千法郎的账。我答应给园丁一个菜园，一所跟圣·莫街门房相连的种菜人住的屋子。我那个产业是由法院的一个助理书记顶名的。园丁只要泄漏一些风声，他全部的好处就完了。奥诺丽纳住的小楼有花园，有花房，每年只付五百法郎租金。她出面是用她的女管家高朋太太的名字。这是我特意找来的，谨慎机密、万无一失的老婆子，非常喜欢她的女主人。但老婆子的热心，和园丁的一样，是我出了重赏换来的，那重赏当然要等事情成功了才给。为了同样的理由，门房夫妇也花了我好大的代价。总而言之，奥诺丽纳三年以来很幸福，满以为她的花草、衣着、享用，都是靠她的工作挣得来的。"

二〇　尝试失败了

伯爵看到我的眼睛和嘴唇都打着问号，便嚷道：

"噢！……你要说的话，我知道了。是的，我尝试过一次。我太太以前住在圣·安东尼城关。有一天，我听到高朋太太一句话，以为有希望讲和了，便换了一二十次稿子，写了一封劝她回心转意的信从邮局里寄去。当时我心里的焦急也不用细说了。我从巴伊安纳街走到滦伊街，像一个判了死刑的人从法院走往市政厅此系指市政厅广场，为巴黎执行死刑的地方，参看本书五十三页注，犯人还坐着车子，我可是一步一步走的！……时间是夜里，下着大雾，我去找高朋太太，听她报告我太太的情形。谁知奥诺丽纳一认出我的笔迹，连念都没念，就把信扔在了火里。

"她说：'高朋太太，明儿我不住这里了！……'

"唉！一个不通世面，以为像高朋太太那样当过主教的厨娘的人，二百五十法郎的工钱已经尽够的女子，只要使点儿手段就能让她以十二法郎一码的代价买到最好的里昂丝绒，只出十分之一的价钱买到一只山鸡，一条鲜鱼，一些水果；平日我欢天喜地的快乐就寄托在这种欺骗上面，你想一朝听到她要搬家的话，我不像给人扎了一刀吗？……你有时撞见我搓着手，快活得什么似的；嗳，那是因为我把有资格搬上舞台的妙计搅成功了啊！比如说，我骗过了太太，教一个卖胭脂花粉的女人卖给她一条印度绸披肩，说是一个女演员的东西，连用都没怎么用过；可是我这个道貌岸然的法官抱着那条披肩睡过了一晚呢！

"总之，今日之下，我的生活可以用两句形容最残酷的刑罚的话归纳起来，就是：我爱着，我等着！高朋太太忠心耿耿的替我当着探子，刺探那颗我疼爱的心。每天晚上我都得去找这个老婆子谈谈，打听奥诺丽纳白天做些什么，说些什么，连一言半语都不肯漏掉，因为只要一句慨叹的话，我就能看出那颗充耳不闻、一言不发的心有些什么秘密。奥诺丽纳对宗教很热心；她去望弥撒，做祷告，但从来不去忏悔，不领圣餐：她预料到人家会对她说的话，不愿意听劝她回家的忠告。对我这样厌恶，真使我害怕极了，弄迷糊了，因为我从来没伤害奥诺丽纳，一向对她极温柔。即使教导她的时候不免有点儿性急，即使男人的讽刺可能把少女应有的傲气触犯了，难道就能使她像有什么深仇宿恨一样的固执吗？

"奥诺丽纳从来没把身份告诉高朋太太，对她的婚姻只字不提，使那位好心的太太没法替我说一句好话，因为在奥诺丽纳的屋子里只有她明白底细。其余的人什么都不知道，只是怕警察总监的名字和尊重部长的权势。因此我没法窥探她的心事：我是堡垒的主人，可是进不了堡垒。简直无法可想。性子一急，就会前功尽弃！既不知道对方的理由，怎么能加以驳倒呢？起了底稿，教代写书信的人誊过了，去送给奥诺丽纳吗？……我想过这办法。但不是可能使她再搬一次家吗？上次搬家已经花了我十五万法郎。现在的屋子原是由你的前任代我出面买下的。那该死的东西没知道我晚上多么容易惊醒，配了一把钥匙开保险箱，预备偷取他声明代我买屋的证件，被我当场撞见。我咳了一声，他吓跑了，第二天我逼他写了一张卖契，把屋子转让给现在代我顶名的人，然后我把他撵走了。"

二一　一个古怪的提议

"啊！虽然人类所有高尚的机能在我身上没有得到满足，也没尽量发展，也没觉得舒畅，虽然我所当的角色没有做父亲的那种至情至性；虽然我没享受到身心酣畅的快乐，可是有时候我竟自以为中了偏执狂。某些夜晚，我竟听见了狂欢女神裙上的铃声_{狂欢女神为象征性的人物，身穿短裙，裙上系有小铃，手持小木偶}。我最怕那种剧烈的过渡阶段，从偶尔在那里发光的、跃跃欲动的一线希望，突然之间转变到使我如堕万丈深渊的绝望。几天以前，我认真想着勒佛雷斯与克拉利斯的悲惨的结局_{英国18世纪李查逊的小说中，克拉利斯·哈罗被浪子勒佛雷斯所诱，以致失身，旋又后悔，终于贫病潦倒而死；勒佛雷斯则因与人决斗而丧命}，对自己说：

"——倘若奥诺丽纳和我生了个孩子，她不是会回到我家里来了吗？

"总之，我相信将来一定有个幸福的结局，信念之坚使我十个月以前就在圣·奥诺莱城关买下一所最美丽的住宅。如果我能重新收服奥诺丽纳，我决不愿意她再看到这所屋子和她当年逃出去的房间。我要把偶像供奉在一所新的庙堂里，让她觉得开始一种完全簇新的生活。新屋正在装修，我要它在高雅与富丽两方面都登峰造极。有人和我提到一个诗人，说他爱上一个歌女，在钟情的初期，还没知道歌女将来怎样对他，便买下了一张巴黎最好看的床。如今法官之中最冷静的一个，公认为御前老成持重的顾问，听了那故事竟然心里每根神经都震动。国会讲坛上的演说家，对于拿这种准备工作来培养他的理想的诗人是很了解的。玛丽·路易士来到法国的前三天，拿破仑在龚比哀涅行宫的床上喜欢得打滚_{玛丽·路易士为奥国公主，拿破仑见而悦之，乃与约瑟芬离婚，娶以为后}。一切伟大的热情都有这一类表现。

"我就像那诗人一样的爱着，像拿破仑一样的爱着！……"

听到这最后几句，我相信奥太佛伯爵担心自己发狂的确是可能的了。他站起身子，走来走去，一边说话一边舞动手臂；忽而又站住了，仿佛对自己那些激昂的话也吃了一惊。他沉默了半晌，然后想从我眼中找些同情的表示，说道：

"我真是可笑得很。"

我回答："不，先生，你是不幸得很……"

"噢！是的，我不幸的程度是你想象不到的！从我过火的说话上面，你可以，并且应该，相信我有的是最强烈的痴情，因为九年之间它使我所有的机能都停止活动。但比痴情更强的是对她的崇拜，对她的灵魂、精神、风度、心地、她一切与女性无关的成分的崇拜；对那些附着于爱情的，你一生念念不忘的魔力的崇拜——那是从片刻的欢娱中体味到的日常的诗意。奥诺丽纳的心与气质的可爱，我在幸福的日子正如一切幸福的人一样没有注意，可是追忆之下都看清楚了。这任性而倔强的孩子，受到了无情无义的遗弃，受到了贫穷的压迫，竟变得那么坚强那么高傲。自从我看出她有这些崇高的品质以后，我越来越感觉到损失重大。而这朵天国的幽花竟然孤零零的躲在一边枯萎憔悴！"他又带着挖苦而沉痛的情绪往下说，"啊，我们上回谈的法律，实际是等于由一小队警察抓着我太太押送到这儿来！……这不是拖一个尸首回来吗？宗教对她不生作用，她只求宗教的诗意，只愿意祷告而不愿意听教会的戒律。我吗，我把宽恕、仁慈、爱，都用尽了，无计可施了。只剩下一个有希望成功的办法，便是权术与耐性，像养鸟的人捕捉最机警、最敏捷、最奇异、最少有的鸟那样的手段。所以，莫利斯，那天特·葛朗维先生在你面前泄露秘密以后——那也是可以原谅的——觉得这件意外的事故倒是命运的一种指示，正如赌徒在赌得最紧张的时候竭力在心中祈求而听从的指示……告诉我，你对我的感情是不是能像小说中的英雄一般替我出力？……"

"伯爵，"我打断了他的话回答，"我猜到你的用意了。可是，你第一个秘书想偷开你的保险箱；你第二个秘书的心，我是知道的，他可能爱上你的太太。难道你忍心送他到火里去叫他受难吗？拿他的手放在烈焰中间而不使他灼伤，你想可能吗？"

"你真是个孩子，"伯爵回答，"将来我是给你戴了手套去的！圣·莫街上那所种菜人住的小屋子，我已经教人腾出来了，住到那边去的绝不是我的秘书，而是我的一个远亲，审计官特·洛斯太男爵……"

我惊愕之下，歇了一会，然后听见门铃声和一辆车直奔阶前的声音。不久当差来报告特·古德维太太和她的女儿来了。奥太佛伯爵母系方面的亲戚很多。他的表姊特·古德维太太是寡妇，丈夫原来在塞纳州法院当推事，死后只剩下一个没有财产的女儿。你们想，看到一个二十岁的少女，长得跟你理想中的情妇一样美，还会把一个二十九岁的女人放在心上吗？

伯爵抓着我的手把我介绍给特·古德维太太母女的时候，凑着我耳朵说：

"又是男爵，又是审计官，将来还有更大的官爵，加上这所屋子作陪嫁，这样你总不至于爱上伯爵夫人了吧？"

我心里不由得飘飘然，并非为了那些不敢希望的好处，而是为了阿曼丽·特·古德维小姐，她的姿色，配上巧妙的装束，格外显得夺目，那样化装的手段原是所有想嫁女儿的母亲都会教给女儿的。

好了，别扯上我的事了。

（领事说着，停了一会）

二二　开始行动

　　二十天以后，我住到种菜人的屋子去了。那儿已经打扫清楚，收拾齐整，摆好家具；办事的迅速只要两句话就可解释：我们是在巴黎！有的是法国工匠！有的是钱！我爱阿曼丽小姐的程度正好使伯爵对他的安全问题放心。可是一个二十五岁的青年所能有的谨慎，是不是足够应付那些由我担任下来，而有关朋友幸福的妙计呢？为解决这个问题，我存心一大半要依赖舅舅的；因为伯爵允许我必要的时候把事情告诉他。我雇了一个园丁，自己装作爱花成癖，仿佛世界上没有一件事能使我感到兴趣，只是没头没脑的翻垦菜园，要把土地整理得可以种花。我像荷兰或英国的某些花迷一样只栽培一种花。我挑选的是大理花，专门搜集所有的变种。你们不难想象，我的行动，哪怕是极细微的变更，都是由伯爵规定的；他那时把全部智力集中在圣·莫街那出悲喜剧上面，连一点儿小事都不放过。等伯爵夫人上了床，在十一点到十二点之间，奥太佛、高朋太太和我三个人几乎每天举行会议。我听着老婆子把女主人白天的一举一动报告伯爵；他什么都要问到，吃些什么，做些什么，态度怎样，第二天预备吃什么菜，她想仿制什么花。我那时方始懂得相思之苦，懂得从头脑、心、感官三方面同时发源的爱情在绝望之下是怎么回事。奥太佛只有在盘问老婆子的时候才算活着。在整理花园的两个月中间，我绝对不向邻居的小楼瞧一眼，连是否有一个邻居也不打听，虽则我们两家的园子只隔一道木栅。伯爵夫人沿着木栅种的一行柏树，已经有四尺高了。

　　一天早上，高朋太太告诉她女主人一个坏消息，说隔壁搬来一个怪物，有意到年底在两个花园之间筑一道墙。我那时心中怎样的好奇是不用说的了。啊，要见到伯爵夫人了！……这个欲望使我对阿曼丽小姐初生的爱情顿时减色。砌墙的计划是个可怕的威胁。将来奥诺丽纳没有空气呼吸了，园子夹在她的小楼与我的围墙之间，会变成一条狭窄的走道。那小楼从前是人家为玩乐而盖的别墅，像孩子们用纸板搭成的宫堡，只有三丈深，十丈长；正面是照德国办法油漆的，到二楼为止，墙上都钉着牵引花草的木格子，整个建筑代表所谓洛哥哥式的篷巴杜风格_{洛哥哥为美术史一种风格的名称，亦称巴洛克。创自17世纪意大利装饰艺术家。在18世纪的法国最为风行，以仿效岩洞及植物形态为主，不求对称，务求奇巧。}从大门到屋子，有条很长的走道种着菩提树。小楼的院子和种菜的园地，形状像一把斧头，走道像是斧头的柄。我计划中的界墙，要把斧头部分去掉四分之三。伯爵夫人因之大为忧急，无可奈何的问道：

"高朋太太，那种花的是什么人呢？"

高朋太太回答："唉，我不知道跟他有没有商量的余地，他好像是最讨厌女人的。他舅舅是巴黎的一个本堂神甫，我只看到一次，一个七十五岁的老头儿，丑得要命，人可是非常和气。也许真像街坊上说的，这神甫有心教外甥迷着花草，免得事情更糟……"

"怎么呢？"

"嗳，告诉你吧，你的邻居是头脑有毛病的！"高朋太太指着自己的头。

不动武的疯子是女人在感情方面最不提防的男子。你们等会儿可以发觉，伯爵替我挑这个角色的确很有眼光。

"可是他怎么会这样的呢？"伯爵夫人问。

高朋太太回答说："他念书念得太多了，脾气变得很怪。并且他自有不喜欢女人的理由……既然你要知道外边的闲话，就一齐告诉了你吧。"

"可是，"奥诺丽纳接口说，"我对疯子倒不像对不疯的人那么害怕。我要跟他谈谈。你去通知他，说我请他过来。要是不成，我再找那个本堂神甫。"

她们这样谈过话以后，第二天我在新辟出来的花径上散步，瞥见楼上一扇窗的帘子撩开了一点，有个女人在那里张望。高朋太太走来和我招呼。我突然向小楼望了一眼，做着一个粗暴的手势，仿佛说："哼！我才不理会你的东家呢！"

高朋女人回去报告交涉的经过："太太，那疯子叫我别跟他烦，说哪怕是个靴匠，在家也能做个主张，尤其他是没有老婆的。"

"这话倒说得加倍的有理。"伯爵夫人回答。

"是呀，但是我告诉他，说他要使一个躲在家里静修的人伤心死了，因为她唯一的消遣就是种花，结果他回答说：好，那我就去一趟吧。"

二三　一幅速写

下一天，高朋太太和我做了一个记号，表示她主人等着我了。正当伯爵夫人用过早点，在小楼前面散步的时候，我推倒了木栅，向她走过去，穿的是乡下人服装，旧灰呢长裤，大木靴，旧猎装，头上戴一顶便帽，脖子里裹一条破围巾，手上全是泥土，还拿着一把锹。高朋太太嚷道："太太，这位先生便是你的邻居。"

伯爵夫人并不惊慌。那个因伯爵的倾诉和她的行为而显得格外离奇的女子，我终于见到了。时间是5月初。清新的空气，蔚蓝的天色，嫩芽的绿意，春天的香味，烘托着这个痛苦的人物。一见奥诺丽纳，我就完全体会到奥太佛的痴情，觉得他用天国的幽花去形容她真是一点不错。我先注意到她的脸色白得非常特别，因为白的种类和红与蓝的种类一样多。望着伯爵夫人，你的眼睛好像能接触那芬芳的肌肤，血就在一缕缕似蓝非蓝的脉管底下流着。只要情绪略微有些波动，她的血便在肌理之下散布开去，像一股粉红色的水汽。我和她相见的时候，皂角树瘦弱的叶子中透过几道阳光照着奥诺丽纳，成为一圈流动的黄色的光轮，画家中间只有拉斐尔和铁相能在圣母周围画出这种光来①。褐色的眼睛，表情又温柔又快乐；从低垂的长睫毛底下漏出来的神采，反映在她的脸上。凭她光滑柔软的眼皮的动作，奥诺丽纳给你一股魔力，因为她把这个灵魂的幕卷起落下的方式，不知包含着多少感情，多少庄严、恐惧、轻蔑的意味。一瞥一视之间，她可以使你不寒而栗，也可以使你欣然色喜。随便挽着的灰色头发，替她描出一个宽大的威武的额角，富于幻想的，诗人一般的额角。嘴巴长得非常肉感。还有一点得天独厚的地方，就是脸部的轮廓和全部的线条都有高贵的品质，能抵抗岁月的侵蚀；这是在法国很少见而在意大利很普通的特点。奥诺丽纳虽则体态苗条，可并不瘦；身腰还有使人古井重波的力

---

① 铁相：今译"提香"，文艺复兴后期威尼斯画派代表画家。

奥诺丽纳

量。娇小玲珑这四个字，她的确当之而无愧，因为她是那一类轻盈柔软的女子，可以像猫一般让你抱起来温存一番，放下去回头再来。纤小的脚踏在沙上发出特有的轻微的声音，和衣衫悉索的声音很调和，成为一种女性的音乐印在你心上，使你能在千千万万的女人脚声中分辨出来。她的姿态把多少代世家的身份表现得那么庄严，走在街上连最放肆的平民见了也会闪在一旁。快活、温柔、高傲、威严，这些好像互相抵触而仍旧保持她小孩子气息的德性，你只能认为是天赋，否则就无法了解她。但这孩子可能像天使一般坚强；也像天使一样，一朝本性受了伤害决没有妥协的余地。倘若你看见她的眼睛与嘴唇对你笑过，听见她悦耳的声音，感觉到它的抑扬顿挫像诗歌一般的美，那么万一她沉下脸来，你就觉得自己被宣告了死刑。闻到她身上发出的紫罗兰香，我才懂得为什么伯爵没有走上纵情声色的路，为什么人家永远忘不了她；因为对于触觉，对于眼睛，对于鼻子，她都等于一朵花，对于灵魂更其是一朵天国的幽花……奥诺丽纳能使人对她像中古的骑士一般忠诚，做没有酬报的牺牲。

二四　第一次的会面是怎么结束的

凡是见到她的人心里都会有这样的念头："你尽管想吧，我一定能体会；你尽管说吧，我一定服从。要是我在酷刑之中送了命而你能有一日之欢，那就把我的生命拿去罢，我会含笑而死，像殉道的人在火刑架上一样，我要把这殉难的日子交给上帝，作为父亲给孩子的节日。"很多妇女能装出一种风度，使人见了像见到伯爵夫人一样；但她身上的一切都那么自然，而那种没法模仿的天生的丰韵能直接透入你的心坎。我提到这些，因为跟她的灵魂、思想和玲珑剔透的心有关，要是不描写，恐怕你们会责备我的。当时我差点儿忘了我所扮的疯疯癫癫的、粗暴的、不会奉承女性的角色。

"太太，听说你是喜欢花草的。"

她回答："先生，我是制花的女工。我种了花，拿它们写生，仿佛一个有艺术手腕的母亲很高兴替孩子们画像……这就说明我相当穷，虽则要求你通融，却没有能力付你一笔赔偿。"

"怎么！"我装得像法官一样的严肃，"一个像你这样出众的人才竟然做工吗？难道你和我一样有些特殊的理由，需要让手指忙着，免得头脑活动吗？"

"咱们只谈界墙的事吧。"她微笑着说。

我回答："咱们谈的就是界墙的基础啊。我先得知道咱们的两种痛苦，或者说两种怪癖，究竟应当由哪方面让步……啊，多美的水仙花！跟今天这个天气一样清新！"

我敢说她的确布置了一个花卉与灌木的博物馆，只有阳光能进去参观，一切安排都显出艺术家的匠心，便是最冥顽不灵的屋主也不忍加以破坏。大簇的花，或是参差错落的分作几级，或者拼成一个个的花堆，用的都是莳花专家的手法①,使你看了精神舒畅。隐僻幽静的园子发出阵阵清香,好比抚慰心灵的油膏,只会触发你恬适的思想,触发妩媚的,甚至艳丽的形象。这花园使你看出一个人真正的性格留在一切事物上的无可形容的标记,只要我们的真性格不需要服从社会上种种不可少的虚伪。我一会儿瞧瞧成堆的水仙,一会儿瞧瞧伯爵夫人,为了扮演我的角色,还装作对她远不及对花那么爱好。

她说:"原来你是极喜欢花的?"

我回答:"只有它们才不会辜负我们的温情与爱护。"

接着我发表一大篇议论,把社会与植物作比较,慷慨激昂,简直和界墙问题离开十万八千里了,使伯爵夫人只能认为我是一个痛苦的、受伤的、大可哀怜的人。但过了半小时,我的邻居不知不觉又把我拉回到正题上;女人不动爱情的时候,头脑竟会跟老年的诉讼代理人一样冷静。

我说:"要是保留木栅,你一定会把我不愿意泄漏的种花的诀窍学了去的;因为我正在搜求蓝的大理花,蓝的蔷薇花,我对蓝色的花简直喜欢得发疯。蓝色不是一般高尚的心灵最爱的吗?像现在这样,咱们双方都不能算单宅独院,还不如开一扇格子门……既然你喜欢花,不妨来看看我的,我也可以去看看你的。你固然是闭门谢客,我也只有一个舅舅来看我,他是勃朗-芒多的本堂神甫。"

她回答道:"我不愿意闲人随时闯进我的花园,闯进我的屋子。但你尽管请过来,我总是欢迎的,你是我的邻居,我愿意彼此相处得好好的;可是我爱静的脾气不能让我的清静操在人家手里。"

"那么随你吧!"

我说完把身子一纵,跳过了木栅。

到了自己园里,我回头走向伯爵夫人,做着一个吓唬她的手势,像疯子一般扯着鬼脸,嚷道:"你瞧,门有什么用?"

我在家里呆了半个月,好像根本没想到我的邻居。

---

① 莳(shì):移植,栽种。

二五　奥诺丽纳的樊笼

到 5 月底，正好是一个幽美的夜晚，我们俩隔着栅栏慢慢的散步。走到尽头，少不得彼此寒暄几句。她觉得我垂头丧气，一味想着痛苦的念头，便和我提到一个人应当存希望一类的话，好像保姆催眠儿童的歌声。于是我越过栅栏，第二次走近她了。伯爵夫人邀我进到她家里，想把我的痛苦苏解一下。我这才走进那座圣殿，里头一切都跟我向你们描写的女子一样非常调和，到处素雅宜人。

这所小楼，在内部看来的确是 18 世纪的艺术家为一个达官贵人经营的艳窟。楼下的饭厅四面都有壁画，画的是稀格子的花架，兼带花卉，手笔极精。楼梯间的壁上是模仿浮雕的单色画。饭厅对面的客室已经破旧不堪，但伯爵夫人挂着很别致的，从古屏风上拿下来的幔子。连着客厅的是一间浴室。楼上只有一间卧房，一间盥洗室，和改作工场用的书房。厨房藏在小楼底基下面的地窖里，要走几步石级才能到正屋。栏杆与篷巴杜式的花环把屋顶遮掉了，只看到几个铅球。你住在这里好像和巴黎不知离开多远了。要不是这位脸色惨白的女子在美丽的红唇上偶尔挂着一点苦笑，你可能以为这朵紫罗兰埋在它的花堆里挺幸福呢。

二六　论女性的工作

不多几天，我们彼此已经很信任；一则因为是邻居，二则伯爵夫人看准我对女性完全无动于衷。我一瞥一视之间就可能把奥太佛的计划断送掉的，所以我的眼神对她从来没有什么表情。奥诺丽纳只把我当做一个老朋友，态度举动都出于同情心。她的目光、声音、措辞，一切都证明她毫无卖弄风情的意思——那在同样的情形之下，连最严肃的女人也免不了的。不久她便允许我踏进那个精雅的制花工场，一间摆满图书和小骨董的静室，布置得和上房差不多，富丽堂皇的气派把手艺的俗气洗净了。

时间一久，伯爵夫人把最无诗意的东西——工场，也变成有诗意的了。妇女所能做的活儿，也许假花在制造的细节方面最能表现女性的妩媚。着色的时候，她必须俯在桌上，相当用心的对付这种近于绘画的工作。旁的事，比如做地毯吧，假使要靠此谋生的话，往往会造成肺病或者脊骨变形，至于镌刻乐谱，以需要细致、小心与了解而论，又是最辛苦的工作。裁缝与刺绣一天还挣不了三十个铜子。可是制花和做妇女的装饰用品需要很多动作，很多手艺，甚至也要很多思想，使一个美女始终在她的天地之内：她可以自由自在，可以谈话，可以笑，可以唱歌，可以思索。摆在黄松木长桌上、预备制作她所挑定的假花用的、成千累万的着色花瓣，不消说都安排得很有艺术。画碟是白瓷的，擦得非常干净，排列的方式使人一目了然，要用什么颜色立刻能找到。所以那位高贵的艺术家很能节省时间。一口精巧的镶嵌象牙的紫檀柜子，有无数的小抽屉盛放钢制的模型，给她做叶子或花瓣之用。

一只极漂亮的日本碗盛着浆糊，从来不让发霉，碗上安放一个有铰链的盖子，轻巧玲珑，只要指尖一拨就能揭开。铅丝，紫铜丝，都藏在面前工作台的小抽屉内。供在眼前的有一只威尼斯瓶，插着一支含苞欲放的鲜花，这生动的模型便是她预备争奇斗胜的对象。她醉心于杰作，挑的总是最难的活儿，例如葡萄、野草、最小的花冠、色调最不容易捉摸的蜜槽。

不久她便允许我踏进那个精雅的制花工场

和头脑一样敏捷的手在桌子与活计之间来来往往，好比钢琴家的手在键盘上活动。用班洛_{班洛为法国17世纪的童话作家兼诗人}的说法，手指像一群仙女，在妩媚动人的姿势之下，为了搓捏，粘贴，重压，使出种种不同的力量，凭着心明眼亮的直觉，把每个动作的效果计算得很准。她面前摆好了材料，着手粘贴棉花，修整枝条，胶上叶子的时候，我简直百看不厌。在取材的大胆上面，她施展出画家的天才，模仿枯叶，黄叶，和田里的野花争胜，那是一切花中最富于天趣，最简单，所以是最复杂的。

她和我说："这门艺术还幼稚得很。倘若巴黎女子能有一点儿东方妇女在后宫中所表现的那种天才，她们戴的花就可以成为整套的语言。为了满足我艺术家的要求，我做了一些枯萎的花，暗黄的叶子，像深秋或冬尽春初时期所看到的……这种花冠戴在一个红颜薄命的或是心怀隐痛的少妇头上，不是很有诗意吗？有什么意境，一个女人不能用头上的饰物来表现的？醉醺醺的酒神，阴沉古板的虔婆，烦闷的女子，不是都有各各不同的花可以代表吗？我认为植物能表现心灵的一切感觉一切思想，连最微妙的在内。"

她派我敲打叶子，帮着剪裁，打点铅丝，预备她用作枝干。我假装极愿意借此消遣，很快就把手艺学得很熟练。我们一边做活一边谈天。无事可做的时候，我给她念些新出版的书，因为我不能忘了自己所扮的角色，老是装做忧郁，怀疑，悲苦，厌倦人生，伤心到极点。我的长相，除了不是跷脚以外，很像拜伦勋爵；因此，她常常用些可爱的笑话跟我打趣。她以为她自己那种讳莫如深的痛苦，毫无问题是使我的痛苦相形失色的，虽然我厌恶人生的原因连扬格与约伯_{爱德华·扬格（1681—1765）为英国诗人，约伯为古代犹太长老，以正直闻名，后受上帝考验，遭遇累累，故自怨其生}听了也会首肯。我像街头行乞的穷人一般在心上放些假疮疤，赚取这位可敬可爱的女子的怜悯；我因此而感到的惭愧也不用细说了。懂得了间谍的卑鄙，我才懂得我对伯爵忠诚到什么程度。我那时受到的同情尽够安慰世界上最不幸的人。这婉娈可喜的女子，与世隔绝，幽居独处了多少年，在爱情以外有极丰富的友谊可以施舍；而她给我友谊的时候一方面像儿童一般尽情流露，一方面又带着一种怜悯的意味——大可使一个爱她的浪子啼笑皆非的怜悯，因为她整个儿只是慈悲，只是同情。她摒弃爱情，对于所谓女子的幸福只觉得害怕；这两种心理表现得又坚决又天真。我过的那些愉快的日子可以证明女性的友谊比她们的爱情可贵多了。

二七　奥诺丽纳的一段自白

一般姑娘们坐上钢琴之前，因为预感到坐上去以后的厌烦，总免不了推三阻四，我让伯爵夫人逼出心腹话的时候，就跟这些姑娘一样的忸怩。你们不难想象，为了要克服我怕开口的心理，她不得不格外表示亲热，但一发觉我对于爱情的厌恶和她的不相上下，她就觉得命运送了一个星期五_{星期五为鲁滨逊在荒岛上所救的野蛮人，因此事发生在星期五，故鲁滨逊即以星期五名野蛮人}到她的荒岛上的确是大可感激的事。或许她也开始不耐寂寞了。可是绝不卖弄风情，连一丝一毫的女性气息都没有。她和我说，只有在她隐遁的理想世界上，她才觉得有些兴趣。我不由自主的把他们夫妇两人的生活做着比较：伯爵的生活全部是行为，活动，感情；伯爵夫人的全部是隐忍，无为，静止。其实男女双方都是服从各人的本性，而且服从到令人钦佩的程度。我因为冒充厌世，尽可以对世间的男女冷嘲热讽，希望借此套出奥诺丽纳的心事，但无论什么计策对她都不生作用；于是我明白，所谓骡子脾气在女人中间比我们所想象的要多得多。

有一天我对她说："东方人把你们关在家里，纯粹当做享乐的工具，真有道理。欧洲人让你们加入社会，给你们平等待遇，因此吃了大亏。据我看，女人是最不老实最卑鄙的动物。但就因为此，她才有她的魔力，给人有捕捉家畜那样的乐趣。男人一朝为一个女人颠倒之后，就认为她是神圣的，永远给她一种特权。对于过去的欢乐，男人的感激是永生不灭的，即使看到当年的情妇老了或是堕落了，仍旧觉得她在感情上对他有特殊权利。可是对你们女人，旧日的情夫是一文不值的，不但如此，他还有一个不能原谅的大错，就是没有早点死掉！……你们口头不敢承认，心里却是和传说的（其实只是群众的无稽之谈）奈尔塔中的太太_{奈尔塔为13世纪时所建的宫堡，位于巴黎中心。相传法王腓列伯四世的媳妇在此宫中淫乐无度，常将厌弃之情夫置死，投于塞纳河}一样，会这样想——可惜一个人享受爱情不能像吃水果一样！可惜吃了一顿饭不能单单剩下愉快的感觉！……"

她说:"这种美满的幸福,上帝一定是留给天国的……你的论证虽然很妙,我却认为是错误的。那些经过好几次爱情的男人,你又怎么说呢?"她这样问我的时候,眼睛像恩格尔画路易十三把王国奉献给圣母,而圣母望着路易十三的眼神一样_{此系指法国 19 世纪大画家恩格尔的作品,题作《路易十三的发愿》。画的是路易十三跪在地下把王冠与权杖献给圣母,圣母在云端里抱着圣婴耶稣,眼睛低垂,并不正视路易十三。}

我回答说:"你真是存心作戏了,因为你刚才瞧我的眼风,大可使一个女演员成名。可是像你这样的美人一定有过爱情,所以把爱情忘了。"

"我吗?"她故意避开我的问题,"我不是一个女人,而是到了七十二岁的女修士。"

"那么你怎么敢这样肯定,说你比我感觉更敏锐?对于女人,苦难只有一种形式,唯有爱情的失意她才当做不幸。"

她神气很柔和的望着我。女人夹在矛盾中间或被事实逼得无路可走的时候,照旧会固执己见。奥诺丽纳便是采取这种办法,和我说:

"我是女修士,你却和我讨论一个我不能再踏进去的世界。"

"便是在思想上也不能吗?"

她回答说:"难道世界真是那样值得羡慕吗?噢!即使我的思想要溜出去,也是溜往更高的境界的……完满的天使,美丽的加百利_{天使加百利向童贞女玛丽亚显灵,说她蒙受圣恩,将生救主耶稣}的歌声,常常在我心头唱着。万一我有了钱,我要照旧做活,免得常常骑在天使的五色翅膀上飞往想入非非的境界。有些沉思默想会使我们女人迷路的!我的精神安定全靠我的花,虽则它们不能完全抓住我。某些日子我好像有所期待,没有目标的期待;一个念头来了,就盘踞着我的心,使我手指举不起来,但我没法把念头赶走。我觉得此刻正在酝酿一件大事,我的生活要改变了;我伸着耳朵听着,对黑洞里望着,对做活毫无兴趣,然后我疲乏之极,回过来又看到人生,看到我平时的生活。这是不是快要进天国的预感呢?我常常这样的问自己……"

二八　一语伤人

　　一方面是用年轻人的伤心忧郁做掩护的两个外交家，一方面是一个因悲观厌世而格外顽强的女人：双方斗法斗了三个月，我向伯爵说，要叫乌龟从壳里钻出来恐怕不可能了，只有打破它的壳。隔天晚上，在最后一次友好的讨论中，伯爵夫人说道：

　　"当年吕克雷斯用她的匕首和她的血，替女性的宪章写下了第一个字：自由_{吕克雷斯为纪元前6世纪时罗马执政泰尔耿·高拉打之妻，以被污自杀。后人以吕克雷斯作为烈女的典型}！"

　　从此以后，伯爵便让我全权办理。

　　某星期六的晚上我去看奥诺丽纳，楼下的客室才由那位冒名顶替的业主粉刷一新。她很高兴的和我说："我这个星期做的花卖了一百法郎！"

　　时间正好十点。7月的夜晚和美丽的明月带来一片朦胧的光，一阵阵百花混合的香味醉人心脾。伯爵大人把五枚金路易拿在手里叮叮当当的玩着。那是一个冒充的化装品掮客送来的①，而那掮客又是奥太佛托包比诺法官物色得来的另一个党羽。

　　她说："男人们拿法律作武器，想收服我们作奴隶！我却是一边消遣一边解决了生活问题，绝对不受拘束！噢！每星期六我总很得意。你的孪生弟兄拜伦勋爵喜欢缪莱的金洋，我也喜欢高狄莎的金洋_{缪莱为19世纪英国有名的出版家，拜仑一生得其帮助不少；高狄莎为巴尔扎克小说中常见的人物，此处即收购奥诺丽纳假花之商人}。"

　　我回答："这可不是一个女人的天职。"

　　"喝！我能算女人吗？我不过是一个性情温柔的男人，不受任何女性折磨的女人……"

　　"你的生活把你整个的人否定了。上帝对你多么慷慨，使你长得这样

---

①　掮（qián）客：替人介绍买卖，从中赚取佣金的人。

好看,心这么慈悲,你难道从来不想要……"

这是我第一次泄露形迹的话,她听了有点不放心了:"要什么?"

"不想要一个美丽的孩子,一卷卷的头发像水浪似的,在花堆里来来往往,好比一朵代表生命与爱情的花,叫你一声妈妈吗?……"

我等她回答。等到沉默的时间太久了,我才发觉我的话发生了可怕的后果,因为屋子里黑洞洞的,早先没看见。伯爵夫人身子歪在便榻上,不是晕过去,而是浑身冰冷的发了肝阳①,因为她一切的生理现象都是温和的,所以第一阵震颤也来势不凶,据她事后说,很像最微妙的毒药药性刚发作的情形。我把高朋太太叫了来,她抱着女主人放上床,脱了衣服,把她不是救醒了,而是恢复了痛苦不堪的感觉。我一边哭一边沿着屋子的走道踱来踱去,同时对自己的使命觉得毫无把握。当初那么冒冒失失接受下来的捕鸟的角色,我恨不得放弃了才好。高朋太太下楼看见我满面泪痕,便急急回上去问伯爵夫人:

"太太,怎么回事啊?莫利斯先生一把鼻涕一把眼泪,哭得像小孩子似的。"

为了怕我们的态度被人误会,她拿出超人的勇气,披着件梳妆衣下楼来找我:

"我发病跟你没有相干,我心脏常常会抽搐的……"

我抹着眼泪,用一种假装不来的声音对她说:"唉,你还想把你的伤心事瞒着我吗?这一下不是让我知道了你有过孩子而夭折的吗?"

她突然打着铃,叫道:"玛丽!"

高朋太太马上来了。

"把蜡烛和茶都端来。"她吩咐的时候,态度的冷静不下于一个骄傲的英国太太,那是你们都知道的那种要命的英国教育培养出来的。

---

① 肝阳:本为中医学名词,这里指头痛眩晕。

二九　挑　战

　　高朋太太点了蜡烛，关上百叶窗。伯爵夫人脸上毫无表情；倔强的傲气，和野人一般的严肃，在她身上又占了上风。她和我说："你知道我为什么那样的仰慕拜伦勋爵？……他挨受痛苦的方式跟野兽一样。既然一个人的怨叹不能成为曼弗莱特的哀歌，唐·裘安的嘻笑怒骂，哈洛尔特的奇思狂想曼弗莱特，唐·裘安，哈洛尔特，均系拜伦有名的长诗中的主人翁，诗篇即以主角命名，那么怨叹有什么用？谁也休想知道我的事！……我的心是一首献给上帝的诗！"

　　我说："倘若我愿意……"

　　"愿意什么？"她紧跟着问。

　　我回答说："我对什么都不感兴趣了，也没有好奇心了，可是我要愿意的话，明天就能知道你全部的秘密。"

　　"你能够吗？我才不信呢！"她竭力遮盖心中的不安，可也不大遮盖得了。

　　"真的不信吗？"

　　"当然，"她侧了侧头，"我倒要试试你的本领呢。"

　　我指着她的手说："先是这些美丽的手指已经说明你不是一个少女，更不是一个做活的人！其次，你也不叫作高朋太太，有一回你当我的面收到一封信，你对玛丽说：喂，这是你的——玛丽才是真正的高朋太太。你冒用了女管家的名字。噢！太太，你对我不用害怕。我是你最忠心的朋友……朋友，你听明白没有？这个在法国被人滥用，拿来称呼敌人的名词，我只想到它圣洁的动人的意义。这个朋友愿意帮助你抵抗一切，愿意你尽可能的得到幸福，一个像你这样的女子应该有的幸福。我无意之间给你的痛苦，谁敢说不是从你心里自然而然流露出来的？"

　　"不错，"她带着威吓的意味说，"我要你好奇，要你把所能打听到的关于我的事统统告诉我，可是……"说到这里，她举起手指，"你也得告诉我，你的消息是从哪儿来的。我在这里享的一点儿清福能不能维持下去，就靠你打听的结果决定。"

"就是说你预备溜走吗？"

"高飞远走！"她嚷道，"飞到新大陆去……"

我打断了她的话，说道："不管上哪儿，你反正得引起人家的热情，逃不出热情的魔掌。天才与美女，都注定要放出灿烂的光芒，引人注目，惹人妒羡，招人毁谤的。巴黎是没有阿拉伯强盗的一片沙漠，世界上只有在巴黎，一个人才能隐姓埋名，靠自己的工作糊口。你抱怨什么？我是什么人？不过是一个仆人而已，不是高朋太太而是高朋先生。万一你要和人决斗，也该要一个证人吧。"

"不管这些，我要你去打听我的底细。我已经说过：我要你这么办！现在咱们别提了。"她这么说着又拿出妩媚动人的风度，那是你们（领事望着在座的妇女）都能随心所欲的支配的。

我回答说："那么好吧，明天这时候，我来把得到的消息告诉你。可是你不能恨我！你会不会拿出一般女人的手段来对付我呢？"

"一般女人是怎么的？"

"她们叫我们做了极大的牺牲，然后过些时候又埋怨我们的牺牲，仿佛把她们侮辱了似的。"

她很狡猾的回答："倘若她们要求你们做的事，你们觉得是牺牲，那么她们的埋怨是对的……"

"不说牺牲，只说是勉强做的吧……"

"那就是说你们本来是不愿意做的。"

我说："啊，对不起，我忘了女人和教皇是永远不会错的。"

她静默了半晌，又道："天哪！我这点儿安静是用多么高的代价换来的，偷偷摸摸享受的，可是只要两句话就能把它毁掉……"

她站起身子，仿佛把我忘了，只自言自语的说着："上哪儿去呢？怎么办呢？……我花了多少心血布置这个可爱的家，预备在这里终老，难道非离开不成吗？"

"在这里终老？"我很明显的表示吃了一惊，"难道你从来没想到有朝一日不能再做工，假花跟化装品可能为了竞争而跌价吗？……"

"我已经有三千法郎积蓄了。"她说。

我叫道："天哪！这笔数目表示省吃俭用，吃了多少苦哇！……"

"明儿见，"她说，"我失陪了。今晚上我简直变了一个人，想自个儿静静。我不是得鼓足勇气以防万一吗?因为,倘若你能知道什么事,别人也能知道,那就……"然后她用直截了当的口气,做了一个很有威严的手势,说了声,"再见。"

"好,咱们明儿来决一胜负。"我故意堆着笑容,因为要使那天晚上的一幕显得毫无作用。

三〇 揭 晓

从很长的花径上走出去的当口，我不由得重复了一句：

"好，明儿来决一胜负！"

而像每天晚上一样和我在大街上相会的伯爵，也叫了声：

"好，明儿来决一胜负！"

奥太佛的焦急忧虑与奥诺丽纳的不相上下。我和伯爵沿着巴士底城壕直走到清早两点①，好比两个将军在作战的前夜察看阵地，估计种种的可能性，认为胜利的关键全靠一个偶然的机会。这一对硬拆开的夫妇是整夜不得合眼的了：一个是因为存着希望而睡不着；一个是心惊肉跳，唯恐团圆而睡不着。人生的戏剧并不在于外界的境遇而在于情感，它是在内心扮演的，或者说在所谓精神世界那个辽阔的天地中扮演的。奥太佛与奥诺丽纳两人的活动和生活，始终不出思想深刻、意境高远的人活动的区域。

我准时而去。晚上十点，我第一次被请进那间蓝白两色的精雅的卧室，那个受伤的鸽子的窝。伯爵夫人望着我想说话，但看到我非常恭敬的神气，立刻大吃一惊。

我很庄严的微微笑着，叫了声："伯爵夫人……"

可怜的太太已经站了起来，又倒在椅子上呆住了；那种痛苦的姿态可惜没有一个大画家把它描下来。

我继续说道："你是一个最高尚最受尊敬的男人的妻子；大家认为他伟大，但他对待你的行为比众人眼里看出来的更伟大。你和他是两个性格最了不起的人物。你以为这儿是什么地方？"我问她。

"不是在我自己家里吗？"她诧异之下，连眼睛都发呆了。

"在奥太佛伯爵的家里！"我回答，"我们上了当了。那个叫作勒诺尔

---

① 巴士底：始建于14世纪的军事城堡，原为守卫巴黎的要塞，后成为王家监狱。1789年被市民摧毁。

芒的书记官不是真正的业主，而是代你丈夫出面的。你这种清静的生活是伯爵一手造成的，你挣的钱是伯爵给的，你生活中最琐碎的事都是他费心照顾的。你丈夫在外边维持你的面子，对于你的失踪想出充分的理由来解释，说你搭一条叫作赛西尔号的船到哈瓦那去，接收一个可能把你忘了的亲属的遗产；陪你去的还有你夫家的两个女人和一个老管家，可是船出了事。你丈夫公开表示，希望你不至于遭难。他说已经派人去就地调查，得到的信息似乎还很有希望……他把你的行踪隐藏得和你自己一样周密……总而言之，他完全遵照你的意思……"

她回答说："得啦，得啦。现在我只要知道一点，这些细节是谁告诉你的？"

"嗳，太太，有个穷小子由我舅舅荐在本区警察局当书记，他一五一十和我说了。要是你今晚上偷偷离开这个小楼，你丈夫不会不知道你的行踪，而不管你跑到哪儿，他都能庇护你。一个聪明的女子怎么能相信，做生意的人收买纸花和便帽的价钱，会跟卖出去的价钱一般高？真的，哪怕你一束花讨价三千法郎，人家也会照给！便是做母亲的也比不上你丈夫的温柔体贴。我从你看门的那儿知道，夜静更深的时候，伯爵常常到篱笆后面来看你床头的灯光！你的开司米披肩值到六千法郎……你的花粉商把名厂的出品当做旧货卖给你……总之，你在这儿完完全全是一个落在火神网里的维纳斯据罗马人的神话，维纳斯嫁与火神维尔耿后，私恋战神玛斯，乃被维尔耿囚于网内；但你是单独的被幽禁着，七年如一日被无微不至的慈爱幽禁着。"

伯爵夫人像一只被捕的燕子般打着哆嗦，在人家手里伸着脖子，睁着褐色的眼睛向四下里探望。她被神经质的抽搐刺激得浑身骚动，用猜疑的目光把我打量着。干涩的眼睛射出一点儿几乎是火辣辣的光，但她毕竟是女人！……一会儿眼泪冒上来了，哭了，并非因为受了感动，而是觉得自己无能为力，绝望到极点。她自以为独立，自由，不料始终逃不出婚姻的束缚，好比囚犯逃不出监狱。

她一边流泪一边说："他逼我，好吧，那我就到一个谁也不能跟着我的地方去……"

我说："啊！你想自杀！……太太，你不愿意回到奥太佛那儿去，一定是有极充分的理由了？"

"噢！当然！"

"那么不妨把这些理由告诉我，告诉我舅舅，我们俩可以做你忠心的顾问。我舅舅在忏悔室中是一个教士，在客厅里可从来不会摆出教士面孔。我们要仔细的听你，对你提出的问题想一个解决的办法；倘若你有什么误会，也许我们能替你消解。你的灵魂是纯洁的，即使犯过什么错误，也早已补赎了……总之，别忘了你可以把我当做最真诚的朋友。要是你想躲脱伯爵的束缚，我能给你想办法，使他永远找不到你。"

她说："噢！还有修道院呢。"

"不错，但伯爵是个国务部长，能叫世界上所有的修道院都不敢收留你。可是不管他势力多大，我仍旧有办法把你从他手里救出来……只要你能向我证明你的确不能，也不应该回到他那儿去。"

她恶狠狠对我瞅了一眼，带着非常猜忌和过分高傲的意味；我便赶紧补充："噢！别以为你逃出了他的掌握，就得坠入我的掌握。将来你照旧能享受安宁、清静、独立；一句话说完，你可以和一个又丑又凶的老姑娘一样得到自由与尊敬。将来我也要先征求了你的同意再敢来看你。"

"可是怎么办呢？用什么办法呢？"

"太太，这一点暂时不能告诉你。你放心，我绝不骗你。只要给我证明你只能过这个生活，证明这个生活的确胜过奥太佛伯爵夫人的有钱、有面子、住着巴黎最漂亮的府第、受到丈夫疼爱、做一个幸福的母亲的生活，那我就判决你胜诉……"

"可是，"她说，"世界上怎么会有一个男人能了解我呢？……"

我回答："的确没有。所以我要请宗教来做评判。勃朗-芒多的本堂神甫是个七十五岁的圣者。他不是一个审问异教徒的法官，而是一个圣·约翰①；他对你会像法奈龙一样，像对蒲高涅公爵说下面那番话的法奈龙一样：爵爷，星期五你要吃一条小牛<small>基督旧教教规，每星期五均须守斋，除鱼类鸡子外，其他荤腥不得入口</small>也可以，但做人非像个基督徒不可。"

"得了吧，先生。我知道修道院是最后一条出路，是我唯一的避难所。能了解我的只有上帝。至于凡人，哪怕是教会中最慈祥的神甫圣·奥古斯丁②，也参不透我良心上不安的情绪，那好比但丁的地狱中不可超越的领域。一个不相干的男人，虽则不配领受爱情的祭礼，却得到了我全部的爱情！我丈夫没得到，因为他没拿；我给他爱情，像母亲把一件奇妙的玩具拿给孩子，被孩子砸破了。我的爱情是可一不可再的。对于某些心灵，爱

---

① 圣·约翰：四福音书的作者之一。

② 圣·奥古斯丁：古罗马帝国时期神学家。欧洲中世纪基督教神学、教父哲学的重要代表人物。

情是不能做尝试的：有就有，没有就没有。它一朝出现，就是整个儿出现。可是十八个月的夫妇生活，对我等于十八年；我把全部的生命力放了进去，它不是因为尽量奔放而枯竭的，而是在那种欺人的，只有我一个人真诚的闺房生活中消磨完的。为我，幸福之杯既不是空的，也不是喝干了的；什么都不能把它再斟满，因为杯子打破了。我已经没有武器，不能再作战……把自己倾箱倒箧的给了人，我还成其为我吗？只能比之于酒阑灯尽以后的残羹剩饭。我只有一个名字，奥诺丽纳，正如我只有一颗心。丈夫占有了少女，没资格消受的情人占有了少妇；一个女人还剩下什么？你一定会和我说：只要让人家爱就得了！唉！我究竟还有点人味儿，想到卖淫妇三个字能不觉得羞愤吗？是的，一场大火把我的宝物烧光了，我借着大火的反光把事情看明白了。老实说，接受另外一个男人的爱情，我倒还能想象；但是向奥太佛投降……噢！休想！"

我说："哎，你还爱他呢。"

"我看重他，尊敬他，他从来没伤害我；他心肠好，他温柔；但我不能再爱他……得了吧，别谈了。无论什么事，越讨论越显得渺小。关于这问题，让我用书面来表白我的意思，现在那些思想使我透不过气来，我身上在发烧，我的脚已经踏在我的修道院的废墟中了。我眼睛看到的，一向以为拿自己的工作换来的东西，此刻都把我心里要忘掉的事一件件的提醒我。啊，我真应该离开这里，像当初逃出家庭一样。"

"逃哪儿去呢？"我问她，"女子没有人保护，能够在世界上存活吗？在三十岁上，正当花容玉貌的鼎盛时期，有的是你自己意想不到的充沛的精力，有的是可以大量施舍的温情，而你竟想躲到我能把你隐藏起来的沙漠中去？……放心吧，伯爵五年之中没露过面，将来不得你的同意也永远不会到这儿来的。凭他九年卓越的生活，你的清静已经有了保障。你尽可以毫无危险的把你的前途跟我和我舅舅商量。先把心静下来，别夸张你的不幸。一个当祭司当到头发都白了的人不是一个孩子，各式各样情欲的忏悔，他听了快有五十年了，连帝王卿相那么沉重的心事都由他掂过斤两，他一定能了解你的。即使我舅舅披着祭衣的时候是严厉的，对着你的花也会像它们一样柔和，像他神明的主宰一样宽容。"

三一　一封信

　　我到半夜才离开伯爵夫人。那时她表面上是镇静了，但脸色阴沉，似乎暗暗做着打算，叫无论怎么锐利的眼光都猜不透的打算。我走不了几步就在圣·莫街上遇到伯爵，他受着一股不可抗力的吸引，不能再待在大街上我们约定的老地方了。

　　我把经过情形告诉了他，他嚷道："可怜的孩子这一夜怎么过哇？要是我闯得去，要是她忽然看到我又怎么办呢？"

　　我回答说："这时候她连跳窗都可能。伯爵夫人是吕克雷斯一流的女子，受了污辱宁可死的，即使污辱她的是她愿意委身的男人。"

　　"你年纪太轻了，"他说，"你不知道，一个人被痛苦的念头剧烈扰乱的时候，他的意志好比湖上起了大风暴，风随时在变，波浪也跟着一会儿涌到这边的湖岸，一会儿涌到那边的湖岸。今天晚上，奥诺丽纳见了我扑在我怀里的可能性，和跳窗的可能性是均等的。"

　　"而你预备冒这个险吗？"我问他。

　　他回答谴："得了吧！为了要等到明天早上，我家里已经由台北兰医生预备好一些鸦片，让我能太太平平的睡一觉。"

　　第二天中午，高朋太太递给我一封信，说伯爵夫人筋疲力尽，到六点才上床，吃了药剂师配的安眠药才睡着的。

　　我把那封信抄了一个副本——因为，小姐（领事向加米叶·莫班说），艺术的手段，风格的诀窍，你是精通的；许多在结构方面很高明的作家，他们的功夫你是知道的，可是你一定会承认，在造作虚伪的感情的文学作品中决找不出这样的文字。真的，世界上最可怕的莫过于现实。下面的信便是那位太太，或者说那个痛苦的化身写的——

莫利斯先生：

　　你舅舅所能说的话，我都知道了，他不见得比我的良心更通达事理。人的良心原是上帝的喉舌。我知道如果不跟奥太佛言归于好,我是要罚入地狱的:这是宗教的判决。人间的法律要我不顾一切的服从。不管我过去做些什么,只要丈夫不拒绝我,大家都认为我是纯洁的,贞节的。不错,婚姻就有这点儿妙处,能够叫社会批准丈夫的宽恕,但社会忘了一点,就是这宽恕必须要被宽恕的人肯接受。按照法律,按照宗教,按照世俗的惯例,我都应当回去。单单以人事来说:不给他幸福,不给他生孩子,把他的姓氏从贵族院的金榜上抹掉_{王政复辟时期,贵族院议员为袭职,姓名均留于金册。贵族院议员一旦无后,金册上的谱系记载即告中断}不是太残忍吗?我的痛苦,我的厌恶,我的感觉,我所有自私的成分(我知道自己是自私的),都应当为家庭牺牲。我将来会生儿育女,儿女能使我破涕为笑!我可以非常快乐,受人尊敬,大家会看到我丰衣足食,高车肥马,在人前得意扬扬!仆役、府第、别庄,应有尽有,一年有多少个星期,我就有多少次领袖群英的宴会。不必说,大家会把我招待得很好。我用不着重新攀登贵族的宝座,因为我根本没下过台。由此可见,上帝、法律、社会,意见都是一致的。

天上的神明、地上的教士、法院,都要异口同声的问我:你反抗什么呢?倘若伯爵要求王上来干预这件事,王上也会这样问我。你的舅舅必要时还能说,上帝会赐恩给我,使我觉得尽责是快乐的。上帝、法律、社会、奥太佛,不是都要我活着吗?唉,如果没有别的困难,我只要回答一句话就可以了一百了,就是我不想活了!一朝裹在尸衣中间,惨白的脸色就能恢复我的洁白和无邪。这不是什么固执的骡子脾气。你一边说笑一边埋怨我的脾气,其实只表示女人把事情肯定了,对前途看清楚了。倘若我的丈夫因为爱我而宽宏大量,把一切都忘了,我可是忘不了!"遗忘"可是我们能做主的?一个寡妇再嫁的时候,爱情能使她恢复少女的心情,因为她嫁给一个心爱的男人,但我不能再爱伯爵了。关键就在这里,你看到没有?我一遇到他的目光就看到我自己的过失,即使他的目光充满了怜爱也没用。他越度量宽宏,我越显得罪孽深重。我的永远不会安定的眼睛始终会看到一个无形的判决。乱七八糟的回忆势必在我心中冲突。

结婚生活不可能再使我尝到心惊肉跳的快感和热情汹涌的醉意;我的冷冰冰的态度,以及虽然深藏、但人家还是猜得到的、把情人与丈夫所做的比较,会致我丈夫的死命。噢!有朝一日,如果在额上的皱痕中,在悲哀的眼神中,在微妙的举动中,我哑摸出一点儿对方不由自主的，甚至还是竭力压制的责备，我就一发不可收拾了：我会脑浆迸裂的躺在阶石下，还觉得阶石比我丈夫慈悲得多呢。这种残酷而又甜蜜的死，或许是单单由于我的多疑。但或是奥太佛为了什么事而烦躁，或是我为了错疑他而起了误会，也都可能促使我的死。唉！说不定我还会把爱情的表示当做轻蔑的表示呢。这不是叫双方都受罪吗？奥太佛始终不放心我，我始终不放心他。我不由自主的要拿一个绝对比不上他的男人跟他相比，我瞧不起那男人，但他让我体验到的销魂荡魄的境界，像火印一般留在我的心头，我为之羞愧无地，却禁不住常常想起。我对你总算够坦白了吧？先生，没有人能向我证明爱情可以再来一次，因为我现在不能也不愿意接受任何人的爱了。一个少女有如一朵被人采摘的花；一个失身的女子却是被人践踏的花。你是种花的，应该知道是否还能把那根花茎扶直，使憔悴的颜色恢复它的鲜艳，把树液重新引到那么娇嫩的管子中去——它们是全靠枝干挺拔才会有强盛的生命力。倘若有什么植物学家敢做这种挽救残花的尝试，他可有本领把膜上的皱痕抹掉吗？能重造一朵鲜花的，简直是上帝了！而能把我重造的也只有上帝！我喝着赎罪的苦杯，但一边喝一边翻来覆去的想着那句老话：赎罪不是洗刷。我一个人关在小楼上吃着浸透泪水的面包，可是谁也看不见我吃，看不见我哭，回到奥太佛身边，等于从此不能哭泣，我的眼泪会使他着恼的。向一个被你欺骗过的丈夫投降而非甘心情愿的委身，噢！先生，这种行为要污辱多少德性恐怕只有上帝知道。因为那些叫天使们看了也要心惊胆战的羞恶之心，只有上帝明白它的底细，同时也是由上帝鼓动的。

再进一步说，要是丈夫蒙在鼓里的话，妻子还能有勇气，会拿出一股意想不到的力量来作假，为了保全丈夫与情人双方的幸福而欺骗。但夫妇俩都心中雪亮的局面，岂不叫人屈辱？用屈辱去换取快乐，岂是像我这样的人所能办到的？奥太佛不是迟早要觉得我的委曲求全可鄙吗？夫妇生活的基础是互相敬重、互相牺牲；但我们破镜重圆之后，我不能再敬重他，他也不能再敬重我了：他可能像老人爱一个娼妓似的爱着我，辱没我的身份；我，我也要因为自己是一样东西而非高贵的太太，时时刻刻感觉到耻辱。在他家里，我不是代表端庄贤淑而只代表私情肉欲了。这是女人失身以后的苦果。我把夫妇的床铺变了一堆炭火，永远睡不着觉了。在这儿我还有些安静的时间，忘掉一切的时间；可是在丈夫家里，一切都要使我回想起不守妇道的污点。我在这儿受苦的时候，我祝福我的痛苦，我感谢上帝。在他家里，一边体会着我不该享受的快乐，一边就得深深的害怕。先生，这些并非抽象的推理，而是一颗广阔无边的灵魂感觉到的；因为那颗灵魂已经被痛苦挖掘了七年。最后，还得告诉你一件可怕的事：我有过一个在陶醉与欢乐中、在深信幸福是可能的心情中受胎的孩子，有过一个我喂养了七个月但永远不会离开我母体的孩子；他始终把我的奶头咬着不放！如果将来再有孩子需要我喂养，他们喝到的乳汁是和着眼泪的，因此是发酸的。我表面上性情轻快，你觉得我像儿童……噢，是的，我就有儿童一般的记忆，能够保持到进坟墓。现在你该看到了吧，社会和丈夫的爱都想把我拉回去的那个美妙的生活，其中没有一个局面不僵，没有一个局面不藏着陷阱，不是随处有些悬崖峭壁，让我骨碌碌滚下去，一路被无情的荆棘刺得遍体鳞伤的。五年功夫，我在未来那片荒土中摸索，没有能找到一个适宜于忏悔的地方，因为我的心的确完全被忏悔包围了。对于这些，宗教自有它的一套答案，我连背都背得。它会说，这些痛苦，这些艰难的处境，都是对我的惩罚，上帝会给我勇气忍受的。先生，对某些天性坚强的虔诚的妇女，这种理由固然很合适；我却没有她们的力量。在上帝不会禁止我祝福他的地狱，和在奥太佛家里的地狱之间，何去何从，我已经决定了。

末了还有一句话。倘若我是一个少女而有了我现在的人生经验，要挑丈夫还是会挑中奥太佛的；但就因为这个缘故，我此刻拒绝他：我不愿意在他面前脸红。怎么！难道我得永远跪着，他永远站着吗？要是我跟他换了一个姿势，我又会瞧不起他的。我不愿意他因为我犯了过失而待我更好。只有天使才敢在双方都无可责备的情形之下做出些粗暴的行为，而这种天使是在天上不在地下！我知道奥太佛体贴入微；但不论这颗灵魂修养得多么伟大，毕竟是人的灵魂，它对我将来在他家里所过的生活并不能有所保障。因此请你告诉我：你答应我的替无可挽救的灾难做伴的那种孤独，那种静默，那种安宁，上哪儿去找？

三二　青年人的感想
　　　与已婚的人的感想

为了要保存这个文件的全貌，我把信抄了一份，然后上巴伊安纳街。奥太佛的烦躁不安比鸦片的力量更强，他正在园子里踱来踱去。

我把信递给他，说道："你去答复吧。既然挑动了她的傲气，你就得想法抚慰它。这比着要刺探她潜伏在心里而人家已经代你挖了出来的傲气，更要难一些。"

伯爵嚷道："噢！她有信给我吗？……"他念着信，脸色显得越来越快活。

他发觉我在旁看着他的得意，便做了一个手势叫我走开。我懂得极度的快乐和极度的痛苦有同样的心理。那天正是特·古维德太太母女到伯爵家吃饭的日子，我就去招待她们了。

不论特·古维德小姐如何美丽，我那回重新见着她不由得感觉到爱情有三种面目，能引起我们完满的爱情的女子是极少的。我不由自主的把阿曼丽和奥诺丽纳比较之下，觉得失节的女性比纯洁的女性更迷人。在奥诺丽纳，忠实不是一种责任，而是缘分；至于阿曼丽，她会神态自若的发着庄严的诺言，根本不知道诺言的内容与义务。困倦到差不多要死下来的女子，需要你去搀扶的罪女，对我特别显得悲壮，能刺激男人天生的热忱，她需要你的心拿出全部的感情，需要你的精力竭尽所能的去干，她充实你的生命，要它为了幸福而斗争，至于对一切都有信心的贞洁的阿曼丽，只会把自己关在贤妻良母的天地中间，只能使我在平凡中去找诗意，精神上既没有斗争，也没有胜利。

在香巴涅那样的平原，和风雪交加而雄壮瑰伟的阿尔卑斯之间，哪个青年会看中恬静的原野？的确，这一类的比较在踏进区公所举行婚礼的时候是个不祥之兆。可怜一个人直要有了人生经验，才能知道夫妇生活跟热情是不相容的，家庭是不能以爱情的暴风雨为基础的。梦想过了世界上不会有的爱情和它的许多奇趣以后，对于自己的理想尝到了烈酒一般的快感以后，我又看到眼前摆着平淡的现实。有什么办法呢？你们会觉得我可怜吧？在二十五岁上，我已经怀疑自己了，但我很坚决的打定了主意。借着通报客人来到的借口，我回去找伯爵，看见他的脸被希望的光辉映照之下，变得年轻了。

"你怎么啦，莫利斯？"他看我脸色异样，吃了一惊。

":伯爵……"

"怎么！你不叫我奥太佛了？你救了我的命，给了我幸福，你竟……"

"亲爱的奥太佛，如果你能劝伯爵夫人重新负起她做妻子的责任，我已经把她仔细研究过了……（伯爵瞧着我的眼风，活像奥赛罗第一次听信伊阿谷谗言的神气），你绝不能让她再看到我，也不能让她知道莫利斯当过你的秘书；千万别提我的名字，谁也不能露一句口风，要不然你就前功尽弃……你已经保举我当了审计官，请你替我在国外找个外交方面的差事，例如领事之类，别想再要我娶阿曼丽了……"我看见他把身子一挺，做了个惊讶的姿势，便向他补充："噢！你放心，我一定把这个角色扮到底的……"

"好孩子！……"他忍着眼泪，抓起我的手握着。

我又笑着说："你给了我手套，我可没有戴。就是这么回事。"

三三 教会的告诫

于是我们俩商量好,当天晚上我回到小楼去该怎么应付。到时我去了。时方8月,气候闷热,大有雷雨的意味,天色黄黄的,花的香味很浓;我人好像在蒸笼里,心里巴不得伯爵夫人已经高飞远走,到了印度去;这念头使我自己也吃了一惊。她穿着白纱衣衫,束着一条蓝丝带,头上没戴帽子,一绺绺的卷头发挂在脸颊两旁,坐在几株小树底下一张长沙发形的木凳上,用小圆凳搁着脚,衣衫下面略微露出一点脚尖。她见了我并不站起来,只指了指身旁的一个位置和我说:

"我这生活不是没有出路吗?"

我回答:"这是指你过的生活,可不是我想替你安排的生活;因为只要你愿意,你可以非常幸福……"

"怎么呢?"她全身的姿势都打着问号。

"你的信在伯爵手里了。"

伯爵夫人像一头受惊的小鹿,站起身来纵到三步以外,在园子里转来转去,又站定了一会,终于独自去坐在客厅里。我等她对那一下好像被扎了一刀似的痛苦略微习惯了一些,才进去找她。

"你!自称为我的朋友!……哼,简直是一个内奸,也许还是我丈夫的间谍吧?"

女子的本能不下于大人物锐利的目光。

我说:"对于你的信不是应当有个答复吗?而这复信世界上只有一个人能写……所以,亲爱的伯爵夫人,你一定得把回信念一念,念过以后,要是你仍觉得生活没出路,你说的那个内奸可以向你证明他是你的朋友,因为我会送你进一所修道院,凭他伯爵有多大势力也没法把你拉出来;可是到那边去以前,应当先听听对方的理由。天上地下有一条共同的法律,哪怕心里抱着仇恨的人都不得不服从的法律,就是没听过对方,不能把对方判罪。至此为止,你像小孩子似的掩着耳朵,只管责备别人。七年的忠诚也应当有它的权利吧？所以你丈夫的复信，你非念不可。我把你的信抄了一份托我舅舅交给他，问他如果他太太写了一封这种措辞的信，他怎么答复。这办法对你毫无损害。等会我舅舅亲自把伯爵的信带来。在我前面，在那个圣者前面，为了保持你的尊严，你也应当念那封复信，要不然你仅仅是个闹别扭，发脾气的孩子了。为了社会，为了法律，为了上帝，你就这么牺牲一下吧。"

她觉得这样迁就一次并不伤害她女性的意志，便答应下来。我们四五个月的工作，全部是以这一分钟为目标的。金字塔能否完成，不是全靠塔尖上给一只鸟歇脚的那一点吗？……伯爵把所有的希望寄托在这千钧一发的时间，而这时间是到了。晚上十点，我舅舅走进了她的篷巴杜式的客厅。我记不起一生中还遇到什么比这个更动人的场面。满头白发被浑身的黑衣服衬托得格外显著，那张像神明一般恬静的脸对伯爵夫人起了奇妙的作用；她好像伤口上涂了一层止痛的油膏，觉得遍体清凉，同时也被这种道行的无意中闪射出来的光照亮了。

高朋太太通报道："勃朗-芒多的本堂神甫来了！"

我问他："好舅舅，你这次来是不是带着和平与幸福的信息？"

"只要听从教会的告诫，绝不会没有和平与幸福。"我舅舅说着，把下面的信递给伯爵夫人——

三四 复 信

亲爱的奥诺丽纳：

  如果你早发慈悲，不疑心我，如果你念了我五年以前写给你的信，你可以省却五年不必要的，使我看了伤心的劳作。在那封信里，我向你提出的盟约足以祛除你所有的恐惧，使我们俩能恢复家庭生活。我有很多地方需要责备自己，在七年悲苦的光阴中我把我全部的过失体验到了。我没了解婚姻。你受着危险的时候，我竟没有发觉那危险。我屋里住着一个天使，主和我说你：好好的守着他吧！不料我粗心大意，不知提防，终于受了上帝的惩罚。你对自己下的毒手没有一下不打在我身上。亲爱的奥诺丽纳，饶了我吧！我完全了解你的敏感，所以不愿意再带你回巴伊安纳街的老家；我可以一个人住在那儿，却不能和你一块儿再见那屋子。我挺高兴的在圣·奥诺莱城关装修一所新宅，我心里要请去住的人不是一个因为对人生没经验而被骗回家的女子，也不是一个被丈夫用法律夺回去的女子，而是一个允许我像父亲每天祝福女儿似的亲吻她额角的姊妹。

  就因为你受着绝望的煎熬，我才更要待在你左右，满足你需要，供给你娱乐，保护你的生命，难道你想剥夺我这种权利吗？凡是女人，必有一颗永远偏向着她的，永远能原谅她的心，就是她的母亲的心；你早失怙恃，你的母亲就是我的母亲，她要在世的话，一定能把你劝回来的，但你怎么没猜到我对你抱着一颗既是我母亲的心，又是你母亲的心呢？亲爱的，我的感情不是偏狭的，吹毛求疵的，绝不让一个心疼的孩子为了什么不如意而额上纵起皱痕。奥诺丽纳，倘若你以为我愿意接受你嘴唇哆嗦的亲吻，愿意过着忽而快乐忽而忧急的生活，那么你把你童年的伴侣看做是什么人呢？你不用怕将来会听到一个人抱着摇尾乞怜的热情向你怨叹，我一定要有把握能让你完全自由自在以后才愿意把你接回来。你的孤僻的傲气把困难过于夸张了；你可能，如果你愿意，以不关痛痒的心情参与一个长兄或父亲的生活；但绝不会在周围发现嘲笑与冷淡，也不会有人疑心你的用意。你将来呼吸到的空气永远是温和的，平稳的，没有暴风雨，也没有一颗细石子。倘若以后你觉得，在我家里的确像在你的小楼中一样自由自在，愿意多添一些快乐的因素，加一些娱乐消遣，你尽可扩大你的生活圈子。慈母的温情没有轻蔑的意味，没有怜悯的意味，它是什么？是没有欲念的爱。所以我的敬佩之情自会把你可能认为侮辱的心埋藏起去。这样，我们俩在共同生活中彼此都能保持尊严。在你方面只要拿出姊妹的情意，腻友的怜爱，就足够使一个愿意做你伴侣的人满足；你只消看他花尽心力遮掩他的温情，就能测量出他温情的深度。我们俩都不会念念不忘的想着过去的事，因为我们知道彼此都相当聪明，只着眼于未来。因此，你住在家里，住着你的府第，和住在圣·莫街上完全一样，照样的无人侵犯，照样的幽居独处，爱做什么就做什么，随你的心意行事，除此以外，你还得到名正言顺的保护，不必人家再像骑士式的爱情那么操劳；你还能得到增加女性光彩的尊敬，还有可以拿去做许多好事的财产。

奥诺丽纳，你用不着求赦免；但若你要求的话，尽管来要求吧；那赦免不操在教会与法律的手中，而要由你的傲气决定，由你自动决定。做我妻子的可能有些为你所害怕的事，做我朋友和姊妹的可用不着，我对她一定礼貌周全。看到你快乐，我就幸福了，七年功夫我已经证明这一点。啊！奥诺丽纳，可以替我的话做保证的是："你手制的花全部由我珍藏着，用眼泪灌溉着；好似古代的秘鲁人用来记事的结绳，它们是一部记载我们痛苦的历史。"如果这样的契约对你不合适，那么，孩子，我已经嘱托带这封信的圣者切勿替我说一句好话。我不愿意你的回家是因为教会引起了你的恐怖，或是法律给了你命令。我所求的简单而平淡的幸福，一定要你自动给的，我才接受。如果你坚持，要我把九年以来看不见一丝友爱的笑容的，阴惨惨的生活继续下去，如果你要独自一人，一动不动的在你的沙漠中待下去，那么我的意志一定服从你的意志。放心：你安静的生活可以像过去一样不受扰乱。那个管闲事而也许使你伤心的疯子，我会把他打发走的……

三五　可怜的莫利斯

奥诺丽纳把信揣在怀里，瞧着我的舅舅，说道：

"先生，谢谢你。既然伯爵允许我留在这儿，我就……"

"啊！"

我这么叫了一声，舅舅马上很不放心的把我瞪了一眼，伯爵夫人也狡狯的对我瞟了一眼，使我明白了她的用意。她要知道我到底是不是一个虚伪的人，一个捕鸟的人，而我好不伤心的发觉，那一声惊叹居然把她骗过了；因为那是女人最熟悉的心灵的呼声。

"啊！莫利斯，"她和我说，"你，你是懂得爱的！"

我眼睛里闪出来的光等于另外一句答复，把伯爵夫人心中的疑虑一扫而空，倘若她还存着疑虑的话。因此伯爵是把我利用到最后一刻的。奥诺丽纳又拿出信来预备念完，舅舅对我做了个暗示，我便站起身来。他和我说："咱们别打搅太太了。"

"你就走了吗，莫利斯？"她说并没抬起头来。

她一边看信一边起身送我们，到了小楼门口，抓着我的手很亲热的握着，说道：

"以后咱们照常见面……"

"不！"我拼命握着她的手，使她痛得叫起来，"你是爱你的丈夫的！明儿我走了。"

说完，我急急忙忙丢下舅舅走了。她问："他怎么啦，你的外甥？"

好心的神甫为了配合我的角色，拿手指着他的头和心，仿佛说："太太，请你原谅，他是个疯子！"而因为我舅舅心里真是这样想，所以他的表情更真切。

六天以后，我带着副领事的委任状动身往西班牙，任所是一个商业繁盛的大都市，使我短时期内就把领事的一行学会了，而我的野心也限于这方面了。

安顿停当以后，我接到伯爵一封信——

三六　徒有其名的团圆

亲爱的莫利斯：

我要是幸福的话，就不会写信给你了，可是我又开始了另外一种痛苦的生活，我受着欲望的刺激，变得年轻了，一方面和一个过了四十岁而又动了爱情的人一样烦躁，一方面又拿出外交家的智慧竭力把情欲压着。你走的时候，我还没得到进入圣·莫街小楼的许可；后来收到一封信，露出一些口风，似乎不久可以准我去了，那是一封又温和又凄凉的信，表示她怕相会时感情冲动。等了一个多月，我冒险闯得去，要高朋太太去问能不能接见我。我坐在走道中的一条凳上，靠近门房，把手捧着头，差不多待了一小时。

——太太预备穿衣服呢，高朋太太来回报我。奥诺丽纳这句好像讨好我的话，其实是不愿意让我感到她的打不定主意。

整整一刻钟，我们俩都很慌乱，不由自主的打着哆嗦像台上的演说家忽然着了慌一样的紧张，我们神色张皇的谈了几句，好似被人撞见了什么而勉强找些话来搭讪。

我含着眼泪和她说：奥诺丽纳，发僵的局面已经打破了，我快活得浑身发抖；请你原谅，我连讲话都前言不对后语。这种情形恐怕一时还改变不了呢。

她强做笑容，回答说：爱妻子又没什么罪过哇。

——我求你别再像过去那样做活了。高朋太太告诉我，最近二十天你只用着自己的积蓄，你名下原来每年有六万法郎收入；即使你对我不能回心转意，至少别把你的财产留给我！

她说：我久已知道你的好意……

我回答她：要是你喜欢留在这儿，保持你的独立；要是最热烈的爱情也得不到你的青睐，你可别再做活了……

我递给她三张证券，每张每年有一万三千法郎利息；她接在手里,漫不经意的展开来看了,一言不发,只瞧了我一眼。啊!她完全懂得我给她的不是钱,而是自由。

——好了,我打败了;你要常来就常来吧。她说着伸出手来,我立刻捧着亲吻。

因此她是硬逼着自己接待我的。第二天,我发现她强作欢容。直要来往了两个月,方始看到她的真性格。那时却好比美妙的5月,爱情的春天,我的快乐简直无法形容;她不再怕我了,只是研究我。但我向她提议上英国去,以便公开的与我破镜重圆回到家里,恢复名位,住进她的新宅的时候,她吓坏了。

——为什么不永远这样过下去呢?她说。

我忍住了,一句话也不回答。

我离开她的时候心里想:她是不是试试我呢?

从家里出发到圣·莫街,路上我老是非常兴奋,抱着一腔热情,像青年人一样对自己说着:今晚上她可能让步了……

这股说不上是虚空是实在的劲儿,遇到她微微一笑,或是用那双不受热情扰乱的,高傲而镇静的眼睛发号施令的时候,就整个儿消灭了。你告诉我,她说过:吕克雷斯当年用她的匕首和血替女性的宪章写下了第一个字:自由!这句可怕的话常常回到我脑海中来,使我不寒而栗。我深切的感到必须获得奥诺丽纳的同意,也深切的感到没法获得她的同意。我去的时节和回家的时节同样受着这些狂风暴雨的骚扰,她有没有猜到呢,为了不愿意口头表示,我把自己的处境写信告诉她。奥诺丽纳置之不复,可是愁容满面,吓得我只能装作像没有写那封信一样。我因为伤了她的心非常痛苦;她看出这一点,也就表示原谅了。事情是这样的:三天以后,她第一次在她蓝白两色的卧房中接待我。灯烛辉煌,摆满着花,布置得很好看。奥诺丽纳那天的装束使她格外光艳夺目。你熟识的那张脸,四周都围着小小的头发卷;头上插着好望角的铁树花;身上穿一件白纱衫,束一根白缎带,挂着飘飘荡荡的穗子。在这么素雅的装扮之下,她的仪表你是知道的;她那天晚上简直是个新娘,是初婚时期的奥诺丽纳。不幸我的快乐立刻被浇了冷水,因为她脸上的表情有种可怕的严肃,仿佛冰雪之下藏着一团烈火。

她说:奥太佛,只要你心里要,我随时准备做你的妻子;可是请你记住,这种屈服也有它的危险,我可能克制自己……

我做了一个手势。

——不错,我明白你的意思,克制这个字你是听了刺心的,你要的是我不能给你的东西,爱情!我发过终身孤独的愿,现在宗教和怜悯使我把这个愿心放弃了。你瞧你不是到了这里吗?

她停了一会,又接着说:你早先并没提出更大的要求,现在你却要你的妻子了。好吧,我把奥诺丽纳交给你,可也不把她将来的改变瞒你。将来我是怎样的一个人呢?第一是做母亲!那是我热烈期望的。是的,你可以相信我这句话。你想法改造我吧,我同意;但倘若我死了,朋友,千万别咒我,别咒我固执;你所谓固执,我称之为对于理想的崇拜,也许那种将来使我送命的、说不出的感情,更应当称为对于神明的崇拜。前途怎么样,我不管了,你会负责的,你去考虑吧!……

于是她坐下来望着我,就是你平时欣赏的那种安闲的姿态。我痛苦得脸色发白,血都凉了。她看到她的话发生了这样的作用,便抓着我的手握着,说道:

——奥太佛,我是爱你的,可不是你所要的那种爱,我爱的是你的心灵……但是相信我吧,我爱你的程度像东方的女奴一般愿意为你而死,并且死而无怨。我可以借此补赎罪过。

她还是更进一步,居然大发慈悲,跪在我面前一个坐垫上,说道:

——而也许我还不会死呢……

我已经跟自己斗争了两个月。怎么办呢?……我肝肠寸断,只能找一个朋友的心让我对它叫一声:怎么办呢?

三七　奥诺丽纳最后的叹息

我收了信没答复。两个月以后，报上披露消息，说奥太佛伯爵夫人在海外漂流了几年，终于搭着英国邮船回家了；故事编得相当自然，不致令人起疑。我刚到热那亚的时候，又接到通知，报告伯爵夫人平安分娩，生了一个儿子。我手里拿着信，在这个阳台的凳上坐了两小时。过了两个月，我的几位保护人，奥太佛、特·葛朗维、特·赛里齐，看我在舅舅故世以后颓丧得很，便竭力劝说，终于使我结了婚。

七月革命_{1830年7月巴黎中产阶级推翻查里十世，拥立路易·腓列伯，史称七月革命}以后半年，我接到下面一封信，把这对夫妇的故事结束了：

莫利斯先生：

　　虽然做了母亲，也许正因为做了母亲，我快要死了。妻子的角色我演得不错：我瞒过了丈夫，我的快乐和女戏子们在舞台上流的眼泪一样真。我为了社会而死，为了家庭而死，为了婚姻而死，正如初期的基督徒为了上帝而死。我不知道致命的原因，我还认真找这原因呢，因为我并不固执；但我非把我的痛苦告诉你不可，当初是你带你舅舅来，而我听了他的话才投降的；他等于一个天国的外科医生，后来做了我的忏悔师，他最后一次的病就是由我看护的；他指着天国要我继续尽我的责任。我便尽了我的责任。我不埋怨那些善于遗忘的人，我佩服他们，认为是坚强的，应当有的性格；但我没有那么健康，忘不了过去的事。那种使我们与所爱的男人合为一体的，从心坎里出来的爱，我不能感觉到第二次。你知道，直到最后一刻，我向你，向忏悔师，向我的丈夫，叫着：可怜我吧！……但谁都不可怜我。那我只有死了。我一边死一边拿出极大的勇气。哪怕是娼妓也没有像我这样嘻嘻哈哈的快活的。可怜的奥太佛很幸福，我让他的爱情拿我虚幻的感情做养料，为了演这个戏，我把心血都呕尽了；女戏子受到喝彩，受到祝贺，身上堆满了鲜花；但是痛苦天天来觅食，天天把我的生命割掉一块。明明是心碎肠断，我照旧笑靥迎人！我向两个孩子微笑，但得胜的总是早生的那个，死掉的那个！我跟你说过：死掉的孩子会叫我去的，我现在就往他那边去了。

没有爱情的同居生活，使我的心灵时时刻刻感到羞辱。只有孤独的时候我才能够哭，能够幻想出神。为了应酬交际，家庭杂务，抚育孩子，照顾奥太佛的幸福，我没有一分钟的余暇能汲取勇气，像从前幽居独处的时代一样。持续不断的警惕使我老是心惊胆战。我没有眼快耳灵，随口扯谎的本领。吸干我的眼泪，亲吻我的眼皮的，不是我意中人的嘴而是手帕，使干涩的眼睛减掉一些火气的是凉水，不是爱人的亲吻。我演戏是把整个的心放进去的，致我死命的原因也许就在这里。我小心翼翼的隐藏我的悲伤，居然一点不露痕迹；但悲伤非有所侵蚀不可，它便侵蚀我的生命。我跟那些发现我病根的医生说：

——你们好歹得替我找出一点病来，要不然我丈夫会活不下去的。

因此我跟台北兰和皮安训商量好了，说我的不治之症是某一种软骨病，两位医生把那根不知什么骨头描写得头头是道。奥太佛还自以为受着疼爱呢！你明白我的意思吗？所以我担心他忧郁成疾，和我同归于尽。万一有这种情形，希望你做我孩子的监护人。信内附上一份补充遗嘱表明我这个意思。请你到必要时再拿出来；也许我把自己看得太重了，奥太佛不至于到那个田地的。我暗中对他的忠诚说不定会使他悲痛欲绝，但还是能活下去的。可怜的奥太佛！但愿他再娶一个比我贤慧的女人，因为他的确值得人家的爱。

既然刺探我的那个聪明的人已经结了婚，希望他记住圣·莫街的制花女留给他的教训：第一要使你太太赶快生孩子！尽量叫她去管最庸俗的家务；别让她在心中培养什么理想，培养那朵我奉为至宝的，颜色火辣辣的神秘之花，它的香气会教人厌弃现实。我是一个圣女丹兰士，可惜不能像她那样住在修道院里和耶稣觌面，和一个长着翅膀、来去自如的天使相对，在出神入定中过生活。你曾看到我在我喜爱的花堆中很幸福，我却没有把心里的话都告诉你：我当初看出你假装的疯狂之下藏着含苞欲放的爱情；我把我的思想、梦境，都瞒着你，没让你走进我美丽的王国。我相信你一定能为了喜欢我而喜欢我的孩子，假如一朝他丧失了父亲的话。请你保守我的秘密，像坟墓保守我的肉体一样。别为我伤心。圣·裴那说过，无爱情即无生命；倘若这句话是对的，那么我已经死了很久了。

三八　两个结局

领事把信收起，锁在皮包里，补了一句："于是，伯爵夫人死了。"

"伯爵还在不在呢？"大使问，"七月革命以后，政治舞台上看不见他了。"

领事说："特·洛拉先生，你可记得有一回看见我送一个客人上船吗？……"

"一个头发雪白的，一个老头儿是不是？"画家问。

"一个四十五岁的老头儿！到意大利南部去疗养和散散心的。那老人便是我可怜的朋友，我的保护人，经过热那亚跟我告别，同时把遗嘱交托给我。我用不着再把奥诺丽纳的遗言告诉他了。"

台·多希小姐问："他可明白自己做了刽子手吗？"

领事回答说："他是猜到真相的，所以活不下去了。他搭船上拿波里，我送他出了海再坐小船回来。告别的时候彼此恋恋不舍，我怕那就是永诀了。我们都喜欢参与我们爱情的秘密的人，特别在爱人故世之后。奥太佛和我说：这样的人有种魔力，身上有一道光轮罩着的。伯爵踱到船首，望着地中海；碰巧那天天气很好，大概他被当时的景色感动了，对我又说了最后几句话：为了改善人性，真应当研究一下究竟是什么一种不可抵抗的力量，使我们不顾理性，把一个神仙般的女子为了片刻的欢娱而牺牲？我良心上听到那些呼号。并且呼号的不仅是奥诺丽纳一个人。而这竟是我亲手造成的！……我悔恨交集，痛心极了！过去我在巴伊安纳街为了得不到欢娱而悁悁欲绝，将来在意大利，我要为了已经体验过的欢娱而悁悁欲绝！……两个同样高尚的心灵，他们的不调和到底是从哪儿来的？"

阳台上大家相对无言，静默了一会。

"她算不算贞节的呢？"领事问在座的两位太太。

奥太佛

三九　一个问题

　　台·多希小姐站起来，搀着领事的手臂离开众人走了几步，说道：
　　"男人来找我们，把一个少女娶过去做了他们的妻子，心中却存着许多天使般的形象，拿我们跟一些无名的敌手相比，跟一些往往是从许多回忆拼凑起来的、完满的标准相比，结果老是觉得我们望尘莫及。由此看来，男人不是也有罪过吗？"
　　"小姐，倘若有人把热情作为婚姻的基础，你这批评是对的；而这便是那对夫妇的错误。要是男女双方都有盲目的爱情，那种婚姻生活简直是尘世的天堂了。"
　　台·多希小姐和领事分开了，接着格劳特·维浓过来找她，凑着她的耳朵说：
　　"特·洛斯太先生未免有些自鸣得意。"
　　她也凑着他的耳朵回答："不，他还没猜到奥诺丽纳可能爱他呢。"她看见领事夫人正在走来，又说："噢！他太太把故事听了去了，算他倒楣！……"
　　大钟打了十一点，所有的客人都沿着海滨步行回去。

四〇　最后一句话

"这些都不能代表人生，"台·多希小姐说，"像那样的女子真是太少了，也许聪明得出奇了，可以说是一宝！人生是各种不同的变故，循环不已的痛苦和欢乐组成的。但丁诗中的天堂当然是理想的最高表现，但那种永远不变的蓝天只存在于心灵中间，向现实的人生去要求未免是奢望，而且时时刻刻要引起天性反抗的。对于这一类追求理想的人，只要给他一间六尺大小的静室，和一张跪着祈祷的凳子就行了。"

"一点不错，"雷翁·特·洛拉说，"可是不管我怎么下流，我仍不由得钦佩一个和伯爵夫人差不多的女子，能够住在一个画家屋里，与画室为邻，从来不下楼见客，也从来不到街上沾污她的鞋子。"

"在几个月之内是可能的。"格劳特·维浓的口气挖苦得厉害。

可是大使回答台·多希小姐说："奥诺丽纳并非独一无二的例子。有个男人，还是干政治的，又是笔下很尖刻的作家，他的爱情就是这一种。后来他是在决斗中死的，把他打死的那颗子弹不单打中了他一个人，他的爱人因此也差不多进了修道院 此系当时的实事。19世纪的政论家阿尔芒·加莱尔（1800—1836）恋一弃妇爱弥丽·蒲陶太太。加氏的政敌在报上影射此事，加乃与对方决斗，中枪身死。蒲陶太太从此闭门谢客。"

"那么这个时代还有些伟大的心灵了！"加米叶·莫班说着，靠着堤上的栏杆，若有所思的愣了一会。

1843年1月　巴黎

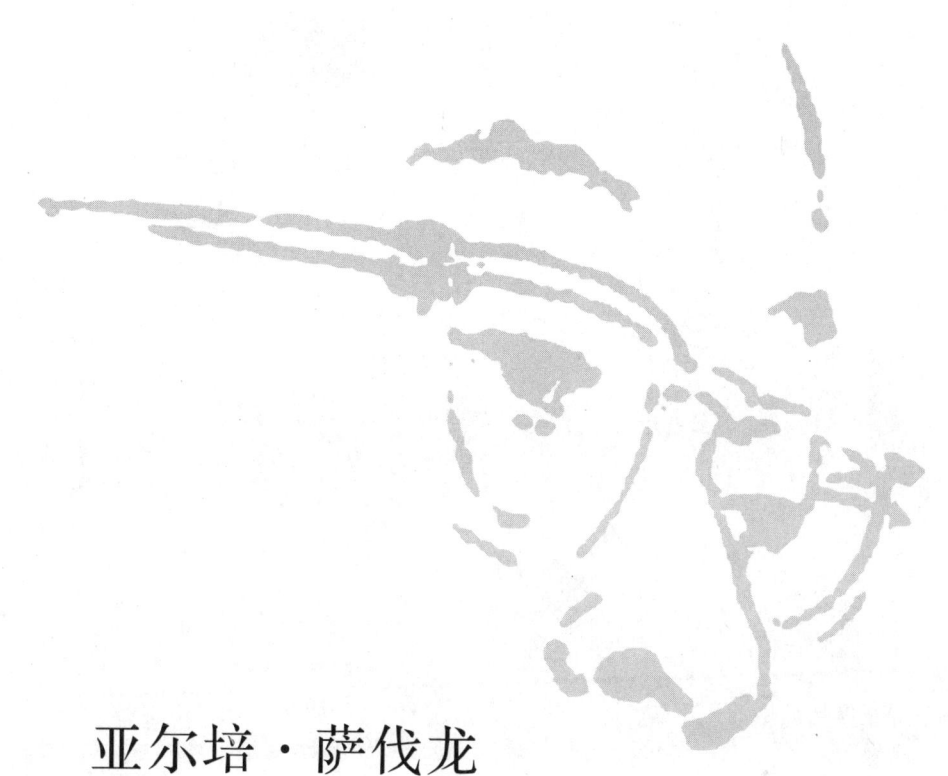

亚尔培·萨伐龙

在王政时代，特·华德维男爵夫人的府第，是勃尚松总主教来往而颇有感情的几处沙龙之一①。这位太太，简括一句，算得勃尚松妇女界顶有势力的人物。

特·华德维先生是大名鼎鼎的华德维的侄孙。那位过去的华德维又是杀人犯和叛教徒中最幸福最显赫的一个，古古怪怪的轶事，讲起来未免太偏于掌故了。叔祖是捣乱得厉害，侄孙却安静到极点。在贡台这一郡里过着蛀虫在板壁里那样的生活之后，他娶了望族特·吕泼家的独养女儿。特·吕泼小姐把年收二万法郎的田产，和华德维岁入一万法郎的不动产联合了起来。瑞士贵族的盾徽（华德维祖籍是瑞士），给嵌入特·吕泼家老盾徽的中心。这件从1802年就决定的婚事，直到1815年第二王政时代以后才履行史家称法国大革命后拿翁失败、波旁王族复政时期为王政时代：1814年至1815年6月为第一王政时代；1815年7月至1830年为第二王政时代。特·华德维夫人生下一个女儿三年之后，母家的祖父母辈全都下世，遗产清算完了。华德维家便把老屋出卖，搬进州公署街特·吕泼家美丽的府第，大花园一直伸展到石梯街那边。华夫人在家时是虔诚的姑娘，婚后更加来得虔诚了。她是居士会里女后之一，这个社团给勃尚松的高等社会蒙上一副阴沉的面貌，一派假贞节的态度，跟这个城的性格正好调和。

特·华德维男爵先生是一个枯索的男人，没精打采的，迟钝的，好像疲乏已极，可不知给什么弄乏了的，因为他有的是颟顸愚昧的福气；但因他的太太是一个头发金褐色的女子，性格的冷酷变成了话柄（"像华德维太太一样的尖刻"这句话，至今还有人说），所以司法界里几个爱打趣的便说，男爵是给这块岩石弄乏了的。吕泼这个字，在拉丁文里的语源，确是岩石的意思。一般观察社会深刻的人，定会注意到洛萨莉是华德维和特·吕泼两家联姻后唯一的结晶品。

特·华德维先生的生活，消磨在一所富丽的车床工场里，整天的车磨

---

① 勃尚松：今译贝桑松，法国东部城市，是弗朗什—孔泰（傅译"法朗希—贡台"）大区的首府。

着。补充这生活的,是他欢喜集藏的脾气。一般研究疯狂的哲学家医生,认为这种收藏癖集中在零星小件上时,即是精神失常的初步。华德维男爵搜罗贝壳、昆虫,和勃尚松地区的地质断片。有些好持异议的人,尤其是妇女,提到特·华德维先生时总说:"他真高尚呀!"从初婚起他就看到不能制胜妻子,便专心于机械的工作和讲究的饮食了。

特·吕泼的府第不乏相当的豪华,堪和路易十六的壮丽匹配,显出1815年上两大世家混合起来的贵族气息。府内闪耀着一种古老的奢华,够得上古董的资格。雕成树叶形的水晶挂灯、中国绸缎、大马士革的绫罗、地毯、金漆的家具,一切都跟古老的号衣古老的仆役调和。虽然用的餐具是家传的黝黑的银器,餐桌正中放着大玻璃盆,四面围着萨克司出品的瓷器,肴馔却精美非常。华德维先生为了消遣和调剂生活起见,躬自做厨房与酒窖的提调,他挑选的酒,在一州里颇负盛名。特·华德维夫人的财产是很重要的,因为她丈夫的一份,只是露克赛的田地,岁入一万法郎左右,从没增加过一笔遗产。毋须特别提的,是特·华德维夫人和总主教间亲密的交情,使她府上常有教区里三四位优秀的有风趣的神甫出入,都不讨厌吃喝。

1834年9月初,在不知为了什么大庆而举行的一次盛宴中,正当太太们团团围在客厅炉架前面,先生们一组组的站在窗框前面时,仆役忽然通报特·葛朗赛神甫来到,他一出现,全场便起了一阵欢呼。

"唔,喂!那件官司呢?"有人对他嚷着。

"赢了!"这位副主教回答,"我们本已绝望的法院判决,您知道为什么……"

这句话是指1830年以后的法院组织,正统派几已全部辞职。

"判决书宣告我们全盘胜诉,把初审的判决变更了。"

"大家以为你们是输定了呢。"

"没有我,的确输定了。我把我们的律师打发到了巴黎去,正当要上庭交手的时候,我找到一个新律师,靠了他才打赢了,一个了不起的人物……"

"在勃尚松吗?"特·华德维先生天真地发问。

"在勃尚松。"特·葛朗赛神甫回答。

"啊!不错,是萨伐龙。"坐在男爵夫人近旁的一位俊俏的青年,名叫特·苏拉的说。

"他花了五六夜功夫,吞下那些文件那些案卷;跟我商议了七八次,每次都是好几小时，"特·葛朗赛神甫——他从二十天以来还是初次在特·吕泼府上露面呢——接下去说，"终于，萨伐龙先生把我们的敌人从巴黎请来的名律师完全打败了。这个青年人真是奇妙，据推事们说。这样，僧侣会获得了双重的胜利。第一它在法律上得胜了，第二它战胜了市政府的辩护人，就是在政治上战胜了自由主义。我们的律师说：'我们的敌人不该以为毁坏总主教区的利益会到处受人欢迎……'庭长不得不迫令听众默静。所有的勃尚松人都拍手叫好。于是旧修道院的房产，仍归勃尚松大寺的僧侣会管理。萨伐龙先生并且在离开法院时邀请他的巴黎同僚吃饭。那位同僚接受之下，对他说：'谁得胜，谁荣耀呀！'还毫无怨恨地祝贺他的胜利。"

"您从哪儿觅来这个律师呢？"特·华德维夫人问，"我从没听人提过这名字。"

"可是您从这里就可望见他的窗子，"副主教回答，"萨伐龙先生住在石梯街，他的花园跟府上只隔一堵墙。"

"他不是贡台郡人。"特·华德维先生说。

"他什么地方的色彩都没有，简直不知是哪儿人。"特·夏洪戈夫人说。

"那么他是什么呢？"特·华德维夫人说着，一边挽着特·苏拉先生的胳膊向餐室走去，"假如他是外乡人，什么机缘会使他定居在勃尚松？在一个律师，这真是挺古怪的念头。"

"挺古怪的念头！"年轻的阿曼台·特·苏拉应声说。

如今少不得要叙述一番这位特·苏拉的身世，才能令人明白这件故事。

历来法国和英国交换着一些虚浮的风气，因为连铁面无情的海关也阻拦不住，所以愈加持续不断。我们在巴黎称为英国式的时髦，在伦敦称为法国式，反过来也是如此。两个民族的敌忾，在两点上是消灭了，一是言语问题，二是服装问题。《神佑吾王》那支英国国歌，原是吕利系法国17世纪音乐家替哀斯旦或太莉的合唱部分谱的音乐。英国女子穿到巴黎来的裙撑系18世纪欧洲妇女用鲸鱼骨做的圆形架子，束在腰部，再穿裙子，使裙的外形特别饱绽圆满，是一个法国女子在伦敦发明的，就是那有名的朴茨茅斯公爵夫人，发明的经过大家知道；起先，人们把这裙撑当做笑柄，甚至第一个英国女子初次在蒂勒黎御园前面出现时，几乎被群众挤死；可是裙撑终究被接受了。这个风气控制了欧洲妇女有半世纪。1815年法国和列国讲和时，大家把英国的低腰身衣服嘲笑了一年，全巴黎的人都去瞧卜蒂哀与勃吕奈演出的《可笑的英国妇人》；但1816年和1817年，法国女子的腰身，从1814年的紧扣乳房起，逐渐下降，直到显出腰部轮廓为止。近十年，英国又送了我们两件语言学上的小礼物。来源不甚清白的"纨绔子弟"这名词 petits-maîtres 一词，原指一度与波旁家争王位的公蒂亲王的党徒，原已化出三个后身：怪物、妙人、漂亮哥儿；它们却被英文里的"花花公子"（Dandy）和"狮子"（Lion）先后代替了去。狮子可并不连带产生"母狮"之名。母狮是从阿弗莱·特·缪塞有名的诗句里来的："您曾否在巴塞龙那瞧见……那是我的情妇我的母狮。"在这两个名词和这两种主要观念之间，曾经有过一番融和，或者有过一番混淆，要是您爱这么说。胡闹也好，杰作也好，巴黎都尽多尽少吞得了；只消一桩胡闹的事叫巴黎人开怀之后，要外省人不来染指是不容易的。所以当"狮子"披着长发，挂着胡须，穿着背心，不用手帮忙而单靠面颊与眼眶的拘挛夹着眼镜，在巴黎大摇大摆时，某些省城里就可看到一些二等狮子，凭着连靴套长脚裤的风流典雅，对同乡们的不修边幅表示抗议。因此，1834年时，在阿曼台-西尔伐-雅各·特·苏拉身上，勃尚松瞻仰到了狮子。苏拉这姓氏，在西班牙占领时代贡台地区在17世纪前为西班牙领土，勃尚松为贡台的首府。贡台之成为法属领土，仅从路易十四朝中叶始写作苏勒耶士；勃尚松城内西班牙家庭出身的人，阿曼台·特·苏拉要算独一无二了。当初西班牙分发许多人到贡台来经营，却很少西班牙人住下。苏拉祖上的定居，是为了和红衣主教葛朗凡有联络之故。年轻的特·苏拉先生老讲着要离开勃尚松，凄凉的、佞神的、文学气息极薄的城，刀兵必经和长期驻兵的城；但它的风俗、动态、面目，都值得加以描绘。这个见解，便使这个前程渺茫的男子，在新街跟州公署街相接的地方，三间家具寥寥的屋内住下。

年轻的特·苏拉少不得有一头小老虎，这小老虎是他一个佃户的儿子，小厮十四岁身材臃肿，名叫罢皮拉。狮子把小老虎打扮得很讲究：铁灰色的短布大褂，束着漆皮腰带，深蓝色瓦棱布短裤，红背心，上下半截颜色别的漆皮长筒靴，黑带镶边的圆帽，有特·苏拉徽记的黄钮扣。阿曼台给他白纱手套，供给洗衣费，伙食自理，三十六法郎一月的工资，这就叫勃尚松的女工们大吃一惊：一年四百二十法郎给一个十五岁的小厮，外快在外！所谓外快是旧衣服的出卖，肥料的出卖，苏拉把所蓄的两匹马中的一匹跟人交换时的酒资。用鄙吝的经济手段喂养的两匹马，统扯每年耗费八百法郎。从巴黎定购的化装品、领带、身上佩带的小骨董、成罐的鞋油、衣着，总计年需一千二百法郎。倘把小厮（或小老虎）、马匹、超级衣着，和每年六百法郎的房金加起来，可以得到三千法郎的总数。可是年轻的特·苏拉先生的父亲，只传下四千法郎一年的进款，靠几块贫瘠的分种田，还需花本钱去经营，经营的结果对收益又毫无把握。狮子的生活费、零用钱和赌本，统共派到近三法郎一天。所以他常常在旁人家里用晚餐，午餐则吃得特别省。逢着迫不得已要自己破钞用晚饭时，他就派小老虎到一家饭铺去叫两盘菜，从不花到二十五铜子以上。在大众眼里，年轻的特·苏拉先生是一个挥霍无度、穷奢极侈的阔少；哪知这可怜虫要把年头跟年尾拉拢起来所运用的机智和本领，真可替一个高明的管家妇博得荣名。涂在靴或鞋上的六法郎的油，偷偷地洗了又洗以便戴三倍长久的五十铜子的黄手套，一条好戴三个月的十法郎的领带，四件二十五法郎的背心，连靴套的长脚裤；所有这些衣饰在一个首府会令人怎样起敬这个诀窍，是无人懂得的，尤其在勃尚松！既然在巴黎我们看到一般傻瓜花了三百法郎弄来的空架子，连烫发和一件荷兰细布的衬衫在内，进到一些妇女家里，就能压倒最优秀的男子而博得她们的青睐，怎么又能教外省人不迷了心窍？

要是您觉得这个穷光蛋成为狮子未免太便宜，那么得知道阿曼台·特·苏拉去过三次瑞士，而且坐着车，每天赶很少的路，巴黎去过二次，又从巴黎去过英国一次。他被认为是见闻广博的游历家，能说："在我所到过的英国……"富孀们对他说："您这到过英国的人……"最远他到过龙巴地，环绕过意大利的几口湖。他阅读新出的书，还有当他在家洗手套的时候，小老虎罢皮拉总回报客人说："先生在工作。"因此人家说"这是一个思想很激进的人"，想借此减低阿曼台·特·苏拉的身份。阿曼台有本事用勃尚松派的俨然样子，讲些流行的滥调俗套，使他有资格列为缙绅阶级中最博学的人物之一。他身上佩带着流行的小骨董，头脑里装着报纸检查过的思想。

1834年代，阿曼台是一个二十五岁的小伙子，中等身材，褐色头发，胸膛突得很厉害，肩头也照样的显著，大腿带些圆形，脚已经发胖，手又白又肥，从两鬓到下颔，留着一圈络腮胡子，短髭够得上跟军营里爷们的媲美，一张红红的大胖脸，塌鼻子，褐色的眼睛没有表情；并且毫无西班牙人的模样。他大踏步向着肥胖的路上走，那是对他的抱负大不利的。他指甲干净，胡子修齐，衣饰最细小的部分都整饬如英国派。所以人家把阿曼台·特·苏拉看做勃尚松第一美男子。每天按时到府的一个理发匠（每年花费六十法郎的另一豪举!)预言他将是批评时装和风雅问题的权威。阿曼台起身很迟,梳洗完毕之后,约莫中午时分骑马出门,到他的一处分种田上打枪。对这件事情,他和晚年的拜伦一样重视。随后在三点左右回家,一路在马上给女工们和路人们瞻仰。他所谓的"工作"一直要做到四点,之后,他开始更衣,去赴人家的晚宴,把黄昏消磨在勃尚松贵族家里打韦斯脱系19世纪最流行的牌戏,到十一点回家睡觉。再没一种生活更合时,更本分,更无疵点的了,因为星期日和节日的教堂仪式,他都准到。

要您懂得这种生活是如何阔绰,必得把勃尚松说明几句。没有一个城市比它对进步更深闭固拒的了。勃尚松的官吏、公务员、军人,凡是巴黎派来当一个什么差使的,一股脑儿被包括在"客帮"这个颇有意义的名词之内。客帮是个中立圈,好似教堂一般,是城里的贵族社会和中等社会相遇的唯一场合。在这个圈子内,为了一言半语,一瞥一视,一举一动,就能在中产妇女和贵族妇女之间,发动这一家对那一家的仇恨,保持到老死,把分隔两个社会的不可超越的鸿沟愈加扩大了。除了格莱蒙-圣·约翰、蒲弗勒朵、特·寒、葛拉蒙几姓,以及住在贡台区田庄上的几个大族以外,勃尚松最早的贵族,也不过追溯到两个世纪以前,被路易十四征服的时代。这个社会本质上是司法界构成的,那种傲慢,那种顽固,那种严峻,那种实际,以及那种不能和维也纳宫廷维也纳宫廷乃欧洲最古老的贵族,勃尚松的后起贵族竭力加以模仿相比的高傲,因为勃尚松人在这一点上会模仿维也纳无耻的交际社会。什么雨果、诺第哀、傅立叶以上诸人皆生于勃尚松,替本地增光的人物,都谈不到,人家不理会这些。贵族之间的婚姻,当孩子们在摇篮里的时候已经定局,最重大和最细小的事都在那时确定了。从没一个外乡人,一个不速之客溜进这些家庭,那些校官或有爵位的军官在此驻防时,哪怕是法国最高的门第出身,也得费尽心机才能叫当地的贵族予以接待,为此所用的外交手段,恐怕泰勒朗亲王系拿破仑时代的外交大臣,后又与波旁家族沆瀣一气也会很欣幸的领教,以便拿到国际会议上去应用。1834年代,在勃尚松穿连靴套长裤的只有阿曼台一个。这已可说明年轻的特·苏拉先生的阔绰。再则,一件小故事可以使您彻底了解勃尚松。

我们这件故事开始的前些时候,州公署觉得需要为它的机关报从巴黎去请一位编辑,来抵制《大新闻报》在勃尚松发刊的《小新闻报》,和当年共和政府策动的《爱国报》。巴黎派来一个青年,完全不熟悉贡台的,一开场便串起《夏里伐里》派系1832年巴黎发刊的著名讽刺报的角色来。中间派的首领,一个市政厅里的人物,把这个记者叫了来,对他说:"告诉您,先生，我们是一本正经的，不止是正经，而且是惹人厌的，我们绝对不愿人家使我们开心，我们笑过之后就要懊恼得发怒。把文章写得像《两世界杂志》里最笨重的长篇大论一样的难消化，您还不过和勃尚松人的腔派仅仅合拍。"

编辑依了他的话，讲着最难懂的玄妙的土话，果然大受欢迎。

年轻的特·苏拉先生所以不曾丧失勃尚松上流社会对他的敬意，还是靠他们纯粹的虚荣心，贵族们很乐意装作适合潮流，能对那些到贡台来游历的巴黎贵族，提供一个和他们仿佛的青年。所有特·苏拉私下做的工作，骗人的玩艺，表面的奢豪，骨子里的安分，都有着一个目的；否则这勃尚松的狮子早不在地方上了。阿曼台心想娶一个有钱的妻子，能有一天证明他的田庄并没抵押，证明他有着积蓄。他想叫全城关心他，成为当地最美最风雅的男子，以便先获得洛萨利·特·华德维小姐的注意，然后获得她的婚约！

1830年，年轻的特·苏拉先生开始他花花公子的生涯时，洛萨莉才十四岁。1834年，特·华德维小姐的年龄，正到了少女们很易被阿曼台勾引大众注目的怪腔派吸动的时候。很多狮子是打了算盘，预备投机而做起狮子来的。华德维府上，十二年来每年有五万法郎的进款，支出却从不超过二万四，虽然他们每星期一五两次的招待勃尚松高等社会，星期一是晚餐局，星期五是夜会。这样，十二年来怎会没有每年二万六千的储蓄，用着这些旧家所特有的神不知鬼不觉的手段存放在一边！外面很普遍的相信，特·华德维夫人因为田产已经很多，所以她的积蓄在1830年上以三厘利存放着。由此，洛萨莉的奁资，总该在每年四万法郎上下的收益。五年以来，狮子像田鼠一般的苦干着，为的要把自己的地位维持在严厉的男爵夫人的敬意的顶尖上，一边还得装出讨好特·华德维小姐自尊心的姿态。阿曼台在勃尚松的地位赖以维持的那些巧妙，男爵夫人胸中雪亮，并且因此很看重他。她三十岁时，特·苏拉就依在她的翼下：他胆敢赞美她，奉她为偶像，甚至能对她——世界上只有他能——讲述几乎所有的虔诚妇女都爱听的粗野笑话，她们靠着崇高的德性，尽可凝视深渊而不致失足，观看魔阱而不会陷落。您懂得为何这狮子连最平常的把戏都不玩么？他把自己的生活摊得明明白白，好像露天一样，谁都看得清楚，为的要在男爵夫人身畔扮作自甘牺牲的情人，好让她把不许肉体消受的罪恶，在精神上痛快一下。一个男人而能有特权把唐突的说话灌在一个虔婆耳里①，便是她心目中可爱的人物。倘若这模范狮子对人心认识更深的话，他大可毫无危险的在勃尚松女工中间干几件风流事，她们看他像王一样呢：用这种办法来对付严厉而假贞节的男爵夫人，他的事情只会更加顺利。在洛萨莉前面，这位律身谨严的家伙，显出是花大钱的阔客：宣扬着豪华生活，让她窥见一位时髦太太在巴黎当漂亮角色的远景，那儿他是将来要以国会议员的资格前去的。这些高明的手段获得完满的成功。1834年时，组成勃尚松高等社会的四十个旧家的母亲，提起年轻的特·苏拉先生，一律认为是勃尚松最可爱的青年；在特·吕泼府上，谁也不敢跟这红人争座，全勃尚松都把他看做洛萨莉·特·华德维未来的丈夫。关于这个题目，男爵夫人甚至已和阿曼台谈过几句，男爵的装聋作哑，更替这谈判加了一重保障。

　　因为有一天会成巨富而身价大增的特·华德维小姐，自幼在母亲很少出门（因为她那样的爱总主教）的特·吕泼府邸里教养长大，受着清一色的宗教教育束缚，受着母亲严格的道德管教，和专制的压迫。洛萨莉实在一无所知。研究过哥德利著的地理、圣经、古代史、法国史，加减乘除，一切都经过一个老耶稣会徒的严密检查，这好算知道什么事情吗？绘画、音乐、跳舞是禁止的，仿佛那些是不能美化人生而要败坏人生的。凡是各种针线和零星女红，男爵夫人都教给女儿：缝衣啦，刺绣啦，编织啦。十七岁的洛萨莉，只念过《传教徒通讯录》和些关于贵族徽章学的书。报纸从没污过她的眼目。每天早上她给母亲带到大教堂去做弥撒，回来吃中饭，在花园里散步一会之后，做着女红，坐在男爵夫人旁边招待来客，直到晚餐时分。然后，除了星期一五之外，她陪着特·华德维夫人消磨黄昏，从不能超过母亲规定的发言量。十八岁时，特·华德维小姐是一个娇弱的少女，纤瘦的，平板的，黄头发，白皮肤，毫无表情。淡蓝的眼睛，在眼皮翻动时倒还美丽，眼皮往下一垂，有一团阴影罩在面颊上。轮廓整齐的额角，被几点红瘢损害了光彩。她的脸庞真像杜莱和班吕琪以前诸画家系指文艺复兴早期的画家笔下的圣女：同样肥肥的脸盘，虽然单薄些，同样由耽想造成的带忧郁性的细腻，同样严肃的天真。她身上的一切，连姿势在内，都令人想起那些处女，只在细心的识者眼里，才在神秘光彩之下显出美。她有好看的但是红色的手，有女庄主般最美的脚，平常她穿着

---

① 虔婆：指不正派的老婆子，含贬义。

纯棉料的长袍；但在星期日和节日，母亲准她穿绸。她在勃尚松裁制的服装，把她装扮得几乎丑了；可是她的母亲倒想从巴黎的时装上获取妩媚，华丽，和风雅，靠着年轻的特·苏拉先生帮忙，她的装饰最细微的部分，都取法于巴黎。洛萨莉从没穿过丝袜或长筒靴，只穿纱袜和皮鞋。大宴会的日子，她穿着一件轻纱袍，垂着头发，脚下踏了一双古铜色皮鞋。在洛萨莉的这种教育和谦卑的态度之下，藏着一副铁一般的性格。生理学家与深刻的人性观察家，会叫您大为错愕的告诉您，脾气、性格、性灵、天才，在家庭里会经过长时期的间隔而重现，跟所谓遗传病一般无二。因此才气和痛风症一样，有时会一跳两代。这种现象，我们可在乔治·桑身上找到一个著名的例子：撒克斯元帅的精力、气魄、观念，都在乔治·桑身上重现；因为她的父亲是撒克斯元帅的私生子_{撒克斯元帅为波兰王的私生子，18世纪时以武功仕法国，封授元帅。}鼎鼎大名的华德维的果断，传奇式的豪胆，重又降临在侄曾孙女身上，再加特·吕泼族的固执与自恃血统高贵的傲气，愈加强化了她的个性。但这些优点，或这些缺点，倘您喜欢这么说，埋在这颗外表柔弱的少女灵魂里，其隐藏之幽深，不下于火山未成形前丘陵之下的熔岩。特·华德维夫人或许已窥到这双重的血统遗产，所以把洛萨莉管得那么严，甚至有一天总主教埋怨她待女儿太苛时，她回答说："让我管教吧，大人，我是识得她的！躲在她皮肉底下的撒旦不止一个呢！"

男爵夫人对女儿的特别注意，尤其因为她认为这与她做母亲的荣誉攸关。再说她也无事可做。格罗底特·特·吕泼那时三十五岁，差不多是寡妇，因为丈夫车磨着各种木料的蛋盅，拼命要用硬木制造六根轴梗的轮盘，替他的宾客做烟罐；所以他的太太只能和阿曼台·特·苏拉毫无邪念的调调情。当这个青年人在她府上的时候，她忽而把女儿打发开，忽而把她叫回来，想从这颗年轻的心中发现一些嫉妒的动作，以便有驯服它们的机会。她模仿警察对付共和党人的办法；但她白费心力，洛萨莉绝不露出任何骚动。于是严峻的虔婆埋怨女儿没有心肠，洛萨莉对母亲的认识，足以知道如果她觉得年轻的特·苏拉先生"不错"的话，定会招惹一顿臭骂。所以对于母亲的一切挑逗，她只回答几句所谓耶稣会徒派的句子_{耶稣会徒派这个形容词系指虚伪与狡黠的意思。其实这俗称是不妥的，因为耶稣会徒是强者，而这些吞吞吐吐的省略句子只是弱者藏身的铁丝架。}于是母亲认为女儿装腔作势。倘使不幸而华德维和特·吕泼的真性格闪露一下时，母亲便提出儿女对父母应有的尊敬，迫令洛萨莉柔顺地服从。这种争斗是在日常生活最幽密的核心发生的，表面上绝对不露声色。副主教，这位亲爱的特·葛朗赛神甫，已故总主教的朋友，无论以本区主教的资格而论是如何精明，却总猜不透这种争斗曾否煽动母女间的仇恨，是否母亲先存下妒意，是否阿曼台在母亲身上追求女儿的行为已经逾限。站在世交的地位上，他既不盘问母亲，也不盘问女儿。洛萨莉，为了年轻的特·苏拉先生，精神上太吃亏了，便如俗语所说的不耐烦他，当他对她说话，想逗引出她一些心腹时，她总很冷淡。这种憎厌之心唯有母亲的眼睛看得见，永远被抓为训话的题目。

"洛萨莉，我不懂你为什么对阿曼台这么冷淡；是不是因为他是我们一家的朋友，我们，你的父亲和我都喜欢他的缘故……"

"唉！妈妈，"有一天那可怜的孩子回答道，"要是我待他好了，岂不罪过更大？"

"什么话？"特·华德维夫人嚷道，"你这是什么意思？你的母亲是不讲理的，也许，照你想来，母亲在无论哪一点上都不讲理？但愿从今以后，别再有同样的话从你嘴里出来，对你的母亲……"

这场拌嘴持续了三点三刻，而洛萨莉又把这一点提出了。母亲气得面孔发白，打发洛萨莉进了卧室。洛萨莉在那儿寻思这场争吵的意义，什么都寻思不出，她本是无辜的呀！因此，当勃尚松全城以为年轻的特·苏拉先生已十分迫近他追逐的目标，而他也为此解掉了领带，耗费了多少罐的鞋油，用掉了多少黑油使须髭发亮，穿旧了多少漂亮背心，用去了多少马蹄铁和绑腰（因为他穿着件皮马夹，狮子们的绑腰），其实阿曼台与对象之间的距离，比任何初入门的生客还要远，虽然他有尊严高尚的特·葛朗赛神甫撑腰。并且在我们这件故事开始的时候，洛萨莉全没有知道年轻的阿曼台·特·苏勒耶士是为她预备的——现在我们再来叙述那大晚餐桌上的情形。

"夫人，"特·苏拉先生对男爵夫人说，一边等太热的汤冷却，一边想把他的叙述弄得曲折些，"有一天，驿车把一个巴黎人送进这里的国家旅馆，他看了几处房子，拣定石梯街上迦拉小姐那所屋子的二层楼。随后这外乡人径奔市政府，把实际住址和行使公权的住址备了案。接着他提出合格的证件在法院律师表上注了册，到他的新同僚那里，法院的僚属那里，推事那里，一切司法界人士那里，投了名片，上面印着：亚尔培·萨伐龙。"

"萨伐龙这个姓是出名的，"深通贵族徽章学的洛萨莉说，"萨伐龙·特·萨伐吕司这一族是比利时最老最显贵最富的世家之一。"

"他是法国人而且是南方人，"阿曼台·特·苏拉接着说，"如果他要袭用萨伐龙·特·萨伐吕司的盾徽，他必得在上面加一条横线。在比利时勃拉防州现在只有一位萨伐吕司小姐，一个遗产甚富的待字的闺女。"

"横线其实是私生子的标识，"特·华德维小姐又接上来说，"但一个特·萨伐吕司伯爵的私生子依旧是贵族。"

"够了，洛萨莉！"男爵夫人说。

"您要她懂得盾徽学，"男爵插嘴道，"她的确很懂呀！"

"讲下去吧，阿曼台。"

"您懂得在一个样样分门别类，确切肯定，整理就绪，编号入册，像勃尚松这样的城里，亚尔培·萨伐龙毫无困难地被我们的那些律师接受了。各人只说：哦，一个全不知道勃尚松的可怜虫。哪个糊涂蛋劝他上这儿来的？他想来干什么？不亲自去拜会法官而光是投一张名片，真是大错特错！所以过了三天，再也不提萨伐龙。他雇用了故迦拉先生的贴身男仆，略知烹调的奚洛末做当差。谁也没见过或会过亚尔培·萨伐龙，所以更容易把他忘掉。"

"难道他不去做弥撒吗？"特·夏洪戈夫人问。

"他星期日上圣·彼得堂，但他去的是第一场，早上八点。他天天夜里一二点钟起来，工作到八点，用早餐，再工作，在花园里绕个五六十圈；然后进去用晚餐，在六点与七点之间睡觉。"

"您怎么知道这些的？"特·夏洪戈夫人问特·苏拉先生。

"第一，夫人，我住在石梯街转角上的新街，远远里望得见这位神秘角色所住的屋子；再则，在我的小老虎和奚洛末之间，天然有他们的交际。"

"这么说，您还跟罢皮拉谈天？"

"不然叫我散步的时候怎么办？"

"唔，那么，您请律师怎么又会请一个外乡人？"男爵夫人这么一句又把发言权递还给副主教。

"首席庭长曾经捉弄这位律师，指定他在重罪法庭替一个近乎白痴的乡下人当义务辩护，这乡下人被控伪造罪。萨伐龙先生却使这可怜虫得到开释，证实他无罪，说他上了真正罪犯的当。不但他的论见获得胜利，并且逼得人家把两个证人扣押，坐实之后都判了罪，他的辩词打动了法院当局和陪审官。隔了一天，陪审官中有一个商人把一件颇为棘手的案子委托萨伐龙先生，又胜诉了。在我们当时的形势之下，裴里哀先生既无法到勃尚松来_{裴氏父子均为法国史上有名的律师}，特·迦尔色诺先生便劝我请这位萨伐龙律师，预言我们一定胜利。等我一看见他，一听他谈话，我便信任他，而果然我没有看错。"

"难道他有什么了不得的地方？"特夏洪戈夫人问。

"是的。"副主教回答。

"那么，请您解释给我们听听。"特·华德维夫人说。

"我第一次见他，"特·葛朗赛神甫说道，"他在过道隔壁的房内（从前迦拉老头的会客室）招待我，那间房给他全部漆成旧橡木色，装满了法律书，摆在漆着同样颜色的书架上。除了油漆和藏书以外，再没旁的华贵装饰，因为家具只有一张雕花旧木书桌，六张花绸面椅子，绿镶边的浅褐色窗帘，地板上铺着一张绿地毡。这间书屋靠着过道里的火炉取暖。我在等待的时候，完全没把我的律师想象作年轻的样子。这个特殊的背景同他的面貌调和得很，因为萨伐龙先生穿着西班牙毛织的黑晨衣，束着一根红腰带，穿着红软鞋，红法兰绒背心，红便帽。"

"魔鬼的号衣呀！"特·华德维夫人嚷道。

"是呀，"神甫说道，"但是一张气宇轩昂的脸：乌黑的头发已经有几根白丝，像我们画上圣·彼得与圣·保禄的头发，虬结的，亮晶晶的，其硬如毛，雪白的圆脖颈好似女人的一般，庄严的额上分布着气概不凡的纹缕，就像伟大的计划，伟大的思想，深沉的内省在巨人额上刻画下来的；橄榄色的皮肤隐约有些红瘢，方鼻子，火热的眼睛，深陷的面颊，刻画出充满痛苦的两条长长的皱痕，常带笑容的嘴，纤削的下颏太短了些；太阳穴里有着褶裥，凹陷的眼睛，在眉毛浓密的眼眶下转动，像两颗火球。但虽然布满这些热情的标识，他依旧保持着一副非常隐忍的、镇静的神态，动人心坎的柔和的声音，出我意料地会在法庭上那样的运用自如，显出真正演说家的嗓子，时或音清而语黠，时或微言而多讽，忽而引吭如雷鸣，忽而跌宕作冷嘲，犀利无匹。萨伐龙先生是中等身材，不肥不瘦。一双手像大主教_{此系指多肉浑圆之手}。我第二次上他家，他把我让进藏书室隔壁的卧房；一口窳劣的衣橱①，一张窳劣的地毯、一张中学生用的卧床，窗上挂着洋布窗帘。当我看着这些陈设而错愕时，他对我微微一笑。他刚从另一间小书斋里出来，当我的面旋上了门锁，那是谁也不能进去的，据奚洛末说，他也只能在门上叩几下。第三次，他在书房里用着极菲薄的午餐；

---

① 窳（yǔ）劣：恶劣、粗劣。

但这次因为他隔夜整晚的查阅我们的案卷,我又带了代诉人同去,需要在他家耽留很久,而代诉人奚拉台先生又欢喜絮聒,我便有了仔细打量这个外乡人的机会。当然这不是一个平常的人。这副威严而又温和,沉着而又烦躁,饱满而又虚弱的面具之下,藏着不少秘密。我发觉他微微有些伛背,好似一个肩负重任的人。"

"为什么这个能言善辩的人离开巴黎呢?他抱着什么计划到勃尚松来?外乡人在此很少有成功的希望,难道没人告诉他吗?人家会利用他,但勃尚松人绝不让人利用他们。既然来了,他又为什么毫无活动,直等到庭长心血来潮才露头角?"那个俏丽的特·夏洪戈夫人这样问。

"当我把这副壮美的相貌仔细研究过后,"特·葛朗赛神甫接着说,一边狡黠地望着发问的对手,仿佛他还有什么话藏在肚里不说,"尤其当我今天听见他和那巴黎的大将舌战过后,我想这个三十五岁上下的人,将来定有一番惊天动地的表现……"

"您的官司赢了,您给了他报酬,我们还提他做甚?"特·华德维夫人这样说,因为她发觉自从副主教讲着这件事情以来,她的女儿几乎目不转睛地盯住他的嘴唇。

于是谈锋换了方向,再也不提亚尔培·萨伐龙。

教区里最能干的副主教所描绘的这幅肖像,因为其中藏着一部真正的小说,所以对洛萨莉越显得有小说般的魔力。她破题儿第一遭遇到这种异事,这种奇迹,为一切青年幻想所企望的,为在洛萨莉的年纪上那么活跃的好奇心所纵身捕捉的。这个阴沉的、痛苦的、雄辩的、勤奋的亚尔培,给特·华德维小姐拿来跟那位肥头胖耳的,雄赳赳的,甜言蜜语,胆敢对着世代簪缨的特·吕泼大谈风雅的特·苏拉相比之下,真是如何理想的人物!阿曼台只给她挨骂受气,并且她也把他觑破了,不像亚尔培·萨伐龙浑身是谜,好让她细细的猜。

"亚尔培·萨伐龙·特·萨伐吕司。"她在肚里暗暗念着。

然后是要看见他,瞧见他!……这是一个素无欲望的少女的欲望,她在心中,想象中,脑海中,把特·葛朗赛神甫所说的一句一句重新温过,因为每个字都发生了效果。

"美丽的额角!"她想道,眼望着饭桌上每个男人的额角,"我连一个美丽的额角都瞧不见……特·苏拉先生的那个是太饱满了;特·葛朗赛神甫的那个美固然美,但他年已七十,头发全秃,不知他的额角到哪儿为止。"

"你想什么呀,洛萨莉?你简直不吃东西……"

"我肚子不饿,妈妈,"她说,"手像大主教的一般……"她又往下想,"我记不起我们那风神俊美的总主教了,虽然他替我行过坚信礼。"

她在幻想的迷宫中来回蹀躞的时候①,终于记起她偶尔半夜醒来,从床上瞥见两座贴邻花园的丛树中间,闪耀着一扇明亮的窗子:"原来就是他的灯光,"她私忖道,"我可以看见他!我一定要看见他。"

"特·葛朗赛先生,僧侣会的讼案算是完全结束了么?"洛萨莉在大家静默的一刹那劈面问着副主教。

特·华德维夫人很快地和副主教交换了一个眼色。

"这对你有什么相干呢,亲爱的孩子?"她对洛萨莉说,那种假作温柔的语调使她的女儿从此留了心。

"人家还可上诉到最高法院,但我们的敌人得三思而行。"神甫回答。

"我真不会相信洛萨莉会把一桩官司想了一顿饭的辰光。"特·华德维夫人又补上一句。

"我自己也想不到,"洛萨莉说,说时那副迷惘的神态令人发笑,"可是特·葛朗赛先生那样的聚精会神,弄得我也关切起来。真是无心的呀!"

大家离开餐桌,宾主一齐回到客厅。洛萨莉整个黄昏静听着,要晓得人家还提不提亚尔培·萨伐龙;但除了每个来客对神甫祝贺他诉讼胜利,而并无颂扬律师的话以外,再也不涉及本问题。特·华德维小姐不耐烦地等着夜阑人静。她立意要在二点到三点之间起来,瞭望亚尔培书斋的窗子。到了那时,对那几乎光秃的树隙间透过来的烛光凝睇之下,她差不多有种快感。凭了少女所特有的好眼光,再加好奇心为之扩展得更远的视线,她看见亚尔培在写作,她自以为辨出家具的颜色,好像是红的。壁炉的烟突在屋顶上吐着一缕浓密的黑烟。

"当大家酣睡的时分,他守护着……好似上帝!"她心里想。

女子教育包括着那么严重的问题,因为一个民族的前途靠在做母亲的身上,而这是法国的大学院久已不理会的。这儿便有一个问题:我们应该启发少女呢,还是压抑她们的思想?不消说宗教制度是压迫的:如果您启发她们,就会在未成熟的年龄上造出妖魔;如果您禁止她们思想,又会遇到出人意外的爆发,如莫利哀描写得那么真切的阿匿斯系莫利哀名剧《女子学校》中主角,是一个天真无知的女子,常在人前说出极唐突的话,把这股平日压迫着的

---

① 蹀躞(dié xiè):小步走路,引申为费斟酌。

思想，那么新鲜，那么犀利，像野人一般迅速而往前直冲的思想，交给一件意外的事故摆布，就如谨慎的勃尚松僧侣会中最谨慎的教士之一，以不谨慎的叙述促成了特·华德维小姐致命的危机。

次日早晨，特·华德维小姐一边穿衣，一边不由得望着亚尔培·萨伐龙在特·吕泼家园贴邻的花园中散步。

"倘使他住在旁的地方，"她私忖道，"我又将怎办？现在我能看见他。他在想什么呢？"

在洛萨莉一向见到的勃尚松人的面貌中，唯有这个奇人的脸相压倒一切而巍然独显；她远远地看见过后，一转念便想透入他的内心，刺探如许神秘的底蕴，一听这雄辩的声音，领受一下这对美目的瞥视。这些她心里都想要，可是如何得到呢？

整天她呆呆地全神贯注的做着绣作。就像阿匿斯一流的姑娘，装得一无所思的样子，其实对什么都想到家，使她的阴谋诡计，算无遗策。洛萨莉这次深思熟虑的结果，是决意要忏悔。次日早晨，弥撒完毕以后，她在圣母寺跟奚罗神甫谈了几句，把他灌了迷汤，忏悔给定在星期日早上七时半，在八点那场弥撒之前。她撒了一打左右的谎，以便能有这么一次，在律师去做弥撒的时间等在教堂里。末了她又对父亲大发孝心起来，到工场里去看他，问他无数关于车床技术的问题，最后劝他车大东西，车柱子。一朝怂恿父亲开始了螺旋柱子，做了车工上最难的技术之一以后，她又劝他利用花园正中的一大堆石头，拿来造一座假山洞，洞顶盖一所瞭望塔式的小神堂，那么可以用到他的螺旋柱子，在客人面前炫耀了。

正当这个素被冷淡的可怜人为了这个计划而高兴时，洛萨莉拥抱着他说："最要紧别跟母亲说是谁给您出的这个主意；她会骂我的。"

"放心就是。"特·华德维先生回答，他在可怕的特·吕泼小姐淫威之下，和女儿一样的喘不过气来。

由此，洛萨莉有把握看到很快就可造起的一所有趣的瞭望台，可以望到律师的书斋。世界上有些男人，尽管少女们为之使尽那样杰出的外交手腕，往往会像亚尔培·萨伐龙一样全不得知。

焦灼地期待着的星期日终于到了，洛萨莉细磨细琢的化妆，把伺候特·华德维母女的女仆玛丽爱德看得笑起来。

"小姐这样仔细的梳妆，我还是第一次看见呢！"玛丽爱德说。

"你叫我想起，"洛萨莉一边说，一边对玛丽爱德瞥了一眼，害得她面孔通红，"你有些日子也比平常装扮得厉害。"

离开石级，穿过庭院，跨出门槛，走在街上，洛萨莉的心，跳得像我们预感有大事临头的时候一样。至此为止，她不知走在街上是怎么回事：她原以为母亲会从她脸上窥破她的计划，不许她去忏悔；她觉得脚里有一股新的血在流，急急的提起来，仿佛踏在火上一般！自然啰，她同忏悔师约的是八点一刻，对母亲说是八点，为的好在亚尔培身旁等待一刻钟。她在弥撒开始之前到了教堂，做了一番简短的祷告之后，走去瞧瞧奚罗神甫已否坐在忏悔亭里，借此在教堂里绕一个圈子，然后她拣了一个可以望见亚尔培进来的地方等着。在好奇心替特·华德维小姐安排下的那种心境中，真要一个奇丑的男人才会显得不美。可是原已出众的亚尔培·萨伐龙，加上他的仪态、他的行动、他的姿势，连他的衣装在内，一切都有那种唯"神秘"一词可以形容的气氛，当然使洛萨莉的印象更加深刻了。他一进来，本是黝暗的教堂，洛萨莉觉得忽然明朗了。她迷着他迟缓的近乎庄严的步履，为肩荷整个世界的人所惯有的，他的举动，他的深沉的目光，都表现出他头脑里有一股扫荡一切的或控制一切的思想。洛萨莉至此才明白副主教一席话的边际。是呀，这对闪出一丝丝金色的半褐半黄的眼睛，的确遮掩着一股热情，闪闪烁烁地透露出来。洛萨莉，不顾玛丽爱德的注意，不辞唐突的兀自迎着律师走去，好和他四目相对一下；而这蓄意探索的目光，竟把她的血给换了，因为她的血沸腾激越，仿佛体热增加了一倍。亚尔培一坐下来，特·华德维小姐便也拣了一个座位，好让她在奚罗神甫未到以前完完全全望着他。当玛丽爱德说"奚罗神甫来了"时，洛萨莉觉得只过了几分钟。及至她从忏悔亭里出来，弥撒业已终场，亚尔培已经走了。

"副主教说得不错，"她想，"他痛苦着！为何这匹大鹰，他的眼睛就像鹰，降落在勃尚松？噢！我要全部知道，可是怎办？"

在这簇新的欲火鼓动之下，洛萨莉一针不错地做着挑绣，心里做着种种盘算，面上装着天真的傻样，蒙蔽她的母亲。从星期日那天特·华德维小姐受到了一眼之后，或者如果您喜欢借用拿破仑的名句来形容一下爱情的话，从她受到了"火的洗礼"之后，她非常兴奋的推动着瞭望台计划。一等到有两根柱子车好之后，她便对母亲说：

"妈妈，父亲脑筋里有一个古怪的念头，想用园子中间的那堆石头搭一座瞭望台，他正在车磨这石台用的柱子；您赞成这个计划么？我觉得……"

"你父亲所做的事情，我一概赞成，"特·华德维夫人冷冷地答道，

"服从丈夫是女子的义务,纵使她在思想上不同意……在特·华德维先生觉得好玩的时候,干嘛我要反对一件本身无所谓的事情?"

"但是从台上我们可以望到特·苏拉先生的屋子,而我们站在台上时,特·苏拉先生也可望见我们。恐怕人家会说……"

"洛萨莉,你有意来指导你的父母不是?你自以为对于人生对于体统,比父母懂得更多不是?"

"我不说了,妈妈。而且父亲说可以把假山洞当做小房间,很凉快的,可以在里面喝咖啡。"

"你父亲这个主意挺好呢。"特·华德维夫人回答,说着想去瞧瞧那些柱子。

她对男爵的计划表示赞同,在花园底上指定一块基地,不会被特·苏拉望见,却清清楚楚可以望到亚尔培·萨伐龙的屋内。一个承揽商给叫了来,承造一个山洞,通到洞顶的是一条三尺宽_{此系法国旧尺,约合三公寸三分}的小径,石隙里种些雁来红、菖蒲、常春藤、白英、金银花、野葡萄藤。男爵夫人主张在洞内四面用粗木做护壁,当时正流行粗木做的花盆托,洞底上挂一面大镜子,放一张有床罩子的罗汉榻,一张留着树皮的镶嵌木桌。特·苏拉先生提议地下铺沥青。洛萨莉想出在顶上挂一盏粗木座子的挂灯。

"华德维家在园子里弄着有趣的玩艺儿呢。"勃尚松城里有人说。

"他们有的是钱,尽可为一些想入非非的念头花上一千大洋。"

"一千大洋?"特·夏洪戈夫人问。

"是呀,一千大洋,"年轻的特·苏拉先生回答,"他们从巴黎请了一个人来装饰内部,一切都是乡下式,但弄出来是怪好看的。特·华德维先生亲自做挂灯,正在雕花呢……"

"有人说倍尔盖给叫去挖地窖。"一个神甫插嘴道。

"不是,"年轻的特·苏拉先生接着说,"他在替山洞安排三合土的地基,防止潮湿。"

"他们家一点子大的事您都知道。"特·夏洪戈夫人酸溜溜地说,一面望着她大女儿中的一个,从去年起已经到了出嫁的年龄。

特·华德维小姐想着她的瞭望台的威风,颇为得意,觉得自己确比周围的谁都高明。谁也猜不到这件工程是单单为了一个被认为迟钝愚骏的小丫头,想从更近的地方瞧一下萨伐龙律师的书斋之故。

亚尔培·萨伐龙为僧侣会讼案所做的显赫的辩诉,因为惹动了律师们的妒忌，所以特别被人忘得快，而且萨伐龙斯守着他的隐居，哪儿都不露面。一个外乡人在勃尚松本来就容易被人遗忘；再加没有吹捧的帮闲，不见宾客，他愈益增加了令人遗忘的机会。虽然如此，他在商事裁判所辩护了三次，三件棘手的案子，结果都闹到法院。因此他得到了四个主顾，四个城里的商业巨头，承认他有识见，有外省人所谓的"好眼力"，把案子委托了他。华德维家的瞭望台揭幕那天，萨伐龙也树起他的纪念碑来。靠他和勃尚松富商巨贾的暗中联络，他创办了一份半月刊，叫作《东方杂志》，由每股五百法郎的四十股凑成，资本交给他第一批的六位主顾，叫他们明白勃尚松是米罗士法国东北隅的首府与里昂法国中部偏东的首府中间的联络站，是莱茵河与龙罗河中间的重镇，所以勃尚松的气运大有促进的必要。

倘使要跟东北隅的斯特拉斯堡竞争，勃尚松除了在商业上应居要镇以外，岂不也应该在文化上做个中心？而与东方各州利益有关的重大问题，只能在一份杂志上讨论，把斯特拉斯堡和第戎的文学势力抓过来，替法兰西东部做一番启明工作，防止巴黎集权化，那该是何等的光荣！亚尔培想出来的这些理由，从十几个巨商嘴里传出去，当做他们自己的主意。

萨伐龙律师并不抬出自己的名字，把财政交给他第一个主顾蒲希先生管理，他是由于太太的路线和宗教书籍的最大出版家之一有关系的；萨伐龙却保留着编辑权，和创办人应享的一部分利益。商会向各地去鼓吹：陶尔、第戎、萨冷、纽夏丹、汝拉、蒲葛、南都阿，龙·勒·梭尼哀，要求他们精神上的援助，要求皮越、勃莱斯德、贡台三州全部好学之士加入合作。凭着商业关系和同行情谊，凭着定价的低廉（每季定价只有八法郎），获得了一百五十份订户。为避免因投稿不用而伤害本地人的自尊心起见，律师把文学栏的编辑职务交给蒲希先生的长子阿弗莱，一个非常热衷，全不知文学事业的陷阱和苦闷的二十岁的青年。亚尔培暗中操着实权，把阿弗莱·蒲希造成了自己的信徒。在勃尚松，这位法庭之王只和阿弗莱一人有亲密的来往。每早阿弗莱到花园里来和亚尔培商量每期的内容。不消说，创刊号里有一篇阿弗莱的《感想录》，为亚尔培所认可的。谈话中间，亚尔培对阿弗莱暗示一些伟大的思想，文章的题目，给这青年去利用。因此，大商人的儿子自以为利用着这个大人物！在他眼里，亚尔培是一个天才，一个深刻的政治家。对刊物的成功大为高兴的商人们，只消缴纳股本的十分之三。再添二百份订户，杂志的股东就有五厘的红利可分，编辑费是不支的。而且这编辑费也非金钱所能支付。

到第三期上，杂志已办到和法国所有的日报交换，那本是亚尔培在家阅览的。这第三期内登着一篇中篇小说，署名 A.S.，大家猜是名律师的手笔。虽然勃尚松的高等社会认为这刊物有自由主义气息而很少注意，但仲冬时节，终于有人在特·夏洪戈夫人家里谈起贡台初次出现的那个中篇来了。

"爸爸，"洛萨莉说，"勃尚松有一份杂志了，你应该去订一份放在你那里，因为妈妈是不让我阅读的：但你可以借给我。"

为了急于服从他亲爱的洛萨莉，服从五个月以来对他表示温情的女儿起见，特·华德维先生亲自去订了一份全年的《东方杂志》，把先出的四期借给了女儿。夜里，洛萨莉一口气把那中篇，把那生平第一次读到的小说吞了下去；她觉得只活了两个月，从前的日子都是白过的！所以这件作品对她发生的作用，不能以普通的内容去判断。一个巴黎人把新兴文学的手法与光彩带到外省来的这篇作品，姑不必批评它真正的优劣，但在一个初次在文学作品中发挥处女的聪明和纯洁的心的少女眼中，总不能不算是一篇杰作。并且洛萨莉根据她听到的意见，直觉地构成一种观念，更特别抬高了这小说的价值。她希望从中觅得多少亚尔培的情操，或者他的一部分生活史。从最初几页起，这个意念便在她胸中证实了；读完之后，她更确信自己没有猜错。据夏洪戈沙龙里的批评家们说，亚尔培大概是模仿几个现代作家，因为不能创造，便讲述自身的悲欢离合，或生涯中一些神秘的事故。下面便是他心腹的剖白。

爱情造成的野心家

1823 年，以游历瑞士为旅行主旨的两个青年，在 7 月里一个晴朗的早上，从吕赛纳出发，乘着一条三个划手的小艇，往弗吕仑前进，决意在四郡湖畔所有的名迹胜境都耽留一下吕赛纳在四郡湖之北端，弗吕仑在四郡湖之南端。吕赛纳到弗吕仑途中的环湖风景，千变万化，凡是最苛求的幻想所期望于高山的、大河的、湖泊的、巉岩的、幽溪的、绿草的、丛树的、急流的，无不具备。有的是萧条的荒野，有的是柔媚的山岬，有的是娇艳清新的溪谷，密林矗立在峻峭的花岗岩上如帽顶的羽饰，幽静凉爽的港湾张开着臂抱，盆地上的宝藏被幻梦的远景点缀得更美了。

在可爱的越梭镇前面经过时，两个朋友之中的一个尽望着一座木屋；木屋似乎刚造不久，四周围着栅栏，坐落在一个土岬上，快与湖水相接。小艇在屋前驶过的辰光，最高层的房间底上探出一张妇人的脸，想瞧一瞧湖上扁舟的景致。凝视木屋的青年，正和陌生女子无意的目光相遇。

"在这儿耽下来吧，"他对他的朋友说，"我们原把吕赛纳作为游历瑞士的大本营，但若我改变主意，让我留在这儿看守衣物，你不会觉得不行吧，雷沃博？你爱怎么办都可以，为我，我的游程已经完毕——船家，把船靠岸，让我们在村上吃中饭——我会到吕赛纳把我们的行李全部搬来，在你离开这儿以前，你可以知道我的住处，回来好找到我。"

"这里也好，吕赛纳也好，"雷沃博说，"没有什么分别，毋须我来阻止你这下子的使性。"

这两个青年是一对名副其实的朋友。他们俩同年同学，一同在法科毕业之后，一同在暑假里来一个照例的瑞士旅行。由于父亲的意志，雷沃博已经预定回去进巴黎某公证人的事务所。他的方正，他的柔和，冷静的感官和聪明，保证了他驯良的天性。雷沃博眼见自己将来是巴黎的公证人，他的生涯摆在面前，好似一条穿越法国平原的大路，整个的前程后果，他都抱着隐忍的情怀接受下来。

他的伙伴洛道夫，和他的性格正是一个对照，这相反的两极使他们的联系愈加密切。洛道夫是一个贵族的私生子；贵族的早逝，来不及采取必要的措置，保障他所爱的女子和洛道夫的生活。洛道夫的母亲受了这一下命运的播弄，不得不走英勇牺牲的一路。她把孩子的父亲慷慨赠与的东西全部出售，集了一笔十多万法郎的款子，作为自己的终身年金，以很高的利率存放着，每年约有一万五千法郎的进款，决心全部充作儿子的教育费，使他具备最能挣钱的本领，并且靠着历年撙节①，预备好一笔资金，等他成年时应用。这是冒险的办法，完全依靠她的寿命的终身年金除存款人在世时可按年支取定额本利外，一俟存款人身故，全部本金皆告没收，故云依靠寿命办法；但非这样大胆，这位仁慈的母亲就没法过活，没法充分的教育这孩子——她唯一的希望、唯一的前途、唯一的快乐之源。母亲是一个魅人的巴黎女子，父亲是比利时勃拉防州一个优秀的世家子弟，父母相爱的热情简直不分轩轾；洛道夫便是这热情的结晶，赋有极度敏锐的感觉。从童年起他就处处显出强烈的热诚。在他身上，欲望竟是一股支配全部生命的力和动机，是幻

---

① 撙（zǔn）节：节约，节省。

想的刺激素，是行动的意义。智慧通灵的母亲一发觉这种气质大为惶急，做着种种努力。但洛道夫对于欲望的执着，依旧如诗人之于幻想，学者之于计算，画家之于描绘，乐师之于作曲。他一方面温柔如母亲，一方面挟着犷野的气势，固执的思想，追求他欲望的目标，恨不得把时间吞噬。幻想他的计划成就时，他永远把实现计划的步骤一笔勾销。母亲说："将来我的儿子生了孩子，他是要他们一下子就长大的。"因为指导得当，这股美妙的热情使洛道夫学业优异，成为英国人所谓的完美的绅士。母亲对他很得意，却依旧替他担忧着什么重大的祸事，倘使这颗那么温柔那么善感，那么暴烈而又那么慈悲的心，一朝被爱情抓住的话。所以这位谨慎的太太，竭力鼓励雷沃博与洛道夫的友谊。她看到这位冷静而忠诚的公证人，万一她不幸而撇下洛道夫时，有资格做他的监护人，做他的知己，多少可以代替她的职司。洛道夫的母亲四十三岁，却风韵依然，使雷沃博为之倾倒。在这种情形之下，两个青年更亲密了。

所以深知洛道夫的雷沃博，看见他为了楼上的一瞥而勾留在村上，放弃原来逛圣·高太的计划时，毫不惊奇。白鹅饭店替他们端整午餐时，两个青年在村里溜达了一趟，在那美丽的新屋附近，跟村民随意谈天的当儿，洛道夫发现一个小布尔乔亚的家庭，依照瑞士很流行的习惯，愿意招留他食宿。人家给他一个可以饱览湖景的房间，四郡湖上招引游客的秀丽的港湾历历在目。这座屋子和陌生女郎露面的那所，只隔一条十字岔道和一个小码头。

洛道夫只要花一百法郎一月，便什么生活的琐事都不用管了。但屋主史多弗夫妇一想到为他应付的开支时，便要求预付三个月。你一接触瑞士人，就看到一副高利贷的面孔。中饭之后，洛道夫拿着本来预备带往圣·高太去的简单衣物，立刻在房里安顿下来，眼看雷沃博本着严守纪律的精神重新出发，去为自己为洛道夫完毕游程。洛道夫坐在一块突出湖岸的岩石上，等到雷沃博的小艇完全消失时，便偷眼打量着新屋，希望瞥见那陌生女子。可是直到他回寓，屋子里始终没有动静。在晚餐桌上，他向史多弗夫妇询问邻舍街坊的琐事。史先生从前是纽夏丹城中的制桶匠，这些房东是毋须你多请，就会把他们的唠叨倾箱倒箧背给你听的，所以洛道夫所要知道的有关陌生女郎的消息，完全打听明白了。

陌生女郎叫作法尼·勒佛雷斯。勒佛雷斯是英国历史悠久的一个大族；但李查逊用来创造了一个声名狼藉的人物，把所有同姓的人全连累了 英国小说家李查逊名著 *Clartsse Harlowe* 中有姓勒佛雷斯的人物，以放浪淫逸著称。勒佛雷斯小姐为了父亲的健康住到湖上来，医生说吕赛纳郡的空气于他有益。这两个英国人来的时候没有仆从，只带一个十四岁的女孩子，对法尼小姐很忠心，一个会侍候的怪聪明的哑巴。他们在上年冬季之前，寄居在裴格曼先生家。裴先生从前在意大利大湖中美丽岛和母亲岛上，替鲍洛梅奥伯爵当园丁头。裴氏夫妇每年有三千法郎的进款，把楼上的房间租给勒佛雷斯家，年租二百法郎，租期三年。勒佛雷斯老人年纪九十开外，衰老得厉害，境况的艰难使他不能有什么消费，很少出门，人家说他的女儿翻译英国书和自己著书来养活他的。因此，乘船、骑马、雇向导去游历四周名胜的事，勒佛雷斯父女一样都不敢尝试。窘迫到这步田地，大大地引起了瑞士人的同情，尤其因为他们失掉了一个赚钱的机会。房东的厨娘以每月一百法郎的代价包下三位英国人的伙食。但越梭镇上都相信这个退职的园丁头，尽管想冒充布尔乔亚，还是借了厨娘的名从中渔利。裴格曼夫妇在宅子四周辟有美丽的花园，起了一所华丽的花房。鲜花啊，鲜果啊，奇异的植物啊，使那位年轻的小姐经过越梭镇时拣中了这所屋子。人家猜法尼小姐十九岁，是老人最小的女儿，大概给他宠惯的。不到两个月以前，她从吕赛纳弄来一架出租钢琴，因为她似乎爱音乐爱得发疯。

"她爱花爱音乐，"洛道夫私忖道，"还没出嫁？多运气哇！"

第二天，洛道夫托人去要求参观在本地小有声名的花园和花房。园主并不马上答应，真是古怪！倒要讨洛道夫的护照看。他立刻送了去，到下一天才由厨娘送回，说主人们请他赏光参观。洛道夫上裴格曼家时，那种浑身打战的情绪，唯有感情强烈，会把有些人要使用一世的热情在一刹那间耗费精光的人才领会得。他认为老园丁夫妇是他的珍宝的守护者，特意在穿扮上讨好他们。他一边赏玩花坛，一边不时觑一眼屋子，可是非常谨慎：园丁老夫妇显然对他存着戒心。但不久他的注意力集中在那个哑巴的英国女孩身上了：虽然年轻，她的机灵却使他疑心是一个非洲女子，至少是西西里岛民。小姑娘皮色金黄，像一支哈瓦那雪茄，火辣辣的眼睛，亚美尼人的眼皮，长长的睫毛全然不是英国人的，头发比墨还要黑，而在此近乎橄榄色的皮肤下面，有着刚强的脾气，和狂热兴奋的成分。她用刺探的目光瞅着洛道夫，全不知道害羞，紧盯着他每个小动作。

"这摩尔小姑娘是哪一家的?"他问可敬的裴格曼夫人。

"英国人家的。"裴格曼先生回答。

"她总不是生在英国的!"

"也许他们从印度带回来的。"裴格曼夫人说。

"人家说年轻的勒佛雷斯小姐欢喜音乐,在医生逼我住在湖上疗养的时期,要是她允许我和她一起玩音乐,我才高兴呢……"

"他们没有外客,也不招待外客。"老园丁说。

洛道夫咬咬嘴唇;出门之前,人家没请他进屋里去坐,也不曾给领到屋面和土岬之间的那部分园子中去。在那一边,屋子二层楼上有一条宽大的木回廊,上面有很深的屋檐遮着,好似瑞士木屋的式子,四周都有这样的屋檐。洛道夫把这幽雅的建筑夸奖了一番,只是枉然。当他辞别裴氏夫妇之后,不觉的呆住了,好似一切心思巧妙,想象丰富的人,满以为可操胜券而终于失败的情形一样。

傍晚他坐了小艇游湖,沿着土岬,一直到勃罗奈,到歇费兹,回来已是黑夜降临时分。远远里他瞥见窗子打开着,灯火大明,听到钢琴声和嗓音曼妙的歌声。于是他停下来,听着唱得出神入化的意大利曲调,悠然神往。歌声住后,洛道夫上岸把船和两个船夫打发了。他不怕弄湿脚,去坐在给湖水侵蚀的花岗石礁上,背后是有刺的皂角树排成浓密的篱垣,篱内是裴格曼家的一条走道,道旁种着还没长成的菩提树。一小时以后,他听见有人在头上一边走一边讲,但传到耳边来的是意大利语,两个女子,两个少女的口音。他趁谈话的人走在园中小径的一端时,无声无息的爬到另外一端。经过半小时的努力,他居然达到小径的尽头,拣了一个他可瞧见她们而她们迎面来时瞧不见他的地位。他发觉两个女子中的一个便是那哑巴,不禁大为诧怪,她和勒佛雷斯小姐讲着意大利语。那时正是晚上十一点。湖面上与屋子周围静悄悄的没有一点声息,两个女子自以为万分安全:越梭全镇只有她们俩的眼睛还未阖上。洛道夫认为小姑娘的哑巴是不得已的伪装。听她们讲意大利语的腔调,洛道夫猜她们便是意大利人,所谓英国人是假的。

"这是些亡命的意大利人喔,"他心里想,"一定害怕奥国的或撒地尼亚的警察。那少女要到黑夜里才能太太平平的出来散步和谈话¹

---

¹ 1820至1821年间,意大利北部撒地尼亚邦发生革命,要求宪政,解除奥国束缚,终为撒王查利及奥国武力镇压。"

立刻他沿着篱垣躺下，蛇行着想从两株皂角树的根隙间找一条路。趁那冒充的法尼小姐和假装的哑巴走在小径另一头时，他顾不得弄坏衣服或刺伤背脊，穿过了篱垣；月色甚明，他正躲在阴暗里，当她们走近到只离他一二十步而无法看见他时，他蓦地站了起来。

"不用怕，"他用法语对意大利女子说，"我不是间谍。你们是逃亡者，我猜着了。我是法国人，被您瞧了一眼而在越梭耽下来的。"

说至此，洛道夫腋下给一件钢铁的东西击中了，痛得马上倒在地下。

"把他缚了石头往湖里丢。"那可怕的哑巴说。

"哟！奚娜！"意大利姑娘叫了起来。

"还好没打中要害，"洛道夫说着，从伤口拔出一支中在下肋骨上的短剑，"再高一些，就直进我心窝去了。怪我不好，法朗采斯加，"他记起奚娜说过好几遍的这个名字，"我不怨她，别责备她：能够同您交谈这种福气，的确值得受此一击！不过，请您引路，我得回史多弗家去。你们放心，我绝不声张。"

法朗采斯加惊疑定后，帮助洛道夫站起身子，对饱含着泪水的奚娜说了几句。两个女子硬要洛道夫坐在一张凳上，卸下外衣、背心、领带。奚娜揭开他的衬衣，把创口深深地吮吸了一会。法朗采斯加跑去拿了一大方英国绷带来蒙住了伤口。

"您这样可以回家了。"她说。

她们俩每人扶着他一条胳膊，把洛道夫搀送到一扇小门口，钥匙就在法朗采斯加胸衣袋里。

"奚娜懂得法语吗？"洛道夫问法朗采斯加。

"不懂的，可是您别慌。"法朗采斯加说，稍稍带着不耐烦的口气。

"让我看您一看，"洛道夫感动地回答，"也许我要长久不能再来……"

他靠在小门的一根柱头上，端详着美丽的意大利姑娘，她也让他看了一会，在此最幽美的静寂里，在此瑞士诸湖中最美的湖上所遭逢的最美的良夜。法朗采斯加确是古典的意大利女子，就像你所幻想的；虚拟的，或者说是你所梦见的那种意大利女子。第一吸引洛道夫的是典雅妩媚而婀娜多致的身段，纤弱的外表掩藏不了结实的躯干。红里泛白的面色，表示她受着突然的刺激，但那双潮润的、绒样的乌黑眼睛，依旧流露出一股肉感。一双手，希腊雕塑家雕在光滑的石像上的一双最美的手，扶着洛道夫的胳膊；雪白的肤色映在黑衣服上格外分明。冒昧的法国人只窥见一张微嫌太长的椭圆脸形，忧郁的嘴巴半开着，在两片宽阔鲜红的唇间露出一排光彩照人的牙齿。线条的美，保障了法朗采斯加这种光辉的持久性，但最使洛道夫动情的，乃是那种可爱的潇洒，乃是这姑娘整个儿沉浸于同情心时的意大利风的爽直。

法朗采斯加嘱咐了奚娜一句，奚娜便扶着洛道夫送到史多弗家门口，拉了门铃，一溜烟的逃了，赛似一只燕子。

"这些爱国党人下起手来可真辣！"洛道夫躺在床上觉得痛楚时这么想，"往湖里丢！奚娜要在我脖子上缚了石头沉在湖里呢！"

天亮之后，他派人到吕赛纳请最好的外科医生，医生来了，他要他严守秘密，说是名誉攸关。雷沃博游览回来那天，正逢他的朋友开始起床。洛道夫对他编了一个故事，托他到吕赛纳去取行李信件。不料雷沃博带来了最凶恶最残酷的消息：洛道夫的母亲死了。当两个朋友从熊城到吕赛纳，再从吕赛纳向弗吕仑出发那天，雷沃博的父亲所写的这封报丧信就到在那里。虽然雷沃博有着预防，洛道夫仍旧受不住刺激，死去活来大发了一场。未来的公证人一等朋友脱离险境，便揣着全权委托书动身回法国。这样，洛道夫可以留在越梭，世界上唯一可抚慰他的痛苦的地方。这法国青年的处境，绝望，以及使他的丧母特别难受的情况，传遍了越梭镇，引起关切和同情。假装的哑巴每天早上来看一次法国人，把他的病况报告她的女主人。

洛道夫能够出门时，就去裴格曼家谢法尼·勒佛雷斯及其父亲的关切。自从搬进裴家以来，意大利老人还是第一遭放一个陌生人进门；洛道夫凭着新丧和叫人放心的法国人资格意国内战时，法国是赞助革命党的，受到极诚恳的招待。在这初次的夜会上，法朗采斯加在灯光之下显得那么娇艳，在这颗颓丧的心中无异射入了一道光明。她的笑容在他的哀伤上缀上一朵希望的蔷薇。她唱歌，却不唱快乐的曲调，而专挑一批适配洛道夫心境的庄严高远的音乐。他领会到这种体贴的用心。八点左右，老人让两个青年单独相对，没有一些疑虑的神色，径自回房去了。法朗采斯加唱歌唱乏了时，把洛道夫领到外边回廊上，对着壮丽的湖山，叫他坐在一张粗木凳上，靠近着她。

"亲爱的法朗采斯加，我可以冒昧问您的年纪么？"洛道夫说。

"足十九岁。"她答道。

"假如世界上能有什么东西可以减轻我痛苦的话,"他接着说,"那将是希望从您父亲那边得到您。不管你们的经济状况怎样,我觉得像您这样慈悲,您比王者的女儿还更富有。我颤抖着吐露出您在我心中所引起的情操:那是深邃的,永久的。"

"嘘!"法朗采斯加把右手的一只手指放在唇边说,"别再往下说了:我已经不自由,我已出嫁了三年……"

他们之间深深地静默了一会。当意大利姑娘觉得洛道夫的姿势可怕时,发现他已晕过去了。

"可怜的!"她心里想,"我还当他是冷淡呢。"

她去找了盐来放在洛道夫的鼻孔前,把他救醒了。

"嫁了!……"洛道夫眼望着法朗采斯加说,眼泪直流。

"孩子,"她说,"还有希望。丈夫年纪……"

"莫非八十岁了?……"洛道夫问。

"不,"她微笑着回答,"六十五。他装作老态龙钟来瞒过警察的。"

"亲爱的,"洛道夫说,"再来几下这一类的刺激,我就要死了……非认识我二十年,绝不能知道我这颗心有何等威力,不能知道这颗心追扑幸福的热诚是何等性质。"他又指着栏外的茉莉树说,"这株树向阳光舒展时,并不比我一个月来对您的恋慕,会施展出更蓬勃的活力。我用专一的爱情爱着您。这专一的爱将是我生命的内在的原则,我也许要为之而送命!"

"噢!法国人啊,法国人啊!"她微撇着嘴装作不相信的神气叫着。

"不是要从时间手里等着您、得到您么?"他严肃地接着说,"可是您记住:如果您刚才的话是真诚的,那么我将忠实地等您,不让任何旁的感情进入我的心。"

她狡狯地望着他。

"什么都不让它进我的心,"他说,"连逢场作戏都不许。我得挣我的家业,应该为您富丽堂皇的端整一份,您天生是一位公主……"

听到此,法朗采斯加不禁微微一笑,在她脸上添了一重最迷人的表情,仿佛伟大的达·芬奇在《莫娜·丽莎》上描绘得那么奇妙的神气。这笑容使洛道夫停了一会。

"……是的，"他继续说着，"您现在为了逃亡，不得不过窘迫的生活。啊！倘使您愿我比旁人更幸福，使我的爱情超凡入圣的话，请您当我作朋友看待。我不是也该成为您的朋友么？我可怜的母亲留下六万法郎积蓄，您分一半去可好？"法朗采斯加定睛望着他，目光直透入洛道夫的心底。"我们什么都不需要，我的工作足够我们享受。"她用着严肃的声气回答。

"可是法朗采斯加工作，我受得了么？"他嚷道，"一朝等您回到本国，收回您丢下的财产时……"说至此，法朗采斯加又望着洛道夫，"您可把借我的钱还我。"他这么说着，又体贴地望了她一眼。

"不谈这个吧，"她说这话时的手势，目光，姿态，都显得高贵无比，"去挣一份显赫的家业，在您国内成为一个出类拔萃的人物，这是我的愿望。声名是一座活动的桥梁，可以令人飞渡深渊。鼓起您的雄心来，那是应该的。我相信您有卓越雄伟的能力；但您施展的时候，与其为了我，毋宁为了大众的幸福：您只会在我眼里显得更伟大。"

在这次持续两小时的谈话里，洛道夫发觉法朗采斯加对自由思想抱着一腔热忱，还有那促成拿波里，比特蒙，西班牙三重革命的对自由的崇拜。临走他由伪装哑巴的奚娜送到门。十一点钟时，这村中已没有人闲荡，毋须提防了，洛道夫把奚娜拉在一边，轻轻地用他勉强的意大利语问道："孩子，你的两个主人究竟是谁？告诉我，我给你这块崭新的金洋。"

"先生，"孩子拿着钱答道，"男主人是米兰有名的书店主人郎波里尼，革命党领袖之一，奥地利一心要关在史比特堡史比特堡为境内一古堡名，以幽禁名人著称于世的煽动家。"

"一个书店主人的妻子？……唔，那倒更好，"他想，"我们是同等地位。"——"她又是什么出身呢？"洛道夫重新问奚娜，"她态度简直像王后一般。"

"意大利女子都是这样的，"奚娜高傲地回答，"她父亲姓高龙那。"

法朗采斯加低微的身世加大了洛道夫的胆子，他在小艇上张了天篷，在船尾放着靠枕。布置就绪，这位恋人便去邀法朗采斯加游湖。她接受了，无疑是为了在村人面前扮演帝国少女的角色；但她带着奚娜同走。法朗采斯加·高龙那最细小的动作，都透露出极优秀的教育和最高贵的身份。一看她坐在船端上的姿势，洛道夫觉得和她是多少隔离了；面对着贵族的真正高傲的表情，他预先盘算好和她亲昵的心思消散了。法朗采斯加目光一变，俨然是个公主模样，像中世纪的公主们一样有她的特权。她似乎已猜到这武士的心思，胆敢自命为她的保护人。在法朗采斯加接待洛道夫的客厅的家具上面，在她的装束上面，在那天端来侍候他的零星器具上面，洛道夫已经认出阀阅世家与富有资产的标识。如今这些印象统统给回想起来，而当他被法朗采斯加的尊严压倒之后，他不禁沉吟着思索起来。奚娜这尚未成年的心腹，偷偷地斜睨着洛道夫，好像也在暗中讪笑他。意大利姑娘的身世显见与态度不符，这在洛道夫胸中又是一个新的谜，他怀疑其中还有像奚娜伪装哑巴一样的别的玄虚。

"您想往哪儿去呢，郎波里尼夫人？"他问。

"往吕赛纳。"法朗采斯加回答。

"好！"洛道夫私忖道："她听我喊出她的姓氏并不诧怪，一定她早已料到我会打听奚娜，这刁滑的妮子！"

"您对我有什么不满呀？"他一边说一边终于坐到她身旁，做一个手势求她伸出手来，她却把手缩了回去。"您冷冰冰的，一本正经的，用我们的口语说是：别扭的。"

"不错，"她微笑着答道，"是我不对。这不应该，这是布尔乔亚气，你们在法文里说起来是：没有艺术家风度。的确，宁可痛痛快快的说个明白，却不要对一个朋友抱着仇视或冷淡的心思，何况您已对我证明您的友谊。也许我对您已经过了限度。您一定把我看做一个很普通的女子。"洛道夫再三做手势表示否认，她虽然看见，却毫不理会的接下去说，"是的，我发觉到这一点，便自然而然回复了我的本来面目。唔，好吧，我将用几句最真心的话来结束一切。记住，洛道夫：凡是一种感情跟我对真爱情的观念和预见抵触的时候，我觉得有力量把这感情抑捺下去。像我们在意大利那样的爱，我也能够；但我知道我的责任：没有一种陶醉使我忘掉。我自己不曾同意而就嫁了这可怜的老人之后，很可利用他慷慨地容许我的自由；但三年的婚姻等于接受了配偶的法律。所以最强烈的热情也不能引起我恢复自由的欲望，即使无意之间也不曾有过这种欲望。爱弥里奥识得我的性格，他知道，除了我的心是属于我自己而能委许于人之外，我不会给人家握我的手，因此我刚才拒绝您。我要被人家爱，教人家等，忠实地热烈地高尚地等，我只能报以无限的温情，温情的表现又不出我方寸之间，那里才是自由的园地。一朝把这些明白了解之后……噢！"她用着一种少女的姿态往下说，"我又可变成轻狂，爱说爱笑，疯疯癫癫，像一个不懂亲昵的危险的痴丫头。"

这场那么清楚，那么爽直的表白，所用的那种声气，那种语调，加以那种目光，使所说的内容显得句句是真心实话。

"一位高龙那公主也不能说得更好了。"洛道夫微笑着说。

"这是不是，"她高傲地答道，"对我出身卑微的一种责备？在你的爱情上面，是不是需要一个盾徽？米兰最有光彩的姓，史福查，加诺伐，维斯公底，德利维齐奥，于齐尼，写在店铺上面的有多少！有些姓亚尔钦多的还开着药铺；但是相信我，虽然我的身份不过是一个女店主，我却有着公爵夫人的情操。"

"责备？不，夫人，我是想恭维您的……"

"用一个比较来恭维么？……"她狡猾地问。

"啊！告诉您，"他答道，"为免得担心我的说话把情操歪曲起见，我得告诉您：我的爱是绝对的，包含无限的服从和尊敬。"

她满意地点点头，说："那么阁下是接受了条件？"

"是的，"他说，"我懂得在女子强壮旺盛的机体里面，爱的机能是不会消失的，而您为了谨慎，想把它束缚起来。啊！法朗采斯加，在我这年纪，和一个像您这样高超，这样庄严秀美的女子共同培植的温情，竟是满足了所有的欲望。照您愿望的那样来爱您，不就使一个青年免于卑下的情欲吗？不就使他把精力运用于他日后以之自傲的，只留下美丽的回忆的热情吗？……您真不知您在比拉德与里琦山脉上，在此壮丽的盆地内，添加了何等的色彩，何等的诗意……"

"我很愿意知道呀。"她天真地说，但一个意大利女子的天真中间仍有多少狡黠的意味。

"哎，这个时间将照耀我一生，好比王后额上的一颗钻石。"

法朗采斯加把手放在洛道夫手上，代替了回答。

"噢！亲爱的，永久亲爱的，告诉我，您从没有爱过，是不是？"

"是的！"

"而您允许我高尚地爱您，一切都等上天安排？"

她温柔地点头。两颗巨大的泪珠在洛道夫的脸颊上淌着。

"喂，怎么啦？"她这样说的时候，不再像王后般的尊严了。

"我已没有母亲可以告诉她我是怎样的幸福,她离开了尘世,不曾看到能减轻她临终苦难的……"

"什么呢?"她问。

"不曾看到她的温情由另一股同等的温情替代了。"

"可怜的孩子。"法朗采斯加感动着说。过了一会她又道:"相信我,一个女子知道她的爱人除了她,世界上便一无所有,看见他孤独的,无家可归的,心里只有对她的爱,总之一个女子知道自己把爱人整个的占有了时,那对她是何等甜蜜,是加强她的忠诚的极大的因素!"

两个情人这样地彼此倾吐以后,心中感到一种甘美的恬静,一种庄严的宁谧。确切的信念是人类情操所要求的基础,因为宗教情操就从不缺少这信念;人永远相信会获得神的酬报。唯有与神明之爱相似的时候,爱情才觉得稳固。所以必得把这两种爱情充分体验过来,才能了解这一刻的沉醉,人生独一无二的一刻,一去不返,如青春期的情绪一样。信任一个女子,把她当做个人的宗教,当做生命的意义,当做最微渺的思想的动力!……这不就是一种再生么?……这时候,一个青年男子多少把他对母亲的爱掺入了爱情。洛道夫与法朗采斯加深深地静默了一会,彼此用友善的充满思想的目光对答着。周围的景色是自然界最美的景色之一,他们俩在其中彼此了解;外界的庄严璀璨,一方面因他们内心的庄严璀璨而获得印证,一方面也帮助他们把这唯一的一刻的最飘忽的印象,镌刻在心版上。法朗采斯加的行动全没轻狂的样子;一切都显得阔大,丰满,胸无城府。这种豪迈之气深深地打动了洛道夫,认为这是意大利女子跟法国女子不同之处。水面,陆地,天空,少女,一切都巍峨雄伟,无限温馨;在此大处浩瀚小处富丽的场面中,他们的爱情也兼有雄壮与温柔的情调;积雪的峰顶那么峭厉,蓝天衬托着山岗起伏的线条那么强劲,使洛道夫想起他的幸福就该是这种境界:积雪环绕之下的一片富饶的原野。

然而心头这股甜美的醉意,不免受着骚乱。一条小船从吕赛纳那边驶来;已经凝眸远瞩了一会的冥娜,没有忘记她扮哑巴的身份,做了一个快乐的姿势。小船渐渐驶近,等到法朗采斯加终究分辨出面貌的时候,她对一个青年喊道:"蒂多!"她站起身子,不顾掉下水的危险,挥着手帕叫着:"蒂多!"蒂多命令他的船夫划近,两条船拢在一条线上了。法朗采斯加和那男子用土话讲得那么起劲,使一个像洛道夫般只懂些书本上的意大利文而从未去过意大利的人完全没法了解，也没法猜测谈话的内容。蒂多的美貌，法朗采斯加对他的亲昵，奚娜的快活的神气，都教洛道夫闷闷不乐。而且没有一个爱人被对方为了无论何种原因而暂时丢在一旁时，会不觉得难过。蒂多使劲把一口小皮袋丢给奚娜，看模样是装满了金子，接着又有一包信件掷给法朗采斯加，她一边挥手和蒂多告别，一边就读起信来。

"赶快回越梭，"她吩咐船家，"我不愿让可怜的爱弥里奥多挨十分钟的苦难。"

"发生了什么事呀？"洛道夫等她读完最后一封信时问道。

"自由啦！"她回答，兴高采烈得像艺术家。

"还有钱！"终于可以开口的奚娜像应声虫般答应着。

"是的，"法朗采斯加接着说，"苦难受完了！我工作到现在已经十一个多月，开始厌倦了。我绝不是一个干文学的女人。"

"那个蒂多又是谁？"洛道夫问。

"可怜的高龙那铺子里的财政部长，换句话说，是高龙那的儿子。可怜的家伙！他没法从圣·高太来，也没法走蒙·赛尼或桑·伯龙：他是从海路，走马赛，穿过法国来的。也罢，三星期内我们可以在日内瓦舒舒服服的过活了。喂，洛道夫，"她看见这巴黎人露出悲伤的神气说道，"日内瓦湖难道比不上四郡湖？……"

"让我对这座幽美的裴格曼庄子表示一番遗憾吧。"洛道夫指着土岬说。

"可怜的，来跟我们一起用晚餐，好增加您一些回忆。"她说，"今天是大庆，我们没有危险了。母亲告诉我，一年以内，我们或许会获得大赦。噢！亲爱的祖国！……"

这句话把奚娜听得哭了，说道："再过一冬，我要死在这里了！"

"可怜的西西里小羊！"法朗采斯加一边说，一边抚摩奚娜的头，那种姿势和感情使洛道夫也愿给她这么抚摩一下，虽然其中并无爱的成分。

船一傍岸，洛道夫跳上沙滩，伸手挽着法朗采斯加，一直送她到裴格曼家门口，然后回去更衣，以便赶快再去。

书店主人和妻子坐在回廊上，洛道夫一眼瞥见九十老翁的面容因喜讯所致的变动，不禁做了个惊奇的姿势。他看到一个六十左右的人，保养得很好，冷冰冰的意大利人，身子笔直像个I，虽然稀少却还乌黑的头发，露出一个白的脑袋，犀利的眼睛，牙齿雪白完整，一张凯撒型的脸，一张外交家式的嘴巴上堆着一副近乎嘲弄的笑容，差不多是虚伪的，就像一般有教养的人用来遮盖真情实意的笑容。

"这是我丈夫的本来面目。"法朗采斯加郑重地说。

"简直是初会面的新交了。"洛道夫错愕地回答。

"一点不错，"书店主人说，"我一向在串演喜剧，而且很会化装。啊！在帝政时代，我在巴黎玩过这一套，跟蒲里安纳，缪拉夫人，阿勃朗丹士夫人，还有别的……年轻时所费心学习的事情，即使是无聊的，对我们都有用处。如果我的太太不曾受过男子的教育——那在意大利是反常的——那么我非得去当樵夫就不能在这儿过活了。可怜的法朗采斯加！谁能说她有一天会不养活我？"

洛道夫听着这可敬的书店主人，那么自在，那么和善，那么健旺，相信其中还有什么别的玄虚，便像一个受骗的人那样一声不响地寻思着。

"怎么啦，先生？"法朗采斯加天真地问他，"我们的幸福叫您不快活么？"

"您的丈夫是老少年。"他附在她耳边说。

她听了大笑起来，笑得那么坦白，那么撩人，弄得洛道夫更加愣住了。

"他只有六十五岁呀，"她说，"但我敢断言，这究竟还是……令人宽慰的事情。"

"在您提出的条件之下显得多么圣洁的爱情，我不愿您拿来开玩笑。"

"嘘！"她跺着脚道，一边望望她的丈夫是否听着，"永勿扰乱这亲爱的人的安静，像孩子一样纯洁的，我爱把他怎样就怎样的人。他是，"她又接着说，"在我的保护之下。您真不知为了我是自由党人之故，他以何等尊贵的精神把他的生命财产来冒险！因为他是不赞成我的政见的。这算不算爱，法国先生？但他们家里是这样的。爱弥里奥的兄弟，被他的爱人为了一个可爱的青年而欺骗时，他把剑插在自己的心窝里；十分钟前他对贴身的男仆说：我很可能杀死我的情敌；但这太使我的'女神'伤心了。"

这种高贵与俏皮，伟大与稚气的融和一片，使法朗采斯加这时成为世界上最动人的造物。晚餐和餐后的时间都非常快乐，在两个被解放的亡命者,这当然是应有的欢喜,但在洛道夫是可悲的。

"她会不会变成轻佻?"他在回到史多弗家的路上想,"她分担我丧母的哀痛,而我却不附和她的欢乐!"

于是他责备自己,替这个童心未褪的少妇做辩护。

"她没有一些虚假,全凭她的印象支配……"他心里想,"我难道要她变成一个巴黎女子不成?"

次日和以后的几天,总之在二十天内,洛道夫整日消磨在裴格曼家,无意之间观察着法朗采斯加。在某些心灵,赞赏之下绝不会没有明察。年轻的法国人在法朗采斯加身上看出轻率大意的少女成分,看出尚未驯服的妇人的真性格,有时和她的爱情挣扎着,有时又满怀乐意的在爱情中浮沉。老人完全像父亲对女儿一般的对她,法朗采斯加也对他表示十分真切的感激,显出她天生的高尚。这个局面和这个女子,为洛道夫是一个猜不透的谜,但要推究明白的心思使他越来越离不开他们。

这些前后的日子充满着幽密的欢欣,掺杂着哀愁,反抗,拌嘴,比洛道夫与法朗采斯加融洽无间的时候更可爱。总而言之,这种无思无虑的温情,对一些极其无谓的事情嫉妒(已经!)的温情,完全显露她的天真,越来越使洛道夫着迷了。

一天晚上,法朗采斯加表示希望早日离开越梭,因为她所需要的东西这里大都没有。

"您爱奢侈!"他对她说。

"我!"她说,"我爱奢侈,正像我爱艺术,爱拉斐尔的一幅画,爱一匹美马,爱一天晴好的日子,或拿波里的海湾,爱弥里奥。"她叫道,"我们在这儿过着艰难的生活,我有没有抱怨过?"

"那时您已不是原来的您了。"老书店主严肃地回答。

"话说回来,布尔乔亚羡慕豪华,不是挺自然的么?"她说着对洛道夫和她的丈夫狡黠地瞟了一眼。"我的脚",她伸出一双玲珑的小脚说,"是不是为劳苦生的?我的手……"她伸出一只手给洛道夫,"这双手配不配做活?您走开,"她对丈夫说,"我有话跟他讲。"

老人非常乐意的走开了:他对妻子很放心?

"我不愿您陪我们到日内瓦去,"她对洛道夫说,"日内瓦是一个多是非的地方。虽然社会上的闲言闲语绝对惹不到我的头上,我却不愿人家飞短流长,并非为我,而是为他。他究竟是我的唯一的保护人，我要使他能以我为荣，这是我的志气。我们走后，您在这儿再留几天。到日内瓦来的时候，先来见我的丈夫，让他把您介绍给我。在大众眼前，且藏起我们永矢勿谖的深刻的爱。我爱您，您已经知道；但我用来证明我的爱的方式，是您永远不会在我的行为中间，发觉什么能引起您嫉妒的成分。"

她把他拉到回廊一角，捧着他的头，在他额上吻了一下，一溜烟跑掉了，让他呆在那里。

下一天，洛道夫得知裴格曼家的房客拂晓已经动身。从此他觉得越梭再也住不下去，便绕着最远的路向凡佛进发，一路上是不必要的匆忙。意大利女郎等着他的湖在吸引他，十月底他到了日内瓦。为免得城里的不方便起见，他在城墙外活水镇上租了一间屋。安顿停当之下，他第一件事是打听房东，一个从前的珠宝商，问他最近有没有一批意大利的亡命者，一批米兰人到日内瓦来。

"没有，据我所知，"他的房东回答道，"罗马的高龙那亲王和公主租着耶勒诺先生的别庄，湖边最美的庄子之一，订了三年租期。它坐落在狄沃大底别墅和拉芬·特·第安先生的庄子之间。拉芬·特·第安先生的庄子是租给鲍赛昂子爵夫人的。高龙那亲王是为了女儿和女婿来的，女婿是刚道斐尼亲王，拿波里人，或者如果您喜欢说，是西西里人，从前缪拉王的党徒，最近一次革命的牺牲者。新近到日内瓦的就是这几个，全部不是米兰人。凭着高龙那家在教皇那边所得的庇护与有力的斡旋，才得到国外列强和拿波里王的许可，让刚道斐尼亲王与公主住在这里。日内瓦绝不干使神圣同盟 即1815年奥相梅特涅克所发起的俄奥普三国同盟，用以压迫各小国的自由运动 的不欢的事情。瑞士的独立就靠这个同盟保障的。我们的任务不在于批评外国朝廷。这儿有的是外国人：俄国人呀，英国人呀。"

"还有日内瓦人。"

"是呀，先生。我们的湖多美！拜伦勋爵在此住了近七年，在狄沃大底别墅，现在大家去走一走，好似去逛高贝和法尔奈 后者为服尔德晚年所居，前者为斯太埃夫人流寓之处，皆在日内瓦湖畔 一样。"

"您能不能知道，一星期前是否来了米兰一个书店主人和他的妻子，姓郎波里尼，革命首领之一？"

"我到外宾俱乐部去时可以知道。"这位退休的珠宝商说。

洛道夫第一次散步的目标，自然是狄沃大底别墅，拜伦爵士的寓所，因为大诗人最近去世之故而招引了很多游客的：天才一死，即便成圣。从活水镇起的沿湖的路是很窄的，像瑞士所有的路一样；但在某些区处，就着山地形势的分配，留有相当空间，刚好给两辆车子迎面驶过。他离开耶勒诺庄子只有几步路了，还不曾知道前面便是耶勒诺庄子；那时他听见背后有车子的声音，站的地方是两山之间的窄道，他便爬在一块岩石顶上让车。不用说，他望着车子驶近，一辆华丽的敞顶四轮车，套着两匹精壮的英国马。车子底下，装束如天神似的坐着法朗采斯加，旁边是一个僵硬若浮雕般的老妇，他一眼瞥见，不禁一阵眼花。一个浑身金线的小厮直立在车厢后面。法朗采斯加认出了洛道夫，看见他好似雕像站在底座上的神气，便微笑起来。洛道夫一面步上小坡，一面目送车子拐了弯，进入一所乡村别墅的门，他便也向着大门紧跟上去。

"谁住在这里呀？"他问园丁。

"高龙那亲王夫妇跟刚道斐尼亲王夫妇。"

"刚才回来的不就是她们么？"

"是的，先生。"

顿时洛道夫眼前去了一层幕，过去的情形全明白了。

"但愿这是她最后的一套玄虚。"这个情人错愕之下想。

他深怕成为女孩子家使性的玩具，因为他听见讲过意大利姑娘们的使性是怎么回事。但把一个生为公主的公主当做布尔乔亚看待，把中世纪最有名的旧家之一的女儿当做书店主妇看待，那在女子的心目中该是何等罪过！洛道夫为了自己的过失，更加想知道他是否被误解，是否要被摈。他掏出名片来求见亲王，立刻被引见了；那个伪充的郎波里尼老人迎着他走来，对他非常客气，表示拿波里人惯有的殷勤，陪他沿着阳台散步，从阳台上可以远瞰日内瓦，于拉，别庄林立的山岗，以及辽阔的湖岸。

"您瞧，我的妻子始终离不开湖，"他把各处的风景对客人指点过后说，"今天晚上我们有一个音乐会，"他向华丽的耶勒诺庄子走回头时又这样说，"希望您能来，让我们——公主和我——高兴。两个月共忧患的生活，和悠久的友谊没有分别。"

洛道夫虽然满腹的好奇心，却不敢求见公主，只一路想着夜会，慢慢走回活水镇。他的爱情，不论过去已如何广大，几小时内为了他的焦虑，为了等待什么变故发生，越发无限地扩大了。如今他懂得有成名的必要，以便在社会上和他的偶像骈肩。在他眼中，因了她在越梭所表现的朴实与洒脱的行动，法朗采斯加愈显伟大。高龙那公主天生的傲态叫洛道夫发抖，他要有法朗采斯加的父亲跟母亲和他为敌，至少自己是这么想。刚道裴尼公主的再三嘱咐他谨慎将事，至此才显出她是一往情深的证据。在不愿危害前途的条件之下，法朗采斯加不是明明说过爱洛道夫吗？

终于，九点敲了，洛道夫可以跨上车子，用着我们不难了解的情绪说："到耶勒诺别庄，刚道斐尼亲王家！"终于，他踏入贵宾满堂的客厅，不得不站在门旁的一群人中间，因为那时场上正唱着洛西尼的一阕二部合唱。终于，他望见法朗采斯加了，却不曾被她瞧见。公主站在只离钢琴两步的地方。她的美妙的头发，那么浓那么长，用一个金箍拢着。烛光照耀之下的脸庞，映出意大利女子所特有的那种白色，只在灯光下面才充分发挥出它的效果。她穿着舞会服装，让人欣赏她的一对美艳的肩头，少女一般的腰肢，古典雕像上的胳膊。她的高雅庄严的美，这儿没有人可以匹配，虽然场中有着媚人的英国女子和俄国女子，有着日内瓦最美的妇人和旁的意大利闺阁，其中特别光彩照人的有那著名的华莱士公主，和这时正在演唱的女歌唱家丹底。洛道夫靠在门框上，瞅着公主，向她射着一道凝注的，固执的，撩人的目光，可以见出他全部的意志都集中在所谓"欲念"这个情操之上，有一股令人不得不注意的威力。法朗采斯加有没有受到这目光的火焰？有没有预备随时见到洛道夫呢？过了几分钟，她的视线溜到门这边来，仿佛受着这道爱的热流吸引，于是她的目光毫不迟疑地直注入洛道夫的目中去了。一阵轻微的颤抖，在这庄严娇艳的脸上和美妙的躯体上波动了一下：心灵的震撼起着反应了！法朗采斯加脸红了。在此疾如闪电的交流中，洛道夫仿佛过了整个的一生。他的幸福有什么可以相比？她爱着他啊！这位崇高的公主，在大庭广众之间，在幽美的耶勒诺别庄内，依旧信守着那个可怜的逃亡者所说的话，信守着那个寄居裴格曼家的任性女郎所发的诺言。此时此景的陶醉，使一个人甘愿做一世的奴隶！刚道斐尼公主趁着无人注意的时光，唇边浮着一副微妙的笑容，隽美而又俏皮，坦白而又得意，望着洛道夫，神气仿佛求他原谅她过去的隐瞒身份。一阕终了，洛道夫去找亲王，亲王殷勤地把他领到他妻子前面。洛道夫跟高龙那亲王夫妇与法朗采斯加，经过正式的介绍，寒暄了一番。之后，要轮到公主去加入著名的四部合唱了：*Mi manca la voce*（《我声呜咽》），唱的人除她之外，还有丹底，还有男中音名歌家日诺凡士，以及那流亡的意大利亲王——他要不是一个亲王的话，凭他的嗓子也会成为一个艺术之王的。

"您在这儿坐吧，"法朗采斯加说着，把自己的椅子让给洛道夫，"哎哟！我想姓名弄错了：从刚才起，我是洛道斐尼公主了。"

说这句话时有一种风趣，一种魅力，一种天真，令人在这句隐藏信誓的笑话之下，回想起越梭的快乐日子。和她挨得这么近，绮罗的裙角和轻纱的飘带，几乎拂着他一边的面颊，听着疼爱的女子歌唱，洛道夫不禁有销魂荡魄之感。但当着这种情景，唱的又是《我声呜咽》的曲调，由意大利最美的歌喉表现，洛道夫的热泪盈眶自是不难想象的了。

在爱情里，像几乎所有的事情里一样，有些本身极其渺小的事实，是从前千百件零星小事的结果，它们的内容在继往开来的作用上变得广大无边。爱人的价值早已感觉到千百次，但一桩细事，譬如散步中间凭了一句话或出其不意的爱的表示，所致的心灵交融的接触，能把爱情激荡到最高峰。这种精神现象，可用人类原始时代就很熟悉的形象来说明：在一根长的索链中，有些必不可少的交接点，它们的结合力特别牢固。那晚洛道夫同法朗采斯加在众人面前的确认，正是联系过去与未来的那种交接点，把实际的关联种在心坎中更幽深的地方。鲍舒哀系法国17世纪大文学家是一个极懂爱情而又把爱情藏得极深的人，他提起人生中幸福的时光如何难得时，也曾说到这种承前启后的交接点。

由自己来赞赏一个所爱的女子是一种快感，看到了她被大众赞赏又是一种快感：这两种快感洛道夫同时兼而有之。爱情是回忆的宝库，虽然洛道夫的那所已经琳琅满室，他又加入些珍贵的明珠：例如专诚为他的微笑，迅速的瞥视，以及法朗采斯加受他感应之后的歌声的抑扬，听众热烈的掌声甚至引起丹底的嫉妒。因此他整个欲望的威力，他心灵的这种特征，全都倾注在此美丽的罗马女子身上：他一切思想一切行为，都把她当做不变的原则和终极。洛道夫的爱，就像所有女子都梦想的那种爱，那样的强烈，那样的坚贞，那样的凝固，把法朗采斯加化为他的心的本体；他觉得她好似一道更纯洁的血融和在他的血里，好似一颗更完全的灵魂融化在他的灵魂里；在他生命的最微末的动作之下，她的作用好比地中海底金黄的沙隐在波涛之下。总之，洛道夫最微渺的憧憬也是一种活泼泼的希望。

几天之后，法朗采斯加也确认了这股广大无边的爱；但它那么自然，那么为两人同感，所以她并不惊奇：她正配受这种爱。

她和洛道夫在园子里平台上散步时，发觉他如多数的法国人一样，表白情愫时有些自鸣得意的动作，她便说：

"一个年轻美貌的女子，有相当的艺术天才可像丹底一般谋生，可以给虚荣心多少快感，您爱这样的一个女子有什么奇怪有什么不可思议？哪个伧夫不因之一变而为情种？这些对我们都不成问题。我们需要的是：坚贞地，固执地，远远地，长时期的相爱，除了知道彼此相爱的欢乐以外，没有旁的欢乐。"

"哎哟！"洛道夫说，"您看见我埋头于野心勃勃的工作时，您不会觉得我的忠实减少价值吧？您相信我会乐意看见您有一天把刚道斐尼公主这美丽的姓氏，换上一个无名小子的姓氏么？我要成为本国最优秀的人物之一，富有，伟大，使您对我的姓氏像对您高龙那的姓氏感到同样的骄傲。"

"倘我看不见有这样的情操存在您心中，我才大大地生气哩，"她露着一个迷人的笑容回答，"可是别把野心的工作过分苦您自己。得保持您的青春……人家说政治能把一个男人突然之间变老。"

女人们最难得的，是绝不妨害温情的那种快活的兴致。深挚的情操和少年的癫狂混合之下，使法朗采斯加这时候妩媚之上再加妩媚。她的性格的关键是：善笑也善感，兴奋过后能回复巧妙的俏皮，而且出之以洒脱自在的态度，使她成为魅力无边的女子，声名远播于意大利境外。在女性的爱娇下面，她藏有渊博的学识，得力于她在高龙那古堡所过的近乎修院的，极度单调的生活。这位遗产巨大的姑娘，最初被派定进修院，因为她是高龙那亲王夫妇的第四女儿，但她的两个长兄和一个姊姊的去世，把她突然从隐遁生活中拉回到俗世，一下变为罗马诸州内妆奁最富的闺女之一。她的姊姊原来许配给刚道斐尼亲王，西西里最大财主之一；姊姊死了，就把法朗采斯加嫁给他，免得两家的原定计划有所更动。高龙那和刚道斐尼两姓是世代姻亲。从九岁到十六岁，在一个家庭教士指导之下，法朗采斯加饱览家中的藏书，研究着科学、艺术、文学，让她热烈的幻想有所寄托。但学问养成了她对于独立和自由思想的爱好，使她和她的丈夫一同投身于革命。洛道夫还不知道法朗采斯加除了现代五种语言之外，也懂希腊文、拉丁文、希伯莱文。这个可爱的女子深悟一个博学女子的主要条件，是深藏。

洛道夫整个冬天耽留在日内瓦。一冬过得像一天。春天来了，虽然厮伴着一个秀慧博学，年少痴憨的姑娘，洛道夫仍不免感到残酷的痛苦，他勇敢地忍着，但有时不由得在态度之间，眉目之间，言语之间流露出来，也许是因为他觉得对方并没分担他的痛苦之故。有时他对法朗采斯加的镇静佩服之余，竟至着恼，她像那些英国女子一样，以不动声色为尊严，淡泊宁静的态度大有摈斥爱情之概；洛道夫宁愿她骚乱不宁，所以埋怨她麻木，因为他存着世俗的偏见，以为意大利女子应该是狂热善变的。有一天洛道夫在这个问题上和她打趣时，她认真起来，严肃地说道：

"我是罗马女子啊！"

这答句的语调颇有深奥的涵义，令人觉得它是生辣的讽刺，教洛道夫听了心悸。5月才开放出它嫩绿的宝藏，太阳有时已发出仲夏的威力。两个情人倚靠在石栏杆上，临着船艇上落的石级，那部分的平台刚好是从地面到湖面最陡峭之处。贴邻的别庄内也有一座相类似的埠头，像天鹅般闪出一条快艇，挂着有飘带的旗子，张着暗红的天幔，下面一个妩媚的妇人懒洋洋地坐在红垫褥上，头上缀着鲜花，当船夫的是一个水手装扮的男人，他在这个妇人的目光之下划得特别优美有致。

"他们多幸福！"洛道夫辛酸地说，"格兰·特·蒲尔高理^{早期法国史上曾有好几位君王出身于蒲尔高涅族，唯一能和法兰西王室的名门望族中最后的一个女子……}"

"噢！……她是私生子那支上传下来的，而且靠着……"

"她终究是鲍赛昂子爵夫人，并不……"

"并不踌躇！……对不对？那就老老实实地跟加斯东·特·奈伊先生隐遁了。"这位高龙那家的女儿说，"她是法国人，而我是意大利人呀，亲爱的先生！"

法朗采斯加离开了石栏，丢下洛道夫，一直走到平台的另一端，烟波浩渺，湖景辽阔的那一端；洛道夫望着她慢慢地走过去，疑心自己伤害了这颗那么天真又那么练达，那么高傲又那么谦卑的心灵。他觉得一阵寒冷，跟着法朗采斯加过去，也不理会她阻止他的手势，发觉她擦着眼泪，一个这样刚强的人的眼泪！

"法朗采斯加,"他握着她的手说,"你心里可曾有一点点的后悔?……"

她一言不答,挣出那只拿着绣花帕子的手,重新擦着眼睛。

"原谅我。"他又说。冲动之下,他用亲吻来替她擦掉眼泪。

法朗采斯加激动得很厉害,竟没发觉他这个热情的动作。洛道夫以为是默契,便大着胆子搂着法朗采斯加的腰肢,把她紧抱在怀里,攫取了一吻;但她挣脱了他的臂抱;那个壮美的姿势显出是她的贞节起了反抗;她站在两步以外,并不发怒但很坚决地望着他说:"您今晚动身,不到拿波里不再相见。"

这命令虽然严厉,仍旧虔诚地给执行了,因为那是法朗采斯加的意志。

回到巴黎。洛道夫发现家里已摆着刚道斐尼公主的肖像,是名画家希奈作的,像希奈所作的一切肖像一样的美。这位画家经过日内瓦往意大利。因为他曾坚拒给好几位太太画像,洛道夫不信刚道斐尼亲王虽然那样热望要一幅妻子画像,能够说服这位名画家;但大概是法朗采斯加把他迷了,居然破例作了两幅。一幅是原本,精心杰构之作,就是送给洛道夫的;一幅是临本,留给爱弥里奥的。这些是她在一封美丽动人的信里告诉他的。当面为了顾虑体统的拘束,在信里不存在了,她的思想可在此得到些补偿。洛道夫复了信去。从此两人之间开始了更无穷尽的通讯,他们所能容许的仅有的快乐。

洛道夫存着他的爱情应有的那股雄心,立刻着手他的事业。他先是想要财富,把他所有的精力,连同所有的资本,一齐投到一桩企业中去冒险;但他不得不毫无世故地和奸险的骗局奋斗,终于战败了。三年的时间,努力和勇气,在一桩巨大的企业中消耗掉了。

洛道夫倒台的时候,正是维兰内阁倒台的时候。强项的爱人想向政治去要求实业所拒绝他的东西;但在投身于政治生涯的暴风雨之前,他带着浑身的创疤痛楚,先到拿波里去裹扎伤口,汲取勇气。那时节,当拿波里新王登极的时候,刚道斐尼亲王夫妇被召回国,没收的财产也发还了。在洛道夫的斗争中,这是甘美无比的休息,他充满着希望在刚道斐尼府邸逗留了三月。

洛道夫重新开始建造他的财富。他的才干已经显露,正当要实现野心的愿望,快要获得一个显要的职位来报偿他忠诚的服务时,1830年7月的暴风雨爆发了,他的船又沉了。

她和上帝！这两个证人鉴临着一个优秀青年的最勇敢的努力，最大胆的尝试，但至今为止，照顾愚人们的上帝——幸运！——不曾来照顾他。而这再接再厉的运动家，靠了爱情的支持，受着永远友善的目光和永远忠诚的心烛照耀，再开始新的战斗！但愿普天下有情人都为他祈祷！

一口气吞完这篇故事时，特·华德维小姐双颊炽热，血管发烧，哭着，为了愤懑而哭着。受着当时流行的文学影响的这个中篇，是洛萨莉在这类作品中第一次读到的东西，其中描写的爱情，不说是出于大家的手笔，至少是一个似乎讲述亲身经历的人的文学，而故事的真实，即使写得不巧妙，也已能打动童贞未失的心。洛萨莉可怕的骚动，发热与眼泪，原因就在于此：她妒忌法朗采斯加·高龙那。她完全相信这诗意浓郁的小说底下所有的真诚：亚尔培在叙述他热烈的初恋时，大概是故意把姓名隐瞒起来的，也许连地方在内。洛萨莉被一股阴险的好奇心抓住了。哪个女人会不像她一样的要知道她情敌的真姓名呢？因为她已经在爱了！念着这些富有传染性的篇章时，一路在心中念着这个庄严的句子：我爱他！她爱着亚尔培，胸中感到一股辛辣的醋意，要把他夺过来，从那陌生的情敌手里把他劫下来。她想到自己不爱音乐，想到自己生得不美。

"他永远不会爱我的。"她私忖着。

这个念头使她愈要知道自己有没有猜错，是否亚尔培真的爱着一个意大利公主，是否她也爱他。在此生死关头的夜里，当年有名的华德维高人一等的果断的性格，在此女承继人身上全部施展了出来。她想出奇奇怪怪的计划，而且，凡是少女被毫无远见的母亲幽禁在孤独中间，忽然被一件重大的事故，为平时束缚她们的教育制度不曾料到也不曾阻止的事故刺激起来时，她们的想象都曾在一些想入非非的计划四周打转。她想从假山上甩一座梯子爬到亚尔培的花园里，趁他睡熟的辰光，从窗里瞧一瞧他书斋的内部。她想写信给他，想破坏勃尚松社会的封锁线，把亚尔培引入特·吕泼家的沙龙。这件工作，连特·葛朗赛神甫也要叹为观止的奇迹，一念之间已经确定了。

"啊！"她想道，"父亲在露克赛田庄上有些争执呀，让我到那边去！倘若没有讼案发生，我可以制造，那么他可以到我们的客厅里来了！"她一边嚷着一边从床上跳起，奔向窗子，去看那半夜里照着亚尔培的迷人的灯光。一点已经敲了，他还睡着。

"我可以看到他起来，说不定他会走到窗前来！"

这时候，特·华德维小姐看到一件事情使她有方法探到亚尔培的秘密。在幽微的月光中，她瞥见两只胳膊从假山顶上的亭子里伸出来，帮助亚尔培的男仆奚洛末爬过墙头，钻到亭子里去。洛萨莉立刻认出，奚洛末的那个共谋犯是玛丽爱德，她们的贴身女仆。

"玛丽爱德跟奚洛末！"她心里想，"玛丽爱德，一个那么丑的女人！他们俩都该害臊呀。"

玛丽爱德固然丑得可憎，而且年纪已经三十六，但她所得的遗产却有好几块田。她在特·华德维夫人家已服侍了十七年，很受主母看重，为了她的虔诚，她的忠实，她的服务的年代；不消说她把工资和外快撙节下来，存放出去。拿每年大约二百法郎来计算，连利息和遗产，大概一共值到一万五千法郎。在奚洛末眼里，一万五千法郎简直更改了视觉原理：他发现玛丽爱德有美丽的腰身，天花在那张枯索平板的脸上所留下的窟窿和疤癞，他再也看不见了；歪斜的嘴巴，他觉得是笔直的，并且从萨伐龙律师雇用了他，使他跟特·吕泼公馆接近以来，他便正正经经进攻这个和主母一样古板一样假贞节的虔婆了，她跟所有丑陋的老姑娘一样，倒比最美的女子挑剔得更严。这小亭夜会的一幕，对于一般明察的人固然很易分析清楚，对洛萨莉却还不甚了了，倒反受到最危险的教训，给她一个坏榜样。一个母亲严格教育着她的女儿，用她的羽翼庇护了她十七年，却在一小时内被一个女仆把这件长久而艰苦的作业给毁了，有时不过由于一句话，往往不过由于一个动作！洛萨莉重新睡下，盘算着怎样充分利用这次的发现。下一天早上，玛丽爱德陪她上教堂做弥撒的时候（男爵夫人那天不舒服），洛萨莉抓着女仆的手臂，使她大吃一惊。

"玛丽爱德，"她说，"奚洛末得到他东家信任吗？"

"不知道，小姐。"

"别跟我假惺惺了，"洛萨莉冷冷地回答，"你昨天夜里让他在小亭下面拥抱。莫怪母亲想这样那样装饰亭子时，你极力的赞成！"

洛萨莉从玛丽爱德的手臂上感觉到她的颤抖。

"我对你并没什么恶意，"洛萨莉接着说，"放心好了，我不对母亲提一个字，你要看奚洛末多少次都可以。"

"可是，小姐，那完全是诚心诚意的。奚洛末除了娶我以外并无他念……"

"那么为什么你们要在夜里相会？"

玛丽爱德狼狈之下，一句都答不出。

"听我说，玛丽爱德，我也在爱，我！我暗中爱着，独个儿爱着。归根结蒂，我是父母的独养女儿：所以你对于我的希望，比对世界上任何人的希望都要大……"

"当然，小姐，您可以相信我们生死如一。"玛丽爱德对着这个意想不到的转圈大为高兴的说。

"第一，要不声张大家都不许声张。我不愿嫁特·苏拉先生；但我要，绝对的要一样东西：你答应了我这个条件我才替你包庇。"

"什么东西呀？"玛丽爱德问。

"我要看萨伐龙律师叫奚洛末送到邮局去的信。"

"做什么用呢？"玛丽爱德骇然的说。

"噢！不过读一遍罢了，过后你再替我投到邮局。这不过把信略为耽搁一下，如此而已。"

这时候，洛萨莉和玛丽爱德进了教堂，各人肚里转着念头，再没心绪念弥撒祭里的日祷文了。

"我的上帝！这些事情里有着多少的罪过呀？"玛丽爱德心里想。

洛萨莉的灵魂、头脑、心，都给那篇小说搅乱了，终于明白那故事是专诚为她的情敌写的。像一般孩子一样，老对一件事情思索的结果，她想到《东方杂志》一定由亚尔培寄给他的爱人的。

"噢！"她一边想一边跑着，像一个苦恼万分的人祈祷的姿态，"噢！怎样能摆布我的父亲去翻阅杂志社的定户簿呢？"

午饭以后，她跟父亲撒着娇在花园里绕了一圈，把他带到亭子下面。

"我的小爸爸，你相信我们这份杂志会流传到国外去吗？"

"它才不过开头呢……"

"可是我打赌它已经寄到外国。"

"不见得。"

"那么你去瞧就是，把外国定户的名字记下来。"

两小时以后，特·华德维先生告诉他的女儿说："我没有猜错，还没外国定户。他们希望在纽夏丹，在伯尔尼，在日内瓦会有。固然他们现在有一份寄往意大利，但是赠阅的，寄给一位米兰的太太，住在大湖边上倍琪拉德的别庄上。"

"姓名呢？"洛萨莉兴奋地问。

"阿琪奥洛公爵夫人。"

"您认识她吗,爸爸?"

"自然我听见人家提过。她未出阁前是索但里尼公主,翡冷翠人①,一个门第极高的女子,跟她的丈夫一样有钱,丈夫在龙巴地有着最美的产业。大湖边上他们的别庄是意大利名胜之一。"

过了两天,玛丽爱德把下面的一封信交给洛萨莉。

亚尔培·萨伐龙致雷沃博·阿纳耿

啊!是的,亲爱的朋友,你以为我在旅行,我却到了勃尚松。没有一些成功的端倪时,我什么都不愿对你说,现在却已露出曙光来了。是的,亲爱的朋友,我消耗了我最纯洁的血,费掉了多少精力,糟蹋了多少勇气,经营着多少事情而都流产之后,我想学你的样:拣一条平凡的路,康庄大路,最长的,最稳当的。在你那张公证人的椅子上,我几曾看见你翻过筋斗?但别以为我内心生活有任何变化;那秘密,世界上只你一人知道,并且还在她给我指定的限度以内。朋友,过去我不曾对你说明,但我在巴黎的确厌倦得要死。我全部的希望所寄托的第一桩事业,弄得毫无结果,由于两个合伙人的恶辣手段,通同着来欺骗我,使我两手空空,不能再作左右全局的活动。那次的结局,使我不得不放弃寻觅金钱的幸运;可是我已为之蹉跎了三年的生活,其中一年消耗在辩护上。也许我的结果还要糟,倘使我二十岁上不曾被迫去学习法律的话。我又想成为一个政治家,单单为了能有一天名登贵族院,获致亚尔培·萨伐龙·特·萨伐吕司伯爵的头衔,把一个在比利时业已消灭的美丽的姓氏在法国复活起来,这姓氏不但在比利时已传不下去,而且我既不是一个合法的儿子,也不曾获得法律的追认。

"啊!我早就相信他是贵族!"洛萨莉叫着,把信掉在地下。

你知道我曾怎样用功读书,干着默默无闻的,但是忠诚的,但是有益的新闻事业,替那个在1829年上还对我忠实的政治家当过出色的秘书。正当我的名字开始显耀,正当我要以参事院咨议的资格,借着这必不可少的阶梯进入政治机构的时候,七月革命把一切都化为乌

---

① 翡冷翠:今译佛罗伦萨,意大利中部的一个城市,托斯卡纳区首府。

有，我又犯了忠于战败方面的错误，我为他们奋斗，他们消灭了，我还在奋斗。啊！为什么我那时只有三十三岁，怎么我不曾要求你替我造成候选资格？我把我一切的热忱和危险都瞒着你。为什么？我有着坚决的信仰！那时我们俩的意见绝不会一致。十个月前你看见我那样高兴、那样快乐、写着我的政论文章时，我正在绝望啊：我眼见自己到了三十七岁，全部的财产只有二千法郎，没有一些声名，刚刚在一件高尚的事业中失败下来，不去迎合当时的热情而只适应未来的需要的一份日报。我简直不知走哪一条路。可是我明明白白感觉到我的力量！忧郁而受伤之下，我在这个从我手里溜走的巴黎城中，拣些冷僻的地方闲荡，想着我受了欺骗的雄心，可是并没放弃。噢！那时我有多少愤懑不平的信写给她；写给我的这个第二意识，这另外一个我！有时候我对自己说："干嘛要替自己的生活定下一个如是远大的计划？干嘛我样样都要？干嘛我不去做些近乎机械的事情来等候幸福？"

于是我的目光转到一个可以糊口的位置。我正要去主持一份报纸，跟一个见识有限，野心勃勃而崇拜金钱的经理合作，忽然我害怕起来。

"她肯不肯要一个屈膝到这步田地的情人做她的丈夫？"我问自己。

这个念头使我回到了二十二岁！噢！雷沃博，这些彷徨困惑把一个人的心灵消磨得多厉害！鹰隼被囚，雄狮受缚，真是何等的痛苦！它们感到拿破仑所感到的一切痛苦，不是在圣·赫勒拿岛，而是在蒂勒黎河滨大道上，8月10日那天系1792年8月10日，路易十六被囚，翌年1月23日被国民会议判死刑，他眼见路易十六的懦弱不知自卫而愤懑，而反映出他拿破仑壮志未伸的苦恼，因为他是有镇压暴动的力量的，就像他以后在10月里在同一地方所表现的那样系1795年10月5日巴黎群众为反抗国民会议独裁而起暴动，直扑蒂勒黎御园，卒为少年军官拿破仑荡平。唉！拿破仑在那一天上所感受的痛苦，我已捱受了四年之久：这便是我过去的生活。我在蒲洛涅森林荒凉的走道上，做过多少次准备在国会讲坛上发表的演说！这些无裨实际的练习，至少训练了我的口才，养成了用言语表达思想的习惯。当我暗中受着这些磨难的时候，你却结了婚，付清了你受盘事务所的费用，在圣·玛丽受了伤，得了十字勋章，当着你本区区公所的副区长。

听我说！我小时候捉弄金壳虫的辰光，这些可怜的虫有一个动作几乎使我浑身发烧。我看见它们再三努力想往上飞，虽然张开了翅翼，却始终飞不起来。我们那时说：它在计数！我看了心中难受，不知是为了同情心，还是为了这是我前程的一种幻影。噢！张开了羽翼而飞不起来！这便是我从那件美妙的事业失败以来的情形。使我憎厌的那件事业，现在却给四个家庭发了财。

　　七个月前，我决心在巴黎的法庭上露头角，因为眼见多少律师变了达官显宦，辩护士方面的人才一扫而空了。但我想起在报界里我有多少敌人，并且在此人才荟萃的巴黎舞台上，要得到无论什么成功都不容易，我便下了一个狠心，拣了一条有把握而比较最迅速的路。在我们的谈话中，你明白解释给我听勃尚松的社会组织，一个外乡人想要在那里出头，要想引起一些极其微末的注意，要想结婚，要想进入那边的社会，要想得到无论哪方面的成功，都不可能。但我还是拣了这个地方来树立我的大旗，很有理由想到在此可以避免竞争，可以单枪匹马地弄到议员资格。贡台不愿见外乡人，那么外乡人也不愿见贡台人好了！他们拒绝他进入他们的客厅，那么他永远不去就是！无论哪儿他都不露面，甚至连街上也不出去！但这里有一个制造议员的阶级，就是商人阶级。我要把我本来熟悉的商业问题再加特别研究，我将替人家打赢官司，调解争执，成为勃尚松最有权威的律师。过些时候，我再创办一份杂志保卫本地的利益，所谓本地的利益我可制造出来，叫它存在或叫它复活。等到我一票一票地赢得了相当的票数时，我的名字就可从投票匦中一跃而出。人家尽可在长久的时期内瞧不起一个无名律师，但自然会有机会给他出人头地，一件义务辩护啦，旁的律师不愿接受的案子啦。只要我开口一次，我便有十拿九稳的把握。这样思索过后，亲爱的雷沃博，我便把藏书装了十一口箱子，买了些一朝可能用到的法学书，加上我全部的行李，连同家具，一并交给运输公司往勃尚松送。我拿了文凭，搜罗了一千法郎，便来跟你告别。驿车把我送到勃尚松，三天之内找到了一所小小的屋子，面临着花园，我华贵地布置了一间神秘的书斋，为我日夜不离的，其中闪耀着我的偶像的肖像——我把生命奉献给她的偶像，是她充实了我的生命，成为我努力的原则，我勇气的秘钥，我才具的因素。随后，当我的家具和书籍运到时，我雇了一个伶俐的男仆，于是我在家守了五个月，像一匹鼹鼠过冬似的。其时我的名字早已登录在律师表上。终究有一天，人家指定我在重罪法庭替一个可怜虫当义务律师，无疑是为了至少要听我开一次口！勃尚松最有势力的商人之一正在陪审官席内，他刚有一件棘手的案子。我替我的当事人花尽了心机，获得了最完满的成功。原来他是无辜的，我叫庭上在证人栏中逮捕了真凶，经过的情形像演戏一般。临了，庭上也和旁听的群众一样表示佩服。我还替预审推事遮了面子，说要发觉一桩组织那么严密的阴谋几乎是不可能的事。接着我就得到了那个大商人的委托，替他打赢了官司。大寺的僧侣会又选中我担任一件跟市政府争了四年的讼案：我又得胜了。在三桩案子里我一跃而成为法朗希－贡台地区最大的律师。可是我把我的生活隐藏在最深沉的神秘中间，遮掩着我的抱负。我养成了使我毋须接受人家邀请的习惯。人们只能在早上六点到八点之间来和我接洽，晚餐过后我就睡觉，再在夜里起来工作。把僧侣会初审业已败诉的案件来委托我的那位副主教，是一个颇有思想颇有势力的人，他自然言语之间表示谢意。我回答他说："先生，我可以替你们胜诉，但不愿收受公费，我要求的不止是公费……（神甫为之全身一震）得知道我出头跟市政府作对是大有损失的。我到这儿来，为的是要在离开的时候身为国会议员，所以我只愿接受商业案子，因为唯商人能制造议员，而假使我替教士们辩护的话，他们便要猜忌我，而你们在他们眼里确是教士啊。我肯接受你们的案件，因为我在1828年时当过某部长的私人秘书（神甫又做了一个惊讶的动作），以亚尔培·特·萨伐吕司的名字当过参事院咨议（又是一震）。我一向忠实于君主政体，但既然你们在勃尚松不是一个多数党，我不得不借助于中产阶级的票数。因此我向您要求的公费，是将来在适当的时机暗中替我张罗票数。我们彼此守着秘密，我将替本区里所有的教士当义务辩护。我过去的历史请您一字莫提，希望互相守信。"当案子结束，他来道谢时，给我一张五百法郎的钞票，附在我耳边说："票数还是有效的。"在我们五次会谈中，我相信已赢得这位副主教做朋友。现在，手头堆满了案件，我只接商人们的诉讼，借口说商务诉讼是我的专长。这个手段替我抓住了生意人，使我能够寻觅有权势的人物。因此，一切都顺利。再过几个月，我将在勃尚松买一所屋子来完成我的候选资格。在这件买卖上面，我要你帮忙，借资本给我。如果我死了，如果我失败了，损失也不致巨大到在你我之间成为问题。房租可以抵补你资本的利息，并且我要等候一个好机会，使你在这笔押款上面没有损失。

啊！亲爱的雷沃博，拿一个赌棍来譬喻吧，当他袋里带着所剩的全部家业走进国际俱乐部，在最后的一夜去孤注一掷，去拼个倾家荡产或成家立业的时候，他也不会有我在此野心赌博的最后一局里所听到的无时或息的耳鸣，手掌里的冷汗，头脑的昏沉骚动，以及浑身内部的颤抖。唉！亲爱的唯一的朋友，我奋斗快满十年了。这场与人与事的斗争，逼我继续不断地倾注我的精力，使我欲望的机括日趋迟钝，把我的精神消耗殆尽。表面上是年富力强，内里我是觉得崩溃了。多过一天，我的内心便多摧残一天。每逢重整旗鼓，做着新的努力时，我总感到下次是没有力量再来的了。要说力量，我只有享受幸福的力量了；倘使它不把蔷薇的花冠加在我的头上，我之为我便要消灭，我将变成一件衰败零落的东西，在世界上更无希冀，我也再不愿成为任何东西。你是知道的，权威与荣名，我所寻访的这个巨大的精神财富不过是次要的；那为我只是获取幸福的手段，迫近我偶像的阶石而已。

像古代的竞走者一样，在断气的时光到达终点！眼看财富与死亡同时在门口双双出现！在爱情熄灭的时分得到他的爱人！挣得了过幸福生活的权利时，再没精力来享受！噢！注定着这种命运的人有多少啊！

当塔尔这个野心的神，一定有一个时候会停下来，交叉着手臂，不愿再演那永远上当的角色，不把地狱放在眼里。哎哟，我就会到这步田地的，万一有什么事情使我的计划失败，万一当我爬在外省的灰土里，为了选举票而像饿虎一般在商人四周选举人四周匍匐之后，万一把我可在大湖边上望着她所望的湖水，睡在她的目光之下，听她说话的时间，去消磨在辩护那些乏味的讼案之后，而我仍不能跃登宝座攫取一个光荣的姓氏，来承继阿琪奥洛这个姓氏的话，那么，我就会到那步田地！不但如此，雷沃博，有些日子我竟懒洋洋地觉得浑身软化；从我心灵深处升起一股憎恢欲死的情绪；尤其当我长久地出神之后，在想象中预先体味着幸福的爱情的时候！欲望的力量是不是在我们心中只有一定的容量，欲望过度的膨胀会不会使它根本消灭？总之，这时候我的生活是美妙的，受着信仰的光辉照耀，受着工作与爱情的光辉照耀。再会，朋友。我拥抱你的孩子们。替我向你贤慧的太太致意。

你们的　亚尔培

洛萨莉把这封信看了两遍，其中大概的意义都镌刻在她心里了。她一下子窥到了亚尔培过去的生活，因为她机灵的聪明替她解择了许多细节，给她瞭望到浩瀚的边际。把这封自白的信跟杂志上的小说参证之下，她对亚尔培整个的为人都了解了。这颗优美的心灵，这股坚强的意志，本已气势不凡，她自然还要加以夸张；于是她对亚尔培的爱恋一变而为激烈的热情了，再加点青年的锐气，孤独的烦闷，潜伏的魄力，益发火上添油，助长了这热情的猛烈之势。在一个青年人，恋爱本已是自然律的一种作用；但当爱情的需要把一个非凡的人物做了对象时，其中势必还要添入在年轻的脑中洋溢泛滥的狂热。所以特·华德维小姐几天之内便到了爱情高潮中非常危险而近乎病态的阶段。男爵夫人倒对女儿很满意，因为她一心一意转着自己的念头，不再和母亲别扭，仿佛用心做着各种女红，实现了母亲的理想，成为一个柔顺听话的女儿。

律师每星期出庭二三次。虽然忙得不堪，他对法院、商业纠纷、杂志，都能应付裕如，而且他深深地躲在暗里，懂得他的成功越是黯晦越是遮藏，越是来得实在。但他对无论哪条成功的路径都不曾疏忽，研究着勃尚松的选举人名单，探寻他们的利益所在，打听他们的性格，他们来往的朋友，以及他们嫌恶的对象。一个红衣主教觊觎教皇的宝座时，也不会像他这般设想周密！

一天晚上，玛丽爱德来替洛萨莉更衣去赴一处夜会时，授给她一封信；女仆心里对着这种背信的行为怀着鬼胎，而特·华德维小姐一见信封上的地址，也立刻气呼呼的，脸色忽红忽白起来。

> 意大利　倍琪拉德
>
> **阿琪奥洛公爵夫人**　　　台收
> 　　（前索但里尼公主）

在她眼里的这个地址，无异在伯沙撒王眼中闪耀的弥尼、提客勒、毗比勒斯见《旧约·但以理书》第五章。她藏起信，下楼随母亲上特·夏洪戈夫人家。这晚上她心里又是悔恨又是焦虑。她对于刺探亚尔培给雷沃博信上的秘密，已经觉得羞愧。她好几次自问：倘若亚尔培知道了这桩罪行，因为非法律所能惩罚而格外卑鄙的罪行，这个高洁的男人还会不会爱她？她的良心坚决地回答说：不！她用苦行来补赎罪过：持着饿斋，跪在地下交叉着手臂，做着苦行，几小时的念着祷文。她也强迫玛丽爱德忏悔。热情中间添入了最真诚的禁欲苦修的成分，使热情变得格外危险。

"这封信我看不看呢？"她心里忖着，一边听着特·夏洪戈家姑娘们谈话。姑娘们一个十六岁，一个十七岁半。洛萨莉把这两个朋友看做小丫头，因为她们不曾暗地里爱什么人。她在是与否之间踌躇了一小时之后想道："要是我读这封信，当然也是最后一封了。既然我已费尽心机探听他写给朋友的说话，为何我不能知道他写给她的信呢？就算这是一桩丑恶的罪行，可也不是爱情的证据吗？噢！亚尔培，我岂不是你的妻子吗？"

洛萨莉一上床，便拆开信来，那是一天一天接着写的，以便公爵夫人对亚尔培的生活和情绪获有真切的形象。

二十五日

亲爱的灵魂，一切都顺利。在以往的收获中，我新近又加上一桩最可贵的：我对选举运动中最有势力的人物之一帮了一次忙。好像那些只能制造荣名而永远不能自己登龙的批评家一样，他制造议员而永不能自为议员。那个好家伙想用低价来表示他的感激，简直连钱袋都不打开，只和我说："您愿意进国会吗？我能使您当选。"我假意回答道："如果我决定干政治，那将是为了效忠于贡台，表示我对它的感激，报答它对我的赏识。""好罢，我们来替您决定就是，那时我们可在国会里有一份势力，因为您一定会大显身手。"

这样看来，亲爱的天使，不论你怎么说，我的恒心终必获得胜利之冠。最近的将来，我将站在法兰西的讲坛上对我的国民说话，对全欧洲说话。我的名字将由法兰西报界无数的喉舌传到你的耳边！

是的，像你所说，我来到勃尚松时已经老了，而勃尚松使我更老了，可是一朝入选之后，我能立刻回复青春，好似西施德五世系1585—1590年间的教皇。登极前老态龙钟，行不离杖。六十四岁被选为教皇时，立即投杖而起，健步如飞一样。那时我将开始我真正的生活，进入我的世界。那时我们俩不是骈肩平等了么？萨伐龙·特·萨伐吕司伯爵，驻某某国大使，当然可以娶一个索但里尼公主，阿琪奥洛公爵的寡妇了！在继续不断的斗争中维护身心的人，能因胜利而回复青春的。噢！我的生命！我多快活的从藏书室奔到书斋，在你的肖像前面，在写信之前把我这些成就先诉给你听！是的，我的票数，副主教的，将要受到我帮助的人的，还有上面所说的那个主顾的，业已使我有了当选的把握。

二十六日

自从那幸运的晚上，美丽的公爵夫人一瞥之下把流亡的法朗采斯加的诺言确认以来，已经到了第十二个年头了。啊！亲爱的，你三十二岁，我三十五岁，亲爱的公爵七十七岁，他比我们两人总加的年纪还大十岁，但仍是那样矍铄！请你替我祝贺他吧。我的耐性不减于我的爱情。并且我还需几年的光阴，才能把我的财产增高到堪和你的名字匹配。你瞧，我很快活，今天我简直笑了：这是希望的功用啊！我的忧郁或快乐，一切都是从你那边来的。登峰造极的希望，永远使我觉得第一次见到你，把你我的生命如土地之与阳光似的结合为一，还不过是昨日的事。这十一年真是何等的痛苦，今天又是十二月二十六了，我到你公斯当湖畔别庄上来的纪念日。十一年来我追求着幸福，受着你的照耀像一颗明星似的，可是你高高的挂在天空，不是凡人所能企及！

二十七日

不，亲爱的，不要到米兰去，留在倍琪拉德吧。米兰使我害怕。我也不喜欢可恶的米兰风气，天天晚上在斯加拉歌剧院跟一大伙人聊天，其中不免有人对你吐露一些温柔的字句。为我，孤独赛如那块琥珀，可使一条虫在它的核心保存它永远不变的美。一个女子的灵和肉，在孤独中间可以永久纯洁，不失她青春期的模样。

二十八日

你的塑像永远完不成的吗？我要你的大理石像、油画像、画在小骨董上的工笔像、各色各种的肖像，来排遣我的不耐烦。我老等着倍琪拉德别庄南面的风景，回廊的风景：我所缺的就是这两幅。我今天特别忙，除了一个"无"字以外什么都无可奉告，但这"无"便是一切。上帝不是从无造出世界来的吗？这"无"是一句话，是上帝的一句话：我爱你！

三十日

啊！我收到你的日记了！谢谢你的准期！那么你真的高兴看到我

们初会的细节用这种方式描写吗？……哟！我一边掩饰情节一边还大大的担心你生气咧。我们不曾有过短篇小说，而一份没有短篇小说的杂志，等于一个没有头发的美女。我天性不会无中生有，无可奈何，我便运用了我灵魂中唯一的诗篇，我回忆中唯一的奇遇，用可以公开讲述的语气来叙述，一边写一边不住的想着你，这是我一生唯一的文学作品，不能说出之于我的笔下，只能说出之于我的心坎。犷野的索玛诺被我变成了奚娜，你不觉得好笑吗？

你问我身体怎样？比巴黎时好多了。虽然工作繁重，究竟清静的环境对心灵大有影响。亲爱的天使，令人疲倦，令人衰老的，乃是虚荣未遑的悲伤，乃是巴黎生活的不断的刺激，乃是和野心的敌手勾心斗角的挣扎。宁谧却是镇静的油膏。你的信，把你日常生活中琐琐碎碎的事情告诉我的长信，它所给我的喜悦是你所想不到的。你们做女子的，万万不知道一个真正的爱人对那些无聊的事情感到何等兴趣。你的新衣的样品，我看了十二分的高兴！知道你的穿着，难道为我是一件无足轻重的事吗？要知道的事多着哩：你的庄严的额角是否光彩奕奕？我们的作家能否给你解闷？诗人加拿利的歌唱是否叫你兴奋？我读着你所读的书，联想到你在湖上游览我也怦然心动。你的信多美，和你的灵魂一样隽永！噢！你这朵天国之花，我日夜膜拜的花！没有这些可爱的信，我还活得成吗？十一年来，你的信在我艰苦的途程中支持着我，赛似一道光明，一缕香气，一支有规律的歌，一种神明的粮食，安慰生活，魅惑生活的一切！万万少不得啊！要是你知道我未接你来信时的怆痛，要是你知道一天的迟到所给我的苦恼！她病了吗？还是他病了？我简直在天堂和地狱之间来回，我疯了！亲爱的女神！希望你在音乐上用功，锻炼你的歌喉。我很高兴彼此对工作和时间的分配一致，使你我虽然隔着阿尔卑斯山，仍过着同样的生活。想到这点，我便心神欢畅，有了勇气。我还没告诉你，当我第一次出庭辩护时，我想象你在旁听，忽然之间我就有了使诗人高出凡人的那股灵感。如果我进了国会，噢！你一定要到巴黎来听我的处女演说！

三十日晚

天哪！我多爱你！可怜，我寄托在我的爱情和希望上面的事情太多了。万一有什么不测把这条过于沉重的小舟倾覆了时，我的生命也要给它带走的了！和你离别已经三年，而一转到往倍琪拉德去的念头，我的心便跳得那么厉害，使我不得不停止再想……看见你，听你那儿童般的抚慰人的声音！用眼睛来拥抱你象牙般的肤色，在阳光中那么灿烂，令人猜出里面藏着你高贵的思想的肤色！赏玩着你抚弄键盘的手指，在一瞥之中接受到你整个的灵魂，在一声"天哪！"或一声"亚尔培多！"的语调中接受到你整颗的心，在你家满缀鲜花的橘树前面一同散步，在这清幽绝俗的景色中消磨几个月……这才是人生！噢！追求权势、名誉、财富，多无聊！一切都在倍琪拉德呀：这里才有诗意，这里才有光荣！我真该替你当总管，或者逞着爱情的意志，在你家里当骑士，可是我们热烈的情绪不容许我们接受。再会吧，我的天使，眼前的这种喜乐，仿佛是希望的火把投射下来的一道光明，一向我当它是磷火的；倘使我以后有表示忧伤的时光，那么，请你在眼前的喜乐份上原谅我吧。

"他多爱她！"洛萨莉叫着，听让这封信从手里掉下，仿佛重得拿不住，"过了十一年，还写这样的信？"

"玛丽爱德，"洛萨莉吩咐女仆道，"明天早上你去把这封信丢在邮局里；告诉奚洛末，我所要知道的事已全盘知道，叫他忠忠心心的服侍亚尔培先生。我们大家去忏悔这些罪过，可别说出那些信是谁的，寄给谁的。是我不好，是我一个人犯的罪。"

"小姐哭过了？"玛丽爱德说。

"是的，我却不愿给母亲发觉，替我去端些冰冷的冷水来。"

在热情奔放的暴风雨中，洛萨莉常常听从她的良心。两颗忠贞的心把她感动了，她做了祈祷，心想自己只有退让的份儿，只有尊重两个在德性上分不出高下的人的幸福，他们在命运之下低头，一切听凭上帝的意志，别说犯罪的行为，连恶意的愿望都没有。她受着青年人天然赋有的正直的感应，这样地决定过后，觉得自己高卓了些。下这决心的时候，也有少女的一种想法在鼓励她：她要为他牺牲！

"她不懂得爱，"洛萨莉想道，"啊！换了我，对一个这样爱我的男人，我将牺牲一切。被爱！……什么时候轮到我呢？由谁来爱我呢？这个矮小的特·苏拉先生只爱我的财产；倘使我是一个穷人，他连睬都不会睬我。"

"洛萨莉，我的小乖乖，你在想什么呀？你绣到图样外面去了。"男爵夫人对她的女儿说，她正替父亲绣着软鞋。

1834到1835年间的冬天，洛萨莉心中老是思潮起伏，骚乱不宁；但到了春天4月里她刚满十八岁的时候，她有时私忖道：打败一个阿琪奥洛公爵夫人究竟颇有意思。在静默与孤独中间，对于这场斗争的默想，把她的热情和恶念重复燃烧了起来。左一个计划，右一个计划，她预先培养着她传奇式的胆气。虽然像她这种性格是例外，洛萨莉型的女子不幸还是太多，这件故事之中的教训好给她们一个榜样。那个冬天，亚尔培·特·萨伐吕司不声不响的在勃尚松有了大大的进展。存着十拿九稳的心，他焦灼地等着解散国会。他在中间派里面，征服了勃尚松一个幕后操纵的人物，很有潜势力的一个有钱的承揽商。

　　古代的罗马人曾经到处费过很大的心机，花过数目很大的款子，使他们帝国境内所有的城市都有清洌甘美的水作饮料。在勃尚松，罗马人喝的是亚西爱山上的泉水，离城相当遥远。在杜勃河环绕之下，勃尚松坐落在一块马蹄铁地形的中心。所以在一座受着杜勃河灌溉的城里，要重建古罗马人的输水大桥来饮用当年罗马人饮用的水这回事，只有在这严肃气氛最标准的外省，才会鼓动人心。他们会一本正经的重视些无聊的事情，重建输水大桥之举便属于这一类。如果这荒唐的念头深深地种在勃尚松人的心坎里，那势必要筹措一大笔经费，让地方上有势力的人从中取利。亚尔培·萨伐龙·特·萨伐吕司一口咬定杜勃河的水只配在大桥下边流，可充饮料的只有亚西爱的泉水。一篇篇的文章在《东方杂志》上登出了，表示勃尚松商界的意见。不分什么贵族和中产阶级，中间派和正统派，政府党和反对党，大家一致要求喝罗马人喝过的水，要求有一座穿空而过的输水大桥来赏坑赏玩。亚西爱泉水问题变成了勃尚松的口号。好似凡尔赛的两条铁路问题，好像那些借名敛钱的事业，在勃尚松有些暗藏的利益把这个主意格外闹得有声有色。反对这计划的通达事理的人，其实也不过是少数，都被认为傻瓜。大家所关切的只是萨伐龙律师的两个计划。做了十八个月的地下工作之后，这位野心家在法国这最迟钝最排外的城里，居然掀风作浪，像俗语所说的执掌着晴天雨天，从没出门却有了实际势力。他定下一个古怪的方案，就是有势力而不出名。这年冬季，他替勃尚松的教士们打赢了七场官司。所以他有时已预先闻到议会里的气息。他一想到将来的胜利，心房便膨胀起来。这个宏愿使他鼓起了多少兴致，发明了多少手段，把他紧张得没头没脑的精神所剩的最后一些力量，整个地吞吸了去。人家赞美他轻财仗义，主顾们给他公费，他从不争多论少。但这轻财仗义实在是精神上的高利贷，他等着比世界上所有的黄金更贵重的报酬。他面子上说是为了帮忙一个境况窘迫的商人，在1934年10月，用雷沃博·阿纳耿的资金买了一所能完成他候选资格的屋子。这笔慨宜的买卖，绝不显出是期待已久寻访已久的目的物。

"您真是一个了不起的人物。"特·葛朗赛神甫对萨伐吕司说，他自然冷眼觑着律师，而且猜中他的心思。这次副主教是带一个修士来请教律师的。"您是，"他对萨伐吕司说，"一个变相的教士。"这句话使萨伐吕司心里一震。

至于洛萨莉方面，凭着她娇弱的少女的刚愎自用，决意要把萨伐吕司引到家里来，介绍给特·吕泼沙龙里那批贵客。这时她的欲望还不过是看看和听听亚尔培。可以说她这样是让步了，然而让步往往只是暂时的休战。

露克赛田产是华德维祖传的产业，每年的收入净得一万法郎；要是在别人手里，进益实在不止这一些。男爵的马虎，仗着妻子四万法郎的岁入，随便把露克赛交给一个老当差莫第尼哀经管。可是每当男爵和男爵夫人想起过一下乡村生活时，总上幽美如画的露克赛来。古堡、花园，全部出之于那个赫赫有名的华德维的经营，他在精神矍铄的晚年，在这块美丽的地方花过不少心血。

在阿尔卑斯的支脉上，有两座光秃的小山头，名叫大露克赛和小露克赛；两山的水到维拉峰为止，从一条峡口里往下流去，跟杜勃河的水源汇合。在两山之间，横跨着峡口，老华德维筑了一条巨大的堰，堰上留着两个出口，排泄过量的水。堰的上流形成了一口幽美的湖；堰的下流形成了两条瀑布，在几十步外汇合起来灌在一条小河里。从前被露克赛急流冲刷的荒芜的盆地，如今就靠这条小河灌溉。老华德维把这口湖，这块盆地，两座山，一股脑儿用围墙围起来：开掘河道及支流所得的泥土，把那条堰筑有三阿邦_{系古代量度名，比例不详}宽，堰上起了一座别庄。当特·华德维男爵在上流筑成那口小湖的时候，他是两座露克赛山的业主，但用作湖面的盆地并不属于他的，而是大众走惯的路，像一块马蹄铁般的地形，直到维拉峰山麓为止。可是大家对这凶横的老人害怕得厉害，在他活着的时候，坐落维拉峰山阴的李赛村上，没有人敢对他哼个不字。男爵去世的当儿，他已在两座露克赛的斜坡和维拉峰山麓之间，迤逦筑了一堵坚固的墙，使得维拉山崖左右两边冲着峡口的盆地不致被山洪淹没。这样，他就占据了维拉峰。他的子孙也俨然以李赛村的保护人自居，直到今日。那个老凶手，老叛教徒，老教士华德维，把他晚年的生涯消磨在种树筑路上面，筑了一条出色的走道,从一座露克赛山的山腰起直达大路。附属于这个花园和庄子的,有些荒芜的田,有些两山之间的木屋,和从未砍伐过的树林。一片荒僻幽静的境界,听让大自然控制着,任凭野草野木随意滋长,却尽有些奇妙的胜境。如今你们可以想象出露克赛庄园的风光了。

至于洛萨莉怎样运用惊人的手腕,怎样发挥天赋的机智来暗中达到她的目的,可以毋须细述,免得使这件故事累赘:只要知道她在1835年5月中间,听从了母亲的命令,坐着一辆轿车,驾着两匹租来的肥马,随着父亲往露克赛进发。

爱情使少女们了解一切。到露克赛以后第二天早上,洛萨莉一边起床,一边从窗里望见汪洋一片的水,水上浮着一缕烟雾似的水汽,飘入松柏的密林,沿着两旁的石壁,往山顶袅袅上升,她看了不禁惊叹一声,想道:

"他们是在湖畔相爱的啊!她此刻还是住在湖畔。爱情竟离不开湖。"

一口有融雪灌注的湖是蛋白色的、透明的,仿佛一颗其大无比的钻石;但像露克赛湖那样坐落在满布松柏的两座花岗岩中间,笼罩着大草原般的静寂,那是谁见了都要像洛萨莉一样惊叫起来的。

"这是鼎鼎大名的华德维的赏赐。"她的父亲对她说。

"据我看,"女儿答道,"他是想叫后人原谅他的过失。我们上船去溜一趟吧,到尽头为止,回头吃中饭可以胃口好一些。"

男爵招呼了两个会划船的园丁,带着总管莫第尼哀同去。湖面宽六阿邦,有些地方宽十阿邦到十二阿邦,长四百阿邦。不久洛萨莉一行便到了湖的尽头,维拉峰的山麓。

"我们到了,男爵,"莫第尼哀说着,指挥两个园丁把船系住,"您愿意去看看……"

"看什么?"洛萨莉问。

"噢!没有什么,"男爵回答道,"但你是一个谨慎的姑娘,我们有着共同的秘密,不妨告诉你使我操心的事:从1830年以来,李赛乡为了维拉峰,跟我找麻烦,而我想不让你母亲得知,跟他们妥协,因为她固执成性,会像烈火似的烧起来,尤其当她一朝知道是李赛乡的乡长,那个共和党人,掀风作浪的策动这件争执来讨好乡民的话。"

洛萨莉竭力掩饰着心头的高兴,以便更能操纵她的父亲。

"什么争执啊?"她问。

"小姐,"莫第尼哀回答道,"李赛乡的人一向有权在他们那半边的山坡上放牧采柴。可是那1830年份当选的乡长香多尼先生，却说整个维拉峰都是他一乡的公产，坚持一百几十年以前大家还打我们的田地上过……这样说来，我们变了不是在自己家里了，您明白。而且这个野人，甚至跟李赛乡上老一辈的人一样的说，湖面这块地是当初华德维神甫强占的。这简直是露克赛的末日了！"

"不幸，我的孩子，在自家人中间说，这都是实在的，"特·华德维先生天真地说，"这块地当初是强占得来，因为年代久远而含糊下来的。所以为一劳永逸起见，我想提议以友善的态度，在维拉峰这一边划定疆界，然后砌起一堵墙。"

"如果您对共和政府让步，它将来会把您吞掉。应该由您去威吓李赛呀。"

"昨天晚上我也这么对先生说，"莫第尼哀回答，"但为坚持这种主张起见，我提议请先生来瞧一瞧，在维拉峰这边或那边，无论山腰山脚，有没有什么围墙的痕迹。"

一百年以来，维拉峰业已成为李赛乡和露克赛的分界，双方尽量在山上垦荒，可是谁也不曾得到什么大好处，所以彼此从没走极端。争执中的目的物，一年倒有六个月盖着雪，自然而然使问题冷下来。直要1830年的革命狂潮把平民的保护者煽动之下，才能旧案重提，给李赛乡乡长用来点缀一番他在此瑞士边境上的清静生涯，使他的治迹永垂不朽。香多尼，从他姓氏上就可看出，祖籍是纽夏丹系瑞士州名。

"亲爱的爸爸，"洛萨莉回到船上时说，"我赞成莫第尼哀。如果您要获得维拉峰做疆界，必须打起精神来周旋，设法弄到一个判决，教这香多尼奈何您不得。为什么您害怕呢？赶快去请那个出名的萨伐龙律师，别让香多尼先把他请了去。替僧侣会打败市政府的人，一定会给华德维打败李赛乡长！再说，露克赛有一天要成为我的产业的（当然越晚越好，我希望），唔，那么别留给我什么诉讼。我喜欢这块地，我要常常来住，我要尽可能的加以扩充。在这些岸上，"她指着露克赛两山下的低地说，"我将筑起花坛，辟出几所赏心悦目的英国园亭来……我们上勃尚松去，把特·葛朗赛神甫，萨伐龙先生，还有母亲，倘她愿意的话，把一应人众邀齐之话，再回到这里来。那时您才好打定主意，可是换了我，主意早已打定的了。您姓了华德维，您却害怕斗争！倘使您诉讼失败：您瞧，我绝没半个字埋怨您。"

"噢！你既然取这种态度，"男爵说，"那我也很乐意，我去拜会律师便是。"

"并且，打一场官司是挺好玩的呀。那会使生活更有意思，来来去去，到处奔走。您将投奔无数的门路去接近那批法官，对不对？……岂不是我们有过二十多天没看见特·葛朗赛神甫，讼案忙得他什么似的！"

"但那是为了整个僧侣会的生存啊，"特·华德维先生说，"再则，总主教的良心、自尊心，教士们赖以生存的一切都牵涉在内！萨伐龙还没知道他对僧侣会帮得是怎样的忙！他简直救了它。"

"听我说，"她附在他耳边说道，"倘若您请到了萨伐龙帮您，您就会赢，是不是？好吧，让我来替您出个主意：您唯有托特·葛朗赛神甫才请得到萨伐龙先生。如果您相信我，那么让我们俩一同跟神甫谈一谈，别叫母亲参加，因为我知道一个方法，可以叫他答应去把萨伐龙律师请来。"

"要不跟你母亲说明是不容易的！"

"回头特·葛朗赛神甫会替您代庖，可是您得决定在下届选举中投萨伐龙律师的票，您就可见到他了。"

"参加选举！宣誓！"特·华德维男爵嚷道。

"对啦！"她说。

"那你母亲又怎么说？"

"说不定她会盼咐您这么办呢。"洛萨莉回答，她从亚尔培给雷沃博的信里知道副主教早已有约在先。

四天之后，特·葛朗赛神甫老清早溜进亚尔培的寓所，他隔夜已把这次的访问咨会过。老教士这次是来替华德维家征服这位大律师的，这一个举动显出洛萨莉暗地里用了手腕和策略。

"我能给您帮什么忙呢，副主教？"萨伐吕司说。

神甫非常亲切地叙述了事由，亚尔培冷冷地听完了，答道：

"神甫，要我担任华德维家这件案子是不可能的，您可以明白为什么。我在此地的角色是要保守绝对的中立。我不愿沾染色彩，而且到选举前夜为止，我应当继续成为一个谜。为华德维家辩护，在巴黎毫无问题，但这里样样事情都被猜疑，在大众眼里我势必成为贵族阶级的御用人物。"

"啊，喂！"神甫说，"在选举的日子，当候选人们互相攻击的时候，您以为还能躲着不让人知道吗？那时大家都将知道您姓萨伐龙·特·萨伐吕司，当过参事院咨议，王政时代的人物！"

"到了选举的日子，"萨伐吕司说，"我什么都可以不顾虑了。我准备参加预选会的演讲……"

"如果特·华德维先生和他的党派拥护了您，您还可以十十足足多添一百票，而且比您所预算的那些票数更可靠。以利益为主的阵营老是会动摇，但以信念为主的是分化不了的。"

"唉！要命！"萨伐吕司说，"我很敬爱您，肯帮您很大的忙，我的神甫！也许有法子跟魔鬼妥协。不论特·华德维先生的讼案怎样，我们可以交给奚拉台，指点他去办，把诉讼程序拖延到选举之后。我只能过了选举出庭辩护。"

"那么答应我一桩，"神甫说，"您到特·吕泼府上去一次；那边有一个十八岁的姑娘，将来有一天可有每年十万法郎的收入，您装作追求她的样子……"

"啊！那个我常常看见站在小亭上的女子……"

"正是，正是那位洛萨莉小姐，"特·葛朗赛神甫接着说，"您是有野心的；如果您博得她的欢心，您将成为一个野心家所期望的人：部长。在十万法郎的岁收之外，加上您惊人出众的才干，区区部长是不成问题的。"

"神甫，"亚尔培兴奋地说，"特·华德维小姐哪怕有三倍于此的财产，哪怕对我五体投地的崇拜，我也不可能娶她……"

"您已经结了婚？"特·葛朗赛神甫问。

"不在教堂，也不在市政府，"萨伐吕司回答，"但在精神上。"

"像您这样信誓旦旦的情形，精神上的结婚比什么都糟糕。凡是生米不曾煮成熟饭的事都可以不做的呀。明哲的人从不光着脚上路。切勿把您的财富把您的计划建筑在女人的意志之上。"

"我们不谈特·华德维小姐，"亚尔培严肃地说，"且把正事决定下来。为了您，为了我所敬爱的您，我答应给特·华德维先生辩护，但要过了选举以后。到那时为止，他的案子将由奚拉台依照着我的意见去办。我所能效劳的就是这样了。"

"但有些问题是要实地视察以后才能决定的。"副主教说。

"让奚拉台去就是，"萨伐吕司回答道，"在一个我认识非常清楚的城里，凡是性质足以损害我选举利益的行动，我都不愿意干。"

特·葛朗赛神甫离开萨伐吕司时，狡狯地望了他一眼，仿佛笑这个青年战士的毫不通融的政策，同时仍佩服他的坚决。

下一天，洛萨莉从父亲嘴里得知了亚尔培和特·葛朗赛神甫谈话的结果；她站在小亭上望着书斋里的亚尔培，想道：

"啊！我不惜把我父亲卷入诉讼！我花了那么大的气力想引你到我家

来！啊！我不惜犯了该死的罪孽，而你竟不肯涉足特·吕泼的客厅，不让我听到你千变万化的声音？华德维和特·吕泼家求你帮忙，你胆敢提出条件！……唉！上帝知道，我本来只想得到一些小小的幸福来满足自己：看到你，听你讲话，和你一块儿上露克赛，使露克赛因你到过之后对我成为一块圣地。我原没有更大的愿望……但现在非做你的妻子不可了！好吧，你尽管望着她的画像，端详着她的客室，她的卧房，她的别庄四面的外景，她的花园里的景致。你还等着她的石像！好，让我把她本人替你变成了大理石罢……并且这个女人也不爱你。艺术、科学、文学、歌唱、音乐，把她的感官和聪明已夺去一半。何况她已经老了，三十岁出头了，我的亚尔培一定不会幸福的！"

"你呆在那儿干什么，洛萨莉？"母亲这样喊着，把女儿的思索打断了，"特·苏拉先生在客厅里，已留意到你的姿态，显见你在胡思乱想，那在你的年纪上是不应该的。"

"特·苏拉先生难道憎恨思想不成？"她问。

"那么你真是在思想了？"特·华德维夫人说。

"可不是么，妈妈。"

"啊！不，你并没思想。你望着律师的窗子，那种聚精会神的模样既不雅观，也不合礼，旁人见了已是难看，让特·苏拉先生发觉尤其不该。"

"哦！为什么？"洛萨莉说。

"喔，让你知道我们的用意也是时候了：阿曼台觉得你很好，而你做起特·苏拉伯爵夫人来也未必不快活。"

惨白像百合花，洛萨莉当下一句不答，情绪给刺激得那么厉害，竟把她呆住了。但面对着这个被她顷刻之间恨入骨的男人，不知她怎样会装出一副像舞女对观客所扮的笑容。终究她笑开了，竭力掩藏着渐趋平复的愤怒，因为她决意要利用一下这个又胖又蠢的青年。

"阿曼台先生，"她趁着男爵夫人走在前面，故意把一对青年留在花园里时说，"您竟不知萨伐龙先生是一个正统派拿破仑一世放逐后，法国拥护波旁王室长房的一派称为正统派：忠于王政时代的路易十八与查理第十，反对1830年后的路易·斐列伯王？"

"正统派？"

"1830之前，他是参事院咨议，和首相有密切关系，受着太子和王妃的信任。您一向不说他坏话，真是您的好处；但您还要更好，倘使您今年去加入投票，把可怜的特·夏洪戈先生代表勃尚松的资格取消，把萨伐龙捧上台。"

"您又为什么突然对这萨伐龙关切起来？"

"亚尔培·特·萨伐吕司先生，是特·萨伐吕司伯爵的私生子，（噢！您千万要守秘密）如果他当选了议员，就答应接受我们露克赛的案子。露克赛，爸爸告诉我，将来是我的产业，我愿意上那边住，好幽美的所在！当年伟大的华德维创造的这份基业一朝毁掉的话，我真要绝望哩……"

"该死！"阿曼台从特·吕泼府第走出去时想道，"这丫头并不傻。"

特·夏洪戈先生是保王党，有名的"二百二十一个"里面的一分子。所以从七月革命以后，他就宣传效忠新王的主张，提倡仿照英国保守党与自由党对垒的办法来跟政府斗争。正统派并不接这种主张，他们失败之后，不惜意见分歧，宁愿一无动静，听天由命。失去了自己本党的信任之后，特·夏洪戈先生在中间派眼中变成最适当的人选；他们宁可让他温和的主张得胜，不愿见一个共和党人把狂热者和爱国者的票数一齐抓去。特·夏洪戈先生在勃尚松是一个很受尊敬的人物，出身于一个老司法界的家庭；年收一万五千法郎的资产，谁见了都不会眼红，何况他还有一男三女。在这样的负担之下，一万五千法郎的岁收简直不算什么。可是一个父亲在这种情形中仍能廉洁自守，自然叫选民肃然起敬了。他们崇拜着议会道德的优美理想，其热烈的程度，不下于戏池里的观客叹赏台上所表现而自己很少实行的慈悲。特·夏洪戈夫人那时四十岁，被列为勃尚松美女之一。在国会开会期间，她省吃俭用的住在一所小田庄上，以便凑出那笔特·夏洪戈先生在巴黎使花的款子。到了冬天，她体体面面的每星期二招待一次宾客；但她很懂持家之道。年轻的特·夏洪戈二十二岁，跟另一个青年绅士，特·伏希尔先生来往得非常密切；这青年并不比阿曼台更有钱，和他是中学同学。他们一同到葛朗伐尔去散步，一同打猎；大家公认他们是形影不离的伙伴，邀请他们乡居时也把三个一齐请的。洛萨莉跟特·夏洪戈的两位女儿也是同样的密友，所以知道那三位青年彼此无话不谈。她心里想，倘若特·苏拉先生有什么冒失的举动，泄漏什么话，那一定有他两个好友的份。而特·伏希尔先生，和阿曼台一样已给自己的婚事打好主意：他想娶特·夏洪戈家的长女维克多亚。她有一个老姑母，答应给她一块岁入七千法郎的田产，再加十万法郎的现款做陪嫁。维克多亚是这位姑母的教女，最受宠爱。所以年轻的夏洪戈和伏希尔，自然会向特·夏洪戈先生说出亚尔培的用心对他的不利。但洛萨莉还嫌这一着棋子不够，便用左手写一封匿名信给当地州长，下面用"路易·斐列伯的一个朋友"做署名。信中揭穿亚尔培·特·萨伐吕司的秘密竞选计划，让州长感到一个保王党的演说家将来和裴里哀_{系当时名律师，小说家，正统派健将}勾结起来有何等危险，并且把律师两年来在勃尚松深谋远虑的布置和盘托出。州长是一个干练人物，天生是保王党的对头，一心忠于七月政府，一个叫内政部长睡得着觉的人。他把匿名信读了，烧了，依着写信人的要求。

洛萨莉想教亚尔培选举失败，好留他在勃尚松多住五年。

那时候的选举实际是各党各派的斗争，为把握胜利起见，内阁在选择日期上用功夫。所以还要过三个月才实行选举。为一个等待选举等了一生的人，从召集选举社团的命令公布之日起，到实际施行之日为止，仿佛一切的日常生活都告中止。因此洛萨莉懂得在此三个月中间还有多少余裕可用来对付亚尔培。她向玛丽爱德许愿（这是她以后自己讲出来的），将来把她和奚洛末一起雇用，教她把亚尔培寄到意大利去和意大利寄来的信，统统截留下来交给她。这个惊人的女子一面安排着她的计划，一面装着世界上最无邪的神气，绣着父亲的软鞋。她懂得无邪与坦白的神气对她如何有利，所以装得愈加无邪愈加坦白。

"洛萨莉倒变得可爱起来了。"特·华德维男爵夫人说。

选举前两个月光景，老蒲希先生家召集了一个会，出席的有指望承包亚西爱水管大桥的承揽商，有受过萨伐吕司好处而准备提他做候选人的葛拉奈先生，有诉讼代理人奚拉台，有《东方杂志》的印刷人，有商事裁判所主席。总之，这个集会包括二十七位外省人所说的"大头儿"。每个"大头儿"平均代表六票；但一经追问，六票便升到十票，因为人总爱夸张自己的势力。这二十七人中，一个是捧州长的，一个骑墙派的家伙，希望从政府方面替自己或亲属谋些好处。在这第一次的集会里，大家决定推萨伐龙律师做候选人，情况之热烈，在勃尚松是谁都不敢希望的。亚尔培在家等着阿弗莱·蒲希来带他去，一边跟非常关切他的雄心的特·葛朗赛神甫谈着话。亚尔培确认这位教士有极高明的政治手腕，教士也被这青年的请求感动了，很乐意在此生死关头的斗争里做他的参谋和向导。僧侣会方面不喜欢特·夏洪戈先生，因为他妻子的妹婿，法院院长，曾经第一审时判决僧侣会败诉。

"您被出卖了，亲爱的孩子。"那个狡狯而可敬的神甫用着老教士惯用的那种柔和镇静的声音说。

"出卖了！……"他喊道，神甫的说话仿佛一支利箭直刺入这个情人的心窝。

"是谁干的,我也不知道,"神甫接着道,"州长得悉了您的计划,窥破了您的玄虚。如今我毫无意见可贡献。这类事情需要加以研究。至于今晚上,在这个集会里,您得挺身而出,准备接受人家的攻击。把您过去的生活一齐揭穿,这样之后,您的暴露真相,在勃尚松人心中可以减少许多作用。"

"噢!我本来就防这一着。"萨伐吕司声音异样的说。

"您当时不愿接受我的劝告,您曾有机会在特·吕泼府上露面,您不知那样可占得多少便宜……"

"什么便宜?"

"保王党员的一致,暂时的蠲除私见,暂时团结起来对付选举……总之是一百多票!再加上我们所谓的'教会票数',固然您还不能就当选,但您凭着再选的机会已经是大局的主人翁了。在这情形中,再斡旋一下,事情便成功了……"

阿弗莱·蒲希兴高采烈的跑来报告预选会的决议,一进门,发现副主教和律师都冷冷的,镇静的,态度肃然。

"再见,神甫,您的事情等选举过后再彻底谈吧。"

律师跟特·葛朗赛神甫握手时暗中示意,然后挽着阿弗莱的胳膊出发。神甫望着这个野心家的脸色,那种庄严肃穆的神态,有如听见战场上第一声炮响的将军。教士举眼望着天,一边出门一边想:"他当起教士来真是一个了不得的人物!"

雄辩不在法庭上。一个律师很少在庭上施展出真正的心力,要不然他几年之中就会精疲力尽。雄辩如今也难得在教堂的讲坛上;但在国会某些集会中间倒还遇得到,譬如逢着一个野心家孤注一掷的时候,受尽了毒箭而突然奋起的时候。但当一般优秀之士,临着千钧一发的成败关头,不得不开口的当儿,那的的确确有雄辩出现。故而在这次集会里,当亚尔培·萨伐龙感到必须造成他的一班党羽的时候,便把他的才气精力全部施展了出来。他郑重地步入客厅,既不张皇,也不骄矜,既不懦弱,也不畏怯,发觉三十多人在场也只做若无其事。会场上嘈杂的声音和刚才的决议,已把一部分人催眠,像跟着铃声就跑的绵羊似的。在蒲希先生想先来几句介绍,要他演说之前,亚尔培做着一个手势要大家静下来,和蒲希握了握手,似乎通知他突然发生了意外一般。

"刚才我年轻的朋友阿弗莱·蒲希来告诉我的消息,使我感到非常荣幸。但在诸位把决议作为定案以前,"律师又接下去说,"我认为应当对大家说明你们所推的候选人是怎样的人，使你们还来得及更改主张，倘若我的自述使你们良心上有何不安的话。"

这一段开场白使全场顿时寂静无声。有几位觉得这是光明磊落的举动。

于是亚尔培说明他过去的生涯，报出他的真姓名，叙述他王政时代的事业，到勃尚松以来的改头换面的做人方法，以及对于将来的志愿等等。这篇即席的演讲，据说，把在场的人听得凝神屏息。野心家从胸坎里灵魂里沸沸腾腾涌出来的这场滔滔雄辩，把这批利害关系那么分歧的人收服了。钦佩赞叹阻止了思索。大家只懂得一样事情，便是亚尔培心想灌入他们脑子里的事情。

为一个城市着想，挑出一个命中注定来控制全社会的人，岂不比一个光是投投票的机械家伙强得多？一个政治家带来的是一份权势，一个平庸而清廉的议员不过是一颗良心，普罗望斯系法国东南部诸州的总称的光荣，就因它在1830年上便识得了七月革命以来唯一的政治家米拉鲍，把他送到了巴黎。

被这场雄辩屈服之下，所有的听众都承认，这种才具在这个代表身上大可成为一种奇妙的政治工具。他们把亚尔培·萨伐龙看做萨伐吕司部长的前兆，而那个精明的候选人也猜透了听众的打算，告诉他们一朝登台之后，他将首先为他们服务。

据那个唯一能批评萨伐吕司、而从此成为勃尚松干才之一的人说，这一次的披沥信念，宣布志愿，过去生涯和他的性格的自述，简直是手腕、情操、热诚的杰作，意味深长，引人入胜。这阵旋风把选举人包围了。从没有人获得类似的成功。不幸言语是一件贴身的武器，只有面对面时的直接作用。言语不曾把思想打败的时候，思想会把言语消灭的。如果当场投票，当然亚尔培的名字会从票瓯一跃而出！当时当地，他是胜利者。但他还得这样地在两个月之间天天打胜仗。离场的时候，亚尔培心中忐忑地跳着。勃尚松人对他鼓掌叫好，他所获得的成就，是把他过去生涯所能引起的毁谤预先遏止。勃尚松的商界已举了萨伐龙·特·萨伐吕司律师做候选人。阿弗莱·蒲希的热烈，起先颇有影响，慢慢地却变得不讨巧了。

州长对着这个浩大的声势害怕起来，开始计算他政府党的票数，设法和特·夏洪戈先生秘密磋商了一次，以便为了共同的利益有所联络。蒲希小组会的票数一天天的减少下去，亚尔培也莫名其妙。选举前一个月，亚尔培发觉仅有六十票上下。什么都抵挡不住州长从容不迫的布置。三四个手段巧妙的人对萨伐吕司的主顾们说："当了议员，他还能替你们的案子辩护，胜诉么？他还能给你们做参谋么？替你们订契约么？当调解么？如果你们不把他送进国会，只给他五年后可以进去的希望，岂不是还可有五年的功夫利用他？"这种计算对萨伐吕司尤其不利，因为有些商人的妻子已经对她们的丈夫说过这一套。一个狡黠的政府党人，对那般和亚西爱泉水及大桥问题有利害关系的人解释，说他们所需的支持要靠州公署，而非靠一个野心家，这等说辞他们听了委实有些心旌摇摇。多过一天，亚尔培就多一场败仗，虽然他一仗又一仗的天天指挥着，调兵遣将去作战，到处奔走，发动着言语与词藻的斗争。他不敢上副主教那儿去，副主教也不到他这儿来。亚尔培白天黑夜，浑身灼热，满脑子烧着火。终于，到了第一次肉搏的日子，到了举行所谓预选会的日期；那时可以检点一下票数，候选人们可以预测一下他们的命运，一般有眼光的凭这一天的结果能预知成败。这是竞选运动的一幕，没有群众参加的，可是惊心动魄的：那时的情绪即使没有像英国那样的肉体表现，其深刻的程度也正不相上下。解决这些事情的方式，英国人用的是拳打足踢，法国人用的是舌剑唇枪。我们的邻居来一场全武行，法国人却用深谋远虑的冷静计划，来决定他们的命运。这件政治行为的演出，恰恰跟两个民族的性格相反。急进党的候选人提出了；特·夏洪戈先生露面了；随后是亚尔培，被左派和夏洪戈小组会指为极端的右派，裴里哀的化身。政府也有它的候选者，一个被牺牲的人，专门用来搜集纯粹政府党的票数的。票数这样一分散之后，便不会有什么结果了。共和党候选人得二十票，政府党五十票，亚尔培七十票，特·夏洪戈六十七票。但那虚伪的州长叫手下最忠实的三十票投在亚尔培的阵营里，去欺弄他的敌人。特·夏洪戈先生的票数，加上州公署方面实在的八十票，再由州长从左派方面拉过几票来，就可定夺选举的大局。当时缺席的有一百六十票，是特·葛朗赛神甫的同正统派的。预选会之于选举，有如最后排演之于正式上演，是世界上最大的骗局。亚尔培·萨伐吕司回到家里，神色不变，可是心如死灰。他费了心思，天才，或者说靠了运气，在此最后的十五天内收服了两个最忠实的人，一个是奚拉台的岳父，一个是非常机巧的老商人，特·葛朗赛神甫介绍的。这两个好汉替他当着间谍，面子上在敌人的阵营里装做亚尔培的死冤家。预选会终了时，他们托蒲希通知萨伐吕司，说他的票数内有三十票是敌人骗他的。亚尔培从刚刚搏过他命运的会场上回家时所感的痛苦，连上刑场的罪犯的痛苦也相形见绌。绝望之中的情人，不愿由任何人陪他回来。在十一点和半夜之间,他独自在街上走着。

早上一点钟,三天不曾睡觉的亚尔培,坐在藏书室中服尔德式的靠椅内,脸色惨白像要咽气似的,垂着两手,颓然沮丧的姿态像圣女玛特兰纳般动人。泪珠在长睫毛下打滚,那是只湿眼睛而不淌在面颊上的泪珠;思念把它们喝下了,心灵的火把它们烧干了!独自一人的时候,他可以哭了。于是他瞥见小亭下有一个白色的形象,使他想起法朗采斯加。

"三个月我没接到她的信了!她怎么了?我两个月不给她信,但我,预先通知她的。她病了么?噢!我的爱人!噢!我的生命!你会有知道我的痛苦的一天么?我的身体真是该死!是不是生了动脉瘤呀?"他这么想,因为他觉得心跳得那么厉害,以致脉搏的声响,在静寂中听来,好似细沙撒在一口大箱子上。

这时候,悄悄的三下弹指声在亚尔培的门上响起来,他立刻走去开门,一见副主教露着快乐和得意的神色,他几乎高兴得发狂。他抓住特·葛朗赛神甫,一声不响,把他搂在怀中,紧揭着,让脑袋倒在老人肩上。他又回复了儿童的脾气,哭得像当年知道法朗采斯加·索但里尼已结了婚的时候一样。他只对这位面露一线曙光的教士,暴露他的弱点。教士风采潇然,高旷无比,而且法眼慧心,亦复犀利无匹。

"原谅我,亲爱的神甫,但您正遇到成人的意志消灭而至性流露的时间,请您别把我看做一个庸俗的野心家。"

"是的,我知道,"神甫接着说,"您曾写过《爱情造成的野心家》!唉!我的孩子,我也是为了情场失意而在1786年二十二岁上当教士的。1788年我当了神甫。我已拒绝了三次主教职位,我愿老死仕勃尚松。"

"您来瞧瞧她可好?"萨伐吕司嚷道,一边端着蜡烛把神甫领到华丽的小书斋内,把烛光照着阿琪奥洛公爵夫人的画像。

"这是一个天生统治别人的女子!"副主教说,他懂得亚尔培这样默默无言的推心置腹,是对他表示何等的感情,"但这额角颇有高傲之气,顽强执着,得罪了她是永远不肯饶赦的!这是天使长米歇尔,是管执行的天使,不屈不挠的天使……宁为玉碎,不为瓦全这两句话,便是这等天使型性格的铭赞。在这张脸上,有一股说不出的神明般的肃杀之气!……"

"您猜对了,"萨伐吕司叫道,"可是,亲爱的神甫;她主宰我的灵魂已经十二年多,而我从没一个对不起她的念头……"

"啊!要是您对上帝也这样虔诚的话?……"神甫天真地说,"现在且来谈谈您的事情。我为您已工作了十天。倘使您是一个真正的政治家,您这次定会听从我的劝告。如果您在我跟您说的时候就到了特·吕泼府上去，就不致到今日这步田地；但您还可以去，明天晚上我来替您介绍。露克赛田庄受威胁了，两天以内就得开庭……而选举还要三天以后举行。我们设法使投票事务所第一天上组织不成；我们将有好几次投票，您可以靠再选而成功……"

"用什么方法？"

"露克赛案胜诉之下，您可得到正统派的八十票，加上我有把握的三十票，总数是一百十。您在蒲希小组会至少还可有二十票，那么您统共可有一百三十。"

"哦！喂，"亚尔培说，"还缺七十五票呀……"

"不错，"教士说，"因为余下的票数都归了政府。但是，孩子，您可以有二百票，而州公署方面只有一百八十。"

"我可有二百票？……"亚尔培愕然站起，好比给一根弹簧抬起来似的。

"您还有特·夏洪戈先生的票数。"

"怎么会？"亚尔培说。

"您将娶西杜妮·特·夏洪戈小姐。"

"永远不！"

"您将娶西杜妮·特·夏洪戈小姐。"神甫冷冷地重复了一遍。

"可是您瞧？她是顽固执着的。"亚尔培指着法朗采斯加的肖像说。

"您将娶西杜妮·特·夏洪戈小姐。"神甫冷冷地说了第三遍。

这一次亚尔培明白了。在这桩对绝望的政治家终于露出一线希望的计划中，副主教不愿显出一些共谋的痕迹。再多说一句就会损害教士的尊严和诚实。

"明天您将在特·吕泼府上遇到特·夏洪戈夫人和她的第二位小姐，那时您将谢她对您的帮助，告诉她您的感激是无涯的，您将把身心一齐贡献给她，从此您的前途就是她家的前途，您是没有利害打算的，您有着坚强的自信，认为被任为国会议员就是一笔可观的陪嫁。您将跟特·夏洪戈夫人有一场争战，因为她一定要您答应一句。这一个晚上，我的孩子，便是您整个的前途。可是得知道，在这件事情里，我是没有份的。我，我只负责正统派那条路线，我替您收服了特·华德维夫人，这就代表了勃尚松全部的贵族，阿曼台·特·苏拉和伏希尔都将投您的票，同时给您带来了年轻的一辈，特·华德维夫人给您张罗了年老的一辈。至于我那方面的票数是绝对不会动摇的。"

"那么又是谁游说了特·夏洪戈夫人呢?"萨伐吕司问。

"别盘问我这个。"神甫回答,"有三个女儿要出嫁的特·夏洪戈先生,没有方法增加他的财产。即算伏希尔娶了那个没有陪嫁的长女,为了有担负嫁费的老姑母之故;其余两个又怎么办?西杜妮十六岁,而您在您的野心里有着偌大一笔财富。某人对特·夏洪戈夫人说,与其打发她的丈夫到巴黎去虚耗金钱,毋宁把两个女儿嫁掉。这某人也拉拢了特·夏洪戈夫人,特·夏洪戈夫人又拉拢了她的丈夫。"

"得了,亲爱的神甫,我懂得。一朝当了议员,我得替某人也者挣一笔家产,等到这笔家产可观的时候,我就可解除我的诺言。我不会忘掉您慈父般的恩惠,我的幸福都是您的赐与。天哪!我心想什么功绩够得上这样真切的友谊呢?"

"您替僧侣会得了胜利呀,"副主教微笑着说,"现在大家得保守秘密,至死勿渝。我们得装做一无作为。万一人们知道我们预闻选举的话,那些格外凶狠的左派清教徒,会把我们一口生吞,我们中间意欲包办一切的自家人,会把我们骂得体无完肤。特·夏洪戈夫人全没想到这些事情的幕后有我在内。我只信任特·华德维夫人,我们可以相信她像相信我们自己一样。"

"将来我要把公爵夫人带来见您,请您祝福!"野心家叫道。

把老教士送走之后,亚尔培在权势的美梦中睡下了。

次日晚上九点,像大家可能想象到的,特·华德维男爵夫人的客厅里,挤满了临时召集的勃尚松贵族。大家谈着为了讨好特·吕泼家女儿之故,要破例参加选举的事情。他们知道,前任参事院咨议,最忠于王室长房的一个部长的秘书,要被介绍到这里来。特·夏洪戈夫人带着盛装的女儿西杜妮到场,至于大女儿,因为未婚夫已经毫无问题,也就不在装扮上用功夫了。这些小枝节在内地是很触目的。特·葛朗赛神甫探着他那张美妙的机灵的脸,从这一组到那一组,听着人家说话,好似什么都没有他的份,可是说些一针见血的话把问题归纳起来,支配着宾客们的谈话。

"倘使王室长房重新登台的话,"他对一个七十岁的退休的政治家说道,"又将行些什么政策呢?""孤零零的时候,裴里哀简直一筹莫展;但若有了六十票撑腰,他将随时随地跟政府为难,不知要给他掀倒多少内阁呢?""斐兹·詹姆斯公爵要当多罗士的议员了!""那您将使特·华德维先生打赢官司!""倘使你们投萨伐吕司的票,共和党人大概也要学你们的样，而不去拥护中间派呢！"他说的尽是这一类的话。

九点已到，亚尔培还没来。特·华德维夫人认为这种迟到是傲慢无礼的表现。

"亲爱的男爵夫人，"特·夏洪戈夫人说，"我们最好别把一些小枝节搅在这么一件重大的事情里。也许靴子上了油不就干……也许什么案子的接洽，把特·萨伐吕司先生耽误了。"

洛萨莉斜着眼对特·夏洪戈夫人睃了一眼。

"她对特·萨伐吕司先生好得很呢。"洛萨莉低声对她的母亲说。

"可是，"男爵夫人微笑着答道，"那是关系到西杜妮和特·萨伐吕司的婚约呀。"

洛萨莉突然向着面临花园的窗框走去。十点钟了，特·萨伐吕司先生还没出现，酝酿中的雷雨暴发了。有些客人玩起牌来，觉得这个局面简直受不了。一筹莫展的特·葛朗赛神甫走向洛萨莉躲着的那个窗框，大为错愕地听见她自言自语的说着："他大概死了吧！"副主教走到花园里，后面跟着特·华德维先生和洛萨莉，他们三个一同走上小亭。亚尔培家门窗都关得紧紧的，灯火全无。

"奚洛末！"洛萨莉看见那仆人在院子里时喊道。特·葛朗赛神甫对洛萨莉睨了一眼。"您的主人往哪儿去了？"那时仆人已走到墙根。

"走了，搭着邮车！小姐。"

"他完了，"特·葛朗赛神甫叫道，"再不然他是幸福了！"

洛萨莉得意扬扬的神气不曾遮盖得好，被只做若无其事的副主教瞧在眼里。

"洛萨莉在这件事情里能够干些什么勾当呢？"教士心里盘算着。

三人回到客厅，特·华德维先生报告了那古怪的、奇特的、令人出惊的消息，说亚尔培·萨伐龙·特·萨伐吕司搭着邮车动身了，原因不明。十一点半时，客厅里的人只剩十五位，其中有特·夏洪戈夫人，特·高特那神甫，也是一位副主教，四十左右年纪而极想升任主教的，还有两位特·夏洪戈小姐和伏希尔先生，特·葛朗赛神甫，洛萨莉，阿曼台·特·苏拉，和一个退职的法官，勃尚松高等社会里最有势力的人物之一，极希望亚尔培·萨伐吕司当选的。特·葛朗赛神甫坐在男爵夫人旁边，以便注视洛萨莉，往常她的脸惨白的，此刻却兴奋得通红。

"特·萨伐吕司先生可能遇到什么事啊？"特·夏洪戈夫人说。

这时候，一个穿制服的仆人在银盘里托着一封信送给特·葛朗赛神甫。

"不客气,请看信罢!"男爵夫人说。

副主教读着信,瞥见洛萨莉顿时面白如纸。

"她认得他的笔迹。"他从眼镜上面睃了她一眼之后想。他折好了信,冷冷地纳入袋里,不做一声。三分钟内,洛萨莉望了他三次,他全明白了。"她爱着亚尔培·特·萨伐吕司!"副主教想道。他站起身来,洛萨莉浑身一震;他行过礼,往着门走了几步,在第二间客室里被洛萨莉追上了,说道:

"特·葛朗赛神甫,这是亚尔培的信!"

"怎么您对他的笔迹那么熟悉,能够远远地辨认?"

这位沉溺在烦躁和愤怒的大湖里的姑娘,被他揭破之后,竟说出一句教神甫惊叹的话来。

"因为我爱他!他怎么了?"她停了一会说。

"他放弃了选举。"神甫回答。

洛萨莉把一根手指放在嘴唇上。

"我打听这个秘密好似打听一句心腹话似的,"她退回客厅之前又说,"倘使他放弃了选举,也就没有跟西杜妮结婚的事了!"

次日早晨,洛萨莉去做弥撒时,从玛丽爱德嘴里,探悉了促使亚尔培在危急存亡之秋悄然引退的一部分动机。

"小姐,昨天上午国家旅馆到了一位从巴黎来的老先生,坐着自己的车,驾着四匹马,前面坐着一个车夫和一个男仆。据眼看车子动身的奚洛末说,那准是位亲王或英国的勋爵。"

"车上有没有瓜棱式结顶的冠冕徽章瓜棱式结顶的冠冕是亲王阶级的盾徽?"洛萨莉问。

"那不知道,"玛丽爱德回答说,"两点钟光景,他上萨伐吕司寓所来,投了一张名片,先生一看名片,据奚洛末说,立刻面无人色;随后他就叫请。因为他亲自锁上了门,所以这位老先生和律师之间说些什么话,无人得知;但他们一起大概有一小时;以后,律师陪着老先生出来,招呼他随带的当差进去。奚洛末看见这仆人出来的时候,捧着一个四尺长的大包,看模样是一张大油画。老先生手里拿着一大包纸张。律师的脸色比死还要难看,他平时是那么高傲那么尊严的,那时的神气真教人看了可怜……但他对老人的尊敬,差不离对王上一样。奚洛末和亚尔培·萨伐龙先生把这个老人一直送上车,四匹马都已齐齐整整地套好在那里。车子在三点钟上出发了。先生立即上州公署,从州公署到昂蒂莱先生那里,买了一辆故圣·维哀太太的破旧的旅行车,到驿站去定了两匹马,说定六点钟准要。然后他回家收拾行李;当然也写了好几个条子;最后他跟奚拉台先生俩交代事务,奚拉台先生一直留到七点。奚洛末送了一个字条到蒲希先生家,本来约好上那边去用晚餐的。以后,在七点半,律师动身了,给了奚洛末三个月工资,教他另外找事。他把钥匙交给由他陪送回去的奚拉台先生,就在他家喝了口汤,因为奚拉台先生七点半还没吃夜饭。当萨伐龙先生上车时,简直像死人一般。奚洛末当然向主人行礼告别,听见他吩咐车夫说:'上日内瓦。'"

"奚洛末有没有向国家旅馆打听陌生人的姓名?"

"因为老先生只是过路,所以人家没有请他留名。随带的仆役,大概是奉了命令,装做不懂法语。"

"那么特·葛朗赛神甫深晚收到的信呢?"洛萨莉又问。

"这一定是奚拉台先生转送的;奚洛末说这位可怜的奚拉台先生,一向非常敬爱萨伐龙律师,也跟他一样的失魂落魄。房东迦拉小姐说,神秘莫测地来的人,神秘莫测地去了。"

洛萨莉自从听了这段叙述以后,老带着凝神壹志、深思默想的神气,谁都看得清清楚楚。萨伐龙律师的失踪在勃尚松所引起的议论,不在话下,人家说州长客气到不能再客气地给他当场签了一张往外国去的护照,因为他这样可以打发掉唯一的敌人。次日,特·夏洪戈先生以一百四十票的多数当选了。

"约翰两手空空的来了,两手空空的去了。"一个投票人得悉了亚尔培·萨伐龙出走的消息以后说。

勃尚松历来对外方人的偏见,像两年前对付共和党报纸的,从此又加强了一层。然后,过了十天光景,亚尔培·特·萨伐吕司的问题消灭了。只有三个人,代诉人奚拉台、副主教、洛萨莉,对这次的失踪担着严重的心事。奚拉台知道白发的外乡人是索但里尼亲王,因为他曾看到名片,告诉了副主教;但洛萨莉比他们俩多,大约三个月以前就已得悉阿琪奥洛公爵的死讯。

1836年4月,谁也没接到亚尔培·特·萨伐吕司的信息,或听到有人提起他。奚洛末快跟玛爱德结婚了;但男爵夫人暗暗叫她的女仆等着洛萨莉的婚事,把两桩婚礼同时举行。

"替洛萨莉完婚也是时候了,"男爵夫人有一天对丈夫说,"她已经十九岁，而且几个月来，她性情大变，教人害怕……"

"我不知道她是怎么回事。"男爵说。

"做父亲的不了解女儿的心事，做母亲的却猜得到，"男爵夫人说，"应当把她出嫁才是。"

"我也乐意呀，"男爵说，"我这方面，我给她露克赛的产业，好在法院已给我们和李赛乡公所调解妥当，在离维拉峰山麓三百公尺的地方划了界。我们在那边掘一条沟来承接山上的水，引导入湖。乡公所没有上诉，判决已经确定了。"

"您还没得知，"男爵夫人说，"这判决花了我给香多尼的三万法郎呢。这个乡下人除了钱什么都不理，神气似乎相信他案子必胜，所以敲了我们一笔好价钱，卖给我们一个太平。倘或您给了露克赛，您便一无所有了。"

"我没有什么需要，"男爵说，"我也快完了……"

"可是您胃口好得像吃人的魔鬼。"

"就为此呀：我吃也是白吃，两条腿越来越没劲了……"

"那是车床工作累了您。"男爵夫人说。

"我不知道。"男爵回答。

"我们把洛萨莉配给特·苏拉先生；倘若您给她露克赛，至少得保留居住权；我么，我在总账上给他们二万四千法郎的岁收。孩子们住在这里，想来也不致怎样清苦了……"

"不，露克赛我是预备整个儿给他们的。洛萨莉欢喜露克赛。"

"您待您的女儿好不古怪——也不问问我爱不爱露克赛？"

洛萨莉立刻就被叫了来，得悉她将在五月初旬跟阿曼台·特·苏拉先生结婚。

"谢谢您，母亲，还有您，父亲，想到我的婚事，但我不愿结婚，我跟着你们很幸福……"

"废话！"男爵夫人说，"你不喜欢特·苏拉先生就是了。"

"如果你们要知道我的真意的话，那么，我永远不嫁特·苏拉先生……"

"噢！一个十九岁姑娘嘴里的永远！……"男爵夫人冷笑着回答。

"特·华德维小姐嘴里的永远，"洛萨莉加重着语调接着说，"我想，父亲不至于不得我的同意就把我出嫁吧？"

"噢！我么，我不会的。"可怜的男爵温柔地望着女儿说。

"好吧!"男爵夫人斩钉截铁地说,胸中捺着一腔被女儿突然顶撞的怒火,"好吧,特·华德维先生,您去负责您女儿的婚事吧!洛萨莉,你去想一想:倘你不照我的意思结婚,那莫怪我在你将来出嫁的时候分文不给。"

特·华德维夫人跟特·华德维先生的不和,从他袒护女儿开场,越来越严重,甚至洛萨莉和她的父亲在特·吕泼府第里存身不住,不得不上露克赛去度那美妙的季节。于是勃尚松城里得悉特·华德维小姐干脆拒绝了特·苏拉伯爵。奚洛末和玛丽爱德结了婚,搬到露克赛来,预备日后顶补莫第尼哀的缺。男爵照着女儿的意思把庄子修葺过,改造过。这番工程花了六万法郎上下。洛萨莉父女俩又在建造一所花房,这些消息传到男爵夫人耳里时,她方才发觉女儿身上有着刁钻促狭的根子。男爵买了好几块外姓的田,和一处价值三万法郎的产业。人家对特·华德维夫人说,远离了她之后,洛萨莉显出当家小姐的样子,研究怎样可以增加露克赛的收入,学做男孩子家的模样,常常骑马;父亲被她哄得挺快活,不再抱怨身体不济了,人也胖起来,常常陪女儿出去玩。将近男爵夫人的圣名节的时候(她名叫路易士),副主教到露克赛来了,无疑是受了特·华德维夫人跟特·苏拉先生的嘱托,来替母女讲和的。

"洛萨莉那个小姑娘倒有她的那般蛮劲儿。"勃尚松城里有人说。

男爵夫人慷慨地付了露克赛的九万法郎开销,又给她丈夫一千法郎做露克赛的生活费,她不愿自己有甚理短的地方。父女俩也只想在八月十五那天回城,一直住到月底。副主教用过了晚饭,把洛萨莉带过一边,好谈她的婚姻问题,叫她明白不能再指望亚尔培,他已经一年没有音信,说到此就被洛萨莉一个手势打断了。这个怪僻的姑娘挽着特·葛朗赛先生的胳膊,领他去坐在一张凳上,头顶上是一大片蹀躞的浓荫,树隙间可以望见湖面。

"听我说,亲爱的神甫,我爱您像爱我的父亲一样,因为您对我的亚尔培那么恳挚,我应当对您承认,我犯了想做他妻子的罪,而他也应该做我的丈夫……您瞧!"

她从袋里摸出一份报纸授给神甫,指着五月二十五日翡冷翠一栏里的一段消息:

前任大使晓里安公爵的长公子,兰多雷公爵,和前索但里尼公主阿琪奥洛公爵夫人的婚礼,盛极一时。各方因庆贺新人而举行的节会，使翡冷翠顿形热闹。阿琪奥洛公爵夫人的产业是意大利最大的财富之一。因为已故的公爵把全部遗产都赠与了他的夫人。

"他所爱的人已经结婚，"她说，"我把他们分离了！"

"您？用什么方法？"神甫问。

洛萨莉正要回答，忽然一个身体掉下水去的声音，接着两个园丁大叫的声音，把她打断了；她站起来，一边跑一边嚷："噢！爸爸……"她不见了男爵。

特·华德维先生以为在一小块花岗岩上瞥见一个介壳类化石的痕迹，一件可能驳斥某些地质学理论的事实，他踏在一堆石子上想去拿来，失掉了平衡，一翻身便滚到湖里去了：暗礁下面往往是湖水最深的所在。园丁们花了九牛二虎之力，在湖水打转的地方插下竿去想授给男爵抓住；临了，终究把他浑身淤泥的捞了起来，他已经在湖底陷得很深，再加拼命挣扎，愈加在泥中陷得深了。特·华德维先生晚饭吃得很饱，胃里已开始消化，可是中途停顿了。当他给脱下衣服，擦洗干净，放在床上时，情形显见很危险。两个当差立刻骑上马，一个上勃尚松，一个就最近的地方去请一个内科医生和一个外科医生。出事以后八小时，特·华德维夫人带着勃尚松最好的两个内外科医生赶到，发觉特·华德维先生已经无望，虽然李赛的医生做过很好的急救工作。恐怖在他脑里引起了渗血症，再加上中途停止的消化，把可怜的男爵断送了。

据特·华德维夫人说起来，男爵住在勃尚松是不会死的；她一边显然夸张着她的痛苦和惋惜，一边把这次的丧事归咎于女儿当初对她的别扭，所以把她看做仇敌。她称男爵为"她的亲爱的绵羊"！华德维家这个最后的子孙，给葬在露克赛湖中一个小岛屿上，男爵夫人替他用大理石立了一座哥特式的小纪念碑，和巴黎拉希公墓上的那些名人墓一样。

这件事情发生一个月以后，男爵夫人和女儿在特·吕泼府第里过着满怀恶意的静默生活。洛萨莉熬着极大的痛苦，面上一点不露：她责备自己送了父亲的命，疑心还有一桩祸事，在她心目中显得更大的，的的确确是她一手造成的；因为奚拉台和特·葛朗赛神甫都没接到一些有关亚尔培命运的消息。杳无音讯的静默使她毛骨悚然。在一次悔恨交迸，痛苦若狂的情形中，她觉得需要向副主教自首，揭穿她用着怎样的计谋，分离了法朗采斯加和亚尔培。那是简单不过的，但是骇人的计谋。她截留了亚尔培给公爵夫人的信，也截留了法朗采斯加给亚尔培的信。在那封信里，她通知爱人说丈夫病了，在服侍病人的期间，她不能再复他的信。因此当亚尔培忙着选举的时候，公爵夫人只给他两封信，一封告诉他阿琪奥洛公爵病势危急，一封报告她已身为寡妇，那是两封至诚而高洁的信，至今被洛萨莉保存着。洛萨莉费了几夜功夫，把亚尔培的笔迹摹仿得一模一样。她截留了忠实的情人的真信，换上三封假信；她交给老教士看的假信的草稿，把作恶的天才表现的那么完满，以致他为之憬然。洛萨莉装着亚尔培的口吻，字里行间，把公爵夫人准备好接受他背约悔盟的假消息。对于报告阿琪奥洛公爵死耗的那封信，洛萨莉回复一封报告亚尔培和洛萨莉即将结婚的信。她计算好使两封信参商，而果然参商了。那些信件是她费尽阴险恶毒的心思写的，竟把副主教骇住了，不觉看了两遍。接到最后一封信时，法朗采斯加中了那个要在情敌心中斩灭爱根的女子之计，愤慨之下，答复了这么简单的一句："您请便吧，永别了。"

"纯粹道德上的罪恶，非人间法网所及的罪恶，是最丑恶的，最卑鄙的，"特·葛朗赛神甫严厉地说，"上帝往往就在此世加以惩罚；就因为此，常有些令人不解的可怖的苦难。在一切埋藏在私生活的秘密罪过中间，最不名誉的一桩是拆人的信，或是不合法地偷看。无论是谁，无论为了什么原因，一朝有了这种行为，他的清白便沾上永远不能磨灭的污点。一个青年侍卫，被人诬告之下，拿着一封内有处死他的命令的信，毫无邪念的上路，忽然受到上帝的保护，把他奇迹地救了性命，这件故事的悲壮动人，神灵不爽，您可曾感觉到？……我们说，奇迹地，您知道什么叫作奇迹？德性背后的那道灵光，和无邪的圣婴背后的灵光一样强烈。我和您说这些话，并没劝诫您的意思，"老教士用着非常悲哀的语调说，"可怜！我在这里不是一个听人忏悔的主教，您也不是跪在上帝面前，我只是一个受惊的朋友，担忧着您的刑罚。他怎么了，这可怜的亚尔培？他不曾自杀么？他镇静的外表下面藏着激烈非凡的性格。我懂得索但里尼老亲王，阿琪奥洛公爵夫人的父亲，是来讨回他女儿的信和肖像的。这便是落在亚尔培头上的晴天霹雳，他一定是去设法剖白的……但怎么十四个月之久，他没给一些信息？"

"噢！如果我嫁了他，他会那样的幸福……"

"幸福？……他不爱您。并且您也没有偌大的财产带给他。您的母亲恨透了您，您回答了她一句残忍刻毒的话，伤害了她而断送了您。"

"什么？"洛萨莉问。

"她昨天对您说，服从是补赎您罪愆的唯一的方法，她谈到阿曼台时又向您提及结婚的必要。'要是您这样喜欢他,您自己去嫁给他吧,母亲!'您有没有当她的面说过这样的话?有没有说过?"

"说过。"洛萨莉回答。

"那么,好,我识得她的脾气,"特·葛朗赛神甫接下去道,"不出几个月,她将成为特·苏拉伯爵夫人!当然她还要生孩子,把四万法郎的岁收送给特·苏拉先生;此外,她将给他许多利益,尽量在她的不动产里减少您的一份。她活着的时候,您就得过贫穷的生活,而她只有三十八岁!您全部的产业不过是露克赛的田地,以及您父亲的遗产清算之后所能剩下的一些,就是这个,也还得您母亲对露克赛的权利肯全部放弃!在物质利益上,您已把自己的生活弄得很糟;在情操方面,我认为尤其七颠八倒,不成体统……您不向您的母亲……"

洛萨莉恶狠狠地把脑袋扭了一下。但副主教依旧接着道:

"您不向母亲,不向宗教去请示,听他们在您心灵初次有所动作的时候就来点醒您,劝告您,领导您,您只顾独断独行,完全不识得人生而只听从激烈的热情!"

这篇那么明晰的谈话使洛萨莉听了害怕起来。

"那我应该怎么办呢?"她停了一会说。

"要补赎您的罪过,先得知道您罪过的范围。"神甫回答。

"那么我将写信给唯一能知道亚尔培生死下落的人,雷沃博·阿纳耿先生,巴黎的公证人,亚尔培从小的朋友。"

"除非为了剖白真相,您以后再勿写信,"副主教回答,"把真信假信齐交给我,把一切细节向我供认出来,好似对您的忏悔师一样,然后再问我补赎您罪愆的方法,完全信任我。那时我看情形……因为第一,您应该让这可怜的男人在他奉为神明的人面前,还他的清白。即使已经失掉幸福,亚尔培一定还坚持着要洗刷自己。"

洛萨莉答应特·葛朗赛神甫听从他的劝告去做,心里希望她收拾残局的结果,说不定能把亚尔培拉回来。

洛萨莉吐露秘密以后不久,雷沃博·阿纳耿先生的帮办到勃尚松来,拿着亚尔培的全权委托书,先去见奚拉台先生,请他把萨伐龙先生买下的房子出售。奚拉台为了对亚尔培的友谊,接受了这件差使。那位帮办卖掉了家具,卖得的款子刚好偿清亚尔培欠奚拉台的债务;因为神秘地出走的时候,奚拉台给了他五千法郎,并答应代他收取人欠的账,当奚拉台问起他所关切的那位英勇的战士的下落时,帮办回答说只有他的东家知道,并说亚尔培·特·萨伐吕司先生最后的一信，使公证人大为伤心。

副主教得了这个消息，便写信给雷沃博。下面是那位正直证人的复信。

致勃尚松教区副主教特·葛朗赛神甫

可怜！先生，没有人再能教亚尔培回到红尘中来：他已舍弃浊世。现在他是格勒诺勃附近大修院中的修士。这座修院的大门是生死的分界，这一点我刚才知道，而您是应该比我知道更清楚的。预料到我会寻访得去，亚尔培把院长请出来，挡住了我们所有的努力。我对这颗高尚的心有充分的认识，可以知道他是牺牲者，做了卑鄙的、我们看不见的阴谋的牺牲者；可是一切业已完成。阿琪奥洛公爵夫人，现在是兰多雷公爵夫人了，我觉得她也过于残忍。亚尔培赶到倍琪拉德时，她已不在那里，但她留下话，叫他相信她在伦敦。从伦敦，亚尔培又转到拿波里，从拿波里又转到罗马，在那边她已跟兰多雷公爵订了婚。亚尔培终于遇到她时，是在翡冷翠，正当她举行婚礼的辰光。我们可怜的朋友当场晕倒在教堂里，而且从没，虽然他曾不顾生命的危险，也从没获得和这个女人解释的机会，不知她是怎样的心肠。七个月中间，亚尔培仆仆旅途，追逐着那个残忍的造物，老跟他玩着捉迷藏戏：他不知到哪儿去抓她，也不知怎样去抓她。可怜的朋友路过巴黎时，我曾见到他；如果您那时也像我一样见到他的话，您定会觉得对他一字都不能提到公爵夫人，他会发疯。倘若他知道犯的是什么罪，他可能想出辩白的方法；但诬蔑他结了婚！那又怎办？亚尔培是死了，对于世界，他的确死了。他但愿休息，那么我们希望在他自己投入的深沉的静默与祈祷中间，获得他另一种方式的幸福。您既然认得他，您定会替他叹息，也会替他的朋友们叹息！专此奉复……

一接到这封信，苦心的副主教立即写信给大修院院长，下面是亚尔培的复信。

亚尔培修士致特·葛朗赛神甫

在院长神甫刚才转达给我的说话中，我认出，亲爱的副主教，认出您温柔的灵魂和不老的心。我心坎中对尘世的最后一个愿望，给您猜着了：叫那摧残我那么厉害的女子明白我的情操！但院长让我自由利用您的提议，要知道我的意念是否坚决；当他看见我决意与世永诀的时候，他慈祥地对我说出了他的意见。倘我对回俗的诱惑表示让步的话，修士的资格就要被取消。那一定是靠了神明的恩宠；但内心的争斗，纵使为时不久，其剧烈和残酷并没因之而减少分毫。这不足以使您明白我绝不再回到人间了么？所以那犯了多少罪过的人要求我宽恕，我是完完全全、毫无遗憾地同意的。我将祈求上帝宽恕这位小姐，像我宽恕她一样，同时我也为兰多雷公爵夫人祈福。啊！死亡也罢，一个单相思的女子也罢，所谓命运的打击也罢，我们岂不该永远听命于上帝？苦难在某些灵魂中辟出一片无垠的荒漠，在荒漠里响亮着上帝的声音。此世生活和彼世生活的关系，我已认识太晚，因为我已心力交瘁。既不能为战斗的教会服务，我便把行将熄灭的生命的残灰余烬，献在殿堂脚下。这是我最后一次写信了。为了您，那么爱我而我也那么爱的您，我才破了进圣·勃吕诺修院时举世皆忘的戒律。您也将特别在我的祈祷之中。

修士　亚尔培
1836 年 11 月

"也许这样倒是最圆满的解决。"特·葛朗赛神甫心里想。

当他把这封信交给洛萨莉，她在宽恕她的段落上虔诚地亲吻时，他对她说："那么！现在您对他已经绝望了，愿不愿跟您母亲讲和，嫁给特·苏拉伯爵？"

"那要亚尔培命令我才行。"她回答。

"您明明看见不可能再跟他商量了。院长不会答应的。"

"要是我去见他呢？"

"大修院是什么客都不见的。何况是女子，除了法国王后以外，谁都不能进去，"神甫说，"因此您再没理由不嫁特·苏拉先生。"

"我不愿造成母亲的苦难。"洛萨莉回答。

"你这个撒旦！"副主教嚷道。

这年冬季将尽的时候，善良的特·葛朗赛神甫死了。从此在特·华德维夫人和女儿之间，再没这个朋友替两个刚强如铁的人物折冲。副主教所预料的事情实现了。1837 年 8 月，特·华德维夫人嫁了特·苏拉伯爵，在巴黎举行婚礼；上巴黎结婚是听着洛萨莉的怂恿，她这时待母亲很好了。特·华德维夫人当真相信女儿的好意；但洛萨莉的想到巴黎去，无非想找一个残酷的复仇机会来快意一下：一心一念要磨折她的情敌来替亚尔培报复。

特·华德维小姐所受的监护给解除了，并且她不久就要满二十一岁。她的母亲为跟她清账起见，放弃了露克赛的权利；而女儿靠了父亲遗产的清算，也不再要母亲贴她生活费。洛萨莉且鼓励母亲去嫁特·苏拉伯爵，在财产上让他沾些利益。

"让我们各管各的自由吧。"她对母亲说。

特·苏拉伯爵夫人正在疑虑女儿的用意，对这番落落大方的处置更是奇怪起来；她在总账上划出六千法郎的岁收赠与洛萨莉，使自己良心上好交待。因为特·苏拉伯爵夫人有着四万八千法朗的田地进款，而且她也无法割让这笔利益来剥削洛萨莉的名分，所以特·华德维小姐还是一百八十万法郎的一头好亲事：露克赛略加整顿之下，除了居住的便利，租金，存款之外，可有每年二万法郎的收获。所以洛萨莉母女俩很快学会了巴黎的腔派和时髦，容容易易的跨进了上流社会。一百八十万法郎！这几个绣在洛萨莉胸衣上的大字，为特·苏拉伯爵夫人倒是一把金钥匙，比她装腔作势的以特·吕泼姓氏自豪，比她不得当的高傲，甚至比她转弯抹角攀认的亲戚都更有用。

1838年2月，被好几个青年人追得很热心的洛萨莉，把她来到巴黎的计划实现了。她一心要遇见兰多雷公爵夫人，瞧一瞧这个奇妙的女人，把她抛在天长地久的恨海里。所以洛萨莉想尽方法装扮，调情，以便和公爵夫人站在并肩的地位。初次的会面，是在1840年起一年一度的捐募王室恩俸的舞会上。一个青年人受着洛萨莉的指使，过去对公爵夫人指着洛萨莉说："瞧这个了不起的女子，一个强项无匹的人物！她把一个前程远大的男人，亚尔培·特·萨伐吕司送进了大修院，断送了一生。那便是特·华德维小姐，勃尚松那个有名的独养女儿……"

公爵夫人面色惨白，洛萨莉奋激地和她交换了一眼，这种目光在女人之间是比男人们决斗的枪子更致命的。法朗采斯加·索但里尼，猜疑到亚尔培的无辜，马上退出了舞会。突然被丢下的青年，全没知道他怎样的伤害了美丽的公爵夫人。

　　如果您愿意多知道些关于亚尔培的事情，请您下星期二到歌剧院舞会中来，手执金盏花为号。

洛萨莉送去的这张匿名字条，把可怜的公爵夫人诱来了，洛萨莉交给她亚尔培全部的信，还有副主教写给雷沃博·阿纳耿的，雷沃博回复来的，以及她自己向特·葛朗赛神甫告白的信。

"我不愿一个人受苦，因为我们俩曾经一样的残酷!"她对她的情敌说。

洛萨莉把公爵夫人俊美的脸上骇愕的神色玩味过后，溜走了，从此不再在交际场中露面，随着母亲回到了勃尚松。

特·华德维小姐独自住在露克赛田庄上，骑马、打猎，每年拒绝两三头亲事，冬季上勃尚松去四五次，一心开垦着她的田地，被认为一个古怪得出奇的人物。她变成了东部名人之一。

特·苏拉夫人生了两个孩子，一男一女；她年轻了，但年轻的特·苏拉大大地变老了。

"我的财产使我花了很高的代价，"特·苏拉对年轻的夏洪戈说，"不幸得很，非跟虔婆结婚，就不能彻底认识虔婆!"

特·华德维小姐的所作所为，真配得上奇女子的称号。人们说："她有她的疯癫!"她每年去瞻仰一次大修院的高墙。也许她想学曾叔祖的样，跳进修院围墙去找她的丈夫，好似当年的华德维跳出修院围墙来恢复他的自由。

1841年，她离开勃尚松，据人家说是为结婚去的，但至今无人知道这次旅行的真正原因；回来时的模样使她从此见不得人。由于特·葛朗赛神甫曾经暗示过的那种不测，她在洛阿河上坐着轮船，汽锅爆炸之下，特·华德维小姐大遭蹂躏，失去了右臂和左腿；脸上留着丑恶的疤痕，剥夺了她的美貌；她的身体给可怕地毁伤过后，很少日子没有痛楚。总之，她现在再也不出露克赛庄子的门，常年过着诵经礼拜的生活。

1842年5月　巴黎
1944年2月　译竣

于絮尔·弥罗埃

一 惊慌的继承人

从巴黎方面进纳摩，必须过洛昂运河。在这个美丽的小镇外面，运河的堤岸仿佛野外的城垣，同时也是景物幽美的散步场所。可惜从1834年起，桥那一边盖了几所屋子；倘若这类似镇梢的区域发展下去，市镇的外貌就会丧失它妩媚动人的特色。1829年，大路两旁还是一片空旷：所以那高大肥胖、六十岁上下的车行老板，在一个天朗气清的早晨坐在桥脊上，尽可把他行话所谓的飘带儿一览无余<small>车行中人把一望无际的大路叫作飘带儿。</small>

时方9月，秋色斑斓，笼罩着草原和石子的大气如火如荼，蔚蓝的天空没有一片云翳，极目所及，连远天都蓝得那么鲜明、纯净，足见空气稀薄到极点。那个叫作米诺莱-勒佛罗的车行老板，直要把一只手遮着太阳，才不至于眼花。他等人等得心焦了，一忽儿瞧瞧大路右边，青葱可爱的草原割过一道又长起新草来了；一忽儿瞧瞧左边，林木翁郁的山峦从纳摩直伸展到蒲隆。大路上的声响都被连绵不断的山陵送回到洛昂运河的盆地上；米诺莱-勒佛罗听见自己的马匹飞奔的声音，也听见手下的马夫挥舞鞭子的声音。

草原上有些牲口，正如保尔·波忒画的，天空像是拉斐尔笔下的，运河两旁杂树成荫，完全是荷培马的风味<small>保尔·波忒（1625—1654）与荷培马（1638—1709）均为荷兰有名的风景画家，波忒尤以画动物见长</small>；对着这样的美景而还会烦躁，恐怕只有车行老板这等人了。艺术的使命原是要让自然界有些灵气；而到过纳摩的人都知道那儿的大自然和艺术一样美，那儿的景色自有它的意境，能够动人遐想。但一个艺术家看到米诺莱-勒佛罗，可能丢下风景来描绘这个伧父的，因为他实在平庸，倒反显得别具一格了。把所有的兽性集合起来，结果不是产生了卡列班吗？而卡列班的确可称为杰作<small>卡列班为莎士比亚名剧《暴风雨》中的人物，为女巫与魔鬼所生的儿子，身材奇矮，状貌奇丑，性情刁恶。</small>无论哪儿，只要物质成了主体，就没有感情了。

车行老板就是证明这定理的活生生的例子。凭他那副相貌，在他因为

高大肥胖、六十岁上下的车行老板

肉长得不可收拾而显得通红的皮色之下，便是思想家也不容易看出他有什么心灵。鸭舌头很小，两旁瓜棱式的蓝呢便帽，紧箍在头上；脑袋之大，说明迦尔_{德国医生迦尔（1758—1807）首创骨相学，风行一时，巴尔扎克尤为信服}还没研究到出奇的相貌。从帽子底下挤出来的，似乎发亮的灰色头发，一望而知它们的花白并非由于多用脑力或是忧伤所致。一对大耳朵，开裂的边上差不多结着疤，充血的程度似乎一用劲就会冒出血来。经常晒太阳的皮肤，棕色里头泛出紫色。灵活而凹陷的灰色眼睛，藏在两簇乱草般的黑眉毛底下，活像1815年到巴黎来的卡尔摩克人_{卡尔摩克人为蒙古族之一支，居于俄罗斯南部，伏尔加河与顿河之间。1815年拿破仑战败后，联军进入巴黎，俄军中即有卡尔摩克人在内}；这双眼睛只有动了贪心的时候才有精神。鼻梁是塌的，一到下面突然翘得很高。跟厚嘴唇搭配好的是教人恶心的双折下巴，一星期难得刮两回的胡子底下，是一条旧绳子般的围巾；脖子虽则很短，却由臃肿的肥肉叠成许多皱褶，再加上他厚墩墩的面颊：雕塑家在当做支柱用的人像上表现的，浑身都是蛮力的那些特点，就应有尽有了。所不同的是雕像能顶住高堂大厦_{古埃及与古希腊的建筑，多以雕刻精美的人像作支柱}，米诺莱－勒佛罗却连自己的身体还不容易支持。这一类肩上不抗着地球的阿特拉斯_{古代神王阿特拉斯为朱庇特之子，高大如山，足为擎天之柱。美术图像上将其绘成肩负地球之人}，世界上多的是。他的上半身是巍巍然一大块，好比人立而行的公牛的胸脯。胳膊粗壮，一双厚实、坚硬、又大又有力的手，拿得起鞭子、缰绳、割草的叉，而且很能运用；没有一个马夫见了他的手不甘拜下风的。巨人的肚子硕大无朋，靠着跟普通人的身体一般大的腿和一双巨象般的脚支撑。他难得动怒，但发起性来非常可怕，大有中风的危险。他虽则粗暴，不会思索，可从来没做过什么事可以证明他的心地跟长相一样凶恶。谁要见了他发抖，他手下的马夫们就说：

"噢！别怕，他并不凶！"

按照许多地方的习惯，大家把纳摩的车行老板简称为纳摩老板。他穿着绿色猎装，有条子的绿呢裤，宽大的黄色羊皮背心，看他口袋外面有一圈黑印子，你就知道他口袋里头放着一个奇大无比的鼻烟壶；塌鼻子用大鼻烟壶，这句俗语真是一点不错。

米诺莱－勒佛罗生在大革命时代，经过帝政时代，一向不参加政治；至于宗教观念，除了结婚那天，他从来不进教堂；他的做人之道全部写在民法上：凡是法律所禁或是无法惩戒的事，他认为都可以做得。所谓读物，只限于塞纳－俄阿士州的报纸，或是与他行业有关的法令规程。他被认为种庄稼的老手,但他的知识是纯粹偏于实用方面的。因此米诺莱－勒佛罗的精神并不和肉体抵触。他难得说话;开口之前老是吸一撮鼻烟,以便腾出时间来,不是为了思索,而是找字眼。他喜欢多嘴而没法多嘴。想到这头没有鼻子没有悟性的象叫作米诺莱－勒佛罗,我们不禁和斯梯恩有同感,觉得姓名的确有种神秘的作用,有时是讽刺一个人的性格,有时是预言一个人的性格米诺莱一字内包含"米诺(minor)",在拉丁文中意义是"小";"勒佛罗(Levrault)"一字意义为"小兔"。这个姓氏与米诺莱－勒佛罗的巨象似的身体正好是个对照,也是一个讽刺。斯悌恩(1713—1768)为英国作家,在所著小说《德利斯丹·兴第》中说到人的姓名与性格大有关系。米诺莱分明是个无用的人,却靠了大革命帮忙,三十六年中置了不少产业,有草原,有农田,有树林,合到一年三万法郎进款。有了这笔家私而米诺莱还在经营纳摩的运输生意和迦蒂南与巴黎之间的客运货运,倒不是因为老干这一行,成了习惯,而多半是要为他的独养儿子安排一个美好的前程。这儿子,像乡下人说的已经升格为先生了,刚念完法律,过了暑假就得宣誓当见习律师。米诺莱先生和米诺莱太太——因为从大汉身上,谁都看得出他必有一位太太,否则绝不会有偌大的家私——他们对于儿子的职业是听凭他挑选的:当巴黎的公证人也好,在别的地方当检察官也好,随便哪儿的稽征员也好,股票经纪人也好,车行老板也好。从蒙太奚到埃索纳,人人都说:"米诺莱老头有多少家业,他自己也说不清!"这样一个人的儿子,还有什么欲望不能满足,什么职位不能希冀呢?米诺莱的家道殷实,四年前又有新的事实证明:他那时卖了客店,把大街上的车行搬到码头上,另外盖了华丽的马房和住宅。新店的开办费花到二十万,一百多里周围的传说把这数目又加了一倍。纳摩的运输事业需要大量的马匹,往巴黎去的路线要到枫丹白露为止①,东南要过蒙太奚,东北要过蒙德洛。各路的站头都相隔很远,蒙太奚路上的沙石又可以作为多加一匹马的借口,但旅客是花了钱永远看不见多加的牲口的。一个人长着米诺莱那样的身材,有着米诺莱那样的家业,开着这种规模的铺子,的确当得上纳摩老板的称号了。

米诺莱虽然从来不想到上帝或是魔鬼,虽然是个实际的唯物论者,正如他是个实际的庄稼人,实际的自私者,实际的吝啬鬼,至此为止却毫无遗憾的享着全福,假如单纯的物质生活可以算得幸福的话。生理学家若是看到他脑后一堆光秃的肉盖在最高的一根脊椎骨上面,把小脑压住了;听

---

① 枫丹白露:巴黎大都会地区的一个市镇,位于巴黎市中心东南五十多公里。

到他细而尖锐的声音和他的长相成为可笑的对比，就明白为什么这个高大、肥胖、笨重的庄稼人疼爱他的独养儿子，为什么他当初望子心切，甚至替他起个名字叫作但羡来但羡来（Désiré）在原文中是望的意思。倘若爱情真是男子生机旺盛，大有作为的标志，那么哲学家们也不难懂得米诺莱无用的原因了。儿子很运气，长得像母亲。而母亲就跟父亲争着宠孩子。那种无微不至的溺爱可没有一个儿童抵抗得了，不管他天性怎么样。但羡来看透自己有着予取予求的力量，便在父亲面前装作只向父亲要求，在母亲面前装作只向母亲要求，把两人的银柜和钱袋尽量榨取。他在纳摩镇上比一个王子在京城里还要威风；他要在巴黎跟在小镇上一样称心如意的享受，每年花到一万二千法郎以上。但凭了这笔钱，他换来许多新观念，那是在纳摩永远得不到的；他脱胎换骨，已经不是内地人了；他懂得金钱的势力，认为司法界确是一条上进的门路。最后一学年，他交结一般艺术家，新闻记者和他们的情妇，比往年又多花了一万法郎。

最近他有封教人挂念的信写给父亲，谈到一门亲事，要求他支持；大概为了这个缘故，车行老板才在桥上老等；但米诺莱-勒佛罗太太，一边为庆贺胜利归来的法学士忙着端着丰盛的饭菜，一边也打发丈夫到路口上来接，还吩咐他看不见驿车，就该骑着马迎上去。这独养儿子搭的班车，平时清早五点就到纳摩的，此刻却已经敲了九点！怎么会这样脱班的？不是翻了车？但羡来不要送了命吧？还是只断了一条腿呢？

三下响鞭的声音，像排枪似的破空而至，马夫们的大红背心远远的出现了，十匹马都嘶叫起来。老板脱下帽子挥舞，人家看见他了。一个坐骑最好的马夫，带着两匹驾双轮车的灰色花马，把马一夹，超出了五匹驾驿车的肥马和三匹驾四轮车的马，直奔到老板面前。

"你有没有看见'杜格兰'？"

大路上的客车都有些怪名字：什么加耶，杜格兰（那是纳摩与巴黎之间的班车），大公司等等。一切新开车行的车都被称为"抢生意的"！勒公德经营的时代，他的车都被称为"公德斯"——"加耶没追上公德斯，可是大公司把公德斯丢得老远了！"——"法兰西（法兰西运输行的简称）给加耶和大公司比下去了。"倘若马夫乱砸东西，连酒也不要喝，你不妨向领班的打听一下，他会仰着头，眼睛望着远处，回答你："'抢生意的'跑在前面去了！"那时马夫会把话接过去："混蛋，他简直不让客人打尖！"领班的却说："喝，客人，他们会有客人吗？你把包里涅狠狠的抽几下就是了！"包里涅是一切劣马的总称。马夫和领班的在车顶上嘻嘻哈谈的无非是这一套。法国有多少种行业，就有多少种行话。

"你有没有看见'杜格兰'？……"

"你是说但羡来先生吧？"马夫打断了老板的话，"哎！你该听见我们的了，我们料到你等在路口，特意用响鞭给你报信的。"

"为什么班车迟到了四个钟点？"

"在埃索纳和篷蒂埃里之间，后面有个轮子脱了箍。可是没出乱子，上坡的当口，幸好给加皮洛发觉了。"

那时，纳摩教堂的阵阵钟声正招呼居民去望星期日的弥撒；一个三十六岁左右的女人，衣服穿得齐齐整整，走近车行老板，说道：

"喂，表叔，说来你才不信呢！咱们的叔叔带着于絮尔到了大街上，要去望弥撒了。"

虽然现代诗学注重本地风光，定下许多规律，我们也不能过于写实，把这个表面上极平淡的新闻，从米诺莱－勒佛罗那张阔嘴里引出来的连咒带骂的丑话，照样述说。他的声音变得格外尖锐，脸上的神气正如俗语说的，像中暑一般。

第一阵怒火发作过后，他问："可是真的？"

好几个马夫赶着马打面过，向老板招呼，老板好像既没看见，也没听见。米诺莱－勒佛罗不再等儿子，竟和表侄媳俩走向大街去了。

她接着说："我不是早告诉你吗？米诺莱医生一朝老糊涂了，那假仁假义的小丫头准会哄他热心宗教的；抓住头脑就是抓住荷包；咱们的遗产准会给她抢去的了。"

"不过，玛尚太太……"车行老板迷迷糊糊的说着。

玛尚太太打断了表叔的话："啊！你也要跟玛尚一样来一套吧，说什么——这种计划可是一个十五岁的小姑娘想得出，做得到的？八十三岁的老头儿，生平只有结婚进过教堂，恨死了神甫，连这孩子初领圣体也没陪着去，她怎有本领改变他的思想？——好，我问你，倘若米诺莱医生果真恨教士，为什么十五年功夫，他差不多天天晚上都跟夏伯龙神甫在一起？于絮尔每次领圣餐，假道学的老头儿就让她捐二十法郎香烛钱。为了酬谢神甫替她准备初领圣体，于絮尔还送了一笔很重的礼，难道你记不得了？她把自己的积蓄都花光了，事后她干爹 此处的"干爹"系旧教徒受洗时之教父 却加倍还她。你们男人，什么事都不知道留神！我当初听到这些，就说：葡萄割完，篮子没用啦！一个有遗产的老叔，这样对待一个从街上捡来的小娃娃，决不会没有用意的。"

车行老板回答:"呃,老头儿送于絮尔上教堂,也许只是偶巧。天气很好,咱们老叔想出来遛遛也说不定。"

"哼,他手里挟着一本经文,还扮着一副道貌岸然的面孔!总而言之,你自己去瞧罢。"

大胖老板答道:"没想到他们的把戏瞒得这么紧,蒲奚伐女人明明告诉我,医生跟夏伯龙神甫从来不提宗教;并且这本堂神甫是天底下最规矩的人,哪怕只剩一件衬衫,也会送给穷人的;他决不会阴损人家,而走漏遗产,那简直是……"

"简直是偷盗。"玛尚太太说。

"比偷盗还要不得!"米诺莱-勒佛罗叫起来。他听了多嘴的表侄女的意见,气坏了。

玛尚太太道:"我知道,夏伯龙神甫虽是教士,人倒挺规矩的;但他为了穷人,什么事都做得出来!他可能从里头蛀呀蛀的,把咱们的老叔从里头蛀空,而医生也会变成宗教狂的。我们一百二十分的放心,谁知他一下子走了邪路!一个从来不信宗教的人,极正派的人:谁想得到!噢!咱们完啦。我丈夫心里七上八下,烦死了。"

玛尚太太这些话,等于放出许多箭射在大胖表叔身上;她使米诺莱不管身体怎么笨重,居然和她走得一样快,那些望弥撒的人见了都大为惊奇。玛尚太太特意要赶上米诺莱医生,让车行老板亲眼看到。

靠迦蒂南方面,连绵不断的山岗俯瞰着纳摩镇,沿着山脚便是洛昂运河和通往蒙太奚的大道。教堂的石头被时间披上黑黝黝的外衣,因为它是琪士家在14世纪重造的;那时的纳摩正是琪士公爵的封地此系巴尔扎克误记;琪士族最早的公爵生于16世纪,故纳摩的成为他的封邑不能早于16世纪。教堂坐落在镇梢上,后面有一个高大的拱门像框子一般把它镶嵌着。建筑物跟人一样,地位最要紧。因为门前有树荫,有一片挺干净的广场把它衬托着,这所孤零零的教堂便显得庄严伟大。一进广场,纳摩老板恰好看到老叔挽着那个叫作于絮尔的姑娘,各人手里挟着一本经文,正要进入教堂。老人在门洞底下脱了帽子,满头白发像积雪的山峰,在大堂前柔和的阴影中闪闪发光。

纳摩的稽征员,叫作克莱弥埃的,嚷道:"喂,米诺莱,老叔信了教,你有什么感想?"

"教我说什么好呢?"车行老板说着,请对方吸了一撮鼻烟。

"回答得妙,勒佛罗老头!有位大名鼎鼎的作家说过:一个人没说出自己的思想，先得把话想一想；倘使这话是对的，那你当然不能把心里的意思明说了。"说这俏皮话的是一个突然闯过来的年轻人，他在纳摩镇上所扮的角色，等于《浮士德》里头的曼斐斯托番_{曼斐斯托番为诱惑浮士德的魔鬼，博学多闻，诙谐百出，但心术邪恶，阴险殊甚。}

这恶少名叫古鄙，是纳摩公证人克莱弥埃-第奥尼斯的首席帮办。父亲是个小康的庄稼人，打算教儿子当公证人的；古鄙把遗产在巴黎挥霍净尽，呆不下去了，第奥尼斯便留他在事务所里帮忙，虽然也知道他过去的劣迹。你只要看到古鄙，就会知道他是一向忙着寻欢作乐的；因为他为着作乐已经花了很大的代价。

帮办身材虽是矮小，二十七岁上的胸部已经跟四十岁的人一样。两条又短又细的腿，一张大阔脸，皮色乌七八糟，仿佛雷雨之前的天空，脸部高处耸起着光秃的脑门：这种种格外显出他体格的畸形。脸相很像驼子，不过他的驼峰似乎是藏在身体内部的。没有血色而苦闷懊恼的脸上有种特殊的神气，证实他的确有个看不见的驼峰。鼻子和许多驼子的一样，弯弯曲曲，扭来扭去，不长在脸中央，而是自右至左斜着过去的_{驼子身体畸形，往往两腿瘦削，鼻子歪曲：古鄙并非真的驼子，但长相极像驼子，故作者谓其驼峰藏在身体内部。}嘴角两旁耸起一些纹溜，像萨尔台涅人，表示他随时会说刻薄话。稀少的头发黄里带红，一绺绺的挂在额前，有些地方可以看得出头皮。一双又大又扭曲的手，跟太长的胳膊接榫没接好，难得有干净的时候。脚下穿着早该扔在垃圾堆上的鞋子，黑里泛红的粗丝袜。裤子和黑呢上装已经露出经纬，差不多堆了一层油腻；可怜巴巴的背心，好几个钮扣都丢了芯子；脖子里裹着一条旧围巾当领带。全部装束都说明他为了贪欢纵欲，潦倒得不成体统了。

这许多细节固然可怕，但他的主要性格还在那两只山羊眼睛；眼珠四周，围着一圈黄的、有种淫乱和卑鄙的表情。他在镇上是大家最害怕最敬重的人。因为长得丑，古鄙格外野心勃勃；胸襟很窄，跟一般肆无忌惮的人一样特别有他可恶的小聪明，专门用来报复心中的怨恨。他会编些狂欢节里唱的讽刺的小调，纠集无赖在街上起哄，他那张贫嘴等于当地的一份小报。第奥尼斯为人狡猾，虚伪，因此也很胆小；他雇用古鄙，一半是因为古鄙聪明绝顶而有些害怕，一半是利用古鄙熟悉地方上的内情。但东家对帮办防得很严，银钱出入自己掌管，不留古鄙住在家里，也不让他亲近，机密的或是出入重大的案子都不交给他办。帮办受着这种待遇，一面

惊慌的继承人

巴结东家，一面怀恨在心，暗中监视着第奥尼斯太太，想找机会出气。他悟性极快，办什么事都轻而易举。

当下帮办搓着手，车行老板回答他说："噢！小子！你已经在幸灾乐祸了。"

但羡来平时想弄什么女人，古鄙无不丧尽廉耻，竭力帮衬，所以五年来但羡来都引他为同道，而车行老板也对他不大客气，没有想到古鄙胸中积着多少怨恨，把所受的羞辱都记在那里。帮办懂得金钱对自己比对谁都重要，也知道自己比纳摩镇上所有的布尔乔亚都高强①，很想挣一份家业，仗着跟但羡来有交情，把当地三个缺分买一个下来：或是治安裁判所的书记职位，或是随便哪个书办的事务所，或是第奥尼斯的事务所。因此尽管车行老板把他呼来喝去，米诺莱－勒佛罗太太把他不当人看，他始终耐着性子忍受，在但羡来身边做一个不要脸的小丑。两年以来，但羡来假期终了时丢下的情妇，都由他接收。古鄙可以说是端整了大菜给别人享受，自己只拾些残羹冷饭。

"我要是老头儿的侄子，哪怕上帝要和我平分遗产，老头儿也不会答应。"帮办说着，露出一口又少、又黑、又吓人的牙齿，狞笑了一下。

那时，治安裁判所的书记玛尚－勒佛罗，走到他女人身边来，还带着稽征员的妻子克莱弥埃太太。玛尚－勒佛罗在小镇上的布尔乔亚里头是最贪心的一个，脸长得跟鞑靼人一样②：小圆眼睛好比两颗山楂果，脑门扁平，短短的鬈头发，油腻的皮色，一对大耳朵没有耳朵边，嘴唇薄得看不见，胡子很少。他跟放印子钱的人一样外貌温和，心地狠毒，行事都有一定的原则。说话像失音的人。总之，要把他描写完全，只消知道他不雇用下手，所里的判决书都是派妻子和大女儿送达的。

克莱弥埃太太是个胖子，头发的颜色像淡黄又不像淡黄，满面雀斑，衣服都紧贴在身上，平时交结第奥尼斯太太；大家认为她有学问，因为她会看看小说。这位末等金融家的太太，自命为高雅大方，极有才情。她等着老叔的遗产，好让自己有点儿气派，把客厅装饰起来，接待镇上的布尔乔亚；因为丈夫不肯替她买加赛保险灯，镂版画，和她在公证人太太府上看到的一些无聊东西。她最怕古鄙，因为她常常失言，被古鄙拿去到处宣

---

① 布尔乔亚："资产阶级"的音译。
② 鞑靼（dá dá）人：欧洲对蒙古人、突厥人的统称。

扬。有一天,第奥尼斯太太说不知道用什么药水洗牙齿好。她却回答说:"干么不用奥比阿_{第奥尼斯太太问的是刷牙用的药水或牙膏,奥比阿却是一种滋补牙齿的糖浆,供人服用的}呢?"

米诺莱老医生所有的旁系亲属,那时差不多全到了广场上;他们为之惊慌不已的那件事,谁都感觉到意义重大,连一般来自四乡,拿着大红雨伞,穿得花花绿绿,逢时过节走在路上别有风光的男男女女,也一齐把眼睛盯着米诺莱的继承人。在介乎乡村与城市之间的镇上,凡是不去望弥撒的人,都留在广场上谈生意经。按照纳摩的习惯,弥撒祭的时间便是每周一次的交易所时间,散处在几里以内的居民往往在这儿集会。因此,乡下人卖给城里的粮食和替城里人做工,都有个一定的价钱。

车行老板问古鄙:"那么你处在这地位又怎么办?"

"我要使他少不了我,觉得我跟空气一般重要。你们就是不会应付嘛!遗产跟美人儿一样需要小心侍候,稍一疏忽,这两样都会溜之大吉的。要是我的东家娘在这儿,一定会觉得我这个譬喻再贴切没有。"

治安裁判所的书记玛尚回答道:"可是,刚才篷葛朗先生还叫我不用操心呢。"

古鄙笑道:"噢!这句话可有好几种说法。我很想听听你那个刁钻的法官怎么说的。倘若事情没希望了,倘若我跟他一样是你们老叔家的常客,知道大势已去,我也会告诉你——不用操心!"

古鄙说到最后一句,笑的模样儿非常滑稽,意义又很明显,使那些继承人疑心玛尚是受了法官的骗。矮胖的稽征员,正如所有的稽征员一样庸俗,也像一个聪明的妻子所希望的那么无用,对他的共同继承人玛尚吆喝道:"哼,我早跟你说的!"

口是心非的人总以为别人也口是心非的:玛尚气冲冲的把治安法官瞅了一眼,法官正在教堂附近跟他从前的老主顾杜·罗佛侯爵谈天。

"要是我知道的话!……"玛尚说。

古鄙有心挑拨玛尚,教他报复,便说:"罗佛侯爵有好几桩官司在身上,连逮捕状也下来了,篷葛朗此刻正在替他出主意;你不妨从中阻挠,教他帮不了忙。可是对你那上司得赔着小心,老头儿狡猾得很,在你们老叔面前说话一定有些力量,还能拦着他不把全部财产捐给教会呢。"

"算了罢!我们吃不到这块肉也不见得就会饿死。"米诺莱-勒佛罗说着,旋开他那个硕大无朋的鼻烟壶。

"不过也休想靠此过活了。"古鄙这句话教两个女的打了一个寒噤。她们念头比丈夫转得更快,以为丧失这笔钱等于衣食成了问题,因为她们多少年来只想派遗产的用场,把生活过得舒服一些。古鄙却接着说:"可是咱们要替但羨来接风,还是痛喝几杯香槟酒,把这件小小的失意事儿忘了罢;老头儿,你说是不是?"他拍拍大胖老板的肚子,唯恐人家忘了,不叫他一块儿吃饭。

二 有遗产的叔父

故事没讲下去以前，也许一般认真的读者希望先看到一张继承人的名单；为了解三位家长或者他们的太太，跟忽然信了教的老人有什么亲属关系，那张名单原是少不了的。而内地人家血统的交错，也是一个可以引起我们许多感想的题目。

纳摩镇上只有三四家不知名的小贵族，姓包当丢埃的算是有声望的一家。他们来往的只限于在四乡有田产或古堡的，例如圣·朗日那块上好产业的主人特·哀格勒蒙，还有田地都抵押光了，一般布尔乔亚都眼巴巴的等着并吞他产业的杜·罗佛侯爵。住在镇上的贵族是没有财产的。特·包当丢埃太太的全部家私，只有一处岁入四千七百法郎的田庄和镇上一所屋子。跟这个微不足道的圣·日耳曼郊区_{圣·日耳曼郊区为巴黎一区的名字，19世纪前期为贵族住宅区}对抗的，有十来家富户，都是从前的磨坊主人，或是退休的商人，总之是个小型的布尔乔亚阶级；在他们之下就是一般零售商，贫民和乡下人了。这些布尔乔亚，像在瑞士的郡县和许多别的小国中一样，都发源于几个土著的家庭，祖上也许还是高卢人①；他们控制了一个地方，逐渐蔓延，几乎把所有的居民都变做了亲戚。路易十一的朝代，平民已经把外号变做本姓，有几个并且和封建的姓氏混合了；那时纳摩的布尔乔亚共有米诺莱、玛尚、勒佛罗和克莱弥埃四姓。到路易十三治下，这四个姓已经化出玛尚－克莱弥埃、勒佛罗－玛尚、玛尚－米诺莱、米诺莱－米诺莱、克莱弥埃－勒佛罗、勒佛罗－米诺莱－玛尚、玛尚－勒佛罗、米诺莱－玛尚、玛尚－玛尚、克莱弥埃－玛尚……这些姓氏再加上"小辈"和"长房"一类的称号，或者叫作克莱弥埃－法朗梭阿、勒佛罗－雅各、约翰－米诺莱等等_{法国习惯，两姓结亲以后，尤其在女方的母家没有男继承人的情形之下，}

---

① 高卢人：古罗马人把居住在今西欧法国、比利时、荷兰一带的凯尔特人称为高卢人。凯尔特人、日尔曼人、斯拉夫人为欧洲三大族系。

往往把两家的姓氏合在一处,作为夫婿的姓氏。数代后倘支系繁多,则又把名字夹在姓中以为识别。倘若平民阶级有天需要谱系学者的话,便是昂赛末神甫复生昂赛末神甫为16世纪有名的谱系学者,有《法兰西王室世系及年谱》一书行世,也要被这些姓氏搅昏头的。四份人家由于通婚和后嗣关系,变出许多万花筒式的姓氏,越来越复杂。编纂《高太年鉴》的本多会教士,研究日耳曼贵族错杂的家谱,下的功夫固然极精密,但遇到纳摩布尔乔亚的世系表,恐怕也不容易应付了。好些年来,米诺莱一姓是开制皮作的,克莱弥埃一姓是开磨坊的,玛尚是做买卖的,勒佛罗始终是庄稼人。算是地方上的运气,这四个主干的根须并不单纯地下伸展,而是抽出新芽来,或是靠某些离开本乡另谋发展的子孙,接种到外面去:有些米诺莱在墨仑开铁店,有些勒佛罗到了蒙太奚,有些玛尚到了奥莱昂,还有些克莱弥埃在巴黎做了要人。从蜂房里分群出去的那批蜜蜂,命运个个不同。一般有钱的玛尚当然雇了穷的玛尚,正好比日耳曼的贵族为奥地利或普鲁士的王室服务。同一个州里,就有一个当兵出身的米诺莱替一个百万家财的米诺莱做保镖。打个比喻说,这四个只有姓和血统相同的梭子,一刻不停的织着一匹布,一段做了衣衫,一段做了饭巾,一段做了细密的麻布,一段只是粗糙的里子布。他们之中在社会上成为头脑的,心脏的,或是单单跑腿的,不论是胼手胝足的也罢,有肺病的也罢,天才也罢,都属于同一血统。他们的族长都忠于乡土,住在小镇上。彼此的亲戚关系随着人事而忽远忽近,而人事变迁的标识便是那些古怪的外姓。不论你上哪儿,只要换掉姓氏,到处都是同样的情形,只缺少一些从封建阶级沾染得来,而被华德·司各脱写得那么生动的诗意。

我们不妨把目光放远一些,从历史上去考察一下人类的发展。所有十一世纪的贵族,除了加贝王族,几乎已经全部绝迹,但对于今日的几个世家,如洛昂,如蒙莫朗西,如鲍弗勒蒙,如冒德玛,都是有关系的;他们的血统一直要传到最后一个名副其实的贵族。换句话说,一切布尔乔亚都是亲戚,一切贵族也都是亲戚。圣经上讲谱系的那一段,很深刻的说,闪、含、雅弗三家的后代在一千年中可以布满地球。一家能成为一国,不幸一国也能销声匿迹,重新成为一家。我们的祖先总跟着年代而越来越多,像几何级数一般增加而数目是自乘作者此处所说"几何级数"与"数目自乘"二语,大有语病。追溯祖先,从自身往上推,第一代为二,第二代为四,第三代为八,第四代为十六,每次均为乘二,显非自乘,要证明一家可成为一国,一国可成为一家的话,只消在追溯祖先的时候引用一个波斯哲人的计算。相传他发明了棋戏，向波斯王要求酬报，第一个棋盘要一根麦穗，以后每个棋盘以累进法加倍，结果是把整个王国送给他还不够。贵族是靠经久不变的制度保护的，布尔乔亚是凭孜孜不倦的劳动与巧妙的经商生存的；贵族网与布尔乔亚网的交错，两种血统的对抗，便产生了1789年的革命。现在，贵族与布尔乔亚差不多已经混合，双方都有大批毫无遗产的旁系亲属。他们将来怎么办呢？答案就要看以后的政局了。

因走进教堂而轰动一时的米诺莱医生，他的一支在路易十五治下只是简简单单的米诺莱。因为人口众多，五个弟兄姊妹之中的一个到巴黎去找出路了，难得再在本乡露面；祖父母故世的时候，他的确是回来领他的一份遗产的。和一切意志坚强、想在巴黎上流社会占一席地的青年一样，米诺莱吃了许多苦；但成就之大，恐怕远过于他当初的期望。他先研究医学，那是本领与运气都要紧，甚至运气比本领更要紧的职业。承蒙同乡杜邦抬举，很幸运的跟服尔德戏称为莫赖的莫勒莱神甫有交情 杜邦（1739—1817）为法国有名的经济学家。莫勒莱神甫（1727—1819）为文学家兼经济学家，虽系教士，与服尔德为密友，并参加"百科全书"的编纂工作，又得到百科全书派的庇护，米诺莱医生死心塌地的跟着狄德罗的朋友，大名鼎鼎的鲍尔端医生。米诺莱年轻的时候见过达兰贝尔、埃凡丢斯、霍尔巴赫男爵、葛利姆 以上四人均为18世纪的百科全书派哲学家及作家；他们后来都和鲍尔端一样对米诺莱很关切。1777年左右，他病家很多，大半是无神论者、百科全书派、感觉论者、唯物论者……总之是当时一般有钱的哲学家，你爱怎样称呼都可以。他虽不是江湖医生，却发明了红极一时的勒黎埃佛药膏，由百科全书派的机关刊物——《法兰西雄辩周报》大捧特捧，在封底上常年登着广告。药剂师勒黎埃佛是化学家罗埃尔的学生，正如米诺莱是鲍尔端的学生；米诺莱发明药膏，本意只想在《药典》上有个名字；勒黎埃佛却精明能干，认为是笔好买卖，赚的钱也很公道的分给米诺莱。其实，用不到这样的厚利，一个人也很容易成为唯物论者。1778年，正当《新爱洛绮丝》 卢梭的《新爱洛绮丝》描写男女的自由恋爱，为19世纪浪漫派文学先驱风行一世，有些人开始单为爱情而结婚的时代，米诺莱医生爱上了于絮尔·弥罗埃，和她结了婚。她的父亲是有名的洋琴家，叫作华朗丁·弥罗埃；她本人也是个出名的音乐家，身体娇弱，在大革命中故世的。米诺莱和劳白斯比哀很亲密，大革命以前曾经帮助他，使他一篇应征的论文得到金像奖，题目叫作《一人犯罪，全家受辱，渊源何在？此种舆论是否害多利少？若然，当用何法补救？》，论文原稿，恐怕还保存在曼兹的王家科学艺术学会，米诺莱便是这学会的会员。有了这种交情,医生的太太在大革命期间本可有恃无恐;但她感觉过于灵敏,早就害着动脉瘤,又为了断头台的恐怖,吓得心惊胆战,把病益发加重了。虽则疼爱她的丈夫对她保护周密,她仍看到了满载死犯的囚车,而车上正好有罗兰夫人在内。这一幕就成为她致命的原因。米诺莱平日对于絮尔百依百从,让她过着情妇一般的生活;她死后,医生的钱差不多完了,劳白斯比哀便安插他做了某医院的主任医师。

当年为了梅斯曼的催眠术大开论战的时期,米诺莱颇享盛名,他的本家还不时想起他。但大革命的分解力量太强了,家庭关系都为之中断;1813年左右,纳摩镇上已经没人知道有米诺莱医生这个人。那时他倒由于偶然的机会,想起归隐故乡,像兔子一般躲到老窟里来终老了。

在法国境内游历,单调的平原很容易教人厌倦;倘在山岗高头,或是下坡的时候,或者峰回路转的当口,满以为迎面无非是一片荒凉的景色,而事实上却看到一个清秀的山谷,受着河流灌溉,岩石之下荫蔽着一座小镇,好似中空的枯树之间藏着一个蜂房,那时谁不欣喜欲狂呢?你听见走在牲口旁边的马夫一声吆喝,自会驱走睡魔,欣赏那美丽的景致,当做梦中之梦。正如读者在一本书里发现了精彩的段落,旅客也体会到了大自然中的一股灵气。从蒲尔高涅方面来的人一眼看到纳摩,就有这种感觉。市镇四周尽是光秃的岩石,有灰的,有白的,奇形怪状,跟罗列在枫丹白露森林中的一般无二;其中挺立着疏疏落落的树木,很显明的在天边映出它们的倩影,使那些像倒塌的城墙般的岩石另有一种田园风味。蒲隆与纳摩之间,沿着大路连绵起伏的、全是树木茂盛的岗峦,到这里才告结束。形状不○的巉岩底下,展开着一片草原,洛昂河横贯其中,形成许多瀑布。蒙太奚大道旁边的这幅秀美的风景,颇像歌剧中的布景,一切效果仿佛都是经过设计的。

一天早上,米诺莱医生到蒲尔高涅看了一个有钱的病人,急于回巴黎,没有在前一站上说明要走哪一条路,不知不觉被马夫带到了纳摩。他一觉醒来,看到那片风景,正是他消磨童年的地方。那个时期,好几位老朋友都故世了。这位百科全书派的信徒眼看拉·哈泼信了旧教;勒勃仑-班达尔,玛丽-约瑟·特·希尼埃,莫勒莱和埃凡丢斯太太的葬礼,他都参加过了;看着服尔德声望低落,在弗莱隆之后又受到乔弗罗埃的攻击;米诺莱医生自己也想到退休了。包车停在纳摩的大街上段打尖,他便有心打听一下家属的情形。米诺莱-勒佛罗亲自跑来见医生,医生发觉车行老板原是他大哥的嫡亲儿子;这侄儿说,他娶的老婆是勒佛罗-克莱弥埃老头的独养女儿；十二年前丈人死了，把车行和纳摩镇上最漂亮的客店传给了他。"

医生问："那么侄儿，我还有别的继承人吗？"

"还有我的姑母，嫁给玛尚－玛尚家的，是你的姊妹。"

"不错，她丈夫是圣·朗日田庄的总管。"

"姑夫先死，接着姑母也死了，只留下一个女儿，最近嫁了克莱弥埃－克莱弥埃；他人很不错，只是还没找到差事。"

"啊！她就是我嫡亲的外甥女啰。我弟兄之中，一个当水手的，没娶亲就死了；一个当上尉的，在蒙德－莱奚诺阵亡了；可见父系方面的人都完啦。那么我母系方面还有亲戚没有？我母亲是约翰－玛尚－勒佛罗家的人。"

米诺莱－勒佛罗答道："约翰－玛尚－勒佛罗一家只剩一个女儿，嫁给克莱弥埃－勒佛罗－第奥尼斯，他是承包军中的草料生意，死在断头台上的。他老婆因为家破人亡，郁郁闷闷的死了；留下一个女儿，嫁给勒佛罗－米诺莱，在蒙德洛种田，日子过得不错。他们的女儿最近嫁了玛尚－勒佛罗，在蒙太奚的公证人手下当书记，他父亲在蒙太奚当铜匠。"

"原来我的继承人不少哇。"医生高高兴兴的说着，要侄子陪他在纳摩镇上走走。

微波荡漾在洛昂河，在镇上横贯而过；两岸有些砌着平台的花园和整洁的屋子，单看外表，好像这地方竟是人间福地。医生从大街拐进布尔乔亚的当口，米诺莱－勒佛罗指着勒佛罗先生的一所屋子，说主人是巴黎有钱的五金商，最近故世的。

"叔叔，这所漂亮屋子要出卖呢，临河还有一个挺好的花园。"

屋子前面有一个铺着石板的小院子，两旁是邻屋的界墙，邻屋被浓密的树荫和蔓藤遮掉了。医生看着，说道："进去瞧瞧罢。"

他走上很高的石梯，扶手高头摆着白的、蓝的珐琅盆，盆中柘榴红开得很盛。医生道："原来底下还有地窨子①。"

像多数内地房屋的格式，屋子中间是一条过道，前通院子，后通花园；过道右边只有一间客厅，开着四扇窗，两扇朝院子，两扇朝花园；勒佛罗把其中一扇改做了门洞子，通到一所砖砌的花房，花房很深，从客厅直达河边，尽头又有一间恶俗不堪的中国式的水阁。

---

① 地窨（yìn）子：地下室。

米诺莱老人道:"这花房盖上屋顶,铺上地板,就能安放我的藏书;那古怪的小建筑可以改做一间精雅的小书房。"

过道那一边,靠花园有一间餐室,墙壁是黑漆底子,画着金碧花卉。餐室后面是楼梯道,再往后去有一个放碗盏的小间,过去便是灶屋;灶屋的窗朝着院子,装有铁栅。二层楼上有两个兼带套房的卧室;顶上是几间阁楼,装着护壁板,还能住人。临着院子和花园的外墙,为了爬墙的藤萝,从上到下都钉着绿漆的木条子;临河一带砌着平台,摆着珐琅质的花盆。医生匆匆忙忙看了一遍,说道:

"嗯,勒佛罗－勒佛罗倒着实花了些钱!"

米诺莱－勒佛罗答道:"噢!花了很多呢!他喜欢花草,那真是胡闹!我女人说的:'花有什么出息?'你瞧,还有一个巴黎画家把过道的壁上也画满着花呢。到处嵌着大镜子。平顶也重新做过,光是四角堆花的嵌线就要六法郎一尺。饭厅的地板都用小木块拼的,简直发疯!屋子并不因此多值一个钱。"

"好罢,侄儿,你替我买下来,帮我出点儿主意,我把我的地址写给你。其余的事,只要跟我的公证人接洽好了。"他走出门,又问了声:"对面住的是谁?"

车行老板回答:"是个逃亡贵族_{大革命时,贵族多逃亡国外,一部分于拿破仑称帝后回国,多数均于路易十八复辟后回国。回国后一般人仍称之为逃亡贵族},叫作什么特·包当丢埃骑士。"

屋子买进以后,那名医并不搬来,却写信教侄儿出租。纳摩的公证人刚把事务所盘给首席帮办第奥尼斯,便租下老勒佛罗的别墅。过了两年,正当拿破仑在纳摩附近做最后挣扎的时节,老公证人死了,医生的屋子又得另招房客。那些继承人空欢喜了一场,大失所望,认为他想回故乡的念头只是有钱人一时之兴,巴黎一定有什么得宠的人把他留着,将来会夺掉他们遗产的。但米诺莱－勒佛罗的女人借此机会写信给医生,医生回信说,等巴黎和约签了字,路上没有了乱兵,交通恢复了,他立刻住到纳摩来。随后他带着两个病家来了一次,一个是救济院的建筑师,一个是家具商。这两人负责修理屋子,改造内部,搬运家具。米诺莱－勒佛罗太太把已故公证人的厨娘荐去看守屋子,医生也就雇用了。

虽则迦蒂南与勃里一带在那时是大局演变的中心,但继承人们一知道他们的叔叔,或是舅舅,或是表叔祖,要正式住到纳摩来的消息,他们的家属便心里痒痒的,但也差不多是名正言顺的,急于打听消息。大家在心里盘算：老人家是不是很有钱？是俭省的还是会花钱的？有没有存着什么终身年金？他们费了不知多少心计，经过不知多少暗中的刺探，终于打听出下面一些事实。

医生自从太太于絮尔·弥罗埃死了以后，在1789至1813年间挣的钱照理是不少的，因为他从1805年起就担任皇帝的顾问医师19世纪上半期，法国对拿破仑一世皆简称为皇帝；但谁也不知道他财产的总数。他生活很简单，住着一个华丽的公寓，包着一辆论年的马车，除此以外，没有别的开支了；他从来不请客，几乎老在外边吃饭。女管家因为不能跟着到纳摩来，非常气愤，告诉车行老板的女人才莉，说医生手里有年息一万四的公债。他行医二十年，加上医院的主任医师，皇帝的顾问医师，学士会会员等等的头衔，业务收入当然格外可观；但历年存放所得，只有一万四的利息，可见他至多只积了十六万法郎。既然一年只能积蓄八千法郎，他不是有许多不良嗜好要满足，便是有许多善事要做；但女管家和才莉都猜不透资产不丰的原因。事实上，米诺莱医生是巴黎最乐善好施的一个人，区里的居民对于他的告老还乡惋惜不置，但他和拉莱拉莱为18至19世纪时有名的外科医生，以心术仁慈著称一样，做的好事都是极秘密的。

他已经得了荣誉团四等勋章，最近路易十八又封他为圣·米歇骑士，大概是他的退休使王上能够安插一个私人的缘故。一般继承人，看见老叔的华丽的家具和大量藏书装运到纳摩来，觉得非常惬意。可是建筑师，漆匠，家具商，把一切都布置得极其舒服了，医生还是姗姗来迟。米诺莱-勒佛罗太太把屋子当做自己的产业一般，监督建筑师与家具商的工程。一个派来整理藏书的青年对她漏出一句话，说医生抚养着一个孤女，叫作于絮尔。这消息使纳摩镇上大大的骚动了一阵。1815年正月，老人终于带着一个十个月的小娃娃和一个奶妈，不声不响的在屋子里安顿下来了。

那些惊慌的继承人都说："于絮尔绝不是他生的，他已经七十一岁了！"

玛尚太太说："不管她是什么关系，反正是我们心上的一块疙瘩！"

医生接待母系方面的表侄孙女相当冷淡。表侄婿玛尚才盘进治安裁判所的书记职位；在所有的继承人中，他夫妇俩首先向医生提到处境艰难的话。玛尚家并无财产。父亲在蒙太奥当铜匠，为了拔清债务，年纪到了六十七还像年轻人一样的做活，将来决不会有什么遗产的。玛尚太太的父亲，勒佛罗-米诺莱，新近受到战祸，死在蒙德洛，因为眼看自己的农庄烧了，田地荒了，牲畜也完了。

"从你叔公那儿，咱们一个子儿也弄不到的。"玛尚对妻子说。她正怀着第二个孩子的身孕。

可是医生私下给了他们一万法郎。玛尚跟纳摩的公证人和书办都是朋友，便拿这笔钱去放高利贷，把四乡的农民狠命盘剥；多少年下来，据古鄙说，已经神不知鬼不觉的积到八万法郎了。

至于外甥女，医生凭着巴黎的人事关系，替外甥婿克莱弥埃谋到了纳摩稽征员的职位，代他缴了保证金。米诺莱-勒佛罗丰衣足食，绝对不需要帮忙；但老叔对其余两个亲戚如此豪爽，才莉看了不免心中妒忌，便带着儿子去拜见；他才十岁，不久要到巴黎进中学，据她说费用很贵。因为冯太纳是米诺莱医生的病家，米诺莱就替侄孙在大路易中学弄到一个半费额子，进了四年级。

克莱弥埃、玛尚、米诺莱-勒佛罗这三个平凡透顶的人，开头两个月就被医生看透了；那个时期，他们竭力去巴结他，但巴结的不是老叔，而是遗产。单凭本能行事的人，在有头脑的人面前有一点很吃亏，就是很快会被人识破。从本能出发的念头太简单了，太刺眼了，令人一见便明；不比了解有心机的思想，双方的智力要不相上下才行。乖巧的医生买了那些继承人的欢心，教他们不能再开口以后，就拿事务、习惯，和小娃娃于絮尔需要照料做借口，不再招待他们，虽然也不至于闭门不纳。他喜欢一个人吃饭，睡得晚，起得迟；他回本乡原是为求休息和清静来的。老人家这些癖性似乎也在情理之内，那班继承人只在每星期日下午一点至四点之间来拜访；但他对于每周一次的访问也不想敷衍了，他说："你们等需要我的时候再来看我罢。"

老医生遇到严重的病症并不拒绝诊治，尤其对穷人；但绝对不愿意进小规模的纳摩救济院当医生，说他已经退休了。

本堂神甫夏伯龙知道他心地好，特意为了穷人来劝驾，他却笑着回答："我医死的人已经不少了！"

"他是个怪物！"

一般因高攀不上而觉得有失面子的人，都拿这句话向医生轻描淡写的报复一下，因为医生只跟几个值得继承人注目的人物做朋友。但自命为有资格和圣·米歇骑士来往，而事实上无法接近的布尔乔亚，对于医生和被医生垂青的人，从此种下了忌妒的根苗，不幸这根苗将来竟会发生作用。

三　医生的几位朋友

　　医生是个唯物论者，可是和纳摩的本堂神甫很快就交了朋友；这种怪事唯有两极相接这句成语解释。老人极爱玩脱里脱拉，那是教会中人最喜欢的游戏_{这是一种用棋子、骰子和一个有格的木盘玩的游戏，规则很复杂}，而夏伯龙神甫的技艺正好跟医生匹敌。这是他们俩第一个共同点。其次，米诺莱乐善好施，而纳摩的本堂神甫也是迦蒂南一带的法奈龙_{法奈龙（1651—1715）不但为有名的神学家，伦理学家，教育家，作家，且为最有道行的主教}。两人学问都很渊博；纳摩镇上只有教士一个人能了解那位无神论者。彼此不了解是没法辩论的；听的人莫名其妙，你尽管言辞锋利也不会觉得有趣味。医生和教士识见高超，上流人物也见得多了，自然会身体力行，时常在谈话之间来一些不可少的小小的争论。他们俩都痛恨对方的主张，又都敬重对方的品格。倘使亲密的交情缺少这一类的对立和这一类的好感，人与人的交际就毫无意义，尤其在法国，朋友之间必须有些相克的地方才好。反感是由于性格的冲突，而非由于思想上的争执。所以在纳摩镇上，夏伯龙神甫第一个跟医生交了朋友。

　　那时教士正好六十岁，自从宗教的禁令取消的时候起_{大革命初期，一切宗教均被禁止，教堂皆被充公，至1795年方取消禁令，恢复信仰自由}，就在纳摩当本堂神甫。因为舍不得离开本地的教徒，他没有接受主教区的副司祭职位。不关心宗教的人固然很愿意他留任，忠实的信徒却因之更敬重他了。这个既受教徒崇拜，也受居民欢迎的神甫，只顾一味行善，从来不问遭难的人对宗教的意见。他住宅里只有一些必不可少的家具，冷冰冰的，空荡荡的，很像吝啬鬼住的屋子。吝啬与慈悲的作用原是很相像的：吝啬鬼在地上积聚的财富，行善的人不是积聚在天上吗？

　　对于日常开支，夏伯龙神甫跟女佣人比高勃萨克_{高勃萨克为巴尔扎克创造的放高利贷的典型人物，另有一短篇小说描写，题目即《高勃萨克》}还要计较得厉害，假定这赫赫有名的犹太人也雇着老妈子的话。好心的教士，逢到穷人告急而自己囊无分文的时候,往往把鞋子上和短裤裤脚上的银搭扣卖掉。镇上一般虔诚的妇女看他走出教堂,把短裤脚管的带子拴在钮孔内,便赶紧到纳摩的首饰商那儿,赎出搭扣送回去,还埋怨他几句。他从来不添内外衣服,直要穿到不能再穿为止。到处都是补丁的内衣,贴在肉上好似马鬃做的苦行衫<small>虔诚的旧教徒,常有身穿粗劣的马鬃衣以自苦肉体的事</small>。包当丢埃太太或是别的信女,只能跟他的女管家讲妥,等他睡觉的时候把旧衣服拿掉,换上新的,而神甫还不一定就会发觉。菜盘是锡的,刀叉是熟铁的。逢到什么节日,县级的本堂神甫照例要请四乡的教士吃饭,那他只能向不信上帝的医生去借用桌布和银器。

"我的银器倒是修了正果啦。"医生说。

教士所做的那些早晚有人发觉,并且老是鼓励人的好事,都出之以极其天真的心情。夏伯龙神甫学问渊博,天资过人,所以他过的那种生活尤其值得佩服。细腻与风雅原是朴实的人必然具备的长处,在他身上使他的谈吐更耐人寻味,不亚于主教的辞令。他的举止,性格,生活方式,使人交接之下只觉得他的聪明兼有淳朴与高雅的气息。他喜欢说笑,在客厅里从来不拿出教士的面孔。米诺莱医生未到之前,夏伯龙毫不介意的把自己的才学藏在心里;但医生给了他一个流露的机会,也许他是很感激的。刚到纳摩的时期,他颇有些好书,还有二千法郎的利息可收;到1829年他只有教职的收入了,而且差不多每年施舍完的。人家遭了不幸或是疑难的事,他是最好的顾问;平时不上教堂求安慰的人,很多到他住宅里去讨主意。

再讲一桩小故事,这个内心的写照就完全了。偶尔有些乡下人,当然是一般坏东西,自称被人逼得无路可走了,或是假装被人逼着,去赚取夏伯龙神甫的同情。他们还哄骗自己的妻子,让她们真的以为住的屋子,养的母牛,都要被人拿走了,哭哭啼啼的去央求好心的神甫;神甫替他们凑足了七八百法郎,乡下人却拿去买进一小块田。有些虔诚的教徒和教会里的董事,把骗局向夏伯龙拆穿了,要他事先问问他们,免得受贪心的人蒙蔽;他回答说:"他们为了要一小块地,说不定会做出什么坏事来的,防止坏事不就是做了件好事吗?"

了不起的是,那些关于文学科学的知识并没使他的心肠和聪明的头脑受到一点儿坏影响。这样一人物,或许读者也喜欢有幅速写罢。

夏伯龙神甫六十岁,头发已经全白,一则他对别人的苦难感受太深,二则大革命中的许多事变也把他折磨得厉害。两次拒绝宣誓,两次入狱,像他自己说的,做过两次"主啊,我把灵魂交在你手里"的祈祷。他中等身材,不肥不瘦,脸色苍白,皱痕很多,肉都瘪下去了;首先惹人注目的是眉宇之间那股恬静的气息,五官清秀,脸庞四周好像还围着一圈光。一个童贞的人,脸上自有一种说不出的光辉。不规则形的面孔,天庭宽广;棕色眼睛的瞳子非常锐利,使整个相貌都很生动。眼神温柔而兼威严,特别有股力量。眼睛高头的拱骨像两个穹窿,长着一大簇花白眉毛,并不可怕。牙齿掉了很多,嘴的模样变了,腮帮瘪下去了;但这副衰老的容貌不无风韵,和蔼可亲的皱裥好像在向人微笑。他虽没有痛风症,一双脚却是娇弱得很,步履艰难,终年得穿着奥莱昂小牛皮鞋。他认为时行的长裤对教士不大得体,始终穿着扎脚短裤,下面套着女管家编织的黑色长统粗羊毛袜。出门从来不着长袍,只穿一件棕色大氅,头戴三角帽,那是在最凶险的日子都很勇敢的戴着的。这心地高尚、色相庄严的老人,凭着一尘不染的灵魂和恬淡的胸怀,风采越来越美了。他对于本书中的人物和事故都有很大的影响,所以我们开头先得弄清楚他的威望是怎么来的。

米诺莱医生订着三份报纸,一份是进步党的,一份是保王党的,一份是政府公报;另外也订着几种期刊和科学杂志:日积月累,他的藏书格外丰富了。这个百科全书派的老人,连同他的报纸与藏书,吸引了一个退伍的上尉。他在瑞典军队里当过差,叫作特·姚第先生:是个老鳏夫,也是个自由思想的贵族,靠着一千六百法郎的恩俸和终身年金过活。他先托神甫借阅医生的报纸和期刊,看了几天,认为应当去道谢。初次拜访的结果,这退伍的上尉,前陆军学校的教授,就得到老医生的青睐,马上来回拜了。

特·姚第身材矮小,形容枯槁,虽然脸色苍白,却受着多血质的影响,身体不大好;最引人注目的是那特别高爽的天庭,极像查理十二,并且头发也剪成平顶,跟那位以武功出名的君王一样。看他的蓝眼睛,仿佛是有过爱情的,但眼神非常幽怨,一望而知藏着不少心事;但他讳莫如深,老朋友们从来没听见他有一言半语涉及过去的生活,或是为了别人的苦难有什么触景生情的慨叹。他面上装作达观,快乐,遮盖他没人知道的,往日的痛苦;但他自以为左右无人的时候,那些并非因为衰老而是出于故意的,迟钝而慢吞吞的动作,证明他心中永远有一个苦闷的念头:因此夏伯龙神甫替他起个外号,叫作不期然而然的基督徒。终年穿的蓝呢服装和略嫌僵硬的姿势,显出老军人的习惯。声音温柔和顺,教人听了感动。一双好看的手,很像特·阿多阿伯爵的脸庞,说明他年轻时候是个风

首先惹人注目的是眉宇之间那股恬静的气息

流倜傥的人物；因为这缘故，他的生平更显得神秘了。大家想到他当年的品貌、英勇、风度、学问，还具备最可贵的德行，都不由自主的要问：这样一个人会受到什么打击呢？姚第先生每次听到劳白斯比哀的名字都要发抖。他鼻烟的瘾很大，可是奇怪，因为小姑娘于絮尔为了他有这个习惯而讨厌他，他居然把烟戒掉了。一看到这孩子，姚第就瞧个不停，大有一往情深之概。他对于絮尔的玩艺儿喜欢得入迷，又表示那么关心；因此他和医生的交情更深了一层，医生却从来不敢问他：

"啊，你，难道你也有过夭折的儿女吗？"

世界上颇有些人，像他一样的和善、耐性，一辈子心头藏着隐痛，嘴角上挂着温柔而又苦闷的笑容；为了心高气傲，为了瞧不起世俗，或许也为了报复，至死不让人家猜到谜底，只把上帝当做心腹，向上帝求安慰。姚第是跟老医生同样到纳摩来终老的，在镇上只和两个人来往：一个是对教区的居民有求必应的本堂神甫，一个是晚上九点就睡觉的包当丢埃太太。姚第临了也支持不住，只能提早上床，虽则到了床上翻来覆去，睡不着觉。因为这缘故，一朝遇到一个见过同样人物，讲同样语言，可以交换思想而且睡得迟的人，对于医生和上尉都是运气。姚第、夏伯龙、米诺莱，三个人第一次消磨了一个黄昏，都觉得愉快之极，从此一到晚上九点，小于絮尔睡了觉，老人空闲了，军人和教士就来坐到半夜或一点。

不久这三重奏变成四重奏。治安法官心中一动，感觉到那一类晚会的乐趣，也来想法亲近医生了。他阅世很深，凡是教士、医生、军人，靠超度灵魂，治疗疾病，教育青年，培养成功的那种宽容，那些知识，那些见闻，那种机智，那种谈笑风生的才具，法官是靠办案子得来的。篷葛朗担任纳摩治安法官以前，在墨仑做过十年诉讼代理人，还亲自出庭辩护；因为没有律师的地方，诉讼代理人照例是兼带辩护的。他四十五岁上死了太太，觉得自己还精力充沛，闲着无聊；恰好纳摩的治安法官在医生搬来的前几个月出缺了，便去申请这个职位。司法部长能找到一些办案子的老手，尤其是家道小康的人，充任这一级很重要的司法官，总是很高兴的。篷葛朗尽着一千五百法郎薪水在纳摩过着简单的生活，把所有积蓄花在儿子身上；儿子在巴黎念法律，同时在有名的诉讼代理人但尔维手下实习。篷葛朗老头颇像一个退休的师长：脸色的苍白不是天生的，而是事务的繁忙，人生的失意，厌弃世情的心理留下的烙印；皱痕之多是由于思索，也由于常常皱眉蹙额所致，这原是一般不便畅所欲言的人惯有的表情。但他往往笑容可掬：凡是一忽儿无所不信，一忽儿无所不疑，无论看到什么，听到什么，都不以为奇，把为了利害关系而变得深不可测的心思看得雪亮的人，都有这副笑容。不是白而是褪色的头发，波浪似的紧贴头上；脑门的长相一望而知是个聪明人，黄黄的皮色跟稀少的细头发很调和。又窄又短的脸盘，加上又短又尖的鼻子，使他的相貌格外像狐狸。唾沫从他那张和健谈的人一样阔大的嘴里喷出来，往四下里乱飞。古鄙挖苦他说："听他的话，非撑把伞不可。"又说："他念判决书就跟下雨一样。"他戴着眼镜的时候，目光好像很狡猾；不戴的时候，一双近视眼呆呆的毫无生气。虽然性情快活，兴致极好，但他举动之间过于流露出自命不凡的气概。一双手几乎老插在裤袋里，只有为了扶正眼镜才抽出来，而那一下的手势又有似乎嘲弄的意味，表示要来一句妙语了，或是说出驳倒众人的论据了。他的一举一动，多言多语，无心的卖弄，都显出他是内地的诉讼代理人出身；但这些小小的缺点只是表面的，而且是有补偿的，因为他靠着后天的修养，人很随和，那在严格的道学家说来，是优秀人士应有的度量。固然，他神气有点像狐狸，事实上大家也认为他非常狡猾而不至于不老实。但一般有先见之明而不受哄骗的人，不是都被称为狡猾的吗？这位法官喜欢打韦斯脱，那是上尉与医生都能玩，而神甫很快就学会的牌戏。

这个小集团，等于把米诺莱的客厅作为沙漠中的一片水草。这小集团也有纳摩本地的医生参加；他既不缺少学问，也很懂得处世之道；敬重米诺莱是个医学界的名人；但他为了忙碌和辛苦，不得不早起早睡，没法像其余三位朋友那样经常走动。纳摩镇上只有这五个优秀人物知识相当广博，能够彼此了解；他们的结合，说明了老医生对继承人的厌恶；把遗产传给他们倒还罢了，让他们来亲近可是受不了。车行老板、书记和稽征员，或者是领会到这点儿微妙的用意，或者是老叔正派的作风和给他们的好处，使他们放了心，居然不再上门，教老人大为高兴。这样，米诺莱在纳摩住了七八个月以后，四个玩韦斯脱和脱里脱拉的老伙伴，组成了一个分不开的、不容外人插足的小圈子；他们每个人都觉得这是暮年意想不到的友情，因之体会得更深。这般气味相投的风雅人士，各人以各人的心思把于絮尔当做螟蛉女儿①；神甫想到的是孩子的灵魂，法官自命为她的监护人，军官发愿要做她的导师；米诺莱却兼做了父亲、母亲和医生。

在当地住惯以后，老人按照一般内地情形把生活安排好了，什么事都

---

① 螟蛉（míng líng）：双带夜蛾。古人认为蜾蠃不产子，喂养螟蛉为子，因此用螟蛉子比喻义子。此处指养女、干女儿。

有了习惯。为了于絮尔，他早上决不见客，也从不请人吃饭；朋友们可以在傍晚六点左右到他家里来，留到半夜。先来的在客厅里看着放在桌上的报纸，等后来的几个，有时医生在外边散步，他们就到半路上去接他。这些清静的习惯不但对老年人有益，而且也是深于世故的人极聪明极有远见的打算，免得继承人常常疑神疑鬼，也免得小镇上有什么闲言闲语，扰乱他的清静。舆论的专横是法国的祸害之一，快要霸占一切，把一国变成一省了；米诺莱可绝对不愿意对这个使性的女神低头。等到孩子一断奶，能走了，他就把侄媳妇米诺莱－勒佛罗太太荐来的厨娘歇掉，因为发现她把家里的事都去报告车行的老板娘。

小于絮尔的奶妈是个寡妇，丈夫是蒲奚伐地方的穷苦工人，没有姓，只有一个受洗的圣名。医生知道她心好，人也老实，又碰上她最小的一个孩子养到六个月死了，便可怜她的遭遇，雇她做奶妈。丈夫名叫比哀尔，大家用他乡土的名字把他唤做蒲奚伐；她名叫安多纳德，勃莱斯地方出身，家属都在乡下过着苦日子，她自己也是一贫如洗。她和那些做了奶妈，接着又做保姆的人一样，对奶过的孩子非常疼爱。除了这盲目的母爱之外，她还对主人赤胆忠心。一旦知道了医生的用意，她就偷偷的学会烹调，把自己收拾得干干净净，手脚利落，竭力适应老人家的习惯。她对家具、屋子都细心照料，做事不怕辛苦。医生非但不愿意让自己的私生活透露出去，还不要继承人知道他的银钱出入。所以从他搬来第二年起，家中只雇着一个蒲奚伐女人，她的机密是完全可以相信的；他拿节省开支这个大题目，遮盖他真正的用意。他甚至变得吝啬了，教那些继承人看了非常高兴。蒲奚伐女人不用什么巴结奉承的手段，只靠着忠心和不跟外人来往的习惯，在四十五岁上，正当这幕戏开场的时候，做了医生和他女孩子的管家，事无大小都由她主持，总之她是个心腹佣人。大家叫她作蒲奚伐女人，觉得她的品貌跟她的名字安多纳德太不相称；原来一个人的名字也得跟长相调和的安多纳德在法国人心目中是个很悦耳很美丽的名字。

医生的吝啬不是一句空话，但是有目标的。从1817年起，他退掉两份报纸，所有的期刊也不再续订。据纳摩镇上每个人所能估计的，他一年的开支决不超过一千八百法郎。和所有的老年人一样，他几乎用不着添置内衣、外衣或靴子。每隔六个月，他上巴黎去一次，那准是去收取和调度资金的。前后一十五年，他一句也没有提到有关银钱出入的话。他对篷葛朗的信任也是很晚的事：直到1830年革命以后①，才把计划告诉法官。关于医生的事，当地的布尔乔亚和他的继承人所知道的，不过这些。至于政治，他绝不过问，因为他的房产每年只付一百法郎捐税 1820年6月公布的选举法，规定每年纳税三百法郎的人方有选举资格，纳税一千法郎的方有被选资格；不论是进步党的还是保王党的募捐，他都拒绝。谁都知道他讨厌教会，主张自然神教 只信天地间有一真神而不信任何宗教学说，谓之自然神教：这两点使他不喜欢任何宣传；侄孙但羡来介绍一个推销员来兜售《曼里埃神甫》和福阿将军的《演讲集》，被他挥诸门外 《曼里埃神甫》一书相传为17至18世纪时的神甫约翰·曼里埃叙述他反宗教思想的著作。福阿将军（1775—1825）在王政复辟时代的国会中极活跃，提倡进步思想甚力。以这种行动来表示他头脑开明，纳摩的进步分子认为是不可解的。

医生的三个旁系亲属继承人，米诺莱-勒佛罗夫妇，小一辈的玛尚-勒佛罗夫妇，克莱弥埃-克莱弥埃夫妇——以后我们一律简称为克莱弥埃，玛尚，米诺莱；同姓之间的区别只有在迦蒂南地区才需要——这三份人家事情太忙，没功夫另组小集团，只能采用小镇上一般的方式见面。车行老板每逢儿子的节日一定大开筵席，狂欢节和自己的结婚纪念日又必举行跳舞会，把镇上所有的布尔乔亚都请去。稽征员一年也请两次客，会会亲友。治安裁判所的书记声明他太穷了，没力量这样摆阔；他苦熬苦省的住在大街中段，还把底下一层分租给姊妹，这姊妹也靠了医生的力量当着邮局主任。但这三位继承人和他们的妻子，终年都在外边见面，不是在散步的时候，就是早晨在菜市上，不在自己的屋门口，便在星期日弥撒祭完毕以后的广场上，就像我们现在描写的那个时间，总而言之，是无日不见的。三年来，医生的高年、吝啬、家私，使大家纷纷提到他的遗产，不是明言，便是暗示；那些话慢慢传开去，使那般继承人和医生一样的出名。最近六个月中间，继承人的朋友和街坊，没有一个星期不带着暗中羡慕的心理和他们提到一朝老头儿眼睛闭了，银箱开了的时候这一类的话。

有的说："米诺莱尽管是医生，跟死神有交情，也没用；归根结底，只有上帝是不朽的。"

继承人虚情假意的回答："嘿！我们一定死在他前面，他身体比我们这批人都强！"

---

① 1830年7月，法国爆发"七月革命"，实行君主立宪，成立了由金融资产阶级掌权的"七月王朝"。

"要不轮到你继承,也轮到你的孩子们,除非这小于絮尔……"

"他不会全部给她的。"

照玛尚太太的说法,于絮尔是几位继承人的眼中钉,是威吓他们的一支暗箭。克莱弥埃太太每次谈话,总喜欢用"只要口眼不闭,总瞧得见!"一句话做结束;可见大家对于絮尔只有恶意,没有好意。

稽征员和书记,跟车行老板相比,算是穷的;两人谈话之间常常估量医生的财产。沿着运河散步的时候,他们远远的一看到医生,就扮着一副可怜巴巴的脸孔。

一个说:"大概他有什么长生不老的秘方吧。"

一个回答:"他准是跟魔鬼订了合同。"

"他应该多照顾咱们俩才对,胖子米诺莱有的是家当。"

"哼!米诺莱的那个儿子,多大家私也不经他花!"

"你估计医生有多少财产?"书记问稽征员。

"一年积一万二,十二年就是十四万四,复利至少也有十万。何况他听着巴黎公证人的主意,进进出出,一定赚得很多;到1822年为止,他的钱准是买了八厘起息到七厘半起息的公债;老人现在手头调度的总有四十万上下,而那笔利息一万四的资本还没算进,那是五厘起息的公债,市价已经涨到一百十六法郎了。倘若他马上死掉,不偏袒于絮尔,那么除了屋子和家具,可以留给我们七八十万。"

"十万给米诺莱,十万给女孩子,咱们俩每人三十万;这样才算公道。"

"那我们才称心如意啦。"

玛尚嚷道:"要是他这么办,我就把书记的缺分出让,好好的置一份产业,想法到枫丹白露去当推事,再进一步就是国会议员了。"

克莱弥埃道:"我吗,我要买一个交易所经纪人的缺。"

"可恨那个本堂神甫和他招留的那个小丫头,把他包围了,教咱们对他一筹莫展。"

"不管怎样,有一点可以放心,他总不会把财产捐给教会的。"

现在读者不难懂得,为什么那些继承人看见老叔去望弥撒就那样恐慌了。一个人决不会笨到利益受了损害都看不出来。乡下人的聪明,是跟外交家的一样靠利害关系培养成功的;在这方面,外表最愚蠢的人也许倒是最厉害的。所以即使最迟钝的继承人,脑子里也会像照着火炬一般的通明雪亮,想到一个可怕的念头:"既然小于絮尔有力量把她的保护人带进教会，一定也会把遗产弄到手的。"车行老板把儿子信中那句吞吞吐吐的话忘了，立刻奔往广场；倘若医生果真上教堂去望弥撒，老板就得损失二十五万法郎。不能否认，那些继承人的恐惧是和最强最正当的社会心理、家庭的利益有关的。

四　才　莉

开磨坊出身,后来加入保王党,做着纳摩镇长,叫作勒佛罗－克莱弥埃的,招呼车行老板道:

"喂,米诺莱先生,魔鬼老了,就想到修行。听说令叔投到我们这边来啦保王党必然是笃信宗教的,镇长即是保王党,故"令叔到我们这边来啦"一句,系指宗教而言。"

"回头是岸,也不在乎迟早。"车行老板还想遮盖心中的不快。

"我们要是吃了亏,这家伙才得意呢!说不定他会替儿子娶那该死的丫头。她要给魔鬼的尾巴传说魔鬼身后是长着尾巴的卷了去才好呢!"克莱弥埃嚷着,抡着拳头指了指正在踏进教堂的镇长。

纳摩的肉店老板,勒佛罗－勒佛罗家的大儿子,说道:"克莱弥埃老头生谁的气啊?他舅舅走上了天堂的路,他觉得不高兴吗?"

"唉,谁想得到呢?"玛尚说。

纳摩的公证人远远的望见这堆人,便丢下老婆,让她自个儿进教堂;他赶过来说道:"啊!可见一个人千万不能说:我再也不喝这口井里的水!"

克莱弥埃抓着公证人的手臂:"喂,先生,在这情形之下,你说我们该怎么办?"

第奥尼斯答道:"我劝你们准时睡觉,准时起身,照常喝你们的汤,别让它凉了,把你们的脚套在鞋子里,把帽子戴在你们头上,一句话说完:毫不介意,照常办事。"

"你只会说风凉话。"玛尚说着,瞅着他的眼风表示他们俩是自己人。

第奥尼斯虽则又矮又胖,脸盘狭小,却是身段灵活,像根丝线。为了搞钱,他和玛尚暗中勾结,把境况艰难的农夫和可以弄上手的田地告诉他。两人尽量挑选,决不错过好买卖,得了利益均分;这种以田地做抵押品的高利贷,虽不至于完全妨碍乡下人的耕种,但的确有耽误的作用。第奥尼斯特别关切医生的遗产，不是为了车行老板米诺莱和稽征员克莱弥埃，而是为了他的朋友玛尚。玛尚名下的一份，迟早可以增加两位合伙股东的资本，在乡镇上运用。

"咱们慢慢向篷葛朗先生打听，事情是怎么发生的。"公证人放低着声音，意思是教玛尚别声张。

米诺莱站在人中间巍巍然像一座塔；忽然有个矮小的女人冲进人堆，叫道："米诺莱，你呆在这儿干么？你没接着但羡来，反倒在这里嚼舌，我还以为你骑着马出发了呢！——啊，诸位先生，诸位太太，大家好！"

这瘦小的女人，苍白脸色，淡黄头发，穿一件白地棕色大花印第安布衫，戴一顶镶着花边的挑绣便帽，平坦的肩上披一条小绿围巾；她便是车行的老板娘，教男女佣人、推小车的、最粗野的马夫见了都要发抖的。她管着银钱、账册，像街坊们说的眼明手快，调度着里里外外的事。跟真正的当家人一样，她身上不戴一件首饰；用她自己的话说她从来不稀罕那些劳什子，只喜欢硬货。那天家中虽有喜事，她仍旧系着黑围裙，口袋里叮叮当当的全是钥匙。尖锐的嗓子足以震破耳膜。眼睛虽是淡蓝颜色，严厉的目光显然跟抿紧的嘴唇、高爽、饱满、极有威严的脑门，非常调和。眼神火气很大，手势和说话的火气还要大。才莉不但一个人要有两个人的意志，而且据古郦说，竟然有三个人的意志；因为前后有过三个穿扮齐整的年轻马夫，当了七年差，都由才莉帮着成家立业了。那刁钻促狭的公证人帮办把他们叫作：马夫一世，马夫二世，马夫三世。但这些年轻人在车行里既不当权，也很听话，可见才莉不过是提拔得力的伙计，别无他意。

占郦听人家这么解释，便道："那么，才莉是喜欢才情啰。"

这种闲言闲语并无根据。她的儿子是亲自喂的；没有什么胸部的人，真亏她还会奶孩子，自从生了但羡来，老板娘只想增加财产，一刻不停的照管那个规模宏大的铺子。虽说她写的字不像字，算学也只懂加减法，可是谁也休想偷她一束干草、一斗燕麦，或是在最复杂的账目中耍她一下。她从来不出去散步，要就是去估计头批草、二批草和燕麦等等的收成；估计完了，教丈夫去管收获，派马夫去管捆载，告诉他们每一处草原的总量，至多只差一百斤上下。她固然做了大汉米诺莱的灵魂，那个翘得老高的多蠢的鼻子由着她牵来牵去，但仍旧和马戏班里指挥猛兽的人一样，不免提心吊胆；因此她先下手为强，经常对米诺莱发脾气。马夫们只要看到米诺莱跟他们寻事，就知道他女人和他吵过架了；因为他受的气是出在他们身上的。米诺莱女人不但孜孜为利，人也精明能干。镇上许多人家都说:"要没有他老婆,米诺莱哪有今日?"

当下纳摩老板回答他的女人:"你要知道出了什么事,你自己也会跳起来的!"

"怎么啦?"

"于絮尔把医生带着去望弥撒了。"

才莉把眼珠睁得很大,上了火,脸都黄了。

"我要亲眼看了才信!"她说着便冲进教堂。弥撒祭正在高举圣体的阶段。趁众人凝神屏息的当口,米诺莱女人居然能一边瞧着一排排的凳子椅子,一边沿着旁边的小圣堂往里走,直走到于絮尔的座位,看见老人光着头就在她旁边。

读者只要回想一下拜尔贝-玛菩阿、菩阿西·唐葛拉以上两人均法国18至19世纪时政治家、莫勒莱、埃凡丢斯、腓特烈大王等等的相貌,就能对米诺莱医生的脸有个准确的印象。他老当益壮的精神,颇像那几位名人。他们的脸仿佛是一个模子铸出来的,有资格做徽章的蓝本:侧影的神气很严厉,近于清教徒,冷冰冰的皮色,数学家一般的理智,差不多像印出来的脸上有种性格褊狭的标记,城府很深的眼睛,一本正经的嘴巴,颇有贵族气息,但不是在意识方面,而是在习惯方面,不是性格的贵族,而是思想的贵族。脑门很高,靠近头顶的地方是往后削的,显然有唯物主义的倾向。具备这些相貌的特性和表情的,包括所有的百科全书派,吉隆特党吉隆特党为法国大革命后国民大会中三大党派之一,代表各省的中产阶级,为当时的右派的演说家,和当时毫无宗教信仰,自称为自然神主义者而其实是无神论者的那批人物。无神论者是为了保险,才自命为自然神主义者的。米诺莱老人的脑门便属于这一类,只是多了许多皱痕,而且另有一种天真的神气,因为他的白头发像女人梳妆时那样掠在脑后,蓬蓬松松的披在黑衣服上。从年轻的时候起,他老穿着黑丝袜,金搭扣的皮鞋,绸料子的扎脚裤,白背心上挂着黑色绶带,黑大氅上缀着红的襟饰黑绶带是代表圣·米歇勋位,红的襟饰是代表荣誉团勋位。

从一个窗洞里透进来的亮光,正好把这张那么特殊的脸劈面照着;冷冰冰的白皮肤带点儿老年人黄黄的色调,显得温和了些。车行的女主人来到的时候,医生那双藏在浅红眼皮中间的蓝眼睛,正在很感动的望着祭坛;新的信仰使他的眼神有种新的表情。眼镜夹在经文里才念过的地方。高大干瘪的老头儿抱着手臂站在那里的姿态,表示他所有的器官都很健全,信仰也是不可动摇的;因为有了希望,眼神变得年轻了:他始终谦卑的望着祭坛，根本不愿意看那劈面站着，仿佛埋怨他不该接近上帝的侄媳妇。

才莉发觉教堂里的人都掉过头来看她，便赶紧退出，回到广场上，脚步却不像进来的时候那么急了。她一向认为这笔遗产是拿稳了的，不料竟成了问题。她看见稽征员、书记和他们的妻子比刚才更惊慌了，因为古郐正在耍弄他们。

车行的老板娘就说："咱们不能在广场上当着众人商量正事，还是上我家去罢。"接着又招呼公证人，"第奥尼斯先生，来罢，反正不多你一个。"

这么一来，玛尚，克莱弥埃，车行老板三家可能得不到遗产的事，不久就要成为地方上的新闻了。

那些继承人和公证人正预备穿过广场到车行去，班车却轰隆隆的闹得震天价响，飞也似的直奔办事处。办事处坐落在大街口，只隔着教堂几步路。

才莉道："哎唷！米诺莱，我跟你一样把但羡来给忘了。咱们接他去——他马上要当律师了，这件事多少也跟他有关。"

每次班车到，总有人看热闹；一脱班，大家更以为出了什么事，当时就有一大群人拥到杜格兰前面。

"但羡来到了！"大家一片声的嚷着。

但羡来是纳摩的小霸王，寻欢作乐的领袖，每次露面都得轰动全镇。他受着年轻人的拥戴，对他们手面很阔；他一出现，就会鼓动大家的兴致。可是镇上的人都怕他那套玩艺儿，看见他到巴黎去上学，念法律，而觉得高兴的，不止一家。但羡来是细挑身材，像母亲一样的淡黄头发，一样的文弱，一样的蓝眼睛，一样的皮色苍白；他先在车门口向众人微微一笑，然后很轻盈的跳下车来，拥抱母亲。我们把这青年的仪表略微描写一下，就可证明才莉看到他是多么得意了。

大学生穿着上等皮靴，英国料子的白裤子，裤脚管上系着兜底的漆皮带，富丽堂皇的领结，扣的模样儿更富丽堂皇，漂亮的时式背心，袋里放着一只扁薄的表，链子吊在外面；外罩蓝呢短大氅，头戴灰色呢帽；但是背心上的金钮扣和戴在棕色山羊皮手套外面的戒指，仍免不了暴发户气息。他还拿着一根手杖，柄的头上装着一个镂刻的金球。

母亲把他拥抱着，说道："你这样不要把表丢了吗？"

"是有心那样挂的。"他一边回答，一边让父亲拥抱。

医生正在很感动的望着祭坛

玛尚道："喂，老表，你不是马上要当律师了吗？"

"过了暑假就宣誓。"他说着，向招呼他的大众还礼。

"咱们又好痛痛快快的玩一下了。"古鄙抓着他的手说。

"啊！你呀，你这个小猴儿！"但羡来回答。

帮办当着这么多人受他轻薄，未免难堪，便说："怎么，你写了学士论文，还是这样语无伦次吗？"

"什么冷瘟不冷瘟的，什么意思？"克莱弥埃太太问她的丈夫。

但羡来对那紫膛色面孔，一脸肉刺的老领班嚷着："加皮洛，我的行李，你都知道的，教人统统送来罢。"

粗暴的才莉骂加皮洛："马身上都淌着汗，你难道没脑子吗，教它们累成这样！你比这些畜生还要蠢！"

"但羡来先生急着要赶回来，怕你们担心……"

"既然没有出事，干嘛不爱惜牲口？"

朋友们的招呼，问好，一般年轻人兴高采烈的围着但羡来，初到时应有的忙乱，说明脱班的原因等等，耽搁了很多时间，使几位继承人和新加入的朋友们走到广场上，正好遇到弥撒完毕。而无巧不成书，但羡来走过的时节，于絮尔刚刚从教堂的门里出来；但羡来一看见她的美貌，不由得愣住了。青年律师脚步一停，他的家属自然也跟着停下。

于絮尔因为干爹搀着她的手臂，只能右手拿着经文，左手提着阳伞，自有一派天然的风度。凡是妩媚多姿的女性，遇到一些难处的场面都能这样对付。倘若一举一动都能流露出一个人的思想，那么这个姿态所表现的就是朴素淡雅、出尘绝俗的境界。于絮尔穿着一件晨衣款式的白纱衫，上面疏疏落落缀着几个蓝结子。短披风四周镶着蓝缎带，阔滚边，扣着跟衣衫上相仿的结子，略微露出些胸脯。白如凝脂的脖颈，那可爱的色调和身上的蓝颜色对照之下，更加夺目了；头发淡黄的女性原是靠蓝颜色烘托的。长坠子飘飘荡荡的蓝腰带，显得她身腰又细又软：这是女子最可爱的一个特点。她戴着一顶草帽，帽上装饰很朴素，只有些跟衣衫上同样的缎带；扣在领下的帽攀儿衬托出帽子的白，同时也不妨碍皮肤的白皙。头是于絮尔自己梳的，她很简单的把细软的淡黄头发中间分开，编成两条肥大而扁平的辫子，紧贴在脸颊两旁，每个小股都金光闪闪，十分耀眼。温柔而又高傲的灰色眼睛，配着俊美的脑门很调和。颊上一片片的红晕好似云彩，给长相端正而并不呆板的脸添了不少生气；因为她天赋独厚，不但面貌姣好，同时还有个性。五官，动作，一般的表情，合成一个完美的整体，除了见出她人格高尚以外，还能给画家做模特儿，画"心安理得""幽娴贞静"一类的题材。身体非常壮健，可并不壮健到粗野的程度，而只显得高雅。在淡色的手套底下，不难想见她秀美的手。一双弓形的小脚，有模有样的穿着古铜色皮靴，缀着棕色坠子。一只扁薄的表和一个系着黄金坠子的小荷包，把蓝腰带鼓起了一些，使所有的妇女都目不转睛的盯着看。

"老头儿给了她一只新表哪！"克莱弥埃太太把丈夫的手臂捏了一把。

但羡来嚷道："怎么！是于絮尔？我认不得了。"

老医生走过的地方，两旁都站满了镇上的居民；车行老板指着他们说："亲爱的叔叔，你引起了这么多人注意，大家都想来看看你。"

玛尚假情假义、恭恭敬敬的向医生和他的干女儿行了礼，问道："叔公，是夏伯龙神甫劝你进教的，还是于絮尔小姐？"

"是于絮尔。"老人冷冷的说着，一径往前走，神气好像是不胜厌烦。

头天晚上，老人和于絮尔、本地的医生、篷葛朗，打完了韦斯脱，说了句："我明儿要去望弥撒了。"篷葛朗就回答："你那些继承人可睡不着觉啦！"其实，即使法官不说这话，像医生那样聪明和目光犀利的人，只要瞧瞧继承人的脸色，也把他们的心事看透了。才莉的闯入教堂，被医生瞧在眼里的那副目光，全体当事人的会齐在广场上，见了于絮尔以后的眼神，没有一样不透露出他们被当天的事触动起来的旧恨和卑鄙的恐惧心理。

克莱弥埃太太也凑上来，卑躬屈膝的行了礼，说道："小姐，这是你的奇作（杰作）了！奇迹在你手里竟不算一回事。"

于絮尔答道："奇迹是上帝的事，太太。"

米诺莱－勒佛罗嚷道："噢！上帝，我丈人说马身上的披挂也是上帝供给的。"

"这是马贩子说的话。"医生的口气很严厉。

米诺莱回头对老婆和儿子说："喂，你们不来跟老叔请安吗？"

"看到这假仁假义的小丫头，我是忍不住的。"才莉说着，拉着儿子走了。

玛尚太太道："叔公，你上教堂应当戴一顶黑丝绒小帽，里头潮气重得很。"

"呕！侄孙女，"老人一边回答一边望着所有跟着他的人，"我早一天躺下，你们早一天跳舞。"

他始终挽着于絮尔向前走，表示很匆忙，大家也没法再跟着他了。

于絮尔使劲摇了摇老人的手臂，说道："干么你跟他们说话这样刻薄？那是不应该的。"

"我进教之后，跟进教以前一样的恨虚假的人。他们哪一个不受过我的好处？我没要求他们报答；可是你的本名节上，有谁送过一朵花儿来吗？而我一年之中过的节只有这一天。"

在医生和于絮尔后面，隔着一大段路，包当丢埃太太垂头丧气，步履蹒跚的走着。像她那一类的老太太，服装就有上一世纪的气息：她穿着扁袖子的深紫色衣衫，裁剪的款式只有在勒勃仑太太<small>勒勃仑太太（1755—1842）为法国有名的肖像画家</small>的肖像画上还看得见；短大衣镶着黑花边，式样古老的帽子跟庄严缓慢的步伐正好相配；她走路仿佛始终戴着裙撑<small>18世纪时法国女子盛行细腰大裙，内以鲸鱼骨为箍架，最大的裙围有如车轮</small>，觉得还有那件东西束在腰里似的，好比独臂的人有时仍会不知不觉的挥动那只早已没有的手。这一类的老太太脸都拉长了，毫无血色，大眼睛带点儿虚肿，脑门上的皮肤很憔悴，头发卷儿都是扁的，却也不无凄凉幽怨的风韵；脸上戴的挑花面网已经陈旧不堪，不会再在脸颊两旁飘荡了；可是态度与眉目之间自有一种难以想象的威严，罩着那些衰败的古迹。包当丢埃太太那双皱裥重重而发红的眼睛，分明是望弥撒的时候哭过的。她恓恓惶惶的走着①，频频回头，好像等着什么人。而包当丢埃太太的回头张望，就跟米诺莱医生的踏进教堂同样是当地的一件大事。

一般继承人听了老人的回答正在那里发愣，玛尚太太却追上来问："包当丢埃太太找谁啊？"

"她找本堂神甫。"公证人第奥尼斯说着，把脑门一拍，好似忽然想起什么以往的事或忘了的念头，"我有个妙计在此，你们的遗产没问题了！好，咱们上米诺莱家痛痛快快的吃饭罢。"

继承人随着公证人急急忙忙到车行去的情形，谁都想象得出。古鄙陪着他的老伙计但羡来，手挽着手，凑近他的耳朵，贼头贼脑的笑着，说道：

"喂，镇上很有些风流的婆娘呢。"

那位良家子弟耸了耸肩膀："那跟我有什么相干？我发疯般的爱着弗洛丽纳，她才是天下第一的美人儿。"

---

① 恓恓（xī）惶惶：惊慌烦恼的样子。

古郫道:"什么弗洛丽纳?是谁啊?你跟她这么亲热,居然叫她小名了吗?我太喜欢你了,不能眼看你被那些女人迷昏了头。"

"她是赫赫有名的拿打的情妇,可怜我一片痴心毫无用处,我向她求婚,她干脆拒绝了。"

"风骚的娘儿们有时头脑倒很冷静。"

"啊!你只要见到她一面,就不会说这种话了。"但羡来有气无力的回答,表示他的确是一往情深。

"倘若你把逢场作戏的玩艺儿当了真,破坏你的前程,那我一定把这个臭娃娃打个稀烂,像《克尼窝斯》里的凡奈打死阿弥·劳勃莎一样《克尼窝斯》为华德·司各脱的小说(作于1821),述及莱塞斯忒伯爵夫人阿弥·劳勃莎被伯爵的总管凡奈谋害之事。"古郫说的时候那种热诚,连篷葛朗也可能上当,信以为真的。"你要娶老婆不是娶哀格勒蒙家的,便是娶罗佛家的,要一个将来能帮你进国会的才行。我的前途都在你身上,我不能让你胡闹。"

但羡来回答:"噢,凭我这份家私,不是尽可以享享福吗?"

两人站在车行外面的大院子里说着话,才莉远远的招呼他们,对古郫嚷道:"喂,你们俩交头接耳的商量什么呀?"

医生进了布尔乔亚街,不见了;他像年轻人一样脚步很轻快的回到家里。那件轰动纳摩全镇的大事,就是最近一星期在这所屋子里发生的。要让读者彻底了解这故事和公证人暗示继承人的话,我们必须补叙一下。

五　于絮尔

医生的老丈华朗丁·弥罗埃，是有名的洋琴家兼乐器制造家，也是法国最知名的一个大风琴师，死于1785年，遗下一个晚年的私生子，经过正式承认，归了宗，但是个荒唐透顶的不肖子弟。老人临死，连看到浪子来送终的安慰都没有。他名叫约瑟·弥罗埃，是个歌唱家兼作曲家，用假名在意大利剧院下了海，带着一个年轻姑娘逃到德国去了。老丈把这个的确极有才气的儿子托给女婿，说当初没有娶约瑟的母亲，完全是为了保全女儿米诺莱太太的利益。医生答应把老人的遗产分一半给浪子，那时乐器制造厂已经盘给埃拉了。米诺莱又暗中托人寻访约瑟，有天晚上，葛利姆告诉他说，那艺术家进过一个普鲁士的联队，开了小差，改名换姓，不知去向了。

约瑟·弥罗埃天生的声音很迷人，身段既好看，脸也长得漂亮，特别是一个格调高雅、才思横溢的作曲家。霍夫曼 霍夫曼（1776—1822）为德国小说家，所作《神怪故事》尤为著名 描写得很精彩的，那种艺术家的颓废生活，他过了十五年。到四十左右，他穷途落魄，只得在1806年上恢复了法国籍，住在汉堡，娶了一个清白的布尔乔亚的女儿。她是个音乐迷，爱上了这位艺术家，一心想帮他追求那永远可望而不可即的荣名。但受了十五年折磨，约瑟还是不会过富足的日子；虽然待妻子很好，可是故态复萌，不上几年就把老婆的财产挥霍完了，又变得一贫如洗。夫妇俩落到山穷水尽的田地，约瑟·弥罗埃竟不得不进一个法国联队当军乐师。1813年，事有凑巧，部队里的军医受过米诺莱医生的帮助，忽然注意到弥罗埃的姓氏，写信告诉医生，医生马上回了信。因此，1814年巴黎陷落之前，约瑟在京城中有了一个存身的地方；妻子在那儿生下一个女儿，得了产后症，死了。医生为纪念故世的太太，替孩子起的名字就叫于絮尔。约瑟经过多年的穷困和辛苦，和妻子一样支持不住，不久也死了。可怜的音乐家临终把女儿交给医生，由医生做了她的教父，虽则他讨厌教会仪式，认为是可笑的。

米诺莱亲生的儿女没有一个养大的：不是流产，便是难产，或是不到周岁就夭折；如今抚育于絮尔，在他是最后一次的试验了。一个身体娇嫩、神经脆弱、性格虚怯的女子，头胎一遇到小产，以后几次的怀孕和分娩往往跟于絮尔·米诺莱的情形一样，尽管丈夫看护周到，处处留神，医道高明，也无济于事。可怜这老人常常责备自己和太太不该老是想要儿女。最后一个孩子是隔了两年才有，而在1792年上死的。一般生理学家说，在奥妙的生殖现象中，儿女的血是秉受父亲的，神经系统是秉受母亲的；假如这说数不错，那么最后一个孩子就是吃了母亲神经过敏的亏。米诺莱最强烈的感情是儿女之爱，这感情既不能满足，只能借行善来发泄。他在骚乱不宁的夫妇生活中，最大的愿望是有一个淡黄头发的女孩子，一朵使全家欢乐的鲜花；所以他很高兴的接受了约瑟·弥罗埃的遗赠，把自己没有实现的希望寄托在孤儿身上。

　　两年功夫，他像加东之于庞倍据普鲁塔克所著《名人传》中的《加东列传》Caton Le Censeur，加东对儿子的抚育及教养极为注意，类似巴尔扎克笔下的米诺莱医生，但加东系对其亲生的儿子，与庞倍无涉。此处所云，不知作者有何根据，关于于絮尔的事，连最琐碎的都亲自照管；他不在场，奶妈就不能给孩子吃奶、洗澡，或是把她放上床。他把自己的经验、医道，都用在孩子身上；做母亲的痛苦、喜悦、劳碌、忽而忧急忽而乐观的心情，就统统体会到了；然后他不胜快慰的发觉，淡黄头发的德国女子和法国艺术家所生的这个女儿，居然身体强壮，千伶百俐。快乐的老人存着慈母般的心，看着她的淡黄头发一天天的长起来，先是只有一层绒毛，继而像一根根的丝线，最后才是一片稀薄的细头发，摸在手里非常柔和。他常常亲吻那双赤裸的小脚，嫩皮肤底下连血管都看得出的脚趾，好比蔷薇的花苞。他简直为这个女孩儿疯魔了。她咿呀学语的时候，或是睁着温柔秀丽的蓝眼睛，把那副若有所思、等于思想的曙光的眼神盯着一切，然后来一阵憨笑的时候，医生会几小时的呆在她面前，和姚第两人研究，想在童年的一切琐碎现象之下，把一般人所谓的使性找出些理由来。童年原是一生最美妙的阶段，那时的孩子是一朵花，也是一颗果子，是一片朦朦胧胧的聪明，一种永远不息的活动，一股剧烈的欲望。于絮尔的美貌与温柔，使医生格外钟爱，恨不得教自然的规律都为她改变一下：他对姚第说于絮尔出牙，他自己就觉得牙痛。老年人爱起儿童来是没有底的，简直当他偶像一般崇拜。为了那些小家伙，他们会克制自己的癖好，把过去的一切都回想起来。他们的经验、度量、耐性，人生所有的收获,千辛万苦换得来的宝物,都献给这幼小的生命;他们返老还童了;还把他们的聪明来补母性之不足。他们时时刻刻都在活跃的智慧,抵得上母亲的直觉;因为想到为娘的体贴往往有未卜先知的作用,他们便磨炼自己的同情心,求其体贴入微;而这同情心原是跟婴儿的幼弱成比例的。老年人的动作迟缓,正好代替慈母的温存。总之,他们的生活变得像孩子一样简单了。母亲是为了感情而做儿女的牛马,老人是由于世情淡薄,别无所恋而舍身的。所以儿童和老年人亲近是常见的事。老军人、老教士、老医生看着于絮尔撒娇,受着于絮尔抚爱,觉得乐不可支,老是和她对答,和她玩儿,从来不会厌倦。孩子的淘气非但没有使他们不耐烦,倒反使他们喜欢;他们满足她所有的欲望,把每件事都当做灌输知识的题材。在几个对她终日眉开眼笑的老人之间,这女孩儿等于有了好几个同样细心、同样周到的母亲。靠着这种理想的教育,于絮尔的心灵才能在适宜的环境中成长。这株珍贵的植物居然遇到了特殊的土地,吸收到她真正需要的养料和阳光。

于絮尔六岁的时候,夏伯龙神甫问医生:"你预备用什么宗教教育她?"

"用你们的啰。"

米诺莱固然是无神论者,但属于《新爱洛绮丝》中的特·伏玛先生那一派,认为自己没有权利不让于絮尔受到旧教的好处。当时他坐在中国式书房窗下的凳上,神甫握了握他的手。

"是的,神甫,将来她每次跟我提到上帝,我一定叫她去找她的朋友萨巴龙。"他故意学着于絮尔那种小孩子的口吻,"我要看看宗教情绪是不是天生的。因此,不管这幼小的心灵倾向哪方面,我都听其自然;但我心中早已指定你做她的精神导师了。"

"这一点,我想上帝会替你记着的。"神甫轻轻拍了拍手,向天举着,仿佛做了个简短的默祷。

于是从六岁起,这孤儿在宗教方面就受本堂神甫指导,正如她早已受着老朋友姚第的指导。

退伍的上尉在从前的军校中当教授,喜欢研究文法和各种欧洲语言的分别,对世界语问题也下过功夫。这位学者,像上了年纪的教师一样耐性,挺高兴的教于絮尔认字,写字,念法文,学她应当会的一部分算术。医生藏书丰富,尽可以挑出一批宜于儿童阅读的,除了增长知识,同时也能给她消遣的书籍。军人与教士让她的头脑自由发展,正如医生对她的身体一样不加拘束。于絮尔便这样的一边游戏一边学习。思想方面的活动是归宗教替她调节的。女孩子的天性被三位谨慎的导师带入一个纯洁的境界，再由高明的教育培养之下，她服从感情的成分远过于服从责任，行事多半根据良心的呼声，而不是根据社会的规律。在她身上，美妙的感情与行动都是出诸自然的：过后再由理性的判断把心灵的直觉肯定。人家带领她走的路子是把从善去恶先当做一件乐事，其次才看做义务。这点儿微妙的区别就是基督教教育的特征。这些原则，和应该灌输给男人的一套完全不同，特别适合女性：因为女性所代表的是家庭的精神与良心，是蕴藏在日常生活中的雅趣，因为她差不多是一家之中的王后。三位老人对付孩子的方式都是一致的。他们非但不怕听到天真大胆的问题，还尽量为于絮尔解释各种现象的结局与过程，给她一些准确的观念。倘若为了一棵草，一朵花，一颗星，她直接提到上帝，教授和医生便告诉她只有教士能回答。他们各司其职，决不侵入别人的范围。干爹管一切生活和物质方面的享用；姚第负责灌输知识；至于道德、玄学和高深奥妙的问题，一律由神甫解答。

这种良好的教育，也不像一般大富之家那样被莽撞的仆役破坏。蒲奚伐女人先是由主人嘱咐过了，并且她头脑太简单，人也太老实，要干预也不可能，对这些目光远大的人的事业决不打扰。所以幸运的于絮尔周围有着三位善神呵护，而她柔和的性情也使他们所有的管教工作都很轻松愉快：慈爱而不是姑息，庄重严肃而带着笑容，没有流弊的放任，时时刻刻的顾到身心康健。使她在九岁上就成为一个品质优良的孩子，教人看了喜欢。不幸这三位一体的父执中途分散了。第二年，老军人故世了，把事业留给医生和教士去继续，但他已经完成了最艰苦的一段。在耕耘得宜的土地上，将来自然会开花的。军人因为要遗赠一万法郎给于絮尔做终身纪念，九年之间每年积下一千法郎。遗嘱上理由写得很动人，他注明要受赠人把这笔小资本每年所生的四五百法郎利息，只花在衣着装饰方面。治安法官把老朋友的遗物封存的时节，在一间外人从来不能进去的书房里，发现一大堆用过的玩具，多数已经坏了，都被视同至宝一般的保存着；篷葛朗遵照上尉的遗言，亲自把这些玩具焚化了。

那个时期，于絮尔到了初领圣体的阶段。夏伯龙神甫整整花了一年功夫训导她。女孩子的感情与理智那么发达而又那么平衡，更需要特殊的精神养料。关于神灵的问题，教士替她做的启蒙工作，使她自从宗教意识觉醒以后就成为一个虔诚的、富于神秘气息的少女，坚强的性格永远不因人事变迁而动摇，肝胆照人，不被任何患难屈服。这时没有信仰的老人和极有信仰的孩子，暗中就开始争执了；发动争执的一方面有个很长的时期，根本不知不觉，争执的结果却引起了全镇的注意，惹动医生的旁系亲属都来攻击于絮尔，大大的影响了她的前途。

　　1824年上半年，于絮尔几乎每天上午都在本堂神甫的住宅里。老医生猜到教士的用意，想把她作为一个批驳不倒的论据。既然于絮尔像亲生女儿一样的爱他，他尽管不信上帝，至少会相信儿童的天真，而看到宗教对她灵魂有这样动人的效果，也会受到感动的；因为这孩子心中的爱好比四时常绿、花果不断、芬芳不散的印度植物。美好的生命比最充分的论据更有力量，而某些景象的确能够迷人。于絮尔初领圣体那天，穿着白纱礼服，白缎鞋子，上上下下系着白缎带，束着头巾，侧里扣着大结子，无数的头发卷儿泻在雪白的肩膀上，胸前密密层层，缀着缎带打成的结子；初生的希望使眼睛像明星一般的发光，她昂昂然，飘飘然，抱着极乐的心情预备神游天上，第一次去跟神明结合；而且自从与上帝相接之后，她心里更爱干爹了：老人看着他这个精神上的女儿这样的上教堂去，不知不觉眼睛都湿了。至此为止，这颗灵魂还没脱离浑浑噩噩的童年，如今却靠着永生的观念得到了养料，赛似黑夜过后，阳光在大地上布满春意：老人发现了这一点，又莫名其妙的觉得独自呆在家里太不痛快了。他坐在石阶上，老半天的把眼睛盯着铁门。干女儿临走还隔着铁栅招呼他："干爹，你干嘛不来呢？没有你在身边，我会快乐吗？"这位百科全书派的信徒虽然连灵魂深处都受了震动，他的傲气还是不肯屈服。临了他出去散步，有心要瞧瞧初领圣体的人的队伍；而果然看到他的小于絮尔披着白纱，神气非常兴奋。她向他瞟了一眼，眼中特别有种灵感，把他心中坚如铁石的部分，对上帝深闭固拒的一角，摇撼了一下。但他仍不愿意让步，自言自语的说道："无聊透了！倘使真有一个天地的主宰，组织宇宙的巨匠，他会理睬你们这套可笑的把戏吗？……"

　　想罢，他笑了，一面继续散步，走到俯瞰迦蒂南大路的高地上；一阵阵的钟声正在那儿荡漾，把许多家庭的快乐远远的播送出去。

　　在所有的游戏中间，脱里脱拉是最难的一种，不会玩的人根本受不了那个声音。于絮尔的感官和神经都特别灵敏，听到那游戏的声响和不可解的术语就要不舒服。医生、神甫和姚第老人（当他在世的时候），为了避免刺激孩子，总等她睡了或是出门散步的时间才玩脱里脱拉。往往玩到中局，于絮尔已经回家；她便耐着性子，和颜悦色的坐在窗下做活。她非常厌恶这玩艺儿；很多人不但觉得开场学脱里脱拉很难，并且根本不能接受，初步的困难太不容易克服了，倘不是年轻时代养成的习惯，以后几乎是没法学的。可是初领圣体的那天晚上，于絮尔回到家里，正好没有客人，她便搬出脱里脱拉的玩具放在老人面前，问道：

"谁先来掷骰子？"

"于絮尔，"医生回答，"今天是你初领圣体的日子，取笑干爹不罪过吗？"

她坐下来说："我不取笑你啊，你对我百依百顺，要我快活；我也应当使你快活。夏伯龙神甫每次看我功课做得好，便教我玩脱里脱拉作为奖赏；我已经上了那么多课，有本领赢你啦……以后你不用再顾忌我。我为了不妨碍你们的兴趣，已经克服所有的困难，喜欢脱里脱拉的声音了。"

于絮尔果然赢了。神甫正好闯来，看了大为得意。至此为止，米诺莱是不肯让干女儿学音乐的，第二天却到巴黎去买了一架钢琴，在枫丹白露跟一个女教师讲妥了，决意耐着性子听干女儿终日不断的练琴。会看骨相的姚第说过的话应验了：这女孩子果然是个优秀的音乐家。米诺莱非常高兴，又上巴黎去请了一个德国老头，学识丰富的音乐教师，叫作许模克的，每星期到家里来上一次课。凡是学这门艺术所要花的钱，米诺莱都毫不吝惜；但以前他认为这门艺术在家庭中是没有用处的。大概不信宗教的人都不爱音乐，那是由旧教发扬光大的天国的语言：每个音符的名字都是从圣·约翰赞美诗头上七句的第一个音节来的欧洲音阶的七个音，原用罗马字母为名：C、D、E、F、G、A、B。12世纪时有多派教士琪·达兰左，始以圣·约翰·巴蒂斯德的赞美诗（拉丁文）每句的第一音节改称为 ut, ré, mi, fa, sol, la。第七音符的名称 si 是后来一个法国教士补充的。今日欧洲大陆均习惯用此种名称，英、美则沿用 C、D、E 等旧称。

于絮尔的初领圣体，给老人的印象虽然很强，可并不持久。尽管宗教与祈祷使年轻的灵魂充满了恬静与喜悦，他看了也无动于衷。生平既无悔恨，亦无内疚，米诺莱老人完全过着心安理得的生活。他行善而不希望得到天国的酬报，比旧教徒更伟大；他责备旧教徒的行为等于向上帝放高利贷。

"可是，"夏伯龙神甫和他说，"倘若所有的人都肯放这种债，社会也就完美了，没有受难的人了。要像你那样的做好事，必须是个大哲学家；你是靠思想去贯彻你的原则的，你是个例外；不比我们那样的行善只消做了基督徒就行。你的行善是凭努力得来的，我们的行善是自然而然的。"

"这就是说，神甫，我是用思想，你们是用感觉，分别不过是这一点。"

可是，十二岁的于絮尔，她那种女性天生的机灵与巧思经过了高手的琢磨，成熟的感觉受着最细致的思想——宗教思想——的指导，终于懂得干爹既不信未来，也不信灵魂不死，既不信天意，也不信上帝。老人被纯洁的孩子紧紧追问之下，没法再把这个重大的秘密隐瞒下去。于絮尔那种天真的惊骇，他先觉得好玩；但看到她有时为之郁郁不乐，也就明白这忧郁所表示的感情多少深厚。凡是倾心相与的感情，什么事情都不容许有一点儿不调和，便是对不相干的问题也不许有参差的意见。有时，医生把干女儿受着最热烈最纯洁的情意鼓动、说话的声音也那么柔和那么甜蜜的议论，当做一种跟他撒娇的举动，由她数说。的确，有信仰的人跟没有信仰的人说着两种不同的语言，彼此根本不能了解。干女儿为上帝辩护，对干爹出言不逊，像一个宠惯的孩子对待母亲似的。教士和颜悦色的埋怨她，说这一类心胸高尚的人物，便是上帝也不肯随便加以屈辱的。小姑娘却引用大卫杀死巨人歌利阿的故事做答复①。在这个如此温暖，如此完美，跟喜欢刺探家长里短的小市民完全隔绝的家庭生活中，唯一的不愉快便是关于宗教的龃龉②，便是女孩儿不能劝干爹皈依上帝的遗憾。于絮尔慢慢的长大，进步，成为一个幽娴贞静，饱受基督教教育熏陶，在教堂门口使但羡来大为赞美的少女。她平日种花、弹琴、陪老人玩儿、侍候老人的起居，借此减轻些蒲奚伐的工作；她的恬静的岁月就是这样消磨的。可是于絮尔一年来也有些骚动的表现，引起老人不安；骚动的原因早在意料之中，所以他只是为孩子的健康操心。另一方面，这敏锐的观察家，识见深远的医生，觉得于絮尔精神上多少也受到骚动的影响，便像母亲对付女儿一样暗中侦察了一番，结果却看不见周围有什么能引起她爱情的男子，也就放心了。

---

① 出自《圣经》中的故事。歌利阿（又译哥利亚）是个拥有无穷力量、巨形身材的腓力士将军，带兵进攻以色列军队，年轻的牧羊人大卫凭借上帝的保佑和机敏勇敢，用投石弹弓打败了巨人歌利阿，然后统一以色列，成为大卫王。

② 龃龉（jǔ yǔ）：上下牙齿对不齐。比喻意见不合，互相抵触。

六　催眠术概要

在这种情形之下,正当这幕戏开场之前一个月,医生在精神生活方面遇到一件事,把他所有的信念像泥土似的翻了一个身。但为了这件事,我们必须把他行医时期的几桩大事概括的叙述一下,而我们的故事也可以因之更加生色。

18世纪末期,梅斯曼的出现,把科学界分作两派,壁垒森严,不亚于葛鲁克出现之后的艺术界 18世纪末,葛鲁克(原籍德国)与毕岂尼(原籍意大利)两大音乐家同为法国内廷供奉,在歌剧界各立门户,争执甚烈。从古以来,发明家都是到法国来教人公认他们的新发现的;因为语言明确,法兰西可以说是世界上传布消息的吹号手。梅斯曼把催眠术重新发掘出来以后,也到了法国 梅斯曼(F. – A. Mesmer 1733—1815) 倡动物磁气之说,认为一切疾病皆可用磁性感应的原理治疗。1778年梅斯曼至巴黎行术,风动一时,称为梅斯曼主义,其内容即今之催眠术,"磁性感应"为纯粹学理名称。

不久以前,哈纳曼说过一句话:"致病医病的学说如果到了巴黎,就有前途了 德国医生哈纳曼(1755—1843)所倡的"致病医病"说,大致是用药物在病人身上引起与所患的病症相同的现象,以治疗疾病。"

梅特涅克也和迦尔说过:"你还是上法国去罢;只要人家取笑你是个驼子,你就出名啦。"

因此,梅斯曼有热烈的信徒,也有激烈的敌人,情形很像葛鲁克党与毕岂尼党。法国的学术界大为骚动,郑重其事的展开辩论。辩论的结果尚未分晓,医学院已经把它所谓梅斯曼的江湖邪术,连同他的木盆、导引索和他的理论,全部禁止了 木盆与导引索,均为梅斯曼以磁性感应做医疗时的用具。可是不能否认,梅斯曼这个奇妙的发明,也因为他抱着立志巨富的野心而大受损害。与学说有关的许多事实先是不大可靠,梅斯曼又昧于那无法衡量的,当时还没人观察到的液体 古代的占星术、巫术、魔术,均认为此界上有一种无所不在的液体,可用以解释宇宙之神秘。近代的灵学也相信有一液体为心与物中间的桥梁。巴尔扎克极好此种神秘学说，常于作品中为之张目在自然界中的作用，更不知道把一种有三重面目的科学从各方面去探求，所以梅斯曼失败了。催眠术的应用不止一端，在梅斯曼手里只是一个原则，以后的发展是不可限量的。发现的人固然缺乏天才，但一门和人类文明同时兴起的学术，埃及和加尔提亚，希腊和印度，都曾加意培植的学术，在18世纪的巴黎还跟伽利略的真理16世纪时伽利略因倡言太阳为宇宙中心与地球自转，被教会强迫服罪在16世纪遭到同样的命运，被宗教界和同样惊惶的唯物派哲学家两面夹攻：那为法国着想，为人类的智慧着想，的确是件大可惋惜的事。催眠术是耶稣最喜爱的学术，也是他传授给信徒们的一项神通；但教会对催眠术的态度，不比卢梭、服尔德、洛克、孔狄亚克等等的信徒更有先见之明。这个人类的法宝，渊源极古而又好似极新的东西，百科全书派和教会中人都不能容纳①。痉挛派的奇迹，虽有加莱·特·蒙越龙留下珍贵的纪录，仍被教会和学者们冷淡的态度压倒了18世纪20年代，基督旧教中有扬山尼派教士法朗梭阿·巴里斯，能为人做媒介而获致奇迹。巴氏死于1727年，1729年起，群众往其墓地瞻礼，多有当场抽搐、如发狂疾者，醒后则原有宿疾霍然而愈。奇迹之说由是更为盛行；此等信徒当时称为痉挛派。加莱·特·蒙越龙（1686—1754）原为法国大理院法官，生活放荡；1731年时目击痉挛派之奇迹，乃改信扬山尼主义，并痛改前非，品行端正。后又著书证实痉挛派之事实，卒被政府逮捕，瘐死狱中。但这些奇迹的确是第一次号召大家去研究人身上的液体；那液体能够促发人体内部的力量，抵消外界因素促成的苦楚。但要做这个实验，先得承认那观察不到、触摸不到、衡量不出的液体是实有的；可惜这三个消极的形容词被当时的科学界看做虚无的代名词。而近代哲学就不承认空虚这回事。只要有十尺地位的空虚，世界就坍了！尤其在唯物主义者心目中，世界完全是实质，一切都有关联，一切都是机械的动作。狄德罗说过②："世界是偶然产生的，不像上帝那样难以解释。无数的原因和偶然产生的无穷的变化，就能说明天地万物的现象。把《伊尼特》一书的全部铅字随便散掷，只要给我充分的时间与地位，我一定能掷出一部《伊尼特》的书版

---

① 百科全书派：18世纪法国启蒙思想家在编纂《百科全书》的过程中形成的派别。核心是以狄德罗为首的唯物论者，另有卢梭、伏尔泰等代表人物。他们反对封建特权制度和天主教会，推崇机械工艺，向往合理的社会。

② 狄德罗（1713—1784）：法国启蒙思想家、唯物主义哲学家，百科全书派代表人物。

来①。"这般可怜虫宁可把无论什么东西奉为神明,却不愿意承认有个上帝;但他们看到物质可以分析至于无穷,也觉得害怕了;其实那种物质的可分性是一切无法衡量的力在本质上都有的。洛克和孔狄亚克把自然科学的进步延迟了五十年,直到伟大的圣·伊兰倡导物种原始统一论以后,这门科学才有惊人的发展。

一部分不持一家之说的聪明人,把事实用心研究过了,始终信服梅斯曼的主义。梅斯曼认为人身上有种敏锐的力,在意志鼓动之下,能用来控制另外一个人;遇到液体丰盛的时候,那种力还有治病的功能,而治疗的经过便是两个意志的斗争,是疾病与医治的志愿的斗争。梅斯曼还不大注意到梦游现象,那是毕赛瞿和特桀士两人用功研究的;但大革命使这些发现都停顿了,让一般学者和取笑的人占了上风。为数极少的信徒中间,一部分是医生。而这般主张异说的少数派到死都受着同僚迫害。威望很高的巴黎医师公会,对付梅斯曼信徒像宗教战争一样严厉,手段的残酷,在服尔德提倡宽容的时代,可以说是无以复加了。正统派的医生拒绝跟赞成梅斯曼邪说的医生会诊。到1820年的时候,被目为异端的人还是成为暗中排斥的对象。便是大革命的灾难与风暴,也没有能使那学术界的仇恨平息。社会上只有教士、法官和医生才会恨到这般田地。从事专业的人永远是固执得可怕的。但另一方面,思想不是比人事更顽强吗?

米诺莱的一个朋友,蒲伐医生,服膺新说,把生活的安宁都为之牺牲了,巴黎大学的医学院见了他非常头疼,但他的信心到死都没有动摇。米诺莱是拥护百科全书派最出力的健将,是梅斯曼的护法——台斯隆医生的死敌,写的文章在论战中极有分量;他不但和老同学蒲伐决裂,并且还加以迫害。对待蒲伐的行为是米诺莱唯一的悔恨,使他暮年觉得良心不安。

从米诺莱退休到纳摩以后,催眠术虽然被巴黎学术界继续引为笑谈,它本身却有了极大的进步。其实称呼催眠术最确当的名词是无重量液体学无重量是不可称量的意思,如光与电都是无重量的,因为它的现象和光与电的性质最为相近。迦尔的骨相学与拉伐丹的相学是孪生的学术,两者之间有着因果关系;它们向许多生理学家指出不可捉摸的液体的痕迹;意志的许多现象便是从液体来的;情欲、习惯、脸相与头颅的形状,也是以液体为基础的。磁性感应的事实、梦游、未卜先知与出神入定,一切使人进入心灵世

---

① 《伊尼特》:古罗马诗人维吉尔的著名史诗,讲述特洛伊战争中英雄伊尼斯历经风险的一生。

界的事，越来越多了。农夫马丁与异人显形的奇事，和路易十八的谈话，都是经过证实的农夫托玛·马丁，1816年时向人宣称，有一异人数次现形，嘱其向路易十八传达重要消息及若干忠告。经乡村教士、本区总主教以及警察局盘问，被送入疯人院。事为路易十八所闻，召入宫中；马丁面陈若干事，国王大为感动，即下令将其释放。马丁死于1834年；斯威顿堡与亡人的交接，在德国是正式肯定的斯威顿堡（1688—1772）为瑞典的灵学家；司各脱写过千里眼的故事；把手相学、卜课学、占星学混合起来的某些占卜家，很有些奇妙的能力；局部麻痹与失却行动机能的事实；某些病症对横膈膜的影响：所有这些至少是很奇怪而同出一源的现象，可以破除许多人的怀疑，使最不关心的人也来做些实验。这种思潮在北欧很发达，在法国还很微弱，但浅薄的观察家称为奇妙的事实还是有的，不过在人事纷繁的巴黎旋涡中，像石沉大海一般不起作用罢了；米诺莱对这些情形更是一无所知。

1829年初，反对梅斯曼的老人收到下面一封信，使他安定的心绪大受影响。

我的老同学：

一切友谊，即使决裂了，也有些永远剥夺不了的权利。我知道你还健在，我常常想起的是我们一同在圣·于里安街的破屋子里所过的日子，而不是我们之间的敌意。在离开世界以前，我要向你证明，催眠术快要成为一门重要的科学了，假如科学应该有许多种的话。我可以提出确凿的证据破除你的疑惑。也许你的好奇心还能使我有机会跟你聚首一次，在梅斯曼事件以前，我们原是常常相见的。

蒲伐

这一下，反对梅斯曼的老人好似狮子被牛蝇叮了一口，直奔巴黎，到蒲伐老人的寓所丢了一张名片。蒲伐住在圣·舒比斯教堂附近的非罗街上，他也到米诺莱的旅馆丢下一张名片，写着："明晨九时，在圣·奥诺雷街圣母升天教堂对面恭候。"米诺莱变得年轻了，一晚没睡着。他去拜访几个相熟的医生，问他们是不是天下大变了，是不是医学界有了新的学派，巴黎大学的四个学院是不是还存在。他们告诉他，当年抵抗邪说的精神并未消灭；只是医学学士院和科学学士院不再用压迫手段，而仅仅用置之一笑的态度，把涉及磁性感应的事情归在高缪斯、龚德、鲍斯谷的魔术之列三人均为19世纪的魔术大家，看做一种所谓科学游戏。但这些议论并不能阻止米诺莱老人赴蒲伐的约会。经过四十四年的仇视，两位敌人又在圣·奥诺雷街上的一个门洞子里见面了。法国人老是有许多分心的事，没法把仇恨保持长久。尤其在巴黎，那么多的事情把空间扩大了，使一个人在政治、文学、科学各方面活动的范围更加辽阔，到处都有园地可以开发，施展各人的雄心。要恨一个人，必须时时刻刻集中精神，直要你拿出几个人的精力，才能长时期的恨下去。所以只有肉体能保留仇恨的记忆。过了四十四年，连劳白斯比哀和唐东也会互相拥抱的了①。可是两位医生相见之下，谁都没伸出手来。蒲伐先开口对米诺莱说：

"你身体好得很。"

发僵的局面打开了，米诺莱答道："是的，还不坏。你呢？"

"我？你瞧罢。"

"磁性感应的学说能教人不死吗？"米诺莱带着说笑的口气，可并不尖刻。

"差点儿教我活不成是真的。"

"难道你没发财吗？"

"呕！"

"我呀，我可是有钱呢。"米诺莱嚷着。

"我不是恨你的财产，而是恨你的信念。跟我来罢。"

"噢！你老是这么固执！"

蒲伐把米诺莱带上一座黑洞洞的楼梯，小心翼翼的直上五楼。

那时巴黎出了一个异人，从信仰中得到广大无边的法力，能在各方面应用磁性感应。这伟大的无名氏至今还活着；他不用见到病人，能够从远处医治最痛苦的年深月久的痼疾，并且是像耶稣那样突然之间根治的；除此以外，他还能克服最倔强的意志，一刹那间促成最奇怪的梦游现象。他自称为只依靠上帝，像斯威顿堡一样和天使们来往②。相貌像狮子，有一股充沛的不可抵抗的力。五官的轮廓长得很特别，模样很可怕，令人惊怖；从心灵深处发出来的声音，好似充满了磁性的液体，会钻进听的人身上的毛孔。他医好了上千病人而受到群众无情无义的待遇，灰心透了，决意过着孤独的生活，与世隔绝。他曾经替母亲们救回垂死的儿女，替哭哭

---

① 唐东：法国洛林大区孚日省的一个市镇，属于埃皮纳区雷米雷蒙县，其历史可追溯到中世纪。

② 斯威顿堡：18世纪瑞典神秘主义哲学家。

啼啼的儿女挽回父亲的性命，把受人疼爱的情妇还给热烈的情人，把医生断为绝望的病人治好，使犹太教、新教、旧教的祭司各自在圣堂中唱着赞美诗，被同样的奇迹感化了，皈依同一个上帝。替患了绝症的病人减轻临终的痛苦。对于双目紧闭的梦游者，他等于代表生命的太阳；但他决不为了替王后救一个太子而轻易举一举他那双神通广大的手。他只回想着过去所做的善事，把自己包裹在一片光明里头；他遗世独立，仿佛是生存在天上了。

但这个有着异能而不求名利的人初露锋芒的时期，对于自己的神通也差不多感到惊异，允许某些好奇的人参观他的奇迹。他那宣传一时而将来还会重振的声名，惊动了行将就木的蒲伐。蒲伐以前为了梅斯曼的学说受尽迫害，把它当做宝物一般藏在心里；如今终于看到这门科学的最精彩的事实。伟大的无名氏被老人的遭遇感动了，对他另眼相看。所以蒲伐一边上楼，一边存着俏皮而得意的心，听让他的老冤家取笑，只回答说："你等会儿瞧罢！等会儿瞧罢！"同时颠头耸脑，表示极有把握。

两位医生走进一个寒伧的公寓。蒲伐到客厅隔壁的一间卧房里去了一会，米诺莱等在客厅里，开始疑心了；但蒲伐马上来带他走进隔壁的屋子，见了那位神秘的斯威顿堡信徒；一张靠椅上还坐着一个女的，她并不站起来，好像根本没瞧见两个老人。

米诺莱笑道："怎么！不用木盆了？"

"只依靠上帝的神力。"斯威顿堡信徒肃然回答。据米诺莱估计，他大约有五十岁。

三个人一齐坐下。主人讲的话无非是寒暄客套，米诺莱老人听着大为惊奇，以为受人愚弄了。斯威顿堡信徒询问来客对于科学的看法，他显然是要借此把对方打量一番。

终于他说："先生，你到这儿来纯粹是为了好奇。我的神通，我相信是得之于上帝，从来不敢加以亵渎的；随便滥用，或是用在不正当的地方，上帝会把我的神通收回。不过据蒲伐先生说，现在的问题是要使一个和我们信仰相反的人改变主张，点醒一个善意的学者，所以我愿意满足你的好奇心。"他又指着那个陌生女子说："这个女的正在梦游。据一切梦游者的口述和表现，梦游是个极甜美的境界，内在的生命把有形的世界加在人的器官上面、妨碍它们的机能的束缚，完全摆脱了，能够在我们谬称为'无形的'世界中活动。梦游状态中的视觉与听觉，比着所谓清醒状态中的更完美，也许还不用别的器官协助；因为视觉与听觉原是通体光明的利剑，别的器官反而是遮蔽它的剑鞘。对于梦游的人，无所谓空间的距离，无所谓物质的障碍；换句话说，距离与障碍被我们内在的生命超越了；人的肉体只是那内在生命的一个贮藏室，一个不可少的依傍，一重外壳。这些最近方始发现的事实，没有适当的名词可以形容；因为不可量，不可触，不可见等等的字眼，对于可由磁性感应显出作用来的液体而言，已经毫无意义。光能发热，能穿过物体使它膨胀，可见光还是可量的；至于电能够刺激触觉，更是人尽皆知的事。我们一向只管否认事实，却忘了我们器官的简陋。"

米诺莱打量着那个好像属于下层阶级的女子，说道："噢！她睡着呢！"

主人回答："此刻她的肉体可以说消灭了。一般人把这个状态叫作睡眠。但她能够向你证明有个精神世界，人的精神在其中完全不受物质世界的规律支配。你要她到哪儿去，我就教她到哪儿去。离开这儿几十里也罢，远至中国也罢，她都能把那边发生的事告诉你。"

米诺莱说："你只要叫她到纳摩，到我家里去。"

那怪人回答："好罢，我自己完全不参加。你把手伸出来，演员和看客，原因与结果，都归你一个人担任。"

他拿了米诺莱的手，米诺莱也让他拿着。他好似定了定神，用另外一只手抓着坐在椅上的女人的手；然后把老医生的手放在女的手里，教他坐在那个并无法器的女巫身边。老医生觉得自己的手和女的接触之下，她原来极平静的脸微微一震；这动作虽然后果很奇妙，动作本身却是非常自然。

"你得听从这位先生的话。"那异人说着，平举着手，伸在女的头上，女的仿佛马上得到了光明和生命，"别忘了，你替他做的事都是使我高兴的。"然后他对米诺莱道："现在你可以吩咐她了。"

医生便道："请你到纳摩镇布尔乔亚街，到我家里去。"

蒲伐告诉他说："你得等一下，等她和你说的话证明她已经到了那儿，你再放开她的手。"

"我看见一条河……一个美丽的花园。"女人说的声音很轻，虽则闭着眼，神气像聚精会神的瞧着自己的内心。

"干么你从河跟园子那边进去呢？"米诺莱问。

"因为她们在那边啊。"

"谁？"

请你到纳摩镇布尔乔亚街,到我家里去

"你心里所想的小姑娘和她的奶奶。"

"园子是怎么样的?"米诺莱问。

"打河边的水桥上去,右手有一条砖砌的长廊,放着图书;尽头是一间后来添上去的小屋子,挂着木铃和红蛋。左边墙上爬满了藤萝、野葡萄和素馨花。园子中间有一具小型的日晷①,还有许多盆花。你的干女儿正在察看她的花,还指给她的奶奶瞧呢;她拿着锹挖土,把花子放在泥里……奶奶在刮平走道上的石子……小姑娘虽然像天使般纯洁,心中已经跟破晓时的天色一样,微微的动了爱情。"

"对谁呢?"至此为止,医生还没听见什么只有梦游的人才能告诉他的事。他始终认为那是走江湖的法术。

她微微一笑,说道:"你还一点儿都不知道呢;不过最近她成人以后,你也担心过的。她的感情是跟着肉体发展的……"

老医生嚷道:"一个平民阶级的女人居然会讲这种话?"

蒲伐回答:"在这个状态中,谁说话都是特别清楚的。"

"可是于絮尔爱的是谁呢?"

那女的侧了侧头,答道:"于絮尔还不知自己动了爱情。她太朴实了,根本没体会到情欲或是什么爱情,但她关切他,想念他;尽管压制自己,想把他丢开,也是没用……现在她弹琴了。"

"那男的是谁呢?"

"对门那位太太的儿子……"

"是包当丢埃太太吗?"

"包当丢埃?对啦。可是没什么危险,他不在本地。"

"他们讲过话吗?"医生问。

"从来没有。他们只见过面。她觉得男的挺可爱。不错,他长得一表人才,心也很好。她从窗里见过他,两人也在教堂里见过,但那个男的已经把这件事忘了。"

"他叫什么名字?"

"啊!那要我看一眼才行,或者要她说出来。噢!有了,他叫作萨维尼昂;她才说出这名字,觉得叫着心里怪舒服的:她已经在历本上查过他的本名节,拿红笔点了一下做记号……真是孩子气!噢!她将来是个多情种子,又热烈又纯洁;一生不会爱两次的,爱情会抓住她的心,深深的种

---

① 日晷(guǐ):本指太阳的影子。又指人类利用日影测得时刻的一种计时仪器。

在里头，把旁的情感都挤掉。"

"你从哪儿看出来的？"

"从她心里看出来的。她能够受苦，这一点跟她的血统有关，她父母都遭过大难！"

这最后一句把医生听呆了，他不是为之震动，而是惊奇。在此应当补充一下，那女的每说一句，都要隔十分到十五分钟，在那个时间内她精神越来越集中，明明是有所见的神气。她额上有些异样的表情显出她内心的活动，有时开朗，有时紧张，那种竭尽全力的劲儿，米诺莱只有在快死的人身上见过，而且还得是一个有先知一般的感觉的人。她好几次的手势都像于絮尔。

主人对米诺莱道："你尽管问她，她可以把只有你一个人知道的秘密告诉你。"

米诺莱问："于絮尔爱我吗？"

她微微一笑："差不多跟爱上帝一样，她因为你不信上帝，非常难过。你的态度仿佛只要不信仰，上帝就会不存在似的。可是世界上没有一处没有他的声音。所以这孩子唯一的痛苦就是你给她的。哟！她在琴上练音阶了；她还想在音乐方面求进步……她自个儿在那里懊恼，心里想着：倘若我唱歌唱得好，把嗓子练好了，他回到家里的时候一定能听见我的声音。"

米诺莱掏出记事册，记下了钟点。

"她散的什么花子，你能告诉我吗？"

"木樨草，豌豆花，凤仙花……"

"最后一样是什么？"

"是飞燕草。"

"我的钱放在哪儿？"

"在你公证人那儿；那是你按期存放，连一天的利息都不损失的。"

"不错。但我在纳摩每季家用的钱放在哪儿呢？"

"放在一本红面精装的，《于斯蒂尼安法学总汇》第二卷最后两页之间；放书的是玻璃碗橱的高头，插对开本的柜子，整格都给那部书占满了。你的钱放在靠近客厅那边的最后一册里头。咦！第三卷插在第二卷前面啦。可是你的款子不是钱，而是……"

"可是一千法郎的钞票？……"医生问。

"我看不大清，票子都折着。啊，是两张五百法郎的。"

"你看见了吗？"

"看见了。"

"是怎么样的钞票?"

"一张很黄很旧,另外一张颜色还白,差不多新的……"

最后这段回答,米诺莱医生听着发呆了。他呆呆的望着蒲伐,蒲伐和斯威顿堡信徒却看惯了不相信的人的惊奇,只管若无其事的低声谈话。米诺莱要求吃过饭再来。他想定定神,让惊怖的情绪平静一下,再来领略这种广大的神通;他预备做一次决定性的试验,向她提出一些问题,要是有了满意的解答,他的疑惑可以全部廓清了。

主人说:"那么你今晚九点再来,我为你再到这儿来一次。"

米诺莱医生激动到极点,出去的时候甚至忘了向主人告辞;蒲伐跟在后面,远远的嚷着:

"你怎么说?怎么说?"

米诺莱站在大门口回答:"蒲伐,我觉得我简直疯了。倘若那女人说的关于于絮尔的话都不错,倘若这妖婆替我揭穿的事只有于絮尔一个人知道,那我承认你的确是对的。我恨不得长着翅膀回纳摩,把事情调查明白。好,今晚十点我就动身。啊!我真是给闹糊涂了。"

"呕,倘若你看到一个害了多年不治之症的病人,五秒钟以内就给医好;倘若这催眠大家使一个麻风病人浑身淌汗;倘若你眼见他教一个瘫痪的女人站起来走路,你又怎样呢?"

"蒲伐,咱们一起吃饭去,到晚上九点为止,我不让你走开了。我要做一个切实的、无法推翻的试验。"

"好罢,老朋友。"那个梅斯曼派的医生回答。

七 信了这项，也就信了那项

两位言归于好的朋友到王宫市场去吃晚饭。米诺莱很兴奋的谈了一会，才把脑海中翻腾不已的思潮暂时忘掉。然后蒲伐和他说："如果你承认那女子的确有能力消灭空间或是飞渡空间，如果你切实知道，在圣母升天教堂附近，她能听到人家在纳摩说的话，看到在纳摩发生的事，你就得承认磁性感应的别的现象，那在不相信的人都是跟这些事同样不可能的。你不妨要她给你一个唯一可使你信服的证据，因为你或许以为刚才的事是我们打听来的；可是我们没法知道，比如说，今晚九点在你家中，在你干女儿卧房里的情形；你不妨把梦游者所看到的所听到的，牢记在心，或是用笔记下来，你再赶回家。我不认识于絮尔姑娘，她不是我们的同谋；要是她说的话，做的事，和你记下来的一样，那么，刚强的西刚勃勒，你该低头了^{法兰克族的王格洛维斯，于5世纪末与阿拉芒族战于多皮阿克，形势危急，格洛维斯乃发宏愿，若基督教的上帝能助其作战，即当皈依宗教。是役格果获全胜，即率士兵三千人同时信仰基督教。主教圣·雷米于兰斯城内为其举行洗礼时，说道："刚强的西刚勃勒，你该低头了！"西刚勃勒为日耳曼族一支，圣·雷米以此称呼格洛维斯的种族}！"

两个朋友回到那房间，又见到那梦游女人，但她见了米诺莱并不认识。斯威顿堡信徒远远的举起手来，女人便慢慢的闭上眼睛，恢复了饭前的姿势。医生和女人的手放在一起以后，他就要她说出这时候在他纳摩家中发生的事。

"于絮尔在那里干什么？"

"她已经脱了衣服，做好头发卷儿，跪在祈祷凳上，面对着一个象牙十字架，十字架挂在红丝绒底子的框子里。"

"她说些什么？"

"她在做晚祷，把自己交托给上帝，求他驱除她心中的邪念；她检查自己的良心，白天的行为，看看有没有违背上帝和教会的告诫。可怜的孩子，她在解剖自己的灵魂呢！"梦游者说着，眼睛湿了，"她并没犯什么罪过,可是责备自己想萨维尼昂想得太多了。她停下来思忖他此刻在巴黎做些什么,求上帝赐他幸福。末了,她提到你,高声做着祷告。"

"她的祷告,你能说给我听吗?"

"能。"

米诺莱拿铅笔把梦游者口述的祷告记下来,那明明是夏伯龙神甫替于絮尔起的稿子:

"我的上帝,我是崇拜你的仆人,抱着满腔热情和敬爱的心向你祝告;我尽量遵守你的诫命,愿意像你的圣子一样,为荣耀你的名字而献出我的生命,愿意生活在你的荫庇之下;你是洞烛人心的主宰,倘若你满意我的行为,我就求你开恩,点醒我的干爹,使他走上得救的路,赐他恩宠,让他最后几年能生活在你身上;求你保佑他平安,让我来代替他受苦!圣女于絮尔,我亲爱的本名神,还有圣母,天使长,天堂上所有的圣者,求你们垂听我的祈祷,请你们帮我向上帝说情,求你们可怜我们。"

梦游者把孩子那些天真的手势和圣洁的灵感,学得逼真,米诺莱看着,不由得眼睛里冒上了泪水。

"她还有别的话说吗?"

"有的。"

"讲给我听。"

"'亲爱的干爹!他在巴黎跟谁玩脱里脱拉呢?'她吹熄了蜡烛,倒下头去睡了。啊,已经睡着了!她戴着小小的睡帽,真好看!"

米诺莱向伟大的无名氏行过礼,和蒲伐握过手,急急忙忙下楼。那时有一个出租马车的站,设在还没有为了扩充阿尔泽街而拆毁的一家老客栈门口;他奔到那里,找到一个马夫,问他可愿意立刻上枫丹白露。价钱讲妥以后,返老还童的老人马上动身。照预先谈好的办法,他在埃索纳镇让牲口歇了一会;然后赶上纳摩的班车,居然还有位置,便把包车打发了。清早五点左右,他回到家中,因为路上辛苦,一口气直睡到九点,睡下去的时候,他一向对于自然界、生理学、形而上学的观念,完全崩溃了。

医生醒来,知道从他回家以后没有一个人进过他的屋子,便开始调查事实,心里却是说不出的恐惧;两张钞票的分别,两册《法学汇编》的次序颠倒,连他自己也不知道。可是梦游的女人看得一点不错。他便打铃叫蒲奚伐女人。

"把于絮尔找来和我说话。"他坐在书房中间吩咐。

孩子来了,奔过来拥抱他;医生把她抱在膝上;她才坐下,美丽的淡黄头发就跟老朋友的白头发卷在一起。

"干爹，你可是有什么事问我？"

"是的，不过你先得发誓，要非常坦白的回答我的话，决不躲躲闪闪。"

于絮尔满面通红，直红到脑门。

医生看见她一向那么纯洁那么明净的美丽的眼睛，为了初恋的羞怯而显出慌乱的神色，便接着说："噢！你不能回答的话，我不会问你的。"

"干爹，你说罢。"

"昨天晚上你做最后一段祷告的时候，心里想些什么？祷告是几点钟做的？"

"大概是九点一刻，九点半。"

"把你最后一段祷告背给我听。"

于絮尔希望自己的声音能够感化不信上帝的老人，便跳下来跪在地上，诚心诚意的合着手，眉飞色舞，望着老人说道：

"我昨天求上帝的话，今天早上又求过了，我要求到上帝顺从了我的愿望为止。"

接着她把祷告背了一遍，背的时候有种更热烈的、簇新的表情；干爹却打断她的祈祷，接下去替她念完了，使她大为惊奇。

"行啦，于絮尔，"医生又把干女儿抱在膝上，"你倒在枕上睡觉之前，心里不是想：'亲爱的干爹！他在巴黎跟谁玩脱里脱拉呢？'是不是？"

于絮尔跳起来，仿佛听到了最后审判的号角。她大叫一声，睁大着眼睛，一动不动的，不胜惊骇的瞪着老人。

"干爹，你是什么人呀？哪儿来这样大的神通？"她认为干爹既然不信上帝，一定是跟魔鬼打交道了。

"昨天你在园子里散的什么花子？"

"木樨草，豌豆花，凤仙花。"

"末了可是飞燕草？"

她跪在地下叫道：

"干爹，别吓我了；你昨天呆在家里没出门，是不是？"

"我不是老跟你在一块儿吗？"医生开着玩笑，把话支开去了。他不愿意惊动天真的孩子，扰乱她的头脑。"咱们到你卧房去罢。"

他让她挽着手臂，一同上楼。

"干爹，你的腿在发抖呢。"

"是的，我头里昏昏沉沉，好似给雷劈了一样。"

"难道你信了上帝吗？"她叫着，快活得眼睛里含着泪水。

老人瞧着自己替于絮尔布置的那间多朴素多可爱的卧房。地下铺着一张并不贵重的绿地毯，由她收拾得十分干净；墙上糊着蓝灰色的纸，印着蔷薇花和绿叶；朝着院子的窗上挂着粉红镶边的卡里哥布窗帘；两个窗洞之间，壁上有一面长镜，底下是一张白石面的金漆半桌，桌上放一个赛佛窑的蓝瓶，那是于絮尔平日插花的；壁炉架对面摆着一口细木镶嵌、大理石面的小柜子。床上铺的是旧波斯呢毯，挂的是波斯呢面子，用夹丝毛料做里子的帐帷；床是18世纪通行的那种公爵夫人式，四角有刨出嵌线的柱子，顶上雕着一簇簇的羽毛做装饰。壁炉架上的摆钟，座子是贝壳做的，用象牙拼成许多图案；壁炉架的框子，架上的白石烛台，大镜子和四面堆花的边：那些颜色、调子、做工，都很调和。又高又大的衣柜放着于絮尔的内外衣衫；两扇柜门上用各种现在已经找不到的木料拼成风景画，有些木材的色彩是带绿的。室内有股幽香。每样东西都安排得极有条理，极其和谐，谁见了都会欣赏，即使像米诺莱-勒佛罗那样的俗物也不能无动于衷。我们尤其可以看出，于絮尔对周围的东西多么看重，对这间与她儿童和少女时代的生活密切相关的屋子多么喜爱。老人为了不露痕迹，故意把室内的陈设看了一遍，发觉从于絮尔的窗子里的确望得见包当丢埃太太的屋子。他头天晚上已经盘算过，既然知道了于絮尔初动爱情的秘密，应当怎么应付。以监护人的资格去当面问她是不妥当的，不管是赞成是反对，他的地位都很僵。因此他决意先把年轻的包当丢埃和于絮尔双方的身份与处境，仔细考虑一下，再看要不要趁这股感情还没达到欲罢不能的阶段，就把它压下去。这样谨慎周密的态度，只有老年人才有。他一边为了磁性感应的事情，心绪还没定下来，一边把屋内的东西一件一件的瞧着，想借此看看挂在壁炉架旁边的历本。

"这些难看的烛台太重了，你这双美丽的小手怎么拿得动呢？"他把白石座子的镶铜烛台掂了掂分量，瞅着历本，把它拿了下来，嘴里说着：

"这也难看透了。多漂亮的屋子，干么挂这样恶俗的历本？"

"噢！干爹，别拿走啊。"

"明儿我另外给你一本。"

他揣着这赃证下楼，关着门呆在书房里，找出圣·萨维尼昂的节日：梦游的女人说得不错，10月19那一天上果然有个小红点儿；米诺莱的本名神圣·但尼,和夏伯龙神甫的本名神圣·约翰的节日,也各有一个记号。点子不过针尖大小,梦游者不受空间和种种阻碍的影响,居然看到了。

老人把这些事一直想到晚上,那对于他比对谁都意义重大。证据确凿,怎么能不信呢?打个比喻说,他心中那堵坚固的墙突然坍倒了;因为他的生活素来根据两个原则:一不关心宗教,二不相信磁性感应。感官原是纯粹的生理组织,它所有的效用都能解释清楚的;磁性感应却证明某些知觉的终极竟可与"无穷"相通,那在老人心目中等于推翻了斯宾诺莎的坚强的论据:斯宾诺莎认为有限与无限这两大元素是不能并存的,现在却变成互相包含的了。老人尽管承认物质的可分性与活动性有多么了不起的力量,总没法承认物质有这样大的神通。他年纪大了,没有精力再把这些现象归结到某种学说中去,把它们跟睡眠、异象、光线等等做比较。他的科学理论是以洛克和孔狄亚克派的主张为基础的,如今是整个儿崩溃了。空洞的偶像既然被砸烂了,他一味不信的心理也就跟着动摇。所以在信仰旧教的儿童与服尔德派老人的斗争中间,于絮尔在各方面都占了优势。在坍毁的堡垒里头,在那些废墟之上,有一道光在那里闪闪发亮。还有那段祷告在那里发出嘹亮的声音!然而固执的老人看到自己彷徨,大不满意。他虽然动了心,仍打不定主意,始终在那里抗拒上帝。但他的精神已经动摇,他已经改变了,一味深思默想,念着柏斯格的《杂思》,鲍舒哀的《新教教义游移史》①,鲍那,圣·奥古斯丁等等的著作②;也想搜罗斯威顿堡和圣-马丁的书籍 鲍那(1754—1840)为意大利政治家,拥护旧教甚力。圣-马丁(1743—1803)为梅斯曼的信徒,这是巴黎的那位怪人跟他提到的。唯物主义在米诺莱心中建立的大厦已经到处开裂,只要一点儿轻微的震动就会全部瓦解。等到他皈依上帝的心意完全成熟的时候,他就瓜熟蒂落,投入宗教的怀抱了。

好几次晚上,于絮尔坐在一旁,老人一边和神甫玩着脱里脱拉,一边提出些问题,使夏伯龙听了很奇怪,觉得和老人平时的主张相差太远了;因为上帝为了超度这颗卓越的灵魂而在他心中所做的工作,神甫还一点儿

---

① 鲍舒哀:欧洲中古时代的灵修大师,主张以单纯的祈祷和直接的爱慕之心接近天父及耶稣基督,并以上帝的意志解释世界的历史。

② 圣·奥古斯丁:天主教圣师,古罗马时期天主教思想家,中世纪基督教神学、教父哲学的代表人物。著有《忏悔录》《论三位一体》。

都不知道。

"你可相信显灵的事吗?"不信宗教的老人停下游戏,问神甫。

"16世纪的一个大哲学家,加唐_{加唐是16世纪意大利医学家兼数学家,但惑于星相学及各种神秘学说,并非真正的哲学家,更非如巴尔扎克所说的大哲学家},说他曾经见过显灵的。"神甫回答。

"凡是学者们注意过的显灵的事,我都知道;最近我把帕罗打的著作又读了一遍_{帕罗打为3世纪时亚历山大城中的神秘派哲学家}。我现在问你,以旧教徒的立场来说,你是否相信,一个人死后能回到世界上来看活着的人?"

神甫回答:"耶稣死后就是在门徒面前显形的。教会对于救主的显灵当然深信不疑。至于奇迹,我们也有的是。"夏伯龙说到这里,笑了笑,"要不要我告诉你一桩最近的事,发生在18世纪的?"

"呕!"

"是的,圣者玛丽-阿尔风斯·特·李哥里,在离开罗马很远的地方,就在教皇驾崩的一刹那,知道教皇的死。这桩奇迹有许多证人。那位有道行的主教,把他在出神入定时所听到的、教皇弥留时的遗言,当着好几个人说出来。过了三十小时,才有专差来报告教皇的噩耗……"_{此事见安谷·台·洛多男爵所著《圣·阿尔风斯·特·李哥里传》。李哥里主教生于1696,死于1787。此处所称教皇系指格莱芒十三,崩于1774年9月12日。男爵书中记载:"据若干极可靠的证人口述,自9月11日起,李哥里主教即安座椅中不动不语,宛如入睡。"觉醒之时间,事后证明,即教皇驾崩之时间;彼时主教即对在旁侍候的修士声称:"我刚才送了教皇升天。"}

"你这是放刁嚜!"米诺莱老人跟神甫开玩笑似的说,"我不问你要证据,只问你信不信。"

神甫也继续取笑米诺莱,回答说:"我觉得显灵的事多半跟看到显灵的人有关。"

"朋友,我不是给你上当,你对这问题究竟有什么意见?"

"我相信上帝是万能的。"

医生笑道:"等我死了,倘若我信了上帝,一定要求他让我在你们面前显形。"

教士回答:"加唐和他的朋友彼此就是这样约定的。"

米诺莱道:"于絮尔,万一你受到什么威胁,只要叫我一声,我准来。"

教士道:"安特莱·希尼哀写过一首动人的悲歌,叫作《奈埃尔》,_{法国诗人希尼哀(1762—1794)所作悲歌《奈埃尔》,述一女子奈埃尔临终告其爱人:(大意)"……夕阳将下的时候,倘若你心中感动,矇眬出神,你只要叫我一声,我一定飞到你身边来!"}

你一句话就把它的感情表达出来了。诗人的伟大，就在于把事实或情感蒙上一些永远生动的形象。"

"亲爱的干爹，你为什么要提到死呢？"于絮尔声音很悲痛，"我们基督徒是不死的，坟墓是我们灵魂的摇篮。"

老人微笑着说："不管怎么样，反正得离开这个世界；我一朝不在之后，你看到你的家私一定会觉得惊奇的。"

"等你不在的时候，干爹，我唯一的安慰就是把我的生命奉献给你。"

"我死了，你还把生命奉献给我？"

"是的。我将来要是能做些善事，都要用你的名义去做，因为我要补赎你的过失。我每天要祈祷上帝，求他大慈大悲，不要为了你一日之过而给你永久的惩罚，求他把一颗像你这样纯洁这样善良的灵魂，收留在他身边，和那些圣者的灵魂在一起。"

这几句回答，所包含的感情那么淳朴，声调口吻又那么肯定，直接指出了对方的错误，把但尼·米诺莱像圣·保罗一样的感化了圣·保罗未信基督以前，受命迫害督徒，相传一日见耶稣显形，遂致失明，但心中觉得有一道神光照着。后来有了信仰，受了洗礼，双目乃复明。他看到孩子有这样的感情，甚至顾到他未来的生命，不由得眼中含着热泪；同时有一道内在的光明使他心旌摇摇，不知所措。突然之间得到圣宠的效果，像触电一般。神甫合着手，惶惶然站起身子。孩子看到自己的成功，惊喜交集，哭了。老人仿佛有人叫他似的，猛的站起身子，望着前面，似乎看到了一道曙光；接着他跪在椅上，合着手，低着眼睛望着地下，诚惶诚恐，谦卑到极点。

他然后抬起头来，声音很激动的说道："我的上帝！世界上只有这个纯洁的孩子才能替我求得恩宠，使我皈依。我已经深深的悔悟，由这个荣耀所归的儿童带到你面前，求你宽恕！"

老人的灵魂一直飞向上帝，求他在宠赐圣恩以后，再用智慧来点化他。他转身握着神甫的手，说道："亲爱的导师，我变作孩子了，我请你训导，我把灵魂交给你了。"

于絮尔吻着干爹的手，喜极而涕，把老人的手都沾湿了。老人把孩子抱在膝上，很高兴的叫她做"教母"。神甫大为感动，很热烈的背着一首《来罢，圣灵》的赞美诗。跪在地下的三个基督徒，就把这首赞美诗代替了晚祷。

蒲奚伐女人很诧异的跑进来问："什么事啊？"

于絮尔回答："哎，干爹信了上帝了。"

"那多好！这么一来，他就十全十美了。"老佣人嚷着，一本正经的画着十字，神气很天真。

慈祥的教士说道："亲爱的医生，不久你会感到宗教的伟大和奉教的必要；你会发觉，富于人情味的宗教哲学比最大胆的思想更高超。"

本堂神甫像小孩子一样快活，答应每星期来谈话两次，替老人解释基督教教义。由此可见，大家以为他的信教是于絮尔促成的，并且还有卑鄙的用意，其实是很自然的演变成功的。这颗心灵的创伤，教士暗中惋惜了十四年没敢碰一下；如今老人却像受伤的人请教一个外科医生似的，自动来央求他了。从那次谈话以后，于絮尔每天晚上的祷告都是和老人一块儿做的。他心中慢慢的觉得有种恬静的境界，代替了以前的骚乱。像他自己说的，不可解的事既然有上帝负责，他精神就安定了。于絮尔回答说，这表示他已经在上帝的国土内有了进展。

望弥撒的时候，他聚精会神的念着经文；因为他跟神甫谈了一次话，就参透那个神秘的观念，觉得一切信徒在精神上都是彼此相通的。这位刚刚归宗的老人已经懂得圣餐是个永久的象征，而一朝领会到它深刻与亲切的意义以后，信仰更使圣餐成为不可少的象征。那天他出了教堂，急于回家，为的是要感谢干女儿把他——照古时那种美妙的说法——渡登彼岸。他在客厅中把她抱在膝上，非常虔诚的亲着她的额角。那时他的一般旁系亲属却对于絮尔大肆谩骂，凭着他们恐惧的心理把那么圣洁的影响百般诬蔑。老头儿的急于回家，瞧不起亲属的态度，走出教堂时那句尖刻的回答，当然每个继承人都认为是于絮尔挑拨出来的。

八　这边商量，那边也商量

这方面，干女儿在琴上弹着韦白的《别意变体曲》给她干爹听；那方面，米诺莱-勒佛罗家的饭厅里，大家正在商量一个妙计，结果把这出戏文里头另外一个重要角色也带出场了。内地请客，饭桌上照例很热闹：再加从运河里载来的，或是蒲高涅方面，或是都兰纳方面的美酒，为大家助兴，一顿饭直吃了两个多钟点。才莉特意定了生蚝、海鱼和其他的名菜，替儿子接风。

饭厅颇像乡村旅店的客堂，中间摆着一张圆桌，桌面上的情形非常有趣。才莉看着规模宏大的下房，心满意足了，又在大院子和种满蔬菜果树的园子之间盖一所屋子。她家中每样东西只求干净、实惠。勒佛罗-勒佛罗的作风对大家是个很大的教训，所以才莉决不许建筑师随便乱来，浪费她的钱。饭厅只糊着上油的花纸，摆着胡桃木椅子，胡桃木酒柜，一只珐琅质的火炉，挂着一只时钟和一只晴雨表。杯盘虽是普通的白瓷，但桌布和大批的银器使饭桌显得灿烂夺目。因为只雇一个厨娘，才莉自己少不得奔进奔出，像香槟酒瓶里的铅丸一般。等她端上咖啡，候补律师但羡来把早上发生的大事和后果都弄明白了，才莉关上门，请公证人第奥尼斯发言。屋内鸦雀无声，每个继承人的眼睛都盯着那张公证人的脸；这就不难看出吃公事饭的人对一般家庭的影响。

他说："诸位老弟，你们的叔叔是1746年生的，今年八十三岁；可是老年人往往会走上邪路，而这个小……"

"小毒蛇！"玛尚太太抢着说。

"小坏蛋！"才莉补上一句。

第奥尼斯往下说："咱们只叫她名字罢。"

克莱弥埃太太道："她的名字就是女强盗。"

"美丽的女强盗。"但羡来补充。

第奥尼斯接着说："这小于絮尔是他的心肝宝贝。诸位都是我的主顾，我为了你们的利益,并没等到今天才打听消息,据我所知,这年轻的……"

"小毛贼!"稽征员嚷着。

"抢遗产的女恶棍!"治安裁判所的书记说。

公证人道:"诸位,别闹!要不然我戴上帽子,失陪了。"

"得了罢,老头儿,"米诺莱替他斟着罗姆酒_{罗姆原系甘蔗制成的酒(通常均译为甘蔗酒),因米诺莱无知,误为与罗马有关},"再来一杯!……那真是罗马来的。好啦,你快点儿说罢。"

"于絮尔固然是约瑟·弥罗埃的女儿,但约瑟是你们老叔的岳父,华朗丁·弥罗埃的私生子;所以于絮尔是但尼·米诺莱医生非正式的内侄女。既然是非正式的内侄女,医生倘若立一张有利于她的遗嘱,也许会受到攻击。要是他把家私传给她而你们跟她打官司,那对你们也很不利;因为人家可以说于絮尔和医生并非亲戚_{法国民法限制私生子女的权利极严格。倘米诺莱医生与于絮尔的亲戚关系成立,则米诺莱以遗产赠与于絮尔即可受到利害关系人的攻击;倘米诺莱与于絮尔并无亲戚关系,则米诺莱自有权利以遗产相赠}。不过一个没人保护的姑娘遇到这场官司,一定会着慌,想法跟你们和解的。"

才毕业的法学士急于卖弄才学,说道:"法律对私生子女的权利限制得非常严格,据1817年7月7日最高法院的判例,私生子对于他们的祖父不能有任何要求,连要求饮食都不行。可见当局把私生子女的亲属关系推得很广。法律在这方面的限制一直应用到私生子女的后代,因为把财产赠予私生子女的后人,就是间接赠予私生子女。我们把民法七五七、九〇八、九——各条综合起来,就可得到这个结论。去年12月26日有件案子,巴黎高等法院把祖父传给非正式孙子孙女的遗产克减了。要说亲属关系,这位祖父和非正式的孙子孙女,正如米诺莱医生和于絮尔一样的疏远。"

古鄙道:"我觉得这种看法只适用于祖父母对私生子的后代;姑丈等等是不相干的。一个人的舅子既是私生子,他和舅子的儿女就不成其为亲戚。于絮尔对米诺莱医生,根本是外人。记得1825年,我刚念完法律的时候,高玛的高等法院判决一件案子,说私生子一旦死了,他的后代就不能和先人的亲戚再成立什么间接的关系。现在于絮尔的父亲就是死了的。"

古鄙的论据当时所发生的作用,大可引一句新闻记者在国会报道中常用的话,叫作"全场骚动"。

"这个话有什么意思呢?"第奥尼斯嚷道,"法院还没遇到姑丈对非正

这边商量，那边也商量

式内侄女的赠予案子；万一遇到的话，对私生子极严格的法律很可以应用上去，尤其在这个宗教极受尊敬的时代。所以我敢担保，这件案子一定能和解；倘若你们决心跟于絮尔把官司打到最高法院，那么和解更不成问题。"

一般继承人听了，仿佛金山银山已经摆在眼前，便高兴起来，有的笑逐颜开，有的挺挺腰板，有的做着手势，再也看不见古郫的不以为然的表示。然后，听到公证人说出两个可怕的字儿"可是！……"大家又静下来，心里发慌了。

第奥尼斯仿佛拉了一下傀儡戏后台那根牵动轮盘，使傀儡一蹦一跳的线：所有的人都把眼睛瞪着他，脸也摆成一个同样的姿势。

他说："可是没有一条法律能阻止老人认于絮尔做养女或是跟她结婚。认养女是可以推翻的，我想你们打起官司来准赢：高等法院对过继问题决不马虎，侦查期间一定会问到你们。尽管米诺莱医生得着圣·米歇勋章，荣誉团勋章，当过拿破仑的医师，也是要输的。你们为过继的事固然不用害怕，但要是他们结婚又怎么办呢？老头儿相当狡猾，很可能到巴黎去住上一年再结婚，在婚书上写明送妻子一百万法郎。因此，唯一使你们的遗产受到危险的，是小姑娘和她的姑丈结婚_{西俗，亲戚结婚不论辈分尊卑。}"

说到这儿，公证人歇了一会。

古郫摆出一副精明能干的神气，接着说："还有一个危险，便是立一张委托赠予的遗嘱给第三者，比如蓬葛朗先生罢，托他将来把遗产转交于絮尔_{委托赠予是欧洲各国法律都允许，而民间常有的一种行为，源出《罗马法》。出面受赠之人，并非实际享受权利之人，而仅负责将赠予物交付委托书上指定之人。}

第奥尼斯打断了他帮办的话："倘若你们跟老叔捣乱，不好好的奉承于絮尔，他一恼之下，不是和孩子结婚，就是像古郫说的，来一个委托赠予；可是这种方式的遗赠，危险性很大，我想他不会采取的。至于结婚，要阻挠也容易得很。只消但羡来对小姑娘露出一点儿追求的意思，她哪有不喜欢年轻貌美、纳摩镇上的风流公子，倒反挑中一个老头儿的？"

车行老板的儿子听到有偌大家私，又垂涎于絮尔的姿色，不禁心里痒痒的，凑着才莉的耳朵说道："母亲，要是我娶了她，全部家产都是咱们的了。"

"你疯了吗？你将来有五万法郎进款，还有当国会议员的希望；亏你想得出这种念头！只要我活着，决不让你结那种不三不四的亲，断送你的前程。你贪图她七十万家私吗？……你傻不傻？镇长的独养女儿就有五万法郎进款，已经跟我提过亲啦……"

母亲对儿子说话这样不客气，还是破题儿第一遭；但羡来一听之下，觉得再没希望娶美丽的于絮尔了；才莉只要把蓝眼睛一瞪，拿定了主意，但羡来父子俩一向是拗不过她的。

克莱弥埃太太碰了碰丈夫的肘子，丈夫便高声说道："喂！你说，第奥尼斯先生，万一老头儿当了真，把干女儿许给但羡来，拿全部家当给了她，咱们不是落空了吗？他只消再活五年，财产就要上百万了。"

才莉嚷道："没有这回事！我口眼不闭，但羡来决不能娶一个私生子的女儿，娶一个人家为了做好事而领养的、在街上捡来的女儿！别见鬼罢！将来叔父死了，我儿子就是米诺莱家的代表；姓米诺莱的五百年来都是清清白白的布尔乔亚，这种家世也抵得上贵族了。你们放心：但羡来要有了当选议员的把握才娶亲呢。"

这篇自命不凡的议论，立刻得到古鄙的拥护，他说："但羡来一朝有了两万四收入，不是当高等法院的庭长，便是当检察长，这都是进贵族院的门路；若是他糊里糊涂结了婚，什么都完了。"

一般继承人听了，七嘴八舌，彼此都说起话来；米诺莱把桌子一拍，仍旧要公证人发言，大家才静下来不出声了。

第奥尼斯说道："你们的老叔是个正人君子，自以为长生不老的；但像所有的聪明人一样，很可能不立遗嘱就被死神请了去。所以我主张，先劝他把现金做投资，投资的方式要使他不容易剥夺你们的继承；而眼前就有一个机会在这里。小包当丢埃欠了十多万债，关在圣·贝拉奚监狱。他老娘知道了，哭得像玛特兰纳，特意请夏伯龙神甫去吃饭，没有问题是商量这件事的。我预备今天晚上去见你们老叔，劝他把行市到了一百十八法郎的、有担保的五厘公债卖掉，筹了现款来借给包当丢埃老太太，她可以拿鲍第埃农庄和镇上这所屋子做抵；这样，她就能替浪子还债，救他出狱。以公证人的身份，我很可以替糊涂的小包当丢埃说话，我劝老头儿调动资金也在情理之中：立文书，做买卖，不都是我的进账吗？倘我能做他的顾问，还可以劝他把借出之后多余的钱买进别的田地；上好的产业，我手头有的是。他的家私一朝变了本地的不动产，或是凭抵押品借给了当地的人，那就逃不了啦。他再要想变成现金的话，我们总有办法阻挠的。"

这一席话比姚斯先生 为莫里哀喜剧《医生的爱》中人物。史迦拿兰以爱女吕商特忧郁成疾，与诸友商议；珠宝商姚斯劝其购买钻石以赠爱女，瘤疾必可霍然而愈 说得更巧妙，立论的正确使继承人大为惊异，四下里响起一阵唧唧哝哝的声音表示赞成。

公证人随即下了结论："所以你们应当协力同心把老叔留在纳摩；这儿他已经住惯了，而且你们还能监视他。想法给小姑娘有个情人，她就不会嫁给……"

古鄙忽然起了野心，问道："万一她真嫁了那个情人呢？"

公证人回答："那事情也不算太糟，损失也看得见的；老头儿预备给多少陪嫁，可以打听出来。但要是你们派但羡来出马，他不妨把小姑娘拖延时日，拖到老头儿故世的时候。亲事可结可离，有什么难处！"

古鄙道："如果老医生还要活好多年，那么最简单的办法不如把她嫁给一个规规矩矩的男人，拿着十万法郎陪嫁搬到桑斯、蒙太奚或是奥莱昂，替你们把她带走。"

在场只有第奥尼斯、玛尚、才莉和古鄙四个人有头脑，他们意味深长的彼此望了望。

才莉咬着玛尚的耳朵，说道："那可是梨子生了虫，从里头蛀出来啦。"

玛尚回答："干么让他来参加呢？"

但羡来向古鄙嚷道："对你倒很合适。不过你能有一天收拾得干干净净，讨老人和他干女儿喜欢吗？"

"你要把肚子去挨裙撑子，可是做梦了。"车行老板终于也明白了古鄙的用意。

这句粗俗的打趣引得众人哈哈大笑。古鄙把众人扫了一眼，神气那么凶狠，吓得大家马上止住了笑声。

才莉凑着玛尚耳朵，说："现在当公证人的都唯利是图；第奥尼斯万一为了招揽生意，倒过去帮了于絮尔，又怎么办呢？"

"我相信他是靠得住的。"玛尚向才莉挤了挤那双狡猾的小眼睛，心里还想补上一句："他有把柄在我手里。"但他终于咽了下去，高声说道：

"我完全赞成第奥尼斯的意见。"

"我也赞成。"才莉嘴里这么说，已经疑心公证人为了利害关系和玛尚串通一起。

"我太太投过票了！"车行老板说着，又呷了一小口饭后酒；他早已酒醉饭饱，脸色都发紫了。

克莱弥埃也说："那很好。"

"那么我饭后就得去走一遭了？"第奥尼斯又追问一遍。

克莱弥埃太太对玛尚太太说:"要是第奥尼斯先生的话不错,咱们就应该跟从前一样,每星期晚上去拜访叔叔,完全照第奥尼斯先生的办法做去。"

"嗯,是的,去受他那种招待!"才莉叫起来,"不管怎么样,我们一年也有四万法郎进款,几次三番请他,都被他拒绝了。哼,我们有什么地方比不上他?我虽不会开药方,可是当这个家也不是件容易的事!"

玛尚太太听了,心中有气;她说:"我没有四万法郎进款,自然一万也损失不起!"

克莱弥埃太太道:"我们是他的小辈,应该侍候他,对他家里的情形也能看得清楚些;表嫂,你将来会感激我们的。"

公证人举起手指放在嘴唇前面:"别亏待了于絮尔,特·姚第老头还拿自己的积蓄送给她呢!"

但羡来嚷道:"好罢,让我去换一套漂亮衣服。"

古鄙跟着他东家出了车行,说道:"刚才你那一套,和巴黎最高明的诉讼代理人台洛希一样厉害。"

"可是他们还跟我计较公费呢!"公证人苦笑了一下。

那些继承人陪着第奥尼斯和他的帮办走出来,个个人带着酒醉饭饱的神气,走到广场上,正遇上晚祷完毕。不出公证人所料,夏伯龙神甫搀着包当丢埃太太的手臂一块儿走着。

玛尚太太指着刚走出教堂的于絮尔和她的干爹,对克莱弥埃太太道:"她还拉他去做晚祷呢。"

"咱们跟他说话去。"克莱弥埃人人说着,迎着老人走过去了。

自从在车行里开过会以后,众人脸上都换了一副表情,米诺莱医生看了很诧异,思忖他们为什么装作这样亲热。为了好奇,米诺莱医生让于絮尔跟两个女的见面;她们俩堆着假笑,好不肉麻的向于絮尔行礼。

克莱弥埃太太道:"舅舅可允许我们晚上来拜访吗?有时我们怕打搅舅舅;可是我们的孩子好久没来向舅公请安了;我们的女儿也到了年纪,应该认识认识我们亲爱的于絮尔了。"

医生回答:"于絮尔的脾气跟她的名字一样,孤僻得很呢于絮尔(Ursule)在拉丁文是 Ursus,意思是熊。"

"我们来陪陪她,她就随和了。"玛尚太太接着说。这位管家妇还想用俭省的理由遮盖她的用意:"并且,叔公,听说叔公的干女儿弹得一手好琴,我们很高兴能够听听。我跟克莱弥埃太太想请于絮尔的老师教我们的孩子；他有了七八个学生，也许学费能便宜些，不超过我们的能力。"

老人说："好罢。我还想替于絮尔请个歌唱教师，那么事情更容易商量了。"

"那么叔公，晚上见，我们带着你的侄孙但羡来一块儿来，他马上就要当律师啦。"

"晚上见。"米诺莱回答，他想借此看看这般小人究竟存着什么心。

医生的外甥女和表侄孙女握了握于絮尔的手，装作挺亲热的说了声："再见。"

"噢！干爹，我心中的欲望都被你猜着了。"于絮尔嚷着，向老人不胜感激的望了一眼。

他说："因为你嗓子很好。我还想替你找个图画教师和意大利文教师。"他推开家里的铁门，瞧着于絮尔，又道："一个女子的教育，应当使她出嫁的时候无论什么地位都够得上。"

于絮尔脸红得像樱桃：干爹似乎正想着她所想的那个人。她觉得自己快要把不由自主的，常常想念萨维尼昂的心情，和为了他而竭力要求进修的欲望，告诉老人了；她去坐在一大堆浓密的藤萝底下，远远望去，她好似一朵蓝白相间的花。

她看见老人走过来，想换个题目，不让他再想着那些自己为之出神的念头，便说："干爹，你瞧你的外甥女和表侄孙女对我多好；她们都是怪和气的。"

老人叫了声："可怜的孩子！"

他把于絮尔的手放在自己臂上，轻轻拍着，带她走上沿河的平台，在那儿谈话是没有人听见的。

"干嘛你要说可怜的孩子？"

"你没看见她们怕你吗？"

"为什么？"

"我信了教，我的继承人都着急了；他们一定认为我的进教是受你的影响，还以为我要剥夺他们的遗产，让你多得些家私……"

"那怎么会呢？……"于絮尔望着她的干爹，很天真的说。

老人抱起孩子，亲了亲她的脸颊："噢！你是我晚年的安慰。我刚才求上帝让我多活几年，原是为了你，不是为了我。我希望活到能替你找着一个合适的人，把你交托给他为止。我的小天使，你等会儿瞧着米诺莱、克莱弥埃、玛尚在这儿做的戏罢。你是要我活得舒服，活得长久！他们却巴不得我早死！"

于絮尔道："上帝不许我们憎恨；但要是你说得不错……噢！我也要痛恨他们了。"

蒲奚伐女人站在石级高头，那在花园这边正好是走廊尽处；她喊了声："吃晚饭了！"

饭厅壁上是用漆描的中国画，还是勒佛罗－勒佛罗遗下的装饰。于絮尔和干爹在这间精致的餐室内吃到饭后点心。治安裁判所的法官来了，医生请他喝一杯自炒，自磨，用一只叫作夏伯太的银壶自煮的莫加、蒲蓬和玛蒂尼葛的混合咖啡；那是只有最亲密的朋友才能受到的款待。

"哎，那！"篷葛朗抬了抬眼镜，带着俏皮的神气望着老人，"外边可闹得满城风雨了；你一踏进教堂，你那批继承人就起哄啦。你的财产要捐给教会了，要送给穷人了，诸如此类。你刺激了他们，他们发急了。我看见他们在广场上的第一阵骚动，跟热锅上的蚂蚁一样。"

老人嚷道："于絮尔，我刚才对你怎么说的？我知道你听了会难过，可是也顾不得了；你应当认识认识世道人心，才能提防那些没来由的仇恨。"

"关于这件事，我有句话跟你说。"篷葛朗想借此机会，和老朋友谈谈于絮尔的前途。

满头白发的医生，抓起一顶黑丝绒便帽戴上了；法官怕着凉，也戴着帽子；两人沿着平台踱来踱去，商量用什么方法，才能替于絮尔保全干爹预备给她的财产。第奥尼斯认为照顾于絮尔的遗嘱不能生效的主张，法官是知道的；纳摩镇上的居民太关切米诺莱的继承问题了，不能不引起当地的法家们纷纷议论。篷葛朗认定于絮尔和米诺莱医生根本不算亲戚，但他也感觉到，立法的本意是不允许有非正式的分子羼入家庭的。起草法典的人只想着父母对私生儿女的偏心，没料到旁系尊亲对私生子女的后人也会有感情。显而易见，法律在这方面是有疏漏的。

古郚、第奥尼斯、但羡来，刚才讲给继承人们听的法理，篷葛朗也和医生说了一遍，又道："在别的国家，于絮尔绝对不用担心；她是合法配偶所生的女儿，她的父亲仅仅是不能继承令岳华朗丁·弥罗埃的遗产。不幸我们的司法界很有才气，喜欢一步一步做推论，揣摩立法的精神。律师们会大谈道德，说法典上的疏漏是由于立法者太老实，没预料到这种情形，但他们至少已经把原则确定了。这场官司必定拖延时日，所费不赀。以才莉那个性格，恐怕直要告到最高法院为止，那时我是不是还在世界上可没有把握了。"

医生嚷道："尽管是理直气壮的官司，也不一定准赢。我已经想到辩诉状上的理由：私生子继承权利的限制应当推广到什么程度？一个大律师的声名，就靠能够打赢下风官司。"

篷葛朗道："婚姻是社会的永久基础，我恐怕推事们为了保护婚姻制度，会把法律的含义尽量推广。"

老人没有说明自己的主意，只是拒绝采用委托赠予的办法。篷葛朗提议用结婚来保障于絮尔的财产，医生却回答说：

"可怜的孩子！我可能再活十五年，那她怎么办呢？"

"那么你打算怎么办呢？"篷葛朗问。

"咱们再考虑，让我再想想罢。"老医生显然是支吾其词。

那时，于絮尔过来说第奥尼斯要找医生谈话。

"第奥尼斯已经上门了！"米诺莱望着法官叫了一声，又回答于絮尔说，"好罢，请他进来。"

"我敢打赌，他是替你的继承人做幌子的；他们和第奥尼斯一块儿在车行里吃饭，一定安排好什么计策了。"

公证人由于絮尔带到花园的尽头。行过礼，无关紧要的说了几句，第奥尼斯要求医生和他单独谈话。于絮尔和篷葛朗便回进客厅。

篷葛朗记着医生说的最后两句话："咱们再考虑，让我再想想罢……"心上想："哼，聪明人老是这一套；有朝一日，冷不防被死神请了去，他们心爱的人儿就受累了。"

专办事务的人对优秀人物的不信任是很显著的，他们承认优秀人物的长处，却不容许他们有短处。但这不信任的心理也许倒是一种褒奖。事务家看到高明的人站在山峰上，便以为他们不会走到平地上来，照顾到在金钱方面能变成大资本，在自然科学方面能变成整个世界的、极细微的小节。这个见解可是错了！一个有感情的人，一个有天才的人，都是巨纤不遗、无所不见的。篷葛朗因为医生不露口风，未免心中怏怏；但为了于絮尔的利益，并且觉得这利益的确受到危险，便打定主意要保护她，不让继承人欺负。篷葛朗又因为没法知道老人和第奥尼斯谈些什么，心里焦急得很。

他打量着于絮尔，暗暗想着："不管于絮尔多么纯洁，至少有一件事，少女们都是有自己的主张的。让我来试她一下！"他用手扶了扶眼镜，对于絮尔说道："米诺莱－勒佛罗夫妇，很可能替他们的儿子向你说亲。"

可怜的孩子脸色发了白;以她的教养和庄重的性格,她决不肯去偷听第奥尼斯和老医生的谈话的;但她盘算了一会,觉得自己可以出场,如果干爹认为不妥,会向她示意的。医生做书房用的那间中国式水阁,落地长窗外面的百叶窗,还打开在那里。于絮尔灵机一动,走过去关窗。她先向法官告罪,表示要失陪一下。法官微笑着回答:

"你请便罢!请便罢!"

九　初次泄露

于絮尔走到从中国式水阁通往花园的石级上，逗留了一会，慢条斯理的关着百叶窗，望着落日。医生正向水阁这里走过来，于絮尔听见他回答第奥尼斯，说着：

"我那些继承人就喜欢我有不动产，希望我接受人家的抵押品，以为那么一来，我的财产更可靠了；他们之间说的话，我都能猜到；也许你是来替他们做说客的罢？告诉你，先生，我的办法决不更改。我带到这儿来的本金，将来是给继承人的；叫他们放心，别跟我烦。对于这个孩子（他指着干女儿），我自有权衡，另做安排，倘若继承人中有人出来捣乱，我即使死了，也要回到阳间来教他不得安宁！"接着又补充道，"所以，要是希望我借钱给萨维尼昂先生还债，那他只好在牢里白等了。我不会卖掉公债的。"

听到最后两句，于絮尔第一次感到真正的痛苦，她赶紧把身子和脑袋靠着百叶窗，才不至于倒下去。

"天哪！怎么的？她脸上血色都没有了。饭后这样冲动，对她可能有性命之忧。"医生嚷着，伸出手来抱住于絮尔，她差不多已经发晕了。

"再见，先生，"他招呼公证人，"我不奉陪了。"

他把干女儿抱进书房，放在一张路易十五式的大沙发上，从药瓶堆里抓了一小瓶依太给她闻。

篷葛朗在旁骇坏了，老医生对他说："你代我送送客人罢。我要一个人在这里陪她。"

法官把公证人直送到铁门，漫不经意的问了一句：

"于絮尔怎么的？"

"不知道。"第奥尼斯回答，"她站在石级上听我们谈话。包当丢埃家的儿子欠债，关在牢里，因为他不像杜·罗佛侯爵有篷葛朗先生帮忙。我劝医生借钱给包当丢埃还债，医生不答应，于絮尔听了就面无人色，倒下来了……不知她是否爱上了他，或者两人之间有什么……"

"她才不过十五岁，难道就……"篷葛朗打断了第奥尼斯的话。

"她是1814年2月生的，再过四个月就十六岁了。"

法官回答："不会的，她从来没见过这位邻居。大概是病罢？"

"是心病。"公证人接着说。

公证人发觉了这件事很高兴：这样，医生就不可能到最后关头娶于絮尔来损害他的继承人了。篷葛朗却是全部希望都落了空，因为他久已想替儿子娶于絮尔做媳妇。

他歇了一会，说道："于絮尔要是爱那小伙子可倒楣啦：包当丢埃太太是布勒塔尼人布勒塔尼人在法国是以固执出名的，而且把她贵族的门第看得比什么都重。"

"幸亏是这样……"公证人差点儿露出马脚来，急忙改口道："为包当丢埃家的声望着想，幸亏是这样。"

关于这位好心和老实的法官，我们得说句公道话：从大门口走回客厅的路上，他死了心，不敢再希望有朝一日把于絮尔叫作媳妇了；当然他心里是替儿子惋惜的。篷葛朗本意是等儿子当上署理法官的时候，给他六千法郎一年收入的财产；假定医生再给于絮尔十万法郎陪嫁，这两个青年便是一对珠联璧合的夫妇；他的欧也纳的确是个忠诚可爱的小伙子。或许就因为他过分的称赞欧也纳，引起了米诺莱老人的疑心。

篷葛朗心上想："还是回头去打镇长女儿的主意罢。不过絮尔即使没有陪嫁，也强似有一百万妆奁的勒佛罗-克莱弥埃小姐。现在得想法让于絮尔嫁给包当丢埃，万一她真爱他的话。"

老医生关上通往藏书室和花园的门，带着干女儿坐在临河的窗下对她说：

"狠心的孩子，你怎么的？我跟你相依为命；没有你的笑容，我怎么过日子呢？"

"萨维尼昂关在牢里啊。"她回答了这句，泪如泉涌，抽抽噎噎的哭了。

老人像父亲那样好不焦急的按着她的脉，想道："这一下没事了。可怜！她和我女人一样神经脆弱。"他去拿了听筒来放在于絮尔胸口，把自己的耳朵凑上去，自言自语的说着："啊，好啦！好啦！"然后又望着她说："我的宝贝，没想到你爱他已经爱到这个地步。但是你得把我看做你自己一样，把你们两人之间的事情统统说给我听。"

于絮尔哭着回答:"干爹,我并不爱他,我们从来没说过一句话。可是我一知道这可怜的青年关在牢里,你这个多慈悲的人竟狠着心肠,不肯救他出来……"

"于絮尔,我的小天使,你不爱他,为什么把圣·萨维尼昂的节日和圣·但尼的节日同样画上一个红点呢?来,来,把这桩爱情一五一十都告诉我。"

于絮尔脸上一红,含着眼泪;两人静默了一会。

"我是你的父亲,你的朋友,你的母亲,你的医生,你的干爹,这几天对你的疼爱更进了一步,难道你还怕我不成?"

"好!亲爱的干爹,我把心打开来给你看罢。今年五月里,萨维尼昂先生回来看他母亲。以前我从来没留意到他。他最初住到巴黎去的时候,我年纪很小,我可以起誓还看不出一个年轻人跟你们别的男人有什么分别,所知道的只是非常爱你,万万想不到会更爱别人的。萨维尼昂在他母亲生日的前夜,搭了驿车回来,当时我们都没知道。第二天早上七点,我做完祷告,打开窗子让房间换换空气,看见萨维尼昂先生的卧房开着窗,他穿着晨衣正在剃胡子,那种动作可真有风度……我觉得他长得挺好看。他梳理他的黑髭和下巴上的一撮须,我看到他的脖子,又白,又圆……唉,都告诉你罢,我发觉那个娇嫩的脖子,那张脸和那些美丽的黑头发,跟我在你剃胡子的时候见到的完全不同。当时不知打哪儿来了一阵一阵的热潮,直冲到我的心里,我的喉咙口,我的头里;而且来势猛烈,使我不得不坐下来。我直打哆嗦,站不住了;可是一心只想再看,便提着脚尖瞧,那一下被他看到了,他跟我打趣,用手指送了一个飞吻,后来……"

"后来怎么样?……"

"后来我躲起来了,又害臊,又快活,也弄不清为什么我觉得这种快乐有点儿不好意思。以后每逢他那张年轻的脸在我心中浮现的时候,总有那股使我神魂颠倒、来势多么猛烈的巨潮涌上来。再说,我也极喜欢常常体验到这种情绪,不管它多么猛烈。去望弥撒的路上,有种抑制不住的力量,逼我去瞧扶着母亲的萨维尼昂先生:他走路的姿态,穿的衣服,连靴子踩在石板上的声音,我都觉得美不可言。他身上一切的小地方,戴着多细软的手套的手,都把我迷住了。可是在弥撒祭中间,我还能压制自己,不去想他。从教堂出来,我故意留在后面,让包当丢埃太太先走,那我就能挨在萨维尼昂旁边走出去了。这些小手段使我感到多少兴趣,简直没法形容。回到家里,我转过身去关铁门的时节……"

萨维尼昂在他母亲生日的前夜,搭了驿车回来

"蒲奚伐女人呢？"

"噢！我让她到厨房去了。"于絮尔很天真的说，"那时我就看到萨维尼昂站在那儿，望着我出神。我以为他眼中有些惊奇和赞美的表情，便得意极了，恨不得想尽办法让他把我多瞧几回。我觉得以后非讨他喜欢不可了。只要他瞧我一眼，我做的好事就算得了最甜蜜的酬报。从那时起，我就时时刻刻不由自主的想着他。当天晚上，萨维尼昂先生动身了，我没有再看见过他；布尔乔亚街变得空虚得很，似乎他无意中把我的心带走了。"

"事情就是这些吗？"医生问。

"就是这些，干爹？"于絮尔叹了口气，觉得没有更多的事可说，非常遗憾；但当时的悲痛把遗憾的情绪压下去了。

医生把于絮尔抱在膝上，说道："亲爱的孩子，你转眼就要满十六岁，做大人了。此刻你正在过渡期间，一方面是已经结束的、幸福的童年，一方面是爱情的骚动，使你以后的生活风波很多，因为你神经特别敏锐。"老人又用了一种不胜惆怅的语气往下说："孩子，你那个感觉就是爱情，是纯洁的、天真的、保持着本来面目的爱情：它是不由自主的，来得很快，像一个贼似的把什么都席卷而去……是的，把什么都席卷而去！那也早在我意料之中。我仔细观察过女性，知道她们之中有一大部分，需要看到许多感情的证明和奇迹以后才会动心，她们一直要打败了才开口，才让步；但也有别的女性，由于一种现在可用磁性液体来解释的共鸣作用，会一见生情。你知道你是取的你姑母的名字。今天我可以告诉你，我当年一看见那可爱的人，根本不知道我们的性格和为人是否相配，就感觉到我会忠实的、专一的爱她。爱情是不是有先见之明，像千里眼那样呢？这问题，我不知怎么解答；因为有多多少少的配偶，以神圣的契约做保障而结合的，以后竟会破裂，终身反目，有如仇敌。两人尽可能在生理上结合得如胶似漆而思想上不能融洽；而也许某些人的生活倒是靠思想的成分多于肉体的成分。相反，性格相投而生理上彼此厌恶的，也往往有之。这两种截然不同的现象，既可以说明许多人生的不幸，更可以证明法律把儿女的婚姻交给父母决定是极聪明的办法；因为上面两种情形常常会蒙蔽一个少女，使她不是受这个幻象的骗，便是受那个幻象的骗。所以我并不埋怨你。你所经历的感觉，不知从何而来而直冲到你心坎和头脑中的情绪，你想念萨维尼昂时的快乐，都是天然的。可是，亲爱的孩子，正如夏伯龙神甫告诉你的，社会要我们把许多天生的嗜好牺牲掉。男女的命运完全不同。我当初可以挑中于絮尔·弥罗埃做我妻子，告诉她我怎么爱她；但做姑娘的爱一个男人而向他求爱，就有亏妇道了；女性不能像我们一样明目张胆的追求她的愿望。所以在你们身上，尤其在你身上，廉耻观念成为一道不可超越的、遮盖你们感情的樊篱。你一再踌躇，不敢对我说出你初恋的感情，足见你宁可受刑，也不愿向萨维尼昂承认……"

"噢！是的。"

"可是，孩子，你还应当进一步，克制你的感情，把它忘掉。"

"为什么？"

"因为，我的小天使，你只应该爱一个将来做你丈夫的男人，而即使萨维尼昂先生会爱你……"

"我还没想到这一步呢。"

"听我说，即使他会爱你，即使他母亲为他而向我提亲，我也要长时期的，仔细的，把他考察过后，才能答应。他这次的行为，使所有的家庭都要防他一着，使他和所有的闺女之间有了一道不容易推倒的栅栏。"

于絮尔收了眼泪，露出一副天使般的笑容，说道：

"患难未始于人无益！"

医生听了这句天真的话，一声不出。

"干爹，他做了什么事啊？"

"我的小天使，他两年之内在巴黎欠了十二万法郎的债！还糊涂透顶，让人家关进圣·贝拉冥至1827年止，凡因债务下狱的人都关在圣·贝拉冥监狱，以后又于格里希街另建监狱，囚禁此种被告，故巴尔扎克以后的小说中（如《贝姨》）改称格里希，年轻人做了这样的笨事，从今以后还有谁瞧得起？一个挥金如土、陷母亲于痛苦与贫穷的人，将来会像你父亲一样，使他妻子伤心死的！"

"你想他能改过吗？"于絮尔问。

"倘若他母亲替他还了债，他就一贫如洗了；生为贵族而没有财产，那可是天底下最难受的刑罚。"

于絮尔呆呆的想了想，抹着眼泪，对干爹说：

"你倘使能救他，干爹，你还是救他罢；帮了他的忙，你可以有权利劝他，责备他……"

"并且，"医生学着于絮尔的声调，"他可以到这儿来，老太太也会来，我们能看到他了，并且……"

"我此刻只为他本人着想。"于絮尔红着脸回答。

"孩子，别再想他了；那简直是做梦！"医生口气很严肃，"包当丢埃太太是甘尔迦罗埃出身，哪怕她一年只有三百法郎生活费，也不会答应萨维尼昂·特·包当丢埃子爵，故海军上将包当丢埃伯爵的侄孙，故舰长包当丢埃子爵的儿子，跟——跟谁？——跟没有财产的于絮尔·弥罗埃结婚；她的父亲不但是军乐队的乐师，而且，我也不能再瞒你了，还是一个大风琴师的私生子！"

她听到这段内幕，哭了："噢，干爹！你说得不错：我们只有在上帝面前才平等。从此我只在祷告的时候想念他罢。请你把预备给我的钱统统给他。像我这样一个可怜的姑娘，钱有什么用呢？他却关在牢里哪！"

"把你所有的委屈都交给上帝罢，也许他会帮助我们。"

两人静默了一会。于絮尔对干爹望都不敢望；等到后来抬起眼睛，看到他憔悴的脸上老泪纵横，她不禁大为激动。儿童的哭是天然的，老人的哭是教人受不住的。

"啊，我的天！你怎么啦？"她扑在老人脚下，吻着他的手，"你不信任我吗？"

"我一向只想满足你的愿望，现在可给你尝到了出世以来第一次深刻的痛苦！我心里和你一样难受。我生平只哭过几回，在我孩子们死的时候和你姑母死的时候。好罢，你要怎办，我依你就是了。"

于絮尔眼泪还没干，对干爹像闪电似的看了一眼。她笑了。

"咱们上客厅去罢，别忘了，孩子，这些事都得严守秘密。"医生说着，把干女儿留在书房里，自个儿走了。

慈爱的老人看到那圣洁的笑容，心软了，差点儿说出一句暗示有希望的话来安慰他的干女儿。

一〇　包当丢埃母子

这时，包当丢埃太太陪着本堂神甫，坐在楼下冷冰冰的客堂里，正和她唯一的朋友，慈祥的神甫，讲完她的伤心事。她手中拿着几封使她痛苦得无以复加，夏伯龙神甫才看过而还给她的信。方桌上摆着残余的饭后点心，老太太坐在桌旁望着神甫，神甫坐在桌子对面的靠椅上，蜷着身子摸着下巴颏儿，活像一般数学家、教士、舞台上扮佣人的角色，为了一个难题而用心思索的神气。

小客堂临街开着两扇窗，四面是漆成灰色的护壁板；室内潮气极重，下面的板壁已经烂了，只靠油漆维持在那里，露出许多几何图形的裂痕。地下的红砖，平日只有独一无二的女仆擦洗，每个座位前面都得放上一块小圆草席；神甫的脚就是踏在这种草席上。浅绿底子深绿花的大马色窗帘拉上了，百叶窗也关了。桌上点着两支蜡烛，室内只有半明半暗的光线。两个窗洞之间挂着一幅拉都画的极精彩的粉笔肖像，画的是赫赫有名的海军上将包当丢埃。他原是和修弗朗、甘尔迦罗埃、琪乡、西牟士等等相颉颃的人物 修弗朗与琪乡为法国18世纪时的海军中将，其余诸人均系巴尔扎克创造的海军将领，散见于其他小说。壁炉架对面的板壁上，还有包当丢埃子爵的像和子爵夫人的母亲的像，她是一位北罗埃迦出身的甘尔迦罗埃太太。

海军中将甘尔迦罗埃是萨维尼昂的外叔祖，海军上将包当丢埃的孙子包当丢埃伯爵是萨维尼昂的堂兄，他们俩都很有钱。海军中将甘尔迦罗埃住在巴黎，包当丢埃伯爵住着杜斐南省的古堡，古堡就用他的姓氏做名称。伯爵代表包当丢埃家的大房，小房的后代只有萨维尼昂一个。伯爵年纪四十开外，娶了一位有钱的太太，生下三个孩子。据说他承受了几笔遗产之后，每年有六万法郎收入。身为伊才州的议员，他每年都在巴黎过冬；又把维兰勒法令给他的赔偿 1825年4月，法国首相维兰勒公布法令，对大革命时期的流亡贵族所受的损失给予赔偿。赎回了巴黎的包当丢埃府第。海军中将甘尔迦罗埃，最近娶了外甥女特·冯太纳小姐，目的纯粹是要送她遗产。所以萨维尼昂犯的错误，使他失掉了两个有力的奥援①。

萨维尼昂少年英俊，倘若进了海军，凭着他的门第和一个中将、一个议员的撑腰，也许二十三岁上已经当了上尉；但他母亲不愿意让独养儿子入伍，只在纳摩请夏伯龙神甫的副司祭负责教导，自以为能够教儿子陪她一辈子，非常得意。她想安安分分的替萨维尼昂娶一个哀格勒蒙家的小姐，得一万二千进款的陪嫁；以包当丢埃的姓氏和鲍第埃的产业来说，也够得上攀这门亲。但事情演变的结果，这个规模虽小而很稳妥的，到第二代上可能重振家业的计划竟不能实现。哀格勒蒙府上家道衰落了，最大的一个女儿海仑失踪了，家属也没有理由可解释。

萨维尼昂过着没有空气、没有出路、没有行动的生活，除了一般儿子对母亲的感情以外，精神上别无养料；他厌倦不堪，终于摆脱了枷锁，不管那枷锁多么温和。他甚至打定主意，永远不住在内地，觉得自己的前途不是在布尔乔亚街，可惜这觉悟来得太晚了些。他二十一岁上离开母亲，到巴黎认亲戚，谋出路去了。

一个没人管束、没人阻拦、一心只想玩儿的青年，仗着包当丢埃的门望和有钱的亲戚，世家旧族没有一处走不进，一看到巴黎生活和纳摩生活的对比，可就凶多吉少了。萨维尼昂以为母亲藏着二十年的私蓄，便把见识巴黎用的盘川②，六千法郎，一眨眼就花得精光。这笔钱根本不够他最初六个月的开销，还有数目加倍的账，欠着旅馆、裁缝、靴匠、车行、首饰商，以及一切帮年轻人摆阔的商人。他才不过教人知道他的姓名，对于说话的艺术、应对的规矩、穿背心和挑选背心的诀窍、做衣服和打领带的技巧，才不过略窥门径，却已经欠了三万法郎的债，而萨维尼昂实际的成就还在字斟句酌，想向特·赛莱齐夫人倾听爱情的阶段；这位漂亮太太是特·龙葛洛侯爵的妹妹，帝政时代曾经靠着青春年少红过一时的。

像时下的青年一样，像一般在各方面的野心都归结到同一个目标，都要求那种不可能的平等的青年一样，萨维尼昂和一些时髦人物混得很熟。有一天，饭局完毕的时候，萨维尼昂问道：

"告诉我，你们是怎么应付的？你们不见得比我有钱，却没有一点儿心事，日子很过得去，我可是背了一身的债！"

拉斯蒂涅、吕西安·特·吕庞泼雷、玛克辛·特·脱拉伊、爱弥尔·

---

① 奥援：暗中支持、帮助的力量；有力的靠山。
② 盘川：路费；旅费。

勃隆台，当时的一班花花公子，一齐笑着回答："我们都是这样过来的呀。"

饭局的主人名叫斐诺，是一个想巴结这批哥儿们的暴发户，他说："特·玛赛一开场就有钱，只是个例外；并且，要没有他那本领，"他向特·玛赛点点头表示敬意，"他的财产反而会把他断送了的。"

"这句话可说到家了。"玛克辛·特·脱拉伊道。

"意思也到家了。"拉斯蒂涅补上一句。

特·玛赛一本正经的告诉萨维尼昂："朋友，欠债是求经验的资本。正式的大学教育，加上几个专教游艺指音乐、舞蹈、击剑、骑马等等而你什么也学不到的教师，也要花到六万法郎。即使社会教育的学费贵上一倍，至少它教你懂得了人生、买卖、政治、男人，有时连女人也在内。"

勃隆台在这篇教训后面，套着拉封丹的诗补上一句：

大家以为社会白送的东西，其实是价钱很贵的。

这些巴黎港湾中本领高强的舵工，说的倒是入情入理的话，但萨维尼昂不去体会，只当是打哈哈。

"朋友，"特·玛赛和他说，"小心点儿，你门第很高，要是不能挣到一笔相当的财产配上你的姓氏，你老来可能进骑兵营去当一名班长的……"

身首异处的名人，我们见得多了！

他念着高乃依的诗句①，抓着萨维尼昂的手臂，又道："差不多六年以前，我们亲眼看到一位年轻的哀斯葛里浓伯爵，在上流社会的天堂里捱不上两年！唉！他那生活就像一团烟火。往上飞腾的时候直飞到特·莫弗利原士公爵夫人身边；一跤跌下来，直跌到他的本乡，陪着一个害鼻膜炎的父亲玩两个铜子一把的韦斯脱，拿这种生活来补赎他的过失。我劝你把处境向赛莱齐太太实说，别怕难为情；她会对你大有帮助；倘若不这么办而跟她玩着初恋那种猜谜式的游戏，她一定拿出拉斐尔的圣母派头，假装

---

① 高乃依：皮埃尔·高乃依（1606—1684），17世纪上半叶法国古典主义悲剧的代表作家，被称为法国古典主义戏剧的奠基人。

纯洁，教你在温柔乡中大大的花一笔旅费！"

萨维尼昂年纪太轻，只顾着贵族的面子，不敢把经济情形告诉赛莱齐太太。终于到了一个时期，他慌忙失措，不知怎办了，听了几位朋友教唆，用儿子进攻父母银箱的战术，写信给母亲，说了一大堆有多少到期的借票，被人控告是如何如何丢脸的话。包当丢埃太太当下倾其所有，寄了两万法郎。靠着这笔接济，他才支持到第一年年底。

第二年，他紧盯着赛莱齐太太，赛莱齐太太也当真爱上了他，同时也教育他；他便饮鸩止渴，向高利贷去求教了。朋友之中有位议员，也是他堂兄包当丢埃伯爵的朋友，叫作台·吕卜克斯，在他无路可走的当口介绍他去找高勃萨克，奚高奈，巴尔玛以上三人都是巴尔扎克创造的放高利贷的人物，散见于其他小说。他们把萨维尼昂母亲的产业打听得清清楚楚，所以每次借钱给他都很爽快。靠着高利贷和借票展期这两个办法，他很得意的混了十八个月。可怜的青年既不敢离开赛莱齐夫人，又发疯般爱上了美丽的甘尔迦罗埃伯爵夫人。她一味装作贞节，像一般专等年老的丈夫死掉，把贞操当远期支票，做再醮资本的少妇一样。萨维尼昂不懂有目标的贞操是攻不倒的，只管拿出大富翁的气派追求爱弥丽·特·甘尔迦罗埃；凡是有她在场的跳舞会和戏剧表演，他一次都不错过。

有天晚上，特·玛赛笑着和他说："喂，老弟，凭你那些火药是轰不倒这块岩石的。"

特·玛赛是巴黎时髦社会的领袖，因为同情萨维尼昂，把爱弥丽·特·冯太纳爱弥丽·特·甘尔迦罗埃太太，母家姓冯太纳，为萨维尼昂的外叔祖母的谜解释给他听，可是白费；直要"患难"那道黯淡的光和牢狱中的黑暗，才能点醒萨维尼昂。他糊里糊涂签了一张十一万七千法郎的约期票给首饰商；放高利贷的债主不愿露出凶恶的本相，跟首饰商讲妥了，由他出面控告，把萨维尼昂送进了圣·贝拉奚。朋友们先是不知道；后来拉斯蒂涅、特·玛赛、吕西安·特·吕庞泼雷三人听到消息，马上去找萨维尼昂，发觉他一文不名，便每人给了他一千法郎。萨维尼昂的当差被债主买通了，说出他秘密的住址；屋里的东西全部被扣，只剩他随身穿的衣服和戴的几件首饰。三个青年叫了一桌讲究的菜，一边喝着特·玛赛带来的香槟，一边盘问萨维尼昂的家境，表面上是替他的前途打算，实际是要看看他可有出息。

拉斯蒂涅说道："朋友，你有着萨维尼昂·特·包当丢埃这样的姓名，有着一个未来的贵族院议员做堂兄，一个甘尔迦罗埃海军中将做外叔祖，一朝犯了给人送进圣·贝拉奚那样的大错，就该想法快点儿出来。"

特·玛赛嚷道："为什么你瞒着我呢？走长路的马车，一万法郎现款，几封介绍信，都是现成的，满可以送你上德国。什么高勃萨克，奚高奈，还有别的放印子钱的家伙，我们都认得，可能教他们让步的。告诉我听，哪个混蛋带你去饮鸩止渴的？"

"台·吕卜克斯。"

三个青年彼此望了望，表示都有同样的感想，同样的疑心，只是不说出来。

特·玛赛又道："把你家里的情形告诉我，把你手里的牌都摊出来。"

萨维尼昂把他的母亲和她头顶上打着大结子的便帽，布尔乔亚街上的小屋子——只有三个临街的窗洞，没有花园，只有院子，院子里只有一口井和一个堆柴的木棚等等，描写了一番；也说出了这所砂石底子、外涂红色三合土的住屋的价值；把鲍第埃田庄也估了一个价；三位花花公子彼此望着，装作思想深刻的神气，念着缪塞新出版的诗剧中的一句话：

"那可惨了！"

"写一封动人的信给你母亲，她会替你还债的。"拉斯蒂涅道。

"不错，可是以后呢？……"特·玛赛问。

吕西安说："倘使你不过手段笨拙，做错了事，政府还能送你进外交界；可是圣·贝拉奚决不能做大使馆的穿堂。"

拉斯蒂涅说："你太软弱了，应付不了巴黎的生活。"

"你瞧！"特·玛赛把萨维尼昂从头瞧到脚，像马贩子相马一般，"清秀的蓝眼睛长得很好，雪白的脑门横样儿怪不错，乌黑的头发光艳照人，一小撮黑须配着你苍白的脸颊十分调和，身腰又很柔软；一双脚表示你是旧家出身，肩膀和胸脯都很扎实，可并不粗野，并不俗气。教我说来，你是一个黑里俏。脸是路易十三的一派，不大有血色，鼻子的形状挺好看；你还有一些讨女人喜欢的特点，那是男人们自己说不上来，而跟神气、步伐、说话的声音，一瞥一视，一举一动，多多少少的小地方都有关系的；女人把这些看得很清楚，认为有某种意义，这意义，我们可捉摸不到。朋友，你还不知道你是何等人物呢。只消加上点儿风度，要不了半年，包你教一个富有十万法郎进款的英国女子倾倒；倘若再拿出你有名有分的子爵头衔，那更不成问题了。这种女子，我可爱的丈母娘杜特莱夫人，一定能在大不列颠地面上替你找到一个；我丈母娘替有情人撮合的本领可以说天下无双。不过有个先决条件，你得用第一流银行家的手段，把债务拖上三个月。干么你对我一字不提呢？你若是在巴登温泉，债主会对你恭而敬之，或许还肯效犬马之劳；一朝把你送进了监狱，他们就瞧你不起了。债主跟社会和群众毫无分别，遇到能摆布他们的强者就下跪，遇到绵羊就毫不留情。在某些人眼中，圣·贝拉奚是个女魔，能把年轻人的灵魂烧焦的。好兄弟，要不要我替你出个主意，我可以把告诉小哀斯葛里浓的话跟你说一遍：还债的时候小心点儿，想法留下三年生活费，在内地碰到一个有三万法郎进款的姑娘，马上结婚。安分而有陪嫁的闺女，贪图包当丢埃太太这种头衔的姑娘，三年之内一定能找到。这才是聪明人的办法。来，喝酒罢。我为你干一杯，祝贺你能遇到一个有钱的姑娘！"

探监的钟点到了，三个青年方始和他们以前的朋友告别；在监狱门口，彼此说着："他太懦弱了！——他被打倒了！他还能爬起来吗？"

第二天，萨维尼昂写了一封二十二页的长信，把事情向母亲和盘托出。包当丢埃太太哭了整整一天，然后复了儿子的信，答应救他出狱；接着又写信给包当丢埃和甘尔迦罗埃两位伯爵。

神甫才看过而交还在可怜的母亲手里的，那些沾着泪水的信，是当天早上送到的，使老太太心都碎了。

致　特·包当丢埃太太书

1829 年 9 月，巴黎

太太，请你相信，我和甘尔迦罗埃都很关切你的痛苦。你吩咐他做的事，使我很伤心，尤其因为我的家就是令郎的家：我们一向是以萨维尼昂自豪的。倘若他对甘尔迦罗埃多信任一些的话，我们一定把他留在身边，而他也早已有了职位了；但他竟一字不提，可怜的孩子！甘尔迦罗埃拿不出十万法郎：他自己也有债务，还为了我在外面借钱，我完全不知道他的经济情形。他特别焦急的是，萨维尼昂既已被捕，我们就没法再替他活动。假使我这个俊俏的侄孙不是对我抱着那种莫名其妙的痴情，就不至于为了爱情的傲气，把亲属之间应该说的话咽在肚里；那我们可以一边应付这里的事，一边打发他上德国去旅行一次。甘尔迦罗埃可能替他在海军衙门谋一个缺；但为了债务而被监禁以后，甘尔迦罗埃也无能为力了。你还是替萨维尼昂还了债，让他进海军罢；他会显出包当丢埃家的本色，一定成功，他那双美丽的黑眼睛就有他祖先的英气；那时我们都会帮助他的。

所以，太太，千万不要绝望；你还有些朋友呢，而我就自命为其中最忠诚的一个，在此向你表达我的情意和敬意。

爱弥丽·特·甘尔迦罗埃

致 特·包当丢埃太太书

1829年8月，包当丢埃

亲爱的叔母，萨维尼昂荒唐的行为使我又难堪又伤心。我已经有了家室，生着两男一女；我的家私，以我的地位和抱负而论，已经很微薄了，不能再损失十万法郎，从龙巴人龙巴人即意大利的龙巴地人，很早在欧洲经营银钱业；此处所言，犹今日所谓犹太人手里去赎出包当丢埃来。你还是卖掉田庄，还了债，住到舍间来罢；我们即使不能一心为您，也决不会亏待您。您日子一定可以过得很快活；萨维尼昂也早晚能成家，内人一向觉得他挺可爱的。这次的胡闹没有什么大不了，您别难过；我们州里不会有人知道的。富户人家的女儿，这里有的是，都巴不得高攀我们呢。

内人和我先向您表示欢迎，希望这计划早日实现，同时请您接受我们至诚的敬意。

吕克-萨维尼昂，特·包当丢埃伯爵

布勒塔尼出身的老太太抹着眼泪，嚷道："堂堂甘尔迦罗埃家的人，想不到会收到这种信！"

夏伯龙神甫说："海军中将并不知道侄孙在监狱里；伯爵夫人自个儿看了你的信，自个儿回复的。"停了一会又道，"可是总得打个主意才好，我劝你别出卖庄园。租约快满期了，那还是二十四年以前订的；再过几个月，你可以把租金加到六千法郎一年，还能要一笔等于两年租金的小费。眼前我们向一个规规矩矩的人去借钱，别找镇上那些专做抵押生意的人。你的邻居是个正人君子，温文尔雅，大革命以前见过大人物的。最近还从无神论者一变而为旧教徒。最好你捺着傲气，今晚上去看他；这样的移樽就教①，对他必有作用；我劝你把甘尔迦罗埃的门第暂时忘记一下。"

"办不到！"老太太尖着嗓子回答。

"那么做一个和蔼可亲的甘尔迦罗埃罢；等他没有外客的时候去找他，那他只要三厘半利率，或许只要三厘，同时他还能很体贴的帮你忙，你一

---

① 移樽就教：端着酒杯离座到对方面前共饮，以便请教。比喻主动向人请教。

堂堂甘尔迦罗埃家的人,想不到会收到这种信!

定会满意的；他会亲自上巴黎恢复萨维尼昂的自由，把他带回来，反正他要上巴黎去卖掉公债。"

"你是说米诺莱那个小家伙吗？"

"那小家伙年纪已经八十三了。"夏伯龙神甫微微一笑的回答，"好太太，拿出一点儿基督徒精神来，别得罪他，他能帮你忙的地方多着呢。"

"怎么？"

"他身边有个天使，一个最圣洁的姑娘……"

"不错，你是说小于絮尔……那又怎么呢？"

听到这句"那又怎么呢"，可怜的神甫不敢再往下说，老太太尖刻的口气先把他心里的计划给打消了。

"我相信米诺莱医生很有钱。"

"跟我有什么相干？"

"你当初不给儿子安排前程，已经间接造成他今日的不幸；将来你可是得小心行事了！"神甫态度很严厉，"要不要我先去通知你的邻居呢？"

"既然知道我有事找他，他为什么不到这儿来？"

"啊！太太，你去看他，你只要出三厘利息；他来看你，你就得出五厘了。"神甫觉得这个充分的理由可以说服老太太，"倘若你由公证人第奥尼斯和书记玛尚经手出卖鲍第埃田庄，在价钱方面要吃亏一半；他们决不肯把现钱借给你，存心要趁你为难的时候占你便宜。什么第奥尼斯，什么玛尚，还有镇上一般觊觎你的田庄、知道你儿子关在牢里的有钱人，我跟他们都没有交情。"

"好，他们知道就知道罢！"老太太举着手臂直嚷，"噢！神甫，你的咖啡都凉了……蒂安纳德！蒂安纳德！"

蒂安纳德是一个年纪上了六十岁的布勒塔尼老婆子，穿着短袄，戴着布勒塔尼便帽，急急忙忙进来，拿神甫的咖啡去重煮。

她看见神甫想端起来喝，便道："神甫，放心，我拿去隔水温一温，味道不会变的。"

"那么，"神甫用他那种带着劝导意味的声音又说，"我先去通知医生，你等会儿来罢。"

经过一小时的口舌，神甫翻来覆去把理由说了十来遍，老太太方始让步；而这位傲慢的甘尔迦罗埃直听到神甫说出"你不去，将来萨维尼昂会去看他的！"以后，才表示屈服。

"那么，还是我自己去的好。"

一一　萨维尼昂得救了

钟上正好敲九点，神甫走出嵌在大门中间的小门，奔到医生家的铁门口使劲打铃。他这儿刚由蒂安纳德送出，那儿就由蒲奚伐女人迎进。老奶妈说："神甫，你来得这么晚！"对门的老佣人却说："太太正在伤心，干么你老早就走了？"

神甫看见一大堆人挤在医生那间棕绿两色的客厅里；因为第奥尼斯路过玛尚家，已经把老叔的话述了一遍，让几位继承人放心了。

他说："我相信于絮尔心里有人，这桩爱情将来只会给她痛苦和烦恼；她念头古古怪怪的（一般公证人都用这种字眼来形容多愁善感），一时还嫁不出去呢。因此你们不用多心：尽管对她献点儿小殷勤，好好的侍候你们老叔；他精明透顶，一百个古鄙还斗不过他哩。"公证人这么说着，不知道古鄙这个词儿原是从拉丁文的费北（狐狸）化出来的。

所以，玛尚夫妇、克莱弥埃夫妇、车行老板和但羡来、纳摩的医生和篷葛朗，在医生家凑成了一个热闹而少有的集会。夏伯龙神甫走进客堂，听见钢琴声，于絮尔正在结束贝多芬的《F调交响乐》<small>这是指改编为钢琴曲的交响乐。贝多芬的第六、第八两交响乐部是F大调，作者此处未注明何曲。</small>孩子自从被干爹提醒之后，心里也讨厌那些继承人：虽是天真，无邪，她也卖弄小手段，有心挑这阕气势雄壮，要经过研究才能了解的音乐，教那般女太太们扫兴。越是美妙的音乐，无知的人越不会欣赏。客厅门一开，一露出夏伯龙神甫那张年高德劭的脸，继承人们便赶紧站起身子，如逢大赦般的嚷着："啊！神甫来了！"

这声叫喊，也在牌桌上引起回声。篷葛朗、纳摩的医生和米诺莱老人正在那里受罪，因为克莱弥埃要讨好舅舅，厚着脸自动和他们凑成一局韦斯脱。于絮尔离开了钢琴。医生也站起来好像是招呼神甫，其实是借此散局。那些继承人在老叔面前把于絮尔的才艺天花乱坠的恭维了一阵，告辞了。

正在关铁门的时候,医生叫了声:"朋友们,再见了。"

出了屋子几步路,克莱弥埃太太就对玛尚太太说:"嘿!这就是花那么多钱学来的!"

玛尚太太道:"我才不花了钱,让我的小阿丽纳在家里敲得震天价响呢。"

克莱弥埃道:"她说那是'贝多方'作的,是个大音乐家,很有名气的。"

"哼,在纳摩才不会出名呢,"克莱弥埃太太回答,"怪不得他叫作什么'白多疯'。"

玛尚道:"我看那是老叔有心不要我们再去;他对小丫头一边指着那本绿面子的书,一边还眨眼睛呢。"

车行老板接口说:"他们觉得砰砰轰轰的响声好玩,那的确还是关在家里的好。"

克莱弥埃太太道:"篷葛朗先生打牌的兴致真好,亏他受得了那些咒命曲(奏鸣曲)。"

那时,于絮尔走到牌桌旁边坐下,说道:"在一般不懂音乐的人面前,我永远弹不好琴的。"

神甫道:"富于内心生活的人,感情只能在友好的环境中宣泄。教士在恶魔前面不能祝福,栗树在太肥沃的土地上不能生长;同样,有性灵的音乐家遇到外行会精神不振。在艺术方面,我们的心灵是以周围的心灵作环境,我们给它们的生命力,是和从它们那儿汲取的生命力相等的。人的感情逃不出这个定理,我们的两句成语也是从这个定理来的,一句是'遇到狼,跟着嗥';一句是'物以类聚'。但只有天性温柔而敏感的人,才会像你那样的感到痛苦。"

医生道:"所以普通女子的痛苦,对我的小于絮尔可能致命。我离开世界以后,希望你们在她和世俗之间筑起一道墙垣,保护这朵像加多尔加多尔(纪元前84年—47年)为著名的拉丁诗人诗中说的空谷幽花……"

"于絮尔,那几位太太着实奉承你呢。"蓬葛朗微笑着说。

"奉承得有点俗气了。"纳摩的医生批评了一句。

米诺莱老人道:"我觉得虚假的奉承总是俗气的。为什么呢?"

神甫说:"真诚的情意本身就不俗。"

于絮尔又焦急又好奇的对神甫瞧了一眼,问:"你可是在包当丢埃太太家吃晚饭的?"

"是的，可怜的太太伤心得很，说不定今天晚上会来拜访你，米诺莱先生。"

"既然她心里难受，有事找我，应该由我去看她。咱们把这最后一局快些结束罢。"

于絮尔在桌子底下把老人的手按了一按。

法官说："她儿子太不懂事了，没有监护人，独自住在巴黎是不行的。前一晌听见有人向这里的公证人打听老太太的田庄，我就猜到他要送母亲的命了。"

"你相信他下得了手吗？"于絮尔说着，恶狠狠的向篷葛朗瞪了一眼；篷葛朗私忖道："唉，可怜她真的爱着他。"

纳摩的医生接口道："那倒不一定。萨维尼昂天性还是好的，所以会坐牢；坏蛋是从来不会入狱的。"

"诸位，咱们歇了罢，"米诺莱老人大声说，"只要能够使一个可怜的母亲止住眼泪，就该趁早把她止住。"

四位朋友站起来，一同出去了；于絮尔跟到铁门口，看着干爹和神甫敲对面的门。蒂安纳德把他们让了进去，于絮尔却坐在屋子外面的一根界石上，叫蒲奚伐女人陪着。

神甫先走进小客堂，说道："子爵夫人，米诺莱医生不愿你劳驾上他家去……"

医生接着说："太太，我是上一个朝代的，不会不知道怎样对待像你这种身份的人物；据神甫说，我还能对太太帮点儿忙，那我真是太高兴了。"

包当丢埃太太虽然接受了神甫的劝告，还是放不下面子；神甫走了以后，甚至想去找纳摩的公证人了；现在看见米诺莱这样体贴，亲自上门，她觉得出乎意外，站起来指着一张椅子，说道：

"先生，请坐。"她神气非常威严，"神甫大概告诉过你了，子爵关在牢里，为了些年轻人的债务，数目是十万法郎……倘若你能借给他，我可以把鲍第埃庄园做抵押。"

"子爵夫人，这一点，我们慢慢再谈；让我先把令郎带回来，如果太太允许我代庖的话。"

"好罢，医生，"老太太点点头，同时望着神甫，意思是说，"你的话不错，他果然是个上流人物。"

于是神甫接着说："太太，你瞧，医生对府上的事非常热心。"

"先生，我们一定很感激你。"包当丢埃太太这句话，显而易见说得很勉强，"你年纪这么大了，还上巴黎去替一个糊涂虫料理他的荒唐事儿……"

"太太，1775年，在玛兰尔勃先生和特·蒲风伯爵府上，我很荣幸，跟鼎鼎大名的包当丢埃上将会过一面；蒲风伯爵问他一些旅途的奇闻逸事。太太的尊夫，包当丢埃先生，说不定那回也在座。当时法国海军正烜赫一世①，把英国海军顶住了；在那些战役中，包当丢埃舰长也有英勇的表现。1783、1784两年，大家多么兴奋的等着圣·洛克的消息！我差点儿被派去当军医。令先叔祖甘尔迦罗埃上将那时还在，正坐着贝尔·波尔号指挥那有名的海战②。"

"啊！要是他知道他的外侄曾孙坐牢的话！"

"令郎再过两天就出来啦。"米诺莱老人说着，站起身子。

他向老太太伸出手去，老太太也伸出手来；他拿着恭恭敬敬吻了一下，深深的行着礼，出去了；接着又回进屋子对教士说：

"神甫，可不可以请你向车行定个座儿，我明儿早上就走。"

神甫又坐了半小时左右，说了许多米诺莱医生的好话。米诺莱医生有心讨老太太喜欢，居然成功了。

老太太道："以他的年纪，真是了不起；他把上巴黎去替我孩子料理事情说得那么轻松，好像只有二十五岁。不错，他的确见过上流人物。"

"还是第一流的呢，太太；今日之下，不少贵族院的穷议员，要能娶到他那个有一百万陪嫁的干女儿才高兴咧。啊，倘若萨维尼昂有意思的话，照眼前的时世，恐怕在令郎出了那件事以后，最大的困难还不在你们这方面。"

只因为老太太听得呆住了，神甫才能把话说完。

"亲爱的神甫，你这话可是没见识了。"

"太太，你再想想罢；但愿上帝保佑，使令郎从今以后的行为能博得那老人的青眼！"

---

① 烜赫（xuǎn hè）一世：声势很盛。在一个时期内名声威势很盛。

② 1775—1783年，北美十三州殖民地为抗争英国的经济政策，爆发了长达八年的美国独立战争。法国、西班牙、荷兰几国随后加入战争共同对抗英国，其中法国海军在乞沙比克城的胜利导致英军在约克镇战役中投降，切断了英军海上逃跑路线。1783年，美英签订巴黎条约。

包当丢埃太太道:"神甫,要不是你,而是另外一个人跟我这么说……"

"你就跟他绝交了。"夏伯龙神甫笑着说,"希望令郎会告诉你,现在巴黎人是怎么结亲的。你得替萨维尼昂的幸福着想;已经耽误了他的前程,可别再阻止他成家立业。"

"想不到你会跟我说这种话!"

"除了我,还有谁跟你说呢?"神甫说完,站起来急急忙忙告辞了。

他出去看见于絮尔和她的干爹在院子里转来转去。软心的医生被干女儿缠不过了,只能让步:她想出种种理由要跟着上巴黎去。老人招呼神甫叫他过来,央他当夜就去包定班车的前厢,倘若办事处还没关门的话。

第二天傍晚六点半,老人和小姑娘到了巴黎,他当夜就去找公证人商量。那时大局正在动荡。头天晚上,篷葛朗谈话之间和医生说过好几遍,只要报界和宫廷的争执不得解决,除非疯子才会手头留着公债。米诺莱的公证人,认为篷葛朗这种间接的劝告很有道理。米诺莱便把行市都在高峰上的工业股票和公债统统变了现款,存入银行。公证人劝他把于絮尔名下的证券同时抛出,那是姚第的遗赠,而老人为了孩子的利益也做了投资的。公证人答应托一个极精明的经纪人出面,跟萨维尼昂的债主谈判;但要事情成功,萨维尼昂必须耐着性子在牢里多待几天。

公证人对医生说:"这种事不能性急,否则至少吃亏一个八五折;并且你的现款也要等七八天才能拿到。"

于絮尔听说萨维尼昂还得在牢里住一星期,便要求干爹至少让她去探望一次,被老人拒绝了。他们住着小田园街上的一个旅馆,包着几间清静的客房。米诺莱知道干女儿奉教虔诚,只吩咐她不要在他上街办事的时间独自出门。老人带着于絮尔游览巴黎,逛大街,看橱窗,参观铺子里的陈设;但没有一样她看了喜欢或是感兴趣的。

"那么你要什么呢?"老人问她。

"要看看圣·贝拉奚。"她很固执的回答。

于是米诺莱雇了一辆车,带她到钥匙街,叫车子停在那所由修道院改成的监狱外边,正对着它丑恶不堪的门面。灰暗的高墙,所有的窗上都装着铁栅,小小的门洞要低着头才能进去(这也是个可怕的教训!)。区域本身就是一个贫民窟,四面都是冷落的街道,一大幢阴森森的屋子高耸其间,可以说是苦海中的苦海。于絮尔看到这些凄惨的景象,不由得吃了一惊,掉了几滴眼泪。

她说："怎么，年轻人欠了债就得关在牢里？怎么债主比王上势力还要大？那么他是在这里了！"她挨着窗子瞧着，问："在哪儿呢，干爹？"

老人道："于絮尔，你叫我跟着你胡闹了。这样怎么能把他忘掉呢？"

她回答："即使我对他不存希望，难道连关心他也不允许吗？我可以爱着他，永远不嫁人。"

老人嚷道："啊！你偏偏有这么多理由解释你没理由的事。那只能怪我自己，不该把你带来的。"

三天以后，债权人的收据、文书和一切开释萨维尼昂的证件，都给老人拿到了。这笔债务的清算，连代理人的报酬在内，一共花了八万法郎。医生还剩八十万现款，听着公证人的劝告，买了国库存单，免得损失利息。另外他替萨维尼昂留着两万法郎现钞。星期六下午二时，医生亲自去把子爵接出来；子爵已经由母亲来信通知，便很热烈的向医生道谢。

米诺莱说："你应该赶快回去见你母亲。"

萨维尼昂不大好意思的回答，他在牢里还借着钱，随即把三位朋友的访问说了一遍。

老人笑了笑，道："我猜到你还有些零碎债。令堂向我借的十万法郎只用了八万；余下的都在这儿。希望你好好的调度，先生，别忘了以后跟命运相搏的时候，你还需要一笔本钱呢。"

最近一星期，萨维尼昂把他所处的时代仔细想了想。各方面竞争都很剧烈，要想发迹，非埋头苦干不可。非法的路子比光明正大的路需要更大的才具，需要更多的从偷偷摸摸中得来的经验。在交际场中走红，非但不能给你一个立身之本，反而吞掉你许多时间，耗费大宗金钱。母亲把包当丢埃这个姓说得如何了不起，在巴黎却是一文不值。当议员的堂兄包当丢埃伯爵，在贵族院和宫廷前面，不过是个国会里的小角色；要说信用，他自己还嫌不够呢。甘尔迦罗埃上将处处要靠他太太。同时，萨维尼昂见到平民出身的演说家和贵族，也见到小乡绅一跃而为炙手可热的要人，总之，路易十八想照英国的格式创造一个新社会；金钱是这个新社会的轴心，独一无二的敲门砖。从钥匙街到小田野街的路上，萨维尼昂把他的感想在老医生面前大略说了一遍，内容很接近特·玛赛先前的劝告。

他说："我得隐姓埋名，躲上三四年，找一条出路。也许写一部关于政治哲学，或是风俗统计，或是讨论当代重大问题的书，可以使我成名。总之，我一方面要物色一个有相当陪嫁、能让我有候选资格的少女，一方面要不声不响的埋头工作。"

医生仔细端详着年轻人的脸，看出他一本正经，的确是受了挫折，想争一口气。他很赞成这计划。

医生最后又说："朋友，倘若你能把现在已经不时行的世家的身份丢掉，再安分守己，用功三四年，我负责替你找一个贤德的姑娘，一个俊俏、可爱、虔诚，有七八十万陪嫁，能使你快乐、引以为自豪的对象，但是她的高贵只在于内心而不在于门第。"

青年人嚷道："啊！医生，如今只有优秀人物，没有贵族阶级了。"

老人道："你把零星债务还清了，回到这儿来；我去包一个班车的前厢，因为我带着干女儿一起来的。"

傍晚六点，三位旅客到王妃街搭上班车。于絮尔戴着面纱，一言不发。萨维尼昂从前给她的一个飞吻，只是逢场作戏，在于絮尔心中固然像读了一本爱情小说似的大起风波，他却在巴黎欠了一身债，日坐愁城，早已把医生的干女儿忘得干干净净；何况对爱弥丽·特·甘尔迦罗埃的单相思，也不容许他想起曾经和纳摩镇上的一个小姑娘交换过几个眼风。因此，老人叫于絮尔先上车，自己坐在中间把两个青年隔开的时候，萨维尼昂并没认出她是谁。

医生和萨维尼昂道："我要向你交账，文件我都带来了。"

萨维尼昂回答："为了置办内外衣服，我差点儿走不成；那些市侩把什么都拿走了，我现在竟是浪子回家了。"

虽然一老一少之间的谈话非常有趣，萨维尼昂的某些回答也十分风雅，但于絮尔直到天黑不出一声，始终挂着绿色面纱，双手交叉着放在披肩上。

萨维尼昂见她不理不睬，倒反忍不住了，说道："小姐好像不大喜欢巴黎罢？"

"我回到纳摩，觉得很高兴。"她撩起面纱回答，声音有点激动。

虽则天色昏暗，萨维尼昂一看到粗大的辫子，神采奕奕的蓝眼睛，也把她认出来了。

他道："我离开巴黎躲到纳摩来，也不觉得遗憾；因为我又能看到美丽的邻居了。医生，希望你允许我到府上来；我喜欢音乐，还记得听见过于絮尔小姐的琴声。"

医生肃然回答："先生，我可不知道令堂大人是否愿意你跟我这老头儿来往；因为我对这个心疼的孩子是像母亲一样关切的。"

这句很含蓄的话引起萨维尼昂许多念头，他也想起了那么随便飞送的一吻。夜色已深，天气很热，萨维尼昂和医生先睡着了。于絮尔想着许多计划，到半夜才阖上眼睛。她脱下那顶极普通的小草帽，戴着一顶绣花睡帽。不久她的脑袋也倒在干爹的肩上。天刚亮，车子到蒲隆，萨维尼昂先醒了，看见她在车辆颠簸之下头脸不整的情形：睡帽往上翻起，皱做一团；车内的闷热使她两颊绯红，旁边挂着散开的辫子；那在一个非装扮不可的女子会丑态毕露的，但于絮尔倒反显出青春与美貌的光彩。心地纯洁的人睡眠总是甜美的。半开的嘴唇露出一副好看的牙齿，散开的披肩让你在印花纱衫的褶裥底下注意到她可爱的胸部，而并不妨碍她的端庄。总之，这相貌完全表露出她童贞的灵魂多么纯洁，尤其因为没有别的表情困扰，令人看得格外清楚。米诺莱老人接着也醒了，把孩子的头放在车厢一角，让她舒服一些；她一连几夜想着萨维尼昂的不幸，此刻便睡得人事不知，听人摆布了。

老人对萨维尼昂说："这孩子睡得多甜啊！"

萨维尼昂回答："你一定很得意的，我看她不但长得美，心也挺好的。"

"噢！一家的欢乐都在她一人身上。便是对亲生女儿，我的感情也不过如此。明年2月5日，她足十六岁了。但愿上帝保佑我多活几年，替她物色一个使她终身快活的丈夫。这回她是第一次到巴黎，我想带她去看戏，她不愿意，因为纳摩的本堂神甫不许她去。我问她：将来你结了婚，丈夫要带你去，又怎么呢？她说：我当然听从他的。万一他叫我做件不好的事而我依了他，将来在上帝面前就得由他负责；所以为了他真正的利益，我一定有勇气拒绝的。"

清早五点，车到纳摩的时候，于絮尔醒了，发觉自己仪容不整，被萨维尼昂不胜赞美的望着，不由得很难为情。班车在蒲隆停了几分钟，而在蒲隆到纳摩途中，萨维尼昂已经爱上了于絮尔。她淳朴的心地，俊美的身体，白皙的皮肤，清秀的相貌，迷人的声音，萨维尼昂都细细研究过了；他所听到的声音，便是头天晚上她说的那句简短而意义深长，明明不愿泄露心事而仍不免泄露的话。萨维尼昂还有一种说不出的预感，觉得老医生向他描写的女子，用七八十万陪嫁把她装饰得金光灿烂的人物，就是于絮尔。

他心上想："再过三四年，她二十岁，我二十七；老头儿说过考验，用功，好好做人的话。嘿！不管他多么精明，早晚会把他的心事告诉我的。"

三位邻居在他们的屋子外面分手了，萨维尼昂临别对于絮尔一往情深的瞧了一眼。包当丢埃太太让儿子睡到中午。医生和于絮尔不管路上辛苦，照旧去望正场弥撒。既然萨维尼昂释放出狱，由医生陪着回家了，镇上一般好事者和那些继承人也就明白医生出门的原因。他们和半个月以前一样，又聚集在广场上议论纷纷。大家很奇怪：弥撒完毕，包当丢埃太太居然招呼米诺莱老人，由老人搀着送回家。原来老太太要请医生和他干女儿当天晚上去吃饭，说除了本堂神甫，并无外客。

米诺莱-勒佛罗道："他大概是带于絮尔去见识见识巴黎的。"

克莱弥埃嚷道："该死！老头儿一步都离不开他的小丫头。"

玛尚说："要包当丢埃太太肯让他搀着走，他们之间一定有了很密切的关系。"

古鄙叫道："你们还没猜到老叔卖了公债，把小包当丢埃赎出来吗？他不接受我东家的提议，倒接受了他小东家的提议！……啊！你们完啦。包当丢埃子爵不会立借据，只会订婚约的了；医生要攀这门亲，自然要拿一笔相当的陪嫁给他的宝贝女儿，只消做丈夫的在婚书上承认产业归妻子就行了。"

肉店老板说："把于絮尔嫁给萨维尼昂，这主意倒是不错。老太太今儿请米诺莱先生吃晚饭，蒂安纳德清早五点就来向我定了牛排。"

第奥尼斯也走到广场上来了，玛尚奔过去说："喂！第奥尼斯，局势越来越好了！……"

"嗯，怎么啦？事情不是很好吗？"公证人回答，"你们老叔卖了公债：包当丢埃太太约我到她家去，立一张十万法郎的借据，拿产业做抵押。"

"对，但要是两个年轻人结了亲呢？"

公证人回答："你这句话，就像说古鄙要受盘我的事务所。"

古鄙道："两桩事都不是不可能呀。"

老太太望了弥撒回家，吩咐蒂安纳德叫萨维尼昂来见她。

那幢小屋子，二层楼上共有三间房。包当丢埃太太的和她亡夫的卧室都靠在一边，中间隔着一大间只开一个小窗洞的盥洗室，还有一个公用的小穿堂相连，外面便是楼梯。

另外一间房一向是萨维尼昂住的，窗户像他父亲房内的一样临着街道。房后楼梯道的地位，给萨维尼昂的卧房留出一小间盥洗室，靠天井开着一个小圆窗洞。

老太太的卧房靠着天井,是全家最凄凉的一间;但她日常起居都在楼下的堂屋内;因为有一条甬道直达天井尽头的厨房,所以堂屋兼做了客厅和餐室。故包当丢埃先生的卧房,至今保持着他故世那天的原状,就是少了他这个人。床是包当丢埃太太亲手铺的;上面放着舰长的佩剑、制服、帽子、红的绶带、各种勋章的标识。他临终以前用过的鼻烟壶,喝过水的杯子,连同他的表,祈祷用的经文,都摆在床侧小几上。床头挂着带圣水缸的十字架,十字架高头的壁上有个框子,里头供着包当丢埃先生的白头发,编成一卷。室内还有他看过的报纸、动用的家具、荷兰式的唾盂、挂在壁炉架上面的军用望远镜,零星杂物,式式俱全。他死的时候,寡妇把古老的座钟拨停了,永远指着那个钟点。房间里还能闻到亡人的扑粉 18世纪及19世纪初期的人,都在假发上扑粉和鼻烟的气味。壁炉也保持原状。走进这儿等于看到他的人:所有的东西把他的生活习惯全告诉你了。柄上装着金球的粗大手杖,还在他撂下的老地方,大麂皮手套也放在那儿附近。哈瓦那城送的一个雕工粗劣而价值三千法郎的黄金花瓶,在半圆桌上闪闪发光。美国独立战争的时候,他先护送一批商船进了哈瓦那港,又跟兵力优越的英国舰队作战,使哈瓦那城没有受到袭击。事后西班牙王 哈瓦那为中美洲古巴的首府兼大港,古巴未独立之前,向为西班牙殖民地 给了他一个勋位做酬报。法国政府把他列入晋升司令的名单,给了他圣·路易勋位的红绶带。然后他利用休假的时间结了婚;太太带过来二十万法郎陪嫁。但大革命把升级的事搁浅了,包当丢埃自己也亡命到国外去了。

"母亲在哪儿?"萨维尼昂问蒂安纳德。

"在你父亲房里等着。"女佣人回答。

萨维尼昂不由得打了个寒噤。他知道母亲把道德和荣誉看得很重,也知道她为人清白,贵族的成见很深;大概训责一顿是免不了的了。他像上阵打仗似的去见母亲,面无人色,心也乱跳。在百叶窗里透进来的半明半暗的光线中,他看见母亲穿着黑衣服,神色庄严,跟那间亡人的卧室正好是一个情调。

她一看见儿子就站起身来,抓着他的手带到父亲床前,说道:"子爵,你的父亲是死在这儿的;他一生清白,到死都没做过一件亏心事。他的英灵就在这儿。看到儿子负债入狱,他在天上一定很伤心。现在不比从前的朝代可以求王上赐一封密诏,把你下在国家监狱,免得你受这番耻辱 由王上直接下令(所谓密诏)逮捕的人,都监禁在国家监狱(例如有名的巴士底狱),狱中待遇较优,特别对贵族。且贵族往往要求将子弟幽禁,以免为非作歹,或遇有债务纠纷时暂避,以便与债主磋商条件。你此刻站在听得到你说话的父亲前面。进监以前做的事，你心里有数；你能不能对着父亲的英魂和无所不见的上帝发誓，担保你没有做过一件不名誉的事？能不能担保你欠的债只是少年人的荒唐，而并没损害你的荣誉？假定你一生清白的父亲还活着，坐在这张椅子上，要你把所有的行为和盘托出，你敢说他听完以后是不是还会拥抱你？"

"母亲，我可以这样担保。"萨维尼昂很尊敬很郑重的回答。

母亲张开手背，紧紧的搂着儿子，掉了几滴眼泪。

"好，这些事都不提了。"她说，"归根结底，不过损失了一笔钱，但愿上帝帮我们挣回来。你既然没有玷辱门楣，你就拥抱我罢，我痛苦得够了！"

萨维尼昂把手悬空伸在床高头，说道："亲爱的母亲，我发誓不再给你受这一类的痛苦。我初次铸成的错误，一定要尽力补救。"

"孩子，来吃饭罢。"她一边说，一边走出房间。

假定讲故事也需要遵照戏剧的规律，那么萨维尼昂一回到纳摩，应该在这一小出戏里出场的人物都齐了，序幕部分也在这儿告终了。

一二　情人之间的障碍

　　这出戏是靠一根发条的作用来推动的，那在新旧文学中已经用得俗滥了<small>贵族家庭不愿子女与布尔乔亚通婚，由来已久，往往为作家采做故事的重要关键，所以说那根发条用得太俗滥了</small>，要不是里头有一个布勒塔尼老太太——甘尔迦罗埃家的小姐，大革命时代的流亡贵族，恐怕谁也不会觉得这个发条在1829年代还有什么作用。可是我们得承认：1829年代，贵族在政治方面丧失的地盘，在风俗习惯方面略微争回了一些。并且，我们祖父母一辈对于婚姻要门当户对的心理是不会消灭的，它跟文明社会关系极密，又是从家庭观念中来的。就是现在，不论在日内瓦，在维也纳，在纳摩，那心理依旧占着优势，正如当年才莉·勒佛罗不许儿子娶一个私生子的女儿一样。可是一切社会成规都有例外。所以萨维尼昂想教母亲的傲气向于絮尔天生的高贵低头，而母子两人也就立刻开始摩擦了。萨维尼昂才坐上饭桌，母亲便提到甘尔迦罗埃和包当丢埃的来信，她认为他们态度恶劣透了。

　　萨维尼昂回答说："母亲，现在没有家庭，只有个人了！贵族之间也没有什么休戚相关的情谊。今日之下，人家不问你是否姓包当丢埃，是否勇敢，是否政治家，只问你纳多少税<small>纳税的多少暗示财产的多寡</small>！"

　　"那么王上呢？"

　　"王上处于两院之间<small>当时的两院为众议院与贵族院</small>，仿佛一个男人处于大妇与情妇之间。所以我应当娶一个有钱的姑娘，不管什么家庭出身，只要有一百万陪嫁，教养不坏，就是说受过私塾教育的就行。"

　　"那是另外一件事了！"老太太回答。

　　萨维尼昂一听这话，皱了皱眉头。他知道母亲的特性就是有那种顽石一般的，所谓布勒塔尼人的固执①；他想在这个微妙的问题上把母亲的意

---

　　① 布勒塔尼人：法国少数民族，居住于西欧法国西北部布列塔尼半岛上，属欧罗巴人种。

见马上弄清楚。

"那么,"他说,"倘若我爱上一个姑娘,譬如说,像我们邻居的干女儿小于絮尔那样的,你是反对我跟她结婚的了?"

她回答:"是的,只要我活着。我死了以后,包当丢埃和甘尔迦罗埃两家的血统和荣誉,就归你一个人负责了。"

"今日之下,倘没有财富的光彩,门第就是虚空的;难道你愿意我为了一个虚空的观念而潦倒一辈子吗?"

"你可以替国家出力,你应当听上帝安排!"

"你要把我的幸福耽搁到你百年之后吗?"

"那只能证明你的不孝罢了。"

"路易十四差点儿娶暴发户玛查冷的侄女①。"

"那是玛查冷自己也反对的。"

"还有斯加隆的寡妇呢?"

"别忘了她是特·奥皮涅出身斯加隆(1610—1660)为法国诗人、小说家、戏剧家,1652年时娶一世家(特·奥皮涅)出身的贫苦孤女。斯氏故后,寡妇改嫁特·曼德农侯爵;又为路易十四的情妇,旋与之秘密结婚!并且是秘密结婚的。孩子,我已经为日无多,"她侧了侧头说,"等我离开了世界,你要娶谁都可以。"

萨维尼昂素来敬重母亲,爱母亲;他一声不出,但暗中拿出同样固执的脾气,对抗甘尔迦罗埃家的固执脾气,决意非于絮尔不娶;因为一有人反对,情人当然像禁果一般变得更有价值了。

晚祷以后,米诺莱医生带着于絮尔走进那间冷冰冰的客堂,她穿着白跟粉红两色的衣服,一进去就浑身紧张,打了一个寒噤,好似站在法兰西王后面前要求什么恩典似的。自从于絮尔向干爹吐露心事以后,这所小小的屋子便有了宫殿般的规模,老太太的地位也不亚于中古时代平民心目中的公爵夫人。这时候,于絮尔方始很痛苦的看出自己与对方的距离:一个是堂堂子爵,一个是靠善心的医生抚养大的孤女,父亲是军乐师,前意大利剧院的歌唱家,大风琴师的私生子。

"孩子,你怎么啦?"老太太说着,教于絮尔坐在她旁边。

"我惭愧得很,承蒙太太不弃……"

"唉!孩子,"包当丢埃太太用她最尖刻的声调回答,"我知道你的监护人多么喜欢你,我要对他表示好感,因为他替我把浪子带回家了。"

---

① 玛查冷:路易十三、十四两朝的首相,吕希李安后的重臣。

于絮尔满面通红，为了不让自己哭出来，脸都抽搐了；萨维尼昂看了大为不忍，说道："可是，亲爱的母亲，即使你不欠米诺莱骑士什么情分，我觉得小姐肯光临，我们也很高兴的。"

年轻的贵族意义深长的握着医生的手，又道："先生，我知道你受过圣·米歇勋位，那是法国历史最悠久的荣衔，得到的人，身份跟贵族一样。"

近乎绝望的爱情，几天以来使于絮尔的绝世姿容更多了一种深度，就是大画家在肖像上用来刻画心灵的那种深度。老太太看到于絮尔这样美丽，吃了一惊，不禁怀疑医生的热心帮忙是有计划的了。引起萨维尼昂那句回答的话，她是为了要从老人最心爱的人身上去刺伤老人，而故意说的。米诺莱听见萨维尼昂称他为骑士，不由得微微一笑；他在这种浮夸的措辞中，体会到情人们大胆的程度，无论怎样可笑的事都做得出来。

当过御医的老人回答说："子爵，从前大家为了要得圣·米歇勋位，笑话也不知闹过多少，现在却跟许多别的特权一样，不值钱了。今日之下，这勋位只赏给医生和可怜的艺术家。那些君王把它和圣·拉查勋位合而为一，倒是很好的办法；我记得圣·拉查是个穷光蛋，靠着奇迹而复活的。由此可见，圣·米歇和圣·拉查的勋位对我们的确是个象征。"

这几句回答，又尊严又挖苦；说完以后，室内寂静无声，谁也不愿意开口；等到大家有点儿发僵的时候，有人敲门了。

"啊，咱们的神甫来了。"老太太说着，丢下于絮尔，起身去迎接夏伯龙；那是对于絮尔和老医生都没有的礼数。

老人微微笑着，望望丁女儿，望望萨维尼昂。一个胸襟狭窄的人看到老太太这种态度，不免要抱怨或生气的；但米诺莱深于世故，决不会去触这种暗礁；他跟萨维尼昂谈着查理十世任命包里涅克亲王组阁的事，和这件事所能引起的危机。直过了相当时间，等到提及债务不至于有报复嫌疑的时候，医生才用半正经半说笑的态度，把萨维尼昂被控的文件和公证人的账单，连同付讫的票据，交给老太太。

"这些都经小儿核对过吗？"她对萨维尼昂瞥了一眼，萨维尼昂点点头，"呕！那么是第奥尼斯的事了。"她不胜鄙夷的把文件一推，表示她对这件事跟对金钱一样的瞧不起。

据包当丢埃太太的想法，看轻财富等于抬高贵族的身份，把布尔乔亚的势力一笔勾销。过了一会，古鄙奉东家之命，来索取萨维尼昂和米诺莱之间的账目。

于絮尔

"做什么用？"老太太问。

"立借票需要有根据，你们这项债务并没银钱过手。"首席帮办说着，很放肆的在屋子里东张西望。

于絮尔和萨维尼昂，都是第一次跟这个丑八怪照面，当时的感觉像见了癞蛤蟆一样，更可怕的是还有一种不祥的预感。两人对于自己的前途，都看到有个模糊的，无法肯定的景象，非言语所能形容，但可以用斯威顿堡信徒告诉医生的精神作用说明。于絮尔肯定这阴险的古鄙将来会对他们不利，不禁浑身战栗；但看到萨维尼昂跟她一样的骚动，便觉得有种说不出的快乐，心也跟着安定了。

古鄙才带上门，萨维尼昂就说："第奥尼斯先生的帮办，长相真难看！"

包当丢埃太太说："这些人长得好看难看，有什么关系？"

本堂神甫接口道："我不埋怨他长得丑，而埋怨他心地坏；他恶毒透了。"

医生虽然想表示亲善，也不由自主的变得严肃和冷淡了。两个情人觉得很拘束。要不是夏伯龙神甫一团和气的在饭桌上提起大家的兴致，医生和他的干女儿简直受不了那局面。吃到饭后点心，米诺莱看见于絮尔脸色发白，便说：

"孩子，倘使你不舒服，只要穿过街就到家了。"

"怎么啦，我的心肝？"老太太问孩子。

"唉！太太，"医生神气很严肃，"她心里冷得很，平日她是看惯笑容的。"

老太太道："医生，这种教育是要不得的。你说是不是，神甫？"

米诺莱朝着一声不出的神甫望了一眼，答道："是的，太太。我的教育使这个纯洁的孩子到社会上没法跟人相处；可是我未死之前，一定要安排妥当，不让她受到冷淡和憎恨。"

"得了罢，干爹！……别说了！我在这儿并不难受。"于絮尔说着，望着包当丢埃太太；她宁可跟包当丢埃太太照面，而不愿意瞧着萨维尼昂，显出她的弦外之音。

萨维尼昂接着对母亲说："我不知道于絮尔小姐是不是难过，我只知道你使我大大的受罪。"

于絮尔听到热情的萨维尼昂被母亲的态度逼出这种话来，不禁脸色变了，向老太太告了罪，站起来挽着干爹的手臂，行过礼，走了。她回到家里,急急忙忙冲进客厅,坐在钢琴旁边,双手捧着头,眼泪簌落落的直淌下来。

医生急得直嚷:"狠心的孩子,干嘛不把你的感情问题交给我有经验的人调度呢?……贵族永远不会感激我们布尔乔亚的。他们觉得,我们帮他们忙,是我们应尽的责任。何况老太太还发觉萨维尼昂常常瞧着你,深怕他爱上了你呢。"

于絮尔道:"好罢,至少他得救了!可是连你这样的人,她也想加以屈辱!"

"我去去就来,孩子。"

医生回到包当丢埃家,看见第奥尼斯、篷葛朗和镇长勒佛罗都在那里;法律规定,凡是只有一个公证人的地方,一切文书契约必须有两位见证才能生效。米诺莱把第奥尼斯拉过一边,凑着耳朵嘱咐了一句,然后第奥尼斯当众宣读借据的内容:包当丢埃子爵借到米诺莱医生十万法郎,五厘起息;包当丢埃老太太以全部财产做抵押。听到利率一项,夏伯龙瞧了瞧米诺莱,米诺莱略微点点头,表示没有错。神甫凑在老太太耳畔唧咕了几句,她低声回答:

"我就不愿意欠这种人的情分。"

萨维尼昂对医生道:"先生,家母给了我一个好差事;她负责归还你的钱,可是把感恩两字交给我了。"

神甫接着说:"你第一年就得张罗一万一千法郎,因为除了利息,还有立借据的公费。"

米诺莱听了便告诉公证人:"先生,既然包当丢埃太太母子两位没能力付公费,还是归我代付,你把这笔款子加在借款里头罢。"

公证人在借据上批明了,把总数改作十万零七千法郎。所有的契据都签过字,米诺莱便推说身子疲倦,跟公证人和两个见证人同时告退。

那时只有神甫一个人留下,他说:"太太,你干么要得罪这个心地多好的米诺莱先生呢?他替你在巴黎至少省了两万五千法郎,又那么周到,另外留着两万,给令郎料清他的零碎债务……"

她吸了一撮鼻烟,回答道:"你那个米诺莱狡猾得很,他做的事,他自己心里明白。"

萨维尼昂对神甫说:"家母以为他把我们的田庄并在一起,存心逼我娶他的干女儿,仿佛一个姓包当丢埃的男子,甘尔迦罗埃家的外甥,真会受人强迫,娶一个不愿意娶的人似的。"

一小时以后，萨维尼昂上医生家去了；一般继承人为了好奇，都挤在那里。青年子爵的到场，给大家一个很大的刺激，尤其因为每人的感想个个不同。克莱弥埃和玛尚家的两位小姐，交头接耳，看着于絮尔，于絮尔脸红了。两个做母亲的和但羡来说，古鄙对这桩亲事的看法可能准确的。在场的人都把眼睛盯着医生，医生却并不站起来迎接子爵，只向他点点头，手里照旧拿着骰子缸，他正和篷葛朗先生玩脱里脱拉。医生这副冷淡的神气使所有的人都很奇怪。

他道："于絮尔，我的孩子，弹点儿琴给我们听罢。"

于絮尔一弹琴就不用发慌，便很高兴的扑到乐器前面，翻那堆绿面子的乐谱；继承人们看着只得嘴上叫好，心里叫苦；因为他们认定老叔和包当丢埃母子之间必有什么计谋，特意来探听的，不料这一下既要受罪，又开不得口了。

一支本身很贫乏，但由一个受着深情鼓动的少女演奏的乐曲，比着一支大规模的，由一个熟练的乐队声势浩大的演奏出来的序曲，往往给人更深的印象。无论什么音乐，除了作曲家的思想，还有演奏家的灵魂，能凭着这门艺术独有的伸缩性，使一些并没多大价值的乐句变得有诗情，有深意。这一点，从前巴迦尼尼在小提琴上已经证明过了，近来萧邦又在钢琴上加以证实①。这位神妙的天才与其说是一个音乐家，不如说是一颗现身说法的灵魂，借着各种乐曲，甚至于几个简单的和弦来表达他自己。于絮尔以她那种高雅而娇弱的素质，就属于这一派少有的天才；但许模克老人，那个每星期六来教她，而在她游览巴黎的期间每天都给她上一课的老师，把女学生的才具琢磨得更完满了。于絮尔那晚挑选的《卢梭的幻梦》，是埃洛尔的少作②，本身就不无深度可以供演奏家发挥；她再加上在胸中骚动的感情，把题目上的"幻梦"二字给点明了。由于韵味深长，如梦如幻的演奏，她用自己的心和萨维尼昂的心说话，把一些差不多有形体的思想，像云雾一般的罩着爱人。萨维尼昂坐在钢琴尽头，肘子靠在琴盖上，左手托着头，不胜赞叹的瞧着于絮尔。于絮尔眼睛望着护壁板，好像向一个神秘的世界打着问号。此情此景，怎么能不使一个男子动心呢？真正的情感自有一种磁性作用，何况于絮尔还想泄露自己的内心，好比风

---

① 萧邦：今译肖邦，19世纪波兰作曲家、钢琴家，欧洲19世纪浪漫主义音乐的代表人物，被誉为"浪漫主义钢琴诗人"。

② 埃洛尔：即费迪南·埃罗尔德（1791—1833），法国作曲家。

骚的女子用装饰来讨人喜欢。艺术之中唯有音乐是用思想跟思想说话的。不需要语言、色彩与形式的帮助；于絮尔便是借了音乐的力量表白她的心，把萨维尼昂引进那个奇妙的世界。天真原来和儿童有一样的魔力，一样能使人入迷；而于絮尔就从来没有像这个时候，像她进入生命新阶段的时候那么天真。

神甫邀萨维尼昂入局玩韦斯脱，把他的梦惊破了。于絮尔继续弹奏。继承人都走了，只剩下但羡来一人，还想探明叔祖、子爵和于絮尔的用意。

少女合上琴盖，过来挨着干爹坐下。萨维尼昂和她说："小姐，你的才艺跟感情一样了不起。你的教师是谁啊？"

医生回答："是个德国人，住在龚第河滨道上，靠近王妃街，要不是因为我们在巴黎的期间，他天天给于絮尔上一课，今天早上他又该到这儿来了。"

于絮尔道："他不但是个大音乐家，还是个天真的可爱的人。"

但羡来高声说道："学费一定很贵罢！"

牌桌上的人彼此望了望，微微一笑。牌局完了，整个晚上都若有所思的医生，瞧着萨维尼昂，带着无可奈何而不胜遗憾的神气。

他说："先生，你急于来看我的心意，我很感激；可是令堂大人疑心我有些不大高尚的作用；为了免得坐实，我只能要求你今后别再来看我，虽则你的光临使我觉得很荣幸，虽则我也很高兴和你亲近。我要保全名誉，保持清静，所以咱们不得不断绝邻居关系。希望你转达令堂大人，我不请她下星期日赏光到舍间来吃饭，因为我料定她临时会身体不舒服的。"

老人说完，向年轻的子爵伸着手，子爵恭恭敬敬的握着，回答道："先生，你说得不错。"

接着他告辞了，向于絮尔行礼的时候，不免流露出惆怅多于失望的情绪。

但羡来和子爵同时出门，可是没法搭讪，因为萨维尼昂三脚两步就奔回家了。

两天之间，那些继承人只谈着包当丢埃母子和米诺莱医生的不融洽；他们佩服第奥尼斯料事如神，同时也认为遗产保住了。那时阶级的限制已经打破；醉心平等的风气使所有的人不分高低，使一切都受到威胁，连军队的服从，在法国代表权力的最后一个堡垒也岌岌可危了；除了双方的反感，或者财产的多寡之外，男女的爱情已经没有什么障碍了：在这样一个时代，只有一位布勒塔尼老太太的固执和米诺莱医生的尊严，才会在两个情人之间立下几道关塞；关塞的作用，跟从前一样，不是减弱，而是加强爱情的。在一个热情的男子，越是千辛万苦得来的女子，越是了不起。萨维尼昂明明看到需要斗争，需要努力，也感觉到前途渺茫；仅仅这几点已经使他把于絮尔视同至宝，非征服不可了。万物成长时期的长短原是由自然律支配的，也许我们的感情也受同一规律支配：寿命长的，童年也长！

一三　两心相许

第二天早上起身的时候，于絮尔和萨维尼昂都转着一个同样的念头。这种默契本来就能促发爱情，何况在这个场合已经是有了爱情的证据，而且是最甜蜜的证据。少女轻轻的揭开窗帘，只露出一个极小的隙缝，刚好能瞧见萨维尼昂的卧房，不料她爱人的脸也伸在对面窗子的拉手高头。窗子既然给了情人们极大的方便，无怪政府要抽窗户税了。于絮尔这样偷觑一下，也算对干爹冷酷的措置表示抗议。然后她放下窗帘，打开窗子，关上百叶窗；这样她可以望见对方而不让对方看见了。当天她到卧房去了七八次，每次都看见年轻的子爵在那里写信，写了撕掉，撕了又写，那准是写给她的了！

下一天清早，于絮尔刚醒，蒲奚伐女人就递给她一封信。

致　于絮尔小姐

小姐，我这一回落到一个全靠你监护人的帮助才能脱身的田地，这样一个青年会教人寒心是毫无问题的。从今以后，我比谁都需要提供更多的保证；所以，小姐，我以诚惶诚恐的态度扑在你脚下，向你吐露我的爱情。这求爱的表示并非由于一时冲动，而是从涉及整个生涯的信念出发的。我对于年轻的外叔祖母，甘尔迦罗埃太太的疯魔，弄到身陷囹圄；现在为了你，这些回忆全部消灭了，我心坎中的那个小影被你的小影抹去了：这一点，你不觉得是真诚的表示吗？自从我在蒲隆站上，看到你像儿童一般妩媚的睡态之后，你就占据了我的灵魂，做了它的主宰。除了你，我不愿意娶别的人了，我理想中的妻子应有的优点，你都具备了。以你所受的教育和你高贵的心灵而论，不论怎么高的地位你都可以当之无愧。但我没有把握在你面前把你描写得很准确，我只能爱你。昨天听了你弹琴以后，我想起一些句子，好像就是为你写的：

"天生的动人心魄，悦人眼目；温柔而聪明，风雅而明理；仪态万方，好似经过宫廷生活的陶冶；淳朴浑厚，俨如未经世故的隐士；眼中那朵心灵的火焰，被天使般的贞洁冲淡之下，显得温和了。"

　　从你身上最细微的地方映现出来的、这颗美妙的灵魂，我完全体会到它的可贵。所以我敢大胆要求，倘若你还没有爱人的话，让我用照顾，用行为，来向你证明我不至于辱没你。这和我的前途有关，请你相信，我要发挥所有的精力，目的不但是要取悦于你，而且是要博得你的敬重，那为我等于普天下人的敬重。我心中既然抱着这个希望，如果你，于絮尔，再允许我在心中把你叫作爱人，那么纳摩便是我的天堂了，最艰苦的事业也只会给我快乐了；我要把那种快乐奉献给你，正如我们把一切都奉献给上帝一样。请你允许我自称为

你的　萨维尼昂

于絮尔吻着这封信，用各种疯疯癫癫的举动拿着，念了又念，然后穿上衣服，预备送去给干爹看。

"天哪，我差点儿没做祷告就出去了。"她说着，回进卧房跪在祈祷凳上。

一忽儿以后，她下楼到园子里，找到了干爹，叫他念萨维尼昂的信。两人走到浓密的蔓藤底下，坐在凳上，正对着中国水阁：于絮尔等老人开口，老人却沉吟不语；心焦的孩子只嫌他想的时间太久了。他们俩密谈的结果，终于写成下面一封信，内中一部分想必是医生口述的。

　　先生，来信向我提亲，我只觉得万分荣幸；但在我的年纪上，再加我的教育给我定下的规矩，我不得不把你的信交给监护人；我全部家属只有他一个人，我既把他当做父亲，同时也当做朋友。他向我提出一些无情的意见，应当作为我对你的答复。

　　子爵，我是一个可怜的女孩子，将来的资产不但有赖于我干爹的好意，并且还要看他为了消除继承人对我的恶意而采取的、没有把握的措施是否成功。我虽是第四十五团的上尉乐师，约瑟·弥罗埃的合法的女儿，约瑟·弥罗埃本人却是个私生子；所以人家尽管毫无理由，仍可能跟一个孤立无助的少女涉讼。先生，资产微薄还不是我最大的不幸。我有很多理由不愿高攀。我为了你，不是为了我，才提出这些意见，那在动了爱情的忠诚的人，往往是认为无足重轻的。可是

先生，你也得想到，倘若我不跟你提，别人就可以怀疑我有心使你的热情不顾一切，不顾那些在一般人心目中，尤其在你母亲心目中认为不可克服的障碍。再过四个月，我不过十六岁。也许你会承认，我们都还太年轻，经验不足，没有力量克服生活的穷困；因为我除了故姚第先生的遗赠之外，别无财产，而单靠这一点做基础的生活势必很清苦。并且我的监护人不愿意我在二十岁以前结婚。这四年是你一生最美好的时期，谁知道这期间命运替我们做何安排呢？别为了一个微贱的姑娘把你的一生蹉跎了。

我亲爱的监护人非但不阻挠我的幸福，还想竭力促成；他还希望他对我为日无多的照顾，能有一个情意不亚于他的人来接替。我把他的理由陈述完了，还得声明一下，你的提议和殷勤的情意，的确使我非常感动。我这个答复所根据的思虑，是一个阅世很深的老年人的思虑；但我向你表示的感激，是出之于一个一片真心的少女。

所以，先生，我的确可以说是

你的仆人　于絮尔·弥罗埃

萨维尼昂没有回信。是不是在他母亲那里想办法呢？还是于絮尔的信把他的爱情打消了呢？诸如此类的无从解答的问题不知有多多少少，把于絮尔折磨得好苦，间接也折磨了老医生；他只要心爱的孩子有一点儿骚动，就觉得难过。于絮尔常常到卧室去张望萨维尼昂的屋子，只看见他坐在桌子前面出神，不时朝她的窗子望一眼。直过了一星期，她才收到萨维尼昂的信，迟迟不复的缘故原来是他的爱情更进了一步。

致　于絮尔·弥罗埃小姐

亲爱的于絮尔，我多少是布勒塔尼人，一朝打定了主意，什么都不能使我改变。你的监护人——但愿上帝保佑他多活几年——理由很对；可是难道我就不能爱你吗？我只要知道你是否爱我。请你告诉我，即使只做一个记号也可以；那么这四年便是我一生最幸福的时期了！

我托朋友送了一封信给我的外叔祖，海军中将特·甘尔迦罗埃，求他提拔，介绍我进海军。这位慈祥的老人哀怜我的遭遇，回信说，倘若我要求军阶，即使王上愿意开恩，也受着条例限制；但在多隆学习三个月以后，海军部长就能给我一个舵手长的职位，让我到船上去；等舰队巡逻阿尔及尔的时候（我们不是正和阿尔及尔人作战吗？）出勤一次，再经过一次考试，就能当上候补少尉。目前正在筹备袭击阿尔及尔的战事，将来只要能临阵立功，实授少尉是不成问题的。可是要多少时间，就很难说了。不过为了使海军里头仍旧有一个包当丢埃家的人，当局一定把条例尽量放宽。我明白了，我应该向你干爹提亲；你对他的尊敬，把你在我心中的地位更提高了。所以在答复人家以前，我要跟你的干爹谈一谈；我的前途完全根据他的答复而定。告诉你，不论将来怎么样，不管你是上尉乐师的女儿，还是王上的女儿，你始终是我心上的人。亲爱的于絮尔，那些成见在从前的时代可能把我们分离，现在可没有力量妨碍我们的婚姻了。我献给你的，是我心中全部的爱情；献给你姑丈的，是负责你终身幸福的保证！他才不知道我短时期中对你的深情，已经超过他十五年来对你的爱……好，咱们晚上见。

于絮尔得意洋洋的把信递给老人，说道："干爹，你瞧。"

老人念完了信，嚷道："啊！孩子，我比你更高兴。子爵下了这个决心，等于把他所有的过失都补赎了。"

晚饭以后，萨维尼昂来到医生家里，医生和于絮尔正在临河的平台上，沿着栏杆散步。子爵在巴黎定做的衣服已经送到；动了爱情的青年，少不得把自己收拾得又整齐又大方，尽量烘托出天生的俊美，好像要去见美丽而高傲的甘尔迦罗埃夫人而讨她喜欢似的。可怜的孩子看他走下石阶，迎着他们过来，便立刻抓着干爹的手臂，仿佛站在悬崖高头怕掉下去一般；医生听见她紧张而沉重的呼吸，不由得打了个寒噤。

萨维尼昂握着于絮尔的手，恭恭敬敬吻了一吻。于絮尔随即坐在水阁外面的石级上。医生吩咐她说："孩子，你别过来，让我们谈话。"

萨维尼昂轻轻的问医生："先生，一个海军上校来向你求这位千金小姐，你肯不肯？"

米诺莱微微一笑，道："那我们等得太久了……不用上校，只要上尉就行啦。"

萨维尼昂快活得含着眼泪，非常亲热的握了握老人的手，说道："那么我就动身了，我要去用功读书，六个月之中读完海军学校六年的课程。"

"怎么就动身了？"于絮尔从石阶那边往他们冲过来。

"是的，小姐，为了不辱没你。我越急于出门，表示我越爱你。"

她不胜温柔的望着他:"今天是10月3日,过了19再走罢。"

老人说:"对,我们要庆祝圣·萨维尼昂的节。"

"那么再见了,"萨维尼昂说,"这个星期我要留在巴黎办几件事,我要做种种准备,买书籍,买数学上用的仪器,还得请部长帮忙,给我最优越的条件。"

于絮尔和干爹把萨维尼昂直送到铁门口,看他回进屋子,又看他出来,背后跟着蒂安纳德提着一口箱子。

于絮尔问干爹:"你既然有钱,干么要逼他进海军呢?"

医生笑了笑回答:"这样下去,我看不久连他欠的债都要我负责了。我没有逼他,可是孩子,一套军服,一个凭军功挣来的十字勋章,可以抹掉一个人多多少少的污点。六年之内他可能当上舰长;我对他的要求也不过如此。"

"但是他可能遇到危险呀。"她说着,脸都白了。

"情人像酒徒一样,自有他的神道保佑的。"医生带着说笑的口气回答。

孩子瞒着干爹,夜里叫蒲奚伐女人帮忙,把她又长又好看的淡黄头发剪下一束,正好编一条辫子。隔了一天,她缠着音乐教师许模克老人,要他监督巴黎的理发匠防止调换,还得赶着下星期日把辫子编好。

萨维尼昂从巴黎回来,告诉医生和他的干女儿说,志愿书已经签了,25日要赶到勃兰斯特。医生约他18日吃晚饭,他在医生家差不多消磨了整整两天。虽是米诺莱叮嘱两个情人的话入情入理,他们在本堂神甫、法官、纳摩的医生和蒲奚伐女人面前,仍不由自主的流露出他们心心相印的感情。

老人说:"孩子们,你们得意忘形,不会把快乐藏在心里。"

到了萨维尼昂的本名节,两人先在弥撒祭中彼此瞟了几眼;然后萨维尼昂在于絮尔窥伺之下,穿过街,到她的小园中来了。他们俩差不多是单独相对。老人有心放任,坐在书房里看报。

萨维尼昂道:"亲爱的于絮尔,你可愿意使我的节日过得比我在母亲面前更快活,给我一个新生命吗?……"

于絮尔打断了他的话,说道:"我知道你要的什么。你瞧,这就是我的答复。"她从围裙口袋里掏出辫子来递给他的时候,快乐得直打哆嗦,"你既然爱我,请你把这个带在身边。这礼物表示我的生命和你的生命连在一起了,但愿它使你逢凶化吉!"

医生见了，对自己说着："啊！这小丫头！竟给了他一根辫子。她怎么弄起来的？把多美的淡黄头发剪下一把……那不是把我的血都给了他吗？"

萨维尼昂吻着辫子，瞧着于絮尔，掉了一滴眼泪，说道："临走以前，我要你切实答应我永远不嫁别人，你不会觉得我要求过分吗？"

于絮尔红着脸回答："你在圣·贝拉奚的时候，我曾经到监狱的墙下徘徊；你要求我的诺言，倘若你还嫌我说得不够，我就再说一遍罢：我永远只爱你一个人，永远只属于你一个人。"

萨维尼昂看见于絮尔半个身子掩在藤萝中间，忍不住把她搂在怀里，在她额上吻了一吻：她轻轻的叫了一声，往凳上倒了下去。萨维尼昂正挨在她身边道歉，医生已经站在他们面前。

他说："朋友，于絮尔是个极娇嫩的孩子，对她话说得重一点就有危险。你应当把爱情抑制一些才对！唉！要是你爱了她十六年，你单是听到她说话就会满足了。"他这样补充是针对萨维尼昂第二封信里的一句话的。

两天之后，萨维尼昂动身了。虽然他经常来信，于絮尔却害了一种表面上没有原因的病。好比美好的果子被虫蛀一样，她的心受着一个念头侵蚀。胃口没有了，血色也没有了。干爹第一次问她觉得心里怎么样，她说：

"我想看看海景。"

"12月里可不便带你上海港去。"老人回答。

"那么终有一天能去的了？"她说。

一刮大风，于絮尔就着急；不管干爹、神甫、法官把陆地上的风和海洋上的风分辨得多么清楚，她总以为萨维尼昂遇着飓风。法官送她一张雕版的图片，印着一个全副军装的候补少尉，使她快活了几天。她留心读报，以为萨维尼昂所参加的那次巡逻，报上必有消息。她拼命看柯柏_{柯柏}(1789—1851) 为美国小说家，专写冒险小说及印第安人的故事的海洋小说，还想学航海的术语。这许多执着一念的表现，在别的女子往往是装出来的，在于絮尔是完全出于自然；甚至萨维尼昂每次来信，她都在梦中先看到而在第二天早上向大家预告的。

这些在医生与神甫都不以为奇的预感第四次发生的时候，她对干爹说："现在我放心了，不管萨维尼昂离得多远，他要受了伤，我一定立刻感觉到。"

老医生左思右想的出神了，法官和神甫看他脸上的表情，认为他一定想着些很痛苦的念头。

他们等于絮尔不在面前的时候，问老人："你怎么啦？"

老医生回答："她将来怎么活下去啊？一朵这样细巧、这样娇嫩的花，遇到感情的打击，是不是抵抗得住呢？"

虽然如此，这个被神甫戏称为"小幻想家"的姑娘用功得很；她知道学识丰富对一个上流社会的女子多么重要；除了练唱、研究和声与作曲以外，她把余下的时间都用在书本上，那是夏伯龙神甫在她干爹丰富的藏书中挑出来的。她尽管很忙，精神上仍旧很痛苦，只是嘴里不说出来。有时她对萨维尼昂的窗子呆呆的望上半天。星期日望过弥撒，她跟在包当丢埃太太后面，很温柔的瞧着她；虽然老太太心肠冷酷，于絮尔仍因为她是萨维尼昂的母亲而爱着她。她对宗教更热心了，天天早上都去望弥撒，因为她深信自己的梦都是上帝的恩赐。

老医生眼看相思病给她的伤害，心中很怕，便在于絮尔生日那天，答应带她上多隆去参观舰队远征阿尔及尔的开拔仪式，事先不让萨维尼昂知道。法官和神甫，对这次旅行的目的替医生守着秘密，仿佛只是为了于絮尔的健康出门的，但一般继承人已经为之大惊小怪了。于絮尔和穿着候补少尉军服的萨维尼昂见了面，参观了壮丽的旗舰，舰上的海军上将就是受部长嘱托，特别照顾萨维尼昂的人。然后她听了爱人的劝告，上尼斯去换换空气，沿着地中海滨直到热那亚；到了热那亚，她得到消息，舰队已经安抵阿尔及尔，很顺利的登陆了。

医生本想继续在意大利观光，一方面让于絮尔散散心，一方面也多少能补足她的教育：大艺术家生息的土地，多少不同的文明留下光华的遗迹的土地，本身就有一种魔力，再加风土人情的比较，当然能扩展她的思想。但医生听到国王跟那有名的 1830 年的国会冲突的消息①，不得不赶回法国。干女儿出门一趟，变得生气勃勃，非常健康，还把萨维尼昂服役的那艘军舰，带了一具小巧玲珑的模型回来。

---

① 1830 年 7 月 25 日，查理十世（复辟波旁王朝国王）颁布圣克卢法令，宣布限制出版自由、解散新选出的国会、修改选举制度，使得新选举中的大部分选民（多为中产阶级）失去投票资格。加上此前经济、文化、宗教政策引起中产阶级和自由主义者的不满，外产上的挫败，共同导致了"七月革命"，推翻复辟王朝的统治。

一四　于絮尔又做了孤儿

1830年的选举,使米诺莱的继承人都有了立足点。在但羡来和古鄙策划之下,他们在纳摩组成一个委员会,推出一个进步党做枫丹白露区的候选人。玛尚很有力量操纵乡下的选民。车行老板的佃户中间,五个是有选举权的。第奥尼斯也拥有十一票以上。克莱弥埃、玛尚、车行老板和他们的党羽,最初在公证人家集会,以后经常在那儿见面了。米诺莱医生回来的时节,第奥尼斯的沙龙已经变做继承人们的大本营。法官和镇长联合起来抵抗进步党,他们虽有四乡的贵族支援,仍旧被反对派打败;但打败以后,他们倒反更团结了。这样的对抗使纳摩破天荒第一次有了两个党派,而米诺莱的几个继承人居然占了重要地位。正当篷葛朗和夏伯龙神甫把这些情形告诉医生的时候,查理十世已经从朗蒲伊埃宫堡出奔,逃往希尔堡去了。但羡来·米诺莱的政见是追随巴黎的律师公会的;他从纳摩约了十五个朋友,归古鄙率领,由车行老板供给马匹,在7月28的夜里赶到巴黎。袭击市政厅的一役,就有古鄙和但羡来带着这批人马参加①。事后,但羡来得了荣誉团勋章和枫丹白露助理检察官的职位;古鄙得了七月十字章。第奥尼斯当选为纳摩镇长,接替前任的勒佛罗;镇公所的委员包括副镇长米诺莱-勒佛罗、玛尚、克莱弥埃和第奥尼斯沙龙的全部党羽。篷葛朗靠着儿子的力量才保住原职;那儿子做了墨仑的检察官,和勒佛罗小姐的亲事大概也有希望了。

医生听说三厘公债的行市跌到四十五法郎,便搭着驿车上巴黎,把五十四万法郎买了不记名公债。剩下二十七万左右现款,他用自己的姓名买了同样的证券:这样,外边只知道他每年有一万五千进款。老教授姚第遗赠予絮尔的本金,和九年之间所生的八千法郎利息,都用同样的方式存

---

① 1830年7月28日,工人、手工业者、大学生和国民自卫军夺取了武器库,攻占了市政厅,一场因国王与国会冲突而导致的群众抗议演变成了武装革命。

放；老人又添上一笔小款子，把这份薄产凑成一个整数，让于絮尔有一千四百法郎收益。老妈子蒲奚伐听着主人劝告，也把五千几百法郎积蓄买进公债，每年有三百五十法郎利息。这些跟篷葛朗商量好的，非常合算的调度，因为政局混乱，居然没有一个人知道。

局势大定以后，医生又买下贴邻的一所小屋子，把它拆了，把自己院子的界墙也拆了，另外盖起一间车房、一间马房。拿一笔可有一千法郎利息的本金起造下房，在米诺莱所有的继承人眼里简直是发疯。这桩被认为发疯的行为，在老人的生涯中成为一个新时代的起点。那时的车辆马匹，价钱跟白送差不多：医生便从巴黎带了三匹骏马和一辆四轮篷车回来。

1830年11月初的一个下雨天，老人第一次坐了四轮篷车去望弥撒；他下了车，正在搀扶于絮尔，镇上的人已经全部赶到广场上，为了要瞧瞧医生的车，盘问一下马夫，也为了要把医生的干女儿批评一番：据玛尚、克莱弥埃、车行老板和他们的老婆的意见，老叔的荒唐全是野心勃勃的小姑娘撺掇出来的。

古鄙嚷道："喂，玛尚，有了马车了！你们的遗产去路很大，嗯？"

站在牲口旁边的马夫，是米诺莱车行里一个领班的儿子；车行老板对他说："加皮洛，你要的工钱大概不小罢？八十四岁的东家用不了多少马蹄铁的了。两匹马花多少钱买的？"

"四千法郎。车子虽是旧货，倒花了两千；可是很漂亮，车轮是'把挡'此系马车零件的专门名词，凡是"把挡"的车辆，轴梗不会从轴帽中脱出 的。"

"加皮洛，你那句话怎么说的？"克莱弥埃太太问。

古鄙抢着回答："他是说'白拓'。那是英国人行出来的玩艺儿。你瞧，外边什么都看不见，样样都包在里头，多漂亮，又不会钩着人的衣衫，套在轴梗头上的那种难看的方铁帽也取消了。"

"什么叫作'白拓'？"克莱弥埃太太很天真的问。

古鄙道："怎么！你不想拓些便宜吗？"

"啊！我明白了。"她说。

"嗨！不是的，"古鄙道，"你是个老实人，我不好意思哄你；真名叫作'百挡脱'，因为梢子藏在里头。"

"对啦，太太，就是这意思。"加皮洛说。古鄙态度一本正经，连马夫也上当了。

克莱弥埃嚷道："不管怎么样，反正是一辆挺讲究的车；不是财主，谁撑得起这样的场面！"

古鄙道:"小姑娘抖起来啦!她这办法不错,教你们也享享福。喂,米诺莱老头,干嘛你不弄几匹好马,买几辆篷车?你不争这口气吗?换了我,要不高车大马,摆摆威风才怪呢!"

玛尚问:"喂,加皮洛,我们的老叔这样铺张,可是小姑娘撺掇的?"

加皮洛回答:"不知道,可是她在家里就像东家娘一样。天天有各种各样的教师从巴黎来。听说她还要学画呢。"

克莱弥埃太太道:"那我好趁此机会,叫人描张肖像了。"

内地人那时还把画像叫作描像。

"可是教钢琴的德国老头也没有辞掉啊。"玛尚太太说。

"他今儿早上还来上课呢。"加皮洛回答。

"多几条狗也没害处。"克莱弥埃太太这话引得众人哈哈大笑。

古鄙叫道:"从今以后,诸位可别想什么遗产啦。于絮尔转眼就是十七岁,越长越漂亮了;青年人都是靠游历训练出来的。小丫头把你们老叔收拾得服服帖帖。每个星期,班车上都有她五六个包裹;什么女裁缝,做帽子的,都到这儿来替她试样,把我的东家娘气坏了。等于絮尔从教堂里出来,你们瞧瞧她脖子里那条披肩吧,货真价实的开司棉,值到六百法郎呢。"

古鄙说完,搓着手。他最后几句话对继承人们的作用,便是霹雳打在他们头上也不过如此。

医生家绿颜色的客厅,由巴黎的家具商来换新了。看老人排场这么阔,大家一忽儿说他藏着私蓄,有六万法郎一年收入,一忽儿说他挥金如土,只顾讨于絮尔喜欢;他们今天把他说做财主,明天把他叫作荒唐鬼。当地的舆论,总括起来只有一句话:"他是个老疯子!"小镇上这种错误的判断,恰好把一般继承人蒙住了,他们绝对没想到萨维尼昂爱上了于絮尔,而这才是医生花钱的真正的动机。他很高兴教干女儿先当惯子爵夫人的角色;并且有了五万法郎进款,老人也尽可把宠爱的孩子装扮一下,让自己看着喜欢。

1832年2月,于絮尔足十七岁的那天,早上起来,看见萨维尼昂穿着海军少尉的服装,站在他窗前。

她心里想:"咦!怎么我一点都不知道的?"

从今以后,诸位可别想什么遗产啦

攻下阿尔及尔的一仗①，萨维尼昂立了功，得了十字章；接着他服务的那条军舰在海洋中游弋了几个月，没法和医生通信；而不跟医生商量，他又不愿意退伍。新政府极想在海军中保存一个显赫的姓氏，趁七月政变的机会把萨维尼昂升作少尉。新任少尉请准了半个月的假，从多隆搭驿车赶来祝贺于絮尔的生日，同时也想听听医生的意见。

"他来了呀！"干女儿冲进干爹的卧房嚷着。

"好罢！他离开海军的理由，我猜到了；现在他可以留在纳摩了。"

"啊！这才是我真正的节日了。"她一边说，一边拥抱干爹。

她上楼做了一个记号，萨维尼昂立即过来；她觉得他比以前出落得更英俊了，要把他欣赏一下。的确，服过兵役的男子，举动、步伐、神色，自有一种坚决与庄重的气概，一种说不出的方正严肃，即使穿着便服，也能教一个眼光肤浅的人看出他是军人：可见男人天生是做领袖的。于絮尔因之更爱萨维尼昂了；她让他搀着手臂在小园中散步，叫他叙述以候补少尉的资格在攻击阿尔及尔一役中所立的功劳，她像小孩子一样的高兴。毫无问题，阿尔及尔是萨维尼昂攻下来的。她说，瞧着萨维尼昂的胸饰，眼前就看到一片血海。医生在房内一边穿衣，一边瞅着他们；然后也走到他们这边来。他对子爵并不完全讲明，只说倘若包当丢埃太太同意子爵和于絮尔的婚事，单凭于絮尔的家私，子爵也不需要再靠军职来维持生活。

"唉！"萨维尼昂回答，"要我母亲让步，还早得很呢。我动身之前，她明知道只要答应我娶于絮尔，我就可以留在她身边；否则只能偶然见面，我还得经常冒着危险；但她仍旧让我走了……"

"可是，萨维尼昂，我们不是从此在一起了吗？"于絮尔抓着他的手，不大耐烦的摇了几摇。

她所谓爱情不过是常常见面，不再分离，绝对想不到更远的地方。当时她那使性的声调，可爱的手势，显得那么天真，把萨维尼昂和医生都感动了。辞职的信发出了；未婚夫的在场给于絮尔的节日添了不少光辉。过了几个月，到5月里，米诺莱医生的家庭生活又像过去一样清静，只多了一个常客。青年子爵不断的上门，很快就被大家看做未来的夫婿，尤其因为望弥撒的时候，散步的时候，萨维尼昂和于絮尔虽则很矜持，仍免不了

---

① 阿尔及尔：位于地中海南岸。查理十世为赢得国民支持，法国政府介入希腊独立运动，并派军远征阿尔及尔。1830年被法国占领，成为法属北非殖民地统治中心。

流露出两心相契的痕迹。第奥尼斯提醒那些继承人，说包当丢埃太太已经欠老头儿三年利息，老头儿从来没讨过。

公证人说："将来老太太一定要让步的，一定会答应儿子攀这门不体面的亲。万一出了这种倒楣事儿，你们老叔就得拿出大部分家当，去做巴齐尔所谓的批驳不倒的理由。"巴齐尔为博马舍有名的喜剧《赛维尔的理发师》中的歌唱教师，他说（见第四幕第一场）："我觉得一个黄金累累的荷包，永远是一个批驳不倒的理由。"

继承人们猜到老叔太喜欢于絮尔，太不喜欢他们了，决不会不损害他们的利益而去保障于絮尔的幸福的；所以心里都恨到极点。七月革命以后，他们天天晚上在第奥尼斯家聚会，便在那儿咒骂两个情人；他们没有一晚不想找些对策来阻挠老人的计划，可惜一筹莫展。才莉当然和医生一样，利用公债的跌价，在调动巨额资金的时候沾足了便宜；但她是对于絮尔和包当丢埃母子怀恨最深的人。古鄙素来不愿在那些晚会中受罪，可是有天晚上为了要听听在那边所谈的镇上的事，也去了，正碰上才莉怒火中烧，大发脾气：当天上午她看见医生、于絮尔和萨维尼昂，从郊外坐着马车回来；那种亲密的神气完全说明了他们之间的关系。

她说："倘使在包当丢埃和小丫头没结婚以前，上帝肯把咱们的老叔请回去，我愿意拿出三万法郎。"

古鄙陪着米诺莱夫妇回家，直送到他们的大院子中间；四顾无人，他才说：

"你们可愿意帮我盘进第奥尼斯的事务所？我能够拆散包当丢埃和于絮尔的婚姻。"

"怎么拆散？"大胖老板问。

"你想我这么傻，会把计划告诉你吗？"古鄙回答。

才莉说："那么好啊，你先把他们拆开了，咱们瞧着办。"

"咱们瞧着办！单凭这句话，我才不干这种麻烦事儿呢！萨维尼昂那小子好厉害，可能把我杀了的；我要吃得住他，击剑打枪的本领都得跟他一样才行。你们先帮我把事业弄成了，我决不失信。"

车行老板回答："你破坏了这头亲事，我准定帮你忙。"

"哼！准定帮忙！我为了要盘进书办勒葛的事务所，不过向你们通融一万五千的小数目，你们考虑了九个月还没答应；现在还要我相信这句话吗？好，将来你们一定得不到遗产，那也是你们活该。"

才莉说："倘若只为了一万五千法郎和勒葛的事务所，那还罢了；可是要替你垫付五万！……"

"我会还你的呀！"古鄙把那勾魂摄魄的眼睛瞅着才莉，才莉也用骄横的目光回答了他一眼。那情形就好比毒蛇遇到了猛兽。

才莉终于说了一句："咱们再等一晌罢。"

古鄙心上想："哼！无毒不丈夫，真要做到这一步才好！"他一边走出一边盘算："这些家伙，一朝给我抓住了，要不当做柠檬一般挤干才怪！"

萨维尼昂跟医生、神甫、法官往还之下，让他们看出了他纯厚的天性。他对于絮尔的始终不渝、没有一点儿利害打算的爱情，使三位老朋友大为感动，心里已经没法把两个青年分开了。朴素单调的生活，两个爱人对前途的信念，终于使他们的感情近于兄妹之间的友爱。医生往往让于絮尔和萨维尼昂两个人在一起。他已经把这个可爱的青年看准了：他只有在每次来到的时候吻一下于絮尔的手，和她单独相对的时候就不敢向她提出类似的要求，因为他对于这姑娘的纯洁与天真抱着极大的敬意；同时她常常流露的那种极其敏锐的感觉，也使他知道只要话说得重一些，神情冷淡一些，或是从温柔变为粗暴的态度，对她都会有性命之忧。所以两人之间最大胆的举动，也是在晚上当着几位老人的面表现的。这种幽密的快乐的岁月过了两年，除了子爵一再央求母亲许婚而无效以外，别无他事。有时他讲了一个早上，母亲听着他的理由和央求，拿出布勒塔尼人的脾气一声不出，或者干脆拒绝。于絮尔已经到了十九岁，长得一表人才，弹琴唱歌无一不精，才德双全，不需要再进修什么了。她的姿色、风韵、学问，遐迩闻名。有一天，哀格勒蒙侯爵夫人来替她的大儿子向于絮尔求婚，被医生谢绝了。虽则医生、于絮尔、哀格勒蒙太太把这件事严守秘密，六个月以后，仍旧被萨维尼昂知道了。看到他们用心这样体贴，他非常感激，就拿这件事做理由去劝母亲，母亲回答说：

"因为哀格勒蒙家愿意降低身份，所以我们也得降低身份吗？"

1834年12月，虔诚慈祥的老人，身体显而易见衰退了。镇上的人看见他从教堂里出来，脸色发黄，面庞瘦小，两眼那么苍白，便议论纷纷，都说这八十八岁的老头儿死期近了。

"不久事情就有分晓啦。"有人跟那些继承人说。

的确，老人的死像谜一样的惹人注意。但医生还存着幻想，不知道自己有病；而于絮尔、萨维尼昂、法官、神甫，为了体贴，都不忍揭穿他的病势；每天晚上来看他的纳摩的医生，也不敢为他开药方。老人不觉得有什么痛苦，只是灯尽油干，慢慢的熄下去。他理智始终很强。像他这种禀赋的老人，肉体受着灵魂控制，到死都能支持的。神甫为了不要加速他的死期，叫他不必再上教堂望弥撒，就在家里做日课；因为老医生奉行教规十分严格，而且越近坟墓，越敬上帝。永恒的光明，渐渐替他把各种难题都解释清楚了。1835年年初，于絮尔劝他把车辆马匹卖了，把加皮洛辞退了。

篷葛朗对于絮尔的前途，并不因为米诺莱透露过几句话而放心；有天晚上他跟老朋友提到那个微妙的继承问题，指出米诺莱对于絮尔的监护权必须解除。解除监护以后，于絮尔才有权接受监护人代管财产的清算，才有权持有财产，而别人也可能给她遗产。老人以前虽然和法官商量过，当时听了法官的开场白，并不说出自己替于絮尔安排的秘密，而只采取解除监护权的办法。篷葛朗越是急切的想知道老朋友用什么方法资助于絮尔，老朋友越是对他防得紧。并且，米诺莱的确不敢把利息三万六千的不记名债券交托给法官。

篷葛朗问他："干么你要跟命运赌博呢？"

医生回答："反正都没有把握，只能拣危险性比较少的一条路。"

篷葛朗把终止监护的手续办得很快，要赶在于絮尔·弥罗埃足二十岁的那天办妥。这个生日是老人过的最后一个节：他准是预感到寿数将尽，所以大事铺张，替于絮尔举行了一个小规模的跳舞会，把第奥尼斯、克莱弥埃、米诺莱、玛尚四家的青年男女都邀请了。舞会以前又摆了一席丰盛的酒：请的客有萨维尼昂、篷葛朗、本堂神甫、两位副司祭、纳摩的医生、许模克、才莉、玛尚太太和克莱弥埃太太。

晚会快完毕的时候，老人和公证人说："我觉得自己为日无多了，我要把我以监护人身份代于絮尔执管的财产，交还给她。请你明天来立一份清册，免得将来清算财产多纠纷。谢谢上帝！我连一个小钱都没教我的继承人吃亏，我支配的只限于我的息金。于絮尔的亲属会议，由克莱弥埃、玛尚和我的侄子米诺莱参加；我移交代管财产的时候，请他们都到场作证。"

玛尚把这些话听在耳里，在舞会中传开去。四年以来，一忽儿以为有巨产可得，一忽儿以为全无希望的三对夫妇，这一下可皆大欢喜了。

克莱弥埃太太道："这话就像一个临死的人说的了。"

清早两点，客厅里只剩下萨维尼昂、篷葛朗和夏伯龙三个人；于絮尔送了克莱弥埃和玛尚家的小姐回来，穿着跳舞衣衫十分娇艳；老医生指着她向三位客人说道：

"诸位朋友，我把她交给你们了！再过几天，我不能再保护她了；她没出嫁以前，请你们大家照顾，别让她受人欺侮……我替她很担心呢。"

这些话使听的人非常难过。几天以后，举行了亲属会议，交出了代管财产的清账。账上说明米诺莱医生应当交出一万零六百法郎：包括几年来应付未付的一千四百法郎息金，那是姚第上尉的遗赠所生的利息；还有十五年中积起来的五千法郎，是医生逢年逢节给干女儿的红包。

这种结清账目同时又经过公证的手续，完全是依照法官的建议；因为他很担忧米诺莱医生死后的变化，不幸这个预感竟没有错。于絮尔接受清账的结果，一共有一万零六百的现款和年息一千四的公债。第二天，老人虚弱不堪，不能起床了。他家里的事一向很隐秘，但病重的消息还是传遍全镇，那些继承人就满街乱撞，像一串断了线的念珠。上门来探问病情的玛尚，从于絮尔嘴里知道医生上了床。不幸，纳摩的医生早已说过，只要米诺莱老人躺上床，命就完了。继承人们便冒着严寒，一齐站在街上，广场上，或者自己的屋门口，聚精会神的谈论这桩盼望了多年的大事；一边东张西望，但等本堂神甫把圣体供在内地常用的那种器具内往老医生家里送。

因此，两天以后，夏伯龙神甫带着副司祭和助祭童子，随着高捧十字架的圣器执事，穿过大街的时候，一般继承人立刻跟上去，预备占领屋子，以防走漏，同时也准备去攫取他们假想中的藏金。这批人跪在教会执事后面，并没做祷告，而是虎视眈眈的直瞪着老人，老人看了不由得露出一副狡猾的笑容。神甫掉过头去看到了他们，也就慢慢的念着祷告。车行老板受不了那个不舒服的姿势，第一个站了起来，他的女人也跟着站起；玛尚唯恐才莉夫妇顺手牵羊，拿掉屋子里的什么小玩艺儿，便和他们一块儿到客厅去；不久，所有的继承人都在那儿会齐了。

克莱弥埃道："他是个挺规矩的人，不会随便要求临终圣礼的，这一下咱们可以放心了。"

玛尚太太回答："对，咱们每家都能有两万法郎一年的进款啦。"

才莉道："我有这么个念头：他的钱近三年来不再存放，他喜欢把现金藏起来了……"

"准是藏在地窖里罢？"玛尚对克莱弥埃说。

"咱们要找到一点儿什么才好呢。"米诺莱-勒佛罗道。

玛尚太太嚷道："反正那天他在跳舞会里有过声明，事情已经定局了。"

克莱弥埃道:"咱们到底怎办呢?平分呢?拍卖呢?拈阄呢?因为咱们都成年啦。"

为了怎么分家的问题,大家七嘴八舌,马上紧张起来。半小时以后,乱哄哄的闹成一片,特别是才莉那个尖嗓子,叫得连院子里和街上都听得见。

"老头儿大概死了罢。"一班挤在街上的闲人说。

吵闹的声音直传到老医生耳朵里,他听见克莱弥埃连吼带嚷的说:"屋子吗,屋子值三万法郎!我来买,我拿出三万法郎!"

才莉声音恶狠狠的回答:"不管值多少,我们都拿得出来。"

夏伯龙神甫替朋友行过临终圣礼,在旁陪着;老人对他说:"神甫,请你想个办法,让我安静一些。我那些继承人,像红衣主教齐美奈斯红衣主教齐美奈斯(1436—1517)为西班牙政治家的一样,可能等不到我死就来翻箱倒箧,我又没养着猴子替我把东西抢回来。你去告诉他们,我要他们统统出去。"

神甫和纳摩的医生下楼,把病人的话给大家说了。两人愤慨之下,还把他们训斥了几句。

纳摩的医生吩咐蒲奚伐女人:"把铁门关起,谁都不让进来;难道一个人连死都不得安宁吗?你再预备一贴芥末膏药,敷在先生脚上。"

继承人中有些是带着孩子来的,本堂神甫一边打发他们,一边说:"你们的老叔并没有死,可能还要活好些时候。他要绝对清静,除了干女儿,身边不要别人。唉,这姑娘的行事才不像你们哪!"

"这老东西!"克莱弥埃叫道,"让我来站岗。说不定他们暗中捣鬼,损害我们的利益。"

车行老板早已溜进花园,想跟于絮尔一同看护,教人家留他在屋里帮忙。他蹑手蹑脚的回进来;过道和楼梯上都铺着地毯,靴子踏在上面毫无声响:他直走到老叔房门口,始终没人听见,神甫和纳摩的医生都走了,蒲奚伐女人正在预备芥末膏药。

"人都走了吗?"老人问干女儿。

于絮尔提着脚尖朝院子里望了望。

"都走了,神甫临走亲手把铁门带上了。"

垂死的老人便说:"亲爱的孩子,我的命只有几小时,几分钟了。我医生不是白做的,芥末膏药不会把我拖到今天晚上。"他说到这里,被干女儿的啼哭把话打断了,"于絮尔,你别哭,我说的是关于你和萨维尼昂结婚的事。等蒲奚伐拿着膏药上来，你就到书房去，钥匙在这里；你把蒲勒酒柜上的白石面子抬起来，下面有一个信封写着你的名字，你拿来给我看；要不亲眼看见那个信封在你手里，我死了也不放心的。我断了气，你别声张：先把萨维尼昂找来，一同看那封信，你得向我起誓，也得代他起誓，一定要遵照我最后的意志行事。直要萨维尼昂听从了我的话，你们再宣布我死的消息；那时继承人就要开始做他们的戏了。但愿上帝保佑，别让那些野兽来糟蹋你！"

"好罢，干爹。"

车行老板不再往下听了，赶紧提着脚尖下楼，他已经想到小书房的锁是装在藏书室这一边的。从前他听见建筑师和铜匠讨论这事，铜匠认为要预防有人从临河的窗子进来，还是把锁装在藏书室一边为妙，因为小书房主要是夏天纳凉的地方。当下米诺莱被利益冲昏了头，血都到了耳朵里；他用一把小刀把门锁旋下，手脚像贼一样的快。他走进书房，拿了文件，不敢当场开拆，装上了锁，把一切恢复了原状，到饭厅里坐着，只等蒲奚伐送膏药上楼的时候往外溜。他走得非常方便，因为于絮尔觉得贴膏药比干爹的嘱咐更要紧。

"信啊！信啊！"老人用那种快死下来的声音嚷着，"你得听我的话，把钥匙拿去。我一定要看你拿到了信才行。"

他这么说着，眼神惊惶不定，蒲奚伐对于絮尔说：

"快快听干爹的话，你要把他急死了。"

于絮尔亲了亲老人的额角，拿着钥匙下楼了；但一忽儿听见蒲奚伐尖着嗓子直嚷，又马上退回来。老人把她瞅了一眼，看她两手空空，猛的从床上坐起，想说话，临了只是好不凄惨的叹了一口气，眼睛里充满着恐怖的表情，死了。可怜的姑娘从来没见过死人，立刻跪在地下，哭做一团。蒲奚伐替老人阖上眼睛，把他放倒在床上。老奶妈把死人像她所说的装扮完毕，赶去通知萨维尼昂；但那班继承人早已跟围着看热闹的闲人等在街头，活像一群乌鸦只等一匹马掩埋了，就过来连啄带扒的把死马从泥土中翻出来。当下他们蜂拥而至，和那些猛鸟一样迅速。

一五　医生的遗嘱

这时候，车行老板回到自己家里，急于要打开那个神秘的信封，看看里头装的是什么。结果他找出下面几项文件。

给我亲爱的于絮尔·弥罗埃——我的舅子约瑟·弥罗埃和舅嫂狄娜·葛洛曼的女儿

1830 年 1 月 15 日，纳摩

我的小天使，我像父亲一般对你的慈爱，你是受之无愧的；我所以会有这种感情，不但因为我受了你父亲之托，并且因为你极像你的姑母于絮尔·弥罗埃：你使我时时刻刻想起她的风韵、聪明、天真和妩媚。但你的父亲是我岳父的私生子，我正式给你遗产可能引起别人争议……

车行老板念到这里，骂了一句："老狐狸！"

……把你过继为女儿也可能引起诉讼。我又始终不愿和你结了婚而把财产送给你；说不定我还有多年可活，把你的幸福耽误了。而你的幸福迟迟不能实现，只是由于包当丢埃太太活着的缘故。把这些难处郑重考虑过后，我既要给你一份丰厚的家私，让你生活优裕……

——"坏东西！他什么都想到了！"

又要不损害我的继承人……

——"假仁假义！难道他的全部家私不都是我们的吗？"

我决定把十八年的积蓄送给你，那是听了我公证人的指点，不断的放在外面生利的；我的目的是要财富所能给人的幸福，你都能够享受到。没有资产，你的教育和你高尚的思想反而会造成你的不幸。何况对那个爱你的青年，你也应当给他一份丰厚的陪嫁。在紧靠客厅那边的最后一口书柜里，小桌子高头第一排书的最末了一册内（红摩洛哥皮精装的对开本《法学总汇》第三卷），有三张不记名的三厘公债，每张利息是一万二按此项公债票面是一百法郎，当时以四十五法郎的市价买进，实付本金五十四万，共购得票面一百二十万的公债，分为三张，利率三厘，故每张可支年息一万二……

车行老板嚷道："他多阴险！上帝可不让我受这样的欺骗。"

你立刻去把证券拿了，还有我临死剩下来的少数积蓄，夹在第三册前面的一本书里，你也收起来。我疼爱的孩子，你得想到能够给你财产是我一生最快乐的事，你非服从我这个意思不可；否则我不得不向上帝求救了。我知道你良心的顾虑最多，所以这封信内附着一份正式的遗嘱，写明这三张债券是送给萨维尼昂·特·包当丢埃先生的。那么，不论由你自己执管，还是由你爱人转手送给你，那笔钱总是你合法的财产了。

你的干爹　但尼·米诺莱

跟这封信一起，有一小张贴着印花的官契，上面写着．

遗　　嘱

立遗嘱人但尼·米诺莱，医学博士，住纳摩镇，身体康健，神志清楚，可以本遗嘱的年月为证。我死后把灵魂交还上帝，并请上帝俯念我真诚悔罪，宽恕我多年的错误。萨维尼昂·特·包当丢埃子爵平日对我感情深厚，我决于遗产内提出年息三万六千法郎的公债相赠，与我所有的继承人无涉。

立遗嘱人　但尼·米诺莱亲笔
1831 年 1 月 11 日，纳摩

这些文件，车行老板为了不让一个人知道，特意躲在老婆房内看的。

他毫不迟疑，找了一块打火石来；可是上帝给了他两次警告，接连两根火绒都没点上。第三根着了火。他把信和遗嘱都放在壁炉里烧了，还不放心，又拿壁炉里的灰把纸张和封蜡的残余一齐盖没。然后他飞也似的奔往老叔家里，一心只想瞒着老婆，独得三万六千一年的利息；他蠢笨的脑袋也只容得下这个简单明白的念头。一看见老叔的屋子已经被三份终于得手的家庭占领了，他不禁提心吊胆，唯恐那个他只想着阻碍而没考虑过的计划无法实现。

他对玛尚和克莱弥埃说："喂，你们呆在这儿干么？难道让人家来抢劫，把金银宝贝拿走不成？咱们三个既然是继承人，就不能坐在这儿发呆！你，克莱弥埃，马上到第奥尼斯家去报告死亡，叫他来检验。我虽是副镇长，可不能为我老叔填死亡证……你，玛尚，你去找篷葛朗老头，要他来封门。"他又对自己的女人、玛尚太太和克莱弥埃太太说："你们几位应当陪着于絮尔。这样，就不会有走漏了。最要紧是关上铁门，谁都不让出去！"

妇女们觉得这话很对，立刻赶到于絮尔房里。这天性纯洁而已经受着恶意的猜疑的姑娘，淌着眼泪，跪在地下祈祷。米诺莱猜到三个女的不会在于絮尔身边待久的，又怕两位共同继承人起疑，便奔往藏书室把那本书找到了，打开来，拿了三张证券，又在另外一册内找到三十多张钞票。这大汉虽是个蛮子，偷这些东西的时候，耳朵里也听见一阵钟声，血也在太阳穴里尖声乱叫。天那么冷，可是背上的衬衣都湿透了；两条腿也直打哆嗦，他竟支持不住，倒在客厅里一只小沙发上，仿佛头上挨了几下闷棍。

玛尚一边在街上急急忙忙走，一边和克莱弥埃说："啊！一得遗产，大胖米诺莱的舌头也灵活了。你听见他说话吗？'你上这儿！你上那儿！'真会调度！"

"不错，那个冬瓜脑袋倒真亏他的，神气有点儿……"

"唷！"玛尚忽然心里一慌，"他女人也在那儿，他们俩在一起未免太多了！事情归你办，我还是赶回去的好。"

车行老板才坐下，已经看见玛尚脸色通红的凑在铁门上；他赶回死人的屋子，跟雪貂一样快。

"嗯！什么事啊？"车行老板一边开门一边问。

"没有什么，我回来看封门的手续。"玛尚说着，把野猫似的眼睛瞪了他一下。

米诺莱回答："我也巴不得早点儿贴上封条，咱们好回家去。"

接连两根火绒都没点上

玛尚道:"我看哪,封了门还得派一个人看守才行。蒲奚伐一味帮着小丫头,什么事都做得出来。咱们叫古鄙来罢。"

车行老板说:"你找他吗?他会把好菜吃光,给你一个空锅子。"

玛尚又道:"封门的事,一小时以内就能办妥;今晚还要守灵,那就让咱们的女人看守罢。明儿中午下葬。清点财产总得一个星期以后。"

大个子微微笑了笑,说:"咱们先叫小丫头滚蛋,再托镇公所的鼓手^{当时内地市镇,遇有要事即由鼓手击鼓游街,向市民传布}来看门。"

"好啊!"玛尚叫道,"这件事你去办,你是米诺莱家属的领袖。"

米诺莱便道:"诸位先生,诸位太太,大家都到客厅里来,不是请你们吃饭,而是要办封存手续,保护全部的权益。"

接着他把自己的女人拉过一边,把玛尚对于絮尔的主张告诉她。妇女们久已恨透了小丫头,巴不得出一口气,听到赶她出去的话,就表示热烈赞成。

篷葛朗来了,才莉和玛尚太太请他以老医生的朋友资格,要求于絮尔离开屋子。篷葛朗大为愤慨,说道:

"你们要把她撵出屋子,撵出她的父亲、她的干爹、她的恩人、她的监护人的屋子,你们自己去撵罢!全靠她心胸高尚,你们才得了遗产;你们现在去抓着她的肩膀,当着全镇的面把她撵到街上去罢!你们以为她会偷你们的东西?贴上封条,托一个人看守:那是你们的权利。先告诉你们,我决不封她的房间;她是在自己家里,她房里所有的东西都是属于她的;我要把她的权利告诉她,叫她把自己的东西都收到房间里去……"篷葛朗老头听见继承人一阵嘀咕,便补上一句:"当着你们的面就是了。"

一班妇女听着篷葛朗这篇怒气冲冲的言论,呆住了。克莱弥埃对车行老板和女太太们说了声:"嗯?"

"没见过这样的法官!"车行老板嚷着。

于絮尔坐在一张小椅子上,昏昏沉沉的,仰着头,辫子都散了,歇一会,哭一声。她两眼浑浊,眼皮虚肿,那种身心衰弱的情形,除了继承人,便是最狠心的人也会觉得可怜的。

"啊!篷葛朗先生,过了我的生日,想不到就是死亡和丧事。"她像心灵高尚的人一样,自然而然流露出这种意味深长的话。"你是知道他的为人的,二十年功夫对我没有一句急躁的话!"她又叫道,"他真是我的妈妈,好妈妈。"

想到这儿,她又两行眼泪直挂下来,夹着抽抽噎噎的哭声;最后她直挺挺的倒在椅子上。

法官听见继承人们上楼了，便说："孩子，你要哭他，日子长呢；可是收拾东西的时间只有这一会儿功夫：你把屋子里所有属于你的东西都归到房里来。那些继承人逼我贴封条了……"

于絮尔气愤交加的直跳起来："啊！他们要拿，都拿去罢。最宝贵的东西，我有在这里了。"她说着拍了拍胸脯。

"什么呀？"车行老板紧跟着问，他和玛尚两个一齐在房门口露出一张凶恶的脸。

"就是说关于他的德行、生活、说话的回忆；还有他圣洁的心灵的形象。"她做了一个美丽的手势，眼睛和脸颊都闪闪发光。

于絮尔那一下的动作，把胸褡里头的钥匙震落了，玛尚像猫一般窜过去，捡了起来，嚷着："哎，你还有一把钥匙呢！"

她红了红脸，说："那是他书房的钥匙，他临死的时候要我上书房去的。"

米诺莱和玛尚彼此狞笑了一会，又瞪着法官，眼中带着恶毒的猜疑的神气；那在玛尚是无意的，在车行老板是有心的。于絮尔一见之下，猜到他们的用意，不由得站起身子，脸色发白，好似浑身的血都流完了，眼中像霹雳一般射出一道斫伤她自己元气的火光，声音哽咽着说道：

"啊！篷葛朗先生，这房里的东西都是干爹好意送给我的，他们要拿尽管拿罢；我身上只有这几件衣服，我走出房间，从此不进来了。"

于絮尔说着，走进干爹的卧室，不管别人怎么央求，再也不肯离开；因为那些继承人对自己的行为也觉得有些惭愧了。于絮尔盼咐蒲奚伐女人到老驿站旅馆定下两间房，以后再在镇上找个地方和她同住。她回到房里拿了祈祷用的经文，和本堂神甫、副司祭、萨维尼昂，几乎整夜都在一块儿守灵：她不是祷告，便是哀泣。萨维尼昂等母亲睡下就过来，一声不响的跪在于絮尔身旁，于絮尔对他凄然笑了笑，感谢他这样至诚的来分担她的忧苦。

篷葛朗捧了一个大包裹交给于絮尔，说道："孩子，你姑丈的一个女继承人，把你所有的更换衣服从五斗柜里拿出来了；因为你的东西要启封以后才能拿，而启封还要等好几天。为了保护你的权益，我把你的卧房也给封了。"

于絮尔迎上去握着他的手，答说："谢谢你，先生。你再瞧他一眼：不是很像睡熟的样子吗？"

老人的脸色像一朵不久就要枯萎的鲜花，凡是临死没有痛苦的人都是这样的。

法官凑着于絮尔的耳朵问："他临终没有私下给你什么东西吗？"

"没有，他只提到一封信……"

"好罢！那一定能找到的。"篷葛朗接着说，"他们要求贴封条，对你倒是很有利的。"

天刚亮，于絮尔和这所屋子告别了：她在这儿度过了幸福的童年，尤其那间卧房是她爱情的发源地，使她特别留恋，便是在极度忧伤的心境之下，也不免对着这个安静而甜蜜的住所掉了几滴惋惜的眼泪。她最后一次把屋内的窗子和萨维尼昂的脸轮流瞧了一会，走出大门到客店去：蒲奚伐提着包裹跟着，慈祥的保护人篷葛朗挽着她的手臂。可见老人尽管用心周密，事实证明还是多疑的法学家料得不错。不久这法官就要看到于絮尔两手空空，被那般继承人欺负了。

第二天傍晚，全镇的人都来送丧。听到继承人们对付养女的手段，绝大多数的人觉得应该的：那是遗产攸关，非同小可；老头儿一向藏头露尾，于絮尔可能自以为有什么名分，继承人这么办不过是保护自己的财产；何况于絮尔在老人生前盛气凌人，老叔对待继承人也像玩冰球戏的时候对待野狗似的①。但羡来·米诺莱，据嫉妒车行老板的人说，当了助理检察官并无成就，也回家来送丧。于絮尔不能到场，躺在床上发着神经性的高热，一半由于受了继承人们的侮辱，一半由于过度的哀伤。

有几个继承人指着萨维尼昂，说道："嘿！看他虚情假意的哭成这样！"但萨维尼昂为了医生的死，的确非常悲伤。

古鄙回答："他应该不应该哭，还是问题。别忙着开心，财产还没启封呢。"

米诺莱心里有数，说道："噢！你老是大惊小怪的吓我们。"

灵柩正要从教堂发引，送往墓园的当口，古鄙碰到一件大为失意的事：他想挽着但羡来的手臂同行，遭了拒绝；助理法官这个举动，等于当着纳摩全镇的面不认古鄙是老伙计了。

古鄙私忖道："嗯，耐着点儿罢，我此刻是没法出气了。"他那颗冰冷的心，却像海绵一般在胸中胀大起来。

---

① 冰球戏：亦称"冰上曲棍球"。一种对抗性较强的集体冰上运动，以冰杆将球击入对方球门多者为胜。

一六　两个敌人

检察官是孤儿的法定监护人；清点遗产之前，检察官先得委托篷葛朗做代表，办这手续需要相当时间。关于米诺莱的遗产，大家纷纷议论了十天之久；终于继承开始了，"继承开始"为欧美法律的专门名词，大抵遗产继承因被继承人之死亡而开始，在一定期间之内应开具遗产清册呈报法院，一切都按照法律程序严格执行。公证人第奥尼斯正是得其所哉，进账不少；古鄙也趁此机会兴风作浪。遗产的数目既然很可观，办案的手续自然很繁复。办过第一道手续，照例得吃一顿。公证人、帮办、继承人、见证，都喝着家藏的名酒。

在内地，尤其在小城市里，居民都是住的自己的房产，要借房子不是件容易的事。所以盘进什么铺子的人，差不多老是连屋子一起买下的。检察官托治安法官篷葛朗照料孤儿的权益，法官觉得要于絮尔能搬出旅馆，只有劝她自己买房。在大街和横跨运河的桥相交的地段，正好有一所小屋子：进门是一个过道，底屋只有一间餐室，临街开着两扇窗；餐室后面是厨房；从厨房的玻璃门出去，有一个三丈见方的院子。一座狭小的楼梯，临河有几个小窗洞取光。二层楼有二间房，顶上还有两间阁楼。屋价是八千法郎。篷葛朗向蒲奚伐女人借了两千法郎积蓄，先交付一部分屋价，余下的再分期拨清。

于絮尔要买进干爹的藏书；篷葛朗看到屋子的进深正好摆得下书架，教人把二楼的两间房前后打通。因为萨维尼昂和篷葛朗把那些管打扫、油漆和装修的工人催得很紧，于絮尔到三月底居然能离开旅馆，搬进这所难看的屋子了；但她的卧室仍旧和继承人把她赶出来的那间一模一样；法官启封的时候，把她原有的家具都搬了来。蒲奚伐睡在于絮尔卧房的顶上一层，只要小主人拉着床头的铃，她立刻可以下来。派作藏书室用的房间，底屋的堂屋和厨房，都还空着，只粉刷了一道，糊了花纸；专等干爹的遗物拍卖的时候去买家具来布置。

法官和神甫虽然深知于絮尔的性格，还是替她担心，认为从老医生给她过惯的高雅富足的生活，过渡到这个清贫简陋的生活，未免太突兀了。萨维尼昂为之伤心透了，好几次暗中贴钱给工匠和家具商，一定要让于絮尔至少在房间内部，不觉得以前和现在的卧室有什么分别。但只要瞧着萨维尼昂就心里快活的姑娘，对一切都安之若素。两位老朋友看着更加感动了；除了过去的事实证明以外，她又再度证实只有感情方面的痛苦才会给她打击。她为了干爹的故世，悲痛之极，根本不觉得自己的处境有了变化，虽然这变化使她的亲事又多添了一重障碍。萨维尼昂鉴于她生活清苦，大为不乐；而她看到萨维尼昂的不乐，又觉得十分难过，甚至搬进新屋那天，她早上望了弥撒出来，附在他耳边说：

"没有耐性，爱情是不会成功的，咱们等着罢！"

等到老医生的人欠欠人的账结出了，玛尚受着古鄙撺掇，要包当丢埃太太把到期的借款立刻还清。古鄙因为暗中恨着米诺莱，便改变方针去投靠玛尚，以为跟这个放高利贷的精明人打交道，或许比跟谨慎小心的才莉容易得手。老太太接到催告的公事，要她在二十四时以内把十二万九千五百十七法郎五十五生丁付给继承人，还得从催告之日起另付利息，否则就要扣押不动产；老太太吓坏了。另外借钱来还债根本不可能。萨维尼昂到枫丹白露去请教一位诉讼代理人。

诉讼代理人说："你碰到了一批不肯和解的坏蛋，一定要狠狠的逼你，吞掉你鲍第埃的产业。你还是把法院的拍卖改做自己出售罢，还能省一笔手续费。"

这个坏消息使布勒塔尼老太太大受打击；儿子很婉转的表示，假使母亲在米诺莱医生在世的时候赞成了他的婚事，老医生一定会把财产送给于絮尔的丈夫：今日之下，他们早已家道富裕，不至于艰难到这个地步了。这番理由，说的时候固然没有责备的意味，但跟不久就要倾家的念头同样伤透了老太太的心。于絮尔寒热刚退，受的继承人的气才不过平了些，听到这件祸事，不禁失魂落魄，呆住了。没有能力帮助爱人，对一般坚贞贤淑的女子，的确是最残酷的痛苦。

"我本想买我干爹的屋子，现在买你母亲的罢。"她和萨维尼昂说。

"怎么可能呢？你还没成年，要出卖公债必须经过一番手续，那又是检察官不会同意的。并且我们也不预备和债权人对抗。一个旧家崩溃，全镇的人看了都高兴。那些布尔乔亚很像一群抢骨头的狗。幸亏我还剩一万法郎，在料理这桩倒楣事的期间，可以养活母亲。你干爹的遗产没有清点完毕，篷葛朗先生还希望替你找到一点儿什么。看你两手空空，他和我都觉得奇怪透了。医生对他，对我，屡次提起替你安排了一个美好的前程，所以我们对现在这个情形简直莫名其妙。"

她说："噢，只要能把干爹的藏书和家具买下来，不让它们散失或是落在不相干的人手里，我对自己的命运也满足了。"

"可是你想承买的东西，谁知那些卑鄙的继承人标什么价钱呢？"

从蒙太奚到枫丹白露，大家议论纷纷，只谈着米诺莱的继承人和他们正在搜寻的百万藏金。但屋子启封以后，经过无微不至的检查，仍是一无所获。包当丢埃家欠的十二万九千的债；年息一万五的三厘公债，合到三十八万本金，因为行市已经涨到七十六法郎；估做四万法郎的屋子，再加屋内的漂亮家具，财产总数大概有六十万。那在众人眼里，为数也不算太少，大可安慰的了。但米诺莱心里着急得很。因为蒲奚伐女人和萨维尼昂，跟法官一样始终认为必有遗嘱，每一道手续办完，总得问篷葛朗搜查的结果如何。篷葛朗有时在经纪人和继承人们走出去的当口叫起来："我简直弄不明白了！"在许多肤浅的人眼中，每个继承人得到二十万法郎，在内地已经是一笔很大的家私，也就不再追问医生在日单凭一万五的岁收，怎么能对付那种排场的；因为借给包当丢埃的款子，利息分文未取。这问题，只有篷葛朗、萨维尼昂和本堂神甫三个人，为了于絮尔的权益才想到；他们在言语之间表示这疑问的时候，好几次使车行老板脸都变色了。

财产清理完毕的那天，篷葛朗说道："要说搜寻，也搜寻到家了；他们找的是藏金，我找的是资助包当丢埃先生的遗嘱。壁炉里的灰也撩拨过了，白石台面也掀起来了，软底鞋也摸过了，床架子也用签子戳过了，褥子抖过了，盖被和压脚毯都用针刺过，鸭绒被翻过身，文件一张张的看过，抽斗一只只的寻过，连地窖里的泥土也翻掘了，而我还在旁边鼓励他们这样翻箱倒箧的搜查呢。"

"那么你看是怎么回事？"神甫问。

"遗嘱一定是被不知哪个继承人毁掉了。"

"还有公债呢？"

"甭提啦！像玛尚和克莱弥埃那么阴刁，那么狡猾，那么贪心的人，知道他们干的什么事！到手二十万遗产的米诺莱，他那份家私又是怎么来的？据说他快要把车行的执照、牌号、住宅，全部出让，值到三十五万法郎！……你听听这数目罢！而他投资在田产方面的三万多收入还没计算在内。想到咱们的老医生，真是可叹啊！"

萨维尼昂道："遗嘱也许藏在书架里罢？"

"所以，于絮尔想收买藏书，我没有劝阻。要不然，让她把仅有的一笔现款，花在她永远不会打开的书本上，不是发疯吗？"

镇上的人原来以为遍寻无着的现金都饱了干女儿的私囊；等到确实知道她全部财产不过一千四百法郎年息和一些零星杂物，大家就一致注意医生的屋子和家具了。有的认为必有大批钞票藏在家具里；有的猜老头儿把钞票夹在书里。拍卖的时候，继承人们用了古古怪怪的方法来防范。第奥尼斯担任公卖人的职司，每次拿起一件东西来喊价，总得声明一句：继承人只卖家具，不卖家具里头隐藏的东西。交货之前，他们又像做贼的一样，翻来覆去的看上半天，拿手指弹着听声音，或者把手伸进去掏摸；临了，看着人家把东西搬走时的眼神，活像一个做父亲的目送独养儿子上印度。

蒲奚伐女人参观了第一道清点程序回来，垂头丧气的说道："啊！小姐，我下回不去了。篷葛朗先生说得不错，你看到那种场面是受不住的。东西都摔在地下。人到处乱跑，像街上一样，把最漂亮的家具都随便糟蹋，当梯子用，里里外外搅得一塌糊涂，便是母鸡要找它的小鸡也不容易了，真像火烧过了一样。院子里堆满杂物，五斗柜都打开着，里头全空了！噢！可怜的老人家，还是死了的好，要不然，看到这次拍卖也会气死的。"

篷葛朗受于絮尔委托，代买她干爹心爱的家具，拿来装饰她的小屋子；但拍卖藏书的时候，篷葛朗绝不露面。他比那些继承人更乖巧，猜到他们贪得无厌，会把书价抬得太高的，便委托墨仑一个做旧货生意而已经来买过几批东西的人，专程到纳摩来。继承人们因为不放心，把书一部一部的出卖。三千册书没有一册不经过检查，察看，提着封面封底拼命抖动，看有没有夹在中间的纸张掉下来；书面书底，里封衬页，都严密查过。于絮尔拍进的东西，一共要付六千五百法郎左右，等于她在遗产中应当收进的款项的一半。书架交出之前，先从巴黎请了一个以识得暗机关出名的细木工专家来仔细检查。等到法官吩咐把书架和图书送往弥罗埃小姐家里，几个继承人又莫名其妙的害怕起来，直到以后看见于絮尔跟从前一样清苦，才算放心。

米诺莱买了老叔的屋子，价钱被其余两位继承人抬到五万，认为车行老板存心想在墙壁中得到什么藏金。协议书上还为此添加保留的条款。遗产清算完毕以后半个月，米诺莱把车行和牲口，一起卖给一个富农的儿

三千册书没有一册不经过检查

子，自己搬进老叔的屋子；又为了装修和买家具，花了一大笔钱。可见米诺莱是自愿住在于絮尔近边，只和她隔着几步路的。

限期清偿的通知送达萨维尼昂母子的那天，米诺莱在第奥尼斯家里说道："希望这两个臭乡绅早点儿滚蛋！以后咱们再撵走别的。"

古鄙回答说："老婆子是十四代贵族之后，不愿意看着自己落魄的；她会上布勒塔尼去养老①，到那边去替儿子娶个媳妇。"

当天早上替篷葛朗立了买契的于絮尔尚未成年，不能自行置产。篷葛朗为法定保护人检察官的代表，故代于絮尔出面买进房屋公证人说："我看不会的，于絮尔才买了李加寡妇的屋子。"

"该死的小丫头只想跟我们捣乱！"车行老板冒冒失失的嚷着。

古鄙看见那蠢笨的大汉做了一个气恼的姿势，觉得很奇怪，问道："她住在纳摩跟你有什么相干？"

米诺莱的脸红得像罂粟花，回答说："你不知道我儿子糊涂透顶，爱上了于絮尔。我愿意出三百法郎，叫她离开纳摩。"

单看这第一阵冲动，谁都懂得于絮尔尽管贫穷、隐忍，也要使有钱的米诺莱大不安宁了。米诺莱先是忙于清算遗产，出盘车行；接着又有许多意外的事需要奔走；为了买进医生的屋子和种种细节，又不免跟才莉争论；才莉为了儿子的前途，一心只想过体面生活。米诺莱这样的忙来忙去，和平时那种安静的生活大不相同，自然没有功夫想到他的受害人。可是，到五月中旬，搬进布尔乔亚街几天以后，他有一次散步回来，听见钢琴声，又看见蒲臾伐女人像守护宝物的神龙一般坐在窗口，便突然之间听到有一个讨厌的声音，在自己心里叫起来。

像车行老板那种性格的人，为什么一见于絮尔会立刻觉得受不了呢？于絮尔根本没疑心他偷过她什么东西。安于患难的那种伟大的精神，怎么会使他想要把姑娘赶出纳摩呢？而这念头又怎么会带着仇恨与疯狂的意味？要解答这些问题，恐怕直要写一篇道德论文才行。也许失主在米诺莱近边住上一天，米诺莱就一天不敢自信为三万六千存息的合法持有人。也许米诺莱的被害人一日不去，米诺莱就一日不放心，隐隐约约的以为自己犯的案子必有机会被人识破？也许这个浑浑噩噩，近乎蛮子而从来没犯过法的人，看到于絮尔就觉得良心不安？也许因为米诺莱的家私远过于合法

---

① 布勒塔尼：今译布列塔尼，法国西部一个地区，地方色彩浓厚，其居民为布列塔尼人。

所得，所以他的内疚把他鞭挞得特别厉害？没有问题，他是把良心的骚动归咎于于絮尔一个人的，满以为只要于絮尔不在眼前，他的骚扰不宁的情绪就会消灭。再说，或许罪恶本身也要求圆满，作恶也要求有个结果：第一下伤了人，就会跃跃欲试的再来一下，致人死命。或许谋财与害命必然是相连的。米诺莱下手盗窃的时候，接二连三的事来得太快了，他完全没有加以思索，他的念头是事后才有的。可是，倘若你们能把这个人的相貌举动想象得非常真切，就不难懂得思想对他的作用是多么可怕了。何况良心的责备比思想还要深一层，引起内疚的那种情感，和爱情一样无法掩藏，而且是很专制的。米诺莱劫夺财产的行为没有经过考虑，现在见到这蒙在鼓里的被害人而自己心里觉得难堪的时候，也同样不假思索的想把她赶出纳摩了。米诺莱既然是个蠢汉，做事从来不想到后果，便受着贪心鼓动，一步一步往险路上走，好似一只野兽完全不想到猎人的狡黠，只倚仗自己的蛮力和行动的迅速。不久，一班在公证人第奥尼斯家聚会的有钱的布尔乔亚，发现这素来无忧无虑的家伙，态度举动都变了。

　　米诺莱是决意把那惊人的举动瞒着老婆的，所以老婆对人说："不知道米诺莱怎么回事，老是魂不守舍的！"

　　关于米诺莱的烦闷，各人有各人的解释；因为他有了心事，表现在脸上的倒的确很像烦闷。有的说是因为他一无所事的缘故；有的说是从忙碌突然一变而为清闲的缘故。一方面，米诺莱正在打算破坏于絮尔的生活；另一方面，蒲奚伐女人没有一天不跟于絮尔提起她应有的财产，没有一天不把于絮尔清寒的境况，和老主人替于絮尔安排的生活做比较，那是他生前亲口告诉她蒲奚伐的。

　　她说："还有一点，当然我这么说不是为了贪财，可是像先生那样好心的人，怎么会一点儿小东西都不留给我呢？……"

　　"你有了我，还不够吗？"于絮尔这样回答，不让蒲奚伐女人在这个问题上再讲下去。

　　于絮尔不愿意让金钱的念头玷污她亲切的、凄凉的、甜蜜的回忆，那是跟老医生的那张高贵的脸分不开的。小客堂里挂着于絮尔的绘画教师替老人画的速写像。于絮尔凭着新鲜活泼的想象，看到这幅速写等于永远看到她怀念不已的干爹，尤其屋子里到处都摆着老人心爱的家具：俗称为公爵夫人式的大沙发，书房里的家具，玩脱里脱拉的用具，还有干爹送的那架钢琴。和于絮尔做伴的两个老朋友，夏伯龙神甫和篷葛朗先生——她愿意接待的客人也只有这两个——在那些因为她悼念深切而差不多有了生命的遗物中间，他们仿佛是她过去的生活的两个生动的纪念品；而她是用受过干爹祝福的爱情，把现在和过去连在一起的。不知不觉减淡下来的惆怅的情绪，不久使她的岁月染上一种色调，把室内所有的东西结合在一片说不出的和谐中间：例如那种纤尘不染的清洁，极其对称的陈设，萨维尼昂每天送来的鲜花，几件高雅的小玩艺儿，还有她的生活习惯反映在周围的事物上，而使居处显得可爱的，那股和平恬静的气息。吃过早饭，望过弥撒，她继续练琴，练唱；然后坐在临街的窗下刺绣。萨维尼昂不问晴雨，每天出外散步，下午四点回来，看到窗子半开着，便坐在外边的窗槛上，和于絮尔谈上半小时。晚上，神甫和法官来看她；但她从来不愿意萨维尼昂和他们一起来。包当丢埃太太听了儿子的话，想叫于絮尔跟他们同住，于絮尔没有接受。她和蒲奚伐两人日子过得很俭省：每个月全部开支不超过六十法郎。老奶妈不怕辛苦，洗衣服，烫衣服，样样都做。一星期只举火两次，留下饭菜吃冷的；因为于絮尔要每年省下七百法郎拨还屋价。这种谨严的操守，谦虚的态度，在享用奢豪、予取予求的生活之后，甘心过着清苦的日子，博得了某些人士的称赏。于絮尔受到大家的尊敬，没有一句闲言闲语牵涉到她。继承人们欲望满足了，也还她一个公道。萨维尼昂看到这么年轻的姑娘有这等刚强的性格，大为佩服。包当丢埃太太望过弥撒出来，不时和她说几句温存的话，请她吃了两次饭，亲自来接她。即使这还不能算幸福，至少日子过得很安静。篷葛朗拿出当年诉讼代理人的手段，把包当丢埃家的债务纠纷圆满解决了；这件事却触怒了米诺莱，使他对于絮尔的潜伏的怨恨，急转直下的爆发了。

等到遗产的事全部料清，治安法官却不过于絮尔的情，就来办理包当丢埃家的债务案子，答应于絮尔帮助包当丢埃母子渡过难关。但他因为老太太阻挠于絮尔的幸福，心里很气，到她家里去的时候，毫不隐瞒他这次帮忙完全是看在弥罗埃小姐面上。他在枫丹白露挑了一个从前在自己手下当帮办的，做包当丢埃的诉讼代理人；撤销限期清偿的手续仍旧由他亲自主持。他要利用申请撤销与玛尚再度催告之间的一段时间，续订年租六千法郎的赁田契约，叫佃户拿出一笔小租，再预缴本期租约的最后一年田租。从此，韦斯脱牌局恢复了，地点是在包当丢埃家里，入局的除了法官，便是本堂神甫，萨维尼昂，和由篷葛朗与夏伯龙每晚接送的于絮尔。六月中，篷葛朗把玛尚控告包当丢埃的案子撤销了，立即签订新租约，年租六千法郎，限期十八年；又教佃户付了三万二千法郎小租。当天晚上，趁这件事还没透露风声，篷葛朗就去找才莉，知道她手头的现款没处存放，问她愿不愿意出二十万法郎买下鲍第埃的产业。

米诺莱道："只要包当丢埃一家搬出纳摩，我立刻成交。"

"为什么？"法官问。

"我们希望镇上不要再有贵族。"

"我好像听老太太说过，一朝事情解决了，凭她剩下的一些钱，只能搬到布勒塔尼去住。她还说要出卖屋子呢。"

米诺莱道："就卖给我罢。"

才莉道："你的口气倒像是当家的。你要两所屋子干么？"

法官接着说："倘若你们今天晚上对鲍第埃的事不做决定，我们的租约就会有人知道，三天以内又要受到控告，而我一心想办妥的这桩清算的事就不成功了。所以我马上要到墨仑去，我有几个相熟的庄稼人，闭着眼睛都会把鲍第埃买下来的。这样，你们在罗佛地区买进三厘利息田产的机会，可就错过了。"

才莉道："既然你有主顾，干么来找我们呢？"

"因为你们有现款，不比我那些老主顾，要几天功夫才能张罗十二万九千法郎。我不愿意事情拖泥带水的。"

"叫她离开纳摩，我立刻拿出这笔钱来。"米诺莱又说了一遍。

"你知道我不能约束包当丢埃他们的意志，"篷葛朗回答，"可是我断定他们将来不会留在纳摩的。"

米诺莱听了这句肯定的话，又被才莉在臂弯上推了一下，便答应拿出现钱来，替包当丢埃家还清欠老医生的债。接着大家到第奥尼斯的事务所去立契，踌躇满志的法官又叫米诺莱接受新订的赁田契上的条件：那时米诺莱夫妇才发觉损失了最后一年租金，可是太晚了。六月底，篷葛朗把决算确认证书和余下的款子十二万九千法郎，交给包当丢埃太太，劝她买五厘公债，每年可以有六千法郎利息。萨维尼昂的一万法郎也买了同样的债券。老太太清算的结果，非但收入没有损失，反而多了两千法郎；母子两人也就在纳摩住下去了。

米诺莱以为受了骗，仿佛法官是知道于絮尔住在纳摩会使他受不了的；米诺莱气愤交加，越发把于絮尔恨如切齿。这就开始了那幕隐蔽的，但后果非常可怕的戏剧；这戏剧骨子里只是两种感情的斗争：一种感情驱使米诺莱把于絮尔逐出纳摩，另外一种感情使于絮尔鼓足勇气忍受迫害，迫害的原因在某一时期内简直无从猜测。这是一个离奇古怪的局面，以前多多少少的事都是往这个局面发展，替它做准备，做序幕的。

一七 内地人的恶毒

米诺莱太太从丈夫那儿得了一笔礼物：一套银器和一套餐具，大约值到两万法郎。她每逢星期日必定大摆筵席，因为那天当助理检察官的儿子总得带几个枫丹白露的朋友到家里来。为那些丰盛的酒席，才莉特意从巴黎定几样稀罕的菜，使公证人第奥尼斯也不得不学她的气派。古鄙直到7月底，前任车行老板过了一个月布尔乔亚生活之后，才受到邀请；在此以前，米诺莱一家都避之唯恐不及，认为他是无赖，有伤他们体面的。古鄙对于这种有心的遗忘已经不痛快了，还得对但羡来尊称为"您"。因为但羡来自从进了衙门，便是在家里也摆出俨然和傲慢的神气。

古鄙问助理检察官："那么您是把埃斯丹忘了，专心爱弥罗埃小姐了？"

检察官回答："先生，第一，埃斯丹已经死了。其次，我从来没想到什么于絮尔。"

"啊，啊！米诺莱老头，你以前跟我怎么说的？"古鄙很不客气的嚷着。

米诺莱扯的谎被这么一个可怕的人当面揭穿，差点儿惊惶失措；幸亏那天请古鄙吃饭是有计划的，因为想起古鄙以前的提议，说他能破坏于絮尔和萨维尼昂的婚事。米诺莱便一言不答，拉着古鄙走到园子的尽里头。

他说："朋友，你转眼就是二十八了，还没走上成家立业的路。我希望你好，因为你是我儿子的老朋友。听我说：倘使你能够教弥罗埃小姐嫁给你——她也有五万法郎财产呢——我可以起誓，帮你在奥莱昂盘进一个公证人的事务所。"

古鄙回答："奥莱昂不行，那边我不容易出头，还是蒙太奚……"

米诺莱抢着道："不要蒙太奚，桑斯倒还……"

"桑斯就桑斯！"那奇丑无比的帮办回答，"那儿有个总主教，热心宗教的地方，我不讨厌：只要拿出一副假仁假义的面孔，就容易有生路。何况那姑娘是个热心的教徒，到那边一定有发展。"

"当然，必须等我们表妹出嫁的时候，我才拿出十万法郎来；我要帮助她，表示我对老叔的敬意。"

"为什么不连带酬谢酬谢我呢？"古鄙的神气很阴险，他疑心米诺莱这件事必定别有用意，"你在罗佛古堡四周能买进两万四收入的一大块田产，方方正正，不跟别人的田交错，不是全靠我通风报信吗？既然洛昂运河对岸，你还有草原和磨坊，那块田还能增加一万六千收入。喂，老头儿，你可愿意跟我真心相见？"

"怎么不愿意！"

"告诉你，为了要你知道我的厉害，我正在替玛尚安排，准备把罗佛全部买下来：猎场、花园、森林、后备猎场，统统在内。"

"你敢？"才莉闯过来嚷着。

古鄙像毒蛇似的把她瞪了一眼，说："哼！只要我高兴，明天玛尚花二十万就把那些都买下了。"

"你走开，我跟他谈得很好呢……"大个子米诺莱抓着才莉的胳膊，把她推走了，回过来对古鄙道："我们这一晌事情太多，没想到你；可是我相信你的友谊一定会帮我们买进罗佛的。"

古鄙很狡猾的说："不错，罗佛从前是侯爵的封邑；到你手里，一年就有五万法郎收入，产业本身值到二百万以上。"

"那时，咱们的助理检察官不是娶一个法兰西元帅的女儿，便是娶一个旧世家的独养女儿，能够帮他升调到巴黎去。"车行老板说着，打开他的大鼻烟壶，送到古鄙面前。

古鄙吸了烟，弹着手指，嚷道："那么咱们是不是真心相见呢？"

米诺莱握着古鄙的手，回答："君子一言为定！"

也算米诺莱运气，古鄙像一切机灵的人一样，以为米诺莱看见他捧出玛尚来跟他作对，才把于絮尔的亲事做借口，跟他讲和。

他心上想："那句谎话不是他想出来的，分明是才莉教的。好罢！丢开玛尚。不出三年，我可以当选做桑斯的议员了。"他看见蓬葛朗到对门去打韦斯脱，便奔到街上，对他说：

"亲爱的蓬葛朗先生，你对于絮尔·弥罗埃很热心，不会不关切她的前途。现在有一头亲事在这里：对方是个公证人，将来在一个首府的城里开业。三年之内，他保证当选为议员，立婚书的时候就能给妻子十万法郎。"

篷葛朗冷冷的答道："于絮尔的前途比这个好多呢。包当丢埃太太自从家中出事以后，身体比以前差多了，从昨天起她又老了许多，这样郁郁闷闷下去是活不久的；萨维尼昂一年还有六千法郎收入，于絮尔有四万现款，我将来替他们用玛尚那种办法存放，可是规规矩矩的；要不了十年，他们也能有一份小小的家私了。"

"那么萨维尼昂真是胡闹了，放着好好的亲事不要！像罗佛小姐那样的独养女儿，叔父叔母给她留着两份丰厚的遗产，包管萨维尼昂一说就成。"

"拉封丹说的好：有了爱情就忘了谨慎。"篷葛朗为了好奇，又追问一句："可是你说的那公证人是谁呢？因为……"

"就是我呀。"古鄙回答。法官听着打了一个寒噤。

"是你？……"篷葛朗说着，并不隐藏他要为之作呕的神气。

"不错！先生，就是小弟。"古鄙眼中全是怨毒、憎恨和挑战的意味。

于絮尔在小客堂里坐在包当丢埃太太身旁，篷葛朗一进去就问她："有个公证人向你求婚，预备拿出十万法郎，你可愿意吗？"

于絮尔和萨维尼昂都浑身一震，你望着我，我望着你：于絮尔带着笑容，萨维尼昂也不敢露出不安的神色。

"我不能自己做主的。"于絮尔回答，同时避着老太太的眼睛向萨维尼昂伸出手去。

"我问都没问你，就回绝了。"

包当丢埃太太道："为什么？孩子，我觉得公证人这一行挺不错呢。"

于絮尔答道："我宁可过着清寒的日子，跟可能的遭遇相比，我这生活已经很富足了。有老奶妈照料，我不用担什么心事；我喜欢眼前的生活，才不想拿这个生活去换一个渺茫的前途呢。"

第二天，邮局送出两封匿名信，在两个人心里下了两剂毒药：一封给包当丢埃太太，一封给于絮尔。老太太收到的信是这样的——

你亲爱的儿子，要攀一头门第相当的亲事，可是你放任他迷着一个没有财产而野心很大的女孩子，让一个军乐师的女儿于絮尔在你家里出入！其实你很可以娶罗佛小姐做媳妇，她的两位长亲，龙葛洛侯爵和罗佛骑士，每人都有三万法郎进款，因为不愿意留给挥霍成性的老疯子罗佛先生，有心等侄女出嫁的时候送她一笔陪嫁。格莱芒蒂·杜·罗佛小姐的姑母是赛莱齐太太，她的独养儿子最近在阿尔及尔阵亡了，将来一定会过继内侄女的。写这封信的人无非为了你们的好，他知道罗佛家对萨维尼昂很有意思。

以下是于絮尔收到的信：

亲爱的于絮尔，纳摩镇上有一个崇拜你的青年，每次看到你在窗下工作，不能不感到一股热情，因此他知道自己的爱情是终身不变的。这青年有的是刚强的意志、百折不回的毅力；希望你接受他的爱情，因为他用意纯洁，很谦卑的向你求婚，目的是要你幸福。他目前的财产已经很可观，但比着你做了他妻子以后的财产，还不过是个小数目。有朝一日，你能以部长夫人的身份出入宫廷，成为全国第一流的太太。他每天看到你，可是你看不到他；你只要把蒲奚伐种的石竹摆一盆在窗口上，他就会登门拜见。

于絮尔把信烧了，没有告诉萨维尼昂。两天以后，她又收到一封信——

亲爱的于絮尔，一个爱你胜过爱自己生命的人写信给你，你不应当置之不理。你以为能嫁萨维尼昂，真是大错特错了。这桩婚姻不会成功的，包当丢埃太太不会再接见你了；她虽是有病，今天早上还是步行到罗佛去，为萨维尼昂向罗佛小姐求婚。萨维尼昂早晚要让步的。他有什么理由反对呢？罗佛小姐的两位长亲，决定在婚书上保证把财产送给她，总数有六万法郎一年的收入。

这封信使于絮尔尝到了嫉妒的滋味，那是她从来没受过的痛苦，为之心都碎了；而在一个性格这样复杂，这样易于感受的人身上，一朝有了妒忌的心，她的现在、未来，甚至于过去，都变成了灰色。她一收到这封不祥的信，就坐在老医生的大沙发上，眼睛望着空中，堕入痛苦的幻想。一刹那之间，她觉得美好和热烈的生气一变而为死亡的凉意。而且她的感觉比这个还要可怕；古怪的天才约翰·保尔，在他的杰作中描写一批死人，因为发觉没有上帝而惊醒过来 德国作家约翰·保尔·李赫忒（1763—1825）在《梦》中描写死人们从坟墓里出来，叫道："噢，基督！难道没有上帝吗？"基督回答："没有上帝。"——于絮尔的情形就跟这个一样。蒲奚伐催她吃饭催了四次，只看见她把面包拿起来放下去，没有能送到嘴里。奶妈想说句埋怨的话，于絮尔却做了一个手势，把她喝阻了，素来很温和的口气居然变得很专横。蒲奚伐凑着门上的玻璃暗中觑视，只见她忽而满面通红，好像发着高热，忽而脸色发紫，仿佛热过一阵又打着寒噤。这情形到四点左右越发严重：她时时刻刻站起身子，看萨维尼昂是不是来了，而萨维尼昂竟是不来。嫉妒与怀疑使她忘了情人的羞怯。至此为止，于絮尔决不肯流露出什么举动，让人猜到她的热情的；那时却戴了帽子，披了小围巾，冲到过道里预备上街去接萨维尼昂了；但是羞怯的心理并没完全消灭，她又回进小客厅，哭了。晚上神甫来的时候，可怜的奶妈在门口拦着他，说道：

"啊！神甫，不知道小姐是怎么回事，她……"

"我知道了。"神甫凄然回答，不让惊慌的奶妈再往下说。

于是夏伯龙把于絮尔不敢查问的事说了出来："包当丢埃太太上罗佛家吃饭去了。"

"萨维尼昂呢？"

"也去了。"

于絮尔浑身一震，夏伯龙神甫像触电一般也跟着打了个寒噤，心里很难过，久久不能消释。

"所以咱们今晚不到她家里去了，"神甫说，"并且，孩子，你最好不必再去。老太太以后接待你的态度，会伤害你的自尊心的。我们已经把她劝得动心了，肯提到你的婚事了；不知道哪儿来的一阵风，使她突然之间又变了主意。"

于絮尔声调很坚决的说："我准备听天由命，把什么事都看做意料之内。遭到这种患难而知道自己并没有得罪上帝，就是大大的安慰了。"

"好孩子，你得逆来顺受，不要随便去猜测天意。"

"我不愿意疑心包当丢埃先生的人格，冤枉他……"

"干么不叫他萨维尼昂了？"神甫觉得于絮尔的口吻有些气愤。

她哭着说："对，我不愿意疑心我亲爱的萨维尼昂。"说到这里竟嚎啕大哭了，"好朋友，我心里还认为他的品格和出身一样高尚。他不但亲口说过只爱我一个人，并且还有事实证明，因为他对我非常体贴，甚至拿出牺牲精神来克制他的热情。最近篷葛朗先生和我说起有个公证人提亲，我伸出手去让他握着，这是我破题儿第一遭的举动，我可以向你发誓。固然，他开场是和我取笑，隔着街送了我一个飞吻；但从此以后，他的感情没有越出最严格的范围，那是你知道的。除了那个只有天使看得见的一角之外，你把我的心都看得明明白白，我可以告诉你：他的感情使我精神上得到许多好处，它使我甘于贫苦，减轻了我身遭大丧的悲痛，这丧事表现在我孝服上的，远过于我心中的。噢！那是不应该的。我心中的爱情的确超过我对干爹的感激，所以上帝给了我报应。有什么办法！我自命为萨维尼昂的妻子；我太得意了，也许上帝便是惩罚我的骄傲。你刚才说得好，我们的行动只应该把上帝做中心和归宿的。"

神甫看见她惨白的脸上淌着眼泪，不由得很感动。可怜的姑娘以前越是十拿九稳，这一下越是失望得厉害。

她接着说："可是一旦回到了做孤儿的地位，我自然能恢复做孤儿的心情。我不能做我爱人的绊脚石！他呆在这里有什么出息？我是什么人，敢对他存着奢望？何况我对他的友情那么深厚，尽可以把我的幸福和希望完全牺牲！……你知道，我常常责备自己把我的幸福建筑在别人的坟墓上面，明知道要等那位老太太死了，我的美梦才能实现。如果有个女子能够使萨维尼昂有钱，有福，我所有的一些财产正好作为我马上进修道院的捐献。天上没有两个主宰，女人的心中也不应当有两次爱情。修道的生活倒也很能吸引我。"

"他总不能让母亲一个人到罗佛去啊。"好心的神甫声气柔和的说着。

"咱们不谈了罢，神甫。今天晚上我要写信给他，还他自由，能够把这堂屋的窗关起来，我也很高兴。"

于是她把匿名信的事告诉神甫，声明她不愿意追究那个不相识的情人。

神甫叫道："哎！包当丢埃太太也收到了一封匿名信，才上罗佛去的。我看，准有些恶毒的人在阴损你。"

"为什么呢？我和萨维尼昂又没得罪过人，跟地方上的利害冲突也早完了。"

"不管它，孩子，既然一阵狂风把我们的聚会吹散了，趁此机会整理整理咱们老朋友的藏书也好。现在都堆在那儿，让我和篷葛朗两人理起来，我们还想在里头细细找一找呢。你应当信托上帝；同时也别忘了，我和法官始终是你忠实的朋友。"

"这已经了不起了。"她说着，把神甫直送到过道外边的门口，像窝里的鸟儿一样往外探了探头，还希望能看到萨维尼昂。

米诺莱和古鄙刚从草原上散步回家，走过这儿停下来；米诺莱对于絮尔说：

"怎么啦，表妹？咱们终究是表亲，是不是？你好像变了。"

古鄙瞅着于絮尔，火辣辣的目光把她吓了一跳：她一言不答，回进去了。

"她脾气犟得很。"米诺莱对神甫说。

"弥罗埃小姐不站在大门口跟男人说话是不错的，她年纪还太轻……"

古鄙道："哦！你不知道她情人倒不少呢。"

神甫马上行了礼，急急忙忙向布尔乔亚街走去。

古鄙对米诺莱道："行啦，药性发作了，她已经面无人色；不到半个月，准会离开这儿。你等着瞧罢。"

古鄙脸上的狞笑，和约瑟·勃里杜画的歌德的曼菲斯托番一样，有种恶魔式的表情；米诺莱看着害怕了，嚷道："的确，跟你做不得冤家，还是交朋友的好。"

"当然啰，她要不嫁给我，我就教她郁郁闷闷的不得好死。"

"好，小家伙，你干就是了；我送你一笔资本到巴黎去当公证人。那时你可以娶一个有钱的女人了……"

古鄙听了很奇怪，问："可怜的姑娘！她什么地方得罪了你呢？"

米诺莱用了一个粗野的字儿，意思是说："我看见她就讨厌！"

"等下星期一，你看我怎么收拾她！"古鄙说着，打量着车行老板的脸。

第二天，老婆子蒲奚伐上萨维尼昂家，送给他一封信，说道：

"不知道我那姑娘跟你说些什么，她今儿早上简直像死人一样。"

从这封写给萨维尼昂的信上，谁都想象得出于絮尔隔天夜里所受的痛苦。

亲爱的萨维尼昂，听说你母亲要你娶罗佛小姐，也许她这么办是对的。你面前摆着两条路：一方面是近乎贫苦的生活，一方面是富裕的生活；一方面是你自己选择的妻子，一方面是适合社会惯例的妻子；一方面是服从你的母亲，一方面是根据你自己的选择，因为我还自认为被你选中的。萨维尼昂，如果你要有所决定，我要你完全自由的决定，不受一点儿约束：我允许你收回过去的话，那是你对你自己说的，不是对我说的；你发那个心愿的时间，我永远忘不了，而且和那天以后的许多日子一样，在我记忆中是极纯洁的、甜蜜的，这个回

第二天,老婆子蒲奚伐上萨维尼昂家

忆就够我一辈子消受了。假使你一定要守约，从今以后就有一个可怕的、不祥的念头，破坏我的幸福。清苦的生活，今天你是欣然接受的，但你将来可能想到，倘若遵守了社会的惯例，你的处境会变成另一个样子。你把这种念头说出来罢，等于把我宣告死刑；不说出来罢，只要你额上有一丝半丝皱痕，我就会多心。亲爱的萨维尼昂，我在世界上最爱的就是你。我可以那样爱你，因为干爹虽则有些忌妒，仍旧和我说："孩子，你爱他罢！你们俩迟早会结合的。"上巴黎去的时候，我爱着你，可不存什么希望，单单那感情已经使我满足了。我不知道现在我是否能再回到那个境界，但我一定努力做去。眼前我们之间是什么关系呢？还不是兄妹而已？好，咱们就至此为止罢。你尽管去娶那个有福的姑娘，她可以使你们的姓氏得到应有的光彩，而我是，照你母亲说来，要减少它的光彩的。你从此再也不会听到我的消息。社会的舆论一定赞成你。我，我永远不会责备你，我永远爱你。即此告别！

"你等一等！"萨维尼昂说着，做手势叫蒲奚伐坐下。他立刻写了一个字条：

亲爱的于絮尔，来信使我非常难过，因为你自己找了许多不必要的痛苦，而且破天荒第一次，我们俩的心居然不一致了。你没有嫁过来，只因为我不得母亲同意不能结婚。有了八千法郎进款，在洛昂河边找一所小屋子住下，难道这不是一份产业吗？我们早打算过，叫蒲奚伐当家，我们一年能积蓄五千法郎。当初在你姑丈的园子里，你有天晚上答应做我的未婚妻，所以我们中间共同的约束，你不能片面解除。昨天我清清楚楚告诉罗佛先生，即使我是自由之身，也不愿意从一个不认识的少女手里得一份家私！我母亲不愿再接待你了，我没福气看到你每晚光临了。可是靠着窗口和你立谈几分钟的快乐，请你不要加以剥夺……我今晚来看你。世界上无论什么都不能使我们分离。

"快走罢，老妈妈。不能让她多操一分钟的心……"

萨维尼昂为了要打于絮尔窗下过，每天都出去散步。当天下午四点，他散步回来，发觉情人经过了意外的风浪，脸色有点儿苍白。

她说："至此为止，我似乎还没体会到和你相见的乐趣。"

萨维尼昂微笑着答道:"你曾经告诉我,因为你每句话我都记得;你说:'没有耐心,爱情就不会成功。我等着就是了!'好孩子,难道你现在把爱情和信心分开了吗?……好啦,咱们的误会消释了。你一向以为我爱你不及你爱我。我可曾疑心过你?"他说着,递给她一束野花,扎束的款式显出他的确是一片至诚。

"你没有理由可疑心我啊,"接着她声音很慌乱的补上一句,"并且你还有所不知。"

她已经通知邮局,一切信件都不收。但萨维尼昂走了,她目送他从布尔乔亚街拐进大街以后,过了一会,不知由于什么妖术,她竟在大沙发上看到一张字条,写着:"小心点儿!受到轻慢的爱人比老虎还凶猛。"萨维尼昂虽是一再央求,于絮尔为谨慎起见,仍不愿意把那个使她提心吊胆的秘密告诉萨维尼昂。于絮尔以为爱情破裂了而结果仍旧见到爱人,当然感到说不出的快乐;唯有这快乐才能使她把刚才为之毛骨悚然的恐怖暂时忘掉。等待一桩渺茫的灾难,谁都觉得是不堪忍受的毒刑。因为不知道灾难究竟是怎么样的,痛苦的范围似乎更大了;凡是不可知的事,我们心中都觉得它无穷无极。对于于絮尔,那简直是最大的痛苦。她听到一点儿声响,心就直跳;便是寂静无声,她也害怕,甚至疑心墙壁也在那里捉弄她。临了,她的恬静的睡眠也受到打扰。古郎不知道她身心像花一般的娇嫩,只凭着他作恶的本性,找到了一种把她摧残、致她死命的毒药。

下一天平静无事。于絮尔弹琴弹得很晚,上床的时候差不多放心了,同时也瞌睡得厉害。半夜光景,一支单簧管,一支双簧管,一支长笛,一支唧筒号,一支伸缩号,一支低音笛,一支银笛,一块二角铁,合奏齐鸣,把于絮尔惊醒了。所有的街坊都扑在窗口张望。可怜的孩子看到街上挤着一大堆人已经骇坏了,再听到一个男人用嘶哑的声音嚷着:"于絮尔·弥罗埃!这是你情人送给你的!"更好像当胸挨了一棍。

第二天是星期日,镇上谣诼纷纷①;于絮尔进教堂出教堂,都有大群的人在广场上争着注意她,用令人难堪的神气打量她。大家对那个半夜音乐会七嘴八舌,各人有各人的猜测。于絮尔半死不活的回到家里,从此不出门了;神甫劝她在自己屋里做晚祷。一进门,她在铺着地砖的过道中,看见门底下塞着一封信;她捡起来,为了想弄清底细,又把它念了。像下面那样可怕的字条,她看了有什么感觉,哪怕最麻木的人也不难猜想到。

---

① 谣诼(zhuó):造谣诽谤。

> 你还是俯首帖耳,做我的妻子罢:既有钱财,又受疼爱。我非要你不可。即使你活着不为我所有,你死了还是我的。你的苦难都是你的拒绝招来的,并且苦难将来还不限于你一个人。
>
> 爱你而你必有一日归他所有的人上

事情真奇怪:正当这个温柔和顺的牺牲者,被人当做残花败叶一般作践的时节,玛尚,第奥尼斯,克莱弥埃家的几位小姐,反倒羡慕于絮尔的遭遇。

她们说:"她好福气。大家都在关心她,讨她喜欢,为了她你争我夺!听说那半夜音乐会好听得很!还有一个唧筒号呢!"

"什么叫作唧筒?"

"一种新时行的乐器。瞧,有这么大。"安日丽纳·克莱弥埃向巴眉拉·玛尚解释。

萨维尼昂一早就上枫丹白露去打听,是谁把当地军营里的音乐师请出来的;但每种乐器都有两个乐师,没法知道到纳摩去的到底是哪一个。上校下令,从今以后,乐师不得他许可不准为私人演奏。萨维尼昂跟于絮尔的法定监护人检察官谈了谈,说明这一类的捣乱对一个如此娇弱如此敏感的姑娘,影响如何严重,要求检察官运用职权,追究那次奏乐会的主使人。三天以后,半夜时分又有三架小提琴,一支横笛,一架吉他,一支双簧管,来了一次音乐会。这一回,奏乐的人是往蒙太奚方面溜走的,那儿正好有个过路的戏班子驻扎。两个曲子之间,有一个人用着刺耳的,喝醉了酒的声音叫道:

"这是送给军乐师弥罗埃的女儿的!"

于絮尔父亲的职业,米诺莱老医生一向讳莫如深,瞒着人,这一下却在纳摩镇上变得家喻户晓了。

事后,萨维尼昂并不上蒙太奚去;当天他收到一封从巴黎寄来的匿名信,恐吓他说:

> 你决计娶不成于絮尔的。你要留她一条命,就得趁早退让;人家对她的爱情比你深得多;他为了讨她喜欢,已经改行做音乐师了;他宁可置于絮尔于死地,也不让于絮尔落在你手里。

这时,纳摩的医生一天要到于絮尔家出诊三次;她受了这些暗算,生命都有危险了。温柔的少女觉得自己被一双毒手推入泥洼,却取着殉难者的态度:一声不出,眼睛望着天,哭也不哭了,只等人家来打击;同时她做着热烈的祈祷,希望一死以求解脱。

篷葛朗先生和本堂神甫,尽量抽出时间来陪她。她和他们说:"我不能下楼,倒觉得很高兴;要不然,他会到客厅里来的,而他平时祝福我的那种眼神,我已经不配领受了!你们想他会疑心我吗?"

篷葛朗道:"萨维尼昂要是查不出主犯,预备请巴黎的警察局来侦缉。"

她回答:"那些人也该知道已经伤了我的命,可以安静些了。"

神甫、篷葛朗、萨维尼昂,做着种种猜测和假定,搅糊涂了。萨维尼昂、蒂安纳德、蒲奚伐女人和两个忠于本堂神甫的人,一边刺探,一边戒备了一星期;可是古鄙绝对不露痕迹,所有的奸计都是他一个人策划的。在朋友中间,篷葛朗第一个以为那主犯看着自己的成绩害怕了。于絮尔苍白的脸色和衰弱的身体,已经跟害痨病的英国少女一样。大家的照顾松懈了。匿名信和半夜音乐会都不来了。萨维尼昂认为那些鬼蜮伎俩的中止①,一定是检察官的暗中采访发生了作用;他把于絮尔、他母亲和他自己收到的信都呈了上去。可是休战的时期并不久,正当医生把于絮尔神经性的寒热止住,她重新打起精神的时候,七月中旬的某一天早上,于絮尔的窗外竟挂着一座软梯。据夜里赶班车的马夫说,他经过的当口,有个矮小的男人正从梯子上往下爬;马夫很想停下来;无奈于絮尔的屋子正在桥堍的转角上,而牲口一下桥又往前猛冲,直冲出镇外一大段路。

第奥尼斯的沙龙里传出一种意见,认为玩这些手段的是罗佛侯爵;他那时处境艰难到极点,有些约期票落在玛尚手中;倘若女儿马上嫁了萨维尼昂,罗佛古堡就不至于被债权人扣押。大家又说,凡是使于絮尔出丑和受辱的事,包当丢埃太太看了心里都高兴的。但事实上,老太太看到年纪轻轻的姑娘快死下来,倒反心软了。夏伯龙为了最后那个毒计,难过之极,病倒在床上,几天不能出门。可怜的于絮尔,受着这一下卑鄙的打击,复病了。她从邮局收到神甫一封信,因为邮局认得神甫的笔迹,把信送给了于絮尔:

---

① 鬼蜮(yù):害人的鬼和怪物。比喻阴险的人。

孩子，你还是离开纳摩，免得再受那些不相识的敌人暗算。萨维尼昂的性命说不定也会有危险。这些事，等到我能来看你的时候再细谈。

下面的署名是：你的忠诚的夏伯龙。

气得发疯一般的萨维尼昂赶去见神甫，可怜的神甫看到有人把他的笔迹和签字学得一模一样，骇坏了，把信念了又念；他根本没有写信，即使写了也不会交给邮局寄的，这个凶狠的手段加重了于絮尔的病，萨维尼昂不得不带着捏造的神甫的信，再去向检察官求救。

他对检察官说："这明明是件谋杀案，所用的手段是法律没有料到的，被害人却是一个由法律委托你保护的孤儿。"

检察官回答："如果你有什么制裁的办法，我一定采用；我可想不出！那个躲在幕后的恶棍，说的话倒是不错：还是把弥罗埃小姐送到这儿来，托圣体修院的女修士们照料。一方面我通知枫丹白露的警察局长，准你携带武器，保护自己。我亲自去过罗佛，罗佛先生对于外边猜疑他的话非常愤慨，那也难怪他。我的助理的父亲米诺莱，要买他的古堡，正在谈判。罗佛小姐决定嫁给一个有钱的波兰伯爵。我上罗佛去的那天，罗佛先生正要离开乡下，免得为了债务而受拘押。"

但羡来被上司询问之下，不敢把心中的意见说出来：他猜到那是古鄙干的。只有古鄙，做事才会在法网周围绕来绕去而不堕入法网。那时古鄙看到自己逍遥法外，事情做得又隐秘又成功，胆子愈来愈大了。这阴险的帮办唆使玛尚控告罗佛侯爵，玛尚不知是计，听了他的话；古鄙的目的却是要逼侯爵把剩下的田产卖给米诺莱。古鄙跟桑斯城内的一个公证人，对于受盘事务所的问题初步谈了一下；然后决定使出最后一着棋子，把于絮尔弄上手。他想学某些巴黎青年的榜样，用强抢的手段，人财两得。仗着他替米诺莱、玛尚、克莱弥埃都出过力，又有纳摩镇长第奥尼斯做后援，便是闹出事来也不难收拾。因此他决意拉下面具，以为于絮尔已经被他折磨得那么衰弱，绝对抵抗不了的了。

但是冒险做这个丑恶的把戏之前，他觉得应当趁着陪米诺莱签订合同以后初次上罗佛去的机会，先跟米诺莱谈一谈。那时米诺莱刚接到儿子的一封密书：他对于絮尔事件先要打听一些消息，再亲自陪检察官到纳摩来，把于絮尔送往修道院，免得再受侮辱。助理检察官说，万一迫害于絮尔的人是他们的朋友，希望父亲劝劝他；因为法院即使不能惩罚，至少能调查明白，把事情记在账上的。

米诺莱已经实现了一大愿望。罗佛是迦蒂南区域最美的古堡之一，从今以后他做定了罗佛的主人翁，还在猎场四周集中了几块良田美产，每年有四万多法郎收入。所以这大汉尽可把古鄙一脚踢开。他预备住到乡下去，那就不会再想到于絮尔而心里不舒服了。

他一边在罗佛的平台上蹀来蹀去，一边对古鄙说："喂，小家伙，别再跟我表妹为难了！"

"嗯？……"古鄙简直猜不透米诺莱这种古怪的行为，原来一个人的愚蠢也有莫测高深的地方。

"噢！我不是无情无义的人；这座六十万还盖不起来的古堡，你帮我花二十八万就买下了，还有附属的田庄、猎场、后备猎场、花园、森林……哦！这样罢……我给你一成佣金，两万法郎；你拿这笔钱可以在纳摩盘进一个书办的事务所。我再担保你跟克莱弥埃家攀亲，娶那个顶大的姑娘。"

"就是说唧筒的那个吗？"

米诺莱回答："不管这些，我表妹给她三万法郎陪嫁是真的。小家伙，你瞧，你是生来做书办的，好比我是生来做车行老板的：一个人总不能离开他的本行。"

古鄙一跤从云端里直跌下来，答道："好罢，这儿有的是契纸，你签一张两万法郎的约期票给我，我好拿了现款去谈判。"

米诺莱瞒着老婆的那部分公债，正好有半年的息金一万八千法郎可以收进；他以为这么一来，就把古鄙给打发了，便签了约期票。古鄙眼看布尔乔亚街上那个低能的大胖奸雄得意忘形，架子十足，便和他说了声再会，用那副只有暴发的糊涂蛋见了不会发抖的目光，把他瞪了一眼。他却是站在平台上，居高临下地眺望着园林，眺望着那座路易十三式宫堡的壮丽的屋顶。

他看见古鄙走回去了，嚷道："怎么，你不等我啦？"

"你会碰到我的，老爹！"未来的书办回答。他心里又想报复，又想把大胖米诺莱变化多端、莫名其妙的行为，摸清底细。

一八　两方面的报复

自从最恶毒的诬蔑毁坏了于絮尔的名节以后，于絮尔就害着一种无法解释的、从精神方面来的病，很快的到了九死一生的阶段。脸色白得像死人一般，难得又轻又慢的说几句话，睁着柔和而没有神采的眼睛，浑身上下，连脑门在内，都显出她心里转着一个悲痛的念头。每个时代的人都认为处女头上有一顶贞洁的花冠，于絮尔以为这个理想的冠冕掉下了。在静寂中，在空间，她仿佛听到不干不净的闲话，不怀好意的议论，街头巷尾嘻嘻哈哈的笑声。这个担子她是负不起的；她把清白两字也看得太重了，受了这种伤害是活不下去的。她不再怨叹，嘴角上堆着一副痛苦的笑容，眼睛常常望着天，好像是把人间的横暴告诉上帝。

古鄷回到纳摩那天，于絮尔由蒲奚伐和医生两人扶着，从卧房走到了楼下。那是为了一桩大事，包当丢埃太太要来看她，安慰她；因为知道她受的侮辱虽不及克拉利斯·哈罗那么残酷英国18世纪李查逊的小说中，克拉利斯·哈罗，被浪子勒佛雷斯诱致失身，旋即后悔，终于贫病潦倒而死，也已经命在旦夕了。上一天夜里，萨维尼昂口口声声说要自杀，布勒塔尼老太太也为之屈服了。同时她觉得以自己的身份而论，应当鼓励一个这样纯洁的姑娘，给她添些勇气；而她亲自去看于絮尔，还能把镇上的居民所造成的损害抵销一部分。她的意见，当然比众人的意见影响大得多，能叫人感觉到贵族的力量。于絮尔从夏伯龙神甫嘴里一知道这个消息，病况就突然好转，连绝望的纳摩医生也觉得有了希望，他原来已经说要请几位巴黎最有名的医生来会诊了。众人把于絮尔安顿在她干爹的大沙发上。像她那种性质的美貌，在丧服与痛苦之中倒反胜过平日快乐的时候。萨维尼昂搀着他母亲一进门，年轻的病人脸上立刻有了血色。

"孩子，你别站起来，"老太太带着命令的口吻说，"不管我自己病成怎样，虚弱到怎样，我还是要来，把我对最近这些事的感想告诉你：我认为你是迦蒂南地区最圣洁最可爱的姑娘，你的品德足以促成一个世家子弟的幸福。"

于絮尔先是答不出话来，只吻着萨维尼昂母亲的干枯的手，掉了几滴眼泪在上面。

"啊！太太，"她有气无力的说，"倘若没有早先的许愿给我鼓励，我绝不敢有那么大的胆子，妄想高攀的；我没有什么家世门第，只有一片深情；可是人家竟毁坏我的名节，把我和我所爱的人永远拆散了……我不愿……"于絮尔说到这里，声调沉痛，使在座的人听了都很难过，"我不愿意声名受了污辱再嫁人，不管嫁的是谁。我的爱情太过分了……在我现在这情形之下可以老实说了：我爱一个男人差不多跟爱上帝一样。所以上帝……"

"得啦，得啦，孩子，别毁谤上帝！"老太太鼓足了勇气又道，"算了罢，我的儿，那些下流无耻的恶作剧，谁也不会信以为真，你何必这样夸张？我向你担保，你一定能活下去，而且会幸福的。"

"你会幸福的！"萨维尼昂跪在于絮尔面前，吻着她的手，"我母亲已经把你叫作我的儿了。"

医生过来按了按病人的脉搏，说道："好啦好啦，过分的快乐对她也是危险的。"

这时，古鄙看见过道的门半开着，便进来推开小客厅的门，伸出一张原来就丑恶，再加一路上想着报复的念头而格外紧张的脸。

"包当丢埃先生！"古鄙的声音好似一条在洞里受着威逼的毒蛇。

"什么事？"萨维尼昂站起来问。

"有句话跟你说。"

萨维尼昂走进过道，古鄙把他拉到小天井里。

"你爱于絮尔，你也看重贵族的荣誉：倘若你用于絮尔的生命和你的荣誉起誓，等会我告诉你的话，你只做没听见，那么我就可以把人家迫害于絮尔小姐的原因告诉你。"

"我能不能教那些迫害停止呢？"

"能。"

"我能报复吗？"

"对主使的人，行；对他的工具，不行。"

"为什么？"

"因为……那工具就是我……"

萨维尼昂脸色变了。

古鄡接着说:"我刚才看见于絮尔……"

"什么于絮尔?"萨维尼昂把眼睛瞪着古鄡。

"哦,弥罗埃小姐,"古鄡听着萨维尼昂的口气,不得不装作恭敬的样子,"我预备拼着命补赎我的罪过。我已经后悔不及……你即使杀了我,不管是用决斗或是用别的方式,你拿了我的血也不见得愿意喝,你要中毒的。"

萨维尼昂听着这家伙非常冷静的理由,心里又急于知道下文,也就把一腔怒火压住了;他目不转睛的瞪着古鄡,那个不成形的驼子把头低了下去。

"谁指使你的?"萨维尼昂问。

"你能不能起誓啊?"

"你要人家把你轻轻放过吗?"

"我要你和弥罗埃小姐饶了我。"

"她会饶你,我可不行。"

"至少你可以忘记罢?"

根据利害关系的打算,力量可真大!这一对势不两立的仇人,只因为心里都想报仇,竟会一同站在天井里,面对面的谈着话。

"我可以饶你,可是忘不了。"

"那么咱们不谈了。"古鄡冷冷的回答。

萨维尼昂忍不住了,一巴掌打过去,在院子里声音很响。古鄡差点儿被打倒,萨维尼昂自己也身子晃了一晃。

"这是我自作自受,"古鄡道,"我太傻了。我还以为你是个君子。谁知给了你一些便宜,你就滥用……现在你可落在我掌心里了!"古鄡说着把萨维尼昂恶狠狠的瞅了一眼。

"你是个杀人的凶手!"

"也不见得比人家手里的刀子罪名更大。"古鄡回答。

"请你原谅我吧。"萨维尼昂说。

"你的仇报过了吗?"古鄡的口气挖苦得厉害,"是不是这样就算了?"

"咱们彼此都原谅了罢,忘了罢。"萨维尼昂回答。

"一言为定吗?"古鄡伸出手来。

"一言为定。"萨维尼昂为了爱于絮尔,不能不忍着这口气,"可是你说呀,谁支持你的?"

古鄡好像眼睛望着两个秤盘,一个盘里是萨维尼昂的巴掌,一个盘里

是对米诺莱的仇恨。他沉吟了一会,然后听见一句话在耳朵里响着:"我帮你当公证人!"便回答道:

"原谅了,忘记了,是不是?好,先生,咱们扯直了罢。"他握了握萨维尼昂的手。

"到底是谁迫害于絮尔的?"

"米诺莱!他恨不得要她的命……不知道为什么;可是咱们一定能打听出来。你千万别牵连我,他要对我起了疑心,我就没法帮忙了。以后我非但不再攻击于絮尔,还要保护她;非但不帮助米诺莱,还要尽量破坏他的计划。只要我活着,不使他倾家荡产,不教他死无葬身之地才怪!我要把他踩在脚下,踏在他的尸首上跳舞,拿他的骨头雕一副骨牌玩儿!明天、纳摩、枫丹白露、罗佛,到处墙上会有红铅笔写着:米诺莱是贼!嘿!该死的东西!我要教他粉身碎骨!现在我把秘密告诉了你,咱们是联盟了;哦,倘使你愿意,我可以去跪在弥罗埃小姐面前,对她说我恨我自己不该利令智昏①,险些儿送了她的性命,求她原谅。她听了这话可以舒服些。法官和本堂神甫都在这儿,有这两位证人也够了;可是篷葛朗先生一定得答应我不妨害我的前程。因为我此刻也有一个前程啦。"

萨维尼昂听着这个内幕消息,呆住了;他说了声"等一等",便走进客厅说道:"于絮尔,我的孩子,使你受那么多苦难的人,看了他的成绩痛心疾首,懊悔了,愿意当着这几位先生的面向你道歉,条件是要大家绝口不提。"

"怎么!是古鄙?"神甫、法官、医生一齐嚷着。

"替他保守秘密要紧。"于絮尔把手指放在嘴边。

古鄙听到于絮尔的话,看到她的手势,为之感动了。

他语气很坚决的说道:"小姐,现在我愿意全镇的人都听见我向你承认,我为了利令智昏所犯的罪恶,是正人君子所不齿的。我在这里说的话,我会到处讲给人家听,我后悔做了那些混账事儿,但说不定也提早了你的幸福,"古鄙站起身子,带着俏皮的意味说,"因为我看见包当丢埃太太到这儿来了……"

神甫道:"好极了,古鄙,小姐原谅你了。可是你得永远记着,你差点儿做了杀人犯。"

古鄙朝着法官说:"篷葛朗先生,今晚我要跟勒葛先生商量盘进他事

---

① 利令智昏:因贪图私利而失去理智,不辨一切。

务所的问题，希望我这次赔了罪，你不至于瞧不起我；我将来把申请书送往检察署和司法部的时候，还得请你帮衬一下_{法国司法制度，凡一切经办法律事务的人，如公证人，诉讼代理人，律师，书办，执达吏等等的事务所，全国有一定的限额；具备各该职位资格之人，除出资盘进原有的事务所之外，仍须经各辖区的检察署及巴黎的司法部审核其资格、履历、人品，经批准后方得开业。}"

法官一边思索一边点头。古鄙出门找勒葛去了，那是纳摩两个书办事务所中比较肥的一个。余下的几位留在于絮尔身边，整个黄昏都在那里想法要使她的心绪和从前一样的安定、平静；而她自从古鄙赔罪以后，心绪已经不同了。

篷葛朗道："这件事，镇上的人都会知道的。"

本堂神甫说："孩子，你瞧，上帝并没跟你作对。"

米诺莱很晚才从罗佛回来，夜饭也吃得迟了。九点左右，日光将尽，他吃饱了饭在中国水阁里歇着，坐在老婆身边，和她筹划但羡来的前途。但羡来自从进了司法衙门，变得本分了，办事很努力，大有希望补枫丹白露检察官的缺，据说原任检察官要升调到墨仑去了。眼前得替他攀一门亲，挑一个清寒的老贵族的女儿，那么但羡来就能想法调往巴黎。也许他们还能够使他当选为枫丹白露的议员，因为才莉已经同意春夏两季住罗佛，冬天住枫丹白露。米诺莱暗中十分高兴，觉得样样都很顺利，也就把于絮尔忘了；殊不知他当初傻头傻脑发动的那出戏，正发展到惊心动魄的阶段。

加皮洛进来通报说："包当丢埃先生要见你。"

"请他进来。"才莉回答。

黄昏的阴影，使才莉没有发觉米诺莱突然之间变了脸色；可是米诺莱一听见从前医生安放藏书的游廊里，响起萨维尼昂靴子的声音，就打着寒噤，全身的血流得很快，隐隐约约的觉得大祸临门了。萨维尼昂帽子也没脱，拿着手杖，双手抱在胸前，一动不动的站在这对夫妇前面。

"米诺莱先生，米诺莱太太，我来请问你们，你们为什么要用卑鄙手段跟一个姑娘捣乱？纳摩镇上个个人都知道这姑娘是我的未婚妻；你们为什么要破坏她的名誉？为什么要致她死命？为什么要教她受古鄙这种人的侮辱？……请你们回答我。"

才莉道："这倒奇了，萨维尼昂先生，那件事我们都莫名其妙，怎么来问我们？我从来没把于絮尔放在心上。自从米诺莱叔叔死了以后，我早把她丢在九霄云外，也没向古鄙提过她一个字；像古鄙那样的坏蛋，我连小猫小狗的事也不会托他的。嗳！米诺莱，你怎么不回答呀？你竟听让人家羞辱，把这种不名誉的事套在你头上吗？一个人有了王府一般的古堡，周围还有四万八收入的田产，想不到会没出息到这个地步！站出来行不行？你真是个脓包！"

"我不懂先生的意思。"米诺莱终于尖着嗓子回答。他调门很高，所以更容易听出他声音发抖，"我有什么理由去害那个小姑娘？或许我对古鄙说过，我讨厌她住在纳摩；但羡来把她看上了，我却不愿意儿子娶她；就是这么回事。"

"古鄙全告诉我了，米诺莱先生。"

大家静默了一会，虽然时间很短，但是非常紧张，三个人你打量着我，我打量着你。才莉看见高个子丈夫的大胖脸抽搐了一下。

萨维尼昂接着说："尽管你们是些虫蚁，我还是要彰明昭著的报复的，而且我有我的办法。弥罗埃小姐所受的侮辱，我不跟你这个六十七岁的人算账，我找你的儿子算账。只要小米诺莱先生踏进纳摩镇，我就找他决斗；他非和我交手不可，他也不会退缩的！要不然他就丢尽脸面，到处见不得人！倘若他不到纳摩来，我会上枫丹白露去！他躲不了的。你想丧尽廉耻，把一个孤苦伶仃的女孩子损害了名誉，就此算了吗？"

米诺莱道："古鄙的诬蔑可不……不是……"

"要不要我叫你们两个人对质？"萨维尼昂打断了他的话，"告诉你，别把事情张扬出去！只让你、我、古鄙三个人知道；还是这样的好，一切等上帝在我们决斗的时候解决。我向你儿子挑战，还抬高了他的身份呢。"

"没这么容易！"才莉叫道，"嘿！你以为我肯让但羡来跟你，跟一个当过水手，靠击剑打枪吃饭的人决斗吗？你要是和米诺莱过不去，米诺莱在这里，你找米诺莱决斗就是了！可是我的儿子，你也承认他是不相干的，怎么要他负责？……别忙，还有我呢，我要你先试试老娘的手段！嗨，米诺莱，你老是这样发呆吗？你明明在自己家里，倒让人家在你老婆面前连帽子也不脱！我的小少爷，你先替我开步走！区区烧炭匠，在家也是主人翁。我不懂你说了一大堆废话是什么意思，趁早替我走出去。要是敢碰一碰但羡来，我一定来找你，找你跟你那个傻丫头于絮尔。"

接着她一个劲儿打铃叫佣人。

萨维尼昂不在乎才莉的叫嚷，临走又重复一句："别忘了我告诉你们的话！"这句话好比在米诺莱夫妇的头顶上挂着一把剑。

"嗨！米诺莱，"才莉和她丈夫说，"你倒解释给我听听！一个年轻人，不会无事端端闯进一个布尔乔亚家里，唏里哗啦的乱嚷，要跟人家的儿子拼命的。"

"那是混账的古鄙捣蛋。我许过他一个愿，他要是帮我廉价买进了罗佛，我就出钱帮他当公证人。事后我给他一成佣金，出了一张两万法郎的约期票，他准是嫌少了。"

"可是他有什么理由组织半夜音乐会，干许多下流事儿，侮辱于絮尔呢？"

"他要娶她做老婆。"

"他？娶一个不名一文的姑娘？算啦罢！哼，米诺莱，你跟我胡扯！凭你这么蠢，就没本领教人相信你的胡扯，小子！其中必有缘故，非要你说出来不可。"

"没有什么可说的。"

"没有什么？我可知道你是骗我，咱们走着瞧罢！"

"别跟我闹，好不好？"

"我教古鄙那个黑心鬼出场，你会占了便宜才怪！"

"随你，你要怎办就怎办罢。"

"当然我要怎办就怎办！第一我不许人家碰但羡来；他要有什么三长两短，哼，我拼着上断头台，什么都做得出。啊！但羡来！……怎么，你还是这样不死不活吗？"

米诺莱和他女人这样的开始一吵架，自然精神上会有无数的烦恼。这一下，那笨贼才发觉自己内心的斗争和跟于絮尔的斗争，因为做错了事而规模扩大了；又添上一个可怕的敌人，把事情弄得更加复杂。下一天，他出去找古鄙想用金钱把他收买过来，看见各处墙上都写着：米诺莱是贼！遇到的人都向他表示同情，问他这匿名揭帖是谁写的；因为他一向没有头脑，所以众人听他支吾其词，倒也原谅他的。一般蠢汉依靠他们的弱点，总比聪明人依靠他们的才气沾到更多便宜。一个大人物和命运挣扎，大家是袖手旁观的；快要破产的杂货商却有人争着垫本。你道为什么？因为你庇护一个傻瓜，你会觉得自己了不起；只能和一个天才并肩，你就会不高兴。假定一个聪明人像米诺莱那样神色慌张，答非所问，那就完了。各处墙上那几个泄愤的字，虽然被才莉带着仆役抹掉了，但始终印在米诺莱的良心上。古鄙前天晚上已经和书办谈妥条件，临时却厚着脸推翻了。

"亲爱的勒葛，你瞧，我尽有力量盘下第奥尼斯的事务所，也有力量帮你把事务所让给别人。你那份契约作废了罢，至多不过损失两张官契。

哪，我赔你七十生丁。"

勒葛怕古鄙怕得厉害，一句抱怨的话都不敢说。纳摩镇上不久都知道，米诺莱向第奥尼斯做了保，帮古鄙受盘事务所。未来的公证人写信给萨维尼昂，把自己所说的关于米诺莱的话否认了，又说公证人的职位不允许他和人决斗，最高法院有此规定，而他又是守法的人。同时他要对方从今以后待他客客气气，因为他踢跶的本领十分高强^{踢跶系一种以脚互踢互跶的搏斗}，萨维尼昂倘若胆敢挑战，他保证踢断萨维尼昂的腿。

纳摩墙上的红字不再出现了。但米诺莱夫妇之间的争吵并没停止。萨维尼昂沉着脸，一声不响。出了这些事以后十天，玛尚家的大小姐和未来公证人的亲事，已经在到处传扬了。女的相貌奇丑，有八万法郎陪嫁；男的身体畸形，有一个事务所；大概这门亲事会成功的，而且也是天生一对，地造一双。

有一次，古鄙半夜里从玛尚家出来，两个陌生人把他当街揪住，用棍子打了一顿，逃掉了。古鄙对这件事绝口不提，当时有个老婆子从窗洞里望了望，认得是古鄙，古鄙却始终否认。

治安法官把这些说大不大、说小不小的事推敲了一番，看出古鄙对米诺莱有着莫名其妙的势力，决意要找出它的原因来。

一九　托　梦

尽管小镇上的舆论承认于絮尔的清白毫无问题,于絮尔的健康仍是恢复得很慢。在身体虚脱而心灵与智慧非常活跃的情形之下,好些怪事都在她身上出现;怪事的后果十分严重,它的性质也值得科学界研究,假如把这些事交给科学界的话。包当丢埃太太来过以后十天,于絮尔得了一个梦,梦的内容和经过情形,性质都跟阴魂出现一样。

于絮尔梦见她的干爹,故世的米诺莱医生,向她招手;她穿好了衣服,在黑暗中跟着走,一径走进布尔乔亚街的屋子,屋内一切都和干爹死的那天一样。老人身上的衣服也是他故世前一天穿的;脸色白白的,行动没有一点儿声响,可是他说的话,于絮尔完全能听到,虽则声音很轻,像远处传来的回声。老医生把干女儿直带到中国书房,叫她揭起蒲勒小木器上的白石面子,那是她在干爹死的那天揭过的;但干爹要她拿的信,这一回的确压在白石底下。她拆开信来念了,把那份给萨维尼昂的遗嘱也念了。

于絮尔事后和神甫说:"上面写的字儿都是明晃晃的,笔划像太阳的光线一般,刺得我眼睛都痛了。"

她望着干爹表示感谢,看见干爹没血色的嘴唇边上挂着一副慈祥的笑容。接着,他用很轻可是很清楚的声音,叫于絮尔看米诺莱怎样在过道中偷听,怎样撬锁,怎样取那包文件。然后老人伸出右手抓着干女儿,拖她跟着米诺莱到车行去。于絮尔穿过市镇,走进车行从前才莉住的房间;到了那儿,老医生又教她看米诺莱拆开信来看了,烧了。

于絮尔说:"米诺莱直用到第三根火绒才点着火,把文件烧了,用壁炉里的灰盖起来。然后,干爹把我带回家,看见米诺莱-勒佛罗先生溜进藏书室,在《法学总汇》第三册内拿了三张公债,每张利息一万二;还有平时用剩的钞票,他也拿了。干爹和我说:最近跟你捣乱,把你送到坟墓旁边的,就是他;可是上帝的意思要你幸福。你还不会死呢,一定会嫁给萨维尼昂的！倘若你爱我，爱萨维尼昂，你就应当向我侄子讨回你的财产。你得发誓，一定要这么办！"

于絮尔连气都透不过来，看见干爹的阴魂像救世主显容一样放着金光，精神上更受不住，所以干爹要求什么，她就答应什么，但求恶梦快快停止。她惊醒过来的时候，发觉自己站在卧室中央，面对着干爹的肖像，那是她害病以后拿到楼上来的。她重新上床，大大骚动了一阵，方始睡着；早上醒来，她完全记得这个古怪的梦境，可是不敢告诉人。凭她卓越的见识和狷介的性情，她觉得做了一个以经济利益为因果的梦，自己的品格未免有问题；认为那准是蒲奚伐在她睡觉以前常常和她讲的话引起的，说什么干爹对她必有赠予，她做奶妈的绝对相信这一点等等。但同样的梦又来了一次，情形更严重，使于絮尔觉得分外可怕。第二次梦里，干爹把冰冷的手放在她肩膀上，给她一种剧烈的痛苦，一种说不出的感觉，还说："死人的话非听不可！"声音像是从坟墓中出来的。

于絮尔又补上一句："他那双往上翻的凹进去的眼睛，还流着泪呢。"

第三次，阴魂拉着她的长辫子，教她看米诺莱和古鄙两人谈话，听见米诺莱答应送古鄙钱，只要他能把絮尔带往桑斯。经过了这一下，于絮尔决意把三场梦都告诉夏伯龙神甫。

有天晚上她问："神甫，你可相信死人会显形吗？"

"孩子，教内教外的历史，近代的历史，关于这一点都屡次证明过；但教会从来不把这个作为信条；至于科学界，法国的科学界，是加以非议的。"

"你的意思怎么样？"

"孩子，上帝是全能的。"

"干爹可曾和你谈过这一类的事？"

"常常谈的。对于这些问题，他后来意见完全改变了。他和我讲过不知多少次，巴黎有一个女的，听见你在纳摩为干爹祈祷，看见你在历本上把圣·萨维尼昂的本名节做了一个红点作标记，你干爹的皈依宗教就是从那天起的。"

于絮尔尖着嗓子叫起来，把神甫吓了一跳；她想起干爹回到纳摩，看出她的心事，把历本拿走的情形。

她道："既然这样，我的梦境大概也是真的了。干爹在我面前显形，像耶稣对门徒显形一样。他身体裹在一层金光里头，还讲话呢！我想请你做一台弥撒使他灵魂安息，还得求上帝帮助，让他停止托梦，免得我难受。"

于是她详详细细的说出三场梦，肯定梦中的情形都千真万确，自己的动作也很自由，的确是游魂出去，在姑丈的指挥之下行动非常方便。神甫素来知道于絮尔诚实不欺，他觉得特别奇怪的是，于絮尔把才莉从前在车行里的卧室说得一点不错，那是于絮尔非但没去过，也从来没听人讲过的。

于絮尔问："这些奇怪的梦怎么会来的？我干爹的见解又是怎么样的？"

"孩子，你干爹是根据假定出发的。他先认为可能有一个心灵的世界，一个思想的世界。假如思想是人类独有的创造，假如思想并不消灭而有它们独特的生命，那么它们也必有形体；但那种形体是我们身体上的知觉接触不到的，只有我们内在的知觉在某种情形之下才能体验到。因此你可能被干爹的思想包裹了，也可能是你把他的面貌加在他的思想之上。另一方面，倘若米诺莱真做了那些事，那些事就会蜕变为思想；因为一切行动都是许多思想的结果。倘若思想果真在一个心灵世界中活动的话，一朝你的精神进了心灵世界，就可能看见那些思想。这一类的现象，并不比记忆更奇怪，而记忆的现象就和植物的香味同样的出奇，同样的不可解；也许植物的香味就是植物的思想。"

"天哪！你把世界扩大了。可是怎么能听见一个死了的人说话，看见他走路，活动呢？……"

夏伯龙神甫回答："瑞典的斯威顿堡，曾经确实证明他和死人有过来往。来，跟我到藏书室去，念一念在都鲁士斩首的、赫赫有名的特·蒙莫朗西公爵的传记。他当然不是一个捏造事实的人；他的传记里头有一件事很像你的遭遇，并且也是一百年前的加唐经历过的加唐出处见本书295页注。"

于絮尔和神甫走到楼上，神甫找出一册小小的十二开本的书，1666年在巴黎印的《亨利·特·蒙莫朗西传》，作者是当时认识公爵的一个教士。

神甫把书翻到一七五页和一七六页，交给于絮尔："你念罢，这一段是你干爹常看的。哦，书里还有他的鼻烟屑子呢。"

"啊！这就叫作人亡物在！"于絮尔说着，接过书来念了：

　　波里华之围是很出名的战役，因为损失了几员司令；阵亡的两位大将，一个是在城下受伤的特·于克塞尔侯爵，一个是头部中弹的特·包德侯爵。他阵亡那天,正要升为法兰西元帅。特·蒙莫朗西公爵睡在营帐里,听见一个很像侯爵的声音和他告别,把他惊醒了。他和侯爵既是近亲,感情又极密,便以为这幻觉是心里太关切侯爵的缘故;公爵素来宿在营内,深夜办公的辛苦使他一翻身又睡着了,根本不以为意。不料刚一睡去,同样的声音又来打扰他,梦中见到的阴魂使他又醒过来,同时还清清楚楚听到阴魂没隐灭以前说的几个字。于是公爵回想起来:有一天,他和侯爵一同听哲学家比太讲到灵魂和肉体分离的事,当时两人约定,谁要先死而可能的话,就来向另外一个人告别。想到这一点,他不禁担心梦兆或许竟是事实,立刻打发人到离开很远的侯爵的营部去。去的人还没回来,王上已经派着几个能安慰他的人来报告凶讯了。

　　这件事,我听见特·蒙莫朗西公爵讲过好几次,情节的奇妙与真实性,我认为是值得公之于世的;至于原因,只能由学者去讨论了。

　　"那么,我该怎办呢?"于絮尔问。

　　神甫回答:"孩子,事情重大,而且与你利益攸关,应当严守秘密。现在你把托梦的事告诉了我,大概不会再做这种梦了。你身体已经相当壮健,能够上教堂了,明儿你先去谢谢上帝,再求他使你干爹灵魂安息。你放心,你的秘密交在一个最谨慎的人手里。"

　　"你可不知道我临睡的时候多么恐怖!干爹瞅着我的眼神才可怕呢!最近一次梦里,他还扯着我的衣衫,把我瞧得特别长久。我醒来,脸上都是眼泪。"

　　"放心,他不会再来了。"

　　神甫立刻上米诺莱家,要他在中国书房里和他单独谈话。

　　"这儿不会有人听见吗?"神甫问米诺莱。

　　"不会的。"

　　于是神甫目光很温和,可是很留神的望着米诺莱的脸,说道:"先生,你应该知道我的为人,我要和你谈些严重的,非同小可的,只和你一人有关的事;请你相信,我是绝对保守秘密的,但我不能不来告诉你。你老叔在世的时候,这儿,"神甫指着安放那家具的地位,"曾经摆着一口白石面子的蒲勒小酒柜(米诺莱脸色发白了),桌面底下,你老叔放着一封给他干女儿的信……"

　　神甫把米诺莱的行事讲给米诺莱自己听,一点细节都不删掉。退休的车行老板听到两根火绒没点着,觉得头发根都在头皮底下乱抽。

教士叙述完了,米诺莱声音哽塞着说:"这种笑话,谁编出来的?"

"死人亲口说的!"

这句回答使米诺莱微微打了个寒噤,原来他也梦见了医生。

"啊,神甫,上帝为我显出这些奇迹,真是抬举我了。"米诺莱因为感觉到危险,居然说出平生仅有的一句风趣话。

"上帝的所作所为都是很自然的。"神甫回答。

米诺莱定了定神,说道:"你那见神见鬼的玩艺儿,吓不倒我。"

"亲爱的先生,我不是来吓你的,因为我对谁也不会提到这件事。真相只有你一个人知道,那是你和上帝的交涉。"

"神甫,你相信我会做出这种可怕的欺诈的事吗?"

"我只相信人家向我承认而表示忏悔的罪恶。"教士的口气像使徒一般。

"罪恶?……"米诺莱嚷道。

"后果极可怕的罪恶。"

"为什么?"

"因为它逃过了人间的法网。凡是不在现世补赎的罪恶,都得在他世界补赎。无辜的人吃的亏,都由上帝亲自报复的。"

"你相信上帝会管这些小事吗?"

"假如上帝不能把大千世界一览无余,像你看一个地方的风景似的,他就不成其为上帝了。"

"神甫,你能保证这许多细节只是从我老叔那儿知道的吗?"

"你的老叔向于絮尔托了三次梦,一遍又一遍的告诉她。她被这些恶梦打扰得受不住了,才私下讲给我听,她还觉得荒唐透顶,绝对不愿意告诉人。因此你在这方面尽可安心。"

"可是,夏伯龙先生,我本来很安心呐。"

"但愿如此,"老教士回答,"我也觉得这些梦中的暗示很荒唐,但琐碎的情节太奇怪了,所以我认为还是应当通知你。你是一个规矩人,家私都是清清白白挣来的,想必不愿意加上一些贼赃。你头脑简单,良心上一有疙瘩,你是受不住的。不管是最文明的人还是最野蛮的人,大家都有一个公道的观念;凡是不照社会成规得来的财产,我们不可能心安理得的享受;因为组织完美的社会,原是根据上帝给世界规定的格式建立起来的。在这一点上,可以说社会发源于神明。人不能自己得到什么思想,或是发明什么范型，他只是模仿天地之间到处存在、永远存在的种种关系。由此推演的结果，你可知道吗？没有一个重罪囚徒上断头台之前，不受着一股神秘的力量压迫而坦白招供的，因为他不能把罪恶的秘密隐藏到死。所以，亲爱的米诺莱先生，只要你心里平安，我现在回去也很高兴了。"

米诺莱呆在那儿，连送客都忘了。等到他以为四下无人的时候，便像多血质的人一样暴跳如雷，说了许多诅咒上帝的话，用最肮脏的字眼骂于絮尔。

他的老婆送了神甫，提着脚尖回进来，问："嗳！她触犯了你什么呀？"

米诺莱盛怒之下，又被老婆问个不休，破天荒第一次把她打了，直到她横在地下，米诺莱才把女人抱起，好不羞愧的放上床去。接着，他害了一场小病：医生替他放了两次血。病后，每个人都发觉米诺莱变了。他常常一个人散步，走在街上心事重重。像他那样脑子里从来装不下两个念头的人，居然听人说话的时候会显得心不在焉。有天晚上，法官因为包当丢埃家又有了经常的牌局，正要接于絮尔同去，在大街上被米诺莱拦住了。

"篷葛朗先生，我有些要紧事儿跟我表妹谈，"米诺莱抓着法官的手臂说，"我很高兴你能参加，帮她出点儿主意。"

两人进去，于絮尔正在用功，一看见米诺莱，便很威严很冷淡的站起身子。

法官道："孩子，米诺莱先生有事和你商量。我还顺便提一句：别忘了把你的公债票给我；我要上巴黎，可以替你和蒲奚伐领这一期的利息。"

米诺莱道："表妹，我叔叔一向给你过惯舒服日子，不像现在这么清苦。"

于絮尔回答："一个人钱不多，也可以把日子过得很快乐的。"

"我相信金钱能促成你的幸福，"米诺莱接着说，"我特意来送你一笔财产，纪念我叔叔。"

"要纪念他，你早先有的是办法，"于絮尔口气很严厉，"你尽可把屋子原封不动的卖给我；而你把屋价抬得那么高，无非希望在里头找到藏金……"

米诺莱显而易见心中受着压迫，说道："呕，倘若一年有一万二的收入，你攀亲的条件就好得多啦。"

"我没有这样的收入。"

"我送给你好不好？条件只要你把这笔款子在布勒塔尼，包当丢埃太

每个人都发觉米诺莱变了

太的家乡，买一块田产；那么包当丢埃太太一定赞成你和她儿子结婚了……"

于絮尔回答："米诺莱先生，我没有权利得这样大的一份财产，而且也不能受你的。我跟你谈不上亲戚，更谈不上友谊。我受的毁谤已经够了，不想再教人说我坏话。我凭什么得这笔财产呢？你又凭什么送我这样一份礼呢？我有权向你提出这些问题，别人可以有各式各样的答案：有人会觉得是赔偿什么损失，我可不愿意接受赔偿。你叔叔给我的教育，从来没培养我卑鄙的心思。人与人的授受，只能限于朋友之间；我不能对你有什么感情，将来我不会感激你的，可是我也不愿意做一个忘恩负义的人。"

"你拒绝吗？"米诺莱从来没想到有人会推掉一笔财产。

"是的，我拒绝。"于絮尔重复了一遍。

诉讼代理人出身的法官把眼睛盯着米诺莱，问："可是你干么要送这样一笔钱给小姐呢？你心里总有个主意罢，是不是有个主意呢？"

"我的意思是要打发她离开纳摩，免得我儿子再跟我烦；他爱上了她，想娶她。"

"那么，好！咱们再谈，"法官抬了抬眼镜，"让我们考虑一下。"

他把米诺莱送到家里，一路上说他关心但羡来的前途很有理由，又把于絮尔的一口回绝略微批评了几句，答应慢慢的劝她。米诺莱回进了屋子，篷葛朗立刻上车行借了老板的车马，赶到枫丹白露找助理检察官。人家说但羡来在县长府上有应酬，篷葛朗听了十分高兴，就转往那儿。但羡来正陪着检察官太太、县长太太和军营里的上校打韦斯脱。

篷葛朗对但羡来说道："我来报告你一个好消息；你爱你的表姑母于絮尔·弥罗埃，现在你父亲不反对你和她结婚了。"

但羡来笑着嚷道："我爱于絮尔·弥罗埃？哪里来的话？这姑娘，我在先叔祖米诺莱医生家见过几回，的确长得很漂亮，可是对宗教太热心了。再说，即使我跟大家一样赞她好看，可从来没有为这个毫无刺激性的、淡黄头发的姑娘动过心。"但羡来说着，向县长太太微微一笑，县长太太是一个，照上一世纪的说法，火辣辣的棕发女子，"亲爱的篷葛朗先生，你这话真是从何而来？大家知道，我父亲在罗佛古堡四周的田产每年有四万八收入，他是个拥有封邑的郡主了；大家也知道我有四万八千个不可动摇的理由，不会爱上一个由检察署监护的女孩子。我娶了一个不登大雅的姑娘，不要被这些太太们笑死吗？"

"你从来没有为了于絮尔跟你父亲找麻烦吗？"

"从来没有。"

检察官在旁听着,篷葛朗把他拉到一个窗洞底下,说道:"检察官,你听到了罢?"接着又和他谈了一会儿话。

一小时以后,篷葛朗回到纳摩于絮尔家里,打发蒲奚伐女人去请米诺莱马上过来。

米诺莱一进门,篷葛朗就说:"小姐……"

"接受了?……"米诺莱抢着问。

"噢,还没有呢,"法官回答,摸了摸眼镜,"小姐为了你儿子的事,心上有些顾虑;这一类的痴情,给她吃过很大的亏;要花多少代价才能求得一个太平无事,她知道得太清楚了。你敢担保你的儿子的确害了相思病,你除了免得咱们的于絮尔再受什么麻烦,并无别的用意,你能这样发誓吗?"

"噢!我马上发誓。"

"得了罢,米诺莱老头!"法官把手从裤袋里伸出来,往米诺莱肩上一拍,把他吓了一跳,"别这么随随便便,赌这种口是心非的咒啊。"

"怎么口是心非?"

"要不是你口是心非,便是你儿子口是心非:一忽儿以前,他在枫丹白露县长家里,当着检察官和另外四个人的面,发誓说他从来没想到他的表姑母于絮尔·弥罗埃。可见你送她这么一笔大款子是别有理由了?我看出你是信口开河,所以亲自上枫丹白露走了一遭。"

米诺莱看到自己弄巧成拙,不由得呆住了。

"可是,篷葛朗先生,送一笔钱给一个亲戚,成全她的美满姻缘,找些理由来免得她谦让,也没有什么不对啊。"

米诺莱急中生智,居然想出了一个还说得过去的理由。但他说完了,满头大汗,赶紧抹了抹脑门。

于絮尔回答:"我为什么拒绝,你已经知道;请你不必再来了。包当丢埃先生并没和我说明理由,只是对你抱着轻蔑的心理,甚至还恨你,所以我不便接见你。幸福就是我的财产,我可以老实说,用不着脸红;因此我绝对不愿意幸福受到损害,包当丢埃先生只等我成年了就和我结婚。"

"俗语说'钱可通神',原来这句话是靠不住的。"大汉米诺莱望着法官说。他被法官那副冷眼旁观的目光瞧着,觉得很窘。

他站起身来,出去了;但外边的空气和小客厅里的一样使他透不过气来。

"无论如何,总得有个布局才好。"他一路回家一路自言自语。

"孩子,你的公债呢?"法官问。他看见于絮尔遇到这样一件古怪的事而态度仍旧很镇静,觉得很惊奇。

于絮尔把自己的和蒲奚伐的公债券拿来的时候,法官迈着大步在室内走来走去。

他问:"那蠢汉存的什么心,你可想得出吗?"

于絮尔回答:"简直说不上来。"

篷葛朗好不诧异的望了她一眼。

他说:"那么咱们都是一样想法了。哦,两份公债的号码,应该记下来,也许我会丢失:凡事不可不防。"

篷葛朗亲自把两张公债的号码写在一张卡纸上。

"再会,孩子,我要出门两天;第三天是我开庭的日子,一定回来。"

当天晚上,于絮尔又得了一个梦,经过情形怪极了。她的床似乎摆在纳摩的公墓上,姑丈的墓穴就在她床脚下。白石的墓盖——上面刻的字看得很清楚——像纪念册的封面一般掀起来,把她照耀得眼睛都花了。于絮尔吓得尖声大叫,墓穴里的医生却是慢慢的抬起身子。她先看见黄黄的脑袋,闪闪发光的白发,四周有一圈光轮围着。光秃的脑门底下,一双眼睛好比两道阳光;医生抬起身子的那个动作,仿佛有一股很大的力量把他拉着。于絮尔心惊肉跳,不住的发抖,身体像一件火烧的衣服,而且,据她事后说,似乎另外有一个她在身体里头骚动。

她说:"干爹,求求你罢!"

干爹回答:"还想求吗?太晚了(可怜的孩子把这个梦告诉神甫的时候,说那声音就是一种死人的声音)。他受了警告,置之不理。他儿子的命马上要完了。倘若他不在几天之内全部招认,把赃款全部退回,他儿子就要死于非命。你把这个去告诉他罢!"

幽灵指着一行在围墙上发亮的数字,好像是用火写的,说道:"这便是他的判决书!"

老人重新躺进墓穴的时候,于絮尔听见石盖落下去的声音,接着又听见远远地有一阵奇怪的声音,好像是人马杂沓的喧闹。

第二天,于絮尔筋疲力尽,没法起床。她叫奶妈立刻去请夏伯龙神甫,陪他到家里来。神甫做完弥撒就来了,听着于絮尔说的梦境,不以为奇:他已经肯定盗窃遗产是千真万确的事,不再研究为什么小幻想家有这些古怪的梦兆。夏伯龙急急忙忙从于絮尔家出来,赶到米诺莱家。

"哎哟，神甫，"才莉对他说，"我丈夫脾气坏透了，不知道是怎么回事。他一向跟孩子一样无忧无虑，最近两个月却教人认不得了。你看我性情这么和顺，他居然会大发脾气打我，那不是完全变了个人吗？你要找他，就得到山岩底下去找。他整天呆在那儿，不知道干什么！"

那是1836年9月，神甫冒着暑气过了运河，望见米诺莱坐在一块岩石下面，便抄一条小路过去。

教士走到罪人前面，说道："米诺莱先生，你烦恼得很。你既然很痛苦，我就有照顾你的责任。可惜我这次来又要加增你的恐怖了。于絮尔昨天夜里又得了一个可怕的梦：你的叔叔掀起墓盖，预言府上要遭到不幸。当然我不是来恐吓你的，但你该知道他的话是否……"

"真的，神甫，我到处不得安宁，便是坐在这些岩石下面也不行……我不想知道另外一个世界上的事。"

"好罢，先生，我去了，我这么大热天赶来不是为了好玩。"教士一边说，一边抹着额上的汗。

"他说些什么呢，那老头儿？"米诺莱问。

"说你的儿子有性命之忧。倘若他说的关于过去的事只有你心里明白，那么你我都没法知道的事，教人听了简直要发抖。你还是退还罢，别为了一点儿黄金断送你的灵魂。"

"退还什么呢？"

"退还老医生留给于絮尔的家私。我现在知道了，你拿了三张公债。你先跟可怜的姑娘捣乱，临了又想送她一份财产；你一再扯谎，把自己搅昏了，路越走越错。你手段笨拙，吃了同党古郾的亏，被他耻笑。你赶快罢。有些聪明的眼光敏锐的人，于絮尔的朋友们，暗中在注意你。你还是退赃罢！你儿子也许还没受到危险；并且即使救不了儿子，至少能救你的灵魂，救你的名誉。像咱们这样的社会，像这样的一个小镇上，大家你盯着我，我盯着你，没人知道的事，也能被猜到的；你以为能够把不义之财瞒着人吗？得了罢，朋友，一个清白的人不会让我说这么多话的。"

米诺莱嚷道："见鬼！我不懂为什么你们都跟我过不去。还是这些岩石好，它们不跟我烦。"

"再见了，先生，反正我通知过你了，于絮尔和我，都没告诉过一个人。可是小心点儿，另外有一个人盯着你呢。但愿上帝可怜你！"

神甫走了几步，回头把米诺莱瞧了一下，看见他两只手捧着脑袋，因为他觉得脑袋沉甸甸的累赘得很。米诺莱神志有些糊涂了。他先留着三份公债，不知道怎办：既不敢去收利息，怕人注意；又不愿意卖掉；只想找个办法过户。他这样一个笨伯，居然像做什么金融小说一般，假想许多情节，关键总脱离不了那几张该死的公债过户的事。在这个可怕的局面中，他想对妻子和盘托出，向她要个主意。当家的本领那么高强的才莉，一定能替他解决这个难题的。三厘公债的市价已经到八十法郎，要退还的话，包括医生临死用剩下来的款子，总数将近一百万！没有一点儿证据落在人家手里而要退还一百万！……那可不是件小事。因此从九月到十月初，米诺莱始终受着良心责备而始终迟疑不决。镇上的人都很奇怪他怎么瘦下去了。

二〇 决 斗

那时又出了一件可怕的事，使米诺莱不得不赶快向才莉吐实：挂在他们头顶上的那把无形的剑，开始动作了。十月中旬，米诺莱夫妇收到儿子但羡来的一封信：

亲爱的母亲，暑假以后我没有回家，第一是因为检察官不在这儿，我不能离职；其次我知道包当丢埃先生等在纳摩，预备向我挑衅。大概他报仇的计划老是这样拖延下去，觉得不耐烦了，便亲自到枫丹白露来，还约了他一个巴黎朋友，和驻在此地的骑兵营营长，特·苏朗日子爵。他由这两位陪着，客客气气的来看我，说我父亲确实是侮辱他未婚妻弥罗埃的主使人；他向我提出的证据是古鄙当着几个证人的招认以及我父亲的行事：我父亲先是翻悔前言，答应古鄙干那些下流事儿的酬报不肯照给；然后给了古鄙盘进书办事务所的本钱，又害怕起来，再在第奥尼斯面前替古鄙作保，终于拿出钱来让古鄙当了公证人。包当丢埃子爵既不能跟一个六十七岁的老人决斗，又非代于絮尔报仇不可，便正式要我赔偿名誉。这个主意是经过他郑重考虑，不能动摇的。倘若我拒绝决斗，他就要在交际场中，当着几个与我前程最有关系的人，把我大大羞辱一顿，逼我非决斗不可，否则我的前程就完了。没骨气的人在法国是没人瞧得起的。何况他要我赔偿名誉的理由，自有一般有声望的人替他解释。他说他并不愿意走这种极端的路。据陪他同来的证人们的意见，我最聪明的办法莫如按照体面人物的习惯来应付这决斗，免得把于絮尔·弥罗埃牵在里头。其次，为了不要在国内张扬，我们可以带着证人到最近的边境上去。要解决这件事，这才是上策。子爵说他的姓氏比我的财产宝贵十倍，他将来的幸福，使他在那场性命出入的决斗中比我冒着更大的危险。他要我挑选证人商量这些问题。双方的证人昨天已经见过面，他们一致认为我应当赔偿他的名誉。所以不出八天，我要同两个朋友到日内瓦去了。包当丢埃先生带着特·苏朗日和特·脱拉伊先生也上那儿。我们决定用手枪做武器，决斗其余的条件也已谈妥；双方各发三枪，然后，不论结果如何，事情就算完了。为了免得这件丑事传出去——因为我没法替父亲的行为辩护——我直到最后一刻才写信给你。我不愿意来看你，怕你意气用事，失了体统。我既然想在社会上露头角，就得依照社会的惯例行事，一个子爵的儿子有十个理由要决斗，一个车行老板的儿子就有一百个理由接受。动身那天，我夜里经过纳摩，再来和你们告别。

看完这封信，才莉和米诺莱大吵一场，结果是米诺莱承认了偷盗，说出当时的情形和近来到处盯着他的怪现象，便是睡梦之中也逃避不了。但一百万巨款对于才莉的诱惑力，不下于对当初的米诺莱。

才莉一句都不埋怨丈夫胡闹，只对他说："放心，一切都在我身上。咱们不用拿出钱去，但羡来也不用去决斗。"

才莉裹上披肩，戴上帽子，拿着儿子的信奔去见于絮尔；时间快到中午，只有于絮尔一个人在屋里。

才莉·米诺莱虽然非常镇定，被于絮尔冷冷的瞅了一眼，不禁为之一震；但她埋怨自己不该这样心虚，便装着随便的口吻说道："喂，弥罗埃小姐，可不可以请你念念这封信，把你的意见告诉我？"她说完把代理检察官的信递给于絮尔。

于絮尔念着信，感觉到无数相反的情绪；她看出萨维尼昂多么爱她，把未婚妻的荣誉看得多重；但她的宗教观念和慈悲心都很强，即使是最狠毒的敌人，她也不愿意教他受苦或是送命。

"太太，你放心，我一定阻止这场决斗；可是请你把信留在这儿。"

"嗳，我的小天使，咱们还有更好的办法。你听我说。我们陆续在罗佛四周买的田产，有四万八千收入，罗佛本身又是一所行宫。我们再给但羡来利息两万四的公债，他一年的收入就有七万二。你得承认，这样有钱的丈夫是不多的。你很有野心，那也是应该的。"才莉看见于絮尔做了一个否认的手势，急忙补上一句，"现在我为但羡来向你求婚；那么你可以保留你干爹的姓，表示纪念他。但羡来是个漂亮哥儿，你亲眼看见的；他在枫丹白露很走红，不久就要升做检察官。加上你的应酬功夫，他一定能调往巴黎。到了巴黎，我们给你一所漂亮屋子，你可以大出风头，成为一个角色;凭着七万两千收入,薪水在外,你和但羡来准是上流社会中顶儿尖儿的人物。你跟朋友们商量一下,看他们怎么说。"

"我只消问我自己的心就得了。"

"哎唷唷!你的意思是指萨维尼昂那个小白脸吗?哼!他那个姓,那些翘在空中像两只钩子般的须,那一头黑头发,要你花多少代价啊!他真有出息!拿七千法郎收入来开销一个家。跟一个两年之内在巴黎欠债欠到十万法郎的男人,你日子才好过呢。你还不懂呢,孩子,天底下的男人都差不多;不是我夸口,我的但羡来就抵得上王太子。"

"太太,你把令郎此时此刻所冒的危险都给忘了;只因为包当丢埃先生不愿拂逆我的意思,这件事才能挽回。要是他知道你对我提出这种可耻的条件,令郎的危险还能避免吗?告诉你,太太,我凭着像你所说的区区薄产,将来我的日子比你向我炫耀的荣华富贵快乐得多。米诺莱先生为了现在还没揭晓,而早晚会水落石出的理由,用下流无耻的手段迫害我,同时把我和包当丢埃先生之间的感情揭穿了,那我也不怕人家知道,因为他母亲将来一定会同意的。所以我应当告诉你,这名正言顺、各方面都认可的感情,便是我整个的生命。不管怎样光华灿烂,登峰造极的前程,都不能动摇我的心。我的爱情是绝对不翻悔,不改变的。一心想着萨维尼昂而再去嫁一个别的男人,那在我是犯了不可饶恕的罪孽。太太,你既然逼着我,我还可以进一步告诉你:即使我不爱包当丢埃先生,也不能和令郎同甘共苦。萨维尼昂固然欠过债,你也替但羡来先生还过不少。要两个人能心无芥蒂的相处,全靠彼此的性情脾气有某些相同的地方和某些不同的地方:这一点我们都谈不到。我对他不会有妻子对丈夫应有的容忍,他不久也会觉得我是个累赘。你不必再多想这头亲事了,我非但高攀不上你们,而且拒绝了也不会伤你们的心;你们有了那许多优越的条件,还怕找不到比我长得更俏、门第更高、更有钱的姑娘吗?"

才莉道:"那么,孩子,你能赌咒不让两个青年出门,不让他们去决斗吗?"

"我可以预料,那是包当丢埃先生为我做的最大的牺牲了;但我做新娘的花冠不能由一双血污的手来除下。"

"那么多谢你了,表妹,祝贺你将来幸福。"

于絮尔答道:"太太,我祝贺你替令郎安排的远大的前程,能够实现。"

这句回答直刺到做母亲的心里:于絮尔最近一次梦中听到的预言,突然回到才莉的脑子里来。她站在那儿,把小眼睛直盯着于絮尔的脸,盯着那么白皙,那么纯洁,穿着孝服显得那么俊美的脸;因为于絮尔已经站起身子,预备把那位自称为的表嫂送走。

才莉问:"难道你相信梦兆吗?"

"我做梦的时候太痛苦了,不能不信。"

才莉说:"那么……"

于絮尔听见本堂神甫的脚声,便向米诺莱太太行着礼,说道:"再见,太太。"

神甫发现米诺莱太太在于絮尔家里,大为惊奇。退休的车行老板娘又瘦又打皱的脸上,露出一副忧急的表情;神甫不由得瞧瞧这个,瞧瞧那个,把两人打量了一番。

才莉问神甫:"你相信阴魂会出现吗?"

神甫微笑着回答:"你相信本金会生利吗?"

才莉心上想:"这些人坏透了,故意卖弄玄虚,吓唬我们。老教士、老法官,还有萨维尼昂那小子,都是串通了的。压根儿就没有什么梦,好比我掌心里没有长什么头发一样。"

她冷冷的行了两个礼,走了。

"萨维尼昂为什么到枫丹白露去,我知道了。"于絮尔和神甫说着,把决斗的事告诉了他;还请神甫帮着劝阻萨维尼昂。

"米诺莱太太可是为她儿子向你求婚?"

"是的。"

"米诺莱大概把犯罪的事讲给老婆听了。"神甫补上一句。

这时法官来了。他一向知道才莉恨于絮尔,听到才莉刚才那种行动和建议,便望着神甫,意思之间是说:"咱们出去一会,我有话跟你谈,别让絮尔听见。"

法官对于絮尔说道:"你拒绝八万法郎进款和纳摩第一个公子哥儿的亲事,萨维尼昂会知道的。"

于絮尔回答:"难道这算得上牺牲吗?一个人真爱的时候谈得上牺牲两字吗?拒绝一个咱们都瞧不起的男人的儿子,有什么可称赞的?别人尽可把心中的嫌恶当做德行,可是由姚第先生、夏伯龙神甫、米诺莱医生教育出来的姑娘,不能存这个心!"她说着望了望医生的肖像。

篷葛朗拿着于絮尔的手亲了一下。

篷葛朗和神甫走到街上,问神甫:"米诺莱太太刚才的来意,你知道没有？"

"什么来意？"教士望着篷葛朗，假装不懂。

"她想借此退还赃款。"

"难道你以为？……"神甫问。

"我不是以为，而是肯定的。嗨，你瞧！"

法官说着，指着米诺莱：米诺莱正向他们这边过来，预备回家。两位老朋友却从于絮尔那儿走出，往着大街的上手方面踱过去。

"以前出庭重罪法庭的时节，我自然有机会看到许多人受着良心责备的例子，但从来没见过这样的情形！一个无忧无虑的人，精壮结实，脸孔紧绷绷的像鼓一般，怎么会变得毫无血色，腮帮上的皮肉那么软绵绵的？眼睛四周的黑圈是怎么来的？像乡下人那样健旺的精神怎么会不见？你可曾想到这个人脑门上会有皱褶吗？这大汉会担心事吗？唉！他终于良心出现了！受良心责备的现象，我是熟悉的，正如你神甫熟悉一个人忏悔的现象。我过去所看到的都是等待受刑，或者就要去受刑，以便跟社会清账的人；他们不是听天由命，便是存着报复的心；可是眼前这个例子，是罪孽没有补赎的内疚，纯粹的内疚，只管抓着罪人的心一片片的扯。"

法官拦住了米诺莱，说道："弥罗埃小姐回绝了令郎的亲事，你还没知道罢？"

神甫接着说："可是你放心，令郎和包当丢埃先生的决斗，弥罗埃小姐会阻止的。"

"啊！那么我女人办的交涉成功了，"米诺莱道，"我很高兴，要不然我就没有命啦。"

"的确，你改变得真厉害，叫人认不得了。"法官说。

米诺莱瞧瞧篷葛朗，瞧瞧神甫，疑心神甫泄漏了秘密；但夏伯龙面不改色，安详之中带些凄凉的神气，叫犯罪的米诺莱放了心。

法官接着又说："我觉得更奇怪的是，照理你该心满意足了。你做了罗佛古堡的主人翁，又把鲍第埃和你所有的农庄、磨坊、草原，跟罗佛并在一起。加上公债，你每年一共有十万法郎收入了。"

"公债我是没有的。"米诺莱抢着说。

"嘿！"法官叫了一声，"这也跟令郎对于絮尔的爱情一样，一忽儿瞧她不起，一忽儿向她求婚。你先恨不得送她性命，然后又想要她做媳妇，亲爱的先生，你准是心中有事……"

米诺莱想回答，支吾了一会，只说了句："法官先生，你真好笑。再见了，两位。"他慢吞吞的走进布尔乔亚街。

"他明明偷了咱们于絮尔的财产！可是哪里去找证据呢？"

神甫说："但愿上帝……"

法官接着道："上帝使我们心里有种感觉，这感觉已经清清楚楚表现在这个家伙身上；可是大家把这个叫作猜测，而人间的法律是不答应我们单凭猜测的。"

夏伯龙神甫不愧为教士，听了这话竟一声不出。

二一　最容易偷的东西　　原来是最难偷的

在这个情形之下，夏伯龙神甫常常不由自主的想到两件事：第一是那桩差不多已经由米诺莱招认的窃案，第二是因为于絮尔的清贫而耽搁下来的婚事。老太太暗中早已向忏悔师承认，不应该在医生活着的时候不同意儿子的亲事。第二天，他做了弥撒，走下神坛，忽然心中有个念头闪过，清楚有力，像一句说话一般。他示意于絮尔，教她等一会；然后他早饭也没吃，就到了于絮尔家里。

神甫说："你梦里听见干爹说的，当初夹公债和钞票的两本书，我想看一看。"

于絮尔和神甫到楼上藏书室里，把《法学总汇》第三卷找了出来。老人一打开就很惊异的发觉，那些不像封面那样硬朗的书页上，还留着夹过公债票的印子。在另外一册的两页对开纸中间，又看到长时期夹过一包文件的痕迹，书也不大合得拢了。

蒲奚伐女人看见法官在街上过，便嚷道："篷葛朗先生，你上来罢！"

篷葛朗上楼的时候，因为于絮尔在粘在外封反面的彩色衬页上，看见有米诺莱医生亲笔写的三个号码，神甫正戴上眼镜预备细看。

神甫说："怎么回事？咱们的医生是爱惜版本的，怎么肯把衬页随便涂抹！哟！原来是三个数目字，前面还有个数目，开头写着一个M，后面一个数目，开头写着一个U。"

篷葛朗嚷道："你说什么？让我瞧瞧。看到这样天理昭彰的事，那般无神论者还不睁开眼来吗？我相信，人间的法律是从天地间无所不在的，神明的旨意发展出来的。"

他搂着于絮尔，吻了吻她的前额：

"噢！孩子，你从此可以快乐了，有钱了，而且是经我的手！"

"你怎么啦？"神甫问。

蒲冀伐女人抓着法官的蓝外套，嚷道："噢，亲爱的先生！你这么说，我真要拥抱你啦。"

神甫道："你得把话讲明，别让我们空欢喜。"

于絮尔猜到要告人家刑事官司了，便说："倘若我的财富要拿别人的痛苦去换，那我……"

法官打断了她的话，说道："你可想想，你要使咱们的萨维尼昂多么快活啊。"

"你这是疯了！"神甫道。

"才不疯呢，亲爱的神甫，你听我说：公债票以一个字母为一组，二十六个字母就有二十六组，每个号码之前必有它本组的字母；但是不记名的债券既没有抬头人，自然也没有字母；因为你们看到的号码，证明他老人家把款子存进国库的那天，把一张利息一万五而有 M 打头的债券，三张只有号码没有字母的不记名债券，和于絮尔·弥罗埃的债券，都记了号码。于絮尔那张的号码是二三五三四，你们瞧，那和利息一万五那张是连号。这两张既是连号，可见书上写的数字便是同一天上买的五张债券的号码，老人家为了防遗失而记下来的。我曾经劝他把于絮尔的财产买不记名债券，结果他在同一天上把资金分作三份：一份买了他自己名下的，一份买了预备给于絮尔的，一份买了于絮尔本人名下的。我要上第奥尼斯那儿查查遗产清册；假定他自己名下的债券是 M 二三五三三，那我们就可肯定，他同一天上托同一个经纪人做了三笔交易：第一是一张本人名下的；第二是把历年的积蓄买了三张不记名的，只有号码，并无字母；第三是他干女儿原有的资金。经纪人的过户册子将来便是铁证。啊！米诺莱，你再狡猾也逃不出我手掌了。诸位，这才痛快呢！"

法官走了。神甫、蒲冀伐和于絮尔，看到上帝安排这种路由来把清白无辜的人带上胜利的路，都大为叹服。

夏伯龙神甫叫道："这里头就有上帝的神力。"

"他会不会吃苦呀？"于絮尔问。

蒲冀伐女人嚷道："啊！小姐，我恨不得送根绳子去，教人把他吊死呢。"

古鄙已经被第奥尼斯指定为继任人；法官装着不大在意的神气走进事务所，说道："我要在米诺莱的遗产案卷里找些材料。"

"什么呢？"古鄙问。

"老头儿可曾留下一张或是几张三厘公债？"

"他有一张三厘公债，票面利息一万五，这个项目当时还是我亲自记下的。"

法官道："你查查清册罢。"

古鄙拿起一个文件夹，翻了一会，找出正本来查到了，念道："又一件：公债票一纸……对啦，你瞧……M 二三五三三。"

"一小时以内，请你把清册上这一节给我抄下来，我等着用。"

"做什么用呢？"古鄙问。

法官沉着脸，瞪着第奥尼斯的后任，说："你要不要做公证人？"

"还用说吗？"古鄙嚷道，"我受了那么多气，才能叫人尊我一声大师傅 法国习惯，凡艺术家、作家、律师、诉讼代理人、公证人，一律被人尊称为 Maître；但公证人与诉讼代理人在中文内不能冠以大字表示尊重，如大律师之例，亦不能如艺术家之可尊为大师，故暂译为大师傅。法官先生，你可以相信我：一个叫作古鄙的可怜巴巴的首席帮办，跟纳摩的公证人——玛尚小姐的丈夫——约翰-赛白斯蒂安·古鄙大师傅，决不能相提并论。他们俩根本不相干，干脆是两个人！你不瞧瞧我吗？"

篷葛朗这才注意到古鄙的装束：戴着白领带，穿一件白得耀眼的衬衫，缀着红宝石钮扣；一件红丝绒背心，上身的黑呢外套和下身的黑呢裤，都是在巴黎定做的。脚下套着一双漂亮皮靴。梳得整整齐齐，压得四平八稳的头发，还散出香味来。总而言之，他是脱胎换骨了。

"你的确变了一个人。"篷葛朗道。

"品格和外表都变了，先生！有了事务所，人就安分啦；再说，清洁也是跟着财产来的……"

"哦！品格和外表都变了！"法官抬了抬眼镜，说。

"先生，你想一个有三十万进款的人会做民主党吗？从今以后，你得把我看做正人君子，周到，谨慎，"他看见自己老婆进来，便补上一句，"又是个挺爱妻子的丈夫。你看我变得多厉害，甚至觉得我的表嫂克莱弥埃很有风趣了，我还栽培她呢；她的女儿也不再说什么唧筒了。昨天她还用错字儿，可是我决不宣传，虽则那笑话很有意思；我当场还指点她来着。所以我真的变了一个人，以后决不让主顾们干什么缺德事儿。"

篷葛朗催他说："快点儿。我一个钟点之内等你的抄件，这样，古鄙公证人也能把首席帮办做的坏事补救一部分。"

法官向纳摩的医生借了车马，带着于絮尔的公债票，两本可做物证的书和遗产清册的抄件，径奔枫丹白露去找检察官。篷葛朗毫不费事的指出，三张公债票被某个继承人偷了去，接着又指出偷的人就是米诺莱。

检察官说："怪不得他有那种行动。"

为谨慎起见，检察官马上做了一个公事给国库，要求把三份公债停止过户；又派治安法官去调查公债的金额，调查是否已经转让。

篷葛朗上巴黎办事去了。检察官写了一封客客气气的信，请米诺莱太太到检察署来。才莉担忧儿子决斗的事，接到信便穿起衣衫，吩咐套马，盛装艳服的上枫丹白露。检察官的办法非常简单，可是厉害得很。他把夫妻俩隔离以后，尽可以利用一般人对法院的畏惧，探明真相。才莉在办公室里看到检察官，听到下面一番露骨的话，吓坏了。

"太太，米诺莱医生遗产中的盗窃案，本署已经找到线索；我相信你并非同谋；但倘使把你所知道的情形完全说出来，你可以免得丈夫上重罪法庭。事情的可怕不仅仅在于你丈夫将来要判罪，还有你儿子的撤职和性命出入的危险都应当避免。再过几分钟就来不及了，宪兵已经套好牲口，逮捕状马上要发到纳摩去了。"

才莉当场晕倒。一醒过来，她全部招认了。接着，检察官轻而易举的解释给她听，说她已经有了通同的罪名；但为了保全她的丈夫和儿子，他做检察官的决议小心行事。

他说："我现在不是用法官的身份对你。受害人不曾提起控诉，盗窃的事也没张扬出去；可是太太，你丈夫犯的罪非常严重，遇到一个不像我这么好说话的法官，事情就大了。在目前的情形之下，你不能不受拘留……"他看见才莉快晕过去了，便道："噢！拘留在我家里，行动相当自由。别忘了我要严格执行的话，就得签发拘票，开始侦查；可是此刻我站在弥罗埃小姐的监护人地位上办事，为了保障她的利益，不得不作些让步。"

才莉叫了声："啊！"

"你给丈夫写封信去……"检察官教才莉就在他的办公桌上照他的话写下来：

> 朋友，我彼浦（被捕）了，把事清（情）全说了。我们叔叔在波（被）你销灰（毁）的遗竹（嘱）上，送给卜打多哀（包当丢埃）先生的那些公责（债）票，你快快拿出来，因为见斥（检察）官以今（已经）通知国厍（库），定（停）止过户。

检察官看到别字连篇，微微笑着，说道："这样，你可以免得他狡赖；他赖了就糟了。咱们必须把退赃的事办得稳妥。你住在我家里，内人一定尽量减少你的难堪；我还劝你：一句话也别说，也别露出难过的样子。"

助理检察官的母亲招认了，被软禁了以后，检察官把但羡来找来，把他父亲偷盗公债，暗中损害于絮尔而又显然损害共同继承人的情由，一层一节和他说了，把他母亲写的信也给他看了。但羡来立刻要求亲自上纳摩去教父亲退赃。

检察官道："情形很严重。因为遗嘱已经毁掉，事情一张扬，玛尚和克莱弥埃两个继承人，你那些亲戚，就会出来干涉。我已经有充分的证据对付你父亲。你母亲经过这一番，也该明白她的责任了，我把她交给你。在她面前，我要装作是因为你讨情才释放的。你陪她一同上纳摩，把那些棘手的事好好解决。你对谁都不用害怕。篷葛朗先生那样的关心弥罗埃小姐，决不会泄漏秘密的。"

才莉和但羡来马上动身回纳摩。三小时以后，检察官收到下面一封信；其中的别字都由作者改正了，免得一个遭难的人再受大家耻笑。

致　枫丹白露法院检察官

先生，上帝对我们不像您那么宽容，我们遭了无可补救的祸事。车子到纳摩的大桥边上，脱了缰绳。内人坐在车厢后部，身边没有仆役相陪：牲口急于回马房，小儿怕它们乱冲，不让马夫离座，自己下车扣好了缰绳。他正要回身上车，两匹马突然发起性来。小儿没来得及把身子紧靠桥栏，车子的踏脚已经钩着他的腿：他倒在地下，身子被后轮碾过了。现在我派专差上巴黎去请最好的外科医生，顺便送上这封信，那是小儿在痛苦之中要我写的，声明使他回家的那件事，我们完全遵照您的意思去办。

您的措施，我到死都感激不尽，并且我决不辜负您的信任。

法朗梭阿·米诺莱

这桩惨事使纳摩镇上的居民大吃一惊，好些人拥在米诺莱家的铁门前面；萨维尼昂这才知道，他的冤仇已经由一双比他更有威力的手报复了。他立刻赶往于絮尔家里。神甫和于絮尔两人都是惊骇甚于诧异。第二天，但羡来经过初步包扎以后，巴黎的内外科医生一致认为两条腿都需要割掉。米诺莱垂头丧气，面无人色，由神甫陪着到于絮尔家里来；篷葛朗和萨维尼昂两个正好在座。

米诺莱对于絮尔说："我对你真是罪孽深重，但我的过失即使不能全部挽救，也有一部分可以补赎。我们夫妇决定把罗佛的田产全部赠送给你，不管我们儿子的命能不能保全。"

这句话说到后半段，米诺莱眼泪簌落落的直淌下来。

神甫说："亲爱的于絮尔，相信我的话，这笔赠予，你可以而且应该接受一部分。"

"你肯不肯原谅我们？"那大汉诚惶诚恐的说着，跪在不胜惊异的于絮尔前面，"几个钟点以内，就要由救主医院的外科主任动手术了；可是我不相信人间的医学，只相信全能的上帝了！倘若你原谅我们，恳求上帝留我们儿子一条命，他就有勇气忍受这个痛苦，并且我相信一定能保住他的性命。"

"咱们大家一起上教堂去！"于絮尔站起来说。

不料她刚站起身子，忽然大叫一声，倒在椅上发晕了。醒来的时候，她看见所有的朋友，除了忙着去请医生的米诺莱之外，都在那里等她一句话。而这句话，众人听了都心惊胆战。

她说："我才看见干爹站在门口对我做手势，表示没希望了。"

动过手术的下一天，但羡来果真死了，他受不了高热度和开刀以后的反应。除了母爱别无感情的米诺莱太太，在儿子下葬以后发了疯；丈夫把她送往勃朗希医生的疗养院，到1841年才死。

过了三个月，1837年正月，在包当丢埃太太同意之下，于絮尔和萨维尼昂结了婚。米诺莱在婚书上声明，把罗佛的田产和利息两万四的公债，送给弥罗埃小姐做陪嫁；他自己只留着叔叔的屋子和六千法郎收入。他变成纳摩最慈悲最热心宗教的人，当了本区教会的财务董事，到处救济穷人。

"穷人代替了我的孩子。"他说。

有些地方的习惯，橡树是用人工修剪的；所以路旁往往有些颜色变白、似乎受过雷劈的老橡树，还在那里发出嫩芽，树身空了一半，只等人家把它一斧砍下来；你要见过这种树，你就对那个开过车行的老头儿有个观念了：他满头白发，背也驼了，人也瘦了，当地的老乡邻休想再找出本书开场的时节，他等着儿子的那种痴骏而快活的神气。他吸鼻烟的手势也不同了；除了肉体，他身上好像多了些什么。他处处使人感觉到，上帝给了他很深的烙印，把他作为一个可怕的榜样。这老人从前是痛恨叔叔的干女儿的，如今却像米诺莱医生一样，所有的感情都集中在于絮尔身上，甚至他自告奋勇，替于絮尔经管罗佛的产业。

包当丢埃夫妇在巴黎圣·日耳曼区买了一所华丽的屋子，每年在那儿住五个月。包当丢埃老太太把纳摩的屋子捐给慈善会的女修士办义务小学，自己搬到罗佛去了。蒲奚伐女人当了门房领班。以前赶杜格莱班车的加皮洛，年纪已经六十岁，娶了蒲奚伐。蒲奚伐除了丰厚的工资，一年还有一千两百法郎利息。加皮洛的儿子做了包当丢埃先生的马夫。

你们在天野大道上可以看到一辆车身很低、轻巧玲珑、叫作蜗牛的小马车，车厢内部糊的是蓝镶边的灰色绸；里头坐着一个淡黄头发、年轻俊俏的女子，无数的头发卷儿像树叶般裹着她的脸，露出一双无限温柔的眼睛，像雁来红似的通明雪亮；她把身子微微靠在一个美貌的青年身上。假如你们看了艳羡，可别忘了这一对受上帝宠爱的漂亮夫妻，是预先付了苦难的代价的。这两个情侣一般的男女，大概就是包当丢埃子爵和他的太太；除了他们，巴黎再也找不出同样的一对。

特·莱斯多拉特伯爵夫人最近提到他们，说："我眼里看到的，这是最圆满的幸福了。"

所以，你们对这两个快乐的孩子不应该妒羡而应该祝福；你们都不妨去找一个于絮尔·弥罗埃，找一个由三位老人和世界上最好的母亲，"患难"，教育出来的姑娘。

古鄙对人非常热心，肯帮忙，名副其实的被认为纳摩最有风趣的人物，在本地极受敬重；但他的报应是在孩子身上，他们个个都长得奇丑，又是佝偻病，又是脑水肿。他的前任第奥尼斯，在议院里老当益壮，可以说是替国会增光的人物，极受王上赏识；宫中每次举行跳舞会，王上都看见有第奥尼斯太太在场。她把蒂勒黎盛会的特色和宫廷中伟大的场面，讲给纳摩的居民听。王上既然很得人心，第奥尼斯太太也就高踞着纳摩的宝座。

篷葛朗升了墨仑法院院长，他的儿子快要升做检察官了，做人也很正派。

克莱弥埃太太老是说些天下无双的妙语，没有 G 字结尾的字，她总得加个 G，据说那是她笔尖不好，常常把墨水掉下来的缘故。她女儿出嫁的前夜，她做母亲的来了一篇训话，结束的时候说："做个主妇应当整天忙乱（忙碌），对每样事情都得像猫头鹰般睁着眼睛。"古鄙把表嫂那些七颠八倒的话搜集起来，编成一部《克莱弥埃语录》。

去年冬天，包当丢埃子爵夫人服侍了病中的神甫，说道："夏伯龙神甫故世了，我们真是不胜悲痛。下葬的时候，一乡的人都来送丧。纳摩人算是有福气的，这位圣徒的后任是圣·朗日地方的本堂神甫，也是一个德高望重的教士。"

1841年7月　巴黎
1955年4月　　译